abc LA COLLECTION

Tout-en-un

Le BREVET en confiance

3e

Maths
Carole Feugère
Gilles Mora

Français
Cécile de Cazanove

Histoire-Géo
Laure Genet
Guillaume Gicquel
Florian Louis
Grégoire Pralon

PIX

Physique-Chimie
Nicolas Coppens
Olivier Doerler

SVT
Laurent Lafond

Technologie
Sébastien Guivarc'h
Arnaud Lopin

Anglais
Stéphane David

Nathan

Nathan live

L'appli Nathan live, c'est un environnement **sécurisé** pour accéder gratuitement **sans inscription**, sans publicité et d'un **simple scan** aux **contenus numériques** de ton ouvrage.

L'appli garde en mémoire les ressources déjà scannées, te permettant ainsi de les consulter n'importe où et n'importe quand, même sans ton ouvrage.

1 Télécharge l'appli gratuitement

DISPONIBLE SUR Google Play — Disponible sur App Store

2 Lance l'appli et scanne les pages de ton ouvrage pour faire apparaître les ressources*
(audio, vidéo, liens...)

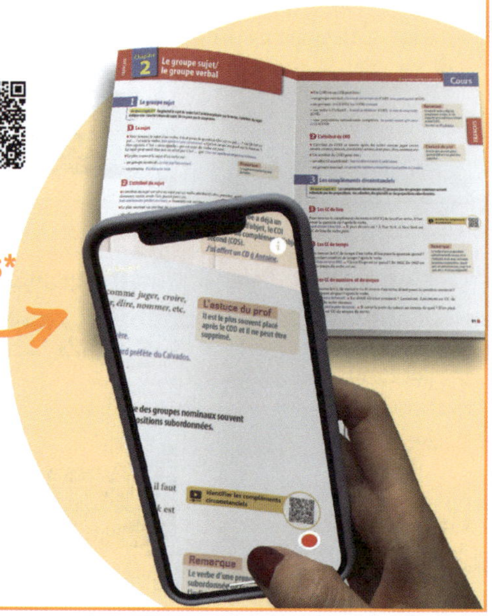

+ D'INFOS ET TUTOS
sur **nathan.fr/nathan-live**
ou en scannant cette page
avec Nathan live

OU

QR CODE

Scanner le QR code associé à la ressource*.

Vidéo

* Les éditions Nathan ne sont pas garantes de la pérénité des liens.

Direction éditoriale : Raphaëlle Mourey
Coordination éditoriale : Julie Langlais
Édition : Cindy Savin
Conception graphique intérieur : Élise Launay
Couverture : Élise Launay
Cartographie : AFDEC
Schémas : CORÉDOC
Compositeur : Fabienne Grain
Fabrication : Kévin Magar

ISBN 978-209-501794-1 Code éditeur : 118878

N° de projet : 10288330 / 118878
Achevé d'imprimer en décembre 2022 par Vincenzo Bona S.p.A. à Turin en Italie

Mode d'emploi

Un ouvrage pratique pour réviser toutes les matières et réussir l'examen !

Retrouvez en un seul ouvrage les matières au programme de 3e.

Et pour chaque chapitre, trois rubriques pour progresser en toute sérénité :

Cours

- Des **cours synthétiques** et **structurés** pour maîtriser tous les thèmes du programme.
- Des **encadrés en marge** donnent des informations complémentaires, du vocabulaire, des biographies, etc.
- Des **vidéos** pour apprendre et réviser autrement.

Révision express

- Une page **Révision Express** à la fin de chaque chapitre résume les principaux points à retenir.
- Un **Quiz** permet de se tester rapidement et de vérifier que le cours est bien compris.

Cap sur le brevet

- Des **exercices** pour vous entraîner ou des **sujets type** qui pourraient vous être proposés au brevet.
- Des **conseils méthodologiques** vous aident à comprendre les points difficiles et à réaliser les exercices ou les sujets.
- Les **corrigés** sont accompagnés de nombreux **conseils**, **remarques**, **astuces du prof** pour acquérir les bons réflexes pour le brevet.

Des compléments sur Internet :
Encore plus d'exercices et des podcasts, des cartes interactives, des animations, des sujets de brevet sur **www.abcbrevet.com**

Sommaire

MATHÉMATIQUES

1 Calcul numérique 10
2 Nombres et arithmétique 15
3 Calcul littéral (développements, factorisations) 20
4 Équations 26
5 Notion de fonction 31
6 Fonctions linéaires – Proportionnalité – Pourcentages 36
7 Fonctions affines. 42
8 Statistiques 48
9 Notion de probabilité 52
10 Le triangle rectangle 56
11 Théorème de Thalès – Agrandissement/Réduction – Homothéties 60
12 Géométrie dans l'espace 66
13 Grandeurs et mesures 72
14 Algorithmes et programmes 76

FRANÇAIS

Grammaire

1 Le groupe nominal 84
2 Le groupe sujet/le groupe verbal 90
3 La phrase 96

Orthographe

4 Les accords 102
5 Les homophones grammaticaux 108

Conjugaison

6 L'indicatif. 114
8 Autres modes. 121

Vocabulaire et écriture

8 Les mots 127
9 Les figures de style. 132
10 Écrire 137
11 Le texte 144

HISTOIRE-GÉO-EMC

Histoire

1 La Première Guerre mondiale et ses conséquences en Europe (1914-1939) 156
2 La Seconde Guerre mondiale et ses conséquences en France (1939-1945) 169
3 Le monde depuis 1945 179
4 Françaises et Français dans une République repensée (1944-1990). 188

Géographie

5 Dynamiques territoriales de la France contemporaine 199
6 Pourquoi et comment aménager le territoire ?. 210
7 La France et l'Union européenne 216

Enseignement moral et civique

8 La République et la citoyenneté 225
9 La vie démocratique 231
10 La défense et la paix 239

PHYSIQUE-CHIMIE

1 Constitution et états de la matière 248
2 Transformations chimiques 257
3 Organisation de la matière dans l'Univers. 263
4 Mouvement et interactions 271
5 Énergie et électricité 279
6 Des signaux pour observer et communiquer. 289

SVT

1 La planète Terre ... 298
2 Environnement et action humaine ... 305
3 Organisation du monde vivant ... 315
4 Évolution du monde vivant ... 323
5 Système nerveux, appareil digestif et activité physique ... 333
6 Immunité et procréation ... 341

TECHNOLOGIE

1 Design, innovation et créativité ... 352
2 Objets techniques, services et changements induits dans la société ... 360
3 Structure et fonctionnement des objets et systèmes techniques ... 368
4 De la modélisation à la validation du prototype ... 376
5 Fonctionnement d'un réseau informatique ... 384
6 Écriture, mise au point et exécution d'un programme ... 393

ANGLAIS

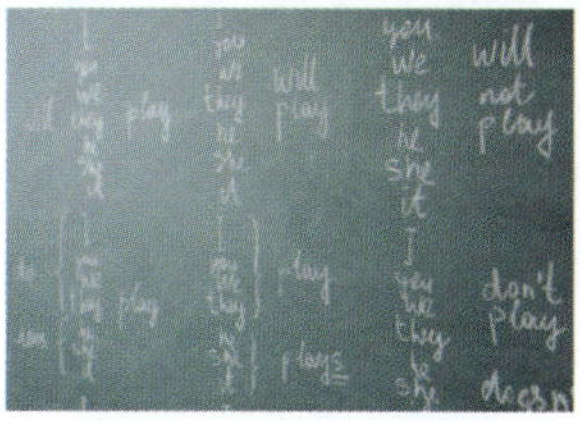

Grammaire

1 Le groupe nominal ... 404
2 Les adjectifs, la possession ... 409
3 Les différents types de phrases ... 413
4 Le groupe verbal ... 418
5 Parler du présent ... 423
6 Parler du passé et de ses expériences ... 427
7 Les auxiliaires modaux ... 431

Vocabulaire

8 Langage, école, société ... 436
9 Voyages, migrations, autres cultures ... 443

PIX

L'application Cood ... 453
Description de la certification ... 454
1 Informations et données ... 456
2 Communication et collaboration ... 458
3 Création de contenus ... 460
4 Protection et sécurité ... 462
5 Environnement numérique ... 464

BREVET BLANC

Les épreuves ... 468
Corrigés ... 482

ANNEXES

Classification périodique des éléments ... 509

Mathématiques

Mathématiques

Partie 1 Nombres et calcul

1 Calcul numérique 10
→ Révision Express 13
››› Cap sur le brevet
Utiliser la notation scientifique pour comparer des nombres 14

2 Nombres et arithmétique 15
→ Révision Express 18
››› Cap sur le brevet
Décomposer un nombre en produit de facteurs premiers 19

3 Calcul littéral (développements, factorisations) 20
→ Révision Express 23
››› Cap sur le brevet
Savoir développer avec la double distributivité 24
Factoriser une expression 25

4 Équations 26
→ Révision Express 28
››› Cap sur le brevet
Résoudre une équation du premier degré 29
Résoudre un problème avec une équation 30

Partie 2 Organisation, gestion de données - Fonctions

5 Notion de fonction 31
→ Révision Express 34
››› Cap sur le brevet
Résoudre un problème utilisant deux définitions d'une fonction 35

6 Fonctions linéaires – Proportionnalité - Pourcentages 36
→ Révision Express 40
››› Cap sur le brevet
Reconnaître une fonction linéaire et déterminer son expression à partir de sa représentation graphique 41

7 Fonctions affines 42
→ Révision Express 45
››› Cap sur le brevet
Construire la représentation graphique d'une fonction affine 46
Déterminer l'expression d'une fonction affine à partir de sa représentation graphique 47

8 Statistiques 48
→ Révision Express 50
››› Cap sur le brevet
Calculer la médiane d'une série définie par une liste ou par un tableau 51

9 Notion de probabilité 52
→ Révision Express 54
››› Cap sur le brevet
Faire le lien entre fréquence et probabilité 55

Partie 3 Géométrie

10 Le triangle rectangle 56
→ Révision Express 58
››› Cap sur le brevet
Calculer la mesure d'un angle en connaissant deux longueurs dans un triangle rectangle 59

11 Théorème de Thalès – Agrandissement/Réduction - Homothéties 60
→ Révision Express 63
››› Cap sur le brevet
Calculer une longueur avec le théorème de Thalès 64
Étudier le parallélisme de deux droites 65

12 Géométrie dans l'espace 66
→ Révision Express 69
››› Cap sur le brevet
Représenter en vraie grandeur une section plane dans un pavé droit 70
Se repérer dans un parallélepipède rectangle 71

Partie 4 Grandeurs et mesures

13 Grandeurs et mesures 72
→ Révision Express 74
››› Cap sur le brevet
Calculer des volumes dans une pyramide 75

Partie 5 Algorithmique et programmation

14 Algorithmes et programmes 76
››› Cap sur le brevet
Utiliser les algorithmes pour justifier l'égalité de différentes expressions 79

MATHS

Chapitre 1

Calcul numérique

1 Calculer avec des fractions

De quoi s'agit-il ? Pour additionner, soustraire, multiplier ou diviser avec des fractions, il est nécessaire de connaître certaines techniques de calcul.

1 Simplifier des fractions

- On ne modifie pas une fraction si l'on multiplie (ou divise) le numérateur **et** le dénominateur par le même nombre (non nul).

$$\frac{k \times a}{k \times b} = \frac{a}{b}$$

On simplifie par k

Exemple : $\frac{6}{8} = \frac{3 \times \cancel{2}}{4 \times \cancel{2}} = \frac{3}{4}$ (on a simplifié par 2).

2 Somme. Différence de fractions

- Pour additionner ou soustraire des fractions, il faut qu'elles soient au même dénominateur.

Additionner : $\frac{a}{d} + \frac{b}{d} = \frac{a+b}{d}$

Soustraire : $\frac{a}{d} - \frac{b}{d} = \frac{a-b}{d}$

Additionner et soustraire des fractions

Exemples :

- $\frac{5}{3} + \frac{2}{3} = \frac{5+2}{3} = \frac{7}{3}$
- $\frac{4}{7} - \frac{3}{7} = \frac{4-3}{7} = \frac{1}{7}$

3 Multiplication. Division de fractions

- Pour multiplier des fractions, on multiplie les numérateurs et les dénominateurs entre eux.

Multiplier : $\frac{a}{b} \times \frac{c}{d} = \frac{a \times c}{b \times d}$

Multiplier : $\frac{a}{b} \times c = \frac{a \times c}{b}$

Exemples :

- $\frac{5}{4} \times \frac{3}{2} = \frac{5 \times 3}{4 \times 2} = \frac{15}{8}$
- $\frac{3}{4} \times 5 = \frac{3 \times 5}{4}$

- Diviser par une fraction revient à multiplier par son inverse.

Diviser : $\frac{a}{b} \div \frac{c}{d} = \frac{a}{b} \times \frac{d}{c} = \frac{a \times d}{b \times c}$

Connaître la technique de la multiplication et les erreurs à ne pas faire

Exemple :

$\frac{3}{4} \div \frac{1}{3} = \frac{3}{4} \times \frac{3}{1} = \frac{3 \times 3}{4 \times 1} = \frac{9}{4}$

Exercice résolu

Calculer avec des fractions

Effectuez les calculs suivants :

- $A = \frac{5}{6} - \frac{1}{2}$ • $B = \frac{1}{3} + \frac{5}{3} \times 2$ • $C = \frac{-4}{7} \div \frac{3}{5}$

Écrivez les résultats sous la forme d'une fraction simplifiée.

CORRIGÉ

- $A = \frac{5}{6} - \frac{1}{2}$

$= \frac{5}{6} - \frac{1 \times 3}{2 \times 3}$

$= \frac{5}{6} - \frac{3}{6}$

$= \frac{2}{6} = \frac{1 \times \cancel{2}}{3 \times \cancel{2}} = \frac{1}{3}$ (fraction simplifiée)

- $B = \frac{1}{3} + \frac{5}{3} \times 2 = \frac{1}{3} + \frac{5 \times 2}{3 \times 1}$

$= \frac{1}{3} + \frac{10}{3}$

$= \frac{11}{3}$ (fraction simplifiée)

- $C = \frac{-4}{7} \div \frac{3}{5}$

$= \frac{-4}{7} \times \frac{5}{3}$

$= \frac{-4 \times 5}{7 \times 3}$

$= \frac{-20}{21}$ (fraction simplifiée)

Méthode
Pour trouver le dénominateur commun, on cherche le plus petit multiple commun à 2, 6 et 12 : il s'agit de 12.

Rappel
La multiplication étant prioritaire sur l'addition, on commence par calculer le produit.

Rappel
On utilise la règle des signes : le quotient (ou le produit) d'un nombre négatif par un nombre positif est un nombre négatif.

2 Les puissances

De quoi s'agit-il ? Manipuler des puissances permet de simplifier les écritures de nombres très petits ou très grands.

1 Généralités

Soit a un nombre non nul et n un entier naturel non nul.

- On appelle « a puissance n » le nombre nommé a^n tel que :

$$a^n = a \times a \times \ldots \underbrace{\times a \text{ où } n \text{ est l'}}_{n \text{ fois}}\text{exposant.}$$

Cas particuliers : $a^0 = 1$ et $a^1 = a$.

- Puissance négative d'un nombre non nul : $a^{-n} = \frac{1}{a^n}$.

Cas particulier : $a^{-1} = \frac{1}{a}$.

2 Puissances de 10

- Toutes les règles énoncées précédemment s'appliquent aux puissances de 10.
- **Écriture décimale des puissances de 10**

$10^4 = 10 \times 10 \times 10 \times 10 = 1\underbrace{0\,000}_{4\text{ zéros}}$

$10^{-3} = \dfrac{1}{10^3} = \dfrac{1}{10 \times 10 \times 10} = \dfrac{1}{1\,\underbrace{000}_{3\text{ zéros}}} = \underbrace{0{,}00}_{3\text{ zéros}}1 = 0{,}\underbrace{001}_{3\text{ chiffres après la virgule}}$

3 Écriture scientifique

On appelle **écriture scientifique** d'un nombre la notation de la forme :

$$a \times 10^n$$

$1 \leqslant a < 10$; n : entier relatif

Écrire des valeurs sous la forme de notation scientifique

Cette notation scientifique, en plus d'être utilisée par la calculatrice, sert à écrire les nombres très grands (contenant beaucoup de zéros) ou les nombres très petits (avec beaucoup de zéros après la virgule).

Exercices résolus

① Savoir utiliser les puissances

Écrivez le résultat sous la forme d'un entier ou d'une fraction irréductible :

- 2^4 • 5^0 • 3^{-1} • 7^{-2}

CORRIGÉ

- $2^4 = 2 \times 2 \times 2 \times 2 = 16$
- $5^0 = 1$
- $3^{-1} = \dfrac{1}{3}$
- $7^{-2} = \dfrac{1}{7^2} = \dfrac{1}{7 \times 7} = \dfrac{1}{49}$

② Déterminer l'écriture décimale d'un nombre

Donnez l'écriture décimale du nombre suivant :

$C = 3 \times 10^3 + 2 \times 10^2 + 6 \times 10^{-1} + 5 \times 10^{-2}$

CORRIGÉ

$C = 3 \times 10^3 + 2 \times 10^2 + 6 \times 10^{-1} + 5 \times 10^{-2}$
$= 3 \times 1\,000 + 2 \times 100 + 6 \times 0{,}1 + 5 \times 0{,}01$
$= 3\,000 + 200 + 0{,}6 + 0{,}05$
$= 3\,200{,}65$

Conseil

Écrivez chaque puissance de 10 sous forme décimale.

③ Déterminer l'écriture scientifique d'un nombre

Donnez l'écriture scientifique des nombres suivants :

- $D = 15\,200\,000\,000$
- $E = 0{,}000\,006\,25$

CORRIGÉ

- $D = 1{,}52 \times 10\,000\,000\,000 = 1{,}52 \times 10^{10}$
- $E = 6{,}25 \times 0{,}000\,001 = 6{,}25 \times 10^{-6}$

Méthode

Le nombre s'écrit toujours avec un seul chiffre avant la virgule. Puis on compte les zéros pour déterminer la puissance de 10.

Révision express

Les points importants à retenir

- Quand on additionne ou qu'on soustrait deux fractions, on les met au même dénominateur.
- Pour multiplier des fractions, il est inutile de les mettre au même dénominateur.
- On n'oublie pas que diviser par une fraction revient à multiplier par son inverse.
- Multiplier par 10^n (n entier naturel) c'est décaler la virgule de n crans vers la droite, en ajoutant des zéros au besoin.
- Diviser par 10^n (n entier naturel) c'est décaler la virgule de n crans vers la gauche, en ajoutant des zéros au besoin.

Quiz

Cochez la ou les bonnes réponses.

1. $\frac{1}{3} - 1$ est égal à : ☐ $-\frac{2}{3}$ ☐ $\frac{2}{3}$ ☐ $-0,67$

2. $\frac{1}{2} + \frac{1}{3}$ est égal à : ☐ $\frac{2}{5}$ ☐ $\frac{2}{3}$ ☐ $\frac{5}{6}$

3. $3 - \frac{1}{4}$ est égal à : ☐ $\frac{11}{4}$ ☐ $\frac{3}{4}$ ☐ $\frac{7}{4} + 1$

4. $\frac{2}{5} - \left(\frac{3}{10} + \frac{1}{10}\right)$ est :

☐ **Strictement positif** ☐ **Strictement négatif** ☐ **Nul**

5. $2 - 3 \times \frac{6}{5}$ est égal à : ☐ $-\frac{6}{5}$ ☐ $-\frac{8}{5}$ ☐ $-\frac{16}{5}$

6. 5^{-1} est égal à : ☐ -5 ☐ $\frac{1}{5}$ ☐ $0,2$

7. $\left(\frac{1}{3}\right)^2$ est égal à : ☐ $\frac{2}{3}$ ☐ $\frac{1}{9}$ ☐ $\frac{2}{9}$

8. 35×10^{-4} :

☐ **est une écriture scientifique** ☐ $= 3,5 \times 10^{-5}$ ☐ $= 3,5 \times 10^{-3}$

9. 2^3 est égal à : ☐ 5 ☐ 6 ☐ 8

10. 5^{-2} est égal à : ☐ -10 ☐ -25 ☐ $\frac{1}{25}$

→ Réponses p. 499

EXERCICE GUIDÉ

Utiliser la notion scientifique pour comparer des nombres

Énoncé

Classez par ordre croissant les nombres suivants :

$A = 345 \times 10^{13}$ $B = 58\,310 \times 10^{11}$ $C = 0{,}021 \times 10^{18}$

Méthode

1 On remarque que les nombres A, B et C sont écrits sous la forme $M \times 10^n$. Pour les comparer, on écrit chacun de ces nombres sous forme de notation scientifique. Pour cela, on commence par écrire M sous forme d'un produit d'un entier compris entre 1 et 10 (10 exclu) avec une puissance de 10.

2 On simplifie le produit des deux puissances de 10 en utilisant la propriété :

$$10^n \times 10^p = \underbrace{\underbrace{(10 \times 10 \times \ldots \times 10)}_{n \text{ facteurs}} \times \underbrace{(10 \times 10 \times \ldots \times 10)}_{p \text{ facteurs}}}_{(n+p) \text{ facteurs}} = 10^{n+p}$$

3 En utilisant l'écriture scientifique des nombres A, B et C, on peut facilement les comparer.

Corrigé

- $A = \underbrace{345}_{M} \times 10^{13}$

  $B = \underbrace{58\,310}_{M} \times 10^{11}$

  $C = \underbrace{0{,}021}_{M} \times 10^{18}$

- Pour A, $M = 345 = 3{,}45 \times 10^2$
  Pour B, $M = 58\,310 = 5{,}831 \times 10^4$
  Pour C, $M = 0{,}021 = 2{,}1 \times 10^{-2}$.

- $A = 3{,}45 \times 10^2 \times 10^{13} = 3{,}45 \times 10^{15}$
  $B = 5{,}831 \times 10^4 \times 10^{11} = 5{,}831 \times 10^{15}$
  $C = 2{,}1 \times 10^{-2} \times 10^{18} = 2{,}1 \times 10^{16}$.

- Il vient alors :
  $3{,}45 \times 10^{15} < 5{,}831 \times 10^{15} < 2{,}1 \times 10^{16}$
  Soit : $A < B < C$

Commentaires

1 On reconnaît $M \times 10^n$, mais M n'est pas un entier compris entre 1 et 10 (10 exclu), donc les nombres A, B et C ne sont pas sous forme d'écriture scientifique.

2 On écrit les nombres M associés aux nombres A, B et C sous forme d'écriture scientifique.

3 On simplifie les écritures du produit des puissances de 10.

4 On commence par comparer les différentes puissances de 10 : $10^{15} < 10^{16}$, donc $2{,}1 \times 10^{16}$ est le plus grand.

Puis pour des mêmes puissances de 10 ($5{,}831 \times 10^{15}$ et $3{,}45 \times 10^{15}$), on compare les parties décimales : $3{,}45 < 5{,}831$.

Enfin on écrit le classement des trois nombres.

Chapitre 2 Nombres et arithmétique

1 Généralités

De quoi s'agit-il ? **En mathématiques, les nombres sont organisés en différents ensembles, selon leurs caractéristiques.**

1 Différents types de nombres

- Les **entiers naturels** sont les nombres entiers positifs.
- Les **entiers relatifs** sont tous les nombres entiers (positifs et négatifs).
- Les **nombres décimaux** s'écrivent avec une partie après la virgule qui « s'arrête ». Tout entier est aussi un décimal.

Exemples : 0,16 ; 7,856 ; 3 = 3,0.

- Les **nombres rationnels** s'écrivent comme le quotient de deux entiers. Tout décimal est aussi un rationnel.

Exemples : $\frac{7}{11}$; $0{,}2 = \frac{1}{5}$.

- Enfin, certains nombres ne peuvent pas se mettre sous la forme d'un quotient de deux entiers : ils sont dits **irrationnels**.

Exemples : π, $\sqrt{2}$ …

- Tous ces ensembles de nombres sont imbriqués les uns dans les autres.

2 Racine carrée

Comprendre la racine carrée

- Soit a un nombre positif. La **racine carrée de *a*** est le nombre positif dont le carré vaut a. On le note $\sqrt{a}$.

Exemple : $\sqrt{49} = \sqrt{7^2} = 7$.

- Un **carré parfait** est un nombre dont la racine carrée est un entier.

Exemple : 576 est un carré parfait car $\sqrt{576} = 24$. 7 n'est pas un carré parfait car $\sqrt{7} \approx 2{,}646$.

- Les premiers carrés parfaits (carrés des entiers allant de 1 à 15) sont :
1 ; 4 ; 9 ; 16 ; 25 ; 36 ; 49 ; 64 ; 81 ; 100 ; 121 ; 144 ; 169 ; 196 ; 225.

Exercices résolus

Faire le point sur les différents nombres

Répondez par oui ou par non.

Est un nombre	entier	décimal	rationnel
$-\frac{4}{3}$			
1,17			
$\pi + 1$			
$-\frac{30}{5}$			
$\sqrt{219{,}04}$			

…

CORRIGÉ

Conseil

Votre calculatrice peut vous aider.

- $-\frac{4}{3} \approx -1{,}333\ldots$

Ce n'est pas entier.
Ce n'est pas non plus un décimal, car sa partie « après la virgule » est infinie.
C'est un nombre rationnel, car il s'écrit sous la forme d'un quotient de deux entiers.

- 1,17 n'est pas entier. C'est un nombre décimal : il a deux chiffres après la virgule.

Il est également rationnel, car 1,17 s'écrit aussi $\frac{117}{100}$.

Gagnez des points !

Tout décimal est aussi rationnel.

- $\pi + 1 \approx 4{,}14159\ldots$ n'est ni entier, ni décimal. π étant irrationnel (il ne s'écrit pas sous la forme de quotient d'entiers), $\pi + 1$ l'est aussi.
- $-\frac{30}{5} = -6$.

C'est un nombre entier, mais aussi décimal (car $-6 = -6{,}0$) et rationnel $\left(\text{car } -6 = -\frac{6}{1}\right)$.

Gagnez des points !

Tout entier est aussi décimal et rationnel.

- $\sqrt{219{,}04} = 14{,}8$

Ce nombre composé d'un chiffre après la virgule est un décimal, également rationnel $\left(\text{car } 14{,}8 = \frac{74}{5}\right)$.

2 Arithmétique

De quoi s'agit-il ? Décomposer un nombre en produit de facteurs premiers va permettre de rendre des fractions irréductibles.

Dans ce paragraphe, on travaille avec des entiers naturels.

1 Diviseurs et multiples

- On dit que **b est un diviseur de a** ou que **a est un multiple de b** lorsqu'il existe un entier naturel n tel que $a = n \times b$ (ou lorsque $\frac{a}{b} = n$).

Déterminer les diviseurs d'un nombre

Exemple : $42 = 3 \times 14$ ou $\frac{42}{3} = 14$. Ainsi, 3 est un diviseur de 42 ; 42 est un multiple de 3.

2 Critères de divisibilité

Un nombre est divisible par …	si …	Exemple
2	il se termine par 0, 2, 4, 6 ou 8 ; autrement dit s'il est pair.	2 012 se termine par 2
3	la somme de ses chiffres est un multiple de 3.	105 car $1 + 0 + 5 = 6 = 2 \times 3$
5	il se termine par 0 ou 5.	765 se termine par 5

9	la somme des chiffres qui le composent est un multiple de 9.	783 car 7 + 8 + 3 = 18 = 2 × 9
10	il se termine par 0.	430 se termine par 0

3 Nombres premiers

● On appelle **nombre premier** un nombre qui admet exactement deux diviseurs distincts : 1 et lui-même. 0 et 1 ne sont pas des nombres premiers.

Exemples :
- 5 est un nombre premier, car il admet pour seuls diviseurs : 1 et 5.
- 26 n'est pas un nombre premier, car ses diviseurs sont {1 ; 2 ; 13 ; 26}.

Déterminer les nombres premiers compris entre 20 et 50

● Tout entier naturel supérieur ou égal à 2 se décompose en produit de facteurs premiers, et cela de manière unique.

Exemple : $60 = 2 \times 2 \times 3 \times 5$ (les nombres 2, 3 et 5 sont des nombres premiers).

Exercice résolu

Établir la liste des nombres premiers inférieurs à 100

● Il s'agit de déterminer, à la manière d'Eratosthène, tous les nombres premiers inférieurs à 100. On utilise un tableau contenant les nombres de 1 à 100.

● 1 n'est pas premier, on le raye.

● 2 est un nombre premier. On le conserve. On raye ensuite tous les multiples de 2 (autrement dit, tous les nombres pairs).

1	2	3	4	5	6	7	8	9	10
11	12	13	14	15	16	17	18	19	20
21	22	23	24	25	26	27	28	29	30
31	32	33	34	35	36	37	38	39	40
41	42	43	44	45	46	47	48	49	50
51	52	53	54	55	56	57	58	59	60
61	62	63	64	65	66	67	68	69	70
71	72	73	74	75	76	77	78	79	80
81	82	83	84	85	86	87	88	89	90
91	92	93	94	95	96	97	98	99	100

● Le premier nombre non rayé qui suit est 3. On le conserve. Puis on raye tous les multiples de 3 suivants (soit une case sur 3)… jusqu'à 100.

● Le premier nombre non rayé qui suit est 5 : on le conserve. On raye ensuite tous les multiples de 5 suivants.

● On recommence ainsi de suite le procédé, en rayant tous les multiples du plus petit entier restant.

CORRIGÉ

De cette façon apparaissent dans ce tableau les 25 nombres premiers inférieurs à 100.

1	2	3	4	5	6	7	8	9	10
11	12	13	14	15	16	17	18	19	20
21	22	23	24	25	26	27	28	29	30
31	32	33	34	35	36	37	38	39	40
41	42	43	44	45	46	47	48	49	50
51	52	53	54	55	56	57	58	59	60
61	62	63	64	65	66	67	68	69	70
71	72	73	74	75	76	77	78	79	80
81	82	83	84	85	86	87	88	89	90
91	92	93	94	95	96	97	98	99	100

Remarques
- Le crible d'Erastosthène est un algorithme procédant par élimination.
- Certains nombres sont rayés plusieurs fois, car ils ont plusieurs diviseurs.

Révision express

Les points importants à retenir

- Une fraction irréductible est une fraction que l'on ne peut plus simplifier.
- Décomposer un nombre en un produit de facteurs premiers, c'est l'écrire comme un produit dont les facteurs ne sont que des nombres premiers.
- Pour simplifier une fraction, on utilise les critères de divisibilité ou on décompose le numérateur et le dénominateur en produits de facteurs premiers.

Quiz

Cochez la ou les bonnes réponses.

1. Dire que le nombre entier a est un diviseur du nombre entier b signifie que :

☐ **Le reste de la division euclidienne de a par b est nul**
☐ **b est un multiple de a** ☐ **Il existe un entier q tel que $a = b \times q$**

2. Dire que le nombre entier a est un multiple du nombre entier b signifie que :

☐ **Le reste de la division euclidienne de a par b est nul**
☐ **a est un diviseur de b** ☐ **Il existe un entier q tel que $a = b \times q$**

3. Ces nombres sont premiers :

☐ **23** ☐ **39** ☐ **11**

4. Le nombre 16 admet :

☐ **4 diviseurs** ☐ **5 diviseurs** ☐ **6 diviseurs**

5. Le nombre 54 est un multiple de :

☐ **6** ☐ **54** ☐ **108**

6. $(2\sqrt{3})^2$ est égal à :

☐ **6** ☐ $4\sqrt{3}$ ☐ **12**

7. $\sqrt{9} + \sqrt{16}$ est égal à :

☐ **7** ☐ $\sqrt{25}$ ☐ $\sqrt{3} + \sqrt{4}$

8. Cette fraction est irréductible :

☐ $\frac{35}{91}$ ☐ $\frac{77}{9}$ ☐ $\frac{33}{12}$

9. Cette fraction est irréductible :

☐ $\frac{258}{450}$ ☐ $\frac{35}{21}$ ☐ $\frac{46}{51}$

→ Réponses p. 499

EXERCICE GUIDÉ

Décomposer un nombre en produit de facteurs premiers

Énoncé

Décomposez le nombre 5 460 en produit de facteurs premiers.

Méthode

1 On utilise les critères de divisibilité (par 2, 3, 5) pour trouver les premiers diviseurs premiers.

2 Puis on utilise sa calculatrice pour chercher d'autres diviseurs premiers (7, 11, 13…). La décomposition est terminée quand le résultat des divisions successives est 1.

Décomposer un nombre en un produit de facteurs premiers

3 Reste à écrire par multiplications successives de tous les facteurs premiers le nombre de départ.

4 On ordonne les nombres premiers dans le sens croissant, puis on groupe les puissances de même nombre ensemble.

Corrigé

5 460	2	5 460 est pair donc admet 2 pour diviseur
2 730	2	2 730 est pair donc admet 2 pour diviseur
1 365	5	la terminaison en 5 indique que 5 est un diviseur
273	3	$2 + 7 + 3 = 12$ (multiple de 3) donc 3 est un diviseur

91	7	À la calculatrice, $91 \div 7 = 13$
13	13	$13 \div 13 = 1$
1		

- $5\,460 = 2 \times 2 \times 5 \times 3 \times 7 \times 13$

- $5\,460 = 2 \times 2 \times 3 \times 5 \times 7 \times 13$
  $= 2^2 \times 3 \times 5 \times 7 \times 13$

Commentaires

1 On teste rapidement les critères de divisibilité par 2 (nombre pair), par 3 (somme des chiffres multiple de 3) et par 5 (terminaison en 5 ou 0).

2 Avec la calculatrice, on teste la divisibilité par des nombres premiers plus grands (7, 11, 13..). Le dernier résultat obtenu est 1.

3 On obtient la décomposition cherchée comme produit de tous les nombres premiers de la colonne de droite.

4 On ordonne dans le sens croissant les nombres premiers, puis on groupe éventuellement les puissances ensemble.

MATHS

Chapitre 3 Calcul littéral (développements, factorisations)

1 Principales règles pour le calcul littéral

De quoi s'agit-il ? La suppression de parenthèses, le développement et la factorisation permettent d'obtenir différentes écritures d'une même expression.

1 Suppression de parenthèses dans une somme

- **Parenthèses précédées d'un signe +**
$a + (b - c + d) = a + b - c + d$
On conserve les signes.

- **Parenthèses précédées d'un signe –**
$a - (b - c + d) = a - b + c - d$
On change les signes.

Exemples : • $x + (3 - y) = x + 3 - y$ • $5 - (x - y) = 5 - x + y$

2 Développer (en utilisant la distributivité)

Développer, c'est transformer un produit en une somme (ou une différence).

- On développe
$k(a + b) = ka + kb$
Produit — Somme

On développe
$k(a - b) = ka - kb$
Produit — Différence

Développer avec la double distributivité

Exemples :

• $6(x + 3) = 6 \times x + 6 \times 3 = 6x + 18$ • $3(2x - 5) = 3 \times 2x - 3 \times 5 = 6x - 15$

- On développe
$(a + b)(c + d) = ac + ad + bc + bd$
Produit — Somme

Exemple : $(x + 2)(3x + 5) = x \times 3x + x \times 5 + 2 \times 3x + 2 \times 5$
$= 3x^2 + 5x + 6x + 10$
$= 3x^2 + 11x + 10$

3 Factoriser

Factoriser, c'est transformer une somme (ou une différence) en un produit.

On factorise
$ka + kb = k(a + b)$
Somme — Produit

On factorise
$ka - kb = k(a - b)$
Différence — Produit

Factoriser avec un facteur commun

Exemples :

• $5x + 5y = \underline{5} \times x + \underline{5} \times y = 5(x + y)$ • $3x - 6 = \underline{3} \times x - \underline{3} \times 2 = 3(x - 2)$

Exercice résolu

Développer et factoriser des expressions

Développez les produits et factorisez les sommes :

- $A = (2x + 6)(5x - 3)$
- $B = (x + 3)(1 - 2x)$
- $C = 9x - 18$
- $D = 5x^2 + 3x$

CORRIGÉ

- A est un produit de deux facteurs : $(2x + 6)$ et $(5x - 3)$.
C'est donc une forme factorisée que l'on va développer :
$A = (2x + 6)(5x - 3)$
$= 2x \times 5x - 2x \times 3 + 6 \times 5x - 6 \times 3$
$= 10x^2 - 6x + 30x - 18$
$= 10x^2 + 24x - 18$

- B est un produit de deux facteurs. On le développe :
$B = (x + 3)(1 - 2x)$
$= x \times 1 - x \times 2x + 3 \times 1 - 3 \times 2x$
$= x - 2x^2 + 3 - 6x$
$= -2x^2 - 5x + 3$

- C est la différence de deux termes, $9x$ et 18. Il s'agit donc de la factoriser :
$C = 9x - 18$
$= 9 \times x - 9 \times 2$
$= 9(x - 2)$

- D est la somme de deux termes, $5x^2$ et $3x$. On la factorise :
$D = 5\underline{x}^2 + 3\underline{x}$
$= 5x \times \underline{x} + 3 \times \underline{x}$
$= \underline{x}(5x + 3)$

Méthode
On développe A en s'occupant en premier du signe de chaque terme : « + par + donne + », « – par – donne + » et « – par + donne – ».

Rappel
On n'oublie pas que : $x \times x = x^2$.

Remarque
En notant que 18 s'écrit 9×2, on peut utiliser la formule : $ka + kb = k(a + b)$.

Conseil
Dans les termes $5x^2$ et $3x$, il y a un facteur commun, x.

2 La différence de deux carrés

De quoi s'agit-il ? À partir d'une égalité importante, on développe ou factorise efficacement une expression.

Factoriser avec $a^2 - b^2$

Produit d'une somme par une différence — Différence de deux carrés

- $(a + b) \times (a - b) = a^2 - b^2$

Somme — Différence

- Cette égalité, aussi appelée égalité remarquable, doit être parfaitement maîtrisée dans les « deux sens » autant pour développer que pour factoriser. Elle permet de gagner du temps dans les calculs.

On développe →

$$(a + b)(a - b) = a^2 - b^2$$

← On factorise

- Il n'y a pas d'égalité remarquable permettant de factoriser l'expression $a^2 + b^2$.

Remarque
Faites attention à la place du signe moins dans l'expression car $a^2 - b^2 \neq b^2 - a^2$.

Exercice résolu

Développer le produit d'une somme par une différence

Développez les expressions suivantes :

- $A = (x + 5)(x - 5)$
- $B = (5x + 2)(5x - 2)$
- $C = (x - \sqrt{7})(x + \sqrt{7})$
- $D = (3 + 7x)(-7x + 3)$

CORRIGÉ

- A est de la forme $(a + b)(a - b)$ qui se développe en $a^2 - b^2$.

$$A = \underbrace{(x + 5)(x - 5)}_{(a+b)(a-b)} = \underbrace{x^2}_{a^2} - \underbrace{5^2}_{b^2} = x^2 - 5 \times 5 = x^2 - 25$$

Méthode
On identifie dans l'expression a et b. Ici, $a = x$ et $b = 5$.

- B est le produit d'une somme par une différence.

$$B = \underbrace{(5x + 2)}_{(a+b)}\underbrace{(5x - 2)}_{(a-b)} = \underbrace{(5x)^2}_{a^2} - \underbrace{2^2}_{b^2}$$
$$= 5x \times 5x - 2 \times 2$$
$$= 25x^2 - 4.$$

Pensez-y !
N'oubliez pas les parenthèses autour de $5x$. C'est $5x$ qui est élevé au carré.

- C est le produit d'une différence par une somme.

$C = (x - \sqrt{7})(x + \sqrt{7}) = (x + \sqrt{7})(x - \sqrt{7}) = x^2 - (\sqrt{7})^2 = x^2 - 7.$

Pensez-y !
$(a + b)(a - b) = (a - b)(a + b)$

- $D = (3 + 7x)(-7x + 3)$.

On ne reconnaît pas exactement $(a + b)(a - b)$.
Aussi on peut écrire D autrement pour reconnaître la forme usuelle.
$D = (3 + 7x)(3 - 7x)$.
Ainsi D est exactement de la forme $(a + b)(a - b)$ qui se développe en $a^2 - b^2$ avec $a = 3$ et $b = 7x$.
$D = 3^2 - (7x)^2 = 3 \times 3 - 7x \times 7x = 9 - 49x^2$.

Factoriser une différence de deux carrés

Factorisez les expressions suivantes :

- $A = 16 - x^2$
- $B = x^2 - 1$
- $C = 9x^2 - 49$

CORRIGÉ

- $A = 16 - x^2 = 4^2 - x^2$

A est alors de la forme $a^2 - b^2$ qui se factorise en $(a + b)(a - b)$.
$A = (4 + x)(4 - x)$

Méthode
On identifie a et b dans l'expression : $a = x$ et $b = 4$.

- $B = x^2 - 1$

On peut remarquer que $1 = 1 \times 1 = 1^2$.

$$B = \underbrace{x^2 - 1^2}_{\text{Différence de deux carrés}} = \underbrace{(x + 1)(x - 1)}_{\text{Produit de la somme par la différence}}$$

Méthode
La première étape consiste à mettre en évidence les deux carrés.

- $C = 9x^2 - 49$

$C = 3^2x^2 - 7^2$
$C = (3x)^2 - 7^2 = (3x + 7)(3x - 7)$.
(Deux carrés : $(3x)^2$ et 7^2)

Révision express

Les points importants à retenir

- Quand il y a un signe moins devant une parenthèse, on change les signes des termes contenus dans les parenthèses.
- Développer, c'est transformer un produit en une somme et factoriser, c'est transformer une somme en un produit (c'est le contraire).
- Pour factoriser une expression, on cherche un facteur commun ou une différence de deux carrés.

Quiz

Cochez la ou les bonnes réponses.

1. $2 - (-x + 3)$ est égal à :

☐ $-x - 1$ ☐ $x - 1$ ☐ $x + 5$

2. $(-4x + 1)(2x - 3)$ est égal à :

☐ $-8x^2 - 3$ ☐ $-8x^2 + 14x - 3$ ☐ $8x^2 + 14x - 3$

3. Pour $x = -2$, l'expression proposée vaut 0.

☐ $4 - x^2$ ☐ $x^2 + 4$ ☐ $(2x + 4)(x - 1)$

4. $3(x - 7)$ est égal à :

☐ $3x - 7$ ☐ $3x - 21$ ☐ $x - 21$

5. $6x - 18$ est égal à :

☐ $3(2x - 6)$ ☐ $6(x - 3)$ ☐ $6(x - 18)$

6. $8x^2 + 5x$ est égal à :

☐ $x(8x + 5)$ ☐ $x(8 + 5x)$ ☐ $x^2(8 + 5x)$

7. $a^2 - b^2$ est égal à :

☐ $(a + b)(a - b)$ ☐ $(a - b)^2$ ☐ **Ce n'est pas une identité remarquable.**

8. $a^2 + b^2$ est égal à :

☐ $(a + b)(a - b)$ ☐ $(a + b)^2$ ☐ **Ce n'est pas une identité remarquable.**

9. $(2x + 1)(2x - 1)$ a pour forme développée :

☐ $2x^2 - 1$ ☐ $4x^2 - 1$ ☐ $4x^2 + 1$

10. $x^2 - 4$ se factorise en :

☐ $(x - 2)(x + 2)$ ☐ $(x - 2)^2$ ☐ $(x + 2)(-2 + x)$

→ Réponses p. 499

EXERCICE GUIDÉ 1

Savoir développer avec la double distributivité

Énoncé

Développez l'expression suivante : $A = (5 - 2x)(3x + 4)$.

Méthode

1 On reconnaît un produit de deux facteurs.

2 On trace des flèches partant de chaque terme du premier facteur vers chaque terme du second facteur.

3 On développe. On commence par écrire le signe du produit en utilisant la règle des signes (le produit de deux nombres de même signe est positif et le produit de deux nombres de signe contraire est négatif), puis on écrit le produit.

4 On simplifie l'écriture en enlevant les signes ×.

5 On réduit l'écriture.

Corrigé

- $A = \boxed{(5 - 2x)}\ \boxed{(3x + 4)}$
- $A = (5 - 2x)(3x + 4)$
- $A = 5 \times 3x + 5 \times 4 - 2x \times 3x - 2x \times 4$
- $A = 15x + 20 - 6x^2 - 8x$
- $A = -6x^2 + 7x + 20$

Commentaires

1 On reconnaît un produit de deux facteurs (encadrés). Les parenthèses sont importantes. Elles indiquent que c'est $(5 - 2x)$ qui est multiplié par $(3x + 4)$. On utilise donc la double distributivité pour développer ce produit.

2 On trace les flèches qui vont aider au développement.

3 On développe. On écrit d'abord le signe (grâce à la règle des signes des produits), puis on écrit le produit.

4 On simplifie l'écriture, sans oublier que $x \times x = x^2$.

5 On réduit l'écriture en « calculant » les x avec les x. On vérifie bien que le résultat final est une somme (c'est toujours le cas après un développement).

Remarque :
Avec un peu d'entraînement, vous pouvez ne pas écrire l'étape **3** et passer directement de l'étape **2** à l'étape **4** Écrivez le signe du produit, puis faites le produit mentalement sans l'écrire.

EXERCICE GUIDÉ 2

Factoriser une expression

Énoncé

Factoriser $A = 5x^2 + 3x$ et $B = 25 - 9x^2$.

Méthode

1 On remarque que les expressions A et B sont des sommes ou différences : ce ne sont donc pas des expressions factorisées.

2 On repère pour A et B la méthode que l'on va utiliser : soit la factorisation par facteur commun, soit la factorisation avec l'égalité remarquable $a^2 - b^2 = (a + b)(a - b)$.

3 On identifie bien le facteur commun ou les valeurs de a et b dans l'égalité remarquable.

4 On factorise avec le facteur commun ou on utilise l'égalité remarquable.

5 On fait bien attention qu'à la fin on doit obtenir un produit.

Corrigé

- $A = 5x^2 + 3x$
  $B = 25 - 9x^2$
- $A = 5x^2 + 3x = 5x \times \underline{x} + \underline{3x}$
  $B = 25 - 9x^2 = 5^2 - (3x)^2$
- $A = x\,(5x + 3)$.
  $B = (5 + 3x)(5 - 3x)$
- Les expressions factorisées de A et B sont :
  $A = x(5x + 3)$ et $B = (5 + 3x)(5 - 3x)$.

Commentaires

1 A est la somme de $5x^2$ et de 3x.
B est la différence de 25 avec $9x^2$.

2 3 Dans A, il y a un facteur commun : x.
Dans B, on reconnaît une différence de deux carrés $a^2 - b^2$ avec $a = 5$ et $b = 3x$.

4 Pour A, on met le facteur commun devant la parenthèse et on complète celle-ci avec les termes qui manquent.
Pour B on écrit l'égalité $a^2 - b^2 = (a + b)(a - b)$ avec $a = 5$ et $b = 3x$.

5 On obtient pour A et B des produits de deux facteurs.

Chapitre 4 Équations

1 Équations

De quoi s'agit-il ? La résolution d'équation permet de résoudre beaucoup de problèmes en mathématiques. Il est donc nécessaire de reconnaître le type d'équation ainsi que la méthode de résolution.

1 Définition

- Une **équation à une inconnue** est une égalité dans laquelle se trouve un nombre inconnu. Ce nombre est souvent désigné par la lettre x.

À savoir

Résoudre une équation, c'est trouver **toutes** les valeurs possibles que peut prendre l'inconnue pour que l'égalité soit vérifiée. Ces valeurs sont appelées **les solutions** de l'équation.

Exemple : $x + 4 = 3$ est une équation qui a pour solution -1, car en remplaçant x par -1, on obtient $-1 + 4 = 3$, l'égalité est bien vérifiée.

2 Propriété des égalités

- On ne change pas une égalité lorsqu'on ajoute (ou soustrait) le même nombre à chacun des deux membres :

SI $a = b$ **ALORS** $a + c = b + c$ (On ajoute c)

SI $a = b$ **ALORS** $a - c = b - c$ (On retranche c)

- On ne change pas une égalité lorsqu'on multiplie (ou divise) par le même nombre (non nul) chacun des deux membres :

SI $a = b$ **ALORS** $a \times c = b \times c$ (On multiplie par c)

SI $a = b$ **ALORS** $\frac{a}{c} = \frac{b}{c}$ (On divise par $c \neq 0$)

Exemple :

$2x + 3 = 5$

$2x + 3 - 3 = 5 - 3$ On retranche 3 à chacun des deux membres.

$2x = 2$

$\frac{2x}{2} = \frac{2}{2}$ On divise par 2 chacun des deux membres.

$x = 1$ La solution de cette équation est 1.

2 Les différentes équations

1 Équation du premier degré

Une équation du premier degré est une équation qui peut s'écrire sous la forme : $ax + b = cx + d$. Le nombre x est à la puissance 1.

Résoudre une équation du premier degré

MATHS

2 Équation produit nul

• Comme son nom l'indique, il s'agit d'une équation dont le premier membre est un produit de facteurs et dont le second membre est nul (il vaut zéro).

$$\underbrace{(ax+b)(cx+d)}_{\text{Produit de 2 facteurs}} = \underbrace{0}_{\text{Nul}}$$

À savoir

Pour résoudre une équation produit nul, on utilise le théorème suivant :
« Un produit de facteurs est nul si et seulement si l'un au moins de ses facteurs est nul. »

Exemple : $(3x-5)(4-x)=0$ est une équation produit nul. On applique le théorème précédent pour résoudre cette équation. L'un au moins des deux facteurs doit être nul :

$3x-5=0$ ou $4-x=0$

$x=\frac{5}{3}$ ou $x=4$ Cette équation a deux solutions : $\frac{5}{3}$ et 4.

Résoudre une équation produit nul

• Il faudra parfois factoriser pour se ramener à ce type d'équation.

3 Équation avec carré isolé

Soit a un nombre réel. On appelle équation avec carré isolé une équation de la forme $x^2=a$.
- si $a>0$: $x^2=a$ admet deux solutions : $x=\sqrt{a}$ et $x=-\sqrt{a}$.
- si $a=0$: $x^2=a$ admet une solution : $x=0$.
- si $a<0$: $x^2=a$ n'a pas de solution (car un carré ne peut être de signe négatif).

Résoudre une équation $x^2=a$

Exercice résolu

Reconnaître une équation puis la résoudre

Indiquez pour chacune des équations suivantes quel est son type (1er degré, produit nul, carré isolé), puis résolvez-la.

1. $5x-4=7$ **2.** $x^2-64=0$ **3.** $(x-5)(2x-7)=0$

CORRIGÉ

1. $5x-4=7$ est une équation du premier degré.

$5x-\cancel{4}+\cancel{4}=7+4$ *On ajoute 4 de chaque côté :* $5x=11$

$\frac{5x}{5}=\frac{11}{5}$ *On divise par 5 de chaque côté :* $x=\frac{11}{5}$

Cette équation a une solution : $\frac{11}{5}$.

2. $x^2-64=0$

$x^2-\cancel{64}+\cancel{64}=0+64$ *On se ramène à un carré isolé de la forme $x^2=a$.*

$x^2=64$

$x=\sqrt{64}$ ou $x=-\sqrt{64}$ *Comme $a>0$, cette équation a deux solutions.*

$x=8$ ou $x=-8$

Cette équation a deux solutions : 8 et -8.

3. $(x-5)(2x-7)=0$. Il s'agit d'une équation produit nul. Un produit de deux facteurs est nul si et seulement si l'un au moins des facteurs est nul.

$x-5=0$ ou $2x-7=0$

$x=5$ ou $2x=7$

$x=5$ ou $x=\frac{7}{2}$

Cette équation a deux solutions : 5 et $\frac{7}{2}$.

Conseil

Résoudre une équation produit nul revient à résoudre deux équations.

➔ Révision express

Les points importants à retenir

- Pour résoudre une équation, on effectue les mêmes opérations de part et d'autre du signe « = » : addition, soustraction, multiplication, division.
- Il est essentiel d'identifier le type de l'équation : une équation du premier degré, une équation produit-nul ou un carré isolé.
- À chaque type d'équation correspond une méthode de résolution.

Quiz

Cochez la ou les bonnes réponses.

1. Trouvez les équations produit nul parmi les équations suivantes :

☐ $(3x + 4)(x - 5) = 1$ ☐ $(3x - 5) - (5x + 8) = 0$ ☐ $x(x + 3) = 0$

2. Les solutions de l'équation $(3 - x)(2x - 4) = 0$ sont :

☐ **3 et – 2** ☐ **– 3 et 2** ☐ **2 et 3**

3. La solution de l'équation $2x - 15 = 4x - 1$ est :

☐ **– 7** ☐ **7** ☐ **un nombre entier**

4. L'équation $\frac{x}{2} = 1$ a pour solution : ☐ x ☐ **2** ☐ **– 2**

5. L'équation $\frac{x}{3} = \frac{x}{2}$ a pour unique solution 0.

☐ **Vrai** ☐ **Faux**

6. Le nombre – 1 est solution de l'équation :

☐ $x^2 = 1$ ☐ $3x + 1 = 2x$ ☐ $(x + 1)(2x - 3) = 0$

7. L'équation $x^2 = 4$ a pour solution :

☐ $\sqrt{2}$ ☐ **2** ☐ **– 2**

8. L'équation $3x = 0$ a pour solution :

☐ **0** ☐ **3** ☐ **– 3**

9. Si $a = b + 1$, alors :

☐ $a + 2 = b + 3$ ☐ $\frac{a}{2} = \frac{b}{2} + 1$ ☐ $2a = 2b + 2$

10. Si $2a - 3b = 0$, alors :

☐ $-2a + 3b = 0$ ☐ $a = \frac{2}{3}b$ ☐ $a = \frac{3}{2}b$

→ Réponses p. 500

EXERCICE GUIDÉ 1

Résoudre une équation du premier degré

Énoncé

Résolvez l'équation : $x + 3 = -3(x + 2)$.

Méthode

1 On reconnaît une équation du premier degré.

2 Si l'équation comporte un produit, on développe pour se ramener à une équation du type $ax + b = cx + d$.

3 On regroupe les « termes en x » dans le membre de gauche et les termes sans x dans le membre de droite.

4 Quand l'équation est sous la forme $ax = b$, on divise les deux membres par a pour obtenir la solution.

5 On écrit la solution de l'équation à l'aide d'une phrase.

Corrigé

- $x + 3 = -3(x + 2)$

- $x + 3 = -3 \times x - 3 \times 2$
  $x + 3 = -3x - 6$

- $x + 3 + 3x = -\cancel{3}x - 6 + \cancel{3}x$
  $4x + 3 = -6$
  $4x + \cancel{3} - \cancel{3} = -6 - 3$
  $4x = -9$

- $\frac{\cancel{4}x}{\cancel{4}} = \frac{-9}{4}$
  $x = \frac{-9}{4}$

- La solution de l'équation est $\frac{-9}{4}$.

Commentaires

1 On reconnaît une équation du premier degré (il n'y a pas de x^2, ni de produit contenant des x).

2 Il y a un produit. On le développe.

3 On rassemble les x dans le premier membre et les « non x » (c'est-à-dire les constantes) dans le second. Pour cela, on commence par ajouter $3x$ de chaque côté pour éliminer les x du membre de droite, puis on retranche 3 pour éliminer la constante du membre de gauche. Ces deux étapes peuvent être faites simultanément.

4 On divise par 4 pour obtenir x.

5 On écrit la conclusion.

EXERCICE GUIDÉ 2

Résoudre un problème avec une équation

Énoncé

Une boulangère très joueuse demande à Louise de résoudre l'énigme suivante pour trouver le prix d'une baguette de pain :
« Le prix d'une demi-baguette augmenté de 0,7 € est égal au double du prix de la baguette diminué de 0,65 € ».
Comment Louise doit-elle s'y prendre pour retrouver le prix de la baguette ?

Méthode

1 On choisit une inconnue. Il s'agit souvent du nombre cherché.

2 On met le problème en équation. On exprime mathématiquement de deux façons différentes une même quantité. Cela permet d'obtenir une égalité.

3 On résout l'équation.

4 On conclut par une phrase.

Corrigé

- On note x le prix, en €, d'une baguette de pain.
- Une baguette coûte x €, la moitié d'une baguette coûte $\frac{1}{2}x$ soit $0{,}5x$ €.
On augmente ce prix de 0,7 €, on obtient :
$0{,}5x + 0{,}7$.
- Le double du prix de la baguette est $2 \times x$ soit $2x$.
On diminue ce prix de 0,65 €, on obtient :
$2x - 0{,}65$.
- Puisque ces deux prix sont égaux d'après l'énoncé, on obtient l'équation :

$$0{,}5x + 0{,}7 = 2x - 0{,}65.$$

- $0{,}5x - 2x = -0{,}65 - 0{,}7$

$$-1{,}5x = -1{,}35$$
$$x = \frac{-1{,}35}{-1{,}5}$$
$$x = 0{,}9$$

- Le prix d'une baguette de pain est de 0,9 €.

Commentaires

1 Choix de l'inconnue.
On cherche un nombre positif dont on connaît un ordre de grandeur.

2 La mise en équation du problème se fait pas à pas. Elle doit conduire à une égalité entre deux prix exprimés en fonction de la même inconnue, x.
• Ces deux prix sont obtenus en traduisant les deux parties de la phrase de part et d'autre de « est égal ».
• On écrit alors l'égalité.

3 On reconnaît une équation du premier degré. On utilise les règles de résolution relatives à ce type d'équation.

4 On conclut par une phrase qui répond clairement au problème posé. On fait attention à la cohérence du résultat.

Chapitre 5 Notion de fonction

1 Généralités

De quoi s'agit-il ? Une fonction est un procédé mathématique mettant en relation deux nombres, image et antécédent.

1 Définition

- Une fonction est un procédé (une « machine ») qui à un nombre x associe un unique autre nombre noté $f(x)$ (lire « f de x »).
- On peut schématiser ce procédé :

Nombre d'entrée : x ⟶ (fonction f) ⟶ Nombre de sortie : $f(x)$

On note : $x \mapsto f(x)$ (lire : « à x, on associe f de x »).

Exemple : Nombre d'entrée : -2 ⟶ (fonction f) ⟶ Nombre de sortie : 5

On a ici : $f : -2 \mapsto 5$ ou $f(-2) = 5$.

2 Image et antécédent

- On dit que $f(x)$ est l'image de x par la fonction f.

Calculer une image par une fonction

Exemple : Avec la fonction f définie ci-dessus, on dit :
5 est l'**image** de -2 par f ou -2 a pour image 5 par f ou encore l'image de -2 par f est 5.
On dit également que -2 est un **antécédent** de 5 par f.

À savoir

- Un nombre admet une et une seule image.
- En revanche, un nombre peut admettre plusieurs antécédents, ou aucun.

Exercice résolu

Comprendre ce qu'est une fonction

On considère la « machine-fonction f » suivante :

Entrée		Sortie
1	fonction f	0
2		5
3		3,4
4		-2
5		0

…

•••

1. Cette machine définit-elle bien une fonction ? Justifiez.

2. a. Déterminez l'image par f du nombre 2.
b. Combien vaut $f(5)$?

3. Déterminez le(s) antécédent(s) par f de 3,4, de 0 et de 4, s'il(s) existe(nt).

CORRIGÉ

1. À un nombre (entier compris entre 1 et 5), on associe exactement un seul autre nombre (colonne de droite) : c'est la définition d'une fonction.

2. a. Au nombre 2 est associé par f le nombre 5. Ainsi l'image par f du nombre 2 est 5.
b. $f(5)$ est l'image par f du nombre 5 : c'est 0. On conclut que : $f(5) = 0$.

3. Le nombre 3,4 admet pour antécédent le nombre 3.
- Le nombre 0 apparaît deux fois en sortie de la fonction. 0 admet deux antécédents par f : 1 et 5.
- Le nombre 4 n'apparaît pas dans les nombres obtenus « à la sortie » de la machine. Aussi on conclut que le nombre 4 n'admet pas d'antécédent par f.

Méthode
On cherche 3,4 dans les nombres de sortie. Puis on lit quel nombre d'entrée lui est associé.

2 Différentes manières de définir une fonction

De quoi s'agit-il ? **Une fonction peut être définie de trois façons : à partir d'une expression, d'une représentation graphique ou d'un tableau de valeurs.**

1 Avec une expression

Exemple : Soit f la fonction qui, à chaque nombre x, associe le nombre $f(x) = 2x^2 - 6$.
$2x^2 - 6$ est l'expression de $f(x)$.

Exercice résolu

Calculer une image et un antécédent à partir de l'expression d'une fonction

On donne la fonction f définie par $f(x) = -3x + 7$.

1. Quelle est l'image par f de -2 ?

2. Déterminez les éventuels antécédents de 10 par f.

Calculer un antécédent par une fonction

CORRIGÉ

1. $f(-2) = -3 \times (-2) + 7 = 6 + 7 = 13$.
L'image par f de -2 est 13.

2. Les antécédents éventuels de 10 par f sont les nombres qui vérifient $f(x) = 10$. On résout l'équation $-3x + 7 = 10$.

$$-3x = 10 - 7$$
$$-3x = 3$$
$$x = \frac{3}{-3} = -1.$$

10 admet pour antécédent -1 par f.

Méthode
Dans l'expression de $f(x)$, on remplace x par -2.

Méthode
Déterminer un (des) antécédent(s) par le calcul revient à résoudre une équation.

2 Avec un tableau de valeurs

Exemple : Le tableau suivant définit une fonction h qui, à chaque nombre x de la première ligne rangés habituellement dans l'ordre croissant associe un nombre $h(x)$ dans la deuxième ligne.

x	**– 4**	– 1	0	**2**	**3**	5	7
$h(x)$	**1**	6	8	**5**	**1**	0	– 4

Dans ce tableau de valeurs : au nombre 2, h fait correspondre 5. On a : $h(2) = 5$.
Les nombres – 4 et 3 sont des antécédents de 1 par h.

Compléter un tableau de valeurs

3 Avec une représentation graphique

Lire graphiquement une image et un antécédent

Exemple : À chaque nombre x compris entre – 4 et 5 sur l'axe des abscisses, la courbe représentant g (appelée $\mathscr{C}_g$) associe un nombre $g(x)$ sur l'axe des ordonnées.
Par exemple, au point d'abscisse 1 de la courbe $\mathscr{C}_g$ est associée l'ordonnée – 2. Soit $g(1) = -2$.

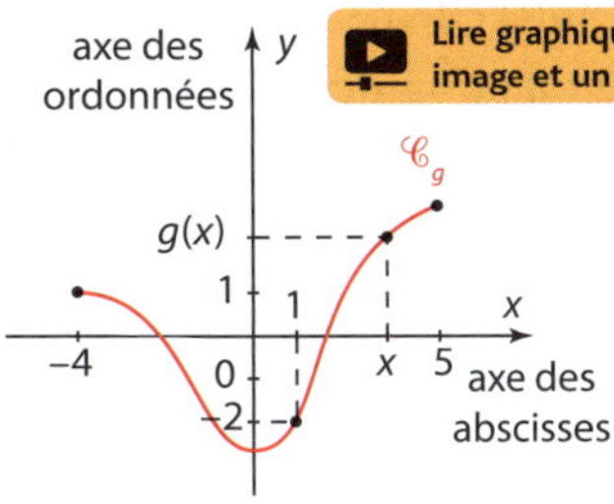

Exercice résolu

Lire graphiquement une image et un antécédent

On donne la représentation graphique $\mathscr{C}_f$ d'une fonction f.

1. Combien vaut $f(1)$?
2. Quels sont les antécédents de 5 par f ?

CORRIGÉ

1.

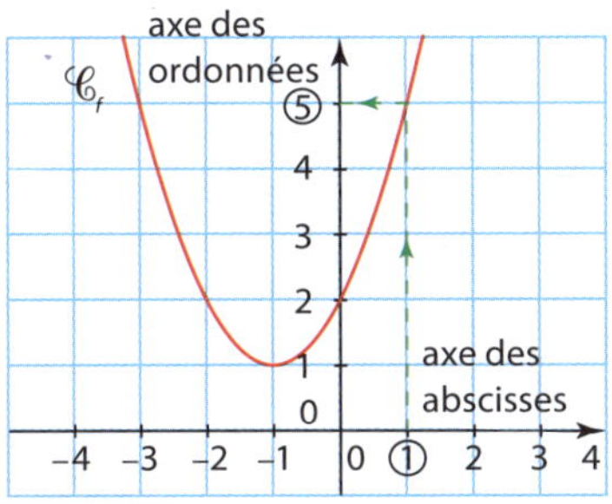

On lit $f(1) = 5$.

2.

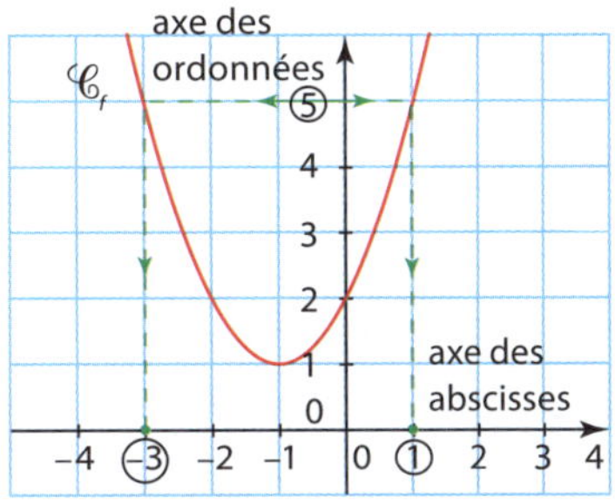

Le nombre 5 admet deux antécédents par f : – 3 et 1.

Méthode

On se place sur l'axe des abscisses à la valeur de x demandée, ici 1. Avec des pointillés verticaux, on « rejoint » le point de $\mathscr{C}_f$ qui a cette abscisse. Puis, avec des pointillés horizontaux, on coupe l'axe des ordonnées pour lire l'ordonnée correspondante.

Méthode

On se place sur l'axe vertical à la valeur de y demandée, ici 5. Avec des pointillés horizontaux, on « rejoint » le(s) point(s) de $\mathscr{C}_f$ qui a (ont) cette ordonnée, s'il y en a. Puis, avec des pointillés verticaux, on coupe l'axe des abscisses pour lire le(s) x correspondant(s).

À savoir

- Les images se lisent sur l'axe des ordonnées.
- Les antécédents se lisent sur l'axe des abscisses.

➜ Révision express

Les points importants à retenir

- L'image d'un nombre par une fonction est unique. En revanche, un nombre peut admettre plusieurs antécédents.
- Dans l'égalité $f(a) = b$, b est l'image de a et a est un antécédent de b.
- Pour une fonction définie par une expression, on calcule une image en remplaçant x par une valeur. On détermine un (des) antécédent(s) en résolvant une équation.
- Pour une fonction définie par un tableau de valeurs, les images $f(x)$ se lisent dans la seconde ligne et les antécédents se lisent dans la première ligne.
- Pour une fonction définie par une représentation graphique, on trace des pointillés verticaux rejoignant la courbe pour lire une image, et on trace des pointillés horizontaux rejoignant la courbe pour déterminer les antécédents.
- Un point de coordonnées $(a\ ;\ b)$ est sur la courbe représentative d'une fonction f si $f(a) = b$.

Quiz

Cochez la ou les bonnes réponses.

1. Soit la fonction définie par $f(x) = x^2 - 4$; $f(x) = 0$ quand x vaut : ☐ **– 2** ☐ **0** ☐ **2**

2. $f(2) = -1$ se traduit par :

☐ **l'image de 2 par f est – 1**

☐ **le point de coordonnées (2 ; – 1) est sur la courbe représentative de f**

☐ **un antécédent de 2 par f est – 1**

3. À un nombre x, une fonction f associe le carré de son triple. Alors :

☐ $f(x) = 3x^2$ ☐ $f(x) = (3x)^2$ ☐ $f(x) = 3^2x$

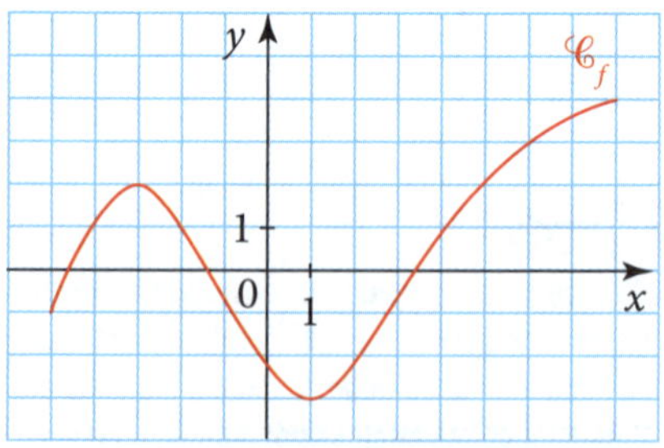

À propos du graphique ci-contre :

4. 1 admet pour antécédent : ☐ **– 4** ☐ **– 3** ☐ **– 2**

5. $f(-3)$ vaut : ☐ **1** ☐ **2** ☐ **n'existe pas**

6. Ce nombre n'admet pas d'antécédent par f :

☐ **– 4** ☐ **0** ☐ **5**

À propos du tableau de valeurs ci-contre :

x	– 2	0	1	4	5
$f(x)$	– 1	2	3	0	– 1

7. L'image de 0 par f est : ☐ **– 1** ☐ **2** ☐ **4**

8. Par la fonction f, le nombre –1 admet :

☐ **aucun antécédent** ☐ **un antécédent** ☐ **au moins deux antécédents**

→ Réponses p. 500

EXERCICE GUIDÉ

Résoudre un problème utilisant deux définitions d'une fonction

Énoncé

Un artisan fabrique des boîtes de hauteur x, en cm, à base carrée de côté 12 – 2x cm et de volume, en cm³ :

$V(x) = 4x^3 - 48x^2 + 144x$.

On donne ci-contre la courbe $\mathscr{C}_V$ représentative de la fonction V.

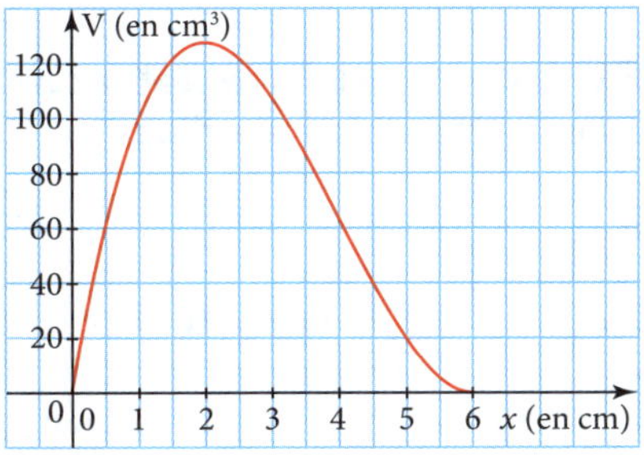

1. a. Donnez une valeur approchée du volume d'une boîte de 2 cm de haut.

b. Retrouvez le résultat exact par le calcul.

2. Un client a besoin d'une boîte de 100 cm³ de volume. Quelles dimensions de boîtes l'artisan peut-il proposer à son client ? (Utilisez le graphique.)

Méthode

1 La représentation graphique d'une fonction permet la lecture, sur l'axe des ordonnées, d'une valeur approchée de l'image d'un nombre.

2 L'expression de la fonction permet d'obtenir un calcul exact de la valeur de l'image.

3 On vérifie que les deux résultats obtenus sont très proches l'un de l'autre.

4 La représentation graphique d'une fonction permet la lecture, sur l'axe des abscisses, d'une valeur approchée des antécédents sur l'axe des abscisses.

Corrigé

1. a. Pour $x = 2$, on lit environ $V(x) = 130$.
Une boîte d'une hauteur de 2 cm a un volume d'environ 130 cm³.

b. On calcule $V(x) = 4x^3 - 48x^2 + 144x$ pour $x = 2$:
$V(2) = 4 \times 2^3 - 48 \times 2^2 + 144 \times 2$
$V(2) = 4 \times 8 - 48 \times 4 + 144 \times 2$
$V(2) = 32 - 192 + 288 = 128$.
Une boîte d'une hauteur de 2 cm a un volume de 128 cm³.

2. Le client veut une boîte de 100 cm³ de volume.
On lit deux hauteurs correspondantes : $x = 1$ et $x \approx 3{,}2$.
– Pour $x = 1$, la base de la boîte est carrée de côté :
$12 - 2x = 12 - 2 \times 1 = 12 - 2 = 10$ cm.
– Pour $x = 3{,}2$, la base de la boîte est carrée de côté :
$12 - 2x = 12 - 2 \times 3{,}2 = 12 - 6{,}4 = 5{,}6$ cm.
L'artisan peut proposer deux modèles de boîtes : des boîtes de 1 cm de hauteur et de base carrée de côté 10 cm, ou des boîtes de hauteur 3,2 cm et de base carrée de côté 5,6 cm.

Commentaires

1 On cherche l'ordonnée du point d'abscisse 2, en s'aidant de pointillés.

2 On remplace x par 2 dans l'expression du volume.

3 Le résultat exact obtenu par le calcul (128) est très proche du résultat obtenu par lecture graphique (130). C'est cohérent.

4 On part de 100 sur l'axe des ordonnées et on détermine graphiquement les antécédents de 100 par la fonction V, en s'aidant par exemple de pointillés. Cette question est traitée graphiquement ; en effet, une résolution par le calcul nécessiterait la résolution d'une équation de degré 3 !

Chapitre 6 Fonctions linéaires – Proportionnalité – Pourcentages

1 Fonctions linéaires

De quoi s'agit-il ? Les fonctions linéaires sont un cas particulier de fonction ayant une expression et une représentation graphique caractéristiques.

1 Définitions

● Soit a un réel donné. Une **fonction linéaire** est une fonction qui, à un nombre x, associe le nombre $a \times x$, noté aussi ax. La fonction f traduisant cette situation est définie par $f(x) = ax$. a est le **coefficient de la fonction linéaire**.

Remarque
Une fonction linéaire est une fonction affine particulière.

Exemple : La fonction linéaire de coefficient – 2 est la fonction f définie par $f(x) = -2x$. On écrit également $f : x \mapsto -2x$.

Comprendre la fonction linéaire

2 Représentation graphique

À savoir

▪ Dans un repère, la représentation graphique de la fonction linéaire $x \mapsto ax$ est une **droite qui passe par l'origine du repère** (on a $f(0) = 0$).
▪ Les points de cette droite ont des coordonnées de la forme $(x ; ax)$.
▪ On dit que a est le **coefficient directeur de la droite** : il donne la direction de la droite, c'est-à-dire l'inclinaison de la droite par rapport à l'horizontale.

Si $a > 0$, la droite « monte ».

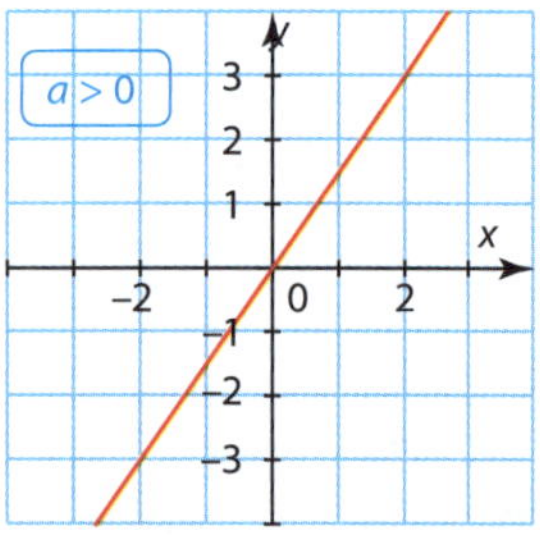

Si $a = 0$, la droite est horizontale et confondue avec l'axe des abscisses.

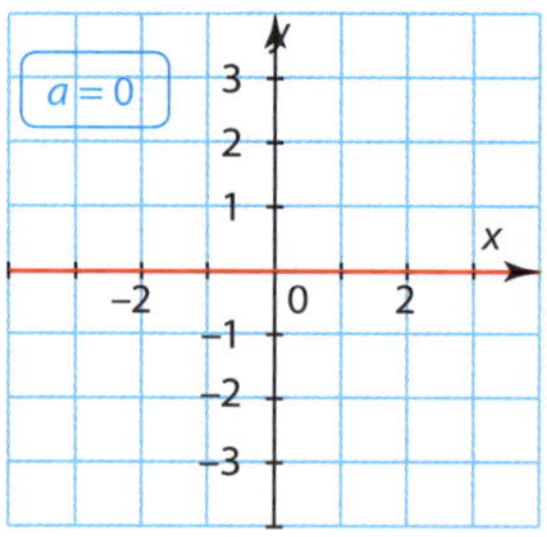

Si $a < 0$, la droite « descend ».

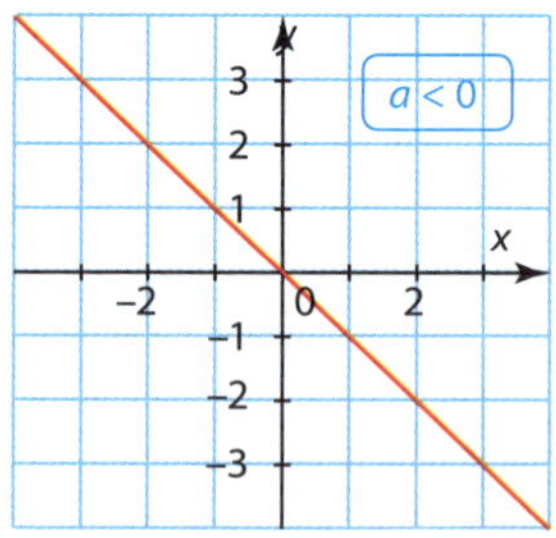

Exercice résolu

Calculer des images et des antécédents par une fonction linéaire

f est la fonction linéaire définie par $f(x) = -4x$.
Déterminez l'image de 3 par f, puis déterminez l'antécédent de – 8 par f.

CORRIGÉ

● L'image de 3 par f est donnée par $f(3) = -4 \times 3 = -12$.
L'image de 3 par f est – 12.

● On cherche x tel que $f(x) = -8$, soit $-4x = -8$.
On en déduit que $x = \frac{-8}{-4} = 2$. L'antécédent de – 8 est 2.

Méthode
Pour déterminer l'image de 3, on calcule $f(3)$. Pour cela, on remplace x par 3 dans $f(x)$.

Méthode
Trouver des antécédents revient à résoudre une équation.

2 Proportionnalité

De quoi s'agit-il ? Quand deux quantités varient de la même façon, on parle de proportionnalité. Ces situations sont très fréquentes dans la vie de tous les jours.

1 Tableau de proportionnalité

- Un tableau décrit une situation de proportionnalité quand, en multipliant par un même nombre a les valeurs de la première ligne, on retrouve celles de la deuxième ligne. Ce nombre a est appelé **coefficient de proportionnalité**.
- À toute situation de proportionnalité, on peut associer une fonction linéaire.

Exemple :

5	0,2	4
1,5	0,06	1,2

$\times 0,3$

Dans ce tableau, la fonction linéaire qui modélise la situation est la fonction f définie par $f(x) = 0,3x$ et le coefficient de proportionnalité est $a = 0,3$.

2 Quatrième proportionnelle

Dans un tableau de proportionnalité, il y a égalité des produit en croix. Cette propriété permet de calculer une quatrième proportionnelle.

Exemple :

3	5
1,8	x

Dans ce tableau de proportionnalité, pour calculer la quatrième proportionnelle x, on utilise l'égalité des produits en croix :

$3 \times x = 5 \times 1,8$ d'où $x = \dfrac{5 \times 1,8}{3} = 3$.

3 Représentation graphique

- Dans une situation de proportionnalité, les points obtenus dans un repère sont alignés avec l'origine du repère.
- Réciproquement, si des points sont alignés avec l'origine dans un repère, alors il s'agit d'une situation de proportionnalité.

Exemple :

2	4,4	6,2	8
1,2	2,64	3,72	4,8

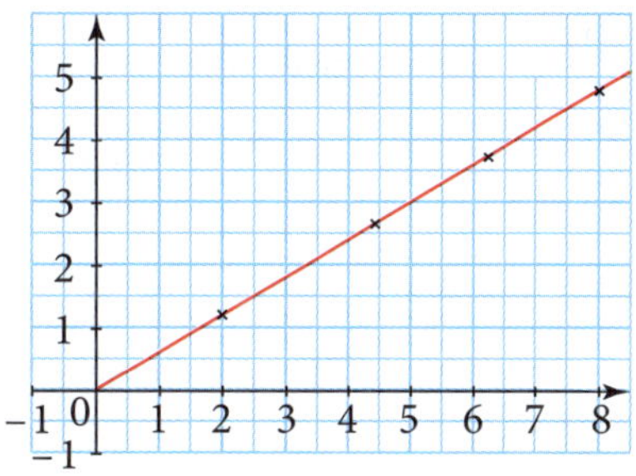

Les points obtenus sont alignés avec l'origine du repère. Il s'agit donc bien d'une situation de proportionnalité. Les quotients $\dfrac{1,2}{2}$, $\dfrac{2,64}{4,4}$, $\dfrac{3,72}{6,2}$ et $\dfrac{4,8}{8}$ sont tous égaux à 0,6.

3 Notion de ratio

1 Avec deux nombres

Deux nombres a et b sont dans un ratio 2 : 3 signifie que $\dfrac{a}{2} = \dfrac{b}{3}$ ou $a = \dfrac{2}{3}b$.

Cela revient aussi à dire que les grandeurs a et b sont proportionnelles aux grandeurs 2 et 3.

Exemple :
La notation 1 : 500 qui correspond à une échelle signifie en terme de ratio que la grandeur mesurée a et la grandeur réelle b sont dans un ratio 1 : 500, soit $\frac{a}{1} = \frac{b}{500}$ ou encore $a = \frac{b}{500}$ ou encore $b = 500a$.
Cela signifie que 1 cm sur le dessin représente 500 cm sur le terrain.

2 Avec trois nombres

Trois nombres a, b et c sont dans un ratio 2 : 3 : 7 signifie que $\frac{a}{2} = \frac{b}{3} = \frac{c}{7}$.
Cela revient aussi à dire que les grandeurs a, b et c sont proportionnelles aux grandeurs 2, 3 et 7.

Exemple :
Justifions que les nombres 12, 60 et 68 sont dans le ratio 3 : 15 : 17.
Pour cela, on calcule les trois quotients : $\frac{12}{3} = 4$ $\quad \frac{60}{15} = 4$ $\quad$ et $\quad \frac{68}{17} = 4$
Comme ces quotients sont égaux, on conclut que 12, 60 et 68 sont dans le ratio 3 : 15 : 17.

4 Pourcentages

De quoi s'agit-il ? Pour mesurer des proportions ou pour définir des évolutions (diminution ou augmentation), on est souvent amené à utiliser des pourcentages.

1 Appliquer un pourcentage

- **Problème :** dans une classe de troisième de 25 élèves, 40 % sont des filles. Calculer le nombre de filles dans cette classe.
- **Interprétation :** si la classe comportait 100 élèves, il y aurait 40 filles dans cette classe. Ainsi, on peut schématiser la situation à l'aide du tableau de proportionnalité suivant en notant x le nombre de filles dans la classe :

Nombre d'élèves dans la classe	25	100
Nombre de filles dans la classe	x	40

Par produit en croix, on obtient $x \times 100 = 40 \times 25$
soit $x = \frac{40}{100} \times 25 = 0{,}4 \times 25 = 10$.
Calculer 40 % de 25 revient donc à multiplier 25 par 0,4.

Comprendre les pourcentages et les proportions

- **Conclusion :** il y a 10 filles dans la classe.

2 Calculer un pourcentage

- **Problème :** dans cette même classe, il y a 5 élèves externes. Quel est le pourcentage d'élèves externes dans cette classe ?
- **Interprétation :** la question qu'il faut se poser est la suivante « Si la classe comportait 100 élèves, combien y aurait-il d'élèves externes ? ». Ainsi, on peut schématiser la situation à l'aide du tableau de proportionnalité suivant en notant y le nombre d'élèves externes si la classe comportait 100 élèves :

Nombre d'élèves dans la classe	25	100
Nombre d'externes dans la classe	5	y

Par produit en croix, on obtient $y \times 25 = 5 \times 100$, soit $y = \frac{5}{25} \times 100 = 20$.

La proportion d'élèves externes est donnée par le quotient :

$$\frac{\text{Nombre d'élèves externes}}{\text{Nombre total d'élèves}} = \frac{5}{25} = 0{,}2 = 20\,\%.$$

- **Conclusion :** il y a 20 % d'élèves externes dans la classe.

3 Évolutions en pourcentage

- Augmenter un nombre de t % revient à le multiplier par $1 + \frac{t}{100}$.

Exemple : augmenter un nombre de 7 % revient à le multiplier par $1 + \frac{7}{100}$, soit 1,07. La fonction linéaire associée est la fonction $x \mapsto 1{,}07x$.

Comprendre le taux d'évolution

- Diminuer un nombre de t % revient à le multiplier par $1 - \frac{t}{100}$.

Exemple : diminuer un nombre de 7 % revient à le multiplier par $1 - \frac{7}{100}$, soit 0,93. La fonction linéaire associée est la fonction $x \mapsto 0{,}93x$.

Remarque : Dans le cas d'augmentation ou de diminution exprimée en pourcentage, on parle souvent de coefficients multiplicateurs. Une augmentation en pourcentage se traduit par un coefficient multiplicateur plus grand que 1 (dans l'exemple ci-avant, 1,07). Une diminution en pourcentage se traduit par un coefficient multiplicateur inférieur à 1 (dans l'exemple ci-avant, 0,93).

Exercices résolus

① Utiliser un tableau de proportionnalité

1. Complétez le tableau ci-contre en prenant 3,5 % des nombres de la première ligne.

20	30	120

2. S'agit-il d'un tableau de proportionnalité ? Si oui, donnez le coefficient de proportionnalité ainsi que l'expression de la fonction linéaire associée.

CORRIGÉ

1. Prendre 3,5 % d'une quantité revient à la multiplier par $\frac{3{,}5}{100}$, c'est-à-dire par 0,035.

- $20 \times 0{,}035 = 0{,}7$
- $30 \times 0{,}035 = 1{,}05$
- $120 \times 0{,}035 = 4{,}2$

Rappel
Un pourcentage s'écrit de plusieurs façons : $3{,}5\,\% = \frac{3{,}5}{100} = 0{,}035$.

2. On a multiplié les valeurs de la première ligne par un même nombre : 0,035. Il s'agit donc d'un tableau de proportionnalité de coefficient 0,035. La fonction linéaire associée à cette situation est la fonction $x \mapsto 0{,}035x$.

② Utiliser une évolution en pourcentage

Un article coûte 150 €. Quel est son prix avec une remise de 15 % ?

CORRIGÉ

Diminuer un nombre de 15 % revient à le multiplier par 1 – 0,15 soit par 0,85.
$150 \times 0{,}85 = 127{,}5$
Le prix après remise est 127,5 €.

Révision express

Les points importants à retenir

- Les fonctions linéaires sont des fonctions particulières représentées graphiquement par des droites.
- Pour reconnaître une fonction linéaire, on l'écrit sous la forme $f(x) = ax$, puis on identifie a.
- Dans un tableau de proportionnalité, les produits en croix sont égaux.
- Prendre t % d'une quantité revient à la multiplier par $\frac{t}{100}$.
- Augmenter une quantité de t % revient à la mutiplier par $1 + \frac{t}{100}$.
- Diminuer une quantité de t % revient à la mutiplier par $1 - \frac{t}{100}$.

Quiz

Cochez la ou les bonnes réponses.

1. Les fonctions suivantes sont linéaires :

☐ $f(x) = -\frac{2}{3}x$ ☐ $g(x) = -x$ ☐ $h(x) = 2x^2$

2. Soit g la fonction linéaire de coefficient $-\frac{1}{2}$, alors :

☐ $g(x) = -0{,}5x$ ☐ **Par g, l'image de 2 est -1** ☐ $g(-1) = 2$

3. Soit h la fonction linéaire définie par $h(x) = -5x$:

☐ $h(0) = -5$ ☐ $h(-2) = 10$ ☐ $h(4) = 20$

4.

5	3
a	b

est un tableau de proportionnalité lorsque :

☐ $a = 7$ **et** $b = 5$ ☐ $a = 3$ **et** $b = 5$ ☐ $a = 0{,}75$ **et** $b = 0{,}45$

5. a et b sont dans le ratio 5 : 7. Alors :

☐ $a = 15$ **et** $b = 21$ ☐ $a = 7$ **et** $b = 5$ ☐ $a = 50$ **et** $b = 70$

6. Pour augmenter une quantité de 5 %, on la multiplie par :

☐ $1 + \frac{5}{100}$ ☐ **0,95** ☐ **1,05**

7. Pour diminuer une quantité de 10 %, on la multiplie par :

☐ **1,1** ☐ **0,1** ☐ **0,9**

8. Prendre 30 % d'une quantité, revient à la multiplier par :

☐ **0,3** ☐ **1,3** ☐ **0,7**

9. Quand on multiplie une quantité par 0,98, on :

☐ **la diminue de 98 %** ☐ **la diminue de 20 %** ☐ **la diminue de 2 %**

10. Quand on multiplie une quantité par 0,5, on :

☐ **la divise par 2** ☐ **la diminue de 50 %** ☐ **la diminue de 5 %**

→ Réponses p. 500

EXERCICE GUIDÉ

Reconnaître une fonction linéaire et déterminer son expression à partir de sa représentation graphique

Énoncé

On donne la représentation graphique d'une fonction. Justifiez qu'il s'agit de la représentation graphique d'une fonction linéaire, puis donnez son coefficient par lecture graphique.

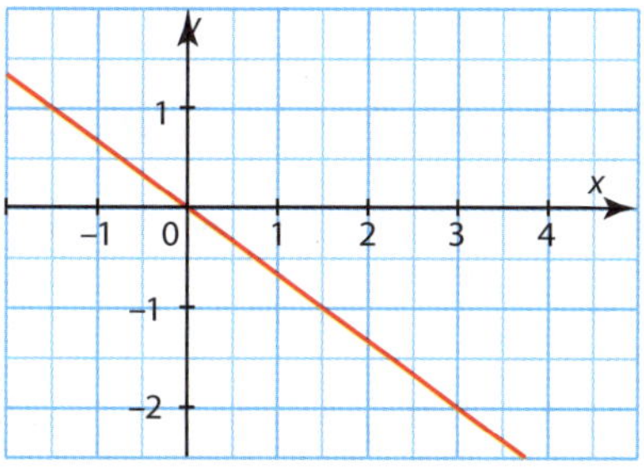

Méthode

1 On reconnaît la représentation graphique d'une fonction linéaire si c'est une droite qui passe par l'origine du repère.

2 On choisit un nombre et on recherche graphiquement son image par la fonction. On utilise, dans la mesure du possible, des nombres entiers.

3 On calcule la valeur de *a* en utilisant l'expression *f*(*x*) = *ax* de *f* et l'image obtenue.

4 On conclut en écrivant l'expression de *f(x)*.

Corrigé

- La représentation graphique de cette fonction est une droite qui passe par l'origine du repère. Il s'agit donc bien d'une fonction linéaire.

- 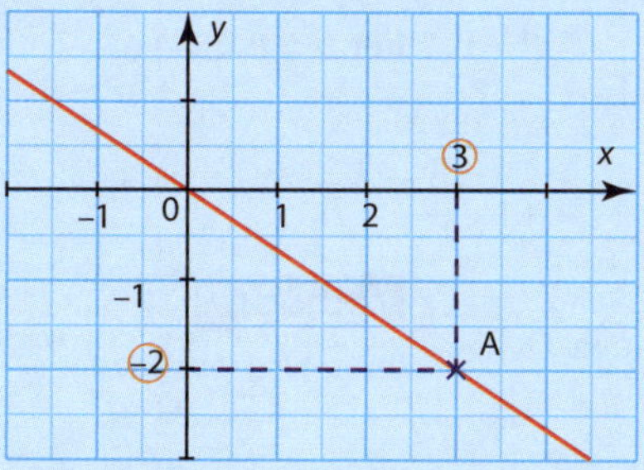

D'après le graphique, on a l'égalité $f(3) = -2$.

- f est une fonction linéaire, donc son expression est de la forme $f(x) = ax$.

$f(3) = -2$ et $f(3) = a \times 3 = 3a$.

On a donc $3a = -2$ soit $a = -\dfrac{2}{3}$.

- On obtient $f(x) = -\dfrac{2}{3}x$.

Commentaires

1 Il y a deux choses à vérifier :
– c'est une droite
– elle passe par l'origine.

2 On lit l'image d'un nombre sur l'axe des ordonnées, en utilisant des pointillés.
Le point A a des coordonnées entières : (3 ; – 2).
L'image de 3 est – 2, on en déduit l'égalité *f*(3) = – 2.

3 On écrit *f* (3) de deux façons différentes.

4 La fonction trouvée doit être de la forme *f* (*x*) = *ax*.

MATHS

Chapitre 7 Fonctions affines

1 Qu'est-ce qu'une fonction affine ?

De quoi s'agit-il ? Les fonctions affines sont un cas particulier de fonctions, identifiables grâce à leur expression caractéristique.

- Soient a et b deux nombres réels donnés. Une **fonction affine** est une fonction qui, à un nombre x, associe le nombre $a \times x + b$, noté aussi $ax + b$.

La fonction f traduisant cette situation est définie par $f(x) = ax + b$.

On écrit aussi $f : x \mapsto ax + b$.

Exemple : La fonction $f : x \mapsto -2x + 3$ est une fonction affine avec $a = -2$ et $b = 3$.

Remarque
Pour justifier qu'une fonction est affine, on identifie les nombres a et b.

- **Cas particuliers**

• $b = 0$.
La fonction $f : x \mapsto ax$ est une fonction affine particulière appelée **fonction linéaire**.

• $a = 0$.
La fonction $f : x \mapsto b$ est une fonction affine particulière appelée **fonction constante**.

Exercice résolu

Reconnaître une fonction affine

Reconnaître une fonction affine à partir de son expression

Parmi les fonctions suivantes, précisez celles qui correspondent à une fonction affine. Indiquez alors la valeur de a et de b.

- $f_1(x) = 3x - 8$
- $f_2(x) = 7 - x$
- $f_3(x) = 2x^2 + 1$
- $f_4(x) = \dfrac{9x + 6}{5}$
- $f_5(x) = \dfrac{4}{x} - 5$

CORRIGÉ

- $f_1(x) = 3x - 8 = 3x + (-8)$ est une fonction affine car elle est de la forme $f(x) = ax + b$ avec $a = 3$ et $b = -8$.
- $f_2(x) = 7 - x = -x + 7 = -1x + 7$ est une fonction affine car elle est de la forme $f(x) = ax + b$ avec $a = -1$ et $b = 7$.
- $f_3(x) = 2x^2 + 1$ n'est pas une fonction affine à cause du terme x^2.
- $f_4(x) = \dfrac{9x + 6}{5} = \dfrac{9x}{5} + \dfrac{6}{5} = \dfrac{9}{5}x + \dfrac{6}{5}$.
f_4 est une fonction affine avec $a = \dfrac{9}{5}$ et $b = \dfrac{6}{5}$.
- $f_5(x) = \dfrac{4}{x} - 5$ n'est pas une fonction affine à cause du x qui est au dénominateur.

Méthode
On écrit $f(x)$ sous la forme $ax + b$.

Conseil
Vous pouvez transformer l'écriture.

2 Proportionnalité des accroissements

De quoi s'agit-il ? Les fonctions affines présentent une seconde propriété qui leur est propre : la proportionnalité entre deux nombres et leurs images.

- Pour toute fonction affine f, les accroissements de x et de $f(x)$ sont proportionnels. Le coefficient de proportionnalité est le nombre a.
Ainsi, avec $f(x) = ax + b$, quels que soient les nombres x_1 et x_2, on a :

$$\underbrace{f(x_2) - f(x_1)}_{\text{accroissement des } f(x)} = \overbrace{a}^{\text{coefficient}} \underbrace{(x_2 - x_1)}_{\text{accroissement des } x} \quad \text{ou} \quad a = \frac{f(x_2) - f(x_1)}{x_2 - x_1}$$

Exercice résolu

Comprendre la propriété de proportionnalité des accroissements

f est une fonction affine telle que $f(x) = 4x + b$ avec b réel.

1. Calculez $f(5) - f(2)$.

2. Complétez « Quand x augmente de …, $f(x)$ augmente de … ».

CORRIGÉ

1. La proportionnalité entre les accroissements de x et $f(x)$ permet d'écrire :
$f(5) - f(2) = a(5 - 2)$, où a est le coefficient de proportionnalité.
Comme $f(x) = 4x + b$, on en déduit que $a = 4$.
D'où $f(5) - f(2) = 4 \times (5 - 2) = 4 \times 3$.
Soit $f(5) - f(2) = 12$.

2. On en déduit que « quand x augmente de 3 (entre 2 et 5), $f(x)$ augmente de 12 ».

Conseil
Écrivez la propriété :
$f(x_2) - f(x_1) = a(x_2 - x_1)$
avec $x_2 = 5$ et $x_1 = 2$.

3 Représentation graphique d'une fonction affine

De quoi s'agit-il ? La troisième caractéristique des fonctions affines tient à leur représentation graphique : des droites non verticales.

Représenter une fonction affine

- Dans un repère, la représentation graphique d'une fonction affine $f : x \mapsto ax + b$ est une droite $\mathscr{D}$.
- Un point M(x ; y) est sur la droite $\mathscr{D}$ si $y = ax + b$.
Réciproquement, si $y = ax + b$, alors le point M(x ; y) est sur $\mathscr{D}$.
- Le nombre b est appelé **ordonnée à l'origine** de la droite $\mathscr{D}$.
- Le nombre a est appelé **coefficient directeur** de la droite $\mathscr{D}$.
Il mesure l'inclinaison de la droite par rapport à l'axe horizontal.

Remarque
Pour tracer la droite $\mathscr{D}$, deux points suffisent.
On choisit donc deux valeurs de x (pas trop proches) dont on calcule les images par f.

À savoir

- Le nombre b est l'ordonnée du point d'abscisse nulle. On lit l'ordonnée à l'origine à l'intersection de $\mathscr{D}$ et de l'axe des ordonnées.
- Quand x augmente de 1 (on se déplace de 1 vers la droite à partir d'un point de la droite), $f(x)$ augmente de a. Cette technique permet une lecture directe du coefficient directeur a.

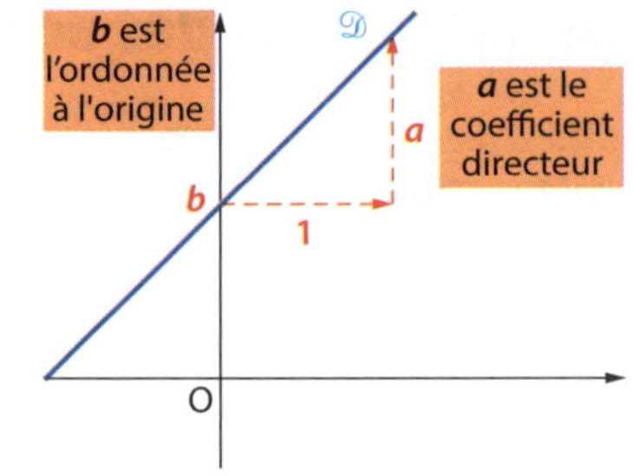

Direction de la droite $\mathscr{D}$ en fonction du signe de a

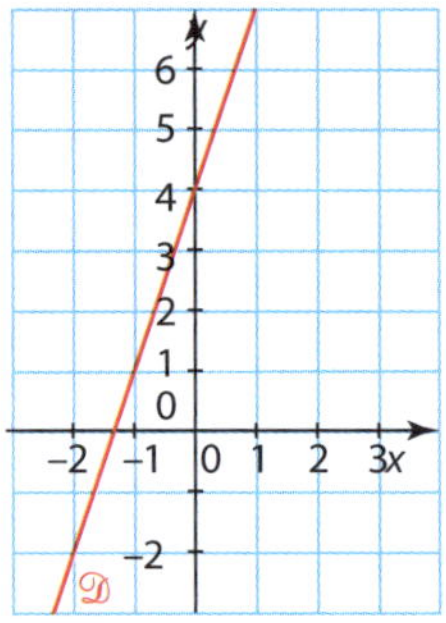

$a > 0$

La droite « monte »

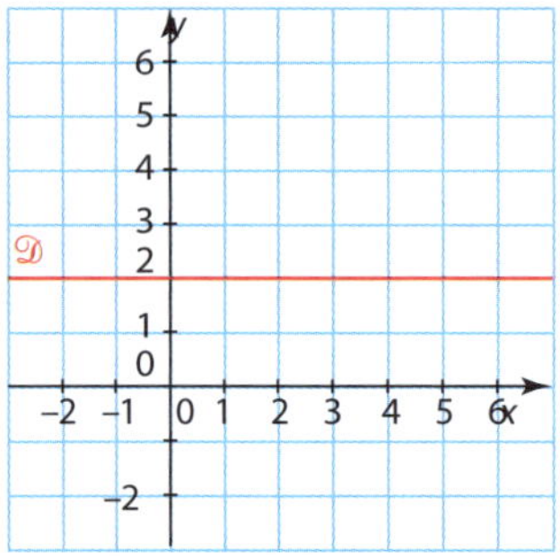

$a = 0$

La droite est horizontale, parallèle à l'axe des abscisses

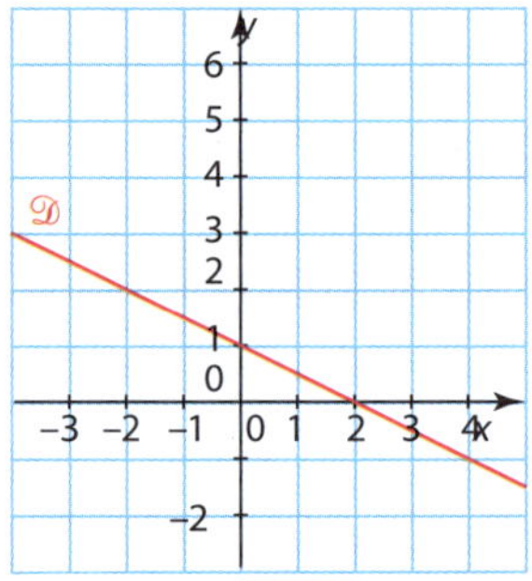

$a < 0$

La droite « descend »

Déterminer graphiquement l'expression d'une fonction affine

Exercice résolu

Utiliser une fonction affine dans un problème

Un chauffeur de taxi propose le tarif suivant : une prise en charge de 18€ et 1,20 € par km parcouru.

1. On note x le nombre de km parcourus. Exprimez en fonction de x le prix de la course noté $f(x)$.

2. Justifiez que f est une fonction affine.

3. a) Calculez l'image de 40 par f.
b) Interprétez le résultat obtenu.

CORRIGÉ

1. Le prix de la course est :

$$f(x) = \underbrace{18}_{\text{Prise en charge}} + \underbrace{1{,}20}_{\text{Prix d'1 km}} \times \underbrace{x}_{\text{Nombre de km parcourus}} = 18 - 1{,}2x$$

2. f est une fonction affine car f est de la forme $ax + b$ avec $a = 1{,}2$ et $b = 18$.

3. a) L'image de 40 par f est $f(40) = 18 + 1{,}20 \times 40 = 66$.
b) Une course en taxi de 40 km coûte 66 €.

Révision express

Les points importants à retenir

- Pour reconnaître une fonction affine, on l'écrit sous la forme $f(x) = ax + b$, puis on identifie les valeurs de a et de b.
- Deux nombres et leurs images par une fonction affine sont proportionnels.
- Les fonctions linéaires sont un cas particulier de fonctions affines (avec $b = 0$).
- Les fonctions constantes sont un cas particulier de fonctions affines (avec $a = 0$).
- Les fonctions affines sont représentées par des droites non verticales.
- Le nombre a est le coefficient directeur de la droite D associée à la fonction linéaire f. Dans le cas d'une fonction constante ($a = 0$), D est horizontale.
- Le nombre b est l'ordonnée à l'origine de la droite D associée à la fonction linéaire f. Dans le cas d'une fonction linéaire ($b = 0$), D passe par l'origine du repère.

Quiz

Cochez la ou les bonnes réponses.

1. On définit une fonction affine quand à un nombre x on associe :

☐ **son triple auquel on retranche 4** ☐ **sa moité à laquelle on ajoute 1**
☐ **son carré auquel on ajoute 1**

Les questions **2.** à **4.** portent sur la fonction f définie par $f(x) = \frac{x - 8}{2}$.

2. f est une fonction affine de la forme $f(x) = ax + b$ avec :

☐ $a = 1$ ☐ $a = \frac{1}{2}$ ☐ $a = -\frac{7}{2}$

3. f est une fonction affine de la forme $f(x) = ax + b$ avec :

☐ $b = \frac{1}{2}$ ☐ $b = 4$ ☐ $b = -4$

4. L'image de 0 par f est :

☐ **0** ☐ **8** ☐ **– 4**

Les questions **5.** à **7.** portent sur la fonction g définie par $g(x) = 5 - x$.

5. L'antécédent de 0 par g est :

☐ **0** ☐ **5** ☐ **–5**

6. La droite représentant g passe par le point de coordonnées :

☐ **(0 ; 5)** ☐ **(5 ; 0)** ☐ **(5 ; 5)**

7. g est une fonction affine de la forme $g(x) = ax + b$ avec :

☐ $a = 5$ ☐ $a = -1$ ☐ $a = 0$

8. Soit h la fonction définie par $h(x) = 2x + 5$. Quand les x augmentent de 3, les $g(x)$ augmentent de :

☐ **2** ☐ **3** ☐ **6**

9. Cette fonction est une fonction affine :

☐ $f_1(x) = -\frac{4}{x} + 2$ ☐ $f_2(x) = 4x$ ☐ $f_3(x) = 4 - \frac{7}{3}x$

→ Réponses p. 501

EXERCICE GUIDÉ 1

Construire la représentation graphique d'une fonction affine

Énoncé

Soit f la fonction affine définie par $f(x) = 2x - 1$.
Représentez graphiquement la fonction f.

Méthode

1 f est une fonction affine : sa représentation graphique est donc une droite $\mathscr{D}$.

2 Deux points suffisent pour tracer une droite.
C'est pourquoi on choisit deux valeurs de x (pas trop proches et bien choisies) dont on calcule les images.

3 On place dans un repère les deux points ainsi obtenus.
En les reliant, on obtient la droite $\mathscr{D}$ demandée.

Corrigé

f est une fonction affine : sa représentation graphique est donc une droite $\mathscr{D}$.

On calcule par exemple :
- $f(0) = 2 \times 0 - 1 = 0 - 1 = -1$;
- $f(3) = 2 \times 3 - 1 = 6 - 1 = 5$.

$\mathscr{D}$ passe par les deux points de coordonnées $(0 ; -1)$ et $(3 ; 5)$.

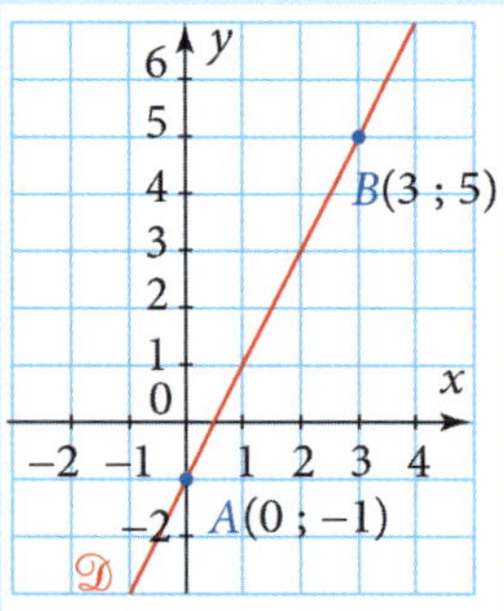

Commentaires

1 On justifie pourquoi f se représente graphiquement par une droite.

2 On calcule l'image de deux nombres choisis « au hasard » : 0 et 3 (on prend deux nombres entiers).

3 On place dans un repère les deux points obtenus.
En reliant ces deux points, on construit la droite cherchée.

EXERCICE GUIDÉ 2

Déterminer l'expression d'une fonction affine à partir de sa représentation graphique

Énoncé

La droite 𝒟 représente une fonction affine f dans un repère.
Déterminez l'expression de $f(x)$.

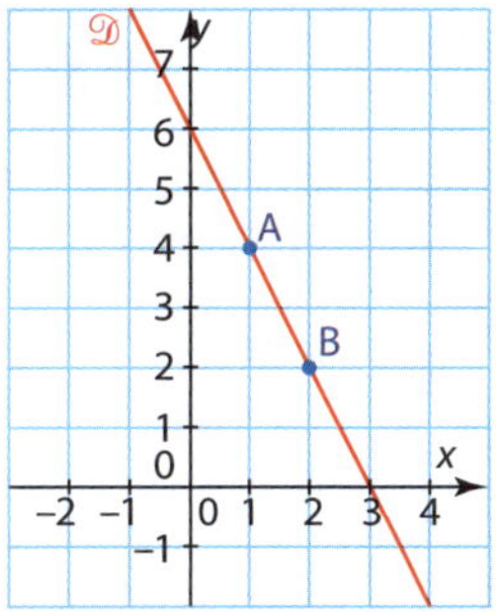

Méthode

1 f est une fonction affine : son expression est donc de la forme $f(x) = ax + b$.
Il s'agit de déterminer a et b.

2 Le nombre b s'obtient comme ordonnée du point d'intersection de 𝒟 avec l'axe vertical.

3 Le nombre a s'obtient avec la proportionnalité des accroissements.

4 On remplace a et b par les valeurs trouvées pour conclure à l'expression de $f(x)$.

Corrigé

- f est une fonction affine car elle est représentée parune droite non verticale. Son expression est de la forme $f(x) = ax + b$.

- L'ordonnée à l'origine de 𝒟, notée b, est l'ordonnée du point d'intersection de 𝒟 avec l'axe vertical (l'axe des ordonnées).
On lit $b = 6$.

- Le point A a pour coordonnées (1 ; 4).
Le point B a pour coordonnées (2 ; 2).
Pour passer de $x_A = 1$ à $x_B = 2$, x augmente de 1.
Pour passer de $f(x_A) = 4$ à $f(x_B) = 2$, $f(x)$ diminue de 2.

- D'après la propriété de proportionnalité des accroissements, quand x augmente de 1, y augmente de a.
On en déduit alors $a = -2$ (le signe moins étant dû au fait que $f(x)$ diminue).

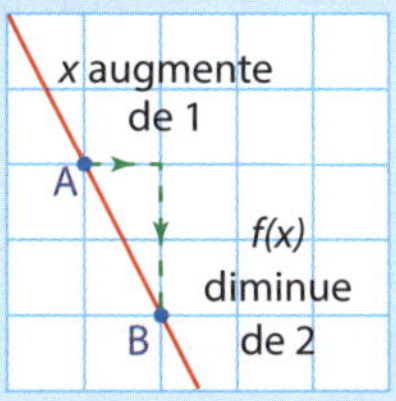

- Donc $f(x) = ax + b$ avec $a = -2$ et $b = 6$.
Soit $f(x) = -2x + 6$.

Commentaires

1 On justifie l'expression de $f(x)$

2 $f(x) = ax + b$
$f(0) = a \times 0 + b = b$.
L'ordonnée à l'origine de 𝒟 est aussi $f(0)$.

3 On prend deux points A etB de 𝒟 dont on étudie l'accroissement en x et en $f(x)$. Cela permet de calculer a.
Pour aller de A à B, x augmente de 1 et $f(x)$ diminue de 2.

4 On conclut avec l'expression de $f(x)$ en remplaçant a et b par leurs valeurs.

Chapitre 8 Statistiques

1 Fréquence et moyenne

De quoi s'agit-il ? Pour étudier une série statistique, on peut être amené à calculer différents nombres, parmi lesquels la fréquence d'apparition d'un caractère dans une population ou sa valeur moyenne.

On considère une population d'effectif total N sur laquelle on étudie un caractère qui prend pour valeurs $x_1, x_2, \ldots, x_p$ d'effectifs respectifs $n_1, n_2, .. n_p$.
Autrement dit, la série se présente sous la forme :

$\underbrace{x_1 ; x_1 ; x_1}_{n_1 \text{ termes } x_1}, \underbrace{x_2 ; x_2}_{n_2 \text{ termes } x_2} ; x_3 \ldots . ; \underbrace{x_p ; x_p}_{n_p \text{ termes } x_p}$ ou

avec $n_1 + n_2 + \ldots + n_p = N$.

Valeur de x	x_1	x_2	x_3		x_p
Effectif	n_1	n_2	n_3		n_p

- La fréquence, notée f_i, de la valeur x_i est définie par $f_i = \frac{n_i}{N}$. C'est un nombre compris entre 0 et 1, souvent exprimé en %. C'est un nombre **sans unité** compris entre 0 et 1.
- La moyenne notée $\overline{x}$ d'une série vaut $\overline{x} = \frac{n_1x_1 + n_2x_2 + \ldots + n_px_p}{N}$.

Calculer une fréquence

La moyenne a la même unité que les x_i. Elle permet de préciser la position des données d'une série : aussi, on dit de la moyenne que c'est un indicateur de position.

2 Médiane

De quoi s'agit-il ? La médiane est, comme la moyenne, un indicateur utilisé dans l'étude d'une série statistique.

- Pour une série statistique dont les valeurs sont rangées dans l'ordre croissant, **la médiane**, notée Me, est la valeur qui partage cette série en deux « sous-séries » de même effectif. Cela signifie qu'il y a autant de valeurs supérieures ou égales à Me que de valeurs inférieures ou égales à Me.

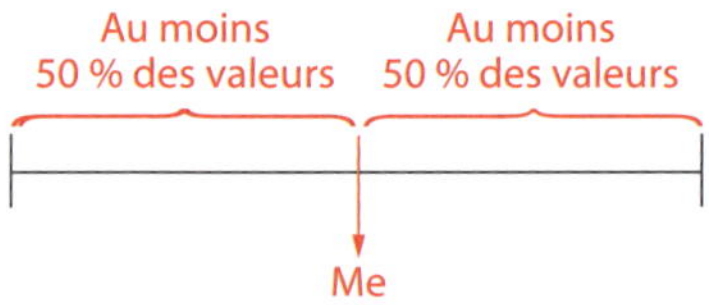

- Pour une série comptant un **nombre impair de termes**, la médiane Me est égale au terme « du milieu ».
- Pour une série comptant un **nombre pair de termes**, la médiane Me est égale à la demi-somme des deux termes « du milieu ».
- La médiane est, comme la moyenne, un indicateur de position d'une série.

3 Étendue

Calculer une moyenne, une médiane et une étendue

De quoi s'agit-il ? Il s'agit de définir un nouvel indicateur donnant des informations sur la dispersion d'une série statistique.

- **L'étendue** d'une série statistique est la différence entre la plus grande valeur et la plus petite valeur de la série. On dit que ce nombre est un **indicateur de dispersion** de la série.

Exercice résolu

Comprendre et exploiter les indicateurs statistiques

Geoffroy, professeur de mathématiques, a donné le même devoir sur les statistiques dans ses deux classes de Troisième.

1. Complétez son tableau de résultats concernant la classe de 3e A grâce aux informations suivantes.
Les notes vont de 5 à 19 sur 20.
Il y a autant de notes au-dessus de 9 que de notes en dessous.
Les 30 élèves de la classe totalisent 285 points à ce devoir.

	Moyenne	Médiane	Étendue
3e A			
3e B	9	10,5	7

Calculer une moyenne, une médiane et une étendue

2. Établissez une comparaison des deux classes, reprenant chaque indicateur et utilisant le mot homogène.

3. Geoffroy ne se souvient plus si sa classe de 3e B compte 30 ou 31 élèves. Sachant qu'à ce devoir, il n'a attribué que des notes entières, pouvez-vous l'aider ?

CORRIGÉ

1. • L'étendue vaut 19 – 5 = 14.
• La médiane sépare la classe en deux groupes de même effectif : elle vaut donc 9 d'après ce que dit l'énoncé.
• La moyenne de la classe vaut : $\frac{285}{30} = 9{,}5$.

2. Les deux moyennes sont sensiblement identiques (9 et 9,5).
La médiane vaut 9 en 3e A et 10,5 en 3e B. De plus, l'étendue est beaucoup plus importante en 3e A (14 pts) qu'en 3e B (7 pts).
Les notes sont davantage regroupées autour de la moyenne en 3e B.
En conclusion, la 3e B est une classe plus homogène que la 3e A.

3. Quand le nombre de termes d'une série est pair, Me est la demi-somme des deux termes centraux. Quand le nombre de termes est impair, Me est égale à une valeur de la série. Aussi 10,5 n'étant pas l'une des notes (car Geoffroy n'a attribué que des notes entières), on conclut que la 3e B a un effectif pair de 30 élèves.

Rappel
L'étendue se calcule comme : « la plus grande valeur » – « la plus petite valeur ».

Rappel
$\text{Moyenne} = \frac{\text{total des points}}{\text{effectif total}}$.

4 Représentations graphiques

De quoi s'agit-il ? **Afin de rendre plus visuels et percutants les résultats d'une étude statistique, on les représente graphiquement. Ces graphiques sont choisis en fonction du type de caractère étudié.**

Le diagramme circulaire

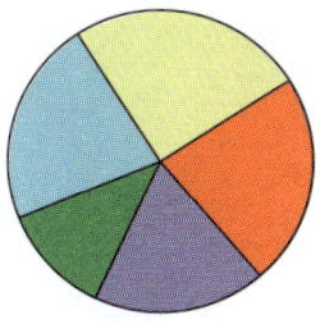

Sont proportionnels à l'effectif :
les angles au centre,
les aires des parts

Le diagramme en bâtons

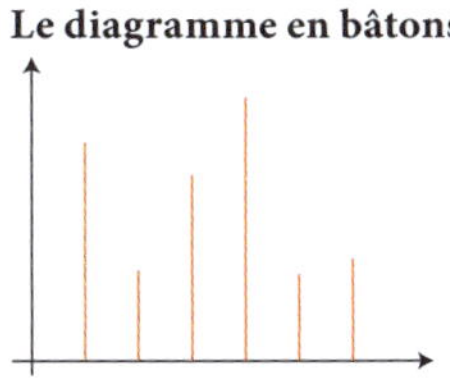

la hauteur des bâtons

L'histogramme

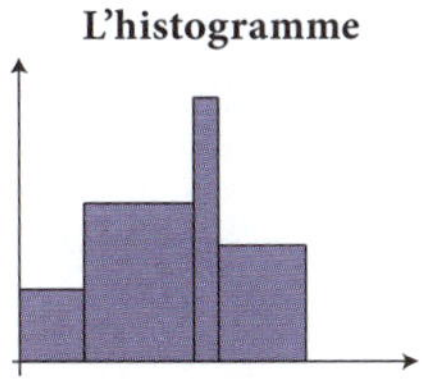

l'aire des rectangles

Construire un histogramme

Révision express

Les points importants à retenir

- La fréquence est un quotient d'effectifs, donc un nombre positif, qui peut s'exprimer sous forme décimale, sous forme fractionnaire ou sous forme de pourcentage pour être plus représentatif.
- La moyenne d'une série de n termes est la somme de ces n termes divisée par n.
- Pour calculer une médiane, on commence par ordonner la série dans le sens croissant.
- La médiane Me n'est pas toujours égale à une valeur de la série. Si la série compte un nombre impair de termes, Me est égale au terme « du milieu ». Si la série compte un nombre pair de termes, Me est égale à la demi-somme des deux termes « du milieu ».

Quiz

Cochez la ou les bonnes réponses.

Les questions 1 à 5 portent sur la série S.

Une série S compte 7 termes positifs distincts ordonnés dans le sens croissant : $x_1, x_2, x_3, x_4, x_5, x_6, x_7$.

1. La moyenne des termes de S est :

☐ x_4 ☐ $x_1 + x_2 + x_3 + x_4 + x_5 + x_6 + x_7$ ☐ $\dfrac{x_1 + x_2 + x_3 + x_4 + x_5 + x_6 + x_7}{7}$

2. La médiane est égale à :

☐ x_3 ☐ x_4 ☐ x_5

3. $x_7 - x_1$ correspond à :

☐ **la moyenne** ☐ **l'étendue** ☐ **rien de particulier**

4. La fréquence d'apparition de la valeur x_2 est :

☐ $\dfrac{1}{7}$ ☐ $\dfrac{2}{7}$ ☐ **2**

5. On remplace x_7 par $10 \times x_7$. Quel indicateur change alors de valeur ?

☐ **la médiane** ☐ **la moyenne** ☐ **l'étendue**

Les questions 6 à 10 portent sur la série S'. Soit la série S' : 4 8 8 9 11 16 17 18 19 30

6. La fréquence d'apparition du nombre 19 est :

☐ **1** ☐ **10%** ☐ $\dfrac{1}{10}$

7. La fréquence d'apparition du nombre 8 est :

☐ **2** ☐ **0,2** ☐ $\dfrac{1}{5}$

8. La valeur moyenne de S' est :

☐ **13,2** ☐ **14** ☐ **140**

9. L'étendue de S' vaut :

☐ **10** ☐ **26** ☐ **30**

10. La médiane de S' vaut :

☐ **13,5** ☐ **14** ☐ **16**

→ Réponses p. 501

EXERCICE GUIDÉ

Calculer la médiane d'une série définie par une liste ou par un tableau

Énoncé

On considère deux séries statistiques S_1 et S_2 :

S_1 : 3 5 7 1 8 14 2 1

S_2 :

Nombre	2	5	8	11	12
Effectif	1	2	3	1	2

Déterminez la médiane de S_1 et celle de S_2.

Méthode

1 On ordonne les termes de la série dans le sens croissant, en les écrivant, dans le cas d'un tableau, autant de fois qu'ils apparaissent.

2 On compte le nombre *n* de termes de la série.

3 Si *n* est pair : la médiane est égale à la demi-somme des deux « termes centraux ». Si *n* est impair : la médiane est égale au « terme central ».

Corrigé

- S_1 : 1 1 2 3 5 7 8 14

S_2 : 2 5 5 8 8 8 11 12 12

- S_1 compte 8 termes (nombre pair).

S_2 compte 9 termes : l'effectif total est $1 + 2 + 3 + 1 + 2 = 9$ (nombre impair).

- Pour S_1 : Me est la demi-somme des deux termes « du milieu », c'est-à-dire des 4ᵉ et 5ᵉ termes.

1 1 2 (3) (5) 7 8 14
4 termes — Me — 4 termes

Donc $\text{Me} = \frac{3+5}{2} = \frac{8}{2} = 4$.

Pour S_2 : Me est égale au terme « central », c'est-à-dire le 5ᵉ terme.

2 5 5 8 (8) 8 11 12 12
4 termes — Me — 4 termes

Donc Me = 8.

Commentaires

1 On réécrit tous les termes, du plus petit au plus grand. Dans le cas d'un tableau, on écrit chaque valeur autant de fois qu'elle apparaît.

2 Pour S_1, on compte les termes.
Pour S_2, le nombre de termes est l'effectif total.

3 Quand il y a un nombre pair *n* de termes, Me est la moyenne des $\left(\frac{n}{2}-1\right)^{e}$ et $\left(\frac{n}{2}+1\right)^{e}$ termes.
Quand il y a un nombre impair *n* de termes, Me est le $\left(\frac{n+1}{2}\right)^{e}$ terme.

MATHS

Chapitre 9 Notion de probabilité

1 Généralités

De quoi s'agit-il ? **Les probabilités constituent une discipline des mathématiques nécessitant un vocabulaire spécifique et obéissant à des lois qu'il faut connaître.**

- Une **expérience aléatoire** est une expérience dont on connaît à l'avance l'ensemble des résultats (ou **issues**) possibles.
- Un **événement** est constitué par **une ou plusieurs issues** de l'expérience.

Exemple : Lancer un dé est une expérience aléatoire.
Obtenir un résultat pair est un événement réalisé par trois issues : 2, 4 et 6.

- À chaque issue d'une expérience aléatoire, on associe un nombre compris entre 0 et 1. Ce nombre est appelé **probabilité de l'issue**.
- La **somme** des probabilités de toutes les issues d'une expérience aléatoire est **égale à 1**.
- La probabilité d'un événement est la somme des probabilités des issues qui le composent.

Exemple : Dans l'expérience aléatoire précédente, la probabilité d'une issue est $\frac{1}{6}$.
La probabilité de l'événement « Obtenir un résultat pair » est égale à la somme :

$$\frac{1}{6} + \frac{1}{6} + \frac{1}{6} = \frac{3}{6} = \frac{1}{2}$$

- Lorsque toutes les issues d'une expérience aléatoire ont la même probabilité, on dit que les issues sont **équiprobables**.

Dans ce cas, on peut aussi calculer la probabilité d'un événement à l'aide de la formule :

$$\frac{\text{nombre d'issues de l'événement}}{\text{nombre total d'issues}}.$$

Comprendre l'expérience aléatoire

Calculer la probabilité d'une issue, d'un événement

2 Événements incompatibles. Événements contraires

De quoi s'agit-il ? **Il existe, en probabilités, des événements particuliers.**

- Un événement est dit **impossible** si sa probabilité est nulle (il ne se produit jamais).
- Un événement est dit **certain** si sa probabilité vaut 1 (il se produit obligatoirement).
- Deux événements sont **incompatibles** s'ils ne peuvent pas se produire en même temps.
- L'événement **contraire** de A est l'événement qui se réalise lorsque A ne se réalise pas. On le note (non A). On a la relation $\boldsymbol{p}(\mathbf{A}) + \boldsymbol{p}(\textbf{non A}) = \mathbf{1}$.

MATHS

Exercices résolus

① Comprendre une situation

Le professeur de mathématiques dispose de six craies : une rouge, deux vertes et trois blanches. Il prend au hasard une craie dans sa main et regarde sa couleur.
1. Précisez l'expérience aléatoire associée à cette situation.
2. Indiquez un résultat possible. Combien y en a-t-il au total ?
3. Quel est le résultat le plus probable ?

CORRIGÉ
1. L'expérience aléatoire consiste à choisir une craie parmi les six. Cette expérience a plusieurs issues possibles connues et on ne peut pas prévoir à l'avance la couleur de la craie.
2. Un résultat possible est : obtenir une craie verte. Il y a trois résultats possibles au total : rouge, vert et blanc.
3. Il y a plus de craies blanches (3) que de rouges (1) ou de vertes (2). Le résultat le plus probable est d'obtenir une craie blanche.

Méthode
Pour décrire une expérience aléatoire, on donne l'action indiquée dans le texte.

Remarque
Les résultats ne sont pas équiprobables : ils n'ont pas tous la même probabilité.

② Calculer des probabilités

Voici une urne contenant des boules numérotées 1, 2 ou 3. On choisit au hasard une boule de cette urne. Chaque boule a la même chance d'être choisie.

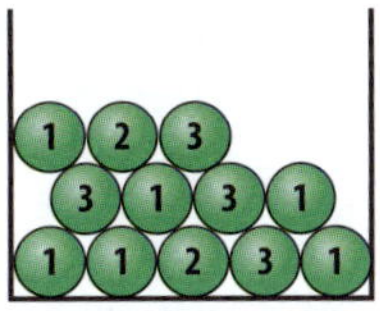

1. Indiquez les issues de cette expérience aléatoire.
2. Complétez le tableau suivant en indiquant les probabilités correspondantes :

Issues	1	2	3
Probabilités			

3. Calculez la probabilité $p(A)$ de l'événement A : « obtenir un nombre supérieur ou égal à 2 ». La somme des probabilités inscrites sur la deuxième ligne du tableau doit faire 1. On utilise le tableau pour calculer la probabilités en sachant que la probabilité d'un événement est égale la somme des probabilités qui le compose.

CORRIGÉ
1. Il y a trois issues : 1 ; 2 et 3.
2. Dans une situation d'équiprobabilité (comme c'est le cas ici), on calcule les probabilités en utilisant la formule : $\frac{\text{Nombre d'issues favorables}}{\text{Nombre total d'issues}}$
Il y a 6 boules numérotées 1 sur un total de 12 boules. On a donc 6 chances sur 12 d'obtenir une boule numérotée 1. La probabilité de tirer une boule numérotée 1 est $\frac{6}{12}$ soit $\frac{1}{2}$.
La probabilité d'obtenir une boule numérotée 1 est : $\frac{1}{2}$.
La probabilité d'obtenir une boule numérotée 2 est : $\frac{2}{12} = \frac{1}{6}$.
La probabilité d'obtenir une boule numérotée 3 est : $\frac{4}{12} = \frac{1}{3}$.

Issues	1	2	3
Probabilités	$\frac{1}{2}$	$\frac{1}{6}$	$\frac{1}{3}$

On a $\frac{1}{2} + \frac{1}{6} + \frac{1}{3} = 1$.

3. L'événement A est constitué des deux issues : obtenir le 2 et obtenir le 3.
On a donc : $p(A) = \frac{1}{6} + \frac{1}{3} = \frac{2}{12} + \frac{4}{12} = \frac{6}{12} = \frac{1}{2}$. La probabilité de A est 0,5.

Révision express

Les points importants à retenir

- Une probabilité est un nombre compris entre 0 et 1 (inclus).
- Elle peut s'écrire sous forme décimale, sous la forme d'une fraction ou d'un pourcentage.
- La somme des probabilités de toutes les issues d'une expérience aléatoire est égale à 1.
- La probabilité d'un événement est la somme des probabilités des issues qui le composent.
- Pour calculer la probabilité d'un événement lorsque toutes les issues ont la même probabilité, (issues équiprobables), on peut utiliser la formule : $\frac{\text{nombre d'issues de l'événement}}{\text{nombre total d'issues}}$.

Quiz

Cochez la ou les réponses correctes.

1. Une probabilité est un nombre qui peut s'écrire sous forme :

☐ **décimale** ☐ **de fraction** ☐ **de pourcentage**

2. Une probabilité peut être égale à :

☐ $\frac{17}{20}$ ☐ $\frac{6}{5}$ ☐ $-\frac{1}{4}$

3. Si $p(A) = 0$, alors l'événement A est :

☐ **incertain** ☐ **impossible** ☐ **contraire**

4. Si deux événements A et B sont contraires alors :

☐ $p(A) + p(B) = 1$ ☐ $p(A) = 1 - p(B)$ ☐ $p(A) + p(B) = 0$

5. On lance un dé à six faces numérotées de 1 à 6. On regarde le nombre inscrit sur la face supérieure. Une issue de cette expérience est :

☐ **obtenir le chiffre 3** ☐ **obtenir pile** ☐ **obtenir un nombre pair**

6. Si $p(A) = 0,75$, alors $p(\text{non } A) =$

☐ **0,25** ☐ $\frac{1}{4}$ ☐ **0,75**

7. Dans une expérience aléatoire à deux issues, si l'une a pour probabilité 3,5 %, alors l'autre a pour probabilité :

☐ **0,065** ☐ **0,965** ☐ $\frac{13}{200}$

8. Dans une classe de 30 élèves, il y a 18 filles. Le professeur interroge un élève au hasard. La probabilité que ce soit un garçon est :

☐ **0,6** ☐ **0,4** ☐ **40 %**

→ Réponses p. 502

EXERCICE GUIDÉ

Faire le lien entre fréquence et probabilité

Énoncé

On prend au hasard une famille parmi les familles françaises ayant deux enfants. Quelle est la probabilité que cette famille ait une fille et un garçon ? On suppose que la probabilité d'avoir une fille est égale à la probabilité d'avoir un garçon.
Pour établir une solution, on propose une expérience aléatoire à l'aide de deux pièces de monnaie permettant de simuler la naissance de deux enfants dans une famille.

1. Décrivez cette expérience aléatoire.

2. En réalisant cette expérience 4 fois, on obtient (F signifie « fille » et G signifie « garçon ») : FF, FG, GG, GG. Que peut-on en conclure ?

3. Avec 50 expériences réalisées, on obtient les résultats suivants :

$n = 50$	FF	FG	GF	GG
Effectif	14	11	10	15

En utilisant ce résultat, que peut- on dire ? Avec 50 nouvelles expériences, les résultats auraient-ils été différents ?

4. Avec 1 000 expériences réalisées, on obtient les résultats suivants :

$n = 1\,000$	FF	FG	GF	GG
Effectif	239	251	263	248

En utilisant ce résultat, que peut- on dire ?

Méthode

Au fur et à mesure que l'on augmente le nombre de simulations, on observe que les fréquences d'apparition d'un événement tendent à se stabiliser vers une valeur. Cette valeur correspond à la probabilité de cet événement.

Corrigé

1. Puisque la probabilité d'obtenir « Face » avec une pièce bien équilibrée est 0,5, l'expérience aléatoire consiste à lancer les pièces simultanément et associer « Face » à « Fille » et « Pile » à « Garçon ».

2. Le nombre de simulations est bien trop faible pour en tirer des conclusions.

3. La fréquence d'apparition de l'événement « avoir une fille et un garçon » est $\frac{21}{50}$ soit 0,42. Avec 50 autres expériences, la réponse pourrait être différente.

4. La fréquence d'apparition de l'événement « avoir une fille et un garçon » est $\frac{514}{1\,000}$. Il semblerait que la fréquence de l'événement « avoir une fille et un garçon » se rapproche de 0,5 lorsque le nombre de simulation augmente.

Commentaires

1 Simuler une expérience aléatoire, c'est la remplacer par une autre expérience aléatoire dont les événements ont la même probabilité que ceux de l'expérience aléatoire d'origine.

2 Parmi les 4 lancers, il y a une seule fois « FG », donc la fréquence de l'événement « avoir une fille et un garçon » est $\frac{1}{4}$.

3 Il s'agit de la fluctuation d'échantillonnage.

4 Il faut tenir compte de l'ordre des naissances. Il y a en fait quatre cas possibles : la famille a deux filles, la famille a deux garçons, la famille a eu une fille puis un garçon ou la famille a eu un garçon puis une fille. La probabilité cherchée est donc 2/4 c'est-à-dire 0,5.

MATHS

Chapitre 10 Le triangle rectangle

1 Dans un triangle rectangle

De quoi s'agit-il ? **Plusieurs théorèmes trouvent leurs conditions d'application dans le triangle et plus particulièrement dans le triangle rectangle.**

1 Théorème de Pythagore

Calculer une longueur avec Pythagore

- **Énoncé**

Si ABC est un triangle rectangle en A, alors : $AB^2 + AC^2 = BC^2$.

- **Réciproque**

Si dans un triangle ABC, $AB^2 + AC^2 = BC^2$, alors ABC est rectangle en A.

- **Contraposée**

Si dans un triangle ABC, $AB^2 + AC^2 \neq BC^2$, alors ABC n'est pas rectangle en A.

Astuce

On calcule d'un côté $AB^2 + AC^2$ et de l'autre BC^2. Puis on conclut.

À savoir

- Le théorème de Pythagore sert à calculer des longueurs dans un triangle rectangle.
- Sa réciproque est utilisée pour montrer qu'un triangle est rectangle.
- Sa contraposée permet de justifier qu'un triangle n'est pas rectangle.

3 Cercle et triangle rectangle

- Soit $\mathscr{C}$ un cercle de diamètre [AB]. Si M est un point de ce cercle, alors le triangle AMB est rectangle en M.
- Réciproquement, si AMB est un triangle rectangle en M, alors M est sur le cercle de diamètre [AB].

En d'autres termes, si un triangle est rectangle, alors le milieu de l'hypoténuse est le centre de son cercle circonscrit.

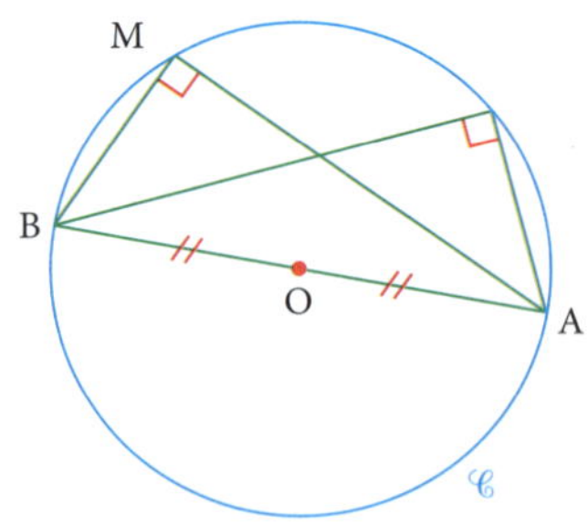

Exercice résolu

Démontrer qu'un triangle est rectangle

Soit ABC un triangle.
Le centre I du cercle circonscrit à ce triangle se situe au milieu de [AB].
Que peut-on en déduire pour le triangle ABC ?

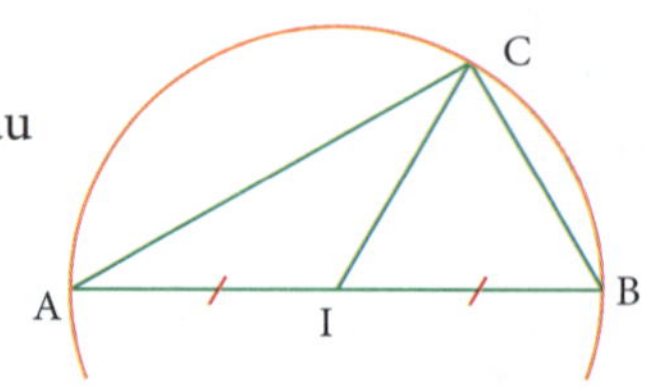

CORRIGÉ

[AB] est un diamètre du cercle. De plus, C est un point de ce cercle.
Le triangle ABC est inscrit dans un cercle de diamètre [AB].
On en déduit qu'il est rectangle en C.

Appliquer l'égalité de Pythagore pour vérifier si un triangle est rectangle

2 Trigonométrie

De quoi s'agit-il ? Dans un triangle rectangle, cosinus, sinus et tangente d'un angle sont des quotients de longueurs des côtés.

1 Formules de trigonométrie

- **Vocabulaire :** On se place dans un triangle ABC rectangle en B.

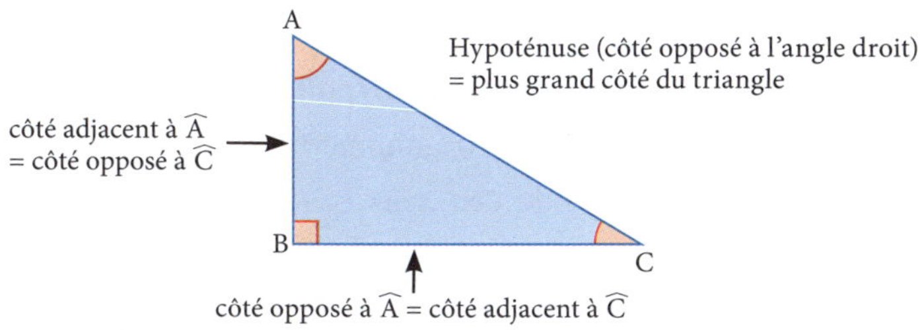

Remarque
Les côtés adjacent et opposé n'ont pas le même rôle selon l'angle considéré.

Calculer le sinus, cosinus, tangente d'un angle

2 Formules de trigonométrie

Calculer une longueur avec cos, sin, tan

- Dans un triangle rectangle ABC où x est l'un des deux angles aigus :

$$\cos x = \frac{\text{côté adjacent à } x}{\text{hypoténuse}} \qquad \sin x = \frac{\text{côté opposé à } x}{\text{hypoténuse}} \qquad \tan x = \frac{\text{côté opposé à } x}{\text{côté adjacent à } x}$$

Remarque
- $\cos x$ et $\sin x$ sont des nombres positifs et inférieurs à 1.
- $\tan x$ est un nombre positif.

3 Autres relations trigonométriques

- Si deux angles sont complémentaires (dont la somme vaut 90°), le cosinus de l'un est égal au sinus de l'autre.
- Pour toute valeur de x : $(\cos x)^2 + (\sin x)^2 = 1$.
- x étant un angle **aigu** : $\tan x = \dfrac{\sin x}{\cos x}$.

Exercice résolu

Manipuler les formules trigonométriques

ABC est le triangle rectangle en A ci-contre.
Calculez $\cos \widehat{C}$ et $\sin \widehat{C}$.
Déduisez-en la valeur exacte de $\tan \widehat{C}$.

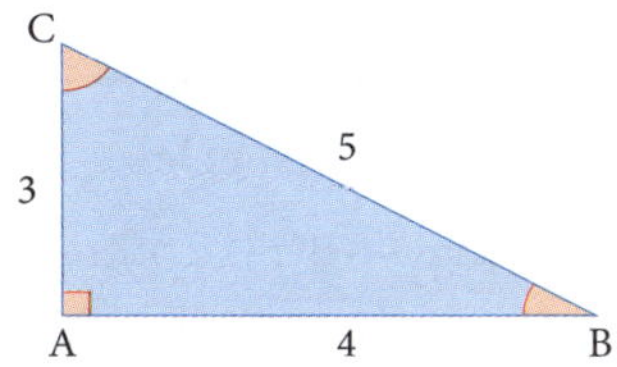

CORRIGÉ

Le triangle ABC étant rectangle (en A), on peut y faire de la trigonométrie.

- $\cos \widehat{C} = \dfrac{\text{côté adjacent à } \widehat{C}}{\text{hypoténuse}} = \dfrac{AC}{BC} = \dfrac{3}{5} = 0{,}6.$

$\sin \widehat{C} = \dfrac{\text{côté opposé à } \widehat{C}}{\text{hypoténuse}} = \dfrac{AB}{BC} = \dfrac{4}{5} = 0{,}8.$

- $\tan \widehat{C} = \dfrac{\sin \widehat{C}}{\cos \widehat{C}} = \dfrac{\frac{4}{5}}{\frac{3}{5}} = \dfrac{4}{5} : \dfrac{3}{5} = \dfrac{4}{\cancel{5}} \times \dfrac{\cancel{5}}{3} = \dfrac{4}{3}.$

Conseils
- Le côté adjacent à $\widehat{C}$ contient la lettre C !
- L'hypoténuse fait face à l'angle droit.
- Le côté opposé à $\widehat{C}$ lui fait face.

Révision express

Les points importants à retenir

- Quand on applique le théorème de Pythagore, on doit préciser dans quel triangle on travaille.
- Si l'égalité de Pythagore est vérifiée, on conclut avec la réciproque du théorème de Pythagore (que le triangle est rectangle).
- Si l'égalité de Pythagore n'est pas vérifiée, on conclut avec la contraposée du théorème de Pythagore (que le triangle n'est pas rectangle).
- Quand on utilise un théorème/une propriété, on pense à vérifier les hypothèses.
- Préciser toujours le triangle rectangle dans lequel on fait de la trigonométrie.
- Avec des quotients, il est pratique de se ramener à un produit en croix.
- Vérifiez que votre calculatrice est en mode degrés.
- Pour apprendre les formules de trigonométrie, on peut retenir le « mot » : SOH CAH TOA

$S = \frac{O}{H}$ pour Sinus $= \frac{\text{côté Opposé}}{\text{Hypoténuse}}$; $C = \frac{A}{H}$ pour Cosinus $= \frac{\text{côté Adjacent}}{\text{Hypoténuse}}$;

$T = \frac{O}{A}$ pour Tangente $= \frac{\text{côté Opposé}}{\text{côté Adjacent}}$.

Quiz

Cochez la ou les bonnes réponses.

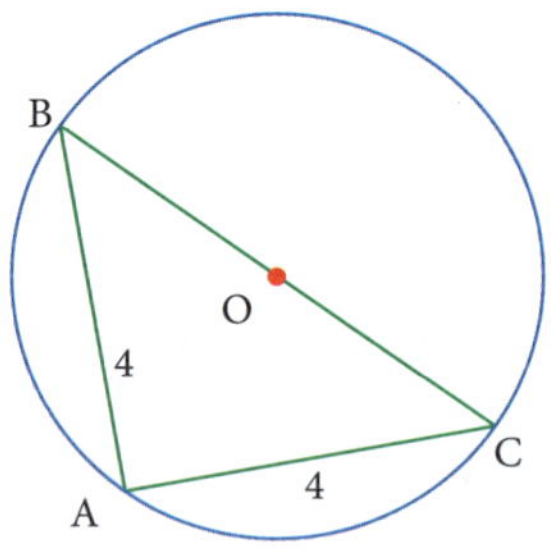

1. Le triangle ABC ci-contre est :

☐ **rectangle** ☐ **isocèle** ☐ **équilatéral**

2. Le rayon du cercle circonscrit au triangle ABC ci-contre est :

☐ **environ 2,8** ☐ **4** ☐ **environ 5,7**

3. Un triangle dont les côtés mesurent 3, 5 et 8 est un triangle :

☐ **rectangle** ☐ **isocèle** ☐ **quelconque**

On considère le triangle ABC ci-contre.

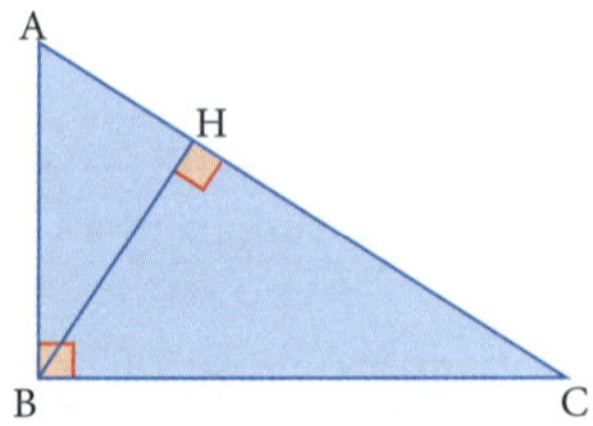

4. Ce côté est une hypoténuse : ☐ **[AB]** ☐ **[BC]** ☐ **[AC]**

5. $\sin \widehat{A} =$: ☐ $\mathbf{\frac{BH}{AB}}$ ☐ $\mathbf{\frac{BC}{AC}}$ ☐ $\mathbf{\frac{BC}{AB}}$

6. $\tan \widehat{C} =$: ☐ $\mathbf{\frac{BC}{AC}}$ ☐ $\mathbf{\frac{AB}{AC}}$ ☐ $\mathbf{\frac{AB}{BC}}$

7. $\frac{AB}{AC} =$: ☐ $\mathbf{\cos \widehat{A}}$ ☐ $\mathbf{\sin \widehat{A}}$ ☐ $\mathbf{\sin \widehat{C}}$

8. $\tan \widehat{A} =$: ☐ $\mathbf{\tan \widehat{C}}$ ☐ $\mathbf{\frac{1}{\tan \widehat{C}}}$ ☐ $\mathbf{-\tan \widehat{C}}$

→ Réponses p. 502

EXERCICE GUIDÉ

Calculer la mesure d'un angle en connaissant deux longueurs dans un triangle rectangle

Énoncé

Dans le triangle BUS rectangle en B, calculez une valeur approchée de la mesure de $\widehat{U}$ au dixième de degré près.

(La figure n'est pas en vraie grandeur.)

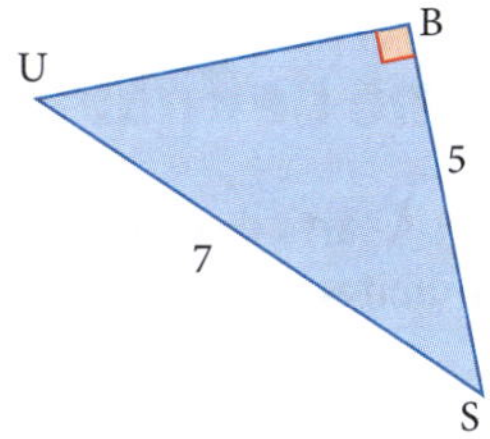

Méthode

1 On repère l'angle, que l'on note α, dont on cherche une mesure. On identifie la nature des deux côtés connus (hypoténuse, côté adjacent ou opposé).

2 On choisit parmi les formules de trigonométrie ($\cos \alpha$, $\sin \alpha$, $\tan \alpha$) celle qui met en relation les deux côtés identifiés.

3 On calcule la valeur du cosinus, du sinus ou de la tangente de α.

4 En utilisant la fonction $\cos^{-1}$ ou $\sin^{-1}$ ou $\tan^{-1}$ de la calculatrice, on déduit une valeur approchée (parfois exacte) de α.

Calculer la mesure d'un angle

Corrigé

- Dans le triangle BUS rectangle en B, on cherche à déterminer la mesure de $\widehat{U}$.
On connaît la longueur de l'hypoténuse (US = 7) et celle du côté opposé à $\widehat{U}$ (BS = 5).

- La formule mettant en relation hypoténuse et côté opposé est :
$\sin \widehat{U} = \dfrac{\text{côté opposé à } \widehat{U}}{\text{hypoténuse}}$

- $\sin \widehat{U} = \dfrac{BS}{US} = \dfrac{5}{7}$.

- $\widehat{U}$ est donc l'angle aigu dont le sinus est égal à $\dfrac{5}{7}$. Avec la fonction $\sin^{-1}$ de la calculatrice, on obtient $\widehat{U} \approx 45{,}6°$.

Commentaires

1 On cite le triangle, puis on identifie les deux longueurs connues par rapport à l'angle que l'on cherche.

2 Parmi les formules de trigonométrie, on cherche celle qui met en lien le côté opposé et l'hypoténuse : c'est le sinus.

3 On calcule la valeur du sinus en remplaçant les deux longueurs par leurs valeurs. On doit toujours trouver, pour un sinus ou un cosinus, un résultat compris entre 0 et 1.

4 La calculatrice étant bien en mode degrés, on détermine une valeur approchée de l'angle en respectant l'approximation demandée.

Chapitre 11 Théorème de Thalès – Agrandissement/Réduction – Homothéties

1 Théorème de Thalès

De quoi s'agit-il ? **À partir de quotients de longueurs, il s'agit de calculer des longueurs ou d'étudier un parallélisme de droites.**

Appliquer le théorème de Thalès

● **Le théorème de Thalès :**
Avec les deux **figures clefs de Thalès** ci-dessous, on peut énoncer :

$\left\{\begin{array}{l} d \text{ et } d' \text{ sont deux droites sécantes en A,} \\ \text{B et M sont deux points de } d, \\ \text{C et N sont deux points de } d', \\ \text{(MN) // (BC),} \end{array}\right.$

alors : $\dfrac{AM}{AB} = \dfrac{AN}{AC} = \dfrac{MN}{BC}$.

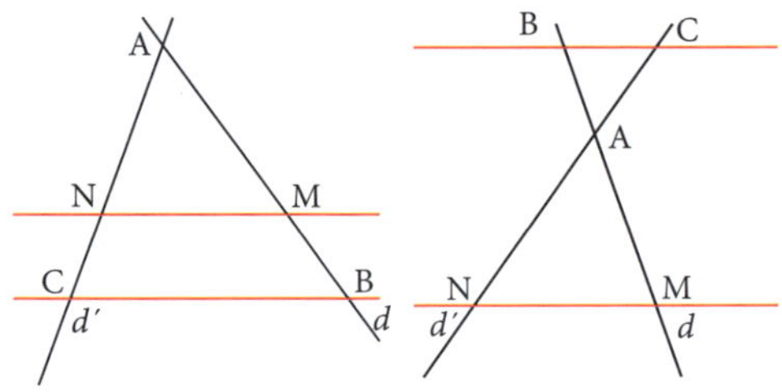

(MN) // (BC)

● **La réciproque du théorème de Thalès :**
Avec ces deux figures, on peut énoncer :

Appliquer la réciproque de Thalès

$\left\{\begin{array}{l} d \text{ et } d' \text{ sont deux droites sécantes en A,} \\ \text{B et M sont deux points de } d, \\ \text{C et N sont deux points de } d', \\ \text{les points A, B, M d'une part et A, C, N d'autre part sont alignés dans le même ordre,} \\ \dfrac{AM}{AB} = \dfrac{AN}{AC}, \end{array}\right.$

Appliquer le théorème de Thalès

alors les droites (BC) et (MN) sont parallèles.

À savoir

- Le théorème de Thalès permet de calculer des longueurs.
- La réciproque du théorème de Thalès permet de montrer que des droites sont parallèles.

2 Agrandissement/Réduction

De quoi s'agit-il ? **On étudie l'effet de l'agrandissement ou de la réduction d'une grandeur sur les aires et les volumes.**

● Lors d'un agrandissement ou d'une réduction de rapport $k > 0$ d'une figure (ou d'un solide) :
– les longueurs sont multipliées par k,
– les aires sont multipliées par k^2,
– les volumes sont mutipliés par k^3.

● $k > 1$ dans le cas d'un agrandissement ; k est appelé **coefficient d'agrandissement**.

● $0 < k < 1$ dans le cas d'une réduction ; k est appelé **coefficient de réduction**.

MATHS

Exemple :
– Le triangle AMN est une réduction du triangle ABC de rapport $k = \frac{AM}{AB} = \frac{2}{3} < 1$.
– De la même façon, le triangle ABC est un agrandissement du triangle AMN de rapport $k' = \frac{AB}{AM} = \frac{3}{2} = 1{,}5 > 1$.
Aire(ABC) = $1{,}5^2$ × Aire(AMN).

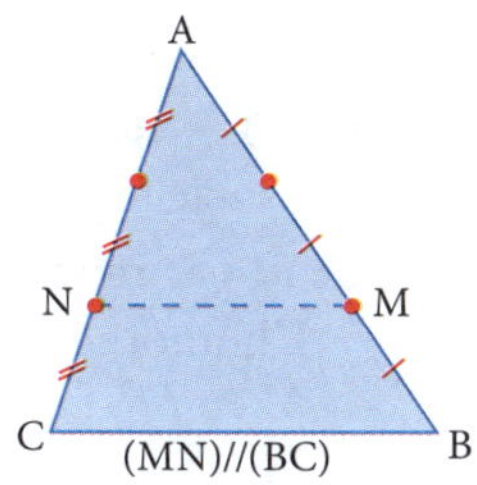

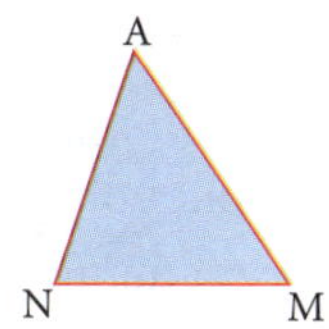

3 Triangles semblables et homothéties

De quoi s'agit-il ? **Il s'agit d'étudier les « familles » de triangles qui sont des agrandissements/réductions les uns des autres, puis de définir une nouvelle transformation du plan : l'homothétie.**

1 Triangles semblables

- Deux triangles sont semblables ou de même forme si les angles de l'un sont égaux aux angles de l'autre.
- Deux triangles sont semblables si et seulement s'ils ont leurs côtés deux à deux proportionnels, autrement dit, si l'un est l'agrandissement/réduction de l'autre.

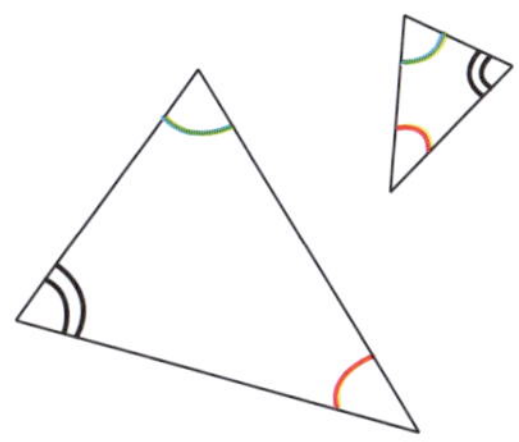

Exercice résolu

Reconnaître des triangles semblables à partir des longueurs de leurs côtés

Montrez que les triangles *SOL* et *AIR* sont semblables. Précisez le coefficient d'agrandissement permettant d'obtenir *SOL* à partir de *AIR*.

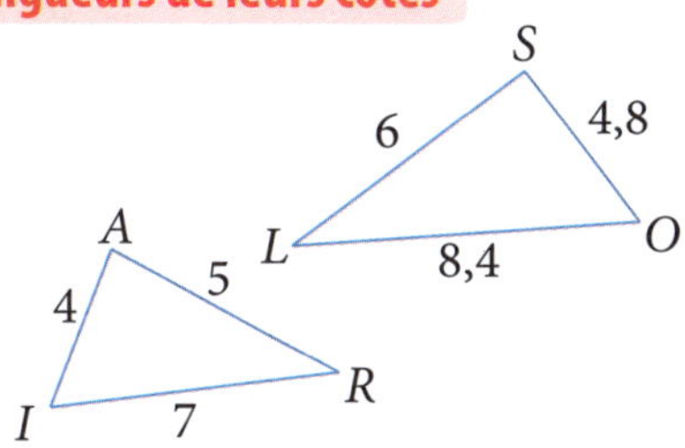

CORRIGÉ

Deux triangles semblables ont leurs côtés deux à deux proportionnels.

Triangle *SOL*	*OL* = 8,4	*SL* = 6	*SO* = 4,8
Triangle *AIR*	*IR* = 7	*AR* = 5	*AI* = 4

Le coefficient d'agrandissement/réduction est le quotient des côtés correspondants des deux triangles.

$\frac{8{,}4}{7} = 1{,}2$ $\frac{6}{5} = 1{,}2$ $\frac{4{,}8}{4} = 1{,}2$

Les côtés de ces deux triangles sont proportionnels avec 1,2 comme coefficient : *SOL* est un agrandissement de *AIR* de coefficient 1,2.

Démontrer que des triangles sont semblables

L'astuce du prof
Dans un tableau, on met en correspondance les côtés de chaque triangle par ordre décroissant de longueurs par exemple.

2 Homothéties

- On appelle homothétie de centre O et de rapport k la transformation du plan notée $h(O\,;k)$ qui à tout point M du plan associe le point M' tel que :

– si $k > 0$: M' est du même côté que M par rapport à O et $OM' = kOM$.

L'homothétie de centre O et de rapport 1,5 transforme M en M'.
$M' \in [OM)$ et $OM' = 1{,}5\ OM$.

– si $k < 0$: M' est de l'autre côté de M par rapport à O et $OM' = (-k)OM$.

L'homothétie de centre O et de rapport – 0,5 transforme M en M'.
$M' \in [MO)$ et $OM' = 0{,}5\ OM$.

Utiliser les homothéties

Exercice résolu

Déterminer le rapport d'une homothétie

Déterminez le rapport de l'homothétie de centre O qui transforme :

1. M en M_1 (on le note k_1) **2.** M en M_2 (on le note k_2)

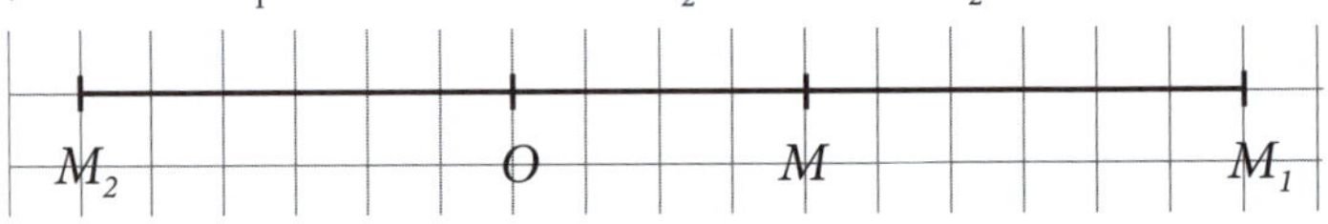

CORRIGÉ

1. M_1 est du même côté que M par rapport à O. Donc $k_1 > 0$.

$OM = 4$ et $OM_1 = 10$. Il vient : $\dfrac{OM_1}{OM} = \dfrac{10}{4} = 2{,}5$. D'où $k_1 = 2{,}5$.

2. M_2 est de l'autre côté de O par rapport à M. Donc $k_2 < 0$.

$OM = 4$ et $OM_2 = 6$. Soit $\dfrac{OM_2}{OM} = \dfrac{6}{4} = 1{,}5$. D'où $k_2 = -1{,}5$.

Les côtés de ces deux triangles sont proportionnels avec 1,2 comme coefficient : SOL est un agrandissement de AIR de coefficient 1,2.

3 Liens avec les configurations de Thalès

- Les triangles ABC et ADE sont semblables.
- Le triangle ADE est une réduction du triangle ABC de rapport k (si $k > 0$) ou $-k$ (si $k < 0$).
- Le triangle ADE est l'image du triangle ABC par l'homothétie de centre A et de rapport k.

Configuration n° 1

$k = \dfrac{AD}{AB} = \dfrac{2}{3}\ (k > 0)$

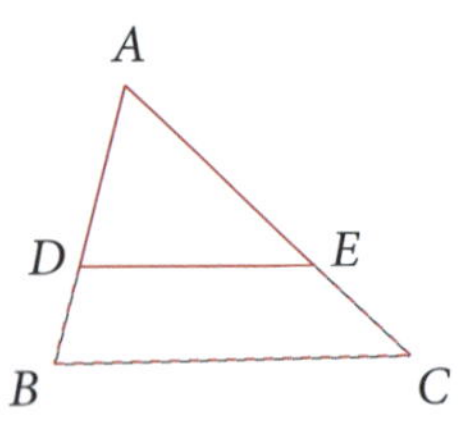

Configuration n° 2

$k = -\dfrac{AD}{AB} = -\dfrac{2}{3}\ (k < 0)$

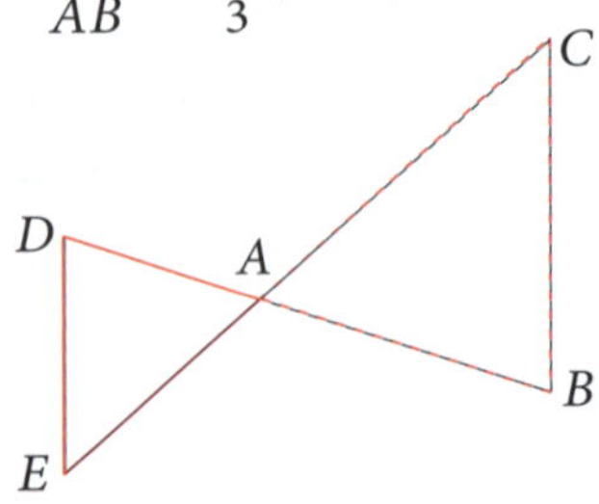

Remarque

- Quand $k > 1$ (ou $k < -1$), on parle d'agrandissement.
- Quand $-1 < k < 1$, on parle de réduction.

➔ Révision express

Les points importants à retenir

- Quand on utilise le théorème de Thalès, on n'oublie pas de citer les droites parallèles.
- Quand $\frac{a}{b} = \frac{c}{d}$, l'égalité des produits en croix permet d'écrire $a \times d = b \times c$.
- Pour la réciproque du théorème de Thalès, on calcule les quotients séparément, puis on regarde s'ils sont égaux. Si c'est le cas, on peut conclure sur le parallélisme des droites.
- Un coefficient de réduction est un nombre positif plus petit que 1 et un coefficient d'agrandissement est un nombre positif plus grand que 1.
- Deux triangles semblables ont leurs angles de mêmes mesures et leurs côtés deux à deux proportionnels.
- Une homothétie est une transformation du plan qui multiplie les longueurs par k (si $k > 0$) ou $-k$ (si $k < 0$).
- Les configurations de Thalès sont des illustrations de triangles semblables, images l'un de l'autre par une homothétie.

Quiz

Cochez la ou les bonnes réponses.

Les questions **1.** à **4.** portent sur la figure ci-contre.

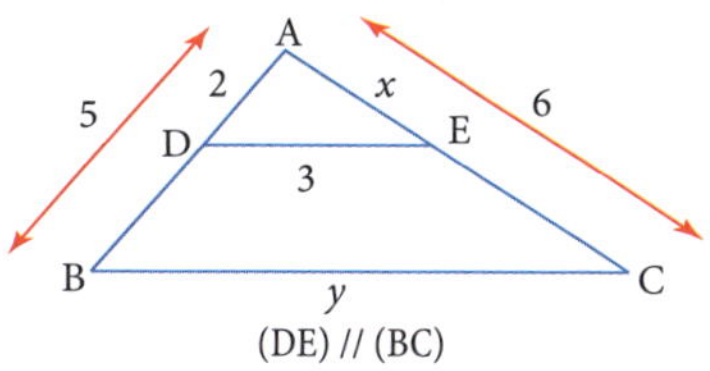

1. ☐ **EC = 6 + x**   ☐ **BD = 3**

☐ **on peut utiliser le théorème de Thalès**

2. On peut écrire, en utilisant le théorème de Thalès :

☐ $\frac{BD}{BA} = \frac{CE}{CA}$ ☐ $\frac{AD}{AB} = \frac{AE}{AC}$ ☐ $\frac{AC}{AE} = \frac{BC}{DE}$

3. On peut dire que :

☐ **les longueurs du triangle ADE sont proportionnelles à celles du triangle ABC**

☐ **le tableau**

2	x	3
5	6	y

est un tableau de proportionnalité

☐ **les longueurs du triangle ABC sont deux fois et demie plus grandes que celles du triangle ADE**

4. ☐ $y = 7{,}5$ ☐ $x = 2{,}4$ ☐ $xy = 18$

5. Sur la figure ci-contre, les droites (IK) et (BC) sont :

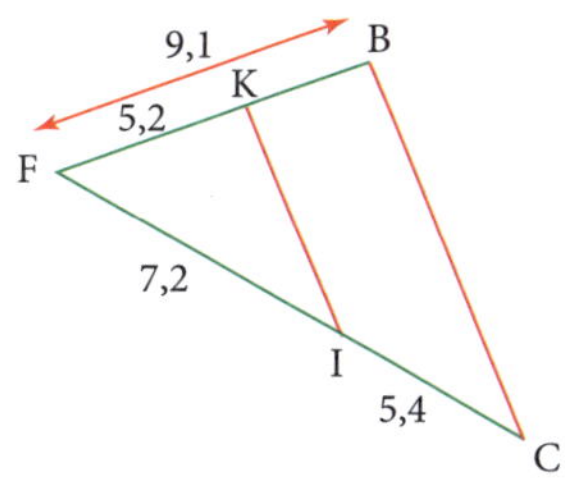

☐ **parallèles**   ☐ **non parallèles**   ☐ **sécantes**

6. L'homothétie de centre O qui transforme M en N a pour rapport

☐ **–2**   ☐ $-\frac{1}{2}$ ☐ $\frac{1}{2}$

→ Réponses p. 502

EXERCICE 1

Calculer une longueur avec le théorème de Thalès

Énoncé

Sur la figure ci-dessous, (BC) // (DE).

Calculez la valeur exacte de y, puis donnez-en une valeur approchée arrondie au dixième.

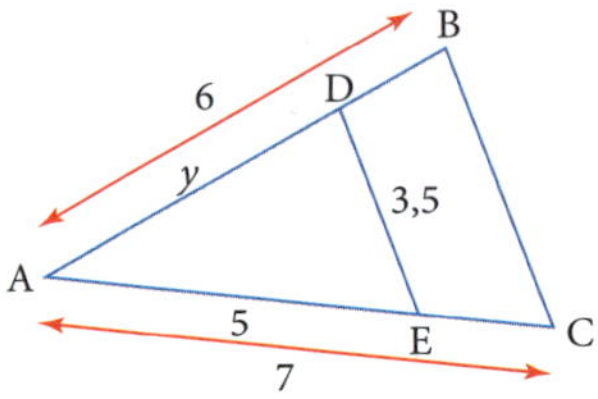

Méthode

1 On repère une configuration de Thalès (deux droites sécantes et deux droites parallèles).

2 On cite le théorème puis on écrit l'égalité des trois quotients.

3 On remplace dans ces quotients les valeurs connues.

4 En utilisant une égalité entre deux quotients, on calcule (à l'aide de l'égalité des produits en croix) la longueur cherchée.

Corrigé

- Les droites (AB) et (AC) sont sécantes en A. De plus, (DE) et (BC) sont parallèles.

- D'après le théorème de Thalès,

$$\frac{AE}{AC} = \frac{AD}{AB} = \frac{DE}{BC}$$

- $$\boxed{\frac{5}{7} = \frac{y}{6}} = \frac{DE}{BC}$$

- $$\frac{5}{7} = \frac{y}{6}$$

$$7 \times y = 5 \times 6$$

$$7y = 30$$

$$y = \frac{30}{7} \text{ (valeur exacte)}$$

$$y \approx 4{,}3 \text{ (valeur approchée arrondie au dixième)}$$

Commentaires

1 On dit aussi que les triangles ABC et ADE sont en configuration de Thalès.

2 Dans ces quotients, les numérateurs sont les longueurs du triangle ADE (le petit) et les dénominateurs sont les longueurs correspondantes du triangle ABC (le grand).

3 On encadre les quotients qui permettent de calculer y.

4 On utilise l'égalité des produits en croix. On se ramène à une équation de la forme $ay = b$ qui a pour solution $y = \frac{b}{a}$.

EXERCICE 2

Étudier le parallélisme de deux droites

Énoncé

Les droites (CE) et (BD) sont-elles parallèles ? Justifiez.

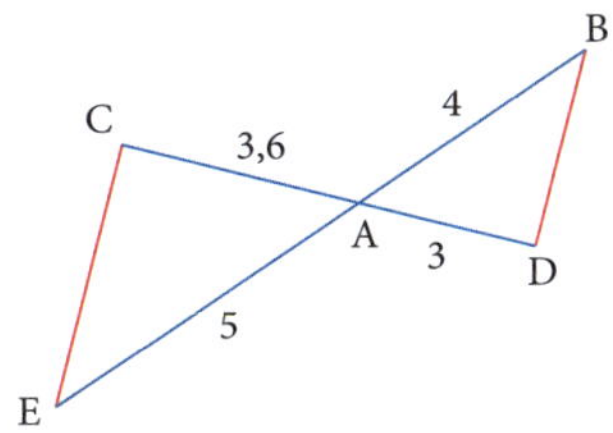

Méthode

1 On repère deux droites sécantes en un point.

2 On indique les points sur ces deux droites en faisant attention à l'ordre.

3 On calcule les quotients en les écrivant soit sous forme décimale exacte soit sous forme de fractions irréductibles.

4 On compare les deux quotients :
– s'ils sont égaux, les droites sont parallèles d'après la réciproque du théorème de Thalès ;
– s'ils ne sont pas égaux, les droites ne sont pas parallèles.

Corrigé

- Les droites (CD) et (BE) sont sécantes en A.

- Les points C, A, D d'une part et E, A, B d'autre part sont alignés dans le même ordre.

- $\frac{AC}{AD} = \frac{3,6}{3} = 1,2$
  $\frac{AE}{AB} = \frac{5}{4} = 1,25$

- Or $1,2 \neq 1,25$.

Si les droites avaient été parallèles, les quotients auraient été égaux d'après le théorème de Thalès. Or, ici ils ne le sont pas.

On en déduit que les droites (BD) et (CE) ne sont pas parallèles.

Commentaires

1 Il faut bien citer les hypothèses.

2 L'ordre des points est important.

3 On écrit les quotients sous forme décimale lorsque le résultat est exact. Autrement, on écrit les quotients sous forme de fractions irréductibles.

4 On conclut ici en utilisant la contraposée du théorème de Thalès qui permet de dire que les droites ne sont pas parallèles.

MATHS

Chapitre 12 Géométrie dans l'espace

1 Sections planes

De quoi s'agit-il ? **On étudie la nature des sections de solides par un plan parallèle à la base ou à l'une des faces du solide.**

1 Section d'un parallélépipède rectangle

La section d'un parallélépipède par un plan **parallèle à une de ses faces** est un **rectangle** de mêmes dimensions que la face.

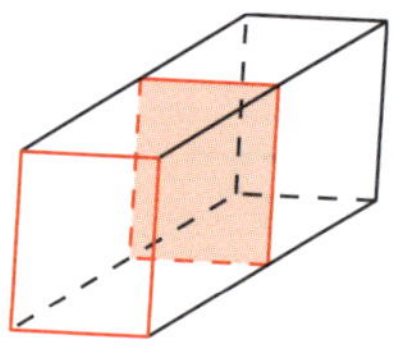

La section d'un parallélépipède par un plan **parallèle à une arête** est un **rectangle** dont l'un des côtés a la longueur de l'arête.

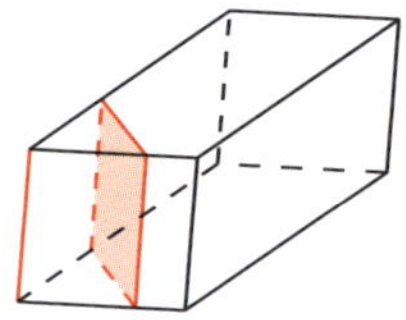

2 Section d'un cylindre de révolution

La section d'un cylindre par un plan **parallèle à la base** (et donc perpendiculaire à son axe) est un **cercle** de même rayon que le cercle de base.

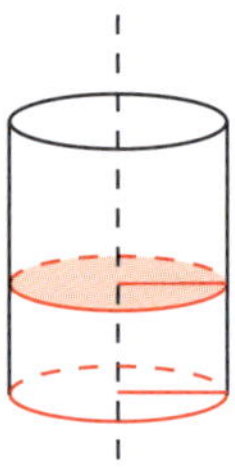

La section d'un cylindre par un plan **parallèle à l'axe** est un **rectangle** dont l'un des côtés a pour longueur la hauteur du cylindre.

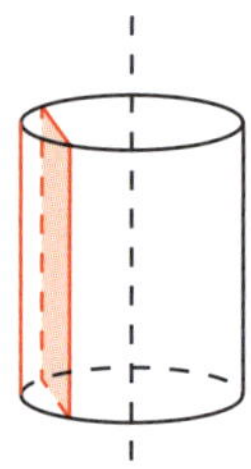

3 Section d'un cône de révolution et d'une pyramide

La section d'un cône par un plan **parallèle à la base** (et donc perpendiculaire à son axe), est un **cercle**. Ce cercle est une réduction de celui de la base.

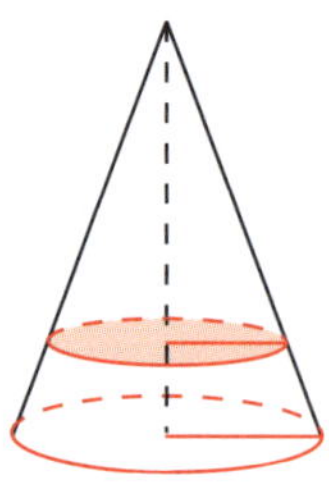

La section d'une pyramide par un plan **parallèle à la base** est un **polygone** de même forme que le polygone de base (c'en est une réduction).

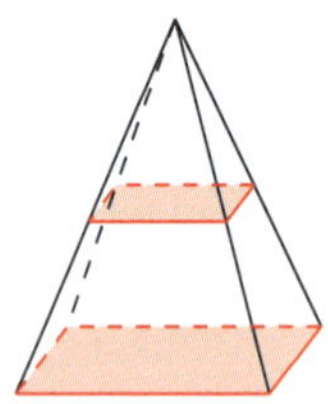

Exercice résolu

Section d'un cône

La figure ci-contre représente un cône de révolution de sommet A. On sait que :

OA = 9 cm ; OB = 6 cm ; AK = 3 cm.

On coupe le cône par un plan parallèle à la base et passant par K.

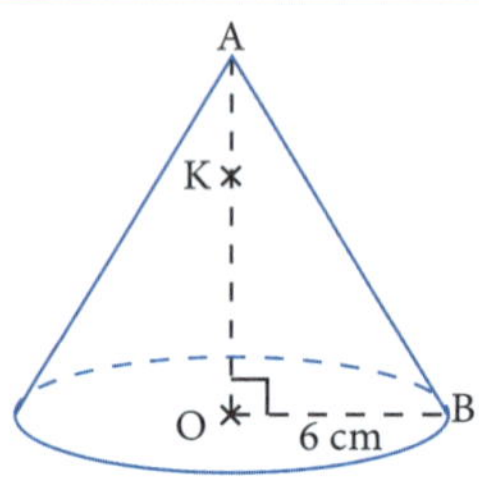

1. Donnez la nature de la section du cône par ce plan. Représentez cette section.
2. Calculez l'aire de la section du cône par ce plan.

CORRIGÉ

1. La section d'un cône par un plan parallèle à sa base est un cercle.

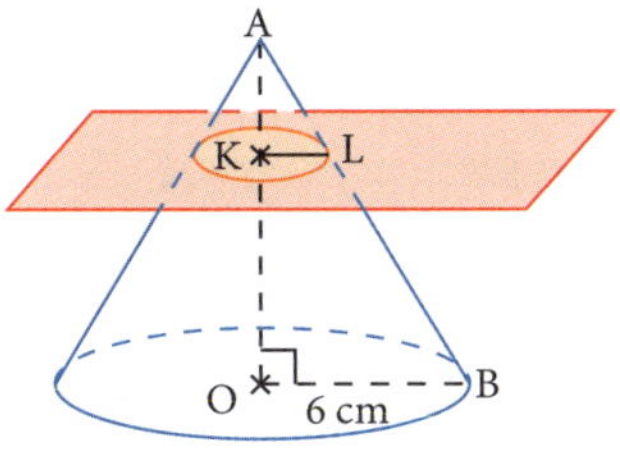

Remarque
Dans une figure en perspective, un cercle est représenté par un cercle « écrasé ». Il s'agit en fait d'une ellipse.

2. La section est donc un cercle qui est une réduction du cercle de base.
Le coefficient de réduction est : $k = \frac{AK}{AO} = \frac{3}{9} = \frac{1}{3}$.
Le rayon de la section est $\frac{1}{3} \times 6 = 2$ cm.
L'aire de la section est donc $\pi \times 2^2 = 4\pi$ cm².

Rappel
L'aire d'un disque de rayon r est $\pi \times r^2$.

2 La sphère

De quoi s'agit-il ? La sphère est un nouveau solide dont on étudie les propriétés et les sections.

1 Définition

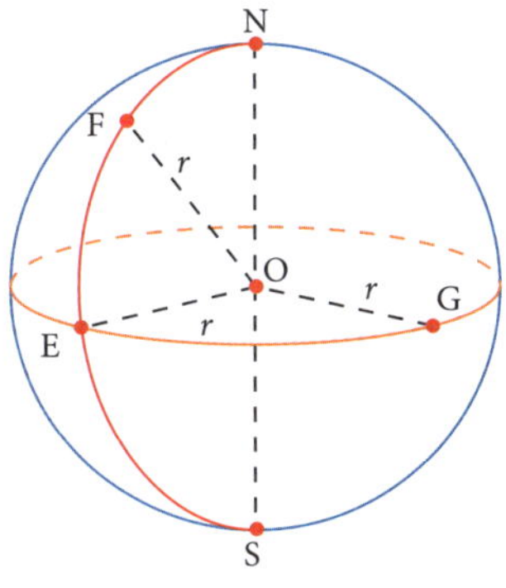

- La sphère de centre O et de rayon r est l'ensemble de tous les points de l'espace qui sont situés à la **même distance** r du point O.
- Si un point M est sur la sphère de centre O et de rayon r, alors OM = r.
- Si un point M est tel que OM = r, alors M est sur la sphère de centre O et de rayon r.

2 Section d'une sphère par un plan

- OH < r : la section de la sphère par le plan perpendiculaire à (OH) passant par H est un cercle.
- OH = r : le plan et la sphère sont tangents. Ils n'ont qu'un point (H) en commun.
- OH > r : le plan et la sphère n'ont aucun point commun.

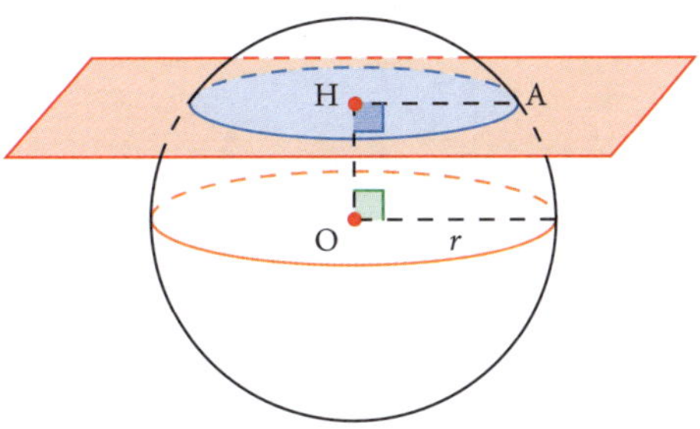

3 Repérage sur la sphère

- L'**équateur** est le grand cercle situé dans le plan perpendiculaire à l'axe (NS) qui passe par le centre O de la sphère.
- Un **méridien** est un demi grand cercle.
- Un **parallèle** est l'intersection de la sphère terrestre avec un plan parallèle au plan de l'équateur.
- La **latitude** du point M est la mesure, en degré, de l'angle $\widehat{MOL}$, suivie de l'indication Nord ou Sud.
- La **longitude** du point M est la mesure, en degré, de l'angle $\widehat{GOL}$, suivie de l'indication Est ou Ouest.

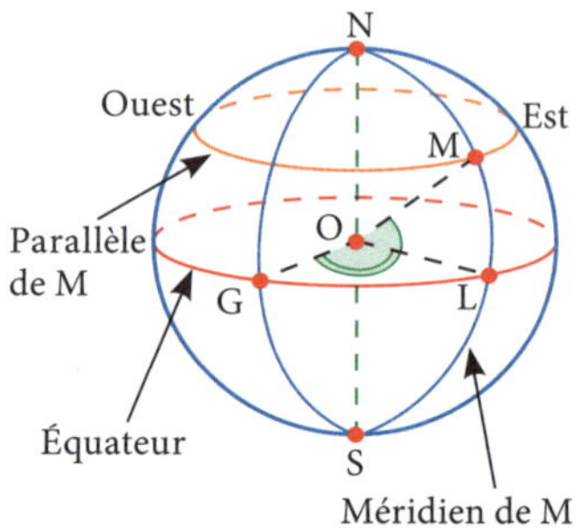

Se repérer sur la Terre : longitude, latitude, parallèle, méridien de Greenwich

Exercice résolu

Calculer le rayon d'un « parallèle »

On coupe une sphère de centre O et de rayon 5 cm par un plan $\mathcal{P}$ perpendiculaire à (OH). Sachant que OH = 3 cm, calculez le rayon de cette section.

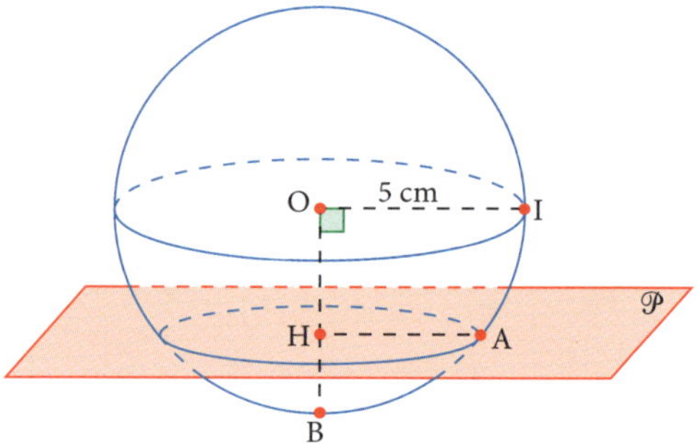

CORRIGÉ

La section d'une sphère par un plan perpendiculaire à (OH) est un cercle.

Le rayon du cercle cherché est donné par la longueur AH.

Dans le triangle OAH rectangle en H, d'après le théorème de Pythagore,

$HO^2 + HA^2 = OA^2$

$3^2 + HA^2 = 5^2$

$9 + HA^2 = 25$

$HA^2 = 25 - 9$

$HA = \sqrt{16} = 4.$

Le rayon de la section est 4 cm.

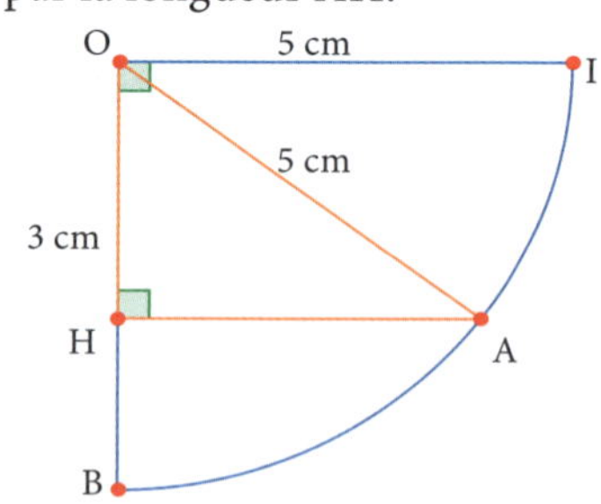

Méthode

On se place dans le plan (OHA). On indique sur la figure les longueurs que l'on connaît. [OA] est un rayon de la sphère donc OA = 5 cm, et OH = 3 cm d'après l'énoncé.

MATHS

Révision express

Les points importants à retenir

- Les dessins dans l'espace sont en perspective cavalière :
– deux droites parallèles dans la réalité sont représentées par deux droites parallèles ;
– deux segments parallèles et de mêmes longueurs sont représentés par deux segments parallèles et de mêmes longueurs.
- La section d'une sphère par un plan est un cercle. Pour calculer son rayon, on se place dans un triangle rectangle et on utilise le théorème de Pythagore.
- Pour calculer des longueurs dans l'espace, on se place dans un triangle ou un quadrilatère et on utilise les méthodes et techniques de la géométrie dans le plan.
- Dans un agrandissement ou une réduction de rapport $k > 0$, si les longueurs sont multipliées par k, les aires sont multipliées par k^2 et les volumes par k^3.

Quiz

Cochez la ou les bonnes réponses.

Les questions **1.** à **5.** portent sur le cube ABCDEFGH ci-dessous, d'arête 3 cm.

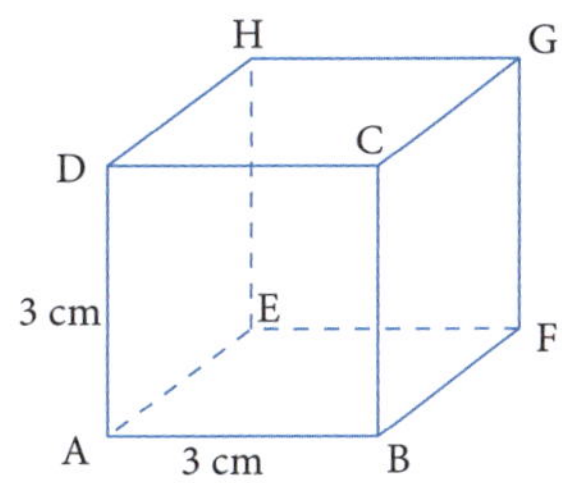

1. $\widehat{HCF}$ = : ☐ **60°** ☐ **90°** ☐ **45°**

2. Le triangle CGH est :

☐ **rectangle** ☐ **isocèle** ☐ **équilatéral**

3. Le triangle CEG est :

☐ **rectangle** ☐ **isocèle** ☐ **équilatéral**

4. CH = : ☐ $3\sqrt{2}$ **cm** ☐ **3 cm** ☐ $2\sqrt{3}$ **cm**

5. On coupe le cube par un plan passant par les points C, H et E. La section est :

☐ **un carré** ☐ **un rectangle** ☐ **un triangle**

On considère la pyramide ci-contre. On sait que SO = 5 cm et ABCD est un rectangle tel que BC = 3 cm. On coupe la pyramide par un plan parallèle à sa base de façon que SO' = 3 cm. La section est le quadrilatère A'B'C'D'.

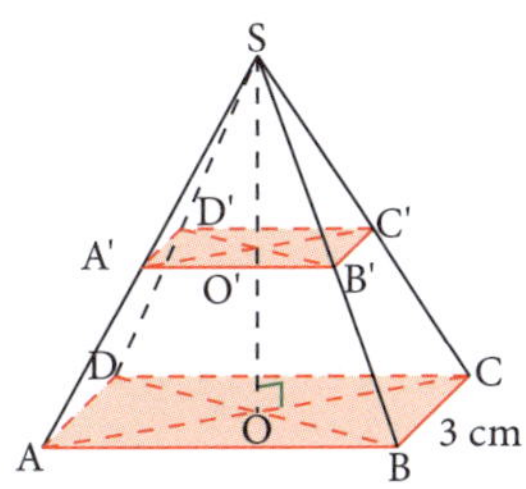

6. La hauteur de la pyramide SABCD est :

☐ **[SA]** ☐ **[SO]** ☐ **[SC]**

7. A'B'C'D' est : ☐ **un carré** ☐ **un rectangle** ☐ **un parallélogramme**

8. B'C' = : ☐ **2 cm** ☐ $\frac{5}{3}$ **cm** ☐ **1,8 cm**

9. Aire(ABCD) = :

☐ $\frac{5}{3}$ **× Aire(A'B'C'D')** ☐ $\frac{25}{9}$ **× Aire(A'B'C'D')** ☐ $\frac{1}{2}$ **× Aire(A'B'C'D')**

→ Réponses p. 503

EXERCICE GUIDÉ 1

Représenter en vraie grandeur une section plane dans un pavé droit

Énoncé

On a coupé un pavé droit ABCDEFGH par un plan parallèle à l'arête [AC].

Sans aucun calcul, construisez le quadrilatère IJKL en vraie grandeur.

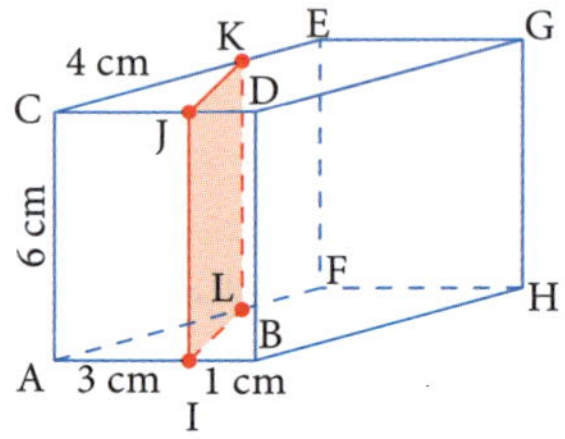

Méthode

1 On identifie la nature de la section.

2 On utilise des triangles rectangles et les longueurs indiquées pour représenter la section en vraie grandeur.

Corrigé

- La section d'un pavé droit par un plan parallèle à une arête est un rectangle.

Donc le quadrilatère IJKL est un rectangle.

- 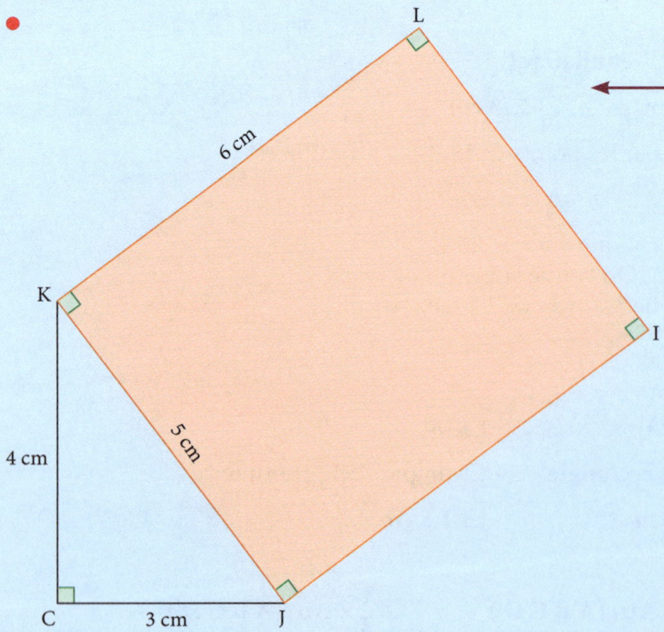

Commentaires

1 IJKL n'est pas représenté par un rectangle sur la figure du fait de la perspective cavalière. On sait que toute section d'un pavé droit par un plan parallèle à une face ou à une arête est un rectangle.

2 • On commence par tracer le triangle CJK rectangle en C dont on connaît deux longueurs. L'hypoténuse [KJ] de ce triangle est l'un des côtés du rectangle IJKL qu'on doit représenter en vraie grandeur.
• On complète la figure en traçant le côté [KL] du rectangle, dont on connaît la longueur, KL = 6 cm.

EXERCICE GUIDÉ 2

Se repérer dans un parallélépipède rectangle

Énoncé

Un point est repéré par trois nombres appelés coordonnées de *M* : son abscisse (*x*), son ordonnée (*y*) et son altitude ou sa côte (*z*). On écrit *M*(*x* ; *y* ; *z*).

Quelles sont les trois coordonnées des points *D*, *F*, *G* et *H* ?

Placer les points *M* et *N* dont les coordonnées sont : (3 ; 7 ; 1) et (3 ; 5 ; 4).

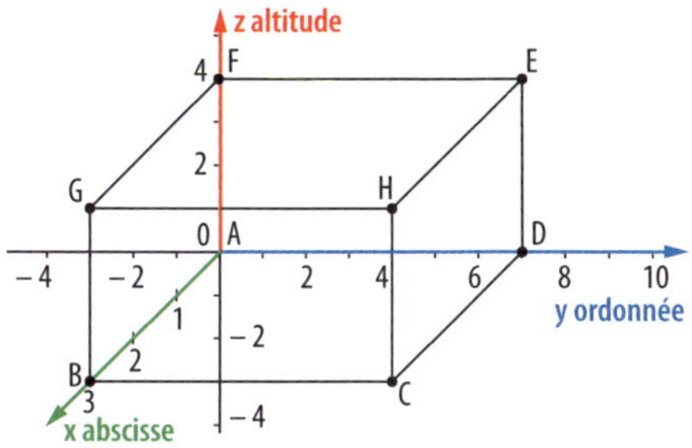

Méthode

1 On lit sur l'axe des abscisses, la première coordonnée, sur l'axe des ordonnées, la deuxième et sur l'axe des côtes, la troisième. On écrit alors les coordonnées de chacun des points dans l'ordre (abscisse du point ; ordonnée du point ; côte du point).

2 Pour placer un point, on commence par placer un point de même abscisse et ordonnée que le point qu'on veut placer, puis on finit par la côte.

Trouver les coordonnées d'un point sur un pavé droit

Corrigé

- Le point *D* a pour coordonnées (0 ; 7 ; 0).
- Le point *F* a pour coordonnées (0 ; 0 ; 4).
- Le point *G* a pour coordonnées (3 ; 0 ; 4).
- Le point *H* a pour coordonnées (3 ; 7 ; 4).
- 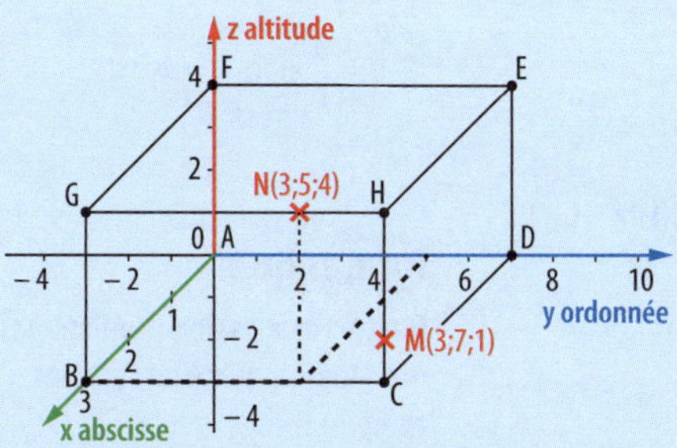

Commentaires

1 • Le point *D* se situe sur l'axe des ordonnées. Cela signifie que son abscisse et son altitude sont nulles.

• Le point *F* se situe sur l'axe des altitudes. Cela signifie que son abscisse et son ordonnée sont nulles.

• Le point *G* a : la même abscisse que *B*, une ordonnée est nulle (comme tous les points qui se situent sur la face *AFGB* du pavé), la même altitude que *F*.

• Le point *H* a :
pour abscisse celle de *C* et donc de *B*, soit 3 ;
pour ordonnée celle de *C* et donc de *D*, soit 7 ;
pour altitude, celle de *G* donc de *F*, soit 4.

2 • Le point *M* a même abscisse et ordonnée que le point *C*. Son altitude est 1, il se situe donc à une unité d'altitude du point *C*.

• Pour placer le point *N*, on commence par placer le point *Q* dont les coordonnées sont (5 ; 3 ; 0). L'altitude du point *N* étant 4, *N* se situe à 4 unités d'altitude du point *Q*. *N* est donc un point de la face *EFGH* (tous les points de cette face ont une altitude de 4).

MATHS

Chapitre 13 Grandeurs et mesures

1 Grandeur produit - Grandeur quotient

De quoi s'agit-il ? **On étudie des produits et des quotients de grandeurs mesurables : puissance, vitesse, masse volumique ...**

- En sciences, certaines grandeurs peuvent être mesurées. On les appelle des **grandeurs simples**. Par exemple : la longueur, la durée, la masse.
- D'autres grandeurs sont définies à partir de ces grandeurs simples : ce sont des **grandeurs composées**. Par exemple : l'aire d'un rectangle, la vitesse, etc.
- On définit une **grandeur produit** comme le produit de deux grandeurs (simples, de même nature ou non).

Exemple : L'aire $\mathcal{A}$ d'un rectangle est donnée par la formule : Longueur × largeur.
La longueur et la largeur étant données en mètres, $\mathcal{A}$ sera en m².

- Une **grandeur quotient** est le quotient de deux grandeurs (de même nature ou non).

Exemple : La vitesse moyenne v est définie par la formule :

$$v = \frac{\text{distance parcourue}}{\text{durée de parcours}}$$

Savoir calculer une vitesse moyenne et comprendre la formule $v = d/t$

La distance parcourue étant donnée en kilomètres et la durée de parcours étant donnée en heures, la vitesse sera en kilomètres par heure (notés km/h ou km · h^{-1}).

Exercice résolu

Utiliser la masse volumique

Pour faire sa terrasse, Jacques a besoin de 2,15 m³ de sable. Il possède une remorque supportant au maximum 750 kg.
Le sable ayant une masse volumique de 1 600 kg/m³, combien de voyages (aller-retour) devra faire Jacques pour rapporter son sable de la carrière ?

CORRIGÉ

On utilise la formule : masse volumique $= \frac{\text{masse}}{\text{volume}}$

La masse m associée à un volume de 2,15 m³ de sable vérifie :

$1\,600 = \frac{m}{2{,}15}$

soit $m = 1\,600 \times 2{,}15 = 3\,440$ kg.

Or, $\frac{3\,440}{750} \approx 4{,}6$.

Jacques devra donc faire cinq voyages pour rapporter le sable de la carrière.

Astuce

Si $a = \frac{b}{c}$ alors $b = a \times c$.

Remarque

Quatre voyages ne suffiraient pas, mais le cinquième ne sera pas complet !

2 Aires et volumes

De quoi s'agit-il ? On rappelle les formules donnant les aires et les volumes des figures de référence.

1 Aires $\mathcal{A}$

- Le triangle

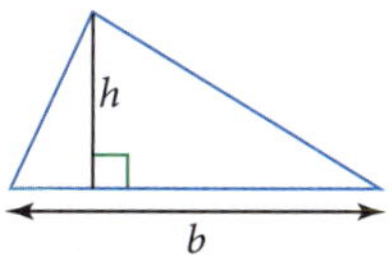

$\mathcal{A} = \dfrac{b \times h}{2}$

- Le disque

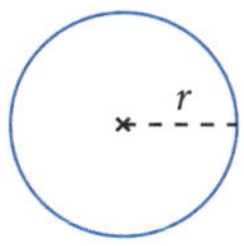

$\mathcal{A} = \pi r^2$

- Le parallélogramme

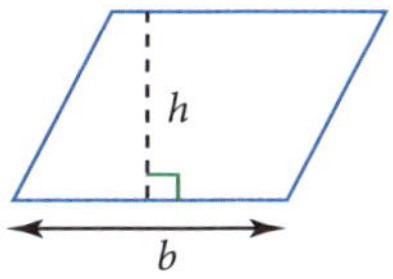

$\mathcal{A} = b \times h$

- Le trapèze

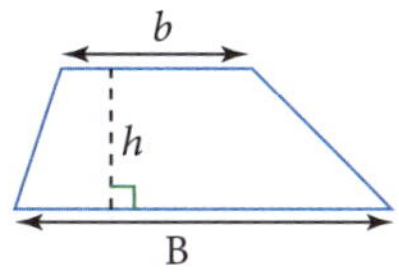

$\mathcal{A} = \dfrac{(b + \mathrm{B}) \times h}{2}$

2 Volumes $\mathcal{V}$

- Le cube

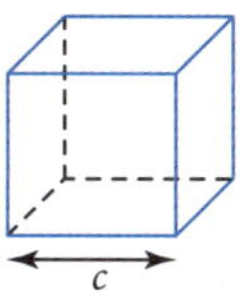

$\mathcal{V} = c^3$

- Le parallélépipède rectangle (ou pavé droit)

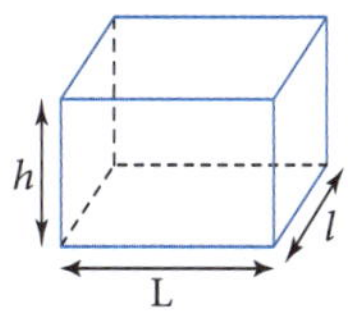

$\mathcal{V} = l \times \mathrm{L} \times h$

- Le prisme droit

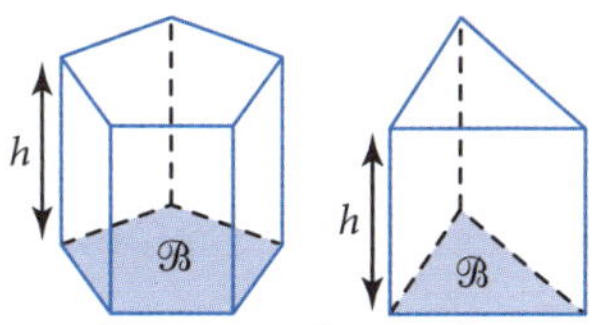

$\mathcal{V} =$ aire de $\mathcal{B} \times h$

- La pyramide

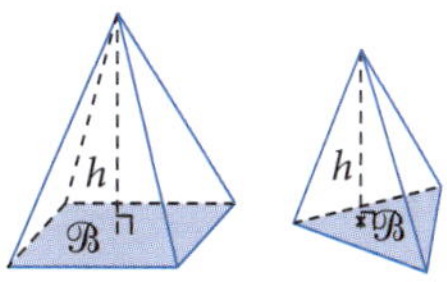

$\mathcal{V} = \dfrac{1}{3} \times$ aire de $\mathcal{B} \times h$

- Le cône (de révolution)

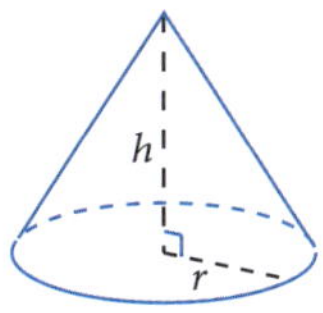

$\mathcal{V} = \dfrac{4}{3} \times \pi r^2 \times h$

- Le cylindre

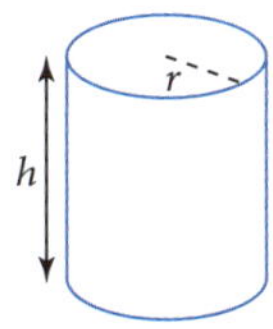

$\mathcal{V} = \pi r^2 h$

- La boule

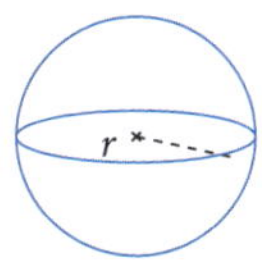

$\mathcal{V} = \dfrac{4}{3} \pi r^3$

Aire $= 4\,\pi\, r^2$

Exercice résolu

Calculer le volume d'un solide

Une citerne est formée d'un cylindre et d'une demi-sphère à chaque extrémité. Calculez la valeur exacte puis la valeur approchée à 0,1 près du volume de la citerne.

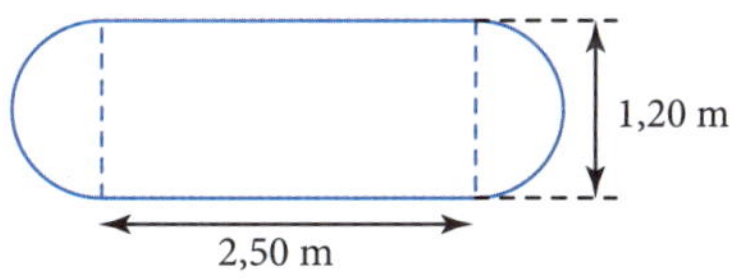

CORRIGÉ

Le volume $\mathcal{V}$ de la citerne est la somme du volume $\mathcal{V}_1$ des deux demi-boules et du volume $\mathcal{V}_2$ du cylindre.

$\mathcal{V}_1 = \dfrac{4}{3}\pi r^3 = \dfrac{4}{3} \times \pi \times 0{,}6^3 = 0{,}288\pi \text{ m}^3$;

$\mathcal{V}_2 = \pi r^2 \times h = \pi \times 0{,}6^2 \times 2{,}5 = 0{,}9\pi \text{ m}^3$.

D'où : $\mathcal{V} = \mathcal{V}_1 + \mathcal{V}_2 = 0{,}288\pi + 0{,}9\pi = 1{,}188\pi \text{ m}^3$ (valeur exacte).

$\mathcal{V} \approx 3{,}7 \text{ m}^3$ (valeur approchée à 0,1 près).

Remarque

Les deux demi-boules ont le même rayon, 0,6 m, donc le volume des deux demi-boules est égal au volume d'une boule de rayon 0,6 m.

Révision express

Les points importants à retenir

- Attention aux unités : si la vitesse est en m/s, la distance est en mètres et la durée en secondes.
- On utilise les tableaux de conversion pour changer d'unité :

Tableau de conversion des unités de longueurs

km	hm	dam	m	dm	cm	mm

Tableau de conversion des unités d'aires

m^2		dm^2		cm^2	

Tableau de conversion des unités de volumes

m^3			dm^3			cm^3		

- $1\ dm^3 = 1\,000\ cm^3 = 1\ L = 1\,000\ mL$.
- Apprenez par cœur les formules d'aires et de volumes.

Quiz

Cochez la ou les bonnes réponses.

Pour les questions **1.** à **3.**, on utilise la vitesse v_S du son dans l'air : $v_S = 343$ m/s.

1. ☐ **$v_S \approx 95{,}3$ km/h** ☐ **$v_S \approx 343$ km/h** ☐ **$v_S \approx 1\,234$ km/h**

2. Un orage éclate à 3,2 km d'un observateur. Le son arrive à l'observateur au bout de :

☐ **$t \approx 107$ s** ☐ **$t \approx 9$ s** ☐ **moins de 1 s**

3. Le son d'un éclair met 3 s pour parvenir à un observateur. La distance entre l'orage et l'observateur est :

☐ **moins d'un km** ☐ **entre 1 et 2 km** ☐ **plus de 2 km**

4. Le volume d'une boule de rayon 3 est : ☐ **36π** ☐ **72π** ☐ **113**

5. L'aire d'une sphère de rayon 3 est : ☐ **6π** ☐ **36π** ☐ **72π**

6. $\frac{1}{3} \times$ aire de la base $\times$ hauteur est la formule donnant le volume :

☐ **d'un cône de révolution** ☐ **d'une pyramide** ☐ **d'un prisme droit**

7. Ce solide a pour volume 8 :

☐ **le parallélépipède S_1** ☐ **le cube S_2** ☐ **la pyramide S_3 dont la base est un triangle rectangle**

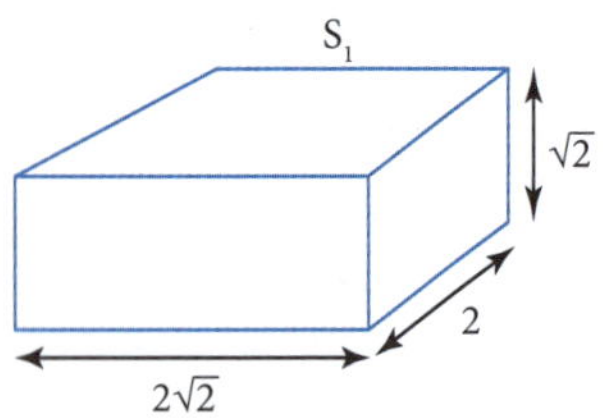

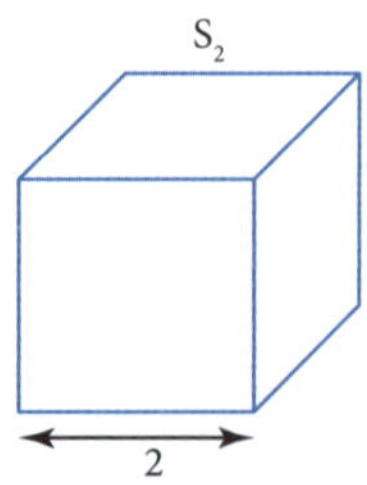

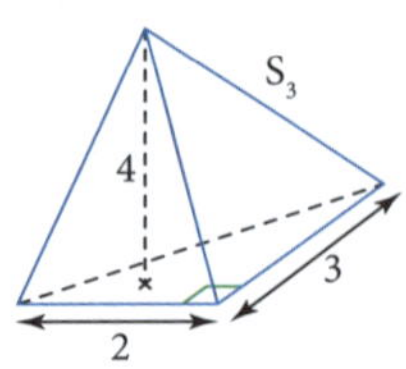

→ Réponses p. 503

EXERCICE GUIDÉ

Calculer des volumes dans une pyramide

Énoncé

La pyramide SABCD ci-contre représente un flacon de parfum.

La base est rectangulaire de dimensions :
AB = 9 cm et BC = 6 cm.
La hauteur [SO] mesure 15 cm.

SA'B'C'D' représente le bouchon du flacon, le plan (A'B'C'D') étant parallèle à la base du flacon.

1. Calculez le volume de la pyramide SABCD.
2. Sachant que SO' = 5 cm, calculez le volume du bouchon.
3. Déduisez-en la contenance, en mL, du flacon de parfum.

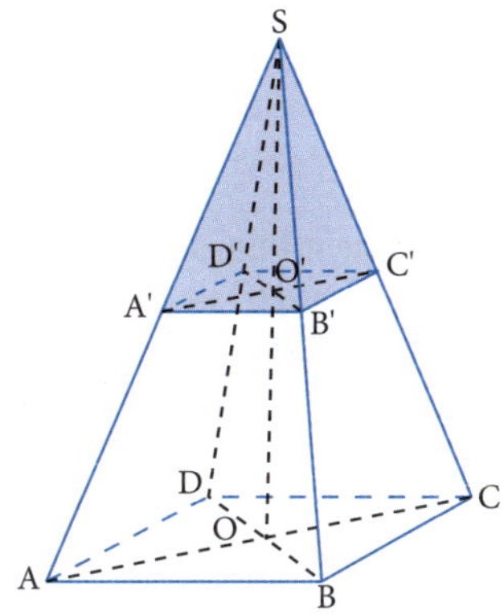

Méthode

1 On applique la formule donnant le volume d'une pyramide.

2 Le plan (A'B'C'D') est parallèle au plan (ABCD), donc le bouchon SA'B'C'D' est une réduction de la pyramide SABCD. On calcule le coefficient de réduction *k*.
On a alors $\mathcal{V}$(SA'B'C'D') = k^3 $\mathcal{V}$(SABCD).

3 On calcule la différence entre le volume du flacon et le volume du bouchon. Il ne faut pas oublier de convertir le résultat en mL.

Corrigé

1. SABCD est une pyramide de volume $\mathcal{V}$ dont la base est un rectangle :

$\mathcal{V} = \frac{1}{3} \times$ aire de la base $\times$ hauteur

$\mathcal{V} = \frac{1}{3} \times (AB \times BC) \times SO = \frac{1}{3} \times 9 \times 6 \times 15 = 270\ \text{cm}^3$.

2. Le bouchon SA'B'C'D' est une réduction de la pyramide SABCD.

Le coefficient de réduction est : $\frac{SO'}{SO} = \frac{5}{15} = \frac{1}{3}$.

Pour un coefficient de réduction valant *k*, les volumes sont multipliés par k^3.

On en déduit que le volume $\mathcal{V}'$ du bouchon est :

$\mathcal{V}' = \left(\frac{1}{3}\right)^3 \times 270 = \frac{1}{3^3} \times 270 = \frac{1}{27} \times 270 = 10\ \text{cm}^3$.

3. En conclusion, le flacon peut contenir le volume de parfum $\mathcal{V}''$ tel que :

$\mathcal{V}'' = \mathcal{V} - \mathcal{V}' = 270 - 10 = 260\ \text{cm}^3$.

Comme 1 cm³ = 1 mL, on en conclut que le flacon a une contenance de 260 mL.

Commentaires

1 On applique la formule donnant le volume d'une pyramide dont la base est un rectangle d'aire : longueur × largeur.

2 On détermine la valeur du coefficient de réduction *k* à l'aide des longueurs connues SO et SO'.
Dans une réduction de rapport *k*, les volumes sont multipliés par k^3.

3 La contenance du flacon est le volume de parfum qu'il peut contenir.

MATHS

Chapitre 14 Algorithmes et programmes

1 Généralités

De quoi s'agit-il ? Les algorithmes sont en quelque sorte des programmes qui trouvent leur application dans des domaines très variés : fonctionnement d'un ordinateur, atterrissage d'un avion, bourse financière... Il s'agit d'aborder des algorithmes simples en comprenant notamment le rôle des variables.

- **Un algorithme est une suite finie d'instructions élémentaires sur des données**, à appliquer dans un ordre déterminé, qui permet d'obtenir un résultat.
- Dans un algorithme, **une variable est désignée par un nom. Elle peut prendre différentes valeurs :** un nombre, un mot (comme triangle), une liste de nombres…

Plusieurs instructions peuvent être effectuées sur ces variables :
– la **saisie** : l'utilisateur entre une valeur ;
– l'**affectation** : dans l'algorithme, on donne à la variable une valeur qui peut être par exemple le résultat d'un calcul ;
– l'**affichage** : la valeur de la variable est affichée.

Comprendre le principe des variables

Après avoir indiqué les variables mises en jeu dans l'algorithme (on parle de **déclaration** des variables), l'algorithme se décompose en trois parties : l'**entrée des variables** par l'utilisateur et/ou l'initialisation des variables, **le traitement** sur les variables, puis **la sortie**.

Exercices résolus

① Comprendre la structure d'un algorithme

Voici un algorithme :
1. Nommez les variables utilisées.
2. Déterminez, en utilisant la numérotation des lignes, les trois parties : entrée, traitement et sortie.
3. Qu'obtient-on avec cet algorithme lorsqu'on saisit 3 pour la valeur de a ?

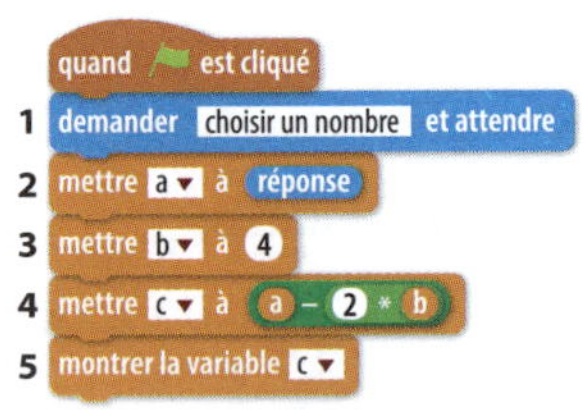

CORRIGÉ

1. Les variables sont a, b et c.
2. Entrée : ligne (2) ; traitement : lignes (3) et (4) ; sortie : ligne (5).
3. $a = 3$; $b = 4$; $c = 3 - 2 \times 4 = 3 - 8 = -5$.
La valeur affichée est -5.

Remarque
La ligne (1) correspond à la déclaration des variables.

② Comprendre les affectations

Voici un algorithme. Qu'affiche-t-il ?

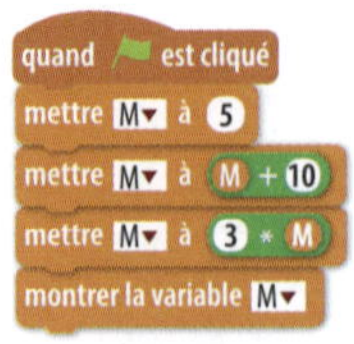

Savoir utiliser Scratch

CORRIGÉ

La valeur de M est d'abord initialisée à 5, puis elle évolue au fur et à mesure des instructions.

	Valeurs de M
M prend la valeur 5 M prend la valeur $M + 10$ M prend la valeur $3 \times M$	5 $5 + 10 = 15$ $3 \times 15 = 45$
Afficher M	45

Le résultat affiché par l'algorithme est 45.

Remarque

La valeur de M n'est pas entrée par l'utilisateur.

Méthode

Dans chaque calcul, reprenez toujours la dernière valeur de M.

2 Principales instructions

De quoi s'agit-il ? Plusieurs types d'instructions peuvent être utilisées pour écrire un algorithme : les boucles, les instructions conditionnelles, ... Ces dernières sont mises en œuvre dans le cadre de raisonnements mathématiques de calculs ou de géométrie simples.

1 Instruction conditionnelle « SI… ALORS… »

- Pour résoudre certains problèmes, on a besoin de tester une condition : si le test est validé, l'algorithme effectue certaines instructions ; sinon, l'algorithme effectue (éventuellement) d'autres instructions.
- L'instruction SINON n'est pas toujours nécessaire.

Exemple : un algorithme demande à l'utilisateur son âge. Si cet âge est supérieur ou égal à 18, l'algorithme écrit en sortie « majeur », sinon il écrit « mineur ».

Comprendre le principe des tests

2 Boucle itérative « POUR… »

Pour résoudre certains problèmes, on a besoin de répéter une même instruction (ou une série d'instructions) un certain nombre de fois. On appelle cela « exécuter une boucle ».

Exemple : pour afficher la liste des carrés des entiers consécutifs allant de 12 à 17, l'algorithme utilise une boucle itérative « POUR N allant de 12 à 17, calculer et afficher N^2 ».

3 Boucle « TANT QUE… »

- Pour résoudre certains problèmes, on a besoin de répéter une série d'instructions jusqu'à ce qu'une condition donnée soit vérifiée. On dit que l'on teste cette condition.
- Pour comprendre le fonctionnement de l'algorithme, on utilise souvent un tableau dans lequel on fait apparaître les valeurs successives des variables mises en jeu.

Comprendre le principe des boucles et des répétitions

Exercice résolu

Comprendre le fonctionnement d'un algorithme

Clément a décidé d'arrêter de fumer. Il met chaque fin de semaine l'argent correspondant à sa consommation, soit 21 €, dans une tirelire. Il souhaite s'offrir un séjour aux sports d'hiver d'une valeur de 1 495 €.
Pour cela, il écrit cet algorithme :

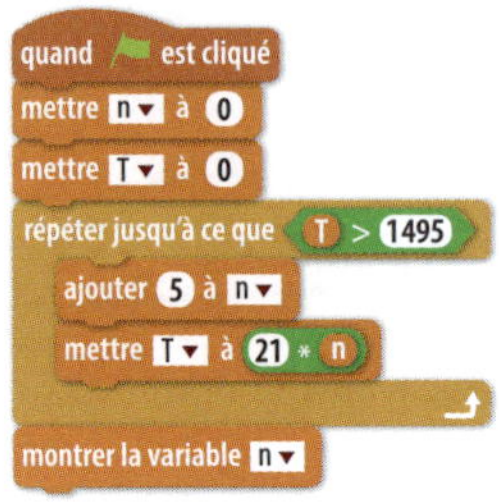

1. Que représentent T et n dans cet algorithme ?

2. Que fait cet algorithme ? Qu'affiche-t-il en sortie ?

CORRIGÉ

1. Dans cet algorithme, n est le nombre de semaines pendant lesquelles Clément fait des économies. $T = 21 \times n$ est la somme qu'il y aura dans la tirelire de Clément au bout de n semaines.

2. Cet algorithme affiche en sortie la plus petite valeur de n telle que $21 \times n > 1\,495$. Autrement dit, Clément calcule le nombre minimal de semaines pendant lesquelles il devra économiser pour s'offrir un voyage de 1 495 €.

Rappel
Pour répondre à ce type de questions, aidez-vous d'un tableau.

Étape	Valeur de n	Valeur de T	Condition ($T < 1\,495$)
Étape 0 (initialisation)	0	0	Oui
Étape 1	1	21	Oui
Étape 2	2	42	Oui
Étape 3	3	63	Oui
…	…	…	…
Étape 71	71	1 491	Oui
Étape 72	72	1 512	Non

C'est à la fin de la 72e semaine que Clément pourra s'offrir son voyage.

EXERCICE GUIDÉ

Utiliser les algorithmes pour justifier l'égalité de différentes expressions

Énoncé

On considère un programme de calcul dont l'algorithme s'écrit :

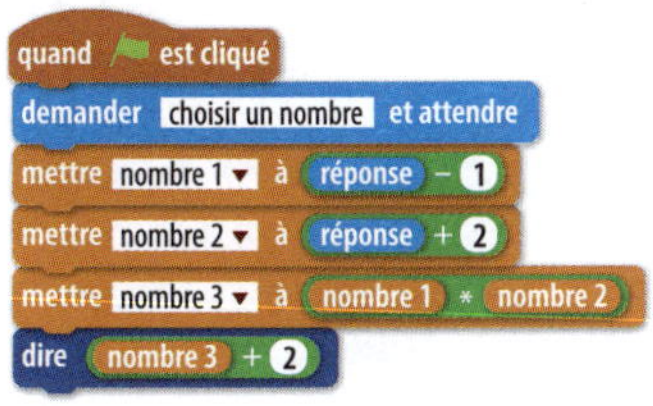

1. a. Compléter le tableau en indiquant les valeurs obtenues à chaque étape de l'algorithme.

Nombre choisi	2	– 4	5
Nombre 1			
Nombre 2			
Nombre 3			
Résultat annoncé	6		

b. On choisit x pour nombre de départ. Compléter les pointillés en exprimant les trois nombres en fonction de x.

Nombre 1 = ………. Nombre 2 = ………. Nombre 3 = ……….

Donner l'expression du résultat en fonction de x.

2. Juliette écrit le programme ci-dessous.

a. Compléter le tableau en indiquant les valeurs de chacune des variables a, b et c.

Nombre choisi	2	– 4	5
Valeur de a			
Valeur de b			
Valeur de c			
Résultat annoncé			

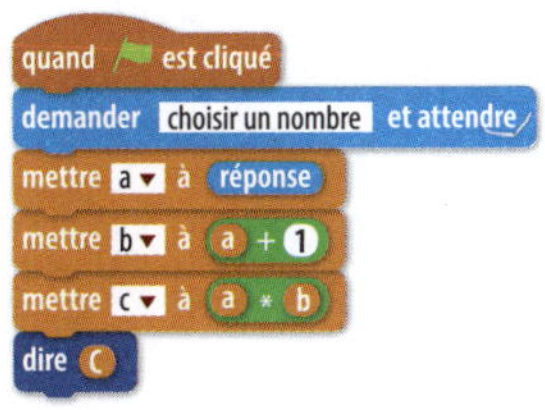

b. Déterminer l'expression du résultat donné par l'algorithme en prenant x pour nombre de départ.

c. Montrer qu'en choisissant n'importe quelle valeur x de départ, les deux algorithmes donnent le même résultat.

3. Compléter les cinq blancs avec x ou y de façon que ce troisième programme donne le même résultat que les deux précédents quel que soit le nombre choisi au départ.

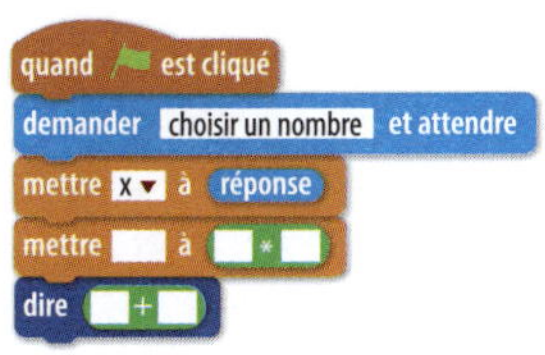

Corrigé

1. a. Tableau de valeurs associé à l'algorithme 1

Nombre choisi	2	-4	5
Nombre 1	$2-1=1$	$-4-1=-5$	$5-1=4$
Nombre 2	$2+2=4$	$-4+2=-2$	$5+2=7$
Nombre 3	$1\times4=4$	$(-5)\times(-2)=10$	$4\times7=28$
Résultat annoncé	$4+2=6$	$10+2=12$	$28+2=30$

b. Expression des différents nombres en fonction de x

Nombre 1 = $x-1$ Nombre 2 = $x+2$ Nombre 3 = $(x-1)\times(x+2)$

L'expression du résultat en fonction de x est : $(x-1)\times(x+2)+2$.

2. a. Tableau de valeurs associé à l'algorithme 2

Nombre choisi	2	-4	5
Valeur de a	2	-4	5
Valeur de b	$2+1=3$	$-4+1=-3$	$5+1=6$
Valeur de c	$2\times3=6$	$-4\times(-3)=12$	$5\times6=30$
Résultat annoncé	6	12	30

b. Expression du résultat en prenant x pour nombre de départ

En appliquant le procédé présenté dans le tableau précédent, on obtient :

$a=x$ $b=x+1$ $c=x\times(x+1)$

En prenant pour nombre de départ x, on obtient pour résultat $x\times(x+1)$.

c. Justification de résultats identiques avec les deux algorithmes

- L'algorithme 1 retourne l'expression :
$(x-1)\times(x+2)+2$.
On développe cette expression :
$$(x-1)\times(x+2)+2=(x\times x+x\times2-1\times x-1\times2)+2$$
$$=x^2+2x-x-2+2$$
$$=x^2+x$$
- L'algorithme 2 retourne l'expression : $x\times(x+1)$.
En développant cette expression, on obtient :
$x\times(x+1)=x\times x+x\times1=x^2+x$
- En conclusion, **pour toute valeur de x, les deux algorithmes retournent le même résultat : le nombre x^2+x.**

3. Algorithme 3 complété

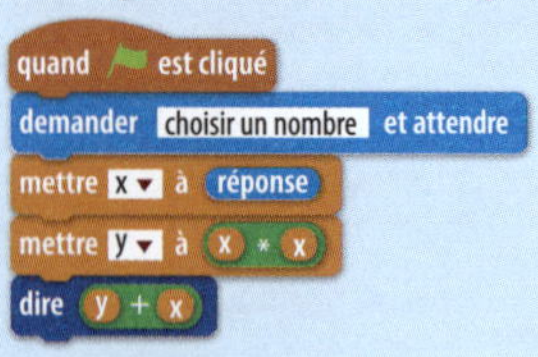

Méthode

Développez les expressions associées à chaque algorithme, puis comparez-les.

Gagnez des points !

Utilisez la distributivité en respectant les règles de signes pour développer l'expression.

Remarque

L'algorithme 3 utilise la forme développée des deux expressions précédentes.
En effet, $y=x*x=x^2$.
Le résultat annoncé est alors x^2+x.

Français

Français

Partie 1 Grammaire

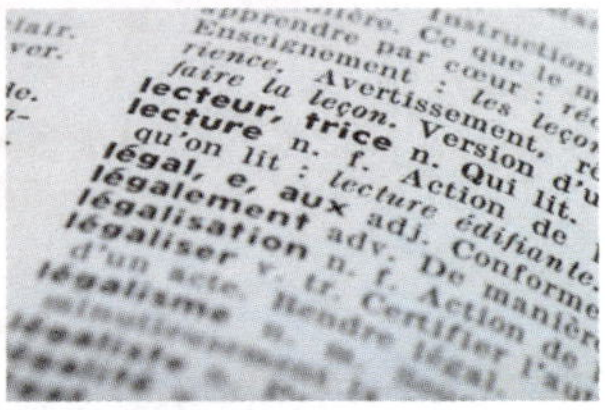

1 Le groupe nominal 84
→ **Révision Express** 87
››› **Cap sur le brevet**
Savoir donner la classe grammaticale d'un mot 88
Savoir donner la fonction grammaticale d'un mot 89

2 Le groupe sujet/le groupe verbal 90
→ **Révision Express** 93
››› **Cap sur le brevet**
Savoir donner la classe et la fonction grammaticale des compléments du verbe 94
Savoir remplacer des propositions 95

3 La phrase 96
→ **Révision Express** 99
››› **Cap sur le brevet**
Savoir analyser une phrase 100
Savoir réécrire des phrases 101

Partie 2 Orthographe

4 Les accords 102
→ **Révision Express** 105
››› **Cap sur le brevet**
Savoir accorder le participe passé 106
Savoir changer les personnes et les temps d'un texte 107

5 Les homophones grammaticaux 108
→ **Révision Express** 111
››› **Cap sur le brevet**
Savoir donner la classe grammaticale d'un mot 112
Savoir réécrire un texte au passé simple ou à l'imparfait 113

Partie 3 Conjugaison

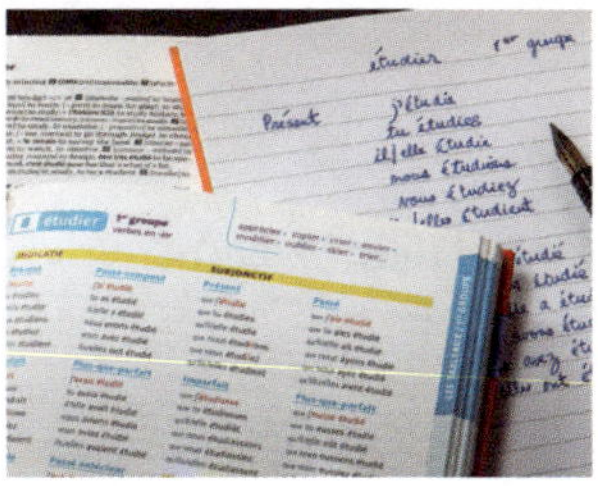

6 L'indicatif 114
→ Révision Express 118
▸▸▸ Cap sur le brevet
Savoir employer les temps de l'indicatif 119

7 Autres modes 121
→ Révision Express 124
▸▸▸ Cap sur le brevet
Savoir reconnaître un mode et son emploi 125
Savoir réécrire un texte au temps demandé 126

Partie 4 Vocabulaire et écriture

8 Les mots 127
→ Révision Express 130
▸▸▸ Cap sur le brevet
Savoir reconnaître des mots de la même famille 131

9 Les figures de style 132
→ Révision Express 135
▸▸▸ Cap sur le brevet
Savoir reconnaître des figures de style 136

10 Écrire 137
→ Révision Express 141
▸▸▸ Cap sur le brevet
Savoir écrire la suite d'un texte 142
Savoir rédiger une rédaction 143

11 Le texte 144
→ Révision Express 147
▸▸▸ Cap sur le brevet
Sujet complet 148

Chapitre 1 Le groupe nominal

1 Les déterminants et adjectifs qualificatifs

De quoi s'agit-il ? Le déterminant est souvent le premier mot d'un groupe nominal (GN). L'adjectif qualificatif épithète se place avant ou après le nom qu'il qualifie.

1 Les articles et déterminants

Articles définis	le, la, l', les
Articles définis contractés	du, des, au, aux
Articles indéfinis	un, une, des
Articles partitifs	du, de la, de l', des
Déterminants possessifs	mon, ton, son, ma, ta, sa, mes, tes, ses, notre, votre, leur, nos, vos, leurs
Déterminants démonstratifs	ce, cet, cette, ces
Déterminants indéfinis	aucun, nul, quelques, certains, chaque
Déterminants exclamatifs	quel [...] ! quelle [...] !
Déterminants interrogatifs	quel [...] ? quelle [...] ?

2 Les fonctions de l'adjectif qualificatif

- Un adjectif qualificatif placé juste avant ou juste après un nom est un adjectif épithète.
Un ami fidèle. → *fidèle* est épithète du nom *ami*.

- Lorsque l'adjectif qualificatif est séparé du nom par une virgule, il est apposé au nom. On dit qu'il est épithète détachée.
Motivé et sérieux, Jérémy a fait un bon trimestre. → *motivé et sérieux* : adjectifs apposés au nom *Jérémy* ou épithètes détachées du nom *Jérémy*.

Piège à éviter
Lorsqu'il fait partie du groupe verbal, l'adjectif qualificatif est attribut du sujet ou du COD.

3 Les degrés de l'adjectif

- **Le comparatif.** On distingue :
- le comparatif de supériorité : *plus* + adjectif + *que* ;
- le comparatif d'égalité : *aussi* + adjectif + *que* ;
- le comparatif d'infériorité : *moins* + adjectif + *que*.

Un arbre plus / aussi / moins haut qu'un autre.

- **Le superlatif relatif** (avec un complément). On distingue :

– le superlatif de supériorité : *le plus* + adjectif + *de* ou *que* ;

– le superlatif d'infériorité : *le moins* + adjectif + *de* ou *que*.

L'arbre le plus / le moins haut de tous.

- **Le superlatif absolu** (sans complément) :
Très / *fort* + adjectif.
Un arbre très haut.

- Certains comparatifs ou superlatifs relatifs sont irréguliers.

Adjectif	Comparatif	Superlatif relatif
bon	meilleur	le meilleur
mauvais	pire	le pire

Remarque
Certains adjectifs ne peuvent se mettre ni au comparatif ni au superlatif.
Une spécialité italienne.

2 Les compléments du nom et de l'adjectif

De quoi s'agit-il ? **Le complément du nom/de l'adjectif précise un nom/un adjectif auquel il est relié par une préposition : *de, à, pour, avec, sans*.**

1 Le complément du nom

Maîtriser les expansions du nom

- Le complément d'un nom peut être :

– un nom ou un groupe nominal ; Une lettre de ma tante – Une pelle à gâteau.

– un pronom ; Une lettre pour moi.

– un verbe à l'infinitif. Un métier à tisser.

- Ne confondez pas les compléments du nom et les COI introduits par *à* ou *de*. Les COI font partie du groupe verbal, alors que les compléments de nom appartiennent aux groupes nominaux dans lesquels ils se trouvent. J'attends une réponse de l'entreprise.
- *de l'entreprise* est complément du nom *réponse*.
Mais : J'attends de toi que tu sois à l'heure. → *de toi* est COI du verbe *attends*.

Piège à éviter
Ne confondez pas non plus les compléments du nom avec des compléments circonstanciels introduits par *à* ou *de*.
Il lit le journal de temps en temps.
→ *de temps en temps* est CC de temps du verbe *lit*.
Mais : *Il lit le journal du jour*.
→ *du jour* est complément du nom *journal*.

2 Le complément de l'adjectif

- Le complément d'un adjectif peut être :

– un nom ou un groupe nominal ; Habile de ses mains.

– un pronom ; Capable de tout.

– un verbe à l'infinitif. Capable de courir 5 000 mètres.

Remarque
Le superlatif absolu n'admet pas de complément.

- Les compléments du comparatif ou du superlatif relatif sont des compléments de l'adjectif.
John est plus souriant que Kevin. → *que Kevin* est complément de l'adjectif *souriant*.

3 Les propositions subordonnées relatives

De quoi s'agit-il ? **Une proposition subordonnée relative complète un groupe nominal ou un pronom. Elle est introduite par un pronom relatif. Le nom ou le pronom qu'elle complète s'appelle l'antécédent.**

1 Les pronoms relatifs

- **Les pronoms relatifs simples** sont : *qui, que, quoi, dont, où.* Ils sont invariables.
- **Les pronoms relatifs composés** sont :

Singulier		Pluriel	
Masculin	Féminin	Masculin	Féminin
lequel	laquelle	lesquels	lesquelles
auquel	à laquelle	auxquels	auxquelles
duquel	de laquelle	desquels	desquelles

L'astuce du prof

Si on vous demande la fonction d'une proposition relative, une seule réponse : complément de l'antécédent.

Les nouvelles qu'il donne sont bonnes. → **Qu'il donne : complément de l'antécédent nouvelles.**

- Ils sont souvent précédés d'une préposition et s'accordent en genre et en nombre avec leur antécédent.

La chaise sur laquelle nous nous sommes assis était mouillée. → *laquelle* : accord au féminin singulier avec *la chaise*, antécédent.

Les chaises sur lesquelles nous nous sommes assis étaient mouillées. → *lesquelles* : accord au féminin pluriel avec *les chaises*, antécédent.

2 La construction d'une proposition relative

- **Le choix du pronom relatif** dépend de la fonction qu'il occupe dans la proposition subordonnée relative.

Fonction	Pronom relatif	Exemples
Sujet	*qui*	Les personnes qui attendent le bus…
COD	*que*	Les personnes que je vois…
COI ; complément introduit par *à*	*à qui* (pour les personnes), *auquel* (pour les choses), *où*	Les personnes à qui je parle… Les objets auxquels je tiens… La ville où je vais…
COI ; complément introduit par *de ;* complément du nom ou de l'adjectif	*dont*	La ville dont je parle… La personne dont il est proche…
Complément circonstanciel introduit par une préposition	*auquel, duquel, lequel*	La route près de laquelle nous habitons…

- **Pour trouver la fonction d'un pronom relatif**, il faut le remplacer par son antécédent.

Je voudrais être propriétaire de cette maison dont j'admire la façade. Si on remplace *dont* par son anté-cédent *cette maison*, la proposition subordonnée devient : J'admire la façade de cette maison ; *dont* est donc complément du nom *façade*.

Identifier les subordonnées

FRANÇAIS

Révision express

Les réflexes à avoir

- **La forme élidée** de l'article défini (*l'* ou *de l'*) s'emploie devant un nom qui commence par une voyelle ou par un *h* non aspiré : l'oie, l'hiver.
- **Lorsque le nom est précédé d'un adjectif qualificatif**, l'article indéfini pluriel *des* se change en *de* : de belles fleurs.
- ***Ma, ta, sa* deviennent *mon, ton, son*** devant un nom féminin commençant par une voyelle ou un *h* non aspiré : mon école, mon histoire.

Les pièges à éviter

- Faites attention à la place de l'adjectif qualificatif qui change parfois de sens selon qu'il est placé avant ou après le nom :

un grand homme → c'est une personnalité historique importante.

un homme grand → c'est un homme de grande taille.

- Regardez le mode du verbe de la proposition relative :

- à l'indicatif le plus souvent ; C'est un livre que je veux lire.
- au subjonctif lorsqu'elles expriment un souhait ou une restriction. C'est le seul livre que je veuille lire.

Quiz

Cochez la ou les bonnes réponses :

1. *Va près des arbres.* Dans cette phrase, *des* est :

a. ☐ **un article indéfini.** b. ☐ **un article défini contracté.**

2. *Jennifer Lopez s'avance, toujours aussi belle.* Dans cette phrase, *belle* est :

a. ☐ **épithète de *Jennifer Lopez*.** b. ☐ **épithète détachée de *Jennifer Lopez*.**

3. *Je demande la permission de sortir.* Dans cette phrase, *de sortir* est :

a. ☐ **complément du nom *permission*.** b. ☐ **COI du verbe *demande*.**

4. *Voilà une façon très rapide de venir.* Dans cette phrase, *de venir* est :

a. ☐ **complément du nom *façon*.** b. ☐ **complément de l'adjectif *rapide*.**

5. *Il attend que la cloche sonne.* Dans cette phrase, *que la cloche sonne* est :

a. ☐ **une proposition subordonnée relative.** b. ☐ **une proposition subordonnée complétive.**

6. On dit :

a. ☐ **La chanson dont j'ai oublié le titre…** b. ☐ **La chanson que j'ai oublié le titre…**

→ Réponses p. 504

QUESTIONS

Savoir donner la classe grammaticale d'un mot

Énoncés

1 À l'épouvantable odeur de pourriture qui imprégnait leurs vêtements, leurs mains, leurs cheveux, on reconnaissait les fillettes travaillant la soie.

Marie Rouanet, *Le Crin de Florence*, © Climats, 1986.

1. Dans le texte suivant, quel groupe nominal est très développé ?

2. Relevez les expansions du nom et nommez-les. Quel effet produisent la place et la longueur de ce groupe nominal ?

2 Ces paisibles campagnards bâlois furent tout à coup mis en émoi par l'arrivée d'un étranger. […] Le chien noir resta la patte en l'air et les vieilles femmes laissèrent choir leur ouvrage. L'étranger venait de déboucher par la route de Soleure.

Blaise Cendrars, *L'Or*, © Denoël, 1925.

1. Quelle est la classe du mot souligné ? Pourquoi est-il employé ?

2. Justifiez le passage de « un étranger » à « L'étranger ».

Corrigés

1 **1.** Le groupe nominal qui est très développé est le groupe prépositionnel par lequel s'ouvre la phrase : *À l'épouvantable odeur de pourriture qui imprégnait leurs vêtements, leurs mains, leurs cheveux.* Le nom noyau de ce GN est *odeur.*

2. Les expansions du nom *odeur* sont :

– un adjectif épithète : *épouvantable* ;

– un GN, complément du nom : *de pourriture* ;

– une proposition subordonnée relative, complément de l'antécédent *odeur* : *qui imprégnait* […] *cheveux.*

La place et la longueur de ce GN soulignent l'odeur insoutenable qui règne dans la filature. Le lecteur est d'autant plus surpris d'apprendre que ce sont des fillettes qui travaillent dans ces conditions épouvantables.

Astuce
Dans les sujets de brevet, après vous avoir demandé un relevé grammatical, on vous demande souvent d'interpréter ce que vous venez de trouver.

2 **1.** *Ces* est un déterminant démonstratif. Il renvoie au groupe nominal qui précède.

Remarque
Le déterminant démonstratif s'emploie pour désigner une réalité que l'on montre ou une réalité que l'on a déjà évoquée dans le texte.
Regarde cet oiseau !

2. Dans le groupe *un étranger*, le déterminant *un* est **un article indéfini**. Il signale que le personnage n'a jamais été cité auparavant. Plus loin, le déterminant devient **un article défini**, *l'*. Cet article est un élément de reprise qui fait référence à la personne déjà mentionnée précédemment.

Conseil
Avant de répondre, précisez quelle est la classe grammaticale de chacun des déterminants.

QUESTIONS

Savoir donner la fonction grammaticale d'un mot

Énoncés

1 Monsieur Haneda était le supérieur de monsieur Homochi, qui était le supérieur de monsieur Saïto, qui était le supérieur de mademoiselle Mori, qui était ma supérieure. Et moi, je n'étais la supérieure de personne.

Amélie Nothomb, *Stupeur et tremblements*, © Éditions Albin Michel, 1999.

1. Donnez la classe grammaticale des propositions introduites par *qui*.

2. En quoi la structure de cette phrase est-elle en rapport avec l'organisation au sein de l'entreprise ?

3. Quel effet est provoqué par la dernière phrase ?

2 *Le narrateur s'apprête à effectuer son premier vol au-dessus de l'Espagne pour assurer une liaison aérienne entre Toulouse et Dakar.*

Quand je sortis <u>de ce bureau</u>, j'éprouvais un orgueil puéril. J'allais être, à mon tour, dès l'aube, responsable d'une charge de passagers, responsable du courrier d'Afrique. Mais j'éprouvais aussi une grande humilité. Je me sentais mal préparé. L'Espagne était pauvre **en refuges** ; je craignais, en face de la panne menaçante, de ne pas savoir où chercher l'accueil d'un champ <u>de secours</u>.

Antoine de Saint-Exupéry, *Terre des hommes*, © Gallimard, 1939.

1. Quelle est la fonction grammaticale de l'adjectif *puéril* ? Et celle de l'adjectif *responsable* ?

2. Qu'est-ce qui vous paraît justifier l'orgueil éprouvé par le narrateur ?

3. Donnez la fonction grammaticale de chaque groupe souligné.

4. Quelle est la fonction grammaticale du groupe en gras ?

Corrigés

1 **1.** Les propositions introduites par *qui* sont des propositions subordonnées relatives.

2. La phrase est faite d'une série de propositions relatives emboîtées les unes dans les autres. Sa structure reflète bien la structure hiérarchique de l'entreprise. La répétition du nom « le supérieur » insiste sur cette organisation pyramidale.

3. La dernière phrase produit une impression de surprise. La narratrice est, de toute évidence, au bas de l'échelle.

2 **1.** *Puéril* est épithète du nom *orgueil*. *Responsable* est attribut du sujet *j'*.

2. L'orgueil éprouvé par le narrateur est dû à sa responsabilité à la fois vis-à-vis des passagers et vis-à-vis des lettres qu'il doit transporter sur un long trajet.

3. *De ce bureau* est COI du verbe *sortir*. *De secours* est complément du nom *champ*.

4. *En refuges* est complément de l'adjectif *pauvre*.

L'astuce du prof
Si l'adjectif est juste à côté du nom, il est épithète.

Remarque
Quand la préposition *de* est précédée d'un nom ou d'un adjectif, le groupe introduit est complément du nom ou de l'adjectif. Quand *de* est précédé d'un verbe, le groupe introduit est COI.

L'astuce du prof
N'oubliez pas que les prépositions *à*, *en*, *avec*, *sans* ou *pour* peuvent introduire des compléments du nom ou de l'adjectif.
Une machine à laver, un aliment riche en oligoéléments.

FRANÇAIS

Chapitre 2 Le groupe sujet/le groupe verbal

1 Le groupe sujet

De quoi s'agit-il ? **En général le sujet du verbe fait l'action exprimée par le verbe. L'attribut du sujet indique une caractéristique du sujet. On ne peut pas le supprimer.**

1 Le sujet

- Pour trouver le sujet d'un verbe, il faut poser la question *Qui est-ce qui … ?* ou *Qu'est-ce qui … ?* avant le verbe. Mon agenda est posé sur le bureau. → Qu'est-ce qui est posé sur le bureau ? *Mon agenda*. C'est « mon agenda » qui est sujet du verbe *est posé*.
Le sujet peut aussi être mis en relief par *C'est … qui*. C'est mon agenda qui est posé sur le bureau.

- Le plus souvent le sujet d'un verbe est :

– un groupe nominal ; Le train pour Paris est parti.

– un pronom. Il a vécu au XIXe siècle.

Remarque
Le sujet commande l'accord du verbe.

2 L'attribut du sujet

- L'attribut du sujet est relié au sujet par un verbe attributif : *être, paraître, sembler, devenir, demeurer, rester, avoir l'air, passer pour*, etc.
Il est resté immobile pendant une heure. → *immobile* est attribut du sujet *Il*.

- Le plus souvent un attribut du sujet est :

– un adjectif qualificatif ; Le sourire de la Joconde passe pour énigmatique.

– un GN. La Renaissance fut une période d'intense activité artistique.

Remarque
Lorsque l'attribut est un adjectif qualificatif, il s'accorde en genre et en nombre avec le sujet.

2 Le groupe verbal

De quoi s'agit-il ? **On distingue le complément d'objet direct (COD) et le complément d'objet indirect (COI). L'attribut du complément d'objet direct donne une caractéristique du COD.**

1 Les compléments du verbe

- Pour trouver le COD d'un verbe, il faut poser la question *qui ?* ou *quoi ?* après le verbe. Je regarde cette émission toutes les semaines.

- Pour trouver le COI d'un verbe, il faut poser la question *de qui ?*, *de quoi ?*, *à qui ?* ou *à quoi ?* après le verbe. Je pense souvent à mon avenir.

Remarque
Le COD commande l'accord du participe passé du verbe conjugué avec l'auxiliaire *avoir*.

Maîtriser les compléments du verbe

- Un COD ou un COI peut être :

– un groupe nominal ; J'ai envoyé une carte postale (COD) à mes grands-parents (COI).

– un pronom ; Je la (COD) leur (COI) ai envoyée.

– un verbe à l'infinitif ; Il aurait pu téléphoner (COD). Je viens de comprendre (COI).

– une proposition subordonnée complétive. Ses parents veulent qu'il rentre à 22 h (COD).

Remarque
Lorsque le verbe a déjà un complément d'objet, le COI s'appelle un complément d'objet second (COS).
J'ai offert un CD à Antoine.

2 L'attribut du COD

- L'attribut du COD se trouve après des verbes comme *juger, croire, rendre, estimer, trouver, considérer comme, tenir pour, élire, nommer*, etc.
- Un attribut du COD peut être :

– un adjectif qualificatif ; Tous les élèves trouvent M. Lefort sévère.

– un groupe nominal. Le conseil des ministres a nommé Mme Suard préfète du Calvados.

L'astuce du prof
Il est le plus souvent placé après le COD et il ne peut être supprimé.

3 Les compléments circonstanciels

De quoi s'agit-il ? **Les compléments circonstanciels (CC) peuvent être des groupes nominaux souvent introduits par des prépositions, des adverbes, des gérondifs ou des propositions subordonnées.**

1 Les CC de lieu

Pour trouver le complément circonstanciel (CC) de lieu d'un verbe, il faut poser la question *où ?* après le verbe.
Il part demain à New York. → Il part demain où ? *À New York. À New York* est CC de lieu du verbe *part*.

Identifier les compléments circonstanciels

2 Les CC de temps

Pour trouver le CC de temps d'un verbe, il faut poser la question *quand ?* ou *pendant combien de temps ?* après le verbe.
Victor Hugo est né en 1802. → Victor Hugo est né quand ? *En 1802. En 1802* est CC de temps du verbe *est né*.

Remarque
Le verbe d'une proposition subordonnée de temps est à l'indicatif, mais avec certaines locutions conjonctives (*avant que, en attendant que, jusqu'à ce que*, etc.), il est au subjonctif.

3 Les CC de manière et de moyen

Pour trouver le CC de manière ou de moyen d'un verbe, il faut poser la question *comment ?* ou *au moyen de quoi ?* après le verbe.
Le shérif s'avance lentement. → Le shérif s'avance comment ? *Lentement. Lentement* est CC de manière du verbe *s'avance*.
Il ouvre d'un pied la porte du saloon. → Il ouvre la porte du saloon au moyen de quoi ? *D'un pied. D'un pied* est CC de moyen de *ouvre*.

4 Les CC de cause

Pour trouver le CC de cause d'un verbe, il faut poser la question *Pourquoi ?* La route est fermée à cause des inondations → Pourquoi la route est-elle fermée ? *À cause des inondations. À cause des inondations* est CC de cause du verbe *est fermée.*

Astuce

La cause présente l'origine d'un fait antérieur à un autre fait. ***Je bois parce que j'ai soif.* → *j'ai soif* est la cause ; la cause précède le fait de boire.**

5 Les CC de conséquence

Le CC de conséquence présente le résultat d'un fait.
Il riait si fort qu'il avait mal au ventre → Il riait très fort, résultat : il avait mal au ventre ; *qu'il avait mal au ventre* est le CC de conséquence du verbe *riait.*

Remarque

Dans les propositions subordonnées de conséquence, les verbes sont à l'indicatif.

6 Les CC de but

Pour trouver le CC de but d'un verbe, il faut poser la question *dans quel but ?* après le verbe. La classe de 3e C vend des gâteaux pour financer son voyage en Espagne → La classe de 3e C vend des gâteaux dans quel but ? *Pour financer son voyage en Espagne. Pour financer son voyage en Espagne* est le CC de but du verbe *vend.*

7 Les CC d'opposition et de concession

- Dans une phrase, l'opposition consiste à mettre deux faits en parallèle pour mettre en relief une différence. La concession rapproche deux faits contradictoires ou illogiques.
Il est calme alors que son frère est agité. → opposition
Je suis sorti quoique je sois malade. → concession

Piège à éviter

***Malgré que* est incorrect.**

- Quand le CC d'opposition ou de concession est une proposition subordonnée, elle est :

– au subjonctif après *quoique, bien que* ; Bien qu'il n'ait rien dit à personne, tout le monde le savait.

– à l'indicatif après *alors que, tandis que, même si.* Je travaille tandis que mon frère regarde la télévision.

8 Les CC de condition

- Pour qu'une action ait lieu, il faut parfois qu'une condition soit remplie.
Si je suis élu délégué, // je parlerai pour vous en conseil de classe.
condition // action possible si la condition est réalisée

- Quand le CC de condition est une proposition subordonnée, elle est :

– à l'indicatif après *si, selon que, suivant que* ; Si tu articulais, je te comprendrais mieux.

– au conditionnel après *au cas où, dans l'hypothèse où* ; Au cas où tu le rencontrerais, dis-lui bonjour de ma part.

– au subjonctif après *à condition que, à moins que, pourvu que.* Allons au cinéma, à moins que tu n'aies trop de travail.

Remarque

***Si* peut être suivi du présent, de l'imparfait ou du plus-que-parfait.**
Si tu viens, je suis/serai contente ; si tu venais, je serais contente ; si tu étais venu, j'aurais été contente.

9 Les CC de comparaison

Un CC de comparaison établit des rapports de ressemblance ou de différence entre deux faits. Julien est plus grand que je ne pensais.

Révision express

Les réflexes à avoir

Dans un texte, cherchez les conjonctions de coordination ou les adverbes. Ils indiquent les liens logiques entre les phrases ou entre les propositions.

Rapport logique	Conjonction de coordination	Adverbes
cause	*car*	*en effet*
conséquence	*donc*	*c'est pourquoi, par conséquent, alors, aussi, etc.*
opposition	*mais*	*pourtant, cependant, toutefois, néanmoins, en revanche, au contraire, par contre, etc.*

Les pièges à éviter

Faites attention à *que* car il peut introduire :

– des propositions subordonnées complétives qui dépendent d'un verbe. ***Je te jure que je t'ai dit la vérité.***

– des propositions subordonnées relatives qui dépendent d'un groupe nominal. ***Je te prête ce magazine que j'ai déjà lu.***

Quiz

Cochez la ou les bonnes réponses :

1. *Tu parais songeur.* Dans cette phrase, *songeur* est :
- **a.** ☐ **attribut du sujet *Tu*.**
- **b.** ☐ **attribut du verbe *parais*.**

2. *Je lui ai prêté mon MP3.* Dans cette phrase, *lui* est :
- **a.** ☐ **COI du verbe *ai prêté*.**
- **b.** ☐ **COD du verbe *ai prêté*.**

3. *Il m'a parlé avec gentillesse.* Dans cette phrase, *avec gentillesse* est :
- **a.** ☐ **CC de moyen du verbe *a parlé*.**
- **b.** ☐ **CC de manière du verbe *a parlé*.**

4. *Tu as manqué le début du spectacle, vu que tu es arrivé en retard. Vu que tu es arrivé en retard* est :
- **a.** ☐ **CC de conséquence.**
- **b.** ☐ **CC de cause.**

5. *Demain je pars pour Strasbourg.* Dans cette phrase, *pour Strasbourg* est :
- **a.** ☐ **CC de but du verbe *pars*.**
- **b.** ☐ **CC de lieu du verbe *pars*.**

6. On écrit :
- **a.** ☐ **Si je jouais au Loto, je gagnerai peut-être.**
- **b.** ☐ **Si je jouais au Loto, je gagnerais.**

→ Réponses p. 504

QUESTIONS

Savoir donner la classe et la fonction grammaticale des compléments du verbe

Énoncés

1 Il arracha le carnet des mains de mon père qui disait avec un peu d'inquiétude :
« – Je m'appelle…
– Vous vous appelez Esménard Victor. Maintenant, vous allez partir en courant, **pour que ça fasse bon effet.** »
Le bras tendu, l'index pointé, il nous montrait, d'un air sauvage, le chemin de la liberté. […] Dès que nous fûmes en sûreté, de l'autre côté du mur, nous fîmes une courte halte, pour nous féliciter, et pour rire à notre aise.

Marcel Pagnol, *Le Château de ma mère,* © Marcel Pagnol, 1959.

1. Relevez les CC de manière et de moyen.

2. Quelle est la fonction de la proposition en gras ? Trouvez deux autres groupes qui ont la même fonction.

3. Relevez un CC de lieu et deux CC de temps et donnez leur classe grammaticale.

2 Mondo restait **assis** sans bouger, il ne voyait même pas les jambes des gens qui marchaient devant lui, qui s'arrêtaient parfois. Il n'écoutait pas les voix qui parlaient. Il sentait une sorte d'engourdissement qui gagnait tout son corps, qui montait comme un froid, qui rendait ses lèvres **insensibles** et empêchait ses yeux <u>de bouger</u>.

J.-M. Le Clézio, *Mondo et autres histoires,* © Gallimard, 1978.

1. Quelles sont les fonctions des mots en gras ?

2. Relevez les COD dans le texte.

3. Le groupe souligné est-il COD ? COI ?

Corrigés

1 **1.** CC de manière : *avec un peu d'inquiétude* ; *en courant* ; *d'un air sauvage.*
CC de moyen : *Le bras tendu* ; *l'index pointé.*

2. *pour que ça fasse bon effet* : CC de but du verbe *partir.*
pour nous féliciter et *pour rire à notre aise* sont deux autres CC de but.

3. CC de lieu : *de l'autre côté du mur*, groupe nominal.
CC de temps : *Maintenant*, adverbe ; *Dès que nous fûmes en sûreté*, proposition subordonnée circonstancielle.

2 **1.** *Assis* : attribut du sujet *Mondo.*
Insensibles : attribut du COD *lèvres.*

2. COD : *les jambes des gens* ; *les voix* ; *une sorte d'engourdissement* ; *tout son corps* ; *ses lèvres* ; *ses yeux.*

3. *De bouger* : COI de *empêchait.*

> **Remarque**
> Dans les propositions subordonnées de but, les verbes sont au subjonctif.

> **L'astuce du prof**
> Un adjectif qualificatif seul ne peut pas être COD. Il est attribut s'il est précédé d'un verbe d'état.

> **Conseil**
> Pour ne pas confondre le complément du nom et le COI introduit par *de*, regardez de quel mot dépend le groupe.

RÉÉCRITURE

Savoir remplacer des propositions

Énoncés

1 Remplacez la proposition coordonnée soulignée par une proposition subordonnée de même sens.

Elle ne le voit pas car elle n'a d'yeux que pour trois ou quatre vaches qui divaguent paisiblement dans le pré.

Michel Tournier, « L'aire du Muguet » in *Le Coq de bruyère*, © Gallimard, 1978.

2 Remplacez le groupe de mots soulignés par une proposition subordonnée circonstancielle de même sens. Indiquez la valeur logique de cette subordonnée.

Il n'était pas le frère de ces enfants, de son âge pourtant.

Michel Tournier, *La Goutte d'or*, © Gallimard, 1985.

3 Remplacez la proposition soulignée par une proposition coordonnée de même sens. Quel est le rapport logique qui est ici établi ?

Les mots qu'ils créent ont tant de succès auprès des couches populaires et des étudiants qu'ils sont sans cesse obligés de mettre au point de nouveaux langages secrets.

Vassilis Alexakis, *Les Mots étrangers*, © Gallimard, 2003.

Corrigés

1 Pour remplacer la coordination par une subordination, il faut modifier la phrase : *Elle ne le voit pas* ***parce qu'****elle n'a d'yeux que pour trois ou quatre vaches qui divaguent paisiblement dans le pré.*

2 Transformation en proposition subordonnée : il n'était pas le frère de ces enfants, **quoiqu'il ait** le même âge/**même s'il avait** le même âge.

Le rapport logique est un rapport d'opposition.

3 Pour remplacer la subordination par une coordination, il faut modifier la phrase : *Les mots qu'ils créent ont* ***beaucoup de*** *succès auprès des couches populaires et des étudiants* ***donc*** *ils sont sans cesse obligés de mettre au point de nouveaux langages secrets.*

Proposition subordonnée qui introduit un lien logique de conséquence entre le succès des mots créés et l'obligation de mettre au point de nouveaux langages.

Remarque

car elle n'a d'yeux que pour trois ou quatre vaches qui divaguent paisiblement dans le pré.

Les deux propositions sont coordonnées par la conjonction *car*. Le lien logique est un lien de cause entre le fait de ne pas voir et de surveiller les vaches.

L'astuce du prof

Les rapports logiques qui sont le plus souvent demandés au brevet sont cause, conséquence ou opposition.

Conseil

Vous ne devez pas changer l'ordre des propositions.

FRANÇAIS

Chapitre 3 La phrase

1 Les types de phrases

De quoi s'agit-il ? **Une phrase est un ensemble de mots qui forme une unité de sens.**

1 La phrase déclarative

Elle présente des faits, transmet une information ou une opinion. À l'écrit, elle se termine par un point. À l'oral, la voix descend à la fin de la phrase. Je suis content de toi.

2 La phrase interrogative

- Elle sert à poser des questions. **À l'écrit**, elle se termine par un point d'interrogation. **À l'oral**, la voix monte à la fin de la phrase. Veux-tu venir avec nous ?
- **L'interrogation totale**, qui porte sur toute la phrase, appelle une réponse simple qui est « oui » ou « non ». Elle peut se construire de trois façons différentes :

– par la seule intonation, à l'oral ; Elle viendra ?

– par la tournure est-ce que ; Est-ce qu'elle viendra ?

– par l'inversion du sujet. Viendra-t-elle ?

- **L'interrogation partielle** porte sur un élément de la phrase. Elle commence par un mot interrogatif :

– un pronom interrogatif : *qui*, *que*, etc. Que veux-tu ?

– un adverbe interrogatif : *où*, *comment*, *pourquoi*, etc. Où vas-tu ?

– un déterminant interrogatif : *quel*, *quelle*, etc. Quelle heure est-il ?

Attention !

Pour faire l'inversion lorsque le sujet est un nom ou un groupe nominal, il faut placer après le verbe un pronom de rappel. Le nom ou le groupe nominal reste avant le verbe. Sophie viendra-t-elle ? → Elle est un pronom de rappel.

3 La phrase injonctive

- Elle est employée pour donner un ordre, un conseil.
Arrête de parler. Mélangez bien la farine et l'œuf.
- Elle est constituée :

– d'un nom ou d'un groupe nominal. Silence.
– d'un verbe conjugué à l'impératif. Taisez-vous.

4 La phrase exclamative

- Elle est utilisée pour exprimer un sentiment. **À l'écrit**, elle se termine par un point d'exclamation. Comme c'est gentil ! Attention !

L'astuce du prof
Une phrase exclamative peut aussi être injonctive.
Arrête de parler !

2 Les formes de phrases

De quoi s'agit-il ? Une phrase peut être transformée de la forme affirmative à la forme négative, de la forme (ou voix) active à la forme passive, de la forme neutre à la forme emphatique.

1 La forme affirmative et négative

- **La phrase affirmative** certifie la réalité d'un fait. **La phrase négative** nie la réalité d'un événement ou d'une situation.

La nuit est tombée. → Phrase déclarative et affirmative.
La nuit n'est pas tombée. → Phrase déclarative et négative.

- La négation se marque par des adverbes de négation :
ne … pas, ne … jamais, ne … pas encore, ne … plus, ne … guère.

Remarque
Certaines phrases affirmatives peuvent contenir des mots de sens négatif.
Ce pull est très laid. → Phrase affirmative.

2 La forme active et passive

Une phrase passive vient de la transformation d'une phrase active.
Le procureur a prononcé le réquisitoire. → Phrase active.
Le réquisitoire a été prononcé par le procureur. → Phrase passive.
Le sujet de la phrase active devient le complément d'agent de la phrase passive.
Le COD de la phrase active devient le sujet de la phrase passive.
Des milliers de spectateurs suivent le match. → Phrase active.
sujet // COD
Le match est suivi par des milliers de spectateurs. → Phrase passive.
sujet // complément d'agent

L'astuce du prof
Lorsque le sujet d'une phrase active est le pronom indéfini *on*, la phrase passive n'a pas de complément d'agent.
On a découvert un site archéologique.
Un site archéologique a été découvert.

3 La forme neutre et emphatique

- **Dans sa forme neutre**, l'ordre d'une phrase est : sujet + verbe + compléments. **La forme emphatique** sert à mettre en relief un des éléments. Claire aime beaucoup les crêpes.

- Elle se construit :

– en utilisant *c'est … qui* ou *c'est … que* pour encadrer l'élément mis en relief.
Je préparerai un moelleux au chocolat. → Forme neutre.
C'est moi qui préparerai un moelleux au chocolat. → Forme emphatique.
C'est un moelleux au chocolat que je préparerai. → Forme emphatique.

– en plaçant en début ou en fin de phrase l'élément que l'on veut souligner ; celui-ci est alors repris par un pronom. C'est une tournure très fréquente à l'oral.
Michael n'est pas content. → Forme neutre.
Michael, il n'est pas content. → Forme emphatique.

Conseil
N'essayez pas de mettre en relief le verbe d'une phrase : c'est impossible.

3 La phrase simple et la phrase complexe

De quoi s'agit-il ? **Une proposition est un ensemble de mots autour d'un verbe conjugué. Une phrase complexe comporte plusieurs verbes conjugués, donc plusieurs propositions.**

1 La phrase verbale et non verbale

- La phrase verbale comporte au moins un verbe conjugué. Il est interdit de crier.
- La phrase non verbale est formée par un groupe nominal (phrase nominale), un groupe adjectival ou un adverbe.
Interdiction de marcher sur les pelouses. → Phrase nominale.
Impossible de marcher sur les pelouses. → Phrase non verbale.

2 La phrase simple

Une phrase simple comporte une seule proposition : c'est une proposition indépendante.
Le collège compte environ 550 élèves.

3 La phrase complexe

Les différentes propositions d'une phrase complexe sont :

– juxtaposées lorsqu'elles sont mises les unes à côté des autres et séparées par une virgule, un point-virgule ou deux points.
Le conseil de classe des 3e B commencera à 17 h, // il sera suivi par celui des 3e C.

– coordonnées lorsqu'elles sont liées entre elles par une conjonction de coordination : mais, ou, et, donc, or, ni, car.
J'ai couru // car j'étais en retard.

– subordonnées lorsqu'elles dépendent d'une autre proposition appelée proposition principale. Les propositions subordonnées ne peuvent exister seules.
Les élèves souhaitent // que leur professeur organise une sortie.

L'astuce du prof

Pour connaître le nombre de propositions d'une phrase, comptez les verbes conjugués. Il y a autant de propositions que de verbes conjugués.

Le CDI ouvre à 8h et il ferme à 17h. **2 verbes conjugués → 2 propositions.**

Attention !

On distingue :

– les propositions subordonnées relatives qui dépendent d'un nom, leur antécédent ;

– les propositions subordonnées conjonctives qui sont soit COD (ce sont alors des complétives), soit compléments circonstanciels.

→ Révision express

FRANÇAIS

Les réflexes à avoir

- Pour séparer deux phrases, utilisez les signes suivants toujours suivis d'une majuscule.

Signe	Intonation	Emploi
Le point	Descendante	Sépare deux phrases
Le point d'interrogation	Montante	Termine une phrase interrogative
Le point d'exclamation	Exprime un sentiment	Termine une phrase exclamative
Les points de suspension	Expriment l'hésitation, le suspense	Séparent deux phrases par une pause longue

- À l'intérieur des phrases, employez les signes suivants, suivis d'une minuscule.

Signe	Intonation	Emploi
La virgule	Pas de changement.	Sépare des mots ou des propositions par une pause courte.
Le point-virgule	Un peu descendante.	Sépare deux propositions à l'intérieur d'une phrase.

Les pièges à éviter

Quand vous rédigez, évitez de faire des phrases :

– trop courtes. Faites des phrases complexes avec différentes propositions juxtaposées, coordonnées ou subordonnées ;

– trop longues. Quand votre phrase dépasse trois lignes, il est temps de mettre un point.

Quiz

Cochez la ou les bonnes réponses :

1. *Je me demande ce que tu fais.* Il s'agit :

a. ☐ **d'une phrase interrogative.**

b. ☐ **d'une phrase déclarative.**

2. *Tu es sûr du résultat ?* Il s'agit :

a. ☐ **d'une interrogation totale.**

b. ☐ **d'une interrogation partielle.**

3. *C'est toi qui me l'apprends.* Il s'agit :

a. ☐ **d'une forme emphatique avec mise en relief du sujet.**

b. ☐ **d'une forme emphatique avec mise en relief du COD.**

4. *Je lis le roman que tu m'as offert.* Dans cette phrase :

a. ☐ **« Je lis » est la proposition principale et « le roman que tu m'as offert » est la proposition subordonnée.**

b. ☐ **« Je lis le roman » est la proposition principale et « que tu m'as offert » est la proposition subordonnée.**

→ Réponses p. 504

QUESTIONS

Savoir analyser une phrase

Énoncés

1 Le vieux était assis sur le fauteuil de la véranda. Il était triste. Il pensait au passé. **À son passé. À ces soixante-seize années passées. À sa vie.** […]

Que les îles étaient belles alors ! Combien facile était la vie ! Qu'il était bon alors de se promener le long du rivage et de saluer tout le monde en passant devant les maisons !

Alex W. Du Prel, « La honte du vieux » dans *Le Bleu qui fait mal aux yeux*, © Édition de Tahiti, 1988.

1. Les trois premières phrases du texte sont-elles simples ou complexes ? Justifiez votre réponse.

2. Quelle est la particularité des phrases en gras ?

3. Quel type de phrase est employé dans le 2e paragraphe ? Quel sentiment du vieux traduit l'emploi de ce type de phrase ?

2 Midi finissait de sonner. La porte de l'école s'ouvrit **et** les gamins se précipitèrent en se bousculant pour sortir plus vite. Mais au lieu de se disperser rapidement et de rentrer dîner, comme ils le faisaient chaque jour, ils s'arrêtèrent à quelques pas, se réunirent par groupes et se mirent à chuchoter.

Guy de Maupassant, *Le Papa de Simon*, 1879.

1. Relevez une phrase simple.

2. Quelle est la classe grammaticale du mot en gras ? Quel lien unit les deux propositions ?

3. De combien de propositions se compose la dernière phrase de l'extrait ?

Corrigés

1 **1.** Les trois premières phrases du texte sont des phrases simples car elles n'ont qu'un seul verbe conjugué chacune : *était assise, était et pensait.*

2. Les phrases en gras sont des phrases nominales. Elles n'ont pas de verbe conjugué.

3. Le deuxième paragraphe est écrit uniquement avec des phrases exclamatives qui soulignent le regret et la tristesse qui envahissent le cœur du vieux quand il songe au passé.

> **Conseil**
> Ne confondez pas type et forme de phrase.
> *Je ne suis pas contente* est une phrase déclarative, de forme négative.

2 **1.** *Midi finissait de sonner* est une phrase simple car elle ne comporte qu'un seul verbe conjugué.

2. *et* est une conjonction de coordination. Les deux propositions qui composent la phrase sont donc coordonnées.

3. La dernière phrase de l'extrait comprend quatre verbes conjugués, donc quatre propositions.

RÉÉCRITURE

Savoir réécrire des phrases

Énoncés

1 Réécrivez la phrase suivante à la forme passive.
Ce genre de détail intéressait toujours Rouletabosse.

Robert Escarpit, *Les Reportages de Rouletabosse*, © Magnard, 1978.

2 Recopiez le texte en séparant d'un trait les différentes propositions et en indiquant leur classe : indépendante, juxtaposée, coordonnée ou subordonnée.
Il aperçut les chevaux, deux beaux chevaux, des chevaux de seigneur, à trois coudées de lui, derrière les ronciers. Et où étaient les cavaliers ? Il écarta doucement les ronces, risqua un œil et se rejeta vivement en arrière, effrayé à l'idée qu'on puisse le surprendre. Les deux cavaliers tiraient hors d'un buisson le cadavre d'un pèlerin qui avait encore son chapeau à coquille accroché autour du cou.

Jacqueline Mirande, *Double meurtre à l'abbaye*, © Castor Poche Flammarion, 1998.

3 Identifiez les propositions de cette phrase. Quel est ici le rapport logique qui les relie ? Réécrivez ce même rapport logique en utilisant une conjonction de subordination.
J'étais un objet de stupeur constante car les années passaient sans apporter la moindre amélioration à mon état d'hébétude[1] scolaire.

Daniel Pennac, *Chagrin d'école*, © Gallimard, 2007.

1. Abrutissement, stupidité.

Corrigés

1 Forme passive : Rouletabosse était toujours intéressé par ce genre de détail.

2 Il aperçut les chevaux, deux beaux chevaux, des chevaux de seigneur, à trois coudées de lui, derrière les ronciers (**proposition indépendante**). // Et où étaient les cavaliers ? (**proposition indépendante**) // Il écarta doucement les ronces, // risqua un oeil (**proposition juxtaposée**) // et se rejeta vivement en arrière, effrayé à l'idée (**proposition coordonnée**) // qu'on puisse le surprendre (**proposition subordonnée**). // Les deux cavaliers tiraient hors d'un buisson le cadavre d'un pèlerin (**proposition principale**) // qui avait encore son chapeau à coquille accroché autour du cou (**proposition subordonnée**).

3 Première proposition : *J'étais un objet de stupeur constante* ; Deuxième proposition : *car les années passaient sans apporter la moindre amélioration à mon état d'hébétude scolaire.*

Les deux propositions sont liées par un rapport logique de cause.

J'étais un objet de stupeur constante **parce que** les années passaient sans apporter la moindre amélioration à mon état d'hébétude scolaire.

Piège à éviter
Dans la transformation de la forme active à la forme passive, veillez à garder le même temps pour le verbe.

L'astuce du prof
Une phrase simple est toujours une proposition indépendante.

Remarque
En inversant l'ordre des propositions vous obtenez un rapport logique de conséquence.

FRANÇAIS

Chapitre 4 Les accords

1 L'accord du verbe avec le sujet

De quoi s'agit-il ? Le verbe s'accorde en personne (1re, 2e ou 3e) et en nombre (singulier ou pluriel) avec son sujet.

Astuce

Pour trouver le sujet d'un verbe, posez la question : *qui est-ce qui* + verbe ou *qu'est-ce qui* + verbe.
Elsa téléphone. Qui est-ce qui téléphone ? → Elsa = sujet du verbe « téléphone ».

1 Quand le verbe a un seul sujet

- Quand le sujet est un groupe nominal, le verbe s'accorde avec le nom « noyau » du groupe. L'odeur des lilas et des roses est très forte.
- Quand le sujet est un verbe à l'infinitif, l'accord se fait à la 3e personne du singulier. Rire fait du bien à la santé.
- Lorsque le verbe a comme sujet le pronom relatif *qui*, l'accord se fait avec l'antécédent de *qui*. Moi qui ai l'habitude… (accord avec l'antécédent *moi*.)

2 Quand le verbe a plusieurs sujets

- Lorsque le verbe a plusieurs sujets, il s'accorde au pluriel. Le roi, la reine et toute la cour s'avancent à pas lents.
- Aux temps composés, si un des sujets est au masculin, l'accord se fait au masculin. Olivia, Mathilde et Samuel sont allés au cinéma.
- Lorsque le verbe a plusieurs sujets de personnes différentes, l'accord se fait selon les règles suivantes :

– avec un sujet à la 2e personne (*toi / vous*) et à la 1re personne *moi / nous* : accord à la 1re personne du pluriel ; Toi et moi lisons beaucoup. Vous et nous allons bien nous entendre.

– avec un sujet à la 3e personne *lui / eux / elle(s)* et à la 1re personne *moi / nous* : accord à la 1re personne du pluriel ; Mes parents et moi aimerions vous parler.

– avec un sujet à la 3e personne *lui / eux / elle(s)* et à la 2e personne *toi / vous* : accord à la 2e personne du pluriel. Raphaël et toi êtes toujours d'accord.

Attention !

▪ *Le sujet est inversé* quand il est placé après le verbe. C'est le cas :
– dans une phrase interrogative ; Ont-ils (les élèves) bien compris ?
– dans une phrase en incise ; Dépêchez-vous, cria-t-il, nous sommes en retard.
– après certains adverbes : ***aussi, à peine, peut-être, sans doute***, etc. Peut-être faudrait-il partir à 8 h.

▪ **Après les pronoms indéfinis *on, chacun, rien, aucun, quelqu'un, personne, tout***, le verbe s'accorde au singulier. Aucun des candidats n'est à l'heure. On n'entend pas un bruit.

2 L'accord dans le groupe nominal

De quoi s'agit-il ? Les adjectifs qualificatifs s'accordent en genre (masculin ou féminin) et en nombre (singulier ou pluriel) avec le nom auquel ils se rapportent.

1 L'accord des déterminants

- Dans un groupe nominal, le nom commande l'accord du déterminant en genre et en nombre.
- **Les adjectifs numéraux cardinaux** sont invariables, sauf *vingt* et *cent*. Quatre mille personnes.
Vingt et *cent* prennent un *s* quand ils sont multipliés et forment des nombres ronds. Quatre-vingts ; quatre cents, ***mais*** quatre-vingt-quatre ; quatre cent un.

Remarque
Dans les dictées et les rédactions, vous devez écrire les nombres en toutes lettres, sauf quand il s'agit de dates.
Il suivait quatre personnes.
Il est né le 4 janvier 1999.

- ***Tout***, ***même*** **et** ***quelque*** s'accordent avec le nom ou le pronom auxquels ils se rapportent lorsqu'ils sont déterminants indéfinis. Tous les repas sont pris en commun. Nous-mêmes n'avons su que faire. Quelques voitures ont ralenti.

2 L'accord de l'adjectif

- Un adjectif qualificatif s'accorde en genre et en nombre avec le nom qu'il qualifie.
- Les participes passés employés sans auxiliaire s'accordent comme des adjectifs.
Fatigués, les randonneurs arrivent au refuge. → Accord avec « les randonneurs ».
- **Lorsqu'un adjectif qualificatif se rapporte à deux noms à la fois**, il se met toujours au pluriel. Il est au féminin si les deux noms sont féminins. Une beauté et une grâce évidentes.
Il est au masculin si un des noms au moins est au masculin. Une beauté et un talent évidents.
- **Dans un groupe nominal composé d'un nom + complément + adjectif qualificatif**, c'est le sens qui guide l'accord.
Une tarte aux pêches blanches → Les pêches sont blanches, non la tarte.
Une tarte aux pêches brûlée. → La tarte est brûlée, non les pêches.

Maîtriser l'accord de l'adjectif

Attention !

Les adjectifs de couleur s'accordent quand ils sont employés seuls. Des yeux verts.

Quand l'adjectif de couleur est précisé par un autre adjectif, ils sont tous les deux invariables. Elle me regardait de ses grands yeux vert clair.

Quand la couleur est exprimée par un nom (*acajou, brique, indigo, jade*, etc.), celui-ci est invariable. Exceptions : *rose, mauve, fauve, pourpre* et *vermeil*. Des foulards orange. Des foulards roses.

3 L'accord du participe passé

De quoi s'agit-il ? Le participe passé est employé avec l'auxiliaire *être* ou *avoir* pour former des temps composés.

1 Le participe passé employé avec l'auxiliaire *être*

• Le participe passé employé avec l'auxiliaire *être* s'accorde en genre et en nombre avec le sujet.
Mes amies sont venues me voir. → Accord du participe passé avec le sujet *mes amies*.

• Aux temps composés de la voix passive, c'est l'auxiliaire *être* qui est conjugué ; l'accord du participe passé avec le sujet doit donc se faire.
Des décisions ont été prises ce matin. → Accord du participe passé avec le sujet *des décisions*.

• Avec un verbe pronominal, on distingue plusieurs cas :

– **pour les verbes essentiellement pronominaux**, c'est-à-dire ceux qui n'existent qu'à la forme pronominale, l'accord du participe passé se fait avec le sujet ; Les ennemis se sont enfuis. → donc *enfuis* s'accorde avec le sujet *les ennemis*, masculin pluriel.

– **pour les verbes pronominaux de sens réfléchi ou réciproque**, il faut chercher la fonction du pronom réfléchi qui précède le verbe.
Si le pronom réfléchi est complément d'objet direct (COD), le participe passé s'accorde avec lui ; Elle s'est lavée. → C'est-à-dire : « Elle a lavé elle-même » ; *s'* est COD du verbe, donc accord au féminin singulier.
S'il est complément d'objet indirect ou complément d'objet second, il n'y a pas d'accord.
Elle s'est lavé les cheveux. → C'est-à-dire : « Elle a lavé les cheveux à elle-même » ; *s'* est complément d'objet second du verbe, donc pas d'accord.

– **pour les verbes pronominaux de sens passif**, l'accord du participe passé se fait avec le sujet.
Ces robes se sont bien vendues. → C'est-à-dire : « Ces robes ont été bien vendues » → Accord avec le sujet *ces robes*, féminin pluriel.

2 Le participe passé employé avec l'auxiliaire *avoir*

• **Quand le COD** (complément d'objet direct) **est placé avant le verbe**, le participe passé employé avec l'auxiliaire *avoir* s'accorde avec le COD.
Elle a regardé ces films. → Le COD *ces films* est placé après le verbe, donc il n'y a pas d'accord.
Elle les a regardés. → Le COD *les*, pronom mis pour *les films*, est placé avant le verbe, donc accord au masculin pluriel.

Remarque
Le participe passé employé avec l'auxiliaire *avoir* ne s'accorde jamais avec le sujet.
Les joueurs ont disputé le match avec acharnement.

Le COD placé avant le verbe peut être :

– un pronom relatif ; Les enfants que nous avons entendus habitent au quatrième.

– un pronom personnel ; Nous les avons entendus.

– un groupe nominal avec un déterminant interrogatif ou exclamatif.
Quels enfants as-tu entendus ?

Remarque
Il n'y a jamais d'accord avec *en*.
Des enfants, j'en ai entendu !

• **Quand le COD est placé après le verbe**, l'accord ne se fait pas.
Victor Hugo a écrit des poésies, des romans et des pièces de théâtre.

• **Quand il n'y a pas de COD**, le participe passé est invariable. Elle a couru.

Accorder le participe passé

FRANÇAIS

→ Révision express

Les points importants à retenir

Lorsque l'accord doit se faire à la 1re ou 2e personne du singulier, trouvez qui représente les pronoms personnels *je* et *tu*.
Sophie, tu es partie trop vite. → *partie* s'accorde avec *tu*, mis pour *Sophie*, donc féminin singulier.

Les pièges à éviter

- Aux temps simples, le pronom COD placé avant le verbe ne joue aucun rôle dans l'accord du verbe.
Il les voit → accord avec le sujet « il », donc 3e personne du singulier.

- Si vous hésitez sur la lettre finale d'un participe passé, pensez au féminin. La prononciation vous donnera une indication sur la dernière lettre du masculin (*-s, -t, -u*...).
Comprise au féminin → ***compris*** au masculin.

- Le participe passé *fait* suivi d'un infinitif est invariable.
Nous sommes très contents des travaux que nous avons fait réaliser. → Le participe passé de *faire* est suivi d'un infinitif, donc il n'y a pas d'accord.

Quiz

Cochez la bonne réponse :

1. a. ☐ Toi et moi allez mieux. **b.** ☐ Toi et moi allons mieux.

2. a. ☐ Il les regarde. **b.** ☐ Il les regardent.

3. a. ☐ Samia aime les pulls bleus foncés. **b.** ☐ Samia aime les pulls bleu foncé.

4. a. ☐ Une baguette et demie. **b.** ☐ Une baguette et demi.

5. a. ☐ Les oiseaux se sont envolé. **b.** ☐ Les oiseaux se sont envolés.

6. a. ☐ Ils avaient été bien accueillis. **b.** ☐ Ils avaient été bien accueilli.

→ Réponses p. 504

QUESTIONS

Savoir accorder le participe passé

Énoncés

1 J'ai sorti les romans un par un de la valise, les ai ouverts, ai contemplé les portraits des auteurs et les ai passés à Luo. De les toucher du bout des doigts, il m'a semblé que mes mains, devenues pâles, avaient été en contact avec des vies humaines.

Dai Sijie, *Balzac et la Petite Tailleuse chinoise*, © Gallimard, coll. « Folio », 2000.

1. Expliquez l'accord de « devenues ».

2. Pourquoi les participes passés « sorti », « contemplé » et « semblé » ne sont-ils pas accordés ?

3. Justifiez l'accord de « ouverts » et « passés.

2 *Celle qui raconte est une jeune fille.*

Quand j'ai acheté le ticket, à l'entrée, le monsieur a paru surpris que je paye avec un aussi gros billet. Il m'a rendu la monnaie et il m'a laissée passer.

Patrick Modiano, *La Petite Bijou*, © Gallimard, coll. « Folio », 2002.

Remarque
Deux orthographes sont possibles : *je paye* ou *je paie.*

1. Avec quel mot s'accorde « surpris » ? Quelle est sa fonction ?

2. Expliquez l'accord de « laissée ». Quel renseignement cet accord donne-t-il sur le narrateur de ce texte ?

Corrigés

1 **1.** *Devenues.* Ce participe passé s'accorde avec le nom auquel il se rapporte, *mains*, féminin pluriel.

2. *Sorti, contemplé, semblé.* Ces participes passés, employés avec l'auxiliaire *avoir*, ne s'accordent pas car leurs COD, *romans, portraits* et *que […] humaines* sont placés après le verbe.

3. *Ouverts, passés.* Ces participes passés, employés avec l'auxiliaire *avoir*, s'accordent avec leur COD placé avant le verbe, *les*, mis pour *les romans*, masculin pluriel.

2 **1.** *Surpris* s'accorde avec *le monsieur*, masculin singulier. Ce participe passé, employé sans auxiliaire, s'accorde comme adjectif, en genre et en nombre avec le nom qu'il caractérise.

2. *Laissée* s'accorde avec le COD du verbe : *m'*. Cet accord indique clairement que le récit est fait par une narratrice.

RÉÉCRITURE

Savoir changer les personnes et les temps d'un texte

Énoncés

1 Remplacez « Miraut » par « les deux chiens » et réécrivez ce passage en faisant les modifications nécessaires.

Miraut comprit que tout était fini, qu'il n'avait plus rien à attendre ni à espérer et, ne voulant malgré tout point déserter ce village qu'il connaissait, ces forêts qu'il aimait, ne pouvant se plier à d'autres habitudes, se faire à d'autres usages, il s'en alla, sombre, triste, honteux, la queue basse et l'œil sanglant, jusqu'à la corne du petit bois de la Côte où il s'arrêta.

Louis Pergaud, *Le Roman de Miraut*, © Mercure de France, 1913.

2 Réécrivez la phrase suivante en remplaçant « le spectateur » par « les spectateurs ».

Car le spectateur est toujours persuadé d'être lui-même meilleur que les hommes qu'il voit sur l'écran, persuadé qu'il évitera de commettre les actes de folie qu'on lui montre.

Alex W. Du Prel, *Tahiti Pacifique*, 2001.

3 Réécrivez le texte suivant en mettant les verbes au passé composé.

Des jeunes garçons plongeaient et se poursuivaient avec des rires et des exclamations. [...] Il s'assit au pied d'un palmier pour mieux contempler ce tableau. L'un des adolescents, luisant comme un poisson, passa près de lui.

Michel Tournier, *La Goutte d'or*, © Gallimard, 1985.

Maîtriser la réécriture

Corrigés

1 **Les deux chiens comprirent** que tout était fini, qu'**ils n'avaient** plus rien à attendre ni à espérer et, ne voulant malgré tout point déserter ce village qu'**ils connaissaient**, ces forêts qu'**ils aimaient**, ne pouvant se plier à d'autres habitudes, se faire à d'autres usages, **ils** s'en **allèrent, sombres, tristes**, honteux, la queue basse et l'œil sanglant, jusqu'à la corne du petit bois de la Côte où **ils s'arrêtèrent**.

2 Car **les spectateurs sont** toujours **persuadés** d'être **eux-mêmes meilleurs** que les hommes qu'**ils voient** sur l'écran, **persuadés** qu'**ils éviteront** de commettre les actes de folie qu'on **leur** montre.

3 Des jeunes garçons **ont plongé** et se **sont poursuivis** avec des rires et des exclamations. [...] Il **s'est assis** au pied d'un palmier pour mieux contempler ce tableau. L'un des adolescents, luisant comme un poisson, **est passé** près de lui.

FRANÇAIS

Chapitre 5 Les homophones grammaticaux

1 Les homophones du verbe *être*

De quoi s'agit-il ? Les homophones grammaticaux sont des mots ou groupes de mots qui se prononcent de la même façon, mais qui ont des sens, des classes grammaticales et une orthographe différents.

1 Les homophones de *est*

Homophones	Classe grammaticale	Pour ne pas confondre, on peut remplacer par
est/es	Verbe *être*	*(il) était/(tu) étais*
et	Conjonction de coordination	*et puis*
ai	Verbe *avoir*	*(tu) as*
aie, aies, ait, aient	Verbe *avoir* au présent du subjonctif	*(nous) ayons*

Distinguer les homophones du verbe *être*

2 Les homophones de *m'est*, *t'est* et *l'est*

Homophones	Classe grammaticale	Pour ne pas confondre, on peut remplacer par
m'est / m'es	Pronom personnel + *être*	*(il) m'était / (tu) m'étais*
mes	Déterminant possessif	*tes*
mais	Conjonction de coordination	*cependant*
t'est / t'es	Pronom personnel + *être*	*(il) t'était / (tu) t'étais*
t'ai	Pronom personnel + *avoir*	*t'avais*
tes	Déterminant possessif	*mes*
l'est / l'es	Pronom personnel + *être*	*(il) l'était / (tu) l'étais*
l'ai	Pronom personnel + *avoir*	*l'avais*
les	Article défini	*la* ou *le*

3 Les homophones de *c'est*

Homophones	Classe grammaticale	Pour ne pas confondre, on peut remplacer par
c'est + nom ou pronom	Pronom démonstratif + *être*	*c'était* + nom ou pronom
s'est + participe passé	Pronom réfléchi + *être*	*m'était* + p. passé
ses	Déterminant possessif	*tes*
ces	Déterminant démonstratif	*ces ...-là* ou *ces ...-ci*

2 Les homophones du verbe *avoir*

1 Les homophones de *a* et *ont*

Homophones	Classe grammaticale	Pour ne pas confondre, on peut remplacer par
a/as	Verbe *avoir*	*(il) avait/(tu) avais*
à	Préposition	*pour, vers…*
ont	Verbe *avoir*	*(ils) avaient*
on	Pronom indéfini	*il*

Distinguer les homophones du verbe *avoir*

FRANÇAIS

2 Les homophones de *m'a* et *m'ont*, *t'a* et *t'ont*

Homophones	Classe grammaticale	Pour ne pas confondre, on peut remplacer par
m'a / t'a	Pronom personnel + verbe *avoir*	*m'avait / t'avait*
ma / ta	Déterminant possessif	*ta / ton*
m'ont / t'ont	Pronom personnel + verbe *avoir*	*m'avaient / t'avaient*
mon / ton	Déterminant possessif	*ton / mon*

3 Les homophones de *l'a*

Homophones	Classe grammaticale	Pour ne pas confondre, on peut remplacer par
l'a/l'as	Pronom personnel + verbe *avoir*	*l'avait/l'aviez*
la	Article défini ou pronom personnel	*les*
là	Adverbe de lieu	*ici*

4 Les homophones de *qui l'a*

Homophones	Classe grammaticale	Pour ne pas confondre, on peut remplacer par
qui l'a	Pronom relatif + pronom personnel + verbe *avoir*	*(eux) qui l'ont*
qui la	Pronom relatif + pronom personnel	*qui les*
qu'il a	Conjonction ou pronom relatif + pronom personnel + verbe *avoir*	*qu'ils ont*

3 Les terminaisons verbales homophones

De quoi s'agit-il ? **Certaines terminaisons verbales se prononcent pareil mais correspondent à des temps différents.**

1 Les terminaisons en *–er/-é/-ez*

Terminaisons	Mode ou temps verbal	Pour ne pas confondre, on peut remplacer par
-er	Infinitif d'un verbe du 1er groupe	un infinitif d'un verbe du 3e groupe : *faire, prendre*, etc.
-é, -és, -ées	Participe passé d'un verbe du 1er groupe	un participe passé d'un verbe du 3e groupe : *fait, pris*, etc.
-ez	2e personne du pluriel	la 1re personne du pluriel

Distinguer les terminaisons en *-er*, *-é*, *-ez*

2 Les terminaisons en *-ai/-ais*

Terminaisons	Mode ou temps verbal	Pour ne pas confondre, on peut remplacer par
-ai	1re personne du singulier du passé simple des verbes du 1er groupe	la 1re personne du pluriel : (*nous*) + *-âmes*
-ais	1re personne du singulier de l'imparfait	la 1re personne du pluriel : (*nous*) + *-ions*

3 Les terminaisons en *–rai/-rais*

Terminaisons	Mode ou temps verbal	Pour ne pas confondre, on peut remplacer par
-rai	1re personne du singulier du futur	la 1re personne du pluriel : (*nous*) infinitif + *-ons*
-rais	1re personne du singulier du conditionnel présent	la 1re personne du pluriel : (*nous*) infinitif + *-ions*

Différencier les terminaisons en *-rai* et *-rais*

4 Autres homophones grammaticaux

1 Les homophones de *se/sa*

Homophones	Classe grammaticale	Pour ne pas confondre, on peut remplacer par
se	Pronom réfléchi	*nous*
ce	Déterminant démonstratif ou pronom démonstratif	*ces* ou *cela*
ceux	Pronom démonstratif	*Les personnes*

FRANÇAIS

Révision express

Les réflexes à avoir

- Quand vous hésitez sur la terminaison d'un verbe, essayez de trouver son mode et son temps :

– soit en changeant de personne. Je marchais. Nous marchions. → Imparfait.

– soit en changeant de verbe. Il voulait regarder. Il voulait faire. → Infinitif.

- Pour distinguer le conditionnel présent (*-rais)* du futur (*-rai*), cherchez si la phrase comporte une condition ou une forme de politesse.

Si j'en avais le temps, j'apprendrais à danser la salsa. → Condition : conditionnel présent.
Pourrais-tu me donner ton adresse ? → Forme de politesse : conditionnel présent.

Les pièges à éviter

- À la 1re personne du singulier des verbes du 1er groupe, ne confondez pas l'imparfait (*-ais*) et le passé simple (*-ai*). Aidez-vous des valeurs de ces deux temps :

– le passé simple est employé pour une action soudaine, délimitée dans le temps ;

– l'imparfait pour une action qui dure, dont on ne connaît ni le début, ni la fin.
Je me promenais dans la forêt quand je rencontrai Paul.
Action qui dure → imparfait // action soudaine → passé simple

- Le jour du brevet, ne rendez pas votre dictée sans l'avoir relue. Vous disposez de quelques minutes pour le faire. Mettez-les à profit pour réfléchir aux homophones, aux accords des verbes avec leurs sujets, aux accords dans les groupes nominaux, aux accords des participes passés. Vous gagnerez des points !

Quiz

Cochez la bonne réponse :

1. a. ☐ Tu t'es trompé. b. ☐ Tu t'ai trompé.
2. a. ☐ Il aime beaucoup ces grands-parents. b. ☐ Il aime beaucoup ses grands-parents.
3. a. ☐ Elle la battu aux cartes. b. ☐ Elle l'a battu aux cartes.
4. a. ☐ Soudain je pris peur et tremblais. b. ☐ Soudain je pris peur et tremblai.
5. a. ☐ Je travaillerais demain. b. ☐ Je travaillerai demain.
6. a. ☐ Ceux qui ne sont pas d'accord… b. ☐ Ce qui ne sont pas d'accord…

→ Réponses p. 504

QUESTIONS

Savoir donner la classe grammaticale d'un mot

Énoncés

1 Mais tout ce que je voyais maintenant n'était que ruines. Des ruines qui, au temps de notre enfance, se transformaient en châteaux où nous jouions ensemble et dans lesquels je cherchais mon prince charmant.

Paulo Coelho, *Sur le bord de la rivière Piedra je me suis assise et j'ai pleuré*, © Flammarion, 1995.

Remarque
Le pronom relatif *lesquels* s'accorde avec son antécédent : *châteaux*.

1. Donnez la classe grammaticale des mots soulignés.

2. À quel temps est conjugué le verbe *cherchais* ?

2 **Recopiez le texte en choisissant l'orthographe qui convient.**

Un singulier besoin le prit tout a/à coup de se/ce relever pour ce/se regarder dans sa/ça glace. Il ralluma sa/ça bougie. Quand il aperçut sont/son visage reflété dans le verre polit/poli, il se/ce reconnut à/a peine, est/et il lui sembla qu'il ne s'/c'était jamais vut/vu.

Guy de Maupassant, *Bel-Ami*, 1885.

Corrigés

1 **1. Ce** : pronom démonstratif.
Se : pronom réfléchi.

Astuce
Pour trouver l'orthographe de *ce* et *se*, regardez le mot qui suit. *Se* est toujours suivi d'un verbe pronominal.

2. Cherchais est à l'imparfait de l'indicatif, donc il se termine en *–ais*. Pour être sûr du temps, mettez le verbe à la 3e personne du singulier.
Je cherchais → *il cherchait* → imparfait → *–ais* (au passé simple *vous auriez, il chercha*).

Remarque
L'imparfait exprime la durée, le passé simple est utilisé pour une action soudaine et souvent brève.

2 Un singulier besoin le prit tout **à** coup de **se** relever pour **se** regarder dans **sa** glace. Il ralluma **sa** bougie. Quand il aperçut **son** visage reflété dans le verre **poli**, il **se** reconnut **à** peine, **et** il lui sembla qu'il ne **s'**était jamais **vu**.

– **à** : préposition que vous ne pouvez pas remplacer par *avait*.
– **se** : pronom réfléchi qui est toujours suivi d'un verbe pronominal.
– **sa** : déterminant possessif que vous pouvez remplacer par *ma*.
– **son** : déterminant possessif que vous pouvez remplacer par *mon*.
– **poli** : participe passé du verbe *polir*. Le féminin est *polie*.
– **et** : conjonction de coordination que vous pouvez remplacer par *et puis*.
– **vu** : participe passé du verbe *voir*. Le féminin est *vue*.

Astuce
Sont est la 3e personne du pluriel du présent du verbe. Vous pouvez le remplacer par *étaient*.

RÉÉCRITURE

Savoir réécrire un texte au passé simple ou à l'imparfait

Énoncé

1 Remplacez « Élisabeth » par « je » et réécrivez ce passage en faisant les modifications nécessaires.

Quand Élisabeth put enfin lui parler, ce fut pour s'entendre dire qu'elle avait tort de prêter attention aux moqueries de quelques petites sottes et qu'elle n'arriverait à rien dans la vie si elle ne montrait pas plus de courage dans l'adversité.

Henri Troyat, *Les Semailles et les Moissons*, III « La Grive », © Plon, 1956.

2 Réécrivez ce passage en mettant le verbe « sent » au passé simple et en faisant les modifications nécessaires. Attention ! tous les verbes ne seront pas au passé simple.

Mr Mouse sent bientôt sous ses doigts gourds la poignée bringuebalante de la porte d'entrée. Une petite pluie fine de notes aigrelettes se déclenche aussitôt. Voilà ? On est dans l'antre de Mrs Hamper ; un incroyable fouillis qui fait le charme de cette caverne d'Ali Baba chichement éclairée.

Philippe Delerm, *Mister Mouse ou la Métaphysique du terrier*, VII, © Gallimard, 1999.

3 Remplacez « je » par « il » et mettez le texte au passé. Le premier verbe, « je rêve », sera mis à l'imparfait et vous modifierez en conséquence le temps des autres verbes.

À Paris, la nuit, je rêve souvent des petites routes autour de Trans. Toutes ces routes que nous avons parcourues, nous les enfants, sillonnant notre royaume imaginaire. Dans mes rêves, c'est comme un labyrinthe, je marche sans répit, je me perds, je tourne en rond, j'hésite à chaque carrefour, je prends la mauvaise direction.

Alain Rémond, *Chaque jour est un adieu*, © Seuil, 2000.

Corrigé

1 Quand **je pus** enfin lui parler, ce fut pour **m'**entendre dire que **j'avais** tort de prêter attention aux moqueries de quelques petites sottes et que **je n'arriverais** à rien dans la vie si **je ne montrais pas** plus de courage dans l'adversité.

> **Astuce**
> Ne modifiez pas les temps des verbes, ici passé simple, imparfait et conditionnel présent.

2 Mr Mouse **sentit** bientôt sous ses doigts gourds la poignée bringuebalante de la porte d'entrée. Une petite pluie fine de notes aigrelettes **se déclencha** aussitôt. Voilà ? On **était** dans l'antre de Mrs Hamper ; un incroyable fouillis qui **faisait** le charme de cette caverne d'Ali Baba chichement éclairée.

> **Rappel**
> L'imparfait est utilisé dans les descriptions, le passé simple pour les actions de premier plan.

3 À Paris, la nuit, **il rêvait** souvent des petites routes autour de Trans. Toutes ces routes qu'**ils avaient parcourues**, **eux** les enfants, sillonnant **leur** royaume imaginaire. Dans **ses** rêves, **c'était** comme un labyrinthe, **il marchait** sans répit, **il se perdait**, **il tournait** en rond, **il hésitait** à chaque carrefour, **il prenait** la mauvaise direction.

> **Remarque**
> *Nous* se transforment en *ils*.

Chapitre 6 L'indicatif

1 Le présent et le passé composé

De quoi s'agit-il ? **Le passé composé est le temps composé qui correspond au présent. Il se conjugue avec l'auxiliaire *être* ou *avoir* au présent, suivi du participe passé du verbe.**

1 La conjugaison du présent de l'indicatif

- Les terminaisons :

	1er groupe	2e groupe	3e groupe	
	verbes en *-er* (sauf *aller*)	verbes en *-ir* participe présent en *-issant*	La plupart des autres verbes	Verbes en *-dre* (sauf les verbes en *-indre* et *-soudre*)
je	-e	-is	-s	-ds
tu	-es	-is	-s	-ds
il / elle / on	-e	-it	-t	-d
nous	-ons	-issons	-ons	-dons
vous	-ez	-issez	-ez	-dez
Ils/elles	-ent	-issent	-ent	-dent

- Cas particuliers des verbes du 1er groupe :

– les verbes en *-ger* conservent un *e* devant *–ons* ; Nous mangeons.

– les verbes en *-cer* prennent un *ç* devant *–ons* ; Nous lançons.

– les verbes en ***-eler*** et ***-eter*** doublent le *l* ou le *t* lorsque l'on entend le son « è » avant la consonne. J'appelle, je jette.

- Cas particuliers des verbes du 3e groupe :

– les verbes ***pouvoir***, ***vouloir*** et ***valoir*** se terminent en *-x*, *-x*, *-t* au singulier ; Je peux ; tu veux ; il vaut.

– les verbes ***dire*** et ***faire*** sont irréguliers à la 2e personne du pluriel. Vous dites, vous faites.

Remarque
Quelques verbes en *-eler* et *-eter* ne redoublent pas le *l* et le *t* : *geler, peler, déceler, acheter, haleter* : ils prennent un è : *il gèle, j'achète*.

Rappel
Les verbes en ***-aître*** ou ***-oître*** prennent un accent circonflexe sur le *i* quand la lettre qui suit est un *t* : *il paraît* (mais *je parais*).

2 Les valeurs du présent et du passé composé

- Suivant son emploi, **le présent** de l'indicatif a des valeurs distinctes :

– présent d'actualité pour un fait qui se déroule juste au moment où on en parle ; c'est le présent des paroles rapportées directement ; En ce moment, j'étudie le présent de l'indicatif.

– présent d'habitude pour rapporter un fait qui se répète ; Tous les matins, je cours.

– présent de vérité générale ; c'est celui des proverbes ; Qui dort dîne.

– présent de narration, employé dans un récit au passé pour rendre l'événement plus actuel aux yeux du lecteur. « Il respira à pleins poumons, comme s'il se retrouvait enfin à l'air libre après un long tunnel asphyxiant. Soudain il s'arrête. » (M. Tournier, « L'aire du Muguet », in *Le Coq de bruyère*, Gallimard©, 1978.)

• **Le passé composé** marque l'antériorité d'un fait par rapport au présent. Quand il a travaillé, il joue de la guitare. → L'action de travailler est antérieure à celle de jouer de la guitare.

Connaître les valeurs du présent

2 Le futur simple et le futur antérieur

De quoi s'agit-il ? **Le futur antérieur est le temps composé qui correspond au futur simple. Il se conjugue avec l'auxiliaire *être* ou *avoir* au futur, suivi du participe passé du verbe.**

1 La conjugaison du futur simple

• Les terminaisons :

	Construction du futur pour les trois groupes
je	infinitif + *-ai*
tu	infinitif + *-as*
il/elle/on	infinitif + *-a*
nous	infinitif + *-ons*
vous	infinitif + *-ez*
ils/elles	infinitif + *-ont*

Conjuguer le futur (simple et antérieur)

L'astuce du prof

Pour les verbes en *-er*, *-uer* et en *-ouer*, le *e* de l'infinitif ne s'entend pas, mais il est toujours là. *Elle s'écriera ; je jouerai.*

• Cas particuliers des verbes du 1er groupe :

– les verbes en ***-eler*** et ***-eter*** s'écrivent avec deux *l* ou deux *t* aux personnes du futur simple ; J'appellerai ; nous jetterons.

– les verbes en ***–oyer*** (sauf envoyer) et en ***–uyer*** se conjuguent avec un *i*, les verbes en ***–ayer***, avec un *i* ou un *y*. Nous emploierons (mais nous enverrons), j'essuierai, je paierai ou je payerai.

• Cas particuliers des verbes du 3e groupe : les verbes ***tenir***, ***venir*** et leurs composés ont un futur en *-iendrai, -iendras, -iendra, -iendrons, -iendrez, -iendront*. Je viendrai, nous tiendrons.

• Les principaux verbes irréguliers :

– la plupart des verbes en ***-oir*** sont irréguliers : savoir : je saurai / voir : je verrai (sauf *prévoir* : je prévoirai) / vouloir : je voudrai / pouvoir : je pourrai / devoir : je devrai / recevoir : je recevrai.

– les verbes ***courir***, ***mourir*** et leurs composés prennent deux *r*. Je mourrai ; il courra.

– les verbes ***faire***, ***aller*** et leurs composés sont irréguliers. Je ferai, nous ferons ; j'irai, nous irons.

2 Les valeurs du futur simple et du futur antérieur

• **Le futur simple** évoque des faits qui ne sont pas encore arrivés. Il ira à la bibliothèque demain.
Il permet aussi d'exprimer un ordre d'une façon atténuée. « Tu iras à la bibliothèque demain. »

• **Le futur antérieur** marque l'antériorité d'un fait par rapport au futur.
« Quand tu auras fini tes devoirs, tu m'aideras à déplacer ce meuble. » → L'action de finir les devoirs est antérieure à celle de déplacer un meuble.

3 L'imparfait et le plus-que-parfait

De quoi s'agit-il ? Le plus-que-parfait est le temps composé qui correspond à l'imparfait. Il se conjugue avec l'auxiliaire *être* ou *avoir* à l'imparfait, suivi du participe passé du verbe.

1 La conjugaison de l'imparfait

• Les terminaisons :

	1er et 3e groupes	2e groupe
je	-ais	-issais
tu	-ais	-issais
il/elle/on	-ait	-issait
nous	-ions	-issions
vous	-iez	-issiez
ils/elles	-aient	-issaient

Remarque

Aux 1re et 2e personnes du pluriel des verbes en *-yer, -ier, -iller, -igner*, les terminaisons sont *-ions* et *-iez*.
Nous criions ; vous dédaigniez.

• Cas particuliers des verbes du 1er groupe :

– les verbes en ***-cer*** prennent un *ç* devant *-a* pour conserver le son « se » ; Je lançais, ils lançaient (mais nous lancions)

– les verbes en ***-ger*** prennent un *e* devant *-a* pour conserver le son « je ». Je mangeais, ils mangeaient (mais nous mangions).

Conjuguer à l'imparfait et au plus-que-parfait

2 Les valeurs de l'imparfait et du plus-que-parfait

• **L'imparfait a une valeur temporelle** lorsqu'il évoque un fait en cours de réalisation dans le passé. Le début et la fin de l'action ne sont pas indiqués. Dans un récit, il sert à décrire l'arrière-plan, les décors ou les réflexions du narrateur. Paul regardait la pluie tomber et pensait à ses vacances.
Avec un complément qui marque la répétition, l'imparfait exprime l'habitude. Il revenait à six heures tous les soirs.

• **L'imparfait a une valeur modale** lorsqu'il est employé dans une proposition subordonnée de condition. Si j'étais riche, je…

• **Le plus-que-parfait** marque l'antériorité d'un fait par rapport à l'imparfait.
Il avait déjà pris un café lorsqu'il arrivait à son travail. → L'action de prendre un café est antérieure à celle d'arriver au travail.

4 Le passé simple et le passé antérieur

De quoi s'agit-il ? **Le passé antérieur est le temps composé qui correspond au passé simple. Il se conjugue avec l'auxiliaire *être* ou *avoir* au passé simple, suivi du participe passé du verbe.**

1 La conjugaison du passé simple

• Les terminaisons :

	1er groupe et *aller*	2e et 3e groupes	
		• Verbes en *-ir* • la plupart des verbes en *-re* • *asseoir* et *voir*	• La plupart des verbes en *-oir*, *-oire*, *-aître*, *-oudre* • *lire, taire, plaire, conclure, vivre*
je	-ai	-is	-us
tu	-as	-is	-us
il/elle/on	-a	-it	-ut
nous	-âmes	-îmes	-ûmes
vous	-âtes	-îtes	-ûtes
ils/elles	-èrent	-irent	-urent

• Cas particuliers des verbes du 1er groupe :

– les verbes en ***-cer*** s'écrivent avec un *ç* devant *–a* ; Je lançai, il lança (mais ils lancèrent).

– les verbes en ***-ger*** prennent un *e* devant *-a*. Je mangeai, il mangea (mais ils mangèrent).

Conjuguer au passé simple et au passé antérieur

• Cas particuliers des verbes du 3e groupe : ***tenir***, ***venir*** et leurs composés, comme *obtenir* ou *revenir*, ont un passé simple en *-ins*, *-ins*, *-int*, *-înmes*, *-întes*, *-inrent*.

2 Les valeurs du passé simple et du passé antérieur

• **Le passé simple** est utilisé pour évoquer des faits dans le passé, de leur début à leur fin. Dans le récit, ce sont des actions de premier plan, limitées dans le temps. Elles sont parfois soudaines.

« C'était une auberge. **J'entrai**. Personne ne s'y trouvait. Seule l'odeur du temps pourrissait là, tenace et pernicieuse. **J'appelai** et **tapai** du poing sur une table bancale qui **faillit** s'effondrer sous mes coups. » (Claude Seignolle, *L'Auberge du Larzac*, © Phébus, 1967.)

→ Les verbes au passé simple (en gras) racontent les actions du héros qui sont limitées dans le temps.

→ L'imparfait (verbes soulignés) est employé pour évoquer le cadre de ces actions.

• **Le passé antérieur** est employé pour marquer l'antériorité d'un fait par rapport au passé simple. À peine eut-il fini son déjeuner qu'il sortit. → L'action de finir son déjeuner est antérieure à celle de sortir.

Révision express

Les réflexes à avoir

- Quand vous hésitez sur la conjugaison d'un verbe, pensez toujours à son groupe :

– 1er groupe : *–er (nager)*, sauf *aller* ;

– 2e groupe : *–ir* et *–issant* au participe présent *(grandir → grandissant)* ;

– 3e groupe : tous les autres verbes.

- Ne mettez jamais de *–t* à la 3e personne du singulier des verbes du 1er groupe au passé simple.
Il jeta, il affirma mais il prit, il but.

- Lors de la dictée, écoutez bien les liaisons qui sont faites. Elles vous indiquent souvent la dernière lettre des verbes.
Il prit une décision → liaison → *-t* final.
Il fut pris au dépourvu. → liaison → *-s* final.
Il chanta un air. → pas de liaison.

Les pièges à éviter

- Ne confondez pas l'imparfait et le passé simple.
À la 1re personne du singulier, les **verbes du 1er groupe** ont des formes proches à **l'imparfait** et au **passé simple**. Je chantais (imparfait) mais je chantai (passé simple).
Lors des dictées, la prononciation peut vous guider. L'imparfait se prononce « è », le passé simple « é ». Pour être sûr de l'orthographe, mettez le verbe à la 3e personne du singulier.
Je chantais pendant des heures. → Il chantait pendant des heures.
Je chantai pour me rassurer. → Il chanta pour se rassurer.

- Ne confondez pas le futur et le conditionnel présent.
La 1re personne du singulier du futur simple et du conditionnel présent sont proches.
J'irai (futur) ; j'irais (conditionnel présent). Pour ne pas les confondre, pensez à la 3e personne du singulier. J'irai → il ira ; j'irais → il irait.

Quiz

Cochez la bonne réponse :

1. a. ☐ Il peint. b. ☐ Il peind.
2. a. ☐ Nous le rejettons. b. ☐ Nous le rejetons.
3. a. ☐ Je multiplierai les démarches. b. ☐ Je multiplirai les démarches.
4. a. ☐ Ils endommagaient les locaux. b. ☐ Ils endommageaient les locaux.
5. a. ☐ Je marcha dans la nuit. b. ☐ Je marchai dans la nuit.
6. a. ☐ Je le vus soudain. b. ☐ Je le vis soudain.

→ Réponses p. 504

QUESTIONS

Savoir employer les temps de l'indicatif

Énoncés

1 *Le narrateur raconte son enfance.*
Je nous vois assis sur le trottoir, le dimanche soir, en train de lire nos romans d'aventures ou nos illustrés, pendant que ma mère discute avec Mme Boucher, de l'autre côté de la rue.

Alain Rémond, *Chaque jour est un adieu*, © Seuil, 2000.

1. Relevez les présents de l'indicatif.
2. Indiquez la valeur de chacun d'eux.

2 Nous étions debout tous les trois, le cœur battant, lorsque la porte des greniers qui donnait sur l'escalier de la cuisine s'ouvrit ; quelqu'un descendit les marches, traversa la cuisine, et se présenta dans l'entrée obscure de la salle à manger.
« C'**est** toi, Augustin ? » dit la dame.
C'était un grand garçon de dix-sept ans environ. Je ne vis d'abord de lui, dans la nuit tombante, que son chapeau de feutre paysan coiffé en arrière et sa blouse noire sanglée d'une ceinture comme en **portent** les écoliers. Je pus distinguer aussi qu'il souriait…

Alain-Fournier, *Le Grand Meaulnes*, 1913.

1. Relevez tous les verbes au passé simple et donnez leur infinitif et leur groupe. Précisez la valeur du passé simple dans ce texte.
2. Relevez les verbes à l'imparfait. Justifiez l'emploi de ce temps.
3. Quel est le temps des verbes en gras ? Donnez la valeur de chacun d'eux.

3 **Quels sont les deux temps utilisés dans cet extrait ? Justifiez l'emploi de chacun d'eux.**

[Mondo] avait cherché une place dans la rue, sur le trottoir, et il s'était assis là, le dos contre le mur. Maintenant il attendait. Un peu plus loin, il y avait le magasin d'un marchand de meubles, avec une grande vitrine qui réverbérait la lumière.

J.-M. G. Le Clézio, *Mondo et autres histoires*, © Gallimard, 1978.

Corrigés

1 **1.** Présent de l'indicatif : *vois, discute.*

2. *vois* : présent d'actualité qui évoque les pensées du narrateur au moment où il écrit ; *discute* : présent de narration. Il renvoie au passé, au temps de l'enfance. On peut le remplacer par un imparfait.

2 **1.** Passé simple : *s'ouvrit* : s'ouvrir, 3e groupe ; *descendit* : descendre, 3e groupe ; *traversa* : traverser, 1er groupe ; *se présenta* : se présenter, 1er groupe ; *dit* : dire, 3e groupe ; *vis* : voir, 3e groupe ; *pus* : pouvoir, 3e groupe.
Dans un récit au passé, le passé simple est employé pour une action soudaine, limitée dans le temps et de premier plan.

> **Remarque**
> Le verbe *dire* se conjugue pareil au présent et au passé simple à la 3e personne du singulier. Le récit est fait au passé ; c'est donc un passé simple.

2. Imparfait : *étions* ; *donnait* ; *était* ; *souriait.*
Dans un récit au passé, l'imparfait est employé pour une action dont on ne connaît ni le début ni la fin (*étions, souriait*). C'est le temps de la description (*donnait, était*).

3. Les verbes en gras sont au présent de l'indicatif.
Est → présent d'actualité, employé dans le discours direct de la mère.
Portent → présent de vérité générale.

> **Astuce**
> Les valeurs du présent sont souvent demandées dans les sujets de brevet. Apprenez-les !

3 Deux temps utilisés : imparfait (*attendait*, *avait*, *réverbérait*) et plus-que-parfait (*avait cherché*, *s'était assis*). Le plus-que-parfait est employé pour raconter une action antérieure à celle qui est évoquée à l'imparfait. L'imparfait exprime ici la durée d'une action non limitée dans le temps (*attendait*). C'est aussi le temps de la description (*avait*, *réverbérait*).

Rappel
Les temps composés marquent tous l'antériorité par rapport aux temps simples.

RÉÉCRITURE

Savoir employer les temps de l'indicatif

Énoncés

1 Réécrivez ce texte en mettant les verbes au futur simple.

C'était par une nuit sans lune, sans air, brûlante. On ne voyait point d'étoiles, et le souffle du train lancé nous jetait quelque chose de chaud, de mou, d'accablant, d'irrespirable. Partis de Paris depuis trois heures, nous allions vers le centre de la France sans rien voir des pays traversés.

Guy de Maupassant, *Contes et nouvelles*, 1884.

2 Réécrivez ce passage en remplaçant « Pierre » par « ils » et en mettant les verbes à l'imparfait. *(Besançon, série collège)*

Pierre ne dit rien. Pierre n'est pas là. Il est resté accroché au grillage qui limite l'aire du Muguet. Il est heureux. Il sourit aux anges qui planent invisibles et présents dans le ciel pur.

Michel Tournier, « L'aire du Muguet » in *Le Coq de bruyère*, © Gallimard, 1978.

3 Réécrivez ce texte au présent de l'indicatif.

J'hésitai une seconde. Puis, comme Millie[1] ne me retenait pas, je pris ma casquette et j'allai vers lui. Nous sortîmes par la porte de la cuisine et nous allâmes au préau que l'obscurité envahissait déjà. À la lueur de la fin du jour, je regardais, en marchant, sa face anguleuse au nez droit, à la lèvre duvetée.

Alain-Fournier, *Le Grand Meaulnes*, 1913.

1. Mère du narrateur.

Corrigés

1 Ce **sera** par une nuit sans lune, sans air, brûlante. On ne **verra** point d'étoiles, et le souffle du train lancé nous **jettera** quelque chose de chaud, de mou, d'accablant, d'irrespirable. Partis de Paris depuis trois heures, nous **irons** vers le centre de la France sans rien voir des pays traversés.

Rappel
Les verbes en *–eter* prennent deux *t* à toutes les personnes du futur.

2 **Ils ne disaient rien. Ils n'étaient** pas là. **Ils étaient restés accrochés** au grillage qui **limitait** l'aire du Muguet. **Ils étaient** heureux. **Ils souriaient** aux anges qui **planaient** invisibles et présents dans le ciel pur.

Astuce
Pensez à faire les accords des participes passés.

3 J'hésite une seconde. Puis, comme Millie ne me retient pas, je prends ma casquette et je vais vers lui. Nous sortons par la porte de la cuisine et nous allons au préau que l'obscurité envahit déjà. À la lueur de la fin du jour, je regarde, en marchant, sa face anguleuse au nez droit, à la lèvre duvetée.

Conseil
Repérez bien les sujets des verbes pour faire les accords.

Chapitre 7

Autres modes

1 Le présent et le passé du conditionnel

De quoi s'agit-il ? Le passé du conditionnel est le temps composé qui correspond au présent du conditionnel. Il se conjugue avec l'auxiliaire *être* ou *avoir* au présent du conditionnel, suivi du participe passé du verbe. *Je serais parti(e), j'aurais compris.*

FRANÇAIS

1 La conjugaison du présent du conditionnel

- Les terminaisons :

	Construction du présent du conditionnel aux trois groupes
je	infinitif + -ais
tu	infinitif + -ais
il/elle/on	infinitif + -ait
nous	infinitif + -ions
vous	infinitif + -iez
ils/elles	infinitif + -aient

- Cas particuliers des verbes du 1er groupe : les verbes en *-eler* et *-eter* s'écrivent avec deux *l* ou deux *t* à toutes les personnes du présent du conditionnel. Elle appellerait ; nous jetterions.

- Cas particuliers des verbes du 3e groupe :

– les verbes ***tenir***, ***venir*** et leurs composés ont un présent du conditionnel en *-iendrais*, *-iendrais*, *-iendrait*, *-iendrions*, *-iendriez*, *-iendraient* ;

– la plupart des verbes en *-**oir*** sont irréguliers : savoir : je saurais / voir : je verrais (sauf prévoir : je prévoirais) / vouloir : je voudrais / pouvoir : je pourrais / devoir : je devrais / recevoir : je recevrais.

– les verbes ***faire***, ***aller*** et leurs composés sont irréguliers. Je ferais, nous ferions ; j'irais, nous irions.

Rappel

Les verbes en - *oyer* (sauf *envoyer* → *j'enverrais*) et en *–uyer* se conjuguent avec un *i*.
J'emploierais, nous essuierions.

Remarque

Les verbes *courir, mourir* et leurs composés prennent deux *r*.
Je mourrais ; il courrait.

Conjuguer au conditionnel présent

2 Les valeurs du présent et du passé du conditionnel

- Le présent du conditionnel a :

– une **valeur temporelle** de futur dans le passé. Il a dit qu'il **viendrait** le lendemain. → Discours indirect ; futur par rapport au verbe *dire* situé dans le passé.

– une **valeur modale** d'hypothèse ou de demande polie. Si tu venais demain, nous **serions** contents. Je **voudrais** une baguette, s'il vous plaît.

- Le passé du conditionnel a :

– une valeur temporelle d'antériorité par rapport à un présent du conditionnel ; Il a assuré qu'il téléphonerait dès qu'il serait arrivé. → Le fait d'arriver est antérieur à l'action de téléphoner.

– une valeur modale d'irréel du passé après *si* + plus-que-parfait. Si Claire avait mis un gros pull, elle ne se **serait** pas **enrhumée**.

2 Le présent et le passé de l'impératif

De quoi s'agit-il ? Le passé de l'impératif est le temps composé qui correspond au présent. Il se conjugue avec l'auxiliaire *être* ou *avoir* au présent de l'impératif, suivi du participe passé du verbe. *Sois parti(e), aie compris*.

1 La conjugaison du présent de l'impératif

- Les terminaisons :

	1er groupe	2e groupe	3e groupe
2e personne du singulier	-e	-is	-s
1re personne du pluriel	-ons	-issons	-ons
2e personne du pluriel	-ez	-issez	-ez

- Cas particuliers des verbes du 3e groupe. Quatre verbes sont irréguliers :

– être : sois, soyons, soyez ;

– avoir : aie, ayons, ayez ;

– savoir : sache, sachons, sachez ;

– vouloir : veuille, veuillons, veuillez.

- Impératifs suivis des pronoms *en* ou *y* : à la 2e personne du singulier, le verbe *aller* (*va*) et les verbes qui se terminent par un *-e* prennent exceptionnellement un *-s* lorsqu'ils sont suivis par les pronoms *en* et *y*. Ce *-s* sert à faciliter la prononciation. Offres-en (*pour* : Offre des fleurs) ; Vas-y (*pour* : Va au stade).

Conjuguer à l'impératif (présent et passé)

Rappel

Le présent de l'impératif du verbe *aller* est : *va, allons, allez*.

Rappel

À la forme affirmative, les pronoms compléments se placent après le verbe à l'impératif. Ils sont reliés à lui par des traits d'union.
Fais-le. Rends-le-lui.

2 Les valeurs du présent et du passé de l'impératif

- **Le présent de l'impératif** est un mode qui exprime :

– l'ordre ; Ferme la fenêtre.

– la défense ; Ne touchez pas aux plantes vertes !

– le conseil ; Assurez-vous de n'avoir rien oublié !

– une demande. Soyez patients.

- **Le passé de l'impératif** s'emploie pour une action qui doit être terminée à un moment donné. Soyez partis avant sept heures pour éviter les embouteillages.

3 Les temps simples du subjonctif

De quoi s'agit-il ? Le passé et le plus-que-parfait du subjonctif se conjuguent avec l'auxiliaire être ou avoir conjugués au présent et à l'imparfait du subjonctif. *Qu'il soit parti, qu'il ait compris / qu'il fût parti, qu'il eût compris*. Imparfait et plus-que-parfait ne sont employés que dans des textes littéraires.

1 La conjugaison du présent du subjonctif

- Les terminaisons :

	1er, 2e et 3e groupes		
je	-e	nous	-ions
tu	-es	vous	-iez
il/elle/on	-e	ils/elles	-ent

Conseil
Pour conjuguer un verbe du 3e groupe au subjonctif, pensez à la 3e personne du pluriel du présent de l'indicatif.
Tenir → Ils tiennent → que je tienne.

- Les principaux verbes irréguliers :

– aller : que j'aille, que nous allions.
– faire : que je fasse, que nous fassions.
– savoir : que je sache, que nous sachions.
– pouvoir : que je puisse, que nous puissions.
– vouloir : que je veuille, que nous voulions.
– valoir : que je vaille, que nous valions.

2 La conjugaison de l'imparfait du subjonctif

Conjuguer le subjonctif (passé et présent)

- Les terminaisons de l'imparfait du subjonctif sont les mêmes pour tous les verbes : -sse, -sses, -^t, -ssions, -ssiez, -ssent. Qu'il vînt, qu'ils vinssent.

- L'imparfait du subjonctif se forme :

– à partir de la 3e personne du singulier du passé simple pour les verbes du 1er groupe : arrêter → *il regarda* → *qu'il regardât*

– à partir de la 1re personne du singulier du passé simple pour les verbes des 2e et 3e groupes : faire → *je fis* → *que je fisse*

3 Les emplois du subjonctif

- **Dans les propositions subordonnées conjonctives**, le subjonctif est utilisé lorsque :

– les subordonnées sont COD et que le verbe de la proposition principale exprime la volonté, le souhait, la crainte, le regret, la joie. Je crains qu'il ne soit trop tard.

– les subordonnées sont compléments circonstanciels, après certaines locutions ou conjonctions de subordination : *pour que, afin que, avant que, bien que, quoique, pourvu que…* Je t'appelle pour que tu viennes immédiatement.

- **Dans les propositions subordonnées relatives**, le subjonctif est employé :

– quand la proposition principale exprime une idée de but non réalisé ;
Je suis à la recherche d'un sac qui ne soit ni trop grand ni trop petit.

– après un adjectif au superlatif ou *le premier, le dernier, le seul.*
C'est le plus grand avion que j'aie jamais vu.

- **Dans les propositions indépendantes**, le subjonctif s'emploie pour exprimer la défense, l'ordre, le souhait ou la supposition.
Qu'il vienne immédiatement. → Ordre.

Aide
Le passé du subjonctif marque l'aspect accompli de l'action.
Il a souri bien qu'il ait été triste.
→ Le fait d'être triste précède l'action de sourire.

→ Révision express

Les réflexes à avoir

● Lorsque vous hésitez pour trouver le présent du subjonctif d'un verbe, vous pouvez commencer la phrase par : *Il faut que…* suivi du verbe que vous cherchez.
Éteindre → Il faut que j'éteigne / que nous éteignions.

● Si vous hésitez entre indicatif et subjonctif après des verbes comme *penser que, croire que*, pensez au sens que vous voulez donner à la phrase :

– si vous utilisez l'indicatif, le fait est présenté comme très probable. Je ne pense pas que Pierre viendra. → Indicatif : le locuteur est presque sûr que Pierre ne viendra pas.

– si vous utilisez le subjonctif, le fait est très incertain, voire impossible. Je ne pense pas que Pierre vienne. → Subjonctif : le locuteur ne sait vraiment pas si Pierre viendra ou non.

● Pour être sûr qu'il s'agit d'un subjonctif, remplacez par le verbe *faire*.
Pour que je croie → pour que je fasse. → subjonctif
Parce que je crois → parce que je fais. → indicatif

Les pièges à éviter

● Ne confondez pas le présent du subjonctif et le présent de l'indicatif :

– au singulier, les deux temps ne diffèrent parfois que par l'orthographe.
Croire : je crois → indicatif ; il faut que je croie → subjonctif.

– à la 1re et à la 2e personne du pluriel, la prononciation des verbes en *-ier, -yer, -iller* et *-gner* est presque identique aux deux temps. La terminaison du subjonctif contient toutefois un *-i*.

Infinitif : *briller* → Présent de l'indicatif : nous brillons, vous brillez.
→ Présent du subjonctif : il faut que nous brillions / que vous brilliez.

Quiz

Cochez la bonne réponse :

1. a. ☐ Vous cririez. b. ☐ Vous crieriez.
2. a. ☐ Tu courrais. b. ☐ Tu courais.
3. a. ☐ Avances ! b. ☐ Avance !
4. a. ☐ Aie confiance en toi. b. ☐ Ait confiance en toi.
5. a. ☐ Il faut que je réfléchie. b. ☐ Il faut que je réfléchisse.
6. a. ☐ Avant qu'il soit trop tard… b. ☐ Avant qu'il est trop tard…

→ Réponses p. 504

QUESTIONS

Savoir reconnaître un mode et son emploi

Énoncés

1 Relevez les verbes au subjonctif. Justifiez l'emploi de ce mode.

Il aimait la pluie. Il aimait le contact de l'eau, son odeur surtout, soit qu'elle pleuve chaude des nuages, soit qu'on la surprenne au détour d'une pièce de terre à l'heure où le soleil l'a portée à ébullition…

Maryse Condé, *Traversée de la mangrove,* © Mercure de France, 1989.

2 *Antigone et sa sœur Ismène se demandent si elles vont enterrer leur frère, malgré l'opposition de leur oncle, Créon.*

ISMÈNE – J'ai bien pensé toute la nuit. Tu es folle.
ANTIGONE – Oui.
ISMÈNE – Nous ne pouvons pas.
ANTIGONE (après un silence, de sa petite voix). – Pourquoi ?
ISMÈNE – [Créon] nous **ferait** mourir.
ANTIGONE – Bien sûr. À chacun son rôle. Lui, il doit nous faire mourir et nous, nous devons aller enterrer notre frère. C'est comme cela que ç'a été distribué. Qu'est-ce que tu veux que nous y fassions ?
ISMÈNE – Je ne veux pas mourir.
ANTIGONE (doucement). – Moi aussi j'<u>aurais</u> bien <u>voulu</u> ne pas mourir.

Jean Anouilh, *Antigone*, © La Table Ronde, 1945.

1. Quel est le temps et le mode du verbe en gras ? Justifiez l'emploi de ce mode.

2. Relevez un verbe au subjonctif et expliquez son emploi.

3. En quoi le temps et le mode du verbe souligné rend-il la situation tragique ?

Corrigés

1 Verbes au subjonctif présent : *pleuve* ; *surprenne.*
Après *soit que… soit que…*, les verbes se conjuguent au subjonctif.

2 **1.** *Ferait* : présent du conditionnel. Il s'agit d'un conditionnel à valeur modale d'hypothèse. La subordonnée de condition est sous-entendue : *[Créon] nous ferait mourir (si nous enterrions notre frère).*

2. *Fassions* : présent du subjonctif. Après un verbe de volonté (*tu veux que…*) la subordonnée se met au subjonctif.

3. *Aurais voulu* : passé du conditionnel à valeur d'irréel dans le passé. Antigone sait qu'elle est condamnée : elle aurait bien voulu ne pas mourir, mais elle sait que c'est impossible. Elle va donc mourir et le sait, ce qui renforce le tragique de sa situation.

Astuce
Si vous remplacez par le verbe *faire*, vous obtenez : *soit qu'elle fasse ou soit qu'on la fasse.* Ces deux verbes sont bien au présent du subjonctif.

Remarque
Le conditionnel n'a que deux valeurs (voir p. 121). S'il y a une idée de condition (exprimée ou sous-entendue), le conditionnel a une valeur modale.

Astuce
Au brevet, les questions de grammaire servent souvent à bâtir une interprétation du texte.

RÉÉCRITURE

Savoir réécrire un texte au temps demandé

Énoncé

1 Réécrivez le texte en conjuguant les verbes au mode et au temps demandés.

Je ne (pouvoir, présent de l'indicatif) pas dormir. J'avais peur que tu (sortir, présent du subjonctif), et que tu (tenter, présent du subjonctif) de l'enterrer malgré le jour. Antigone, ma petite sœur, nous (être, présent de l'indicatif) tous là autour de toi, Hémon, Nounou et moi et Douce, ta chienne… Nous t'(aimer, présent de l'indicatif) et nous sommes vivants, nous, nous (avoir, présent de l'indicatif) besoin de toi. Polynice (mourir, passé composé) et il ne t'(aimer, imparfait) pas. Il (être, passé composé) toujours un étranger pour nous, un mauvais frère. (Oublier, présent de l'impératif)-le, Antigone, comme il nous (oublier, plus-que-parfait de l'indicatif).

Jean Anouilh, *Antigone*, © La Table Ronde, 1945.

2 Réécrivez le texte en remplaçant les présents de l'indicatif par des imparfaits et les futurs par des conditionnels présents.

L'enfance a l'immensité de la mer. Je crois qu'elle ne finira jamais, qu'elle sera toujours cette communion de pleurs et de rires avec mes frères et sœurs. Cette éternelle conspiration contre les grandes personnes.

Ernest Pépin, *Coulée d'or*, © Gallimard, 1995.

3 Réécrivez les paroles suivantes au discours indirect en commençant par « Le narrateur déclara à Mélinda que » et en remplaçant les pronoms soulignés « il » par « Moana ».

« Quand il aura son diplôme, je l'embaucherai au chantier. Si on agrandit, il se fera de l'or. Et comme ça, quand je prendrai ma retraite, il assurera la relève. »

Anne-Catherine Blanc, *Moana Blues*, © Au Vent des Iles, 2002.

Corrigés

1 Je ne **peux** pas dormir. J'avais peur que tu **sortes**, et que tu **tentes** de l'enterrer malgré le jour. Antigone, ma petite sœur, nous **sommes** tous là autour de toi, Hémon, Nounou et moi et Douce, ta chienne… Nous t'**aimons** et nous sommes vivants, nous, nous **avons** besoin de toi. Polynice **est mort** et il ne t'**aimait** pas. Il **a** toujours **été** un étranger pour nous, un mauvais frère. **Oublie**-le, Antigone, comme il nous **avait oubliées**.

Jean Anouilh, *Antigone*, © La Table Ronde, 1945.

Rappel
Il n'y a jamais de *s* à la 2e personne de l'impératif des verbes du 1er groupe. *Oublie*.

Rappel
Attention aux accords du participe passé avec l'auxiliaire avoir. *Il nous avait oubliées.*

2 L'enfance **avait** l'immensité de la mer. Je **croyais** qu'elle ne **finirait** jamais, qu'elle **serait** toujours cette communion de pleurs et de rires avec mes frères et sœurs. Cette éternelle conspiration contre les grandes personnes.

Le conditionnel a ici une valeur temporelle de futur dans le passé.

Astuce
Pour passer du discours direct au discours indirect, n'oubliez pas de changer les pronoms personnels, les déterminants possessifs et les temps des verbes.

3 **Le narrateur déclara à Mélinda que** quand **Moana** aurait son diplôme, il l'embaucherait au chantier. Si on agrandisssait, il se ferait de l'or. Et comme ça, quand il prendrait sa retraite, **Moana** assurerait la relève.

Chapitre 8

Les mots

FRANÇAIS

1 La formation des mots

De quoi s'agit-il ? **Les mots simples sont des mots formés par le radical seul (*table*). Les mots dérivés sont formés à partir du radical auquel on ajoute un préfixe et/ou un suffixe (*imbuvable* = *im-* + *buv* + *-able*).**

1 Les mots simples

En français, **les radicaux** sont très souvent issus du latin, parfois du grec (mots savants en particulier) ou sont des emprunts à des langues étrangères.
Table vient du latin *tabula*.
Atmosphère est un mot issu du grec.
Café est un emprunt au turc.

2 Les mots dérivés

• **La dérivation par préfixe**. Le préfixe est placé avant le radical ; il ne change pas la nature grammaticale du mot.
Radical : coudre, verbe ; mot dérivé : recoudre, verbe = re- (préfixe) + coudre (radical).
Les préfixes servent à modifier le sens des radicaux.

Comprendre la formation de mots dérivés

Préfixes	Sens	Exemples
a-, dé-, in-, mal-, mé-	Négation	*anormal, démesuré, intransigeant, malhonnête, mécontent*
archi-, extra-, super-, hyper-	Intensité	*archiconnu, extraordinaire, supersonique, hypermarché*
re-	Répétition	*retrouver*
anti-	Opposition	*antinucléaire*
pro-, co-, para-	Soutien	*proposition, colocataire, parascolaire*
anté-, pré-, post-, trans-, inter-	Situation dans l'espace ou le temps	*antédiluvien, préadolescent, postposition, transporter, international*

• **La dérivation par suffixe**. Le suffixe est placé après le radical et modifie souvent la nature grammaticale du mot.
Radical : bercer, verbe ; mot dérivé : bercement, nom = berce + -ment (suffixe).

Attention !

Les adverbes en *-ment* se forment à partir d'un adjectif qualificatif mis au féminin, auquel on ajoute le suffixe adverbial *-ment*. *Doux* → *douce* (féminin) → douce + *-ment* : doucement (adverbe).
Les adjectifs qui se terminent en *-ant* ou *-ent* s'écrivent avec deux *m*. *Puissant* → puissamment / *évident* → évidemment.

Suffixes	Sens	Exemples
-esse, -eur, -itude, -té	Qualité physique ou morale	*finesse, bonheur, inquiétude, égalité*
-eur, -ier, -iste, -oir	Nom d'agent ou d'instrument	*voleur, levier, spécialiste, laminoir*
-age, -erie, -ment,-tion	Réalisation d'une action	*pilotage, tricherie, agrandissement, constatation*
-ier, -er, -iste, -aire, -eron	Métier	*épicier, horloger, dentiste, libraire, bûcheron*
-et, -elet, -on, -ille, -illon, -eron	Diminutif	*livret, maigrelet, sauvageon, faucille, oisillon, puceron*
-ard, -âtre, -asse	Péjoratif	*braillard, jaunâtre, blondasse*
-issime	Superlatif	*simplissime*

2 Les synonymes, antonymes, homonymes

De quoi s'agit-il ? Les synonymes sont des mots de sens très voisins (*beau* = *joli*). Les antonymes sont des mots dont les sens sont opposés (*beau* ≠ *laid*). Les homonymes sont des mots qui se prononcent de la même façon (*vert, vers, ver*).

1 Les synonymes

• Un même mot peut avoir des synonymes différents suivant le sens qu'il a dans la phrase. Grand a comme synonyme : long dans *un grand fleuve* ; important dans *un grand roman* ; haut dans *un grand arbre*.

• Un synonyme appartient à la même catégorie grammaticale que le mot qu'il remplace. Mépris (nom commun) est un synonyme d'indifférence (nom commun).

L'astuce du prof

Évitez d'employer les verbes *faire*, *donner* ou *avoir*. Préférez des verbes synonymes.

***Faire un travail* → *effectuer/exécuter un travail*.**

2 Les antonymes

• Tous les mots n'ont pas d'antonyme. Bleu, vert n'ont pas d'antonymes.

• Les antonymes sont :

– des mots différents. Haut est l'antonyme de bas.

– des mots de même radical avec des préfixes de sens opposés. Maladroit est l'antonyme d'adroit.

• Un même mot peut avoir des **antonymes différents** suivant son emploi dans la phrase. Libre a comme antonyme : réservé dans *une place libre* ; prisonnier dans *un homme libre* ; interdit dans *un accès libre*.

Remarque

Des antonymes appartiennent à la même classe grammaticale. L'antonyme de *joyeux* n'est pas *tristesse*, mais *triste*.

3 Les homonymes

• Les homonymes peuvent être de même classe grammaticale ou avoir des classes grammaticales différentes. Vert est un adjectif qualificatif. Vers est un nom commun ou une préposition. Ver est un nom commun.

Conseil

Attention aux homophones grammaticaux qui sont sources d'erreurs dans les dictées.

- Les **homophones** sont des mots qui ont seulement la même prononciation. Les **homographes** sont des mots qui ont à la fois la même prononciation et la même orthographe.
Vert et vers sont des homophones. Le vers dans un poème et la préposition vers (*vers la mer*) sont des homographes.

3 Les familles de mots, champ sémantique et champ lexical

De quoi s'agit-il ? Une famille de mots est composée de tous les mots qui ont le même radical. Le champ sémantique est l'ensemble des sens que peut prendre un mot. Le champ lexical est l'ensemble des mots qui se rapportent à un même thème, dans un texte.

1 Les familles de mots

- Un mot peut avoir un **radical latin** et un **radical grec**. Peau a un radical latin : *pellis*, et un radical grec : *dermatos*.
- Les mots de la famille de ***peau*** :

– mots issus du radical latin : peau, pelisse, pellicule, peaufiner, pelade ;

– mots issus du radical grec : derme, dermatologue.

Astuce

Quand vous hésitez pour écrire un mot, pensez à sa famille. *Enchaîner* est de la même famille que *chaîne*, donc il prend un accent circonflexe.

2 Le champ sémantique d'un mot

Un mot peut avoir un **sens propre**, c'est-à-dire une signification concrète, et un **sens figuré**, qui est une signification imagée.
La source d'un fleuve (sens propre). Une source d'inspiration (sens figuré).

Conseil

Pour trouver le champ sémantique d'un mot, regardez dans le dictionnaire.

3 Le champ lexical

- Plusieurs champs lexicaux peuvent se combiner dans un texte.

« [Hermann] mit longtemps à trouver le sommeil. Enfin vaincu par la fatigue, il rêva de <u>cartes</u>, de <u>tapis vert</u>, **de liasses de billets et de monceaux d'or**. Il <u>misait</u> coup sur coup, cornait résolument les <u>cartes</u>, **gagnait** sans discontinuer, attirait à lui **les tas d'or** et empochait **les billets**. » (Alexandre Pouchkine, *La Dame de pique*, © Le Livre de poche, 1989)

Deux champs lexicaux sont entrelacés dans ce texte : celui du jeu (souligné) et celui de l'argent (en gras), ce qui montre que, pour Hermann, l'attrait du jeu est indissolublement lié à l'appât du gain. Le verbe *gagnait* renvoie aux deux champs lexicaux à la fois.

- Un champ lexical est composé de mots de natures grammaticales différentes.

Révision express

Les réflexes à avoir

• Dans les rédactions, pour éviter les répétitions, cherchez des synonymes. Pour en trouver facilement, pensez qu'ils peuvent :

– désigner de façon plus ou moins précise un objet ; *Jupe* et *kilt* sont des synonymes, *kilt* désigne un type de jupe.

– être plus ou moins péjoratifs ; *Chevelure* et *tignasse* sont synonymes, mais le second mot désigne une chevelure en désordre.

– être de plus ou moins forte intensité. *Peur* et *épouvante* sont synonymes, mais l'épouvante est plus forte que la peur.

• Quand on vous demande de relever un champ lexical dans un texte, soyez précis et choisissez uniquement les mots qui se rapportent à ce champ.

Les pièges à éviter

Il ne faut pas confondre les homographes et le champ sémantique d'un mot.
La vase (mélange de terre et d'eau) et *le vase* (récipient) ne font pas partie du même champ sémantique puisque ce sont deux mots différents.

Quiz

Cochez la bonne réponse :

1. *École* :

a. ☐ **est un mot simple.** b. ☐ **est un mot dérivé.**

2. Dans le nom *amourette* :

a. ☐ ***-ette* est un suffixe diminutif.** b. ☐ ***-ette* est un suffixe péjoratif.**

3. *Une personne sauvage* a comme synonyme :

a. ☐ **une personne primitive.** b. ☐ **une personne farouche.**

4. *Nourrisson* et *âgé* :

a. ☐ **sont des antonymes.** b. ☐ **ne sont pas des antonymes.**

5. *Innommable* et *innombrable* :

a. ☐ **font partie de la même famille de mots.** b. ☐ **ne font pas partie de la même famille de mots.**

6. *Il dort comme un loir* est une expression employée :

a. ☐ **au sens propre.** b. ☐ **au sens figuré.**

→ Réponses p. 504

QUESTIONS

Savoir reconnaître des mots de la même famille

Énoncé

1 *Deux cousines ont décidé de passer la nuit sous la tente.*

Troublées par l'insolite atmosphère mais heureuses de notre sort, nous devisions à voix basse sous la toile, quand un grand vent se leva tout à coup, poussant le ciel à déverser sur nous ses torrents de larmes. Les rafales secouèrent notre abri fragile martelé par la pluie, dans un grondement sourd et continu qui rendait nos paroles parfaitement inaudibles. L'orage tournait, lacérant la nuit de ses foudres colériques.

Marie-France Billet, *Cruelle douceur,* © Éditions Elytis, 2002.

1. Relevez six mots appartenant au même champ lexical. Nommez ce champ.

2. Décomposez le mot « inaudibles » et expliquez-le. Trouvez deux mots de la même famille.

3. « Lacérant la nuit de ses foudres colériques ». Donnez un synonyme au mot « lacérant » appartenant à la même classe grammaticale.

2 Ces paisibles campagnards bâlois furent tout à coup mis en émoi par l'arrivée d'un étranger. Même en plein jour, un étranger est quelque chose de rare dans ce petit village de Runeberg ; mais que dire d'un étranger qui s'amène à une heure indue, le soir, si tard, juste avant le coucher du soleil ?

Blaise Cendrars, *L'Or*, © Denoël, 1925.

1. « Mis en émoi » : quel est le sens de l'expression « mettre en émoi » ? Donnez deux mots de la famille de « émoi ».

2. « une heure indue » : quel est le sens de cette expression ? Pour vous aider, décomposez le mot « indue ».

3. Donnez un homonyme de « coup » que vous emploierez dans une phrase.

Corrigé

1 **1.** Six mot appartenant au même champ lexical : *un grand vent, ses torrents, les rafales, un grondement sourd et continu, l'orage, ses foudres colériques.* Il s'agit du champ lexical de l'orage.

2. Le mot *inaudible* est composé du **radical** ***-aud***, qui signifie *entendre.* Ce radical est précédé du préfixe privatif *-in* et suivi du suffixe ***-ible.*** Il signifie donc : « que l'on ne peut pas entendre ». Mots de la même famille : *audible, audition, auditif.*

Astuce
Essayez de préciser le sens des préfixes et des suffixes. Consultez la 2e colonne des tableaux p. 127–128.

3. On peut remplacer *lacérant* par *déchirant.*

2 **1.** *Mettre en émoi* signifie « troubler ». *Émotion, émotif, émouvoir* sont des mots de la même famille.

2. *Indue* est formé du préfixe *in-*, préfixe négatif, et du radical *due*, qui vient du verbe *devoir. Indue* signifie donc « qui va à l'encontre des bonnes manières ». *Une heure indue* est donc « une heure qui ne convient pas ».

3. Homonyme de « coup » : *cou. Je mets une écharpe autour de mon cou.*

Remarque
Pour bien écrire *coup*, pensez qu'il appartient à la famille de *couper*. Vous savez ainsi qu'il se termine par un *p* que l'on n'entend pas.

Chapitre 9 Les figures de style

1 Les registres de langue

De quoi s'agit-il ? Les registres de langue sont des façons de s'exprimer qui se caractérisent par des mots, des constructions de phrases et des prononciations différents.

Le registre courant

Conseil
C'est le registre qui est attendu lorsque vous écrivez des rédactions ou lorsque vous parlez à un professeur.

- Le registre courant est le registre de langue employé à l'écrit et à l'oral par la majorité des personnes.

« Un jour vers midi du côté du parc Monceau sur la plate-forme arrière d'un autobus à peu près complet de la ligne S (aujourd'hui 84), j'aperçus un personnage au cou fort long qui portait un feutre mou entouré d'un galon tressé au lieu de ruban. Cet individu interpella tout à coup son voisin en prétendant que celui-ci faisait exprès de lui marcher sur les pieds chaque fois qu'il montait ou descendait des voyageurs. »

Raymond Queneau, « Récit », *Exercices de style*, © Gallimard, 1947.

- Ce registre se caractérise par : des mots compris par tout le monde, sans recherche particulière ; des phrases correctes d'un point de vue grammatical ; la prononciation de toutes les syllabes.

2 Le registre familier

- C'est le registre qui correspond au langage oral spontané.

« Moi j'ai vu ça l'autre jour sur la plate-forme arrière d'un autobus S. Moi je lui trouvais le cou un peu long à ce jeune homme et aussi bien rigolote cette espèce de tresse qu'il avait autour de son chapeau. Moi jamais j'oserais me promener avec un couvre-chef pareil. Mais c'est comme je vous le dis, après avoir gueulé contre un autre voyageur qui lui marchait sur les pieds, ce type est allé s'asseoir sans plus. »

Raymond Queneau, « Moi je », Exercices de style, © Gallimard, 1947.

- Ce registre se caractérise par : un vocabulaire particulier, souvent argotique : *gueuler* au lieu de *crier* ; des phrases ou des tournures incorrectes : *moi jamais j'oserais* où la particule de négation *ne* est supprimée ; une prononciation qui ne respecte pas toutes les syllabes : *j'voudrais bien* par exemple.

3 Le registre soutenu

- C'est le registre de la langue écrite littéraire ou de la langue orale où celui qui parle veille à s'exprimer particulièrement bien.

« Ce jour même, aux environs de midi, je me trouvais sur la plate-forme d'un autobus qui remontait la rue de Courcelles en direction de la place Champerret. Ledit autobus était complet, plus que complet même, oserais-je dire, car le receveur avait pris en surcharge plusieurs impétrants, sans raison valable et mû par une bonté d'âme exagérée qui le faisait passer outre aux règlements et qui, par suite, frisait l'indulgence. À chaque arrêt, les allées et venues des voyageurs descendants et montants ne manquaient pas de provoquer une certaine bousculade qui incita l'un de ces voyageurs à protester, mais non sans timidité. »

Raymond Queneau, « Lettre officielle », *Exercices de style*, © Gallimard, 1947.

• Ce registre se caractérise par : un vocabulaire recherché : *impétrants* pour *voyageurs supplémentaires* ; des phrases complexes, parfaitement correctes : *oserais-je dire* en proposition incise, par exemple ; une prononciation qui respecte toutes les syllabes.

2 Les figures de style

De quoi s'agit-il ? Les figures de style sont des manières d'écrire qui enrichissent l'expression et la rendent plus frappante pour les lecteurs.

1 La comparaison

La comparaison sert à rapprocher deux êtres ou deux objets par un point qui leur est commun. Le rapprochement se fait par un outil de comparaison : *comme, pareil...*

Élodie est gaie comme un pinson. → Élodie est comparée à un pinson à cause de sa gaieté.

2 La métaphore

La métaphore établit une relation de ressemblance entre deux êtres ou deux objets, sans outil de comparaison.

Sophie est bavarde comme une pie. → Comparaison. Sophie est une véritable pie. → Métaphore.

3 La personnification

La personnification consiste à donner à un objet ou une idée des caractéristiques humaines.

L'homme y passe à travers des forêts de symboles / Qui l'observent avec des regards familiers. → Les symboles sont personnifiés puisqu'ils voient (*observent* et *regards familiers*).

4 Autres figures

• **La répétition** (ou **anaphore**) reprend un même mot ou une même expression à la même position à l'intérieur d'une phrase ou dans une suite de phrases.
« Mon bras qu'avec respect toute l'Espagne admire / Mon bras qui **tant de fois** a sauvé cet empire. » (Pierre Corneille)

Connaître les différentes figures de style

• **L'antithèse** est l'opposition de deux mots ou deux expressions pour souligner un contraste.
« Une atmosphère obscure enveloppe la ville, / Aux uns portant **la paix**, aux autres **le souci**. » (Charles Baudelaire)

3 La versification

De quoi s'agit-il ? **La versification est caractéristique de la poésie, souvent en vers, avec une recherche sur les rythmes et sur les sonorités.**

1 Les vers

Un vers se caractérise par le nombre de syllabes qu'il comporte. Les vers les plus courants sont :

– les **octosyllabes** (8 syllabes) ; « Nous fuirons sans repos ni trêve » (Charles Baudelaire)

– les **décasyllabes** (10 syllabes) ; « Au calme clair de lune triste et beau » (Paul Verlaine)

– les **alexandrins** (12 syllabes). « Étonnants voyageurs ! Quelles nobles histoires / Nous lisons dans vos yeux profonds comme les mers ! » (Charles Baudelaire)

2 Les rythmes

Attention !

Lorsque la fin du vers ne correspond pas avec la fin d'un groupe syntaxique, il y a un **enjambement**, qui met en relief le mot qui se trouve au vers suivant.

Je cognai sur ma vitre ; il s'arrêta **devant / Ma porte**, que j'ouvris d'une façon civile.

L'enjambement sépare la préposition *devant* du complément *Ma porte*.

Un poème est souvent organisé en **strophes**, ensembles de vers séparés par des blancs. Les strophes les plus courantes sont les **quatrains** (4 vers), les **tercets** (3 vers). **Un sonnet** se compose de deux quatrains suivis de deux tercets.

3 Les sonorités

- On distingue :

– **les allitérations** qui sont des répétitions de consonnes ;
« Doucement tu passas du sommeil à la mort » (Renée Vivien) → Allitération en « s ».

– **les assonances** qui sont des répétitions de voyelles.
« Je fais souvent ce rêve étrange et pénétrant » (Paul Verlaine) → Assonance en « an ».

- Les **rimes** marquent des répétitions de sonorités à la fin des vers. On distingue : les rimes suivies ou plates (AA BB) ; les rimes croisées (AB AB) ; les rimes embrassées (AB BA).

Connaître la versification

FRANÇAIS

Révision express

Les réflexes à avoir

• **Pour compter les syllabes**, il faut faire attention aux « e » muets : un « e » suivi d'une voyelle ou situé à la fin d'un vers est muet.

« La / dou / c(e) en / fant / sou / rit / ne / fai /sant / au / tre / chos(e) » (Victor Hugo)

1 2 3 4 5 6 7 8 9 10 11 12

• Lorsque plusieurs métaphores sur un même thème se succèdent dans un texte, c'est une **métaphore filée.**

Les pièges à éviter

• Attention au décompte des syllabes. Les poètes allongent parfois le son par une **diérèse** qui permet de séparer deux sons habituellement groupés.

« Le **violon** frémit comme un cœur qu'on afflige » (Charles Baudelaire)

Ces vers sont des alexandrins. Pour obtenir douze syllabes, on fait la diérèse sur le mot « violon » qui compte pour trois syllabes (vi/o/lon).

• Les comparaisons ne commencent pas toutes par *comme*. Elles peuvent aussi être introduites par :

– un groupe adjectival : *pareil à*, *semblable à* ;

– un verbe : *ressembler, avoir l'air* ;

– un comparatif d'infériorité, d'égalité, de supériorité : *moins / aussi / plus… que*.

Quiz

Cochez la bonne réponse :

1. « *T'es pas cap'* » donne en langage courant :

a. ☐ **Tu n'es pas capable de...** b. ☐ **Tu es pas capable de…**

2. *Ce nuage ressemble à un bateau* est :

a. ☐ **une métaphore.** b. ☐ **une comparaison.**

3. *La mort, cette grande faucheuse…* est :

a. ☐ **une métaphore.** b. ☐ **une personnification.**

4. « *Vaste océan de l'être où tout va s'engloutir* » (Alphonse de Lamartine) :

a. ☐ **comporte un « e » muet.** b. ☐ **comporte deux « e » muets.**

5. « *L'ombre cache un passeur d'absences embaumées* » (Joë Bousquet) :

a. ☐ **comporte une allitération en « s ».** b. ☐ **comporte une assonance en « s ».**

→ Réponses p. 504

QUESTIONS

Savoir reconnaître des figures de style

Énoncés

1 Relevez les termes qui font de l'alambic un être vivant. Comment s'appelle cette figure de style ?
L'alambic, avec ses récipients de forme étrange, ses enroulements sans fin de tuyaux, gardait une mine sombre ; pas une fumée ne s'échappait ; à peine entendait-on un souffle intérieur, un ronflement souterrain ; c'était comme une besogne de nuit faite en plein jour, par un travailleur morne, puissant et muet.

Émile Zola, *L'Assommoir*, 1877.

2 Comment appelle-t-on les figures de style soulignées dans les phrases ci-dessous ?
Je marche dans la chaleur. J'essaie de mémoriser le goût fade, puissant, de cette terre étournée, la masse violette des pitons, la végétation qui les grignote <u>comme une barbe</u>, le souffle parfumé du vent. Un théâtre. Un théâtre naturel en pente, déroulé et ouvert jusqu'à l'ourlet du Pacifique qui souffle, <u>monstre apprivoisé léchant</u> la lave des volcans éteints.

Jean-Luc Coatalem, *Je suis dans les mers du Sud. Sur les traces de Paul Gauguin*, © Grasset, 2001.

3 Voici la première strophe d'un poème de Guillaume Apollinaire.

« Tendres yeux éclatés de l'amante infidèle / Obus mystérieux / Si tu savais le nom du beau cheval de selle / Qui semble avoir tes yeux »

Guillaume Apollinaire, *Poèmes à Lou*, © Gallimard, 1956.

1. Comment s'appelle ce type de strophe ?

2. Faites le décompte des syllabes des quatre vers. Combien le premier vers compte-t-il de *e* muets ? Que remarquez-vous au vers 2 ? Comment s'appellent les vers ?

3. Commentez le système des rimes.

Corrigés

1 L'alambic est personnifié.
L'alambic, avec ses récipients de forme étrange, ses enroulements sans fin de tuyaux, gardait <u>une mine sombre</u> ; pas une fumée ne s'échappait ; à peine entendait-on <u>un souffle intérieur, un ronflement souterrain</u> ; c'était comme une besogne de nuit faite en plein jour, <u>par un travailleur morne, puissant et muet</u>.

2 *Comme une barbe* est une **comparaison** : les herbes ressemblent à de longs poils de barbe sur les pitons.
Monstre apprivoisé léchant est une **métaphore**.

> **Remarque**
> Parler d'un monstre pour désigner la mer est une image traditionnelle en littérature. C'est un topos ou lieu commun.

3 **1.** La strophe comporte quatre vers. C'est un **quatrain**.

2. La strophe se compose d'une alternance d'**alexandrins** et d'**hexamètres**. Le premier vers comporte **deux *e* muets**, l'un placé avant une voyelle, l'autre en fin de vers. La **diérèse** du vers 2 sur *mystérieux* est nécessaire pour obtenir six syllabes.

3. Les rimes sont **croisées** avec une alternance de rimes féminines et masculines.

> **Astuce**
> La poésie fait souvent alterner les rimes féminines (avec un « e » muet) et les rimes masculines.

Chapitre 10

Écrire

FRANÇAIS

1 Écrire une lettre

De quoi s'agit-il ? **L'écriture d'une lettre obéit à un certain nombre de contraintes de présentation que vous devez respecter, même lorsqu'il s'agit d'une rédaction.**

1 Préciser la situation de communication

Avant de commencer à rédiger, il faut repérer dans le sujet, et restituer dans la lettre certaines données :

– **qui** envoie la lettre (l'émetteur) : son prénom, son nom (éventuellement), son âge, son caractère ;

– **à qui** la lettre est envoyée (le destinataire) : son état civil et surtout les liens qu'il a avec l'émetteur (parent, ami, directeur, etc.) ;

– **quand** la lettre est écrite : la date ;

– **d'où** la lettre est envoyée : le lieu d'expédition ;

– **dans quel but** la lettre est rédigée : récit d'un événement, expression de sentiments, remerciements, demande, etc.

Remarque

Attention aux anachronismes ! Si vous devez écrire la suite d'une nouvelle de Zola, ne parlez pas de lumières électriques, d'avions, etc.

2 Présenter une lettre

La présentation d'une lettre obéit à des impératifs précis :

– en haut, à droite, **le lieu** suivi de **la date** (mois en toutes lettres ou en chiffres) ; éventuellement en haut, à gauche, le **nom de l'expéditeur** et son **adresse** ;

– plus bas, au milieu de la page, la formule d'appel, c'est-à-dire le **prénom** ou **le titre du destinataire** ; ex. : *Cher André, Monsieur…* ;

– plus bas, décalé par rapport au bord de la page, **un paragraphe d'introduction** ; il faut présenter les circonstances de l'écriture (lors d'un voyage, pendant des vacances, etc.) et indiquer clairement les raisons qui ont conduit à l'écriture, par exemple : récit de voyage, service à demander, question à poser, etc. ;

– la lettre est développée en **plusieurs paragraphes** ;

– **le dernier paragraphe** conclut par une formule de politesse (ou formule finale) qui est adaptée au destinataire ; Ex. : *Salut* pour un ami, *Je vous embrasse* pour une personne de la famille, *Je vous prie d'agréer l'expression de mon respect* pour un directeur.

– **la signature**, à adapter elle aussi au destinataire de la lettre : prénom uniquement pour une personne que vous connaissez bien, prénom et nom pour une lettre officielle.

Écrire une lettre

2 Écrire une suite de texte

De quoi s'agit-il ? **Écrire la suite d'un texte impose de respecter les caractéristiques principales de ce texte.**

1 Respecter l'histoire

Il faut garder :

– **l'époque** où se déroule l'action ;

– **le lieu** où elle se passe ; les personnages peuvent se rendre dans un autre endroit mais il faut le signaler dans le récit ;

– **les personnages** déjà présents dans le texte et leurs caractéristiques : âge, caractère, milieu social, façon de parler. Il est possible de faire intervenir de nouveaux personnages mais il faudra les présenter et indiquer leurs liens avec les personnages déjà présents dans l'histoire.

Conseil

Si vous avez déjà lu le roman ou la nouvelle dont le texte est extrait, n'essayez pas de retrouver absolument la fin du livre telle que l'auteur l'a inventée. Ce qui est évalué, c'est la cohérence par rapport à l'extrait.

2 Respecter la narration

Il faut maintenir :

– **le même point de vue**. Si le récit est à la 1re personne, la suite continuera à la même personne avec un point de vue interne. Si, au contraire, le récit est fait par un narrateur omniscient (3e personne), on poursuivra de même ;

– **le même genre littéraire**. Si le texte est une nouvelle réaliste, on ne pourra pas faire intervenir dans la suite des éléments merveilleux, comme dans les contes par exemple ;

– **le même ton et le même registre de langue**. Si le texte dont on écrit la suite présente des notations humoristiques, on tentera d'en trouver aussi. Le plus souvent, les textes proposés au brevet sont écrits dans un registre de langue courant. Dans ce cas, les tournures et les mots familiers sont à proscrire ;

– les mêmes temps verbaux. Si le texte est au présent, la suite le sera également. Si le récit est écrit avec les temps du passé, on emploiera, comme l'auteur, l'imparfait, le passé simple, le plus-que-parfait, etc.

3 Reprendre la fin du texte précédent

- Pour commencer une suite de texte, **il faut citer la dernière ou les deux dernières phrases du texte précédent**. Elles seront écrites sans guillemets. Une suite de texte est réussie lorsque le lecteur ne perçoit pas le passage du texte initial à la suite.

- **Dans le texte, on peut souvent trouver des indices** qui donnent des pistes sur une suite possible. Essayez de les repérer.

3 Écrire un portrait

De quoi s'agit-il ? Le portrait sert à donner une image d'un personnage. Il aide le lecteur à mieux l'imaginer physiquement et moralement (caractère, habitudes).

FRANÇAIS

1 La fonction du portrait

On ne peut jamais décrire complètement quelqu'un dans ses moindres particularités physiques. Il faut donc **choisir des détails révélateurs** de la personne en fonction de l'impression que l'on veut donner.

« Les lèvres de cet homme étaient si décolorées, si minces qu'il fallait une attention particulière pour deviner la ligne tracée par la bouche dans le blanc visage. Son large front ridé, ses joues blêmes et creuses, la rigueur implacable de ses petites yeux verts dénués de cils et de sourcils, pouvaient faire croire à l'inconnu que le *Peseur d'or* de Gérard Dow était sorti de son cadre. »

Balzac, *La Peau de chagrin*, 1831.

2 Le point de vue

Il existe deux sortes de portraits :

– **le portrait fixe** où l'on décrit l'apparence physique du personnage (visage, corps, vêtements) puis ses caractéristiques morales (caractère, qualités et défauts) ;

« La blancheur de son teint et ses cheveux lui donnaient un éclat que l'on a jamais vu qu'à elle ; tous ses traits étaient réguliers, et son visage et sa personne étaient pleins de grâce et de charme. »

Madame de La Fayette, *La Princesse de Clèves*, 1678.

– **le portrait en action** où le personnage est évoqué à travers ses gestes, ses paroles, ses habitudes de vie.

3 L'organisation d'un portrait

On peut organiser un portrait en adoptant :

– **un ordre spatial** : de la tête aux pieds ou inversement, du plus près au plus loin ou inversement ;

– **un ordre logique** : le portrait physique puis le portrait moral par exemple, des caractéristiques les plus évidentes aux plus cachées, du décor à la personne qui y vit ;

– **un ordre subjectif** : on part d'une impression générale donnée par une comparaison puis on donne des détails significatifs.

4 Écrire un devoir de réflexion

De quoi s'agit-il ? Dans un devoir de réflexion, les idées sont organisées logiquement et non chronologiquement, comme dans un récit.

1 La structure d'un paragraphe argumentatif

Un paragraphe argumentatif est souvent articulé en trois temps :

– **votre idée ou thèse** ; vous pouvez l'introduire par : *Je pense que…* ;

– **un argument** qui montre le bien-fondé de votre idée : *Je le prouve en affirmant que…* ;

– **un exemple** tiré de votre expérience ou de ce que vous avez lu, qui illustre votre argument.

Réussir le sujet de réflexion

2 L'organisation d'un devoir de réflexion

Il existe trois types de plans : le plan thématique, le plan analytique et le plan antithétique.

● **Le plan thématique** consiste à exposer successivement différents aspects de la question qui est posée. Exemple de sujet : *À quoi servent les voyages ?*
Proposition de plan
Première partie → Les voyages servent à découvrir d'autres régions, d'autres paysages.
Deuxième partie → Les voyages servent à découvrir d'autres cultures.
Troisième partie → Les voyages permettent aussi de se découvrir soi-même.

● **Le plan analytique** se compose de trois parties : les causes, les faits, les conséquences. Il est souvent utilisé en histoire-géographie.
Exemple de sujet : *Certains élèves trichent. Pourquoi ? Comment ? Quelles sont les conséquences éventuelles de la tricherie ?*
Proposition de plan
Première partie → Les raisons de la tricherie en milieu scolaire.
Deuxième partie → Les moyens de tricher.
Troisième partie → Les sanctions.

● **Le plan antithétique** permet de répondre à une question de façon argumentée en envisageant l'avis contraire puis en donnant sa propre opinion.
Exemple de sujet : *Attendez-vous de la publicité qu'elle vous amuse ou qu'elle vous informe ?*

– Première proposition de plan pour démontrer que la publicité doit avant tout informer :
Première partie → Bien sûr, la publicité vise souvent l'amusement des consommateurs (jeux de mots, films amusants, etc.).
Deuxième partie → Cependant, la fonction première de la publicité doit être d'informer le consommateur sur des produits nouveaux.

– Deuxième proposition : pour démontrer que la publicité doit avant tout amuser :
Première partie → Bien sûr, la publicité permet de découvrir des produits nouveaux.
Deuxième partie → Cependant, sa fonction essentielle est d'amuser le consommateur.

L'astuce du prof

Pour bien montrer l'organisation de votre devoir, faites un paragraphe avec un alinéa pour chaque partie et sautez une ligne entre deux parties.

Révision express

Les réflexes à avoir

- Le jour du brevet, avant de rédiger une suite de récit, relisez les réponses que vous avez données aux questions sur le texte. Les questions attirent souvent votre attention sur le cadre du récit, sur le caractère des personnages, sur leurs sentiments, leurs réactions mais aussi sur le style de l'auteur. Ce sont autant d'éléments dont vous devez tenir compte pour écrire la suite du texte.
- Faites toujours une phrase de transition entre le récit et le portrait. Le personnage peut se regarder dans un miroir et évoquer ce qu'il y voit ; il peut aussi rencontrer un ami et se mettre à l'observer.

Les pièges à éviter

Dans une lettre, n'employez pas le passé simple. Le temps verbal de référence est le présent d'énonciation ou d'actualité qui correspond au moment où la lettre est écrite. L'émetteur emploie le passé composé ou l'imparfait pour évoquer des événements qui ont déjà eu lieu. Le futur simple est utilisé pour toutes les actions qui ne se sont pas encore déroulées.

Quiz

Cochez la bonne réponse :

1. Au début d'une lettre adressée à une agence de voyages, on écrira :

a. ☐ **Cher Monsieur,** b. ☐ **Monsieur,**

2. À la fin de cette lettre, on signera :

a. ☐ **par son prénom et son adresse.** b. ☐ **par son nom et son prénom.**

3. « Pierre se secoue, tente de reprendre pied dans le réel.
– "Eh bien voilà, finit-il par soupirer, c'est le printemps !" »

Michel Tournier, « L'aire du Muguet » , in *Le Coq de Bruyère*, © Gallimard, 1978.

La suite de ce texte pourrait être :

a. ☐ **Il se mit à sourire.** b. ☐ **Il se met à sourire.**

4. Sujet : *Les adolescents ont parfois des relations difficiles avec leurs parents. Ceux-ci ne comprennent pas toujours leur désir de liberté.*
La deuxième phrase est :

a. ☐ **un argument.** b. ☐ **un exemple.**

5. Sujet : *Pensez-vous qu'il est bon que des adolescents soient obligés d'aider les adultes de leur famille, en gagnant un peu d'argent par de petits travaux ou en participant aux tâches quotidiennes ?*
Le plan à adopter est un plan :

a. ☐ **thématique.** b. ☐ **antithétique.**

→ Réponses p. 504

QUESTIONS

Savoir écrire la suite d'un texte

Énoncés

1 Faites correspondre le destinataire à la formule de politesse qui convient.

Formule d'appel	Formule finale
1. Madame	**a.** Je vous embrasse.
2. Chers mamie et papi	**b.** Je vous prie d'agréer l'expression de mon respect.
3. Monsieur le Président de la République	**c.** Salut et à bientôt.
4. Jérôme	**d.** Je vous prie d'agréer l'expression de ma considération distinguée.
5. Chère maman	**e.** Je t'embrasse très fort.

Remarque
Dans les lettres officielles, vous pouvez remplacer : « Je vous prie d'agréer... » par « Veuillez agréer... ».

2 « Un jour, [Lucien] m'a parlé, il m'a prêté son vélomoteur. C'était un Bébé Peugeot tout ce qu'il y avait de vieux, le modèle avec les carters arrondis, qu'il avait repeint en orange. Il m'a dit : "Si tu veux, je te le donne." Je n'étais jamais allée à vélomoteur. Il m'a montré comment on faisait, avec la poignée pour changer de vitesse. »

J. M. G. Le Clézio, *Printemps et autres saisons*, © Gallimard, 1989.

Expliquez pourquoi les phrases proposées ne conviennent pas pour écrire la suite de ce texte.

a) Elle a écouté attentivement les explications de Lucien puis est montée sur la selle et elle est partie faire le tour de la vieille ville.

b) Je suis partie faire le tour de la vieille ville à toute allure car j'avais l'habitude de conduire le Bébé Peugeot de mon frère.

c) J'écoute attentivement les explications de Lucien puis monte sur la selle et pars faire le tour de la vieille ville.

d) Après avoir écouté les explications de Lucien, je suis montée sur la selle et j'ai décidé de partir à Venise. En mettant le turbomoteur électronique, je mettrais deux heures à parcourir les 1 500 km du voyage. En route !

Corrigés

1 **1.** → d. ; **2.** → a. ; **3.** → b. ; **4.** → c. ; **5.** → e.

2 **a)** La suite doit être écrite à la 1re personne du singulier.

b) Incohérence par rapport au texte où la narratrice souligne que c'est la première fois qu'elle conduit un cyclomoteur.

c) La suite doit être écrite au passé composé.

d) Il s'agit d'un texte réaliste et non d'un récit de science-fiction.

L'astuce du prof
Vous êtes évalué sur la cohérence par rapport au texte proposé. Regardez bien la personne (1re ou 3e), les temps verbaux, le genre du texte et ne changez pas les caractéristiques des personnages.

QUESTIONS

Savoir rédiger une rédaction

Énoncé

Le travail des jeunes pendant les vacances : certains y sont favorables, d'autres le refusent. Dans un développement organisé d'une vingtaine de lignes, vous exposerez les arguments des uns et des autres.

Corrigé

Nous proposons une introduction et une conclusion rédigée et un plan détaillé du développement.

Introduction : Pendant les vacances, beaucoup de jeunes travaillent, par plaisir ou par nécessité. Mais d'autres refusent de le faire car ils estiment que les périodes de vacances doivent être consacrées au repos et aux loisirs.

Première partie : Pourquoi les jeunes travaillent-ils pendant les vacances ?

- *Première raison :* Travailler permet de ne pas s'ennuyer pendant les vacances lorsqu'on ne peut pas partir au bord de la mer ou à la campagne.

Exemple : Sophie rend visite à des personnes âgées, souvent isolées pendant les mois d'été. Cela lui évite de passer ses journées devant la télévision.

- *Deuxième raison* : Travailler permet de connaître le monde du travail et ses contraintes : horaires, respect des consignes, prise en compte de la hiérarchie.

Exemple : Daniel travaille dans un restaurant car il voudrait devenir cuisinier plus tard. Il fait ainsi une expérience qui lui sera fort utile avant de confirmer ce choix d'orientation.

- *Troisième raison :* Travailler permet de gagner de l'argent, pour aider les parents à payer les frais de scolarité ou pour avoir de l'argent de poche.

Exemple : Amel a pu s'acheter un ordinateur grâce aux sommes qu'elle avait gagnées en travaillant dans un supermarché.

Deuxième partie : Pourquoi certains jeunes ne veulent-ils pas travailler ?

- *Première raison :* Ne pas travailler permet de pratiquer de façon intensive des activités que le rythme scolaire oblige à mettre un peu de côté pendant l'année.

Exemple : Sonia part tous les ans en randonnée pendant trois semaines avec d'autres jeunes. Elle aime beaucoup la marche à pied mais ne peut guère la pratiquer pendant l'année scolaire.

- *Deuxième raison* : Ne pas travailler permet aussi de renouer pendant l'été des liens familiaux ou amicaux.

Exemple : Au mois d'août, Emmanuel va tous les ans en Bretagne avec ses parents car pendant l'année scolaire il les voit peu en raison de leurs horaires de travail très lourds.

Conclusion : Les avis sont donc très partagés. Chacun doit trouver la solution qui s'adapte à ses goûts, à ses désirs. Toutefois, il faut souhaiter que tous les jeunes puissent agir comme ils le souhaitent, sans subir de contrainte dans un sens comme dans l'autre : ni travail imposé, ni réunions familiales obligatoires.

FRANÇAIS

Chapitre 11

Le texte

1 Les reprises nominales et pronominales

De quoi s'agit-il ? Pour éviter de répéter un mot ou un groupe de mots, on le reprend par un autre groupe nominal ou par un pronom. La cohérence du texte dépend du système des reprises.

1 Les reprises nominales

• **Un groupe nominal peut être repris en utilisant le même nom**. Il est alors précédé d'un article défini ou d'un déterminant démonstratif.
Un festival de théâtre aura lieu au mois de juillet. Ce festival durera une semaine.

• **Pour éviter les répétitions**, un groupe nominal peut être repris par un autre groupe nominal. On emploie alors :

– un synonyme ; Une voiture est arrivée à vive allure. Cette automobile n'a pas ralenti à l'entrée de la ville.

– un terme plus général ; J'aime beaucoup Monica Belucci. Quand reverrai-je cette actrice sur les écrans ?

– une périphrase. Victor Hugo est né en 1802. En 2002, on a donc fêté le bicentenaire de la naissance de l'auteur des *Misérables*.

• Les reprises nominales apportent des informations supplémentaires et permettent parfois de porter un jugement.

Michel expose ses toiles dans une galerie.
Ce peintre a beaucoup de succès. → Jugement neutre.
Ce barbouilleur de peinture a beaucoup de succès. → Jugement négatif.
Ce peintre de génie a beaucoup de succès. → Jugement positif.

Comprendre les reprises nominales et pronominales

2 Les reprises pronominales

Elles sont faites :

– par des pronoms personnels ; Le conseil de classe a lieu le 7 décembre. Il commence à 16 h 45.

– par des pronoms possessifs ou démonstratifs. Prête-moi ton stylo rouge. J'ai perdu le mien. → *Le mien* reprend *stylo rouge*.

Conseil

La reprise ne doit pas être ambiguë.
La soeur de Sarah me dit qu'elle a acheté un nouveau pantalon.
On ne peut pas savoir si le pronom *elle* renvoie à Sarah ou à sa sœur.

Conseil

Les pronoms démonstratifs *cela*, *ça* et *ce* permettent de reprendre des phrases entières.
Il a eu une excellente note à son dossier. Ce n'est pas étonnant, vu le temps qu'il y avait passé.

2 Le discours direct, indirect et indirect libre

De quoi s'agit-il ? **Pour écrire des paroles dans un récit, on peut employer le discours direct (Je disais : « *Michel va bien* ») ; indirect (*Je disais que Michel allait bien*) ou indirect libre (*Je pensais : Michel allait bien*).**

1 Le discours direct

- Le discours direct permet de rapporter les paroles comme elles ont été prononcées.
« Tais-toi », dit-elle, excédée.

- Les paroles rapportées au discours direct sont :

– encadrées par des guillemets. Le changement d'interlocuteur est indiqué par un tiret ;

– marquées par un verbe introducteur.
Mme Lesur demanda : « Avez-vous compris ? »
« Avez-vous compris ? » demanda Mme Lesur.
« Avez-vous compris ?, demanda Mme Lesur, ou voulez-vous d'autres explications ? »

2 Le discours indirect

- Les paroles sont rapportées dans une proposition subordonnée introduite par *que*, *si*, *quand*, *comment*, *où*… ou un groupe à l'infinitif.
Mme Lesur demanda si les élèves avaient compris.

- Lorsque le verbe qui introduit les paroles est au présent, le verbe de la subordonnée garde le temps qui est utilisé dans le discours direct.
L'arbitre crie : « Les joueurs qui trichent seront sanctionnés. » → Direct.
L'arbitre crie que les joueurs qui trichent seront sanctionnés. → Indirect.

- **Lorsque le verbe qui introduit les paroles est à un temps du passé**, le temps du verbe de la subordonnée change selon les règles suivantes :

Temps du verbe dans le discours direct	Temps du verbe dans le discours indirect
Présent	Imparfait
Passé composé	Plus-que-parfait
Imparfait / plus-que-parfait	Imparfait / plus-que-parfait
Futur simple	Conditionnel

L'arbitre cria : « Les joueurs qui trichent seront sanctionnés. »
L'arbitre cria que les joueurs qui trichaient seraient sanctionnés.

Remarque
Le passage au discours indirect entraîne souvent **un changement des pronoms** personnels et des déterminants possessifs.
Elle déclare : « Je suis satisfaite de ton travail. » → Direct
Elle déclare qu'elle est satisfaite de son travail. → Indirect

Utiliser les discours direct et indirect

3 Le discours indirect libre

Les paroles rapportées sont intégrées au récit sans verbe introducteur ni proposition subordonnée. Les transformations des pronoms personnels, des déterminants possessifs et des temps verbaux sont celles du discours indirect.
Elle se mit à réfléchir et se dit : « Je prendrai le train de 14 h. » → Direct.
Elle se mit à réfléchir et elle se dit qu'elle prendrait le train de 14 h. → Indirect.
Elle se mit à réfléchir. Elle prendrait le train de 14 h. → Indirect libre.

3 La situation d'énonciation

De quoi s'agit-il ? L'énonciation est le fait de produire un message oralement ou par écrit. Pour analyser une situation d'énonciation, il faut savoir qui parle (l'énonciateur) ; à qui s'adresse le message (le destinataire) ; où se situe celui qui parle ; quand il émet son message.

1 Les messages où la situation d'énonciation est indiquée

Caractéristiques	Ce qu'il faut repérer
L'énonciateur se désigne lui-même.	– Les pronoms personnels de la 1re personne : *je, me, moi, nous*. – Les déterminants possessifs : *mon, ma, mes, notre, nos*. – Les pronoms possessifs : *le mien, le nôtre…*
Le destinataire est identifié.	– Les pronoms personnels de la 2e personne : *tu, te, toi, vous*. – Les déterminants possessifs : *ton, ta, tes, votre, vos*. – Les pronoms possessifs : *le tien, le vôtre…*
Le lieu où se trouve l'énonciateur est indiqué.	– Les adverbes de lieu : *ici, là, devant…* – Les groupes nominaux : *à ma droite…*
Le moment où l'énonciateur émet le message est indiqué.	– Les adverbes de temps : *aujourd'hui, hier, demain…* – Les groupes nominaux : *la semaine prochaine, l'an dernier…*

- La situation d'énonciation est donnée :

– à l'écrit, dans les lettres, les journaux intimes, etc. ;

– à l'oral, dans les dialogues, les conversations, etc.

Comprendre la situation d'énonciation

Attention !

Le temps verbal qui domine est le présent de l'indicatif qui correspond au moment où l'énonciateur émet son message. Le passé composé ou l'imparfait sont employés pour parler du passé, le futur pour l'avenir. Le passé simple et le passé antérieur ne sont jamais utilisés.

2 Les messages où la situation d'énonciation n'est pas connue

Caractéristiques	Ce qu'il faut repérer
L'énonciateur ne se désigne pas.	– Les pronoms personnels de la 3e personne : *il, elle, ils, elles, le, la, les, lui, leur*. – Les déterminants possessifs : *son, sa, ses, leur, leurs*. – Les pronoms possessifs : *le sien, le leur…*
Le destinataire n'est pas identifié.	Il est impossible de repérer le destinataire.
Le lieu où se trouve l'énonciateur n'est pas indiqué.	Les indications de lieu se font en référence aux événements racontés et non par rapport à celui qui raconte : *à Bruxelles, dans cette rue…*
Le moment où l'énonciateur émet le message n'est pas précisé.	Les indications de temps sont coupées du moment où le message est émis : *en 2010, le 18 septembre, ce jour-là, la veille…*

- La situation d'énonciation n'est pas connue dans la plupart des romans et des nouvelles.

FRANÇAIS

➜ Révision express

Les réflexes à avoir

- N'oubliez pas de varier les verbes qui introduisent le discours rapporté. Le verbe *dire* est neutre ; votre rédaction sera plus riche si vous faites varier le verbe :

– **en fonction du ton employé :** *reprocher, critiquer, protester, gronder, répliquer, demander, supplier...*

– **en fonction de la force de la voix :** *crier, hurler, s'égosiller, murmurer, grommeler, marmonner, chuchoter...*

- Repérez les formes de discours que vous devez associer dans votre rédaction.

Les pièges à éviter

- N'écrivez pas des dialogues sans intérêt : « Comment vas-tu ? – Bien, et toi ? – Bien. »
- Ne confondez pas **vraisemblance** et **vérité**. Lorsqu'on vous demande de raconter une expérience personnelle (voyage, situation particulière), vous pouvez inventer. Nul ne peut vérifier si ce que vous racontez vous est réellement arrivé. En revanche, vous devez absolument respecter la vraisemblance. Ce que vous racontez aurait pu ou pourrait se dérouler dans votre vie quotidienne.

Quiz

Cochez la bonne réponse :

1. *Napoléon est mort en 1821.*

a. ☐ **Ce roi a vécu 52 ans.** b. ☐ **Cet empereur a vécu 52 ans.**

2. *La police est arrivée.*

a. ☐ **Ils ont interrogé les témoins.** b. ☐ **Elle a interrogé les témoins.**

3. « *Quand nous reverrons-nous ?* » devient au discours indirect :

a. ☐ **Je me demandais quand ils se reverront.** b. ☐ **Je me demandais quand ils se reverraient.**

4. « *Vous avez bien travaillé.* » devient au discours indirect :

a. ☐ **Il déclara qu'ils avaient bien travaillé.** b. ☐ **Il déclara qu'ils ont bien travaillé.**

5. « *Je viendrai demain.* »

a. ☐ **La situation d'énonciation est indiquée dans cet énoncé.** b. ☐ **On ne connaît pas la situation d'énonciation de cet énoncé.**

6. *Il se leva à 7 h 15, comme tous les matins.*

a. ☐ **La situation d'énonciation est indiquée.** b. ☐ **La situation d'énonciation n'est pas précisée.**

→ Réponses p. 504

SUJET COMPLET

Texte littéraire

Une après-midi, à la récréation de quatre heures, le grand Michu me prit à part, dans un coin de la cour. Il avait un air grave qui me frappa d'une certaine crainte ; car le grand Michu était un gaillard, aux poings énormes, que, pour rien au monde, je n'aurais voulu avoir pour ennemi.

– Écoute, me dit-il de sa voix grasse de paysan à peine dégrossi[1], écoute, veux-tu en être ?

Je répondis carrément : « Oui ! » flatté d'être de quelque chose avec le grand Michu. Alors, il m'expliqua qu'il s'agissait d'un complot. Les confidences qu'il me fit me causèrent une sensation délicieuse, que je n'ai jamais peut-être éprouvée depuis. Enfin, j'entrais dans les folles aventures de la vie, j'allais avoir un secret à garder, une bataille à livrer. Et, certes, l'effroi inavoué que je ressentais à l'idée de me compromettre de la sorte comptait pour une bonne moitié dans les joies cuisantes de mon nouveau rôle de complice.

Aussi, pendant que le grand Michu parlait, étais-je en admiration devant lui. Il m'initia d'un ton un peu rude, comme un conscrit[2] dans l'énergie duquel on a une médiocre confiance. Cependant, le frémissement d'aise, l'air d'extase enthousiaste que je devais avoir en l'écoutant finirent par lui donner une meilleure opinion de moi. Comme la cloche sonnait le second coup, en allant tous deux prendre nos rangs pour rentrer à l'étude :

– C'est entendu, n'est-ce pas ? me dit-il à voix basse. Tu es des nôtres… Tu n'auras pas peur, au moins ; tu ne trahiras pas ?

– Oh ! non, tu verras… C'est juré. Il me regarda de ses yeux gris, bien en face, avec une vraie dignité d'homme mûr, et me dit encore :

– Autrement, tu sais, je ne te battrai pas, mais je dirai partout que tu es un traître, et personne ne te parlera plus. Je me souviens encore du singulier effet que me produisit cette menace. Elle me donna un courage énorme. « Bast ! me disais-je, ils peuvent bien me donner deux mille vers[3] ; du diable si je trahis Michu ! » J'attendis avec une impatience fébrile l'heure du dîner. La révolte devait éclater au réfectoire.

Émile ZOLA, « Le grand Michu », nouvelle extraite des *Nouveaux Contes à Ninon*, 1874.

1. *À peine dégrossi :* encore rude et rustre.
2. *Conscrit :* soldat débutant.
3. *Deux mille vers :* punition consistant à copier deux mille vers.

Questions (50 points)

Les réponses aux questions doivent être entièrement rédigées.

Compréhension et compétences d'interprétation

1. Ligne 24-25 : « Je me souviens … menace. »
a. Identifiez le temps de chacun des verbes. (2 points)
b. Donnez-en la valeur. (1 point)
c. À quelles époques de la vie du narrateur renvoient-ils ? (2 points)

2. Lignes 2 à 4 : « Il avait un air grave … avoir pour ennemi. » Relevez les deux propositions subordonnées. Précisez leur classe grammaticale. (4 points)

3. Lignes 13 à 16 : vous réécrirez ce paragraphe en mettant les verbes au présent de l'indicatif, et en remplaçant « le grand Michu » par « les deux garçons ». (10 points)

Grammaire et compétences linguistiques

1. Relevez précisément dans le début du texte les éléments qui indiquent où et quand se déroule la scène. (1 point)

2. Lignes 13-15 : « Il m'initia … confiance. »
a. Expliquez le sens du verbe « initier » dans son contexte. (2 points)
b. Quelle figure de style est utilisée dans cette phrase ? (2 points)
c. Expliquez le rapport qu'elle établit entre les deux personnages. (2 points)

3. Dans l'ensemble du texte, relevez quatre mots ou expressions qui permettent de dresser un portrait physique de Michu. (2 points)

4. D'après vos réponses aux questions **1** et **2**, précisez le sentiment que Michu inspire au narrateur. (2 points)

5. Quel autre effet Michu produit-il sur le narrateur ? Relevez, dans la suite du texte, deux mots ou expressions qui justifient votre réponse. (4 points)

6. Lignes 24-25 : « Je me souviens encore du singulier effet que me produisit cette menace. Elle me donna un courage énorme. »
a. Donnez le sens de « singulier » dans le contexte de la phrase. (2 points)
b. En quoi cet adjectif est-il approprié pour évoquer la réaction du narrateur ? (2 points)

7. Dans l'ensemble du texte, citez quatre indices qui soulignent le caractère mystérieux du projet de Michu. (2 points)

8. Lignes 25-26 : « Bast ! me disais-je … Michu ! »
a. Comment les paroles sont-elles rapportées ? (2 points)
b. Que révèlent-elles sur l'état d'esprit du narrateur ? (2 points)

9. D'après l'ensemble des questions et votre lecture du texte, dites en quoi cet épisode a été déterminant dans la vie du narrateur. (4 points)

Dictée (10 points)

Ce jour-là, ils traînaient le long des chemins et leurs pas semblaient alourdis de toute la mélancolie du temps, de la saison et du paysage. Quelques-uns cependant, les grands, étaient déjà dans la cour de l'école et discutaient avec animation. Le père Simon, le maître, sa calotte en arrière et ses lunettes sur le front, dominant les yeux, était installé devant la porte qui donnait sur la rue. Il surveillait l'entrée, gourmandait les traînards, et, au fur et à mesure de leur arrivée, les petits garçons, soulevant leur casquette, passaient devant lui, traversaient le couloir et se répandaient dans la cour.

Louis Pergaud, *La Guerre des boutons*, © Mercure de France, 1913.

Rédaction au choix (40 points)

Votre rédaction sera d'une longueur minimale d'une soixantaine de lignes (300 mots environ).

1. Sujet d'imagination

La révolte a lieu. Le narrateur est puni. Il écrit à sa mère pour raconter les faits et justifier sa participation au complot. Rédigez cette lettre, qui comportera une partie narrative et développera les arguments avancés par le narrateur pour expliquer son adhésion au projet de Michu.

2. Sujet de réflexion

Pour gagner l'amitié de Michu, le narrateur accepte de participer au complot. Pensez-vous qu'il convient de toujours suivre les propositions venant de vos ami(e)s ?

Corrigé

Questions

Répondre à des questions sur un texte

Compréhension et compétences d'interprétation

1. La scène se déroule « dans un coin de la cour » (1-2), « une après-midi », à « la récréation de quatre heures » (l. 1).

2. Les deux propositions sont : « qui me frappa d'une certaine crainte » et « que [...] je n'aurais voulu avoir pour ennemi ». Ce sont des propositions subordonnées relatives.

3. Aussi, pendant que les deux garçons parlent, suis-je en admiration devant eux. Ils m'initient d'un ton un peu rude, comme un conscrit dans l'énergie duquel on a une médiocre confiance. Cependant, le frémissement d'aise, l'air d'extase enthousiaste que je dois avoir en les écoutant finissent par leur donner une meilleure opinion de moi.

Grammaire et compétences linguistiques

1. a. « me souviens » est au présent de l'indicatif et « produisit », au passé simple de l'indicatif.

b. Le présent est un présent d'actualité et le passé simple exprime une action délimitée dans le temps.

c. Le présent renvoie au moment de l'écriture et le passé simple, à l'enfance du narrateur.

2. a. « initier » signifie ici que le grand Michu informe le narrateur de ses projets.

b. La figure de style utilisée est la comparaison.

c. Cette comparaison établit un rapport hiérarchique, comme il en existe dans l'armée, entre les deux personnages. Le narrateur serait aux ordres de Michu.

3. « le grand Michu » (l. 1), « aux poings énormes » (l. 3), « sa voix grasse de paysan à peine dégrossi » (l. 5) et « ses yeux gris » (l. 21) permettent de dresser un portrait physique de Michu.

4. Michu inspire de la crainte au narrateur.

5. Michu inspire de l'admiration au narrateur comme le montrent les expressions « en admiration devant lui » (l. 13) et « l'air d'extase enthousiaste » (l. 15).

6. a. Le mot « singulier » signifie inhabituel.

b. Au lieu d'éveiller ses craintes, la menace du grand Michu provoque au contraire du courage chez le narrateur.

7. « me prit à part », « dans un coin de la cour » (l. 1-2), « confidences » (l. 7) et « à voix basse » (l. 19) soulignent le caractère mystérieux du projet de Michu.

8. a. Les paroles sont rapportées au discours direct.

b. En se parlant à lui-même, le narrateur exprime sa détermination.

9. Cet épisode a été déterminant dans la vie du narrateur d'abord parce que, pour la première fois, il intègre un groupe dont le meneur lui inspire respect et crainte. Ensuite, cette « révolte » lui permet de se mettre en danger, de braver l'autorité. Enfin, il se sent important car quelqu'un lui fait confiance en le mettant dans une confidence.

Dictée

Réussir la dictée

- Les accords sujet-verbe :

– « traîn**aient** » s'accorde avec « ils » que seule la présence du groupe nominal « leurs pas » permet d'identifier comme pluriel.

– « ét**ait** install**é** » s'accorde avec « Le père Simon », troisième personne du singulier, masculin.

– « donn**ait** » s'accorde avec « qui », représentant « la porte ».

- « alourd**is** », attribut du sujet « leurs pas », s'accorde avec ce dernier, masculin pluriel.
- Les participes présents « domin**ant** » et « soulev**ant** » sont invariables. Le fait qu'ils soient suivis d'un COD prouve qu'il ne s'agit pas d'adjectifs.

Rédactions au choix

Réussir le sujet d'imagination

1. Sujet d'imagination

Je sais que tu attends de mes nouvelles depuis longtemps. Je crains, malheureusement, que celles que je t'apporte aujourd'hui ne te réjouissent pas vraiment. J'aimerais cependant que tu lises cette lettre jusqu'au bout avant de me juger. Je regrette de ne pas me trouver parmi vous samedi prochain. J'ai été puni. Je suis retenu à l'école où je dois copier deux mille vers. Je t'imagine déjà fronçant les sourcils, te demandant quelle bêtise j'ai bien pu commettre pour être si sévèrement réprimandé.

Eh bien, mère, sache que ton fils a participé à une révolte dans le réfectoire à l'heure du dîner. Le grand Michu m'a mis dans la confidence et m'a demandé si j'acceptais. Je n'ai pas hésité une seconde. Nous mangions tous dans un silence religieux et, au signal de notre chef, nous nous sommes levés comme un seul homme, plongeant la main dans notre bol de fromage blanc. Nous avons visé notre surveillant qui prend tant plaisir à nous botter les fesses dès que l'occasion se présente. Les plus jeunes d'entre nous en ont profité pour frapper la grande table de bois avec leurs couverts. Ils faisaient un vacarme épouvantable. Si tu avais vu la scène ! Nous étions une armée de David bravant Goliath qui, surpris, dégoulinant de fromage, a préféré fuir. Nous avons continué à hurler et à menacer du poing après son départ, emportés par la fièvre de la mutinerie. Les autres surveillants ont mis un temps considérable pour nous calmer. Nous nous sommes retrouvés dans le bureau du directeur. Et la suite, tu la connais déjà.

Tu sais que je ne suis ni perturbateur ni agressif. Tu dois me croire, ce surveillant nous maltraite et nous humilie à longueur de temps. C'était une belle revanche. J'étais tellement fier que le grand Michu me parle et me propose de faire partie de son groupe, que j'ai immédiatement accepté, ravi. Je me sens parfois tellement seul, toujours mis à l'écart parce que tout m'effraie ! Lui, est une célébrité, un géant, un roi. En combattant près de lui, j'ai vaincu ma peur. Ce que j'ai ressenti, je ne l'oublierai jamais. Cela vaut bien d'être enfermé deux jours à l'école.

J'espère qu'à défaut d'être fière de moi, tu ne me condamnes pas trop. Tu me connais mieux que personne et tu sais combien ma timidité me paralyse. Ce jour-là, je me suis senti vivre !

Je te laisse et j'attends avec impatience le jour où je pourrai te serrer dans mes bras.

Ton fils,

Étienne

2. Sujet de réflexion (pistes)

Introduction : Pour gagner l'amitié de Michu, le narrateur accepte de participer au complot. Il mesure les dangers qu'il encourt, mais décide de se lancer dans l'aventure, poussé par la volonté de plaire à son ami et de s'intégrer dans le groupe des comploteurs. Son attitude conduit le lecteur à s'interroger : convient-il de toujours suivre les propositions venant d'ami(e)s ? Une réponse nuancée s'impose : certaines propositions sont à rejeter, d'autres, au contraire, sont bénéfiques car elles aident à se dépasser et à se construire.

Première partie

Ne pas suivre toutes les propositions qui ont des conséquences négatives sur vous : il ne faut pas suivre des propositions qui auraient des conséquences négatives sur vous, comme des propositions qui vous feraient prendre des risques et vous mettraient en danger, ou celles qui vous conduiraient à pratiquer une activité aux dépens de votre travail scolaire.

Ne pas suivre toutes les propositions qui ont des conséquences négatives sur autrui : certaines propositions sont à éviter car elles auraient des conséquences négatives sur autrui. Ainsi il ne faut pas se laisser entraîner par un ami à harceler un camarade, par exemple.

Deuxième partie

L'influence positive des autres sur la personnalité : vos amis vous aident à grandir et à construire votre propre personnalité en vous proposant des films, des livres, des activités sportives.

L'influence positive des autres sur le comportement : certaines propositions poussent à modifier et à améliorer un comportement, une façon de penser. La proposition d'un ami de séjourner chez lui, si vous la suivez, vous amènera à mieux connaître d'autres habitudes de vie.

Conclusion

Il faut réfléchir avant d'accepter ou pas la proposition d'un ami. La décision doit être prise en toute liberté. Exercer de façon réfléchie cette liberté est un des secrets du passage à l'âge adulte.

Histoire-Géo-EMC

Histoire-Géo-EMC

Histoire

1 La Première Guerre mondiale et ses conséquences en Europe (1914-1939) 156

→ Révision Express 165

▸▸▸ Cap sur le brevet

Maîtriser différents langages 167

2 La Seconde Guerre mondiale et ses conséquences en France (1939-1945) 169

→ Révision Express 174

▸▸▸ Cap sur le brevet

Analyser et comprendre des documents 176

3 Le monde depuis 1945 179

→ Révision Express 184

▸▸▸ Cap sur le brevet

Maîtriser différents langages 186

4 Françaises et Français dans une République repensée (1944-1990) 188

→ Révision Express 194

▸▸▸ Cap sur le brevet

Analyser et comprendre un document 196

Géographie

5 Dynamiques territoriales de la France contemporaine 199

→ Révision Express 207

››› Cap sur le brevet

Maîtriser différents langages 208

6 Pourquoi et comment aménager le territoire ? 210

→ Révision Express 213

››› Cap sur le brevet

Analyser et comprendre des documents 214

7 La France et l'Union européenne 216

→ Révision Express 222

››› Cap sur le brevet

Maîtriser différents langages 223

Enseignement moral et civique

8 La République et la citoyenneté 225

→ Révision Express 228

››› Cap sur le brevet

Analyser et comprendre des documents 229

9 La vie démocratique 231

→ Révision Express 236

››› Cap sur le brevet

Analyser et comprendre des documents 237

10 La défense et la paix 239

→ Révision Express 242

››› Cap sur le brevet

Analyser et comprendre des documents 249

HISTOIRE-GÉO

Chapitre 1 La Première Guerre mondiale et ses conséquences en Europe (1914-1939)

1 Civils et militaires dans la Première Guerre mondiale

De quoi s'agit-il ? **De 1914 à 1918, de nombreux États s'affrontent dans une guerre mondiale qui devient rapidement une guerre totale. Pourquoi ce conflit entraîne-t-il des violences extrêmes pour les militaires et les civils qui le subissent ?**

1 La Première Guerre mondiale, une guerre totale

La Première Guerre mondiale

• Depuis le XIXe siècle, des tensions, d'ordre commercial, colonial ou nationaliste, opposent les grandes puissances européennes. Deux blocs d'alliances se constituent : la Triple Alliance (alliés de l'Allemagne) et la Triple Entente (alliés de la France) (**Doc.**).

• Quand la guerre éclate en août 1914, chaque camp pense triompher rapidement dans une guerre de mouvement. Les Allemands envahissent le territoire français, mais sont repoussés lors de la bataille de la Marne.

Vocabulaire

■ Guerre de mouvement : phase de la guerre pendant laquelle les armées cherchent à conquérir le plus de territoires possible.

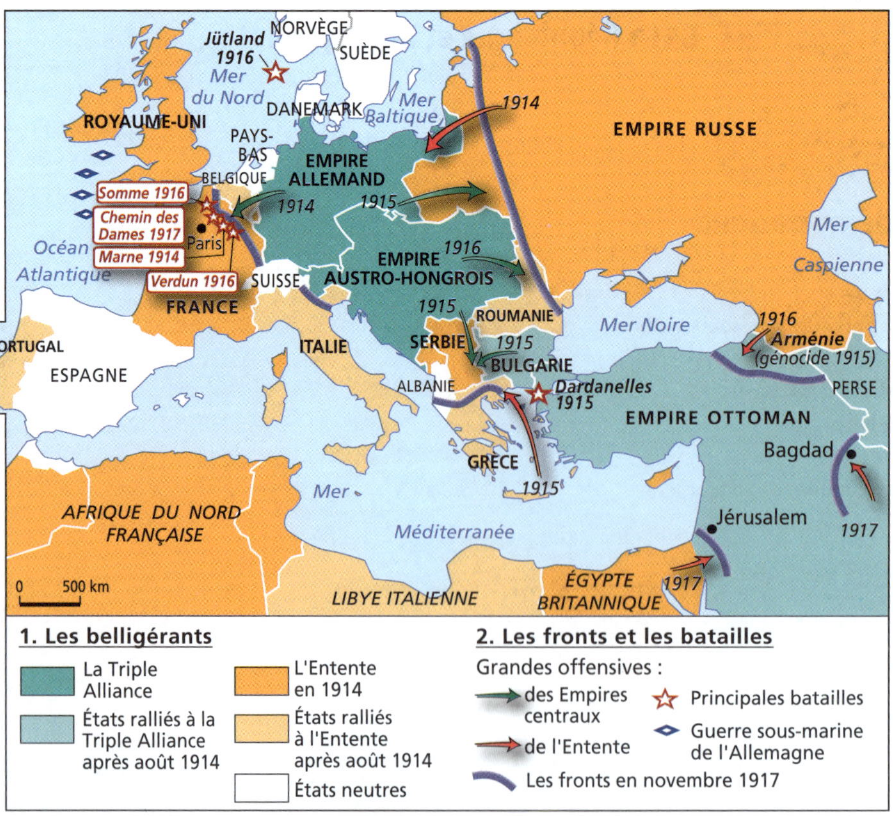

Doc. **Les principaux fronts de la Première Guerre mondiale (1914-1917)**

- Le front s'immobilise alors au nord du territoire français (Doc.). Les armées s'enterrent dans des tranchées : c'est la guerre de position, une guerre d'usure qui dure quatre ans.
- En 1918, les Alliés, aidés par les États-Unis entrés en guerre en 1917, reprennent l'offensive. Battus, les Allemands signent à Rethondes l'Armistice le 11 novembre 1918.
- La plupart des pays en guerre organisent la mobilisation générale de tous les hommes en âge de se battre : de 1914 à 1918, 65 millions d'Européens prennent les armes, ainsi que près d'un million d'hommes venus des colonies. À l'arrière, les civils sont aussi mobilisés : les femmes et les enfants remplacent les hommes partis au front.
- De même, les États interviennent dans l'économie afin d'organiser au mieux l'effort de guerre. Ils contrôlent l'approvisionnement. Ils transforment leurs entreprises en industries de guerre. Ils organisent des emprunts pour financer le conflit.
- Enfin, les esprits sont également mobilisés : l'information est contrôlée par la censure. La propagande, véritable « bourrage de crânes », encourage la population à participer à l'effort de guerre.

Comprendre l'Armistice

Vocabulaire

- **Guerre de position :** phase de la guerre pendant laquelle les armées sont face à face dans des tranchées.
- **Guerre d'usure :** stratégie qui consiste à parier sur l'épuisement de l'adversaire en lançant de nombreuses offensives meurtrières.
- **Industrie de guerre :** industrie dont la production sert à la guerre.
- **Censure :** contrôle de l'information par l'État.
- **Bourrage de crânes :** expression qui désigne la propagande mensongère caractéristique de l'époque.

HISTOIRE

2 La violence de masse

- La guerre d'usure utilise de nouvelles armes meurtrières : les gaz, les mitrailleuses, les bombardements aériens, les obus, les chars d'assaut, etc. Les combats sont incessants. Les soldats doivent risquer leurs vies plusieurs fois par jour dans des assauts inutiles et meurtriers.
- À Verdun, en 1916, les combats font rage pendant dix mois pour un gain de territoire quasi nul. Au total, cette bataille fait plus de 700 000 victimes, dont 300 000 morts ou disparus, allemands et français.
- Les conditions de combat sont rendues d'autant plus difficiles par la vie que mènent les soldats dans les tranchées : la boue, le froid, les rats, la soif et la faim font endurer aux soldats les pires souffrances.
- Cette expérience quotidienne de la violence est à l'origine d'une brutalisation des soldats et des sociétés toutes entières, poussés toujours plus loin dans l'atrocité de la guerre (Doc.). Ainsi, à partir de 1915, la population arménienne de l'Empire ottoman, considérée comme susceptible de trahir l'Empire, est déportée et massacrée en masse. Le génocide arménien représente environ un million de morts.
- Avec plus de 10 millions de morts, la Première Guerre mondiale est le conflit le plus meurtrier jamais connu à cette époque : 9 millions de soldats tués, un génocide touchant une population civile, sans compter les victimes des invasions, des famines, etc.
- La guerre laisse des millions d'invalides (gazés, mutilés, « gueules cassées », etc.), de veuves et d'orphelins. Le traumatisme est immense. Des villes, des villages, des régions entières sont en ruines particulièrement dans le nord et l'est de la France.
- Face à ce bilan catastrophique, des mouvements pacifistes se développent en Europe. Cette guerre doit être la « Der des ders ».

Vocabulaire

- **Obus :** bombe lancée par un canon.
- **Assaut :** attaque rapide du camp ennemi.
- **Bataille de Verdun (février-décembre 1916) :** longue offensive allemande, caractéristique de la guerre d'usure, qui fait plus de 300 000 morts et se solde par un échec.

La vie dans les tranchées

Vocabulaire

- **« Gueules cassées » :** expression désignant les soldats défigurés par la guerre.

Doc. Extrait de *J'ai tué* de Blaise Cendrars

Blaise Cendrars, écrivain et journaliste, s'engage comme volontaire dans la légion étrangère. Blessé, il est amputé d'un bras en 1915.

> Me voici les nerfs tendus, les muscles bandés, prêt à bondir dans la réalité.
> J'ai bravé la torpille, le canon, les mines, le feu, les gaz, les mitrailleuses, toute la machinerie anonyme, démoniaque, systématique, aveugle. Je vais braver l'homme. Mon semblable. Un singe. Oeil pour oeil, dent pour dent. À nous deux maintenant. À coups de poing, à coups de couteaux. Sans merci. Je saute sur mon antagoniste. Je lui porte un coup terrible. La tête est presque décollée. J'ai tué le Boche. J'étais plus vif et plus rapide que lui. Plus direct.
> J'ai frappé le premier. J'ai agi. J'ai tué ? Comme celui qui veut vivre.
>
> Blaise Cendrars, *J'ai tué*, À la Belle Édition, 1918.

Cendrars dénonce la violence aveugle de l'armement moderne qui s'abat sur les soldats.

Tout le texte montre la brutalisation des soldats et comment la violence de masse les transforme en animaux sauvages.

3 Les conséquences de la guerre

• À la suite de l'armistice signée en 1918, une conférence de paix est organisée à Paris, en 1919, afin de réorganiser l'Europe. Les traités qui en découlent, comme le traité de Versailles, déclarent l'Allemagne et ses alliés responsables de la guerre, leur imposent de sévères conditions, notamment financières, et créent la SDN.

Vocabulaire

- **SDN : Société des Nations, créée en 1919 pour maintenir la paix future en veillant à l'application des traités de paix.**

• Avec ces traités, les frontières de l'Europe sont entièrement redessinées : les grands empires disparaissent et laissent la place à une multitude d'États. Ces nouveaux États sont sources de tensions, car ils réunissent des populations de nationalités différentes, comme en Yougoslavie, ou en divisent d'autres. Ainsi, le corridor de Dantzig, qui assure à la Pologne un accès à la mer, coupe en deux le territoire allemand.

• Enfin, même si les pays vainqueurs semblent retrouver leur rang au niveau mondial, l'Europe sort bel et bien affaiblie de la guerre. Les États-Unis apparaissent comme la nouvelle grande puissance.

• En Russie, en février 1917, les terribles conditions de vie des soldats et des civils ont poussé la population à se révolter.

• Le gouvernement provisoire décide pourtant de continuer la guerre. Lénine, chef du parti bolchevik, organise alors une nouvelle révolution en octobre 1917, qui donne le pouvoir aux soviets. Il signe la paix avec l'Allemagne, jette les bases d'un régime communiste en Russie et se débarrasse définitivement de l'ancienne Russie en exécutant le tsar et sa famille.

• À la fin de la guerre, de nombreux pays européens connaissent des épisodes révolutionnaires d'inspiration bolchevique, mais ce sont tous des échecs, comme la révolution spartakiste en Allemagne menée par Rosa Luxembourg et Karl Liebknecht. En Italie, ces insurrections se heurtent à la répression menée par les fascistes de Mussolini qui prend le pouvoir en 1922.

Vocabulaire

- **Bolchevik : partisan de Lénine, puis synonyme de communiste.**
- **Soviet : conseil d'ouvriers, de soldats et de paysans au moment de la révolution russe en 1917.**
- **Tsar : empereur de Russie jusqu'à la révolution de 1917.**
- **Spartakiste : communiste allemand qui organise une révolution en 1918, mais qui échoue.**

2 Démocraties fragilisées et expériences totalitaires dans l'Europe de l'entre-deux-guerres

De quoi s'agit-il ? **L'Europe sort bouleversée et déstabilisée de la Première Guerre mondiale. De nouveaux régimes apparaissent alors en en URSS puis en Allemagne, qui exigent un engagement total de la population : ce sont des dictatures totalitaires. En France au contraire, la démocratie, bien que fragilisée, réussit à s'imposer.**

1 L'URSS, une dictature communiste

- Après la révolution d'octobre 1917 en Russie, Lénine a mené une violente guerre civile contre ses adversaires politiques et a jeté les bases d'un régime communiste en URSS, notamment en s'appuyant sur les soviets, conseils d'ouvriers et de paysans.
- À sa mort en 1924, une lutte de pouvoir oppose les différents dirigeants communistes. Joseph Staline, le secrétaire général du Parti communiste, réussit à se présenter comme l'unique héritier de Lénine, à écarter ses concurrents et à s'imposer comme le seul dirigeant du pays.

Vocabulaire
- **URSS :** Union des Républiques Socialistes Soviétiques. État communiste créé en 1922 pour remplacer l'Empire russe.
- **Plans quinquennaux :** plans fixant des objectifs de production sur 5 ans dans les différents secteurs de l'économie.

- Pour rattraper le retard pris par son pays sur les pays industriels et capitalistes de l'ouest de l'Europe et sur les États-Unis, Staline entreprend l'industrialisation de l'URSS. Pour cela, il planifie une économie étatisée : les objectifs économiques sont dès lors programmés par l'État dans des plans quinquennaux. La priorité est donnée à l'industrie et de grands travaux sont organisés pour construire usines, barrages et voies ferrées. Alekseï Stakhanov, un mineur censé avoir établi un record dans l'extraction du charbon, est mis en avant par le régime pour montrer le sacrifice que chaque ouvrier doit faire pour la patrie soviétique.
- Dans les campagnes, Staline met en place la collectivisation totale des terres agricoles : les moyens de production (usines, machines et terres agricoles, etc.) sont mis en commun afin de rendre la société égalitaire et de moderniser l'agriculture. Les paysans doivent ainsi renoncer à leur propriété privée et sont regroupés dans de grandes exploitations agricoles collectives : les kolkhozes (**Doc.**).
- Les pénuries liées à la collectivisation provoquent des famines qui font des millions de victimes, notamment en Ukraine. Cette collectivisation se fait dans la violence : des millions de koulaks et d'opposants sont déportés.

Vocabulaire
- **Kolkhoze :** exploitation agricole collectivisée.
- **Koulak :** nom donné aux riches paysans russes, puis par extension à tous ceux qui s'opposent à la collectivisation.

2 L'URSS de Staline, un État totalitaire

- L'URSS est une dictature dans laquelle Staline règne en maître absolu. Chef de l'État et du seul parti autorisé, le Parti communiste, il concentre tous les pouvoirs.

Vocabulaire
- **Dictature :** régime autoritaire où le pouvoir est détenu par un chef ou un parti unique et dans lequel les libertés sont limitées.

- Toutes les libertés sont supprimées. L'information est censurée, la population n'a plus le droit de quitter le pays, les lieux de culte sont fermés, etc. De plus, seul le Parti communiste a le droit de présenter des candidats aux élections.
- Cette dictature personnelle se manifeste par une propagande incessante qui impose un culte de la personnalité de Staline. Des défilés sont organisés en son honneur, le portrait du « petit père des peuples » est présent partout dans l'espace public et privé, sous forme de peintures, de statues, de films, etc.

Le régime totalitaire de Staline

Doc. Staline à la tête d'une économie et d'une société communistes

Le gigantesque portrait de Staline montre le culte de la personnalité présent en URSS.

« Pour la fin du premier plan quinquennal, la collectivisation de l'URSS doit être dans son ensemble terminée. »
Planification et collectivisation sont les axes fondamentaux de la politique économique soviétique.

« La classe ouvrière de l'URSS conduit avec assurance et sans faiblir l'équipement technique de son alliée, la classe paysanne. »
L'union des paysans et des ouvriers est un des principes fondateurs de l'URSS, illustré par la faucille et le marteau sur son drapeau.

L'affiche met l'accent sur la mécanisation des campagnes entreprise par Staline en montrant des tracteurs travaillant dans les champs.

• La propagande est également mise au service de l'idéologie communiste. L'État vante les mérites d'un système qui fait naître un homme nouveau, prêt à se sacrifier pour la nation soviétique. Les populations sont recrutées dans des organisations destinées à se mobiliser en faveur du régime. Ainsi, l'école et les Jeunesses communistes éduquent la société tout en l'embrigadant.

• L'encadrement de la société s'accompagne d'une surveillance de tous les instants par la police politique (NKVD) et d'une répression destinée à éliminer toute opposition et à terroriser la population (**Doc.**).

• Des millions d'opposants, ou de personnes supposées l'être, sont qualifiés de saboteurs, arrêtés et déportés dans des camps de travail appelés goulags, principalement situés en Sibérie. Les conditions de vie y sont terribles et mènent souvent à la mort. De même, entre 1936 et 1938, lors de la « Grande terreur », les « procès de Moscou » permettent à Staline de se débarrasser de tous ses rivaux à l'intérieur du Parti communiste.

Vocabulaire

- **Embrigadement :** recrutement de la population dans des organisations destinées à se mobiliser en faveur du régime.
- **Police politique :** police chargée, dans les régimes totalitaires, de surveiller la population et d'arrêter les opposants politiques. En URSS, elle s'appelle tour à tour la Tchéka, le Guépéou, le NKVD, puis le KGB.
- **Déportation :** déplacement forcé d'une population pour l'envoyer dans un camp de travail, de concentration, voire d'extermination dans l'Europe nazie.
- **Goulag :** camp de travail forcé principalement situé en Sibérie, où les conditions de vie sont terribles et mènent souvent à la mort.

3 L'Allemagne nazie, la mise en place d'un régime totalitaire

• En Allemagne, les difficultés économiques et la misère sont très grandes au début des années 1930. L'incapacité de la République allemande à résoudre cette crise favorise la montée des partis extrémistes, communistes comme nationalistes.

Doc. Les chiffres de la répression stalinienne

Politique qui vise à éliminer tous les opposants à la collectivisation en les déportant dans des régions éloignées et inhospitalières.

Victimes de la dékoulakisation entre 1930 et 1933	
Nombre de familles déportées dans des régions éloignées de l'URSS	Près d'un million de familles
Taux annuel de mortalité en déportation	15 % des adultes 50 % des enfants en bas âge
Victimes de la répression contre le Parti communiste entre 1936 et 1938	
Arrestations et condamnations par le NKVD	1 500 000
Exécutions	680 000
Nombre de détenus au goulag (approximations)	
1934	500 000
1936	1 300 000
1938	1 900 000
1940	1 650 000

Victimes de la Grande Terreur.

- Accusant les démocrates, les communistes et les juifs d'être les responsables de l'affaiblissement de l'Allemagne, Adolf Hitler, chef du Parti nazi, promet de mettre fin à la crise, de résorber le chômage et de laver l'affront du traité de Versailles.
- En 1933, le Parti nazi remporte les élections et Hitler devient chancelier. En 1934, à la mort du président Hindenburg, Hitler a les pleins pouvoirs.
- Une fois au pouvoir, Hitler supprime la démocratie. Il fait incendier le Reichstag et accuse les communistes, ce qui lui permet de les arrêter.
- Le Parti nazi devient le seul parti politique autorisé. Les libertés, comme la liberté de la presse, disparaissent peu à peu et l'Allemagne devient une dictature dirigée par un « Führer ». Hitler soulève les foules lors de grandes manifestations publiques (**Doc.**).
- Toute la société est encadrée et doit participer au nouveau régime totalitaire. La propagande met en avant le culte du chef et on se salue en disant « Heil Hitler ». Les jeunes sont embrigadés dans les Jeunesses hitlériennes et le régime organise de grands rassemblements destinés à mobiliser la nation allemande.
- De même, la propagande est incessante dans la presse, à la radio, au cinéma, etc. La police politique, la Gestapo et la SS surveillent la population, font régner la terreur et, dès 1933, enferment les opposants dans des camps de concentration, comme à Dachau.

Vocabulaire

- **Parti nazi ou NSDAP :** parti national-socialiste d'extrême droite, fondé par Hitler en 1920 et qui défend des idées nationalistes et racistes.
- **Reichstag :** Parlement allemand.
- **Führer :** mot signifiant « guide » en allemand. C'est le nom que se donne Hitler dans le régime nazi.
- **Gestapo :** police politique.
- **SS :** organisation chargée de protéger Hitler et le régime nazi, ainsi que de réprimer les opposants.
- **Camps de concentration :** camps de travail où sont envoyés les opposants au régime.

HISTOIRE

Doc. **Organiser des cérémonies de masse**

4 L'Allemagne nazie, un régime raciste et nationaliste

- Le régime nazi s'appuie sur une idéologie raciste qui mobilise la population contre les « ennemis du peuple aryen », au premier rang duquel le peuple juif. Pour les nazis, les Allemands font partie d'une « race pure », la race aryenne. À l'inverse, la « race juive » est inférieure.

- Les juifs sont donc les premières victimes des nazis à travers différentes lois antisémites : les lois de Nuremberg en 1935, et celles de 1938. Ainsi, les juifs sont exclus de la société et privés de la nationalité allemande (**Doc.**). Au fil des années, les humiliations et les violences s'accentuent. Elles se déchaînent lors de la Nuit de Cristal en 1938 : des synagogues sont brûlées, des commerces détruits et des juifs assassinés.

- La propagande antisémite est partout. Elle s'adresse à toute la population à travers la presse, la radio et même dans les écoles : les juifs sont rabaissés et accusés d'être à l'origine de tous les problèmes. On exalte au contraire le mythe du jeune aryen, sportif, courageux, discipliné et nationaliste, qui redressera l'Allemagne.

- L'idéologie nazie est également nationaliste et impérialiste. Le but d'Hitler est de former une « Grande Allemagne » en Europe centrale : c'est l'« espace vital » que son peuple doit conquérir au nom de la supériorité de la « race allemande ».

Vocabulaire

- **Peuple aryen :** nom donné par les nazis au peuple censé représenter la « race pure allemande ».

Les caractéristiques du régime hitlérien

Vocabulaire

- **Espace vital :** espace nécessaire à la race supérieure des Aryens pour vivre. Cet espace, selon Hitler, se trouve à l'est de l'Allemagne.

• Hitler viole donc le traité de Versailles en remilitarisant le pays et en annexant, à partir de 1938, des territoires à l'Est. Lors de l'Anschluss, il annexe l'Autriche puis, devant l'inaction des démocraties, fait de même avec le territoire des Sudètes en Tchécoslovaquie. Le 1er septembre 1939, il envahit la Pologne en ayant auparavant signé un pacte de non-agression avec son ennemi de toujours : l'URSS de Staline. La France et le Royaume-Uni lui déclarent alors la guerre.

Vocabulaire

- **Annexion :** rattachement autoritaire d'un État à un autre.
- **Anschluss :** terme allemand désignant l'annexion de l'Autriche par l'Allemagne en 1938.
- **Région des Sudètes :** région à l'ouest de la Tchécoslovaquie, peuplée en partie par des Allemands.

Doc. Comment Hitler met-il en place une législation antisémite ?

Art. 1 : Les mariages entre juifs et sujets de sang allemand ou apparenté sont interdits. [...]

> Par cette disposition, le sang aryen sera protégé de mélanges impurs avec le sang juif (d'où le nom donné à cette loi).

Art. 3 : Il est interdit aux juifs d'employer à des travaux de ménage chez eux des femmes de sang allemand ou assimilé âgées de moins de quarante-cinq ans.

Art. 4 : Il est interdit aux juifs de hisser le drapeau national du Reich [...]. Il leur est en revanche permis de pavoiser aux couleurs juives [...].

> Ainsi, les juifs ne sont plus des citoyens allemands.

Art. 5 : Les infractions à l'article 1er seront punies de travaux forcés.

> Ces travaux forcés désignent l'enfermement dans des camps de concentration

Lois pour la protection du sang et de l'honneur allemands, dites lois de Nuremberg, 15 septembre 1935.

Art. 1 : Avec effet au 1er janvier 1939, il est interdit aux juifs d'exploiter des magasins de vente de détail, [...] ainsi que [d'exercer] un métier à leur compte. [...] Les entreprises juives exploitées à l'encontre de cette interdiction seront fermées par la police.

> Les juifs sont mis à l'écart de la vie économique. Ils ne peuvent plus vivre normalement en Allemagne.

Ordonnance, 12 novembre 1938.

5 La République victorieuse

• En France, dès le début de la guerre, une Union sacrée destinée à renforcer la mobilisation de la nation s'était mise en place. À partir de 1917, elle commence à se fissurer avec l'apparition de grands mouvements de grèves dans les usines et de mutineries sur le front.

• Malgré ces difficultés intérieures, l'Union sacrée tient bon et, en 1918, la IIIe République sort victorieuse de la Première Guerre mondiale. Mais cette victoire ne la renforce pas car l'impact de la Révolution bolchevique de 1917 en Russie est très important sur la vie politique française.

• À peine l'armistice signé, les luttes sociales reprennent, encouragées par l'exemple de la révolution bolchevique. Les grèves et les manifestations se multiplient. La CGT voit ses effectifs progresser rapidement.

• Les élections de 1919 marquent la fin de l'Union sacrée : une alliance des partis de droite gagne en mobilisant les électeurs contre la menace bolchevique et l'agitation sociale.

Vocabulaire

- **Union sacrée :** union de tous les partis politiques pendant la guerre afin de remporter la victoire.
- **CGT :** Confédération Générale du Travail. Syndicat proche des idées du Parti communiste.
- **SFIO :** Section Française de l'Internationale Ouvrière. Principal parti de gauche jusqu'en 1920. Après le congrès de Tours, il regroupe les socialistes.
- **PCF :** Parti Communiste Français. Il naît au congrès de Tours. Il suit les directives de la IIIe Internationale.

• La révolution bolchevique divise la gauche française. Le congrès de Tours en 1920 voit s'opposer deux tendances à l'intérieur de la SFIO (**Doc.**). D'un côté, les partisans de Lénine veulent faire une révolution sur le modèle bolchevique, ils fondent le PCF. De l'autre, les modérés représentés par Léon Blum veulent imposer des réformes sociales tout en respectant les valeurs démocratiques et républicaines, ils restent dans la SFIO.

6 La République fragilisée dans les années 1930

- À partir de 1931, la France subit les effets de la crise économique mondiale. La production industrielle diminue et le chômage augmente. De nombreux Français, qui jusque-là soutenaient la IIIe République, n'ont plus confiance en l'avenir.

- Face à cette crise, les partis politiques traditionnels ne trouvent pas de solution. Plusieurs scandales financiers jettent le doute sur l'honnêteté des hommes politiques. Certains Français se tournent alors vers des partis extrémistes comme le PCF, dont le but est la révolution par les armes, ou les ligues d'extrême droite nationalistes, racistes et antiparlementaires. Le 6 février 1934, ces ligues manifestent violemment devant la Chambre des députés à Paris.

- Les partis de gauche interprètent cette manifestation comme une menace contre la République. Pour les élections de 1936, les socialistes, les communistes et les radicaux s'unissent donc pour former le Front populaire et obtiennent la majorité à l'Assemblée. Léon Blum, le dirigeant de la SFIO, devient président du Conseil et forme son Gouvernement. Il est soutenu par les grèves massives qui accompagnent cette victoire, afin de faire pression sur les patrons.

- Très rapidement, le Gouvernement de Léon Blum fait signer les accords de Matignon et voter des lois sociales qui améliorent les conditions de travail et le niveau de vie des classes populaires. Parmi ces mesures, on peut citer les congés payés (**Doc.**), la semaine de 40 heures, la liberté syndicale ou les augmentations de salaire.

- Face aux nombreuses attaques ainsi qu'à la persistance de la crise économique, le Front populaire disparaît en 1938. Malgré cet échec, ses mesures améliorent nettement les conditions de vie des classes populaires et sont à la base du système social français.

Vocabulaire

- **Crise économique mondiale :** crise économique qui éclate en octobre 1929 aux États-Unis, lorsque les cours de la Bourse de Wall Street à New York s'effondrent.
- **Ligues d'extrême droite :** groupes d'extrême droite français dans l'entre-deux-guerres. Souvent racistes et antiparlementaires, les ligues s'opposent violemment à la IIIe République.
- **Front populaire :** Gouvernement issu du succès de l'alliance des partis de gauche aux élections législatives de 1936 et dirigé par Léon Blum.
- **PCF :** Parti communiste français né en 1920.
- **SFIO :** Section française de l'internationale ouvrière, parti socialiste, principal parti de gauche.

Doc. Les salopards en vacances

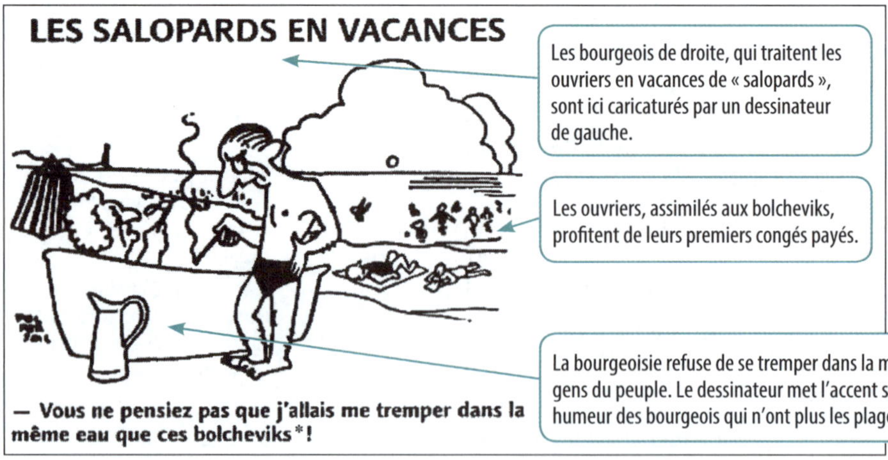

Les bourgeois de droite, qui traitent les ouvriers en vacances de « salopards », sont ici caricaturés par un dessinateur de gauche.

Les ouvriers, assimilés aux bolcheviks, profitent de leurs premiers congés payés.

La bourgeoisie refuse de se tremper dans la même eau que les gens du peuple. Le dessinateur met l'accent sur la mauvaise humeur des bourgeois qui n'ont plus les plages pour eux tout seul.

Les congés payés

Révision express

Les dates importantes

La Première Guerre mondiale

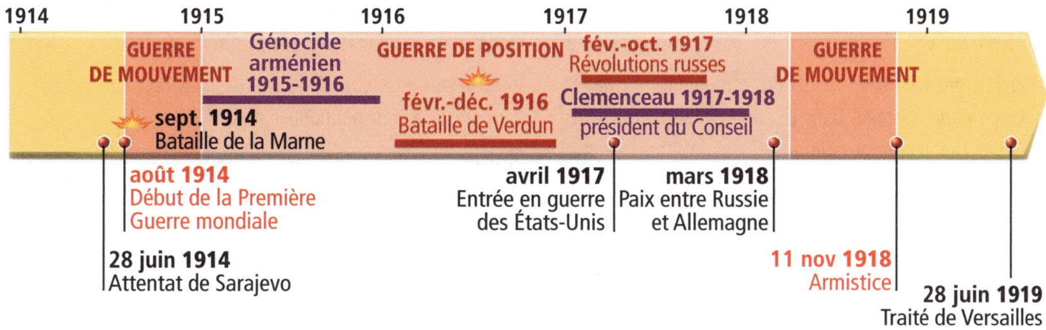

Les régimes totalitaires en URSS et en Allemagne

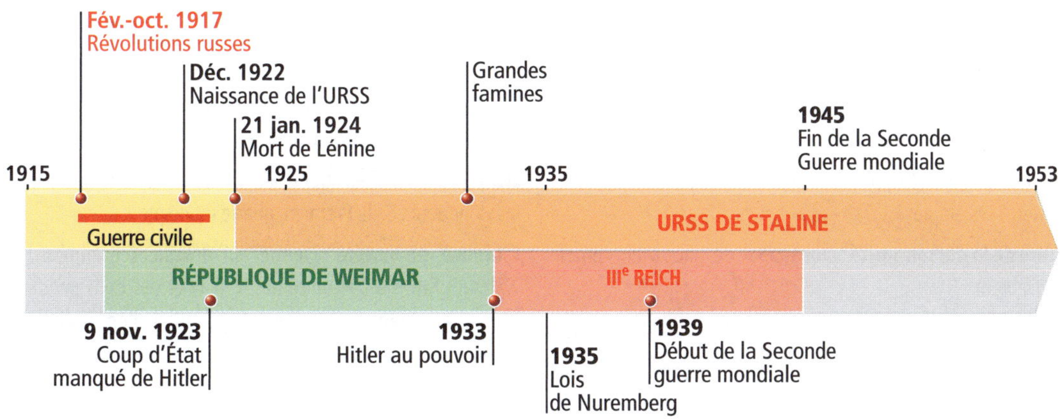

La France, une démocratie fragilisée

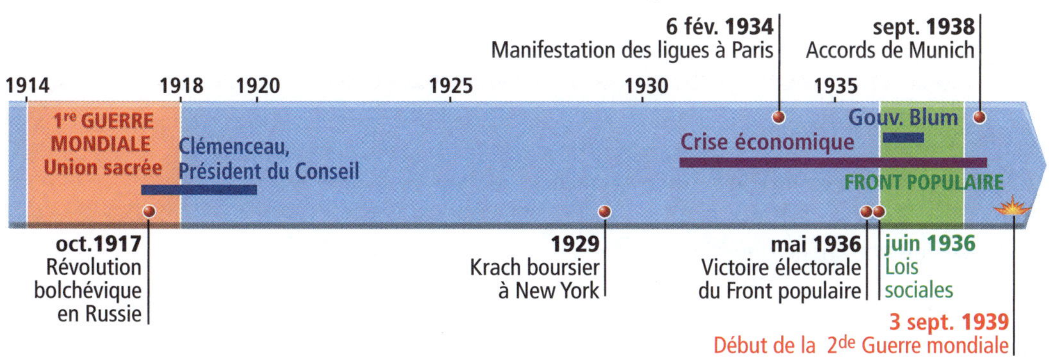

HISTOIRE

Les notions importantes

Accords de Matignon : accords sociaux passés en juin 1936 entre les patrons et les syndicats pour instaurer de meilleures conditions de travail.

Antiparlementarisme : rejet du Parlement et de la démocratie parlementaire. Dans les années 1930, en France, les ligues en font leur ligne politique.

Antisémitisme : racisme, hostilité envers les juifs.

Armistice : accord conclu entre des pays en guerre pour suspendre les combats.

Collectivisation : mise en commun des moyens de production (usines, machines, terres agricoles, etc.) dans un système communiste.

Colonie : territoire dominé et exploité par une métropole.

Communisme : système politique et économique s'inspirant des idées de Karl Marx et visant à l'établissement d'une société égalitaire et sans classes sociales, grâce à la mise en commun des moyens de production.

Congés payés : 15 jours de vacances par an, payés par le patron à ses employés.

Culte de la personnalité : propagande destinée à faire aimer le dictateur.

Encadrement : contrôle de la population par la propagande, l'embrigadement dans diverses organisations et la terreur.

Génocide : destruction systématique d'un peuple pour le faire disparaître.

Guerre totale : guerre dans laquelle toutes les forces humaines, économiques, techniques et scientifiques sont mobilisées par les États, (grâce à la propagande, etc.).

Idéologie : ensemble d'idées et de croyances sur lesquelles s'appuie un régime politique.

Mutinerie : refus d'obéir aux ordres, notamment pendant la guerre. Certains mutins ont été condamnés à mort.

Nationalisme : idéologie mettant en avant la supériorité de sa nation sur les autres et donc le droit de les dominer.

Propagande : ensemble des méthodes d'informations utilisées pour faire accepter des idées ou une idéologie.

Régime totalitaire : régime politique dans lequel l'État dictatorial encadre la population par la propagande, l'embrigadement et la terreur, dans le but de la faire adhérer totalement à son idéologie.

Terreur : moyen de contrôle de la population par la violence qui vise à empêcher toute opposition.

Traité de Versailles : traité de paix signé entre l'Allemagne et les vainqueurs de la Première guerre mondiale.

Violence de masse : terme qui désigne l'ensemble des violences faites à l'encontre des soldats et des civils pendant la guerre, notamment grâce à l'apparition d'un armement moderne et meurtrier.

Quiz

Cochez la ou les bonnes réponses.

1. La France est dans le camp de la Triple Alliance.

☐ **vrai** ☐ **faux**

2. Les États-Unis entrent en guerre en :

☐ **1915** ☐ **1916** ☐ **1917**

3. Le « bourrage de crânes » est une propagande mensongère.

☐ **vrai** ☐ **faux**

4. L'armistice est signé le :

☐ **11 novembre 1918** ☐ **8 mai 1918** ☐ **28 juin 1919**

→ **Réponses p. 505**

SUJET DE TYPE BREVET

Maîtriser différents langages

Énoncé

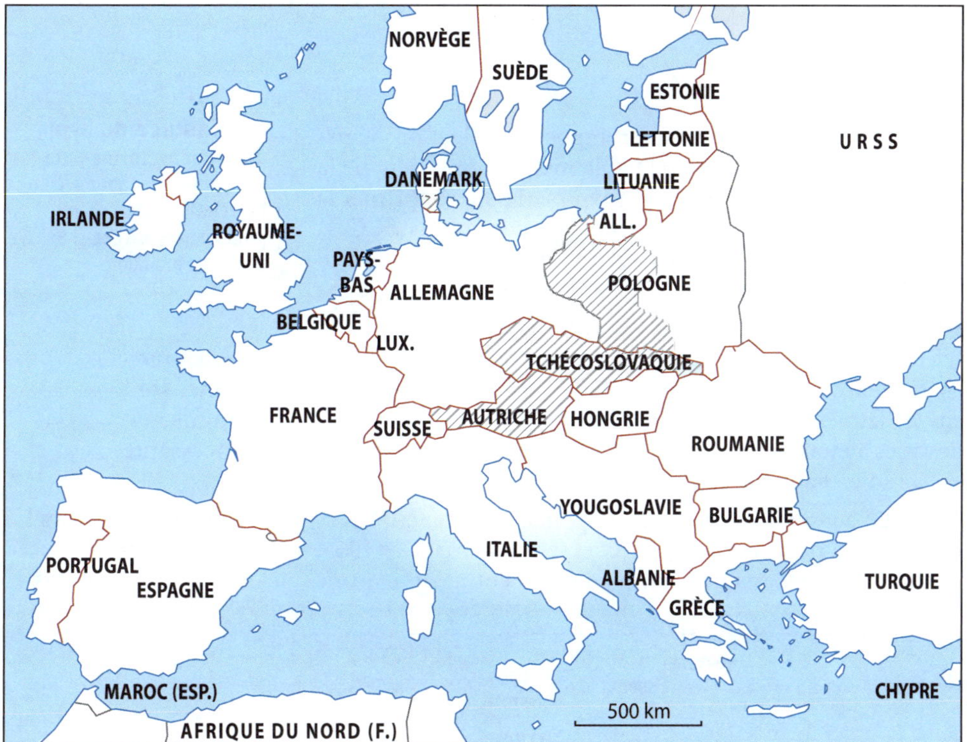

Légende

Territoires annexés par Hitler entre 1936 et 1939

Questions

1 Sous la forme d'un développement construit d'une vingtaine de lignes, décrivez l'État totalitaire nazi mis en place par Adolf Hitler en Allemagne dans les années 1930.

2 Sur le fond de carte ci-avant :

a. Choisissez une couleur pour localiser deux pays qui sont des démocraties en Europe, dans les années 1930.

b. Choisissez une couleur pour placer deux pays qui sont des États totalitaires ou autoritaires en Europe, dans les années 1930.

c. Montrez par des flèches sur la carte que l'Allemagne nazie procède à différentes annexions entre 1936 et 1939 en Europe.

d. Choisissez un figuré ponctuel pour placer l'Allemagne nazie et ses alliés en Europe avant le déclenchement de la Seconde Guerre mondiale.

e. Construisez une légende.

Méthode

Présentez une légende organisée :

1 Une Europe entre démocraties et expériences totalitaires (pays démocratiques et États totalitaires)

2 L'Europe sous la menace de l'Allemagne nazie (territoires annexés, annexions et alliés).

Corrigé

1 En 1933 en Allemagne, le parti nazi remporte les élections législatives et Hitler devient chancelier. En 1934, à la mort du président de la république Hindenburg, Hitler a les pleins pouvoirs. Il peut supprimer la démocratie. Il fait incendier le Reichstag et accuse les communistes. Cela lui permet d'interdire ce parti puis tous les autres : le parti nazi est le seul autorisé. Toutes les libertés individuelles sont supprimées et l'Allemagne devient une dictature dirigée par un seul chef : un « Führer ».

L'astuce du prof
Organisez par thème votre développement pour décrire l'État nazi : dictature, propagande, terreur... Pensez à faire un brouillon.

Toute la société est encadrée et doit participer au nouveau régime totalitaire. La propagande met en avant le culte du chef et on salue en disant « Heil Hitler ». Les jeunes sont embrigadés dans les Jeunesses hitlériennes et le régime organise sans cesse de grands rassemblements destinés à mobiliser la nation allemande. La propagande est aussi incessante dans la presse, à la radio et au cinéma.

Le régime s'appuie aussi sur la terreur : la police politique, la Gestapo et la SS surveillent la population et traquent les ennemis. Dès 1933, les opposants sont enfermés dans des camps de concentration comme Dachau.

Gagnez des points !
Votre description doit s'appuyer sur le vocabulaire appris en cours.

2

Chapitre 2 La Seconde Guerre mondiale et ses conséquences en France (1939-1945)

1 La Seconde Guerre mondiale, une guerre d'anéantissement (1939-1945)

De quoi s'agit-il ? De 1939 à 1945, le monde est entraîné dans le conflit le plus meurtrier de son histoire. Pourquoi peut-on parler à son propos d'une véritable guerre d'anéantissement, et quelles sont les conséquences de cette guerre ?

1 Un affrontement aux dimensions planétaires

• Suite aux coups de force nazis en Europe et aux agressions japonaises en Chine, le monde bascule dans la guerre.

• De 1939 à 1942, les forces de l'Axe remportent toutes les victoires. Grâce à la Blitzkrieg, la Wehrmacht envahit l'Europe, y compris la France en 1940. Le Royaume-Uni reste le seul adversaire des nazis jusqu'à l'invasion de l'URSS par les Allemands en juin 1941. En Asie, l'armée japonaise continue d'avancer et pousse les États-Unis à entrer en guerre auprès des Alliés, après l'attaque de Pearl Harbor, en décembre 1941 (**Doc.**).

• À partir de 1942, les forces s'équilibrent. Les Allemands sont battus à Stalingrad, alors que les Japonais subissent des revers dans le Pacifique (**Doc.**). Les Alliés débarquent en Afrique du Nord et en Italie, où Mussolini capitule en 1943.

• En 1944, les Alliés débarquent en Normandie puis en Provence (**Doc.**). Peu à peu, l'Europe est libérée et l'Allemagne capitule le 8 mai 1945. Dans le Pacifique, suite au bombardement atomique de Hiroshima et de Nagasaki (6 et 9 août 1945), le Japon capitule.

• Lors des conférences de paix de Yalta et de Potsdam en 1945, les Alliés installent un nouvel ordre international dominé par les États-Unis et l'URSS, les deux grands vainqueurs de la guerre.

Vocabulaire

- **Axe :** alliance entre l'Allemagne, l'Italie et le Japon à partir de 1940.
- **Wehrmacht :** armée allemande.
- **Alliés :** États alliés contre l'Allemagne.
- **Bombe atomique :** arme de destruction massive, mise au point par les Américains pendant la guerre et utilisée pour la première fois à Hiroshima en 1945.
- **Armée rouge :** armée de l'URSS.

Le bombardement atomique à Hiroshima

• En Afrique et en Asie, les puissances européennes perdent de leur influence car les colonies revendiquent leur indépendance. En Europe de l'Ouest, la démocratie se remet en place, financée par les investissements américains. À l'Est, l'armée rouge impose sa présence militaire et influence la vie politique. Une vive tension s'installe donc rapidement entre les anciens alliés. Par exemple, l'Allemagne, comme sa capitale Berlin, est occupée militairement et divisée en quatre zones.

2 Une guerre d'anéantissement

• La Seconde Guerre mondiale est une guerre totale. Les économies sont mises au service de la guerre et les belligérants utilisent largement la propagande pour mobiliser leurs populations au nom de différentes idéologies : démocratie contre fascisme, fascisme contre communisme, impérialisme européen contre impérialisme japonais en Asie, etc.

Doc. Une guerre aux dimensions planétaires (1942-1944)

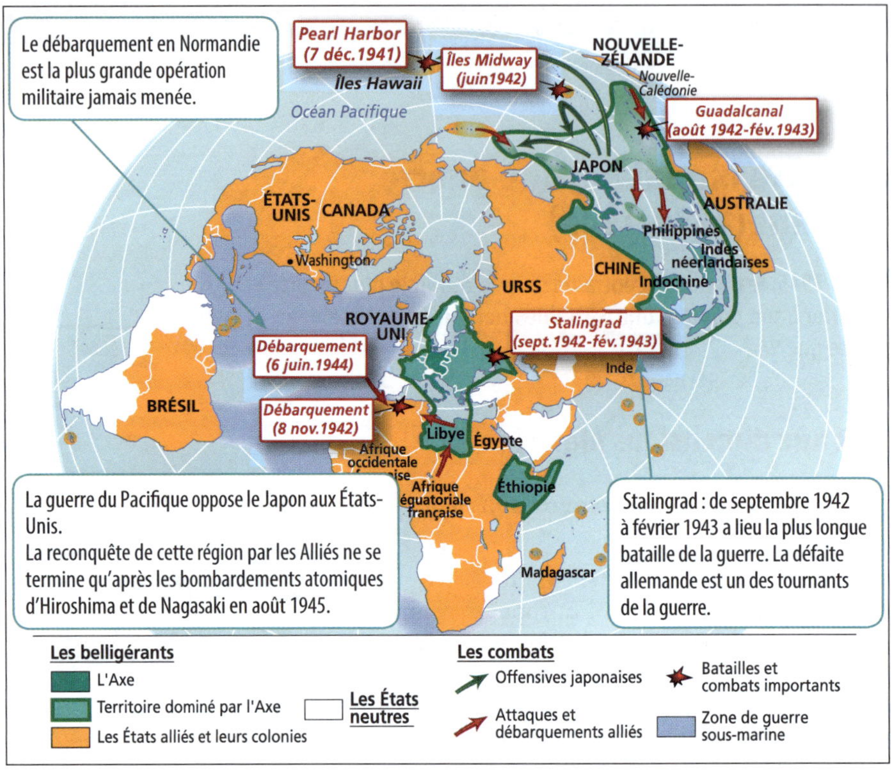

- Ces combats idéologiques expliquent l'ampleur et la violence des affrontements qui aboutissement à l'anéantissement total de l'ennemi qu'il soit militaire ou civil. En témoignent les massacres de villages entiers par les nazis comme à Oradour-sur-Glane en 1944, ou les bombardements massifs perpétrés par les Alliés, comme à Dresde en 1945 (**Doc.**). Un autre exemple de la guerre d'anéantissement est la bataille de Stalingrad, qui est la plus coûteuse en vie humaine de toute l'histoire militaire : 1 à 2 millions de morts en six mois de combats.
- Les juifs sont les premières victimes de la « Solution finale » : exclus par des lois antisémites, ils sont exécutés par les *Einsatzgruppen* ou regroupés dans des ghettos avant d'être déportés dans des camps d'extermination. La mort y est organisée de façon industrielle. Environ 6 millions de juifs (Shoah) et 250 000 Tziganes sont ainsi exterminés : c'est le plus grand génocide de l'histoire.
- Le conflit coûte la vie à plus de 50 millions de personnes, dont 30,5 millions de civils. De plus, des millions de personnes démunies se retrouvent sur les routes.
- Les horreurs de cette guerre d'anéantissement sont vécues comme un traumatisme . Les nouveaux moyens techniques et scientifiques ont permis la destruction de masse. La barbarie nazie est jugée par le tribunal de Nüremberg qui définit la notion de « crime contre l'humanité ».
- Les économies sont ravagées. L'Allemagne et le Japon sont en ruine. La situation ne s'arrange qu'avec l'aide américaine distribuée par le plan Marshall en 1947.

Vocabulaire

- **Belligérants :** pays en guerre.
- **Solution finale :** nom donné par les Nazis à l'extermination des Juifs décidée en 1941-1942.
- **Einsatzgruppen :** commandos nazis chargés de l'exécution des populations juives lors de l'invasion de l'URSS.
- **Ghetto :** quartier destiné à la population juive pour l'isoler du reste de la société.
- **Camp d'extermination :** camp où les nazis envoient les Juifs, les Tziganes et les « asociaux » dans le seul but de les tuer massivement.
- **Traumatisme :** choc moral vécu par un individu ou une population entière et qui laisse des traces durables.
- **Plan Marshall :** aide économique fournie par les États- Unis aux pays européens à partir de 1947.

La bataille de Stalingrad

Doc. Les pertes humaines et matérielles de la guerre

Pays	Pertes militaires (en millions)	Pertes civiles (en millions)	Quelques exemples de destructions
Total monde	24,5	30,5	
Allemagne	3,25	3,8	Les villes de Dresde et Hambourg sont détruites à 95 % et 80 %
URSS	13,6	7,7	70 % des usines sont détruites
Royaume-Uni	0,1	0,04	50 % de la flotte de commerce est détruite
France	0,25	0,36	85 % des locomotives sont détruites
Pologne	0,12	5,3	La capitale Varsovie est détruite
Italie	0,36	0,09	
États-Unis	0,3	–	
Japon	1,7	0,36	La ville de Tokyo est détruite, Hiroshima et Nagasaki sont rasées

La Shoah conduit à l'extermination de 90 % des juifs polonais. En Europe, entre 5 et 6 millions de juifs sont exterminés.

La Seconde Guerre mondiale est le premier conflit lors duquel les pertes civiles dépassent les pertes militaires.

2 La France défaite et occupée. Régime de Vichy, collaboration, Résistance

De quoi s'agit-il ? La défaite de la France en 1940 entraîne l'effondrement de la IIIe République. Comment se met en place un régime anti-démocratique qui collabore avec l'Allemagne nazie ? Comment s'organisent des mouvements de résistance qui veulent libérer la France et rétablir la république ?

1 L'effondrement de la République

- La Blitzkrieg menée par l'armée allemande en mai 1940 submerge les défenses de l'armée française et jette des millions de civils effrayés sur les routes : c'est l'exode.
- Appelé au pouvoir dans un pays totalement désorganisé, le maréchal Pétain décide de signer l'armistice malgré les très lourdes conditions imposées par les Allemands : occupation du nord du pays et de la côte atlantique, entretien de l'armée allemande à la charge de la France, non-retour des prisonniers de guerre, etc. Dans le même temps, en France, la IIIe République disparaît. Pétain reçoit les pleins pouvoirs (exécutif et législatif) et modifie la Constitution : la IIIe République disparaît.
- À Londres, le général de Gaulle refuse la défaite : le 18 juin 1940, il lance à la radio un appel à continuer la guerre et à résister. Reconnu par le gouvernement britannique, il devient le représentant de la France libre.
- Le gouvernement de Vichy devient donc un régime autoritaire, dirigé par un chef unique : Pétain. Le culte de sa personnalité participe de la Révolution nationale entreprise par le régime (**Doc.**). Les valeurs de la

L'offensive allemande de 1940

Vocabulaire

- **France libre ou Forces Françaises Libres (FFL) :** organisation résistante fondée par le général de Gaulle, en juin 1940, à Londres. Elle incarne la France républicaine.
- **Révolution nationale :** programme antirépublicain du régime de Vichy fondé sur la devise « Travail, Famille, Patrie ».

La France défaite et occupée

HISTOIRE

République sont remplacées par des valeurs conservatrices résumées dans la nouvelle devise du pays : « Travail, Famille, Patrie ». Une législation antisémite, sur le statut de juifs, est mise en place.

• De plus, le régime de Vichy collabore avec les nazis. Le STO oblige tous les jeunes Français à partir travailler en Allemagne ; la milice aide la Gestapo à réprimer la Résistance ; les forces de police françaises sont chargées d'appliquer la nouvelle législation antisémite et d'organiser des rafles de juifs, participant ainsi à la guerre d'anéantissement menée par les nazis.

Vocabulaire

- **STO :** Service du Travail Obligatoire imposé par Hitler à la France pour fournir de la main-d'œuvre à l'Allemagne.
- **Milice :** organisation de volontaires qui collaborent avec les Allemands pour traquer les ennemis du régime de Vichy.
- **Rafle :** descente de police pour arrêter les juifs ou les résistants.

Doc. **Une affiche de propagande à la gloire de Pétain**

Ces symboles remplacent les symboles républicains.

Le maréchal Pétain fait l'objet d'un culte de la personnalité. Il est au centre de l'affiche, dans la lumière et il surplombe l'ensemble des Français.

La francisque est une hache portée par les guerriers francs. Elle met en avant le nationalisme du régime.

Les Français représentés ici symbolisent une France traditionnelle, avant tout rurale, sur laquelle s'appuie le Gouvernement de Vichy.

2 Résistance et Libération : la refondation républicaine

• La Résistance naît d'abord du refus de l'armistice et du régime de Vichy qu'elle combat, ainsi que les nazis, au nom des valeurs démocratiques et républicaines.

• Une résistance extérieure s'organise au Royaume-Uni après l'appel du général de Gaulle. C'est avant tout une résistance militaire. De Gaulle crée les FFL dans lesquelles s'enrôlent les Français venus le rejoindre à Londres. Dès 1940 et jusqu'en 1943, il reçoit les ralliements de la plupart des colonies françaises, qui mettent en place des troupes prêtes à combattre aux côtés des Alliés et des FFL.

Vocabulaire

- **FTP :** Francs Tireurs et Partisans. Réseau résistant créé par le Parti communiste français.
- **Maquis :** regroupement de résistants dans des zones difficiles d'accès ou peu peuplées (forêts, montagnes, etc.) et qui mènent des actions militaires contre l'occupant.

• Dans le même temps, une résistance intérieure se met en place. C'est avant tout une résistance civile. Elle s'organise en réseaux, comme les FTP, et en mouvements, comme Libération-Sud. Organisés parfois en maquis, ils mènent des actions militaires comme le sabotage de trains de ravitaillement, l'assassinat de miliciens, l'attaque de convois allemands, etc. Ils mènent aussi des actions plus politiques en imprimant des tracts et des journaux clandestins destinés à mobiliser la population contre l'occupant et le gouvernement collaborateur.

• En 1943, les différents mouvements résistants sont unifiés par de Gaulle et Jean Moulin avec la création du CNR, dont le but est de refonder la République. Les FFI, issues de cette unification, mènent la lutte armée pour la Libération.

• Le 6 juin 1944, les Alliés, accompagnés par les FFL, débarquent en Normandie puis en Provence. La résistance intérieure participe activement à leurs côtés aux combats contre l'armée allemande en repli. Peu à peu, la France est libérée. Dans le même temps, de Gaulle devient le chef du Gouvernement provisoire de la République française (GPRF).

• De Gaulle annule les lois du gouvernement de Vichy. Il fait arrêter Pétain et, en 1945, à la fin de la Libération, son procès et celui de la collaboration s'ouvrent. Pétain est condamné à mort, puis sa peine est commuée en prison à vie.

Vocabulaire

- **CNR : Conseil National de la Résistance, créé en 1943 par Jean Moulin afin d'unifier tous les mouvements de la Résistance intérieure. En 1944, son programme prépare le rétablissement de la République.**
- **FFI : Forces Françaises de l'Intérieur, ensemble des organisations armées de la Résistance intérieure.**

Doc. Extraits du programme du Conseil national de la Résistance (CNR), 15 mars 1944

Plan d'action immédiate

Les représentants des organisations de Résistance des centrales syndicales et des partis ou tendances politiques groupés au sein du CNR […] proclament leur volonté de délivrer la patrie en collaborant étroitement aux opérations militaires que l'armée française et les armées alliées entreprendront sur le continent mais aussi de hâter cette libération. […]

Mesures à appliquer :

[…]

4°) Afin d'assurer :

– l'établissement de la démocratie la plus large en rendant la parole au peuple français par le rétablissement du suffrage universel ;

– la pleine liberté de pensée, de conscience et d'expression ;

– la liberté de la presse […]

– l'égalité absolue de tous les citoyens devant la loi […].

Ce conseil, mis en place par Jean Moulin sur ordre de de Gaulle, travaille à Londres et regroupe les principaux mouvements de la résistance intérieure.

Ce programme a été diffusé au printemps 1944 dans la clandestinité par les journaux des mouvements de Résistance. Il incite la résistance intérieure à aider les Alliés et à participer à leurs côtés à la libération de la France.

Le CNR prévoit déjà la refondation républicaine qui devra succéder au gouvernement du maréchal Pétain. Ce sont toutes les libertés individuelles et le suffrage universel qui seront rétablis pour permettre le retour de la République.

La mort de Lucie Aubrac

La fin du procès de Pétain

Révision express

Les dates importantes

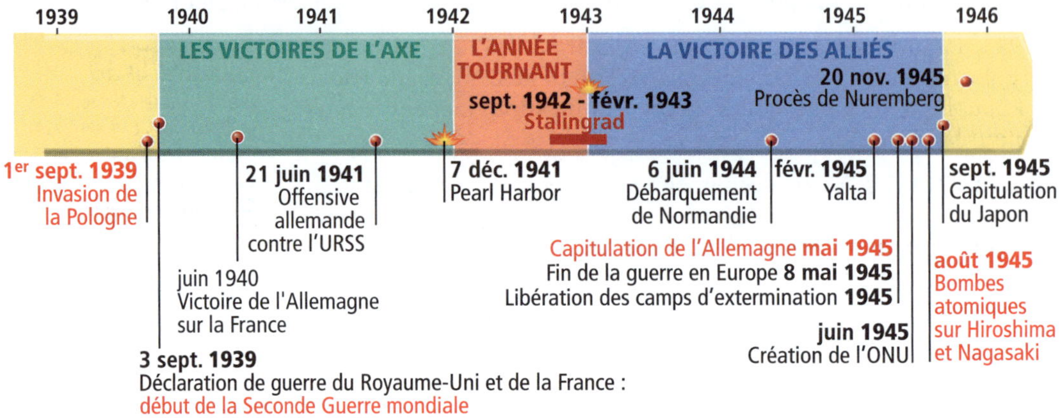

La France pendant la Seconde Guerre mondiale

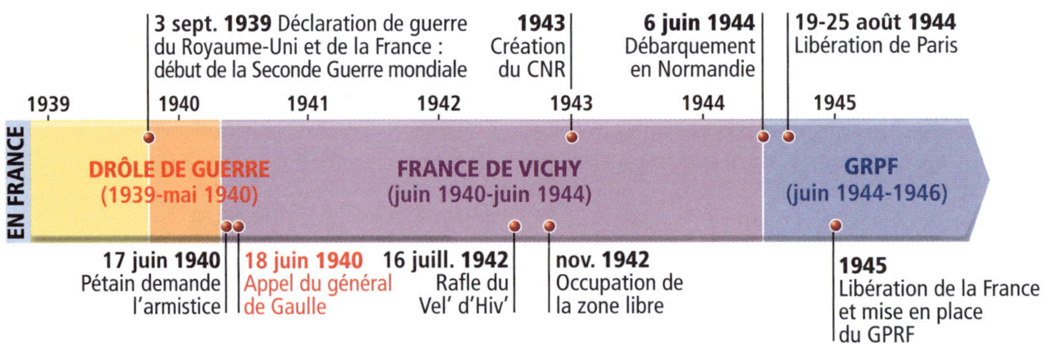

Les personnages importants

Charles de Gaulle
1890-1970

Général français qui refuse la défaite et lance depuis Londres, le 18 juin 1940, un appel à la résistance. Il est le chef de la France libre de 1940 à 1944 puis chef du gouvernement provisoire (1944-1945).

Philippe Pétain
1856-1951

Maréchal de France après la Première Guerre mondiale, il devient le chef du Gouvernement de Vichy qui collabore avec l'Allemagne de 1940 à 1944. Condamné à mort en 1945, il est ensuite gracié.

Jean Moulin
1899-1943

Préfet d'Eure-et-Loir en 1940, il est révoqué par Vichy et rejoint de Gaulle qui le charge d'unifier la Résistance.

Franklin Roosevelt
1892-1945

Président démocrate des États-Unis de 1932 à 1945, il engage son pays dans la guerre après Pearl Harbor (1941) et participe activement à l'après-guerre. Il meurt avant la fin de son mandat.

Les notions importantes

Blitzkrieg : « Guerre éclair », tactique qui consiste à bombarder les lignes ennemies avant d'avancer le plus loin possible avec l'artillerie.

Collaboration : politique de coopération avec l'Allemagne nazie voulue par le maréchal Pétain, mais aussi comportement de ceux qui, pendant la Seconde Guerre mondiale, ont aidé les occupants nazis.

Conférence de Yalta : conférence organisée par les Alliés (Roosevelt pour les USA, Churchill pour le R-U et Staline pour l'URSS) en février 1945, dans le but de mettre en place le nouvel ordre international.

Crime contre l'humanité : tous les actes inhumains commis lors d'une guerre contre des populations civiles pour des motifs religieux, politiques et raciaux.

Destruction de masse : anéantissement d'une population et d'un territoire en utilisant tous les moyens techniques modernes.

Exode : fuite massive de la population devant l'armée allemande en 1940.

GPRF : Gouvernement Provisoire de la République Française, dirigé par de Gaulle, qui gouverne la France de 1944 à 1946.

Guerre d'anéantissement : guerre qui a pour but l'anéantissement de l'ennemi et de son idéologie.

Ordre international : organisation politique du monde, fondée sur la domination de certaines grandes puissances.

Résistance : ensemble des actions individuelles ou organisées exprimant le refus de l'occupation nazie et du régime de Vichy.

Résistance extérieure : résistance militaire qui s'organise sous le commandement du général de Gaulle et des Alliés.

Résistance intérieure : ensemble des organisations de résistance (mouvements, réseaux, maquis).

Shoah : génocide des juifs pendant la Seconde Guerre mondiale.

HISTOIRE

Quiz

Cochez la ou les bonnes réponses.

1. Les forces de l'Axe comprennent :
☐ **l'Allemagne, l'Italie et l'Espagne** ☐ **l'Allemagne, l'Italie et l'URSS**
☐ **l'Allemagne, l'Italie et le Japon**

2. Les États-Unis entrent en guerre :
☐ **en 1939** ☐ **en 1940** ☐ **en 1941**

3. Stalingrad est le lieu d'une victoire allemande sur l'Armée rouge.
☐ **vrai** ☐ **faux**

4. L'appel à la résistance lancé par le général de Gaulle a lieu :
☐ **le 17 juin 1940** ☐ **le 18 juin 1940** ☐ **le 14 juillet 1940**

5. Le Gouvernement de Vichy est un régime :
☐ **autoritaire** ☐ **parlementaire** ☐ **antisémite**

6. Pour unifier la Résistance intérieure, Jean Moulin a fondé :
☐ **le CNR** ☐ **le FTP** ☐ **la France libre**

7. De Gaulle a dirigé :
☐ **la France libre** ☐ **le GPRF** ☐ **la IVe République**

8. La Shoah est le nom donné au génocide juif.
☐ **vrai** ☐ **faux**

9. La Seconde Guerre mondiale s'achève totalement en :
☐ **août 1944** ☐ **mai 1945** ☐ **septembre 1945**

→ Réponses p. 505

SUJET DE TYPE BREVET

Analyser et comprendre des documents

Énoncé

Doc. 1 Témoignage de Simone Veil, déportée au camp d'Auschwitz-Birkenau

« J'avais dix-sept ans quand j'ai été arrêtée par la Gestapo et dix-huit à mon arrivée ici, au camp d'Auschwitz-Birkenau. À cette époque, il n'y avait pas un brin d'herbe dans le camp, mais une boue collante.

Après la sélection on nous a dénudées, rasées et tatouées, puis on nous a donné des vêtements ; j'ai reçu un caleçon d'homme, une chemise d'homme, une jupe, une bottine et un escarpin. Pour pouvoir marcher j'ai fait sauter le talon de l'escarpin et c'est là que j'ai reçu mes premiers coups car j'avais commis « un acte de sabotage » en ôtant le talon de ma chaussure. [...]

Tout était fait pour nous humilier, jusque dans les latrines[1] : mais les femmes avaient fait de cet endroit un lieu de résistance, où s'échangeaient les informations obtenues grâce à la résistance polonaise. La puanteur de l'endroit rendait l'arrivée inopinée[2] des SS moins probable.

Dans les baraques, on dormait à six ou huit par châlit[3] selon les arrivages, tête-bêche. Il fallait faire son lit (une paillasse emplie de poux et jamais changée, plus une couverture) tous les matins, et le dimanche, on nous obligeait à piler des briques pour obtenir une poudre que l'on devait répartir sur le sol, sous les châlits pour faire joli et rendre l'espace « agréable ».

Il y avait une douche et la désinfection des vêtements une fois par mois. Les « lavabos » ne permettaient qu'un nettoyage rapide. En attendant les vêtements, on devait rester nues, dehors, rangées dans la cour d'appel et lorsque les vêtements nous revenaient, il fallait les enfiler encore mouillés pour aller travailler.

Les cendres des crématoires étaient jetées dans l'étang au fond du camp. Un jour, je manquai mon kommando[4] chargé de la réfection des routes et des chemins de fer et on m'affecta à l'étang : je dus y verser les cendres des crématoires. Pour ne pas y retourner, je me cachai toute une journée pour pouvoir réintégrer mon kommando et être de nouveau comptabilisée dans son appel. Le nombre des morts empêchait les nazis de vérifier à coup sûr les personnes dans les kommandos ; par contre il y avait de multiples appels de jour comme de nuit.

Je suis restée huit mois à Auschwitz, puis j'ai été évacuée sur Bergen-Belsen. Là, les détenus étaient livrés à eux-mêmes et ne travaillaient pas. De plus, l'endroit était infesté par les poux et les maladies. Une opportunité s'ouvrit alors pour les détenues françaises et nous partîmes pour Buchenwald où j'ai travaillé dans les usines avant d'être libérée. »

Site Mémorial de la Shoah.

1. Latrines : toilettes collectives
2. Inopinée : sans prévenir
3. Châlit : plancher en bois servant de lit
4. Kommando : groupe de prisonniers affecté à un travail par les gardiens SS du camp.

Doc. 2 Arrivée d'un convoi de Juifs hongrois au camp d'extermination d'Auschwitz-Birkenau en mai 1944

Questions

1 Identifiez l'auteure de ce témoignage et présentez-la : au moment où elle arrive à Auschwitz, quel âge a-t-elle ? De quel pays vient-elle ? Pourquoi a-t-elle été arrêtée ? Par qui ? À quelle date ?

2 Expliquez, à l'aide du document 2, le mot souligné dans le document 1 et décrivez grâce à vos connaissances le fonctionnement particulier du camp d'Auschwitz-Birkenau.

3 D'après les documents 1 et 2, quelles étaient les populations visées par les camps de mise à mort nazis ? Quelle autre population était elle aussi la cible d'un génocide dans ces camps ?

4 Dans le document 1, relevez toutes les informations qui nous montrent que dès l'arrivée, les conditions de vie de Simone Veil dans le camp étaient très dures. Ce témoignage correspond-il à vos connaissances sur les camps de concentration pendant la guerre ?

5 À quel Kommando appartient Simone Veil ? Qu'arrive-t-il le jour où elle manque l'appel de son Kommando ? D'après vos connaissances, d'où proviennent les cendres dont parle Simone Veil ? Pouvez-vous expliquer ce qu'elle ne dit pas dans son témoignage : pourquoi ne veut-elle plus être affectée dans ce Kommando ?

6 Quels sont les différents camps dans lesquels Simone Veil est transférée à partir de 1945 ? Quel est le bilan du génocide dans les camps d'extermination et de concentration pendant la Seconde Guerre mondiale ?

Méthode

1 Identifier la nature du document

Ce document est un témoignage de Simone Veil qui a ensuite été magistrate puis responsable politique française. Il s'accompagne d'une photo de la rampe de sélection du camp d'Auschwitz-Birkenau qui vient illustrer le début du témoignage car Simone Veil ne s'attarde pas sur la sélection et préfère décrire les conditions de vie quotidienne dans le camp de travail.

2 Repérer les éléments importants

- La description de son arrivée au camp et des premières violences qu'elle y a subies.
- Les souffrances et les humiliations quotidiennes vécues dans le camp.
- Le récit du jour où elle manque l'appel de son Kommando et se trouve affectée à un autre travail.
- Les différents camps où elle est transférée avant sa libération.

HISTOIRE

Corrigé

1 L'auteure de ce témoignage est Simone Veil. Elle a dix sept ans quand elle arrive à Auschwitz. Elle a été arrêtée à Nice par la Gestapo, la police politique nazie, parce qu'elle était juive. Simone Veil a témoigné toute sa vie mais ce témoignage est particulier. Il date de 2005 et il a été recueilli à Auschwitz sur les lieux mêmes de sa déportation lors d'une visite du camp qu'elle a fait avec ses petits-enfants.

Gagnez des points !
Ne vous contentez pas de décrire la photo car elle ne donne pas toutes les informations, utilisez vos connaissances pour bien expliquer la sélection qui est la spécificité du camp d'Auschwitz-Birkenau.

2 Le mot souligné est « sélection » qui est illustré par le document 2. Ce dernier est une photo prise lors de l'arrivée d'un convoi de Juifs hongrois à Auschwitz. On voit des gardes SS et des détenus en uniformes à rayures qui forment une colonne avec des femmes, des enfants en bas âge et une autre colonne avec des hommes. En effet, le camp d'Auschwitz-Birkenau est un double camp : c'est un camp de travail forcé, un camp de concentration pour les hommes et pour les femmes et aussi un camp d'extermination. La sélection consiste donc à séparer les hommes des femmes mais aussi à séparer ceux qui sont aptes au travail et qui vont aller dans le camp de travail, comme Simone Veil, de ceux qui vont aller dans le camp d'extermination comme le groupe de femmes et d'enfants sur le premier plan de la photo.

3 Les documents 1 et 2 nous montrent que les populations visées sont les populations juives d'Europe. En effet, Simone Veil est une Juive française et la photo nous montre l'arrivée de Juifs hongrois car tous les pays d'Europe occupés par l'Allemagne nazie déportent leurs populations juives vers les camps de la mort en Allemagne et en Pologne. L'autre population qui est victime d'un génocide est la population tzigane présente en Allemagne mais aussi dans d'autres pays d'Europe de l'Est comme la Pologne.

Gagnez des points !
Montrez que ce sont tous les Juifs d'Europe qui sont victimes du génocide nazi et pas seulement les Juifs français et hongrois.

4 L'arrivée au camp est très dure car Simone Veil doit subir les épreuves du déshabillage, du rasage et du tatouage sur le bras. Elle porte désormais un matricule. On lui donne des vêtements qui ne sont pas du tout adaptés et des chaussures avec lesquelles elle ne peut même pas marcher. Elle dit qu'elle reçoit alors « ses premiers coups » ce qui veut dire qu'elle sera battue à d'autres reprises. Elle décrit ensuite le manque d'hygiène partout dans les baraques et les lits, les latrines et les « lavabos ». Cela rendait inutile la « désinfection » qu'elle décrit comme quelque chose de très dur car elle devait rester nue et repartir travailler avec des vêtements mouillés. Ces conditions de vie et un travail très dur provoquaient la maladie et la mort de nombreux détenus. Simone Veil dit « le nombre de morts empêchait les nazis de vérifier à coup sûr les personnes dans les kommandos » malgré « les multiples appels de jour comme de nuit ». Ce témoignage correspond bien à mes connaissances car tous les témoignages que j'ai étudiés soulignent l'humiliation et la déshumanisation des détenus lors du tatouage à l'arrivée puis le manque d'hygiène et la violence qui régnaient dans tous les camps de travail. C'étaient des camps de « la mort lente » par le travail et les mauvaises conditions de vie.

L'astuce du prof
Appuyez-vous sur des passages du texte que vous citez mais attention à ne pas tout recopier pour pouvoir regrouper certaines informations.

Chapitre 3 Le monde depuis 1945

1 Guerre froide et indépendances : le monde de 1945 à 1991

De quoi s'agit-il ? Après la Seconde Guerre mondiale, un conflit appelé Guerre froide oppose les deux grands vainqueurs, les États-Unis et l'URSS. Comment cette opposition se manifeste-t-elle dans les relations internationales ? Comment favorise-t-elle l'accession à l'indépendance des peuples colonisés d'Asie et d'Afrique ?

1 La Guerre froide : le monde divisé en deux blocs

- Dès la fin de la Seconde Guerre mondiale, des tensions apparaissent entre les deux grands vainqueurs du conflit qui se partagent l'Europe, divisée par un « rideau de fer » (**Doc.**).
- En 1947, Truman, le président des États-Unis, propose aux pays européens une aide économique, le Plan Marshall, que l'URSS refuse, accusant les Américains d'impérialisme, c'est-à-dire de vouloir dominer politiquement, économiquement et culturellement d'autres peuples.
- Au début des années 1950, chaque puissance organise une alliance militaire : l'OTAN à l'Ouest et le Pacte de Varsovie à l'Est. Deux blocs se forment ainsi (**Doc.**) et s'opposent dans une guerre idéologique sans jamais tomber dans un affrontement direct, notamment à cause de la menace nucléaire.
- Des crises existent néanmoins, comme lors de la guerre de Corée (1950-1953), mais c'est l'Allemagne et Berlin qui focalisent toutes les tensions. Le pays et son ancienne capitale sont divisés en deux depuis 1949 : la RFA à l'Ouest et la RDA à l'Est. La construction du mur de Berlin en 1961 manque de faire basculer le monde dans un conflit atomique (**Doc.**).
- Cependant, après 1965, la course à l'armement ralentit et la menace d'un conflit s'éloigne : c'est la détente.
- Dans les années 1980, l'URSS est en pleine crise économique. Elle est ruinée par la course à l'armement et à la technologie (conquête spatiale).
- Peu à peu, les populations des pays européens du bloc de l'Est profitent de l'affaiblissement de l'URSS pour demander plus de libertés. La chute du mur de Berlin en 1989 annonce la fin des dictatures communistes en Europe de l'Est puis l'effondrement de l'URSS qui redevient la Russie en 1991.

Vocabulaire
- **Rideau de fer :** image utilisée par Churchill pour désigner la frontière infranchissable entre le bloc de l'Est et le bloc de l'Ouest en Europe.
- **OTAN :** Organisation du Traité de l'Atlantique Nord, alliance militaire autour des États-Unis signée en 1949.
- **RFA :** République fédérale d'Allemagne (Allemagne de l'Ouest).
- **RDA :** République démocratique allemande (Allemagne de l'Est).

L'antagonisme États-Unis/URSS

La chute du mur de Berlin

2 Indépendances et construction de nouveaux États

- La situation de domination des peuples colonisés est dénoncée bien avant 1945 : des leaders indépendantistes souvent formés dans les métropoles, comme Gandhi ou Senghor, font entendre leur voix. La Seconde

Vocabulaire
- **Indépendantiste :** personne qui milite en faveur de l'indépendance de son pays.
- **Métropole (en Histoire) :** puissance coloniale, pays qui possède des colonies.

Guerre mondiale a affaibli les métropoles européennes. Les colonisés, qui se sont battus aux côtés des Alliés, réclament le droit à la liberté.

- Enfin, dans un contexte d'opposition entre les deux blocs, les États-Unis et l'URSS, à la recherche de nouveaux alliés, soutiennent les mouvements indépendantistes au nom du droit des peuples à disposer d'eux-mêmes.

- Ces revendications aboutissent à des processus de décolonisation parfois négociés, parfois violents (**Doc.**), mais qui aboutissent souvent à la création de nouveaux États indépendants en Asie et en Afrique.

Doc. Le monde bipolaire

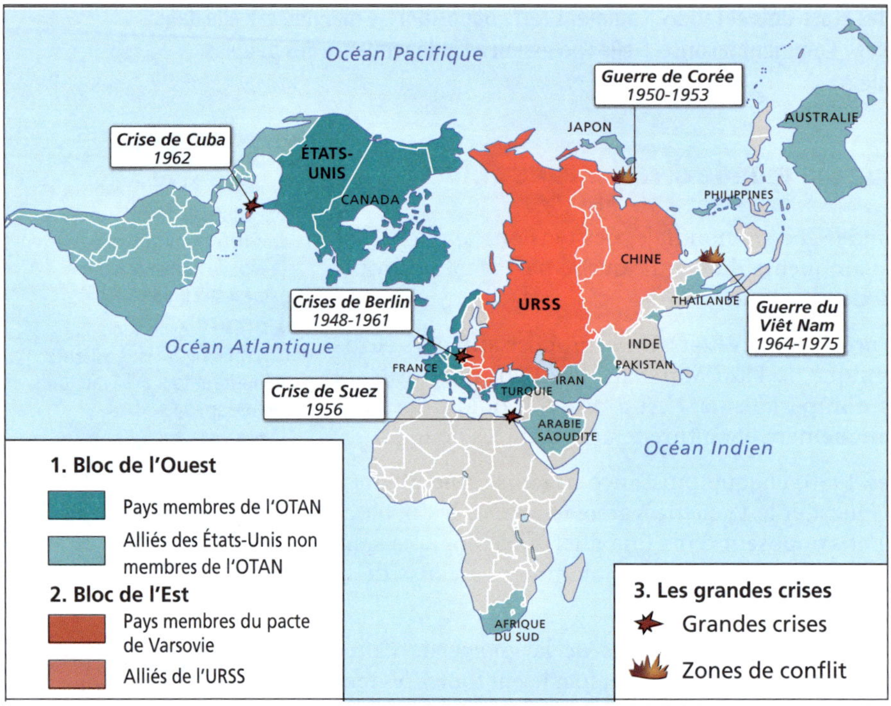

Les accords d'Évian

- Ainsi l'Algérie doit mener, de 1954 à 1962, une guerre de libération contre la France qui lui refuse l'indépendance, alors qu'elle l'accorde pourtant à la Tunisie, au Maroc et à l'Afrique sub-saharienne à la suite de négociations. La guerre en Algérie affaiblit la France qui est critiquée sur la scène internationale. En 1962, le président Charles de Gaulle signe donc avec le FLN algérien les accords d'Évian qui accordent son indépendance à l'Algérie.

- De la même manière le Royaume-Uni, face au mouvement de désobéissance civile de Gandhi, donne son indépendance à l'Inde en 1947.

- L'assassinat de Gandhi et les affrontements meurtriers entre hindous et musulmans, qui suivent l'indépendance de l'Inde et qui conduisent à la création de deux États séparés (Union indienne et Pakistan), montrent bien les difficultés rencontrées par les États issus de la décolonisation.

- Ces nouveaux États, tenus à l'écart de l'industrialisation par leur métropole, peinent à se développer. Ils se désignent alors sous le terme de tiers-monde et se réunissent lors de grandes conférences comme celle de Bandung en 1955. Ils s'unissent pour être reconnus et entendus sur la scène internationale, notamment à travers leur représentation à l'ONU.

Vocabulaire

- **FLN :** Front de Libération Nationale, créé en 1954 pour obtenir l'indépendance de l'Algérie par la lutte armée.
- **Désobéissance civile :** mouvement de protestation lancé par Gandhi en Inde et qui consiste à refuser pacifiquement la domination britannique.
- **Hindou :** pratiquant la religion hindouiste.

Doc. La décolonisation en Afrique et en Asie

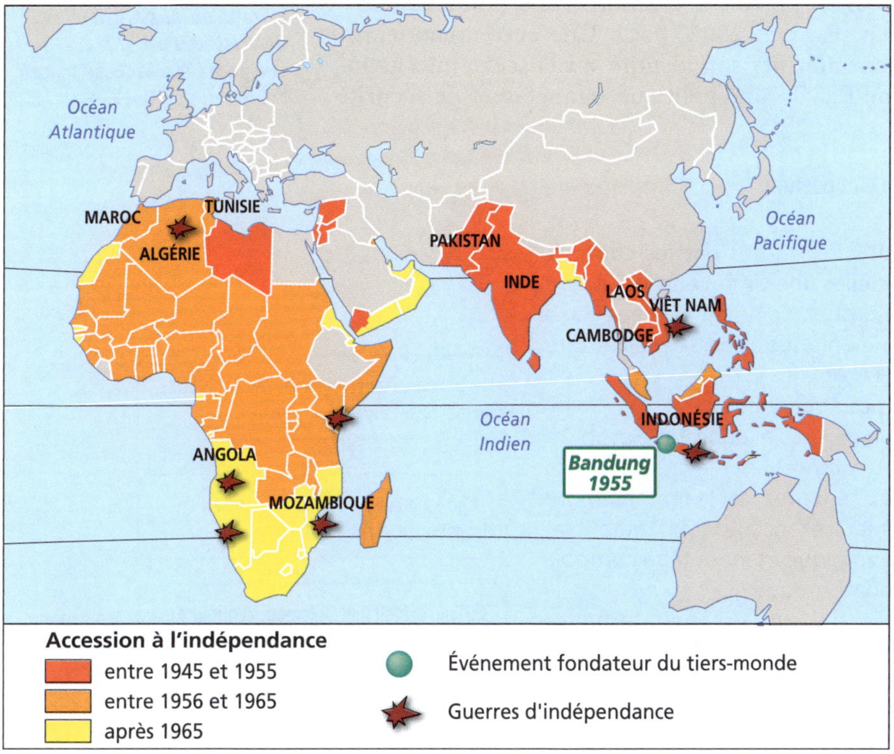

HISTOIRE

2 Une nouvelle géopolitique mondiale : le monde après 1989

De quoi s'agit-il ? À la fin de la Guerre froide, le projet européen s'affirme réellement avec le Traité de Maastricht tandis que les États-Unis deviennent la superpuissance mondiale. Comment se met en œuvre le projet européen ? Pourquoi les États-Unis sont-ils aujourd'hui une superpuissance contestée ?

Rétrospective sur la CECA

1 Affirmation et mise en œuvre du projet européen

• C'est en 1951 qu'est signé le traité instituant la CECA par la RFA, la France, les Pays-Bas, la Belgique, le Luxembourg et l'Italie. Ce traité, porté par les Français Jean Monnet et Robert Schuman, doit faciliter l'accès des Européens aux matières premières et accélérer la reconstruction.

• En 1957, ces 6 pays signent le traité de Rome qui donne naissance à la CEE et prévoit la libre circulation des marchandises, des capitaux, des services et des hommes, ainsi qu'une politique agricole commune (PAC). Au fil des années, l'objectif d'expansion économique de la CEE séduit et celle-ci compte 12 pays membres à la fin des années 1980.

Vocabulaire

- **CECA :** Communauté européenne du charbon et de l'acier, embryon, début de la construction européenne en 1951.
- **Traité de Rome :** traité signé en 1957 par 6 États européens (RFA, France, Italie, Belgique, Pays-Bas et Luxembourg), instituant la CEE.
- **CEE :** Communauté Économique Européenne instituée par le traité de Rome.
- **PAC :** Politique agricole commune des États de l'Union fondée sur un marché commun et des subventions européennes.

• En 1992, les États de la CEE signent le traité de Maastricht qui crée l'Union européenne (UE) et prévoit la création d'une monnaie européenne, l'euro, mise en place en 2002 (**Doc.**). Une citoyenneté européenne est créée et, pour affirmer son identité sur la scène internationale, l'UE instaure une PESC : une politique étrangère et de sécurité commune (**Doc.**).

Vocabulaire

■ Traité de Maastricht : traité signé en 1992 par 12 États européens, donnant naissance à l'Union européenne.

Doc. La création de l'Union européenne

Par le présent traité, les Hautes parties contractantes instituent entre elles une Union européenne.

Le présent traité marque une nouvelle étape dans le processus créant une union sans cesse plus étroite entre les peuples de l'Europe [...].

L'Union se donne pour objectifs :

– de promouvoir un progrès économique et social équilibré et durable, notamment par la création d'un espace sans frontières intérieures, par le renforcement de la cohésion économique et sociale et par l'établissement d'une union économique et monétaire comportant à terme une monnaie unique ;

– d'affirmer son identité sur la scène internationale, notamment par la mise en œuvre d'une politique étrangère et de sécurité commune, y compris à terme une politique de défense commune [...].

Extraits du traité de Maastricht, 1992.

Les frontières sont supprimées entre les États membres de l'espace Schengen.

L'euro est prévu par le traité et entre en circulation le 1er janvier 2002.

PESC qui prévoit une diplomatie commune et une armée européenne, mais dont la mise en place s'avère complexe.

Ville des Pays-Bas où est signé le traité.

• L'Union continue son processus d'élargissement : les États d'Europe de l'Est, de nouveau démocratiques après la chute du bloc soviétique, y adhèrent peu à peu. En 2016, l'UE compte 28 États membres.

• La construction européenne semble aujourd'hui marquer le pas : certains États comme le Royaume-Uni n'ont adopté ni l'euro ni la libre circulation des personnes prévue par les accords de Schengen. En juin 2016, ce pays souhaite même par référendum sa sortie de l'UE. De plus, à 28 membres, l'UE a du mal à parler d'une seule voix sur la scène internationale.

• Néanmoins, la construction européenne fait office d'exception mondiale et réussit à faire de l'UE un territoire attractif, comme le montre l'afflux de migrants et de réfugiés depuis 2013.

Vocabulaire

■ Migrants : personnes qui quittent leur pays pour s'installer dans un autre, à la recherche de meilleures conditions de vie.

■ Réfugiés : personnes obligées de quitter leurs pays en raison d'un conflit.

2 Enjeux et conflits dans le monde après 1989

• À la fin de la Guerre froide, les États-Unis apparaissent comme la seule superpuissance mondiale. À la tête de la première armée de la planète, ils sont les « gendarmes du monde », intervenant partout (Irak, Yougoslavie, Somalie) dans la décennie qui suit la fin de la Guerre froide.

• Parfois loués comme défenseurs des valeurs démocratiques et de la liberté, les États-Unis sont aussi largement critiqués pour leur impérialisme.

- Les États-Unis deviennent ainsi la cible n° 1 du terrorisme international d'Al-Qaïda. Le 11 septembre 2001, les tours du World Trade Center à New York, symbole de la puissance économique américaine, sont détruites dans un attentat qui fait 3 000 morts et qui est retransmis en direct sur les écrans du monde entier.
- Les États-Unis, dirigés par Georges Bush, s'engagent alors dans des guerres, autorisées ou non par l'ONU, qui déstabilisent un peu plus une région déjà fragile : le Moyen-Orient (**Doc.**). Ils s'enlisent dans ces conflits (Afghanistan, Irak) sans obtenir de victoires réelles et laissent le terrorisme islamiste se développer en Irak ou perdurer en Afghanistan (**Doc.**).
- Le monde actuel est aussi marqué par l'émergence de nouvelles puissances. Par leurs poids démographique et économique, les BRICS entendent désormais peser politiquement sur la scène internationale par l'intermédiaire du G20 ou de l'ONU dont ils demandent une réforme.
- La Chine notamment, dirigée depuis 2013 par Xi Jinping, ne cesse d'étendre son influence par des moyens aussi bien économiques que militaires. L'UE à 28 États essaye aussi, malgré les difficultés qu'elle traverse, de s'affirmer en tant que puissance. Le monde d'aujourd'hui comporte donc plusieurs pôles de puissance : il est multipolaire.

L'intervention américaine en Afghanistan

Vocabulaire

- **Terrorisme :** ensemble d'actions violentes destinées à terroriser une population pour lui imposer des idées politiques.
- **Al-Qaïda :** mouvement international terroriste islamiste, fondé par Oussama ben Laden en 1987, qui a pour objectif de combattre l'impérialisme occidental.
- **ONU :** Organisation des Nations Unies fondée en 1945 par les vainqueurs de la Seconde Guerre mondiale pour éviter un nouveau conflit mondial.
- **Moyen-Orient :** expression qui désigne une grande région à l'ouest de l'Asie, qui va de la Méditerranée jusqu'à l'Iran.
- **BRICS :** désigne les 5 plus grands pays émergents (Brésil, Russie, Inde, Chine et Afrique du Sud).
- **G20 :** groupe formé par les 20 pays les plus riches de la planète.

HISTOIRE

Doc. **Le Moyen-Orient, une importante zone de conflits**

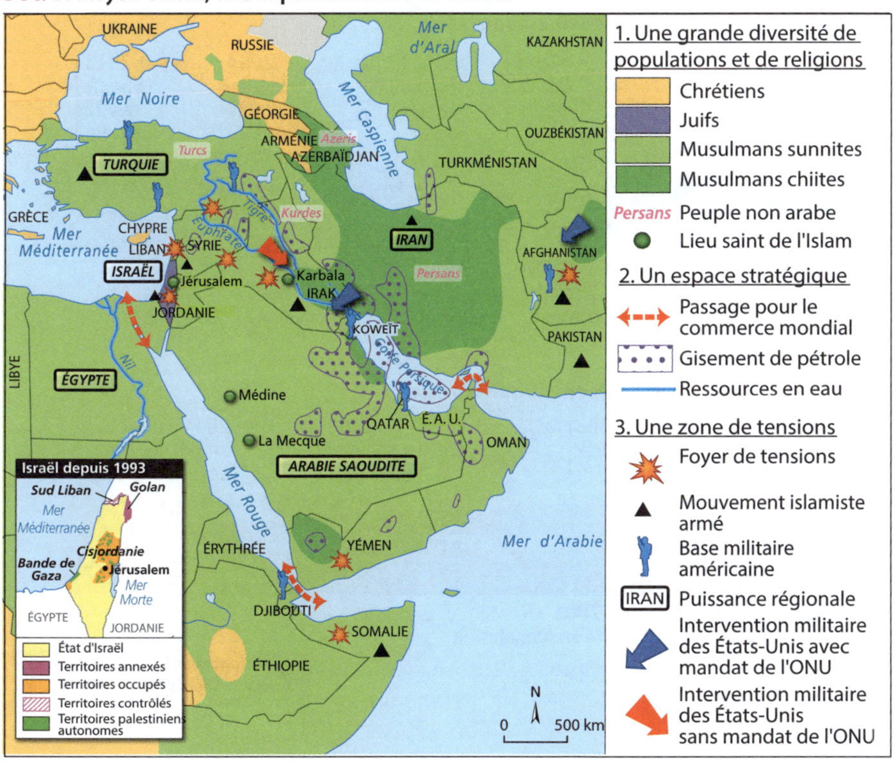

Révision express

Les dates importantes

La Guerre froide

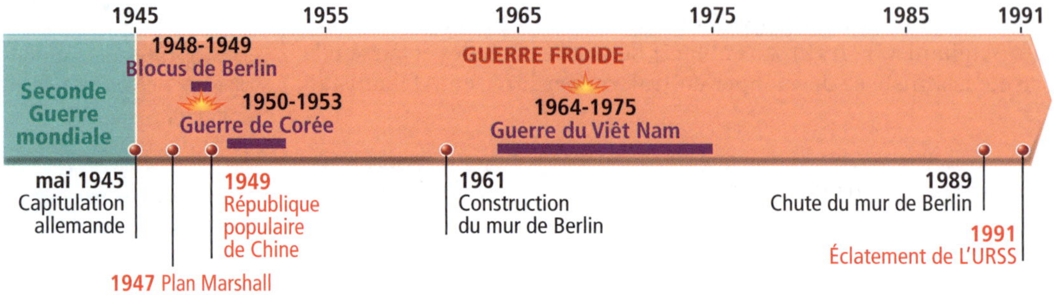

La décolonisation

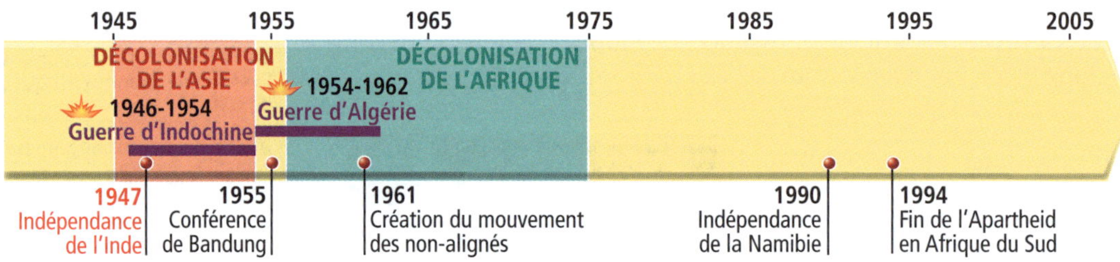

La construction européenne

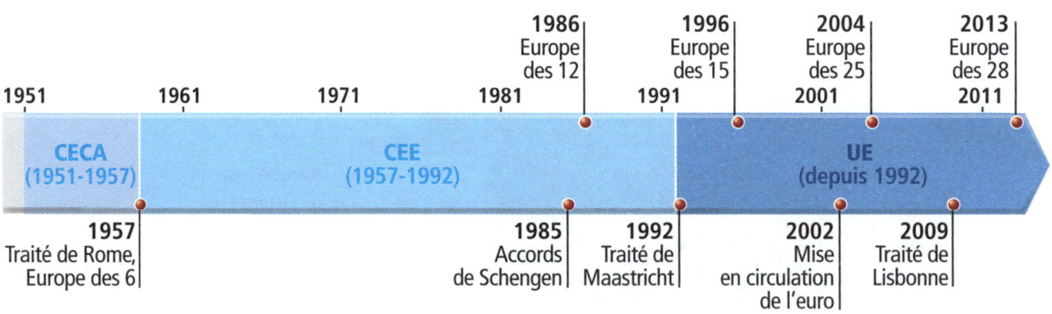

Une nouvelle géopolitique mondiale

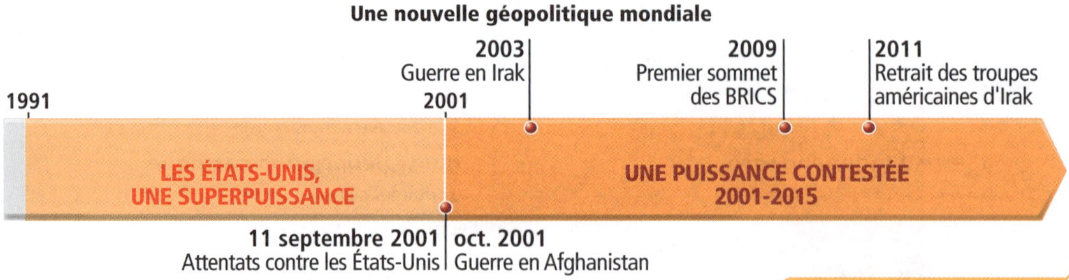

Chronologie interactive sur la Guerre froide

Les notions importantes

Citoyenneté européenne : fait d'être citoyen de l'UE, grâce notamment à la création d'un passeport de l'UE, et donnant le droit de voter et d'être éligible aux élections municipales et européennes.

Construction européenne : processus d'élargissement et d'approfondissement de l'union entre les États européens.

Course à l'armement : engrenage qui pousse les deux grandes puissances à consacrer une grande partie de leur budget à un équipement militaire de plus en plus sophistiqué.

Décolonisation : processus qui aboutit à l'indépendance des pays colonisés.

Développement : amélioration des conditions de vie dans un pays, notamment grâce à la scolarisation et à une meilleure prise en charge médicale.

Élargissement : agrandissement progressif de l'UE par l'intégration de nouveaux pays membres.

Émergence : fait de sortir de la pauvreté grâce à une croissance économique longue et soutenue.

Géopolitique : étude de l'organisation du monde et des rapports de force entre les États.

Guerre froide : conflit politique et idéologique entre les États-Unis et l'URSS pour la domination du monde. Elle repose sur la menace nucléaire et des affrontements indirects, mais n'aboutit jamais à une guerre ouverte.

Industrialisation : processus par lequel l'économie d'un pays se développe autour de grandes industries.

Islamisme : Idéologie qui veut faire de l'islam le fondement de la vie politique, économique et sociale.

Libre circulation : droit de se déplacer librement entre tous les États d'une union. Cette libre circulation peut se limiter aux marchandises et aux biens. Elle peut également, comme dans l'espace Schengen en Europe, concerner les personnes.

Menace nucléaire : menace d'un bombardement atomique qui pèse sur les deux camps pendant la Guerre froide. Cette menace est dite de dissuasion, car aucun des deux grands ne veut risquer l'anéantissement.

Multipolaire : qui comporte plusieurs pôles de puissance.

ONU : Organisation des Nations unies, créée en 1945 pour maintenir la paix dans le monde et soutenir le droit des peuples à disposer d'eux-mêmes.

PESC : Politique Étrangère et de Sécurité Commune, instituée par le traité de Maastricht en 1992.

Superpuissance : pays ou groupe de pays qui concentre tous les critères de puissance (économique, militaire, diplomatique...).

Tiers-monde : expression qui désigne les pays les moins développés, issus de la décolonisation, en référence au « tiers état » dans la France de 1789.

HISTOIRE

Quiz

Cochez la ou les bonnes réponses.

1. Comment appelle-t-on la séparation qui coupe l'Europe en deux pendant la Guerre froide ?

☐ **Le mur de fer** ☐ **le mur de Berlin** ☐ **le rideau de fer**

2. L'Inde s'est décolonisée à la suite :

☐ **d'une guerre d'indépendance** ☐ **d'une négociation pacifique**

3. Quel est le nom de la première organisation européenne à l'origine de l'UE ?

☐ **la CECA** ☐ **la CEE** ☐ **la PAC**

4. Lequel de ces acronymes désigne des pays émergents ?

☐ **BRICS** ☐ **G20** ☐ **ONU**

→ Réponses p. 505

SUJET DE TYPE BREVET

Maîtriser différents langages

Énoncé

1 Sous la forme d'un développement construit d'une vingtaine de lignes, en vous appuyant sur un ou deux exemples de crises étudiés en classe, décrivez le conflit qui oppose les États-Unis et l'URSS appelé « Guerre froide ».

2 Complétez la carte ci-dessous :

a. Coloriez en bleu la grande puissance du bloc de l'Ouest.

b. Coloriez en rouge la grande puissance du bloc de l'Est.

c. À l'aide d'une étoile noire, indiquez une crise de la Guerre froide avec son nom et sa date.

d. Faites une légende reprenant toutes les informations placées sur la carte.

Doc. Un monde bipolaire

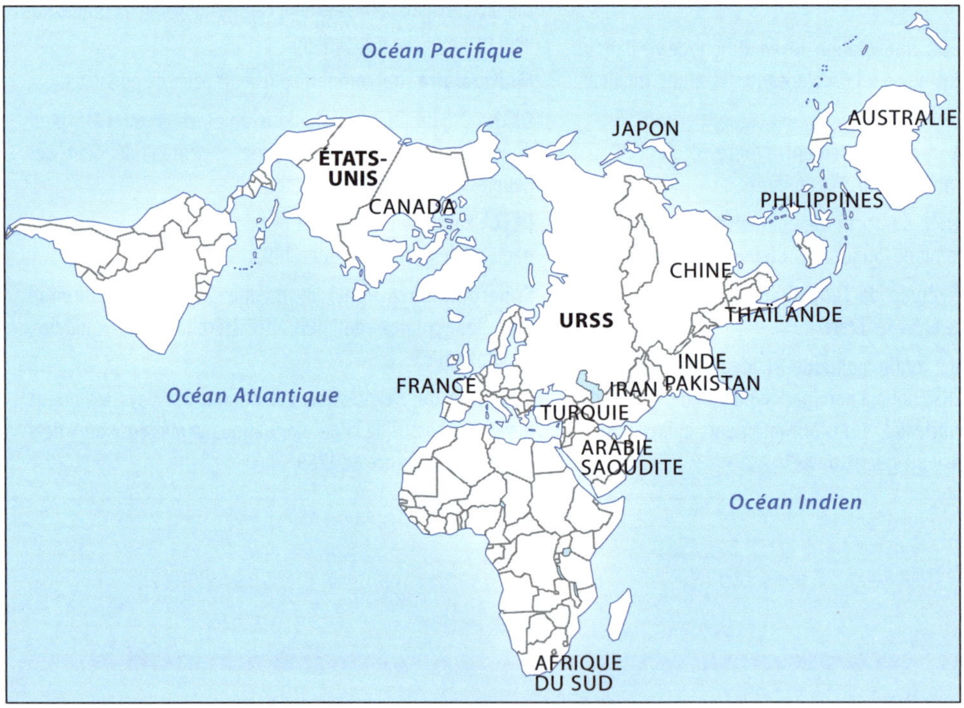

Méthode

1 Plusieurs tâches cartographiques simples vous sont demandées pour compléter la carte. D'abord, posez les aplats de couleurs pour montrer que vous savez situer les deux puissances de la Guerre froide.

2 Localisez une crise de la Guerre froide avec un figuré ponctuel, une étoile. Vous pouvez la placer sans trop de précision car vous devez rappeler à côté le lieu et la date du conflit.

3 Portez une attention particulière à la construction de la légende qui doit être une synthèse de toutes les informations placées sur la carte.

Corrigé

1 Dès la fin de la Seconde Guerre mondiale, des tensions apparaissent entre les deux grands vainqueurs de la guerre, l'URSS et les États-Unis, à propos du partage de l'Europe détruite et ruinée par le conflit.

En 1947, Truman, le président des États-Unis, propose aux pays européens une aide économique, le Plan Marshall, que l'URSS et les pays qu'elle contrôle à l'Est refusent. L'URSS de Staline accuse alors les Américains d'impérialisme, c'est-à-dire de vouloir dominer politiquement et économiquement d'autres peuples ; dans l'autre sens, les États-Unis dénoncent la dictature communiste de l'URSS imposée aux pays qu'elle « protège ».

> **Gagnez des points !**
> Montrez que vous savez qui dirige les États-Unis et l'URSS au début de la Guerre froide.

C'est le début de la Guerre froide, un affrontement idéologique qui divise d'abord l'Europe puis le monde. Par exemple l'Allemagne, ainsi que sa capitale Berlin, se retrouve coupée en deux en 1949 avec la création de la RFA à l'Ouest sous protection des États-Unis et de la RDA à l'Est sous protection de l'URSS. Une frontière infranchissable les sépare qui s'étend à toute l'Europe : le rideau de fer.

Au début des années 1950, chaque grande puissance organise une alliance militaire : l'OTAN autour des États-Unis et le Pacte de Varsovie autour de l'URSS. Deux blocs s'opposent : celui de l'Ouest et de l'Est, créant un monde bipolaire sur lequel plane la menace d'un 3e conflit mondial et nucléaire. Mais les deux blocs évitent l'affrontement direct : c'est une guerre « froide » où chaque camp tente d'étendre son influence en limitant celle du camp opposé. Cela provoque des crises comme à Berlin en 1961 quand la RDA construit un mur pour empêcher les Allemands de l'Est de passer à l'Ouest et manque ainsi de faire basculer le monde dans un conflit atomique.

> **L'astuce du prof**
> Vous pouvez développer un autre exemple de crise comme Cuba ou la guerre de Corée.

Après 1965, la menace d'un conflit s'éloigne car la course à l'armement ralentit. L'URSS, épuisée économiquement, ne peut rien faire quand le bloc de l'Est commence à se fissurer avec la chute du mur de Berlin en 1989. En 1991, c'est l'URSS elle-même qui s'effondre, renonçant à son modèle communiste. Les États-Unis ont gagné la Guerre froide.

2

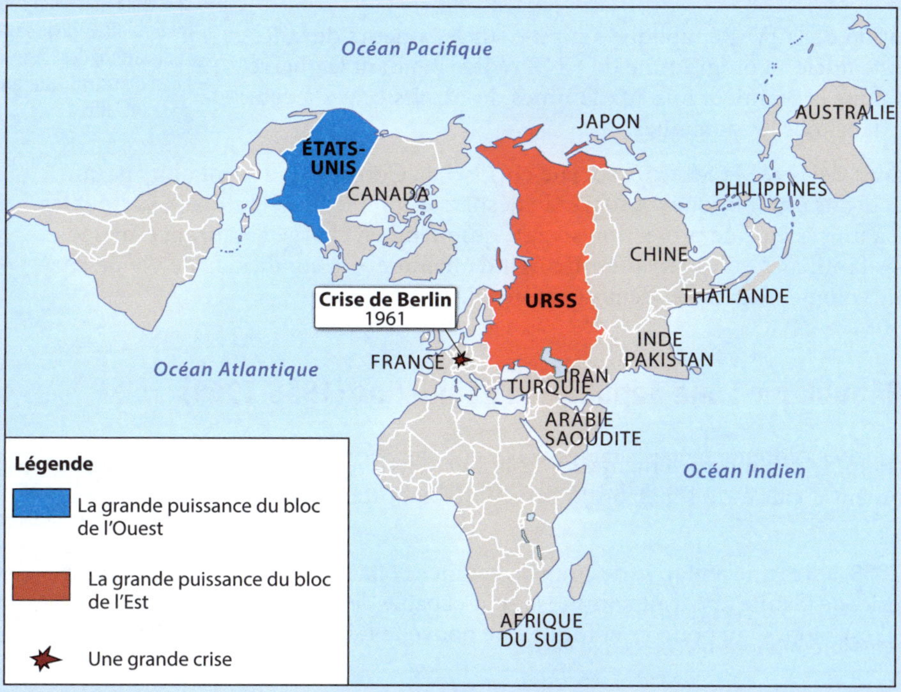

HISTOIRE

Chapitre 4 Françaises et Français dans une République repensée (1944-1990)

1 La refondation républicaine

De quoi s'agit-il ? **En 1944, à la Libération, de Gaulle, chef de la Résistance, prend le pouvoir. Comment et sur quelles valeurs la République est-elle refondée en France ?**

1 Refonder la République et la démocratie

- En août 1944, le général de Gaulle entre dans Paris libéré (**Doc.**), acclamé comme un vainqueur et un libérateur : il se déclare alors chef du GPRF : le Gouvernement provisoire de la République française.
- Il prend rapidement des premières mesures pour rétablir la démocratie. Il permet de nouveau l'exercice des libertés fondamentales. Les nombreux journaux clandestins de la Résistance intérieure deviennent les bases fondatrices d'une presse libre et engagée. Par décret, il accorde le droit de vote aux femmes. Résistantes, victimes civiles de la guerre ou responsables du foyer, elles ont enfin conquis leurs droits politiques.
- En 1945, des élections auxquelles les femmes participent massivement mettent en place une Assemblée constituante chargée de rédiger une nouvelle Constitution. Celle-ci est approuvée par les Français en octobre 1946. La constitution de la IVe République crée un régime parlementaire. Le général de Gaulle, qui souhaitait un régime présidentiel, s'écarte alors du pouvoir mais fonde son propre parti, le RPF.
- La constitution de la IVe République s'appuie sur les valeurs de la Résistance et reste fidèle au programme du CNR rédigé pendant la guerre. Elle garantit pour la première fois aux femmes des droits égaux à ceux des hommes dans tous les domaines.
- Le GPRF avait déjà créé la Sécurité sociale en 1945, la Constitution vient alors garantir ces nouveaux droits économiques et sociaux : désormais tout le monde a droit, surtout les plus fragiles, à un système de protection sociale qui prend en charge l'assurance-maladie, les allocations familiales et les retraites. Il s'agit d'améliorer les conditions de vie de chacun, dans une volonté d'égalité et de progrès social.

Vocabulaire

- **GPRF :** Gouvernement Provisoire de la République Française, dirigé par de Gaulle, qui gouverne la France de 1944 à 1946.
- **Libertés fondamentales :** libertés individuelles.
- **Constitution :** loi fondamentale qui décrit les principes et le fonctionnement d'un État.
- **RPF :** Rassemblement du Peuple Français, parti politique fondé par de Gaulle en 1946.
- **Droits économiques et sociaux :** droits qui concernent les domaines de la santé, de l'éducation, des loisirs mais aussi du travail, du chômage ou de la retraite.

2 La Ve République : une République gaullienne (1958-1969)

- Fondé en 1946, le régime parlementaire de la IVe République est en crise, notamment à cause de l'instabilité ministérielle et de la guerre d'Algérie.
- Le 13 mai 1958, après une tentative de coup d'État menée par des généraux en Algérie, de Gaulle apparaît comme le seul capable de redresser la situation. Il est rappelé au pouvoir et fonde une nouvelle République.

Vocabulaire

- **Instabilité ministérielle :** succession de gouvernements dans un système où les alliances entre partis se font et se défont au Parlement.

Doc. Affiche de la Libération éditée par le GPRF, 1944

La libération est le moment pour le GPRF de refonder sans attendre la République.

Cette femme enroulée dans le drapeau évoque la France, la République, elle fait penser à Marianne ou à une allégorie de la liberté.

Ces personnages ont l'air affaiblis mais enthousiastes, et accueillent avec bonheur la lumière de la liberté.

Le personnage soulève une dalle pour montrer qu'il se libère, qu'il sort d'un tombeau où il était enfermé par l'occupation allemande et par Vichy.

HISTOIRE

- La Constitution proposée par de Gaulle est approuvée par les Français lors d'un référendum. La Ve République est un régime présidentiel dans lequel l'essentiel des pouvoirs est entre les mains du président de la République, c'est-à-dire le chef de l'exécutif élu au suffrage universel direct à partir de 1962.

- De Gaulle entend redonner son rang international à la France (**Doc.**). En proie aux critiques, celle-ci doit mettre fin à la guerre d'Algérie. De Gaulle signe donc les accords d'Évian en 1962.

- La France prend aussi ses distances avec les États-Unis en se retirant du commandement militaire de l'OTAN, en se dotant d'une force de dissuasion nucléaire propre et en se rapprochant de l'Allemagne dans le cadre de la construction européenne.

- En 1968, les étudiants, à l'instar de nombreux jeunes dans le monde, dénoncent un État trop conservateur et trop autoritaire. Ils s'opposent également aux valeurs de la société de consommation. En mai, les étudiants sont rejoints par les ouvriers et le mouvement devient social.

- De Gaulle sort affaibli de cette crise et démissionne en 1969. Georges Pompidou, son Premier ministre, lui succède et poursuit sa politique jusqu'en 1974.

Vocabulaire

- **Accords d'Évian :** accords signés entre la France et les Algériens en mars 1962 et qui reconnaissent l'indépendance de l'Algérie.
- **Conservateur :** qui cherche à conserver les valeurs et les institutions existantes, sans les faire évoluer.

De Gaulle et la Ve République

Doc. La « politique de grandeur de la France » selon le général de Gaulle

Le fait capital de ces sept dernières années, c'est que nous avons choisi l'indépendance. Dans le domaine politique, il s'agit que, sans renier notre amitié américaine, nous nous comportions en Européens. C'est bien ce que nous faisons en nous réconciliant avec l'Allemagne. Nous apportons aussi notre concours au développement de bon nombre de nouveaux États africains.

Au point de vue de la sécurité, notre indépendance exige, à l'ère atomique où nous sommes, que nous ayons les moyens voulus pour dissuader nous-mêmes un éventuel agresseur.

Dans l'ordre économique, pour sauvegarder notre indépendance, nous devons soutenir coûte que coûte la concurrence dans les secteurs de pointe. Nous organisons un marché commun avec l'Allemagne, l'Italie, la Belgique, la Hollande et le Luxembourg. Nous perçons le mont Blanc avec les Italiens.

Nous nous unissons à l'Angleterre pour construire le premier avion supersonique du monde.

Allocution radiodiffusée et télévisée du général de Gaulle, 27 avril 1965.

De Gaulle affiche ici sa volonté de réaffirmer la puissance politique de la France qui doit se détacher de l'influence américaine.

De Gaulle veut montrer que la France joue un grand rôle international en Europe comme en Afrique.

De Gaulle affirme ici qu'il veut redonner sa puissance militaire à la France en la dotant de l'arme nucléaire.

De Gaulle entend redonner sa puissance économique à la France en lançant une politique de grands travaux et d'innovations à l'échelle européenne, comme l'avion supersonique Concorde.

3 La Vᵉ République à l'épreuve de l'alternance

• En 1974, Valéry Giscard d'Estaing est élu président. Jeune candidat centriste, il apparaît comme une alternative à la droite « gaulliste », même s'il gouverne avec elle.

• Ses gouvernements réussissent à faire voter des lois qui s'adaptent aux transformations de la société : il fait abaisser par exemple la majorité à 18 ans.

• Élu en 1981, François Mitterrand est le premier président de gauche (Parti socialiste) de la Vᵉ République. Cette élection bouleverse la vie politique française. Pour la première fois, les élections présidentielles amènent une alternance politique. Les années Mitterrand, et surtout les premières années de sa présidence, sont marquées par des réformes de société, comme l'abolition de la peine de mort, et par des réformes sociales importantes, comme la 5ᵉ semaine de congés payés, la semaine de 39 heures (**Doc.**) ou encore la création de l'impôt sur les grandes fortunes (IGF).

• Pourtant, la gauche ne parvient pas à faire face à la montée du chômage. C'est ce qui provoque, en 1986, la première cohabitation : François Mitterrand doit ainsi choisir son adversaire politique, Jacques Chirac, comme Premier ministre. Par la suite, les Français ont tendance à faire alterner la gauche et la droite au pouvoir. Leur mécontentement se traduit également par la poussée de l'abstention et la montée du vote extrémiste.

• L'élection de Jacques Chirac en 1995 marque le retour de la droite à la présidence. Mais, en 1997, c'est à nouveau l'alternance avec l'élection d'une Assemblée nationale de gauche et la nomination du socialiste Lionel Jospin comme Premier ministre.

• L'exécutif est partagé et le rôle du président affaibli alors que la crise persiste avec un chômage toujours important. Cette situation ne change guère sous la présidence de Nicolas Sarkozy (2007-2012) et celle de François Hollande (2012-2017).

Vocabulaire

- **Gaulliste :** idée ou personne fidèle aux idées développées par de Gaulle.
- **Impôt sur les grandes fortunes :** impôt voulu par François Mitterrand qui taxe les personnes à partir d'un seuil très élevé de capital. Il devient ensuite l'ISF : l'impôt de solidarité sur la fortune.
- **Abstention :** fait de ne pas voter alors que l'on est inscrit sur les listes électorales.

Doc. **La réduction du temps de travail**

C'est une avancée sociale très importante car, pour la première fois depuis 1936, on vient d'abaisser la durée légale du travail. 39 heures au lieu de 40 heures. Et 39 heures, c'est dit dans le texte de l'ordonnance, dans la perspective de la semaine de 35 heures en 1985. Alors c'est important, pour deux raisons. Il y a la crise, il y a le chômage, il y a les bouleversements des techniques. Il faut par conséquent mieux partager le travail entre tous ceux qui ont besoin de travailler pour vivre. Et en même temps, ça permet d'aménager le travail, par conséquent, de faire en sorte que les usines continuent à produire dans de bonnes conditions. C'est donc un progrès social et en même temps un progrès économique.

Déclaration de Pierre Bérégovoy,
secrétaire général de l'Élysée,
Journal d'Antenne 2, 13 février 1982.

Il fait ici référence au Gouvernement du Front populaire de Léon Blum, gouvernement de gauche comme celui de François Mitterrand.

La semaine de 35 heures sera en fait mise en place bien plus tard par le Gouvernement de Lionel Jospin (1997-2002), Premier ministre de gauche, sous la présidence de Jacques Chirac, président de droite.

Il explique ici les raisons sociales de cette loi : mieux partager le travail pour faire baisser le chômage.

Il décrit rapidement ici la situation économique et sociale de la France en 1982, marquée par plusieurs années de hausse continue du chômage depuis 1975.

2 Les principales transformations de la société française des années 50 aux années 80

De quoi s'agit-il ? Sous la Ve République, de nouveaux enjeux apparaissent, comme par exemple la place des femmes dans la société française et qui nécessitent des adaptations politiques importantes. Quelles sont les adaptations de la Ve République à ces nouveaux enjeux sociaux et culturels ?

1 Les nouveaux enjeux sociaux et culturels des années 1950-1980

- Jusqu'en 1965, on constate en France un fort taux de natalité : c'est le baby-boom (**Doc.**). Il fait augmenter rapidement la population et, surtout, provoque une prise de pouvoir de la jeunesse dans les années 1970 dont Mai 1968 est un premier signal.

Vocabulaire

- **Taux de natalité :** nombre de naissances pour 1 000 habitants.

- L'accès à la contraception et la crise économique font ensuite ralentir fortement la natalité et, à la fin des années 1980, la part des personnes âgées dans la population française augmente.
- De 1945 à 1975, les innovations technologiques, l'augmentation de la productivité et la hausse du niveau de vie permettent une croissance économique sans précédent : ce sont les Trente Glorieuses.
- À partir des années 1980, avec la hausse du prix du pétrole et les débuts de la mondialisation, la France est touchée par la désindustrialisation et c'est le secteur tertiaire qui ne cesse de progresser. Le chômage explose alors car les emplois créés par la tertiarisation de l'économie ne permettent pas de compenser la fermeture des usines.

Vocabulaire

- **Désindustrialisation :** fait de fermer ou de délocaliser les usines dans d'autres pays.

• Pendant les Trente Glorieuses, la main-d'œuvre dans l'industrie manque et on a recours massivement à une immigration qui provient d'abord d'Europe du Sud (Portugal, Espagne) et d'Afrique du Nord (Algérie).

• L'immigration se stabilise à la fin des années 1970 (**Doc.**) et, dans le contexte de la mondialisation, se fait plus diverse, venant d'Afrique (au nord et au sud du Sahara) mais aussi d'Asie (Chine, Inde, Pakistan). Cette immigration transforme la société française en la métissant et en l'ouvrant sur d'autres cultures : elle devient multiculturelle. Mais dans le même temps, immigrés ou descendants d'immigrés subissent encore des discriminations et des discours racistes et xénophobes.

Vocabulaire

- **Immigration :** s'installer dans un pays en venant d'un pays étranger.
- **Multiculturelle :** société dans laquelle cohabitent et s'expriment différentes cultures.
- **Discrimination :** fait de traiter inégalement des personnes en fonction de différents critères notamment celui de l'origine.
- **Raciste :** fait de considérer que l'humanité se divise en « races » dont certaines seraient supérieures aux autres.

Doc. Grandes tendances de l'évolution de la population active (en millions)

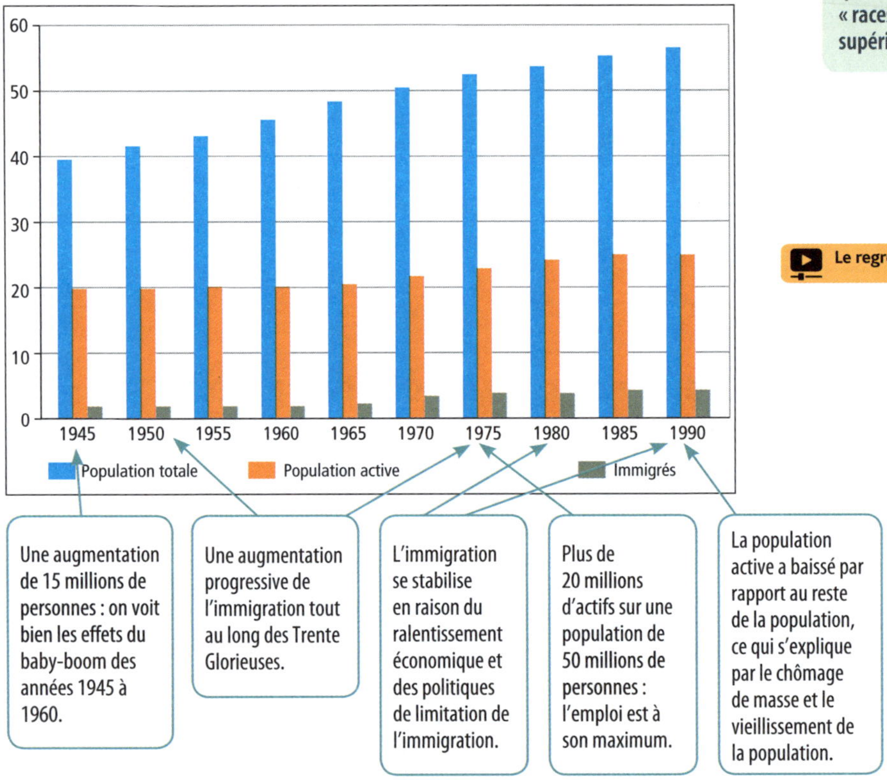

Le regroupement familial

2 Hommes et femmes dans la société française

• À partir de Mai 1968, les revendications féministes réussissent à peser véritablement sur la vie politique grâce au travail de nombreuses associations comme le MLF, Mouvement de Libération des Femmes, fondé en 1970. Ainsi en 1972, l'accès à la contraception autorisé par la loi Neuwirth est appliqué et, en 1974, la ministre de la Santé Simone Veil, après de violents débats, fait voter la légalisation de l'avortement.

• Dans le domaine de la famille, la place de la femme change : depuis 1965 déjà elle avait le droit de travailler sans l'accord de son mari, mais en 1970 elle obtient que désormais père et mère détiennent de façon égale l'autorité parentale.

Vocabulaire

- **MLF :** Mouvement de Libération de la Femme, créé après Mai 68 pour faire avancer la cause féministe dans la société française.
- **Contraception :** emploi de moyens pour qu'un rapport sexuel n'entraîne pas de grossesse.

- En 1944, à la Libération, les femmes françaises avaient enfin obtenu le droit de voter et d'être éligible, mais elles étaient très peu nombreuses alors à se présenter aux élections.
- Pour y remédier, François Mitterrand au pouvoir crée alors « un ministère des Droits de la femme » dont le but affiché est d'atteindre la parité dans la vie politique. Il faudra néanmoins attendre 2001 pour qu'une loi rende cette idée obligatoire. En 1991, Mitterand nomme tout de même pour la première fois en France une femme, Édith Cresson, Premier ministre. Cela n'efface pas pour autant en France une représentation toujours très faible des femmes en politique, par rapport aux autres démocraties européennes.
- En 1983, Yvette Roudy, ministre des Droits de la femme, fait voter une loi sur l'égalité professionnelle qui reste encore mal appliquée (**Doc.**).
- Depuis les années 1960, les femmes sont de plus en plus nombreuses à travailler et à être diplômées, notamment grâce aux différentes mesures prises sur la mixité dans l'éducation et à la disparition des « diplômes féminins » dans les années 1970. Elles restent cependant sous-représentées dans les années 1980 et jusqu'à aujourd'hui encore dans les emplois de cadres, de dirigeants et ont, à compétences égales, des salaires moins élevés (**Doc.**).

Doc. Les inégalités de salaires hommes-femmes : état des lieux

Les femmes gagnent 27 % de moins que les hommes tous temps de travail confondus [...]. Le premier facteur explicatif des inégalités de salaires provient des différences de temps de travail. Les femmes sont cinq fois plus souvent en temps partiel que les hommes : leur revenu tous temps de travail confondu est logiquement inférieur à celui des hommes. De plus, le temps de travail des hommes est aussi accru par les heures supplémentaires qu'ils effectuent plus souvent que les femmes.

Pourtant, en comparant des salaires à temps complet, les femmes perçoivent encore 19 % de moins [...].

Si l'on tient compte des différences de poste (cadre, employé, ouvrier), d'expérience, de qualification (niveau de diplôme) et de secteur d'activité (éducation ou finance), environ 10 % de l'écart demeure inexpliqué.

Cette différence de traitement se rapproche d'une mesure de discrimination pure pratiquée par les employeurs à l'encontre des femmes.

« Les inégalités de salaires hommes-femmes : du temps de travail aux discriminations », *www.inegalites.fr*, 2011.

Dans un travail à temps partiel, le temps de travail est inférieur à 35 heures par semaine. Il est donc moins rémunéré.

Le temps partiel et les heures supplémentaires moins fréquentes s'expliquent en partie par le rôle encore traditionnel attribué aux femmes dans les foyers : elles s'occupent encore davantage des enfants et des tâches ménagères que les hommes.

Les employeurs préfèrent souvent embaucher un homme ou lui donner plus de responsabilités, car ils pensent, à tort, qu'ils sont plus investis dans leur travail et moins dans leur famille.

Discours de Simone Veil

➜ Révision express

Les dates importantes

La Ve République à l'épreuve de l'alternance

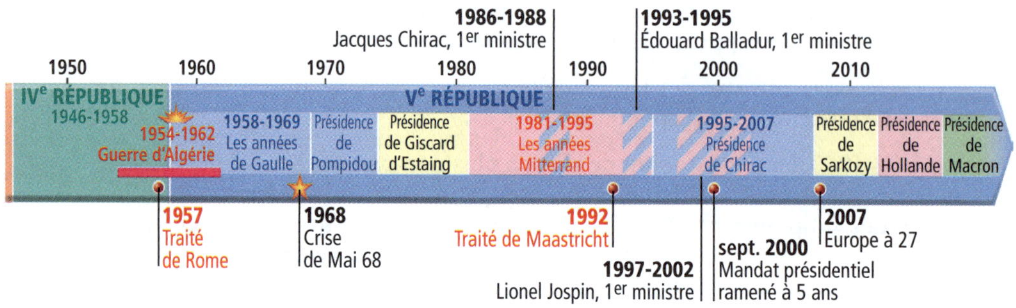

La place des femmes dans la société française

Les personnages importants

Simone Veil
née en 1927

Rescapée des camps de concentration, magistrate, ministre, puis première présidente du Parlement européen, Simone Veil a toujours lutté pour les droits des femmes, notamment par sa loi sur la légalisation de l'avortement (IVG) en 1974 quand elle était ministre de la Santé.

Robert Badinter
né en 1928

Avocat et professeur de droit, Robert Badinter devient en 1981 ministre de la Justice et fait voter l'abolition de la peine de mort.

Yvette Roudy
née en 1929

Féministe, engagée au sein du MDF (mouvement démocratique féminin), elle devient en 1981 ministre des Droits de la femme. Elle obtient le remboursement de l'IVG par la Sécurité sociale et en 1983 fait voter une loi sur la parité, dite loi de « l'égalité de l'homme et de la femme qui travaillent en entreprise » qui n'est pas vraiment appliquée.

Édith Cresson
née en 1934

Ingénieure en économie, elle s'engage très tôt au Parti socialiste. En 1981, elle est la première femme ministre de l'Agriculture, ce qui lui vaut beaucoup d'attaques sexistes qui sont amplifiées quand elle devient la première femme chef de Gouvernement de la Ve République en 1991.

Les notions importantes

Alternance : situation dans laquelle la droite et la gauche se succèdent au pouvoir à chaque élection.

Baby-boom : période de natalité très forte après la Seconde Guerre mondiale jusqu'en 1965.

Cohabitation : situation dans laquelle le président de la République et le Premier ministre appartiennent à des partis politiques opposés.

Constitution : loi fondamentale qui décrit les principes et le fonctionnement d'un État.

Coup d'État : prise du pouvoir par la force.

Dissuasion nucléaire : menace d'un bombardement atomique sur les deux camps pendant la Guerre froide. On parle de dissuasion, car aucun des deux grands ne veut risquer l'anéantissement.

Exécutif : pouvoir exécutif qui, dans la Ve République, est détenu conjointement par le président et le Premier ministre.

Féministe : personne cherchant à défendre le droit et la cause des femmes dans la société.

Mondialisation : mise en relation des territoires entre eux par l'augmentation des échanges à l'échelle de la planète.

Parité : égalité du nombre d'hommes et de femmes présentés par les partis politiques lors des élections.

Régime parlementaire : régime politique où l'essentiel des pouvoirs est entre les mains du Parlement qui nomme le chef du Gouvernement.

Régime présidentiel : régime politique où l'essentiel du pouvoir est entre les mains du président.

Secteur tertiaire : désigne les activités économiques liées aux services aux personnes ou aux entreprises.

Sécurité sociale : système de protection sociale organisé par l'État depuis 1945 dans les domaines de la santé, de la retraite ou de la famille.

Société de consommation : société dans laquelle la population est encouragée à consommer.

Suffrage universel : élection à laquelle tous les citoyens peuvent participer.

Trente Glorieuses : dans les pays industrialisés, trente années de forte croissance économique qui suivent la Seconde Guerre mondiale et qui s'accompagnent d'une hausse du niveau de vie.

HISTOIRE

Quiz

Cochez la ou les bonnes réponses.

1. En quelle année est fondée la IVe République ?
- ☐ **1944**
- ☐ **1946**
- ☐ **1947**

2. De Gaulle est président de la Ve République de :
- ☐ **1954 à 1968**
- ☐ **1958 à 1969**
- ☐ **1962 à 1970**

3. François Mitterrand succède à :
- ☐ **de Gaulle**
- ☐ **Pompidou**
- ☐ **Giscard d'Estaing**

4. À partir des années 1980, quel secteur connaît un grand essor ?
- ☐ **Le secteur primaire**
- ☐ **Le secteur secondaire**
- ☐ **Le secteur tertiaire**

5. L'immigration est forte en France :
- ☐ **avant les Trente Glorieuses**
- ☐ **pendant les Trente Glorieuses**
- ☐ **après les Trente Glorieuses**

6. Qu'est-ce que le MLF ?
- ☐ **Un mouvement féministe**
- ☐ **Un parti politique**
- ☐ **Une loi**

7. La loi Veil porte sur :
- ☐ **l'égalité professionnelle homme/femme**
- ☐ **la contraception**
- ☐ **l'avortement**

→ Réponses p. 505

SUJET DE TYPE BREVET

Analyser et comprendre un document

Énoncé

Doc. **Le programme du Conseil National de la Résistance, 15 mars 1944**

Le texte a été diffusé au printemps 1944 dans la clandestinité, par les journaux des mouvements de résistance.

Née de la volonté ardente des Français de refuser la défaite, la Résistance n'a pas d'autre raison d'être que la lutte quotidienne sans cesse intensifiée. Cette mission de combat ne doit pas prendre fin à la Libération. […]

Aussi les représentants des organisations de Résistance, des centrales syndicales et des partis ou tendances politiques groupés au sein du CNR délibérant en assemblée plénière le 15 mars 1944, ont-ils décidé de s'unir sur le programme suivant, qui comporte à la fois un plan d'action immédiate contre l'oppresseur et les mesures destinées à instaurer, dès la libération du territoire, un ordre social plus juste.

I. Plan d'action immédiate

Les représentants des organisations de Résistance, des centrales syndicales et des partis ou tendances politiques groupés au sein du CNR […] proclament leur volonté de délivrer la patrie en collaborant étroitement aux opérations militaires que l'armée française et les armées alliées entreprendront sur le continent, mais aussi de hâter cette libération, d'abréger les souffrances de notre peuple, de sauver l'avenir de la France en intensifiant sans cesse et par tous les moyens la lutte contre l'envahisseur et ses agents, commencée dès 1940. […]

II. Mesures à appliquer dès la libération du territoire

[…]

4°) Afin d'assurer :

• L'établissement de la démocratie la plus large en rendant la parole au peuple français par le rétablissement du suffrage universel ;

• La pleine liberté de pensée, de conscience et d'expression ;

• La liberté de la presse, son honneur et son indépendance à l'égard de l'État, des puissances d'argent et des influences étrangères ;

• La liberté d'association, de réunion et de manifestation […]

• L'égalité absolue de tous les citoyens devant la loi ;

5°) Afin de promouvoir les réformes indispensables : […]

Sur le plan social :

• Le droit au travail et le droit au repos, notamment par le rétablissement et l'amélioration du régime contractuel du travail ;

[…]

• Un plan complet de sécurité sociale, visant à assurer à tous les citoyens des moyens d'existence, dans tous les cas où ils sont incapables de se les procurer par le travail […] ;

• Une retraite permettant aux vieux travailleurs de finir dignement leurs jours ;

[…]

En avant donc, dans l'union de tous les Français rassemblés autour du CFLN[1] et de son président, le général de Gaulle ! En avant pour le combat, en avant pour la victoire, afin que vive la France !

1. Comité Français de Libération Nationale, remplacé le 3 juin 1944 par le Gouvernement Provisoire de la République française.

Questions

1 Identifiez les auteurs du texte.

2 Pourquoi le programme d'action du Comité National de la Résistance daté du 15 mars 1944 a-t-il été adopté dans la clandestinité ? Expliquez la phrase soulignée en quelques lignes en faisant appel à vos connaissances.

3 Comment expliquer que le général de Gaulle soit mentionné dans le dernier paragraphe ?

4 Relevez et classez les réformes prévues par le CNR dans le tableau suivant :

Les projets de réformes du CNR après la libération du territoire	
Sur le plan des droits et des libertés	Sur le plan social

5 À partir de deux exemples précis, relevés dans le texte, montrez que le programme du CNR a été appliqué à partir de 1944.

Méthode

1 **Identifier la nature du document**
Ce document est composé d'extraits du programme du Conseil national de la Résistance rédigé le 15 mars 1944 et diffusé dans les journaux clandestins des mouvements de résistance au printemps 1944. C'est ce programme qui **va servir de base à la reconstruction de la France après la Seconde Guerre mondiale**.

2 **Repérer les éléments importants**
- **L'introduction**, qui permet d'identifier les auteurs et les buts de ce programme.
- **La première partie** du programme, qui explique les actions à mener.
- **La deuxième partie**, qui détaille certaines des mesures à appliquer pour rétablir la République et reconstruire la France.
- Le dernier paragraphe qui fait référence au futur gouvernement de la France et à son chef.

Corrigé

1 Les auteurs du texte sont les membres du CNR, c'est-à-dire du Conseil national de la Résistance. Ce conseil est composé « des représentants des différentes organisations de la Résistance, des centrales syndicales et des partis ou tendances politiques ». C'est le résistant Jean Moulin qui est le fondateur du CNR mais il a été tué par les nazis en 1943.

2 Le programme d'action du CNR est adopté dans la clandestinité car le 15 mars 1944, toute la France est encore occupée par l'Allemagne nazie. La phrase soulignée nous montre que le CNR attend les « opérations militaires que l'armée française et les armées alliées entreprendront sur le continent ». En effet, le 6 juin 1944, peu de temps après la parution de ce texte, a lieu le débarquement des Alliés en Normandie ; la libération de la France commence alors et la Résistance y participe activement.

Gagnez des points !
Mobilisez vos connaissances sur le CNR pour mentionner Jean Moulin et le rôle important qu'il a joué dans la création de ce conseil.

Gagnez des points !
Mobilisez vos connaissances pour expliquer que de Gaulle est le chef de la Résistance puis du nouveau gouvernement qui dirige la France à partir de juin 1944. Ne vous contentez pas de recopier le document.

3 Le général de Gaulle est mentionné dans le dernier paragraphe car c'est le chef de la Résistance, c'est lui qui l'a unifiée sous son autorité et qui a eu l'idée du CNR. Cela explique pourquoi il devient ensuite le président du CFLN puis du GPRF, le Gouvernement Provisoire de la République Française. Autrement dit, à partir de juin 1944, il est le dirigeant de la France.

4

Les projets de réformes du CNR après la libération du territoire	
Sur le plan des droits et des libertés	**Sur le plan social**
Établissement de la démocratie par le rétablissement du suffrage universel	Droit au travail et droit au repos
Pleine liberté de pensée, de conscience, d'expression	Un plan complet de sécurité sociale visant à assurer à tous les citoyens des moyens d'existence
Liberté de la presse	Une retraite permettant aux vieux travailleurs de finir dignement leurs jours
Liberté d'association, de réunion et d'information	

L'astuce du prof
Attention, le droit du travail et le droit au repos, malgré leur intitulé, sont bien à classer dans les mesures sociales du CNR.

5 Le programme du CNR a été appliqué car dès 1944, le GPRF donne le droit de vote aux femmes et établit pour la première fois en France le suffrage universel lors des élections de 1945. Cette même année, le GPRF met en place la Sécurité sociale, une protection sociale pour tous, notamment les plus fragiles : les malades, les vieux travailleurs, les familles…

L'astuce du prof
Appuyez-vous sur les repères historiques de la leçon pour retrouver les deux exemples précis d'application du programme du CNR.

Chapitre 5 Dynamiques territoriales de la France contemporaine

1 Les aires urbaines, la nouvelle géographie d'une France mondialisée

De quoi s'agit-il ? 80 % des Français vivent dans des aires urbaines qui sont de taille et d'importance inégales. Comment les grandes aires urbaines organisent-elles le territoire d'une France bien insérée dans la mondialisation ? Comment Paris, seule métropole de rang mondial, domine-t-elle l'organisation du territoire national ?

1 Un pays sous l'influence des villes

• La population française est inégalement répartie sur le territoire : 60 % des Français vivent sur seulement 8 % de l'espace métropolitain.

• Cette concentration s'explique par l'urbanisation qui s'est accélérée dans la deuxième moitié du XXe siècle. Aujourd'hui, plus de 80 % des Français sont citadins et vivent dans une aire urbaine.

• En raison de l'urbanisation croissante, les villes n'ont cessé de s'agrandir et c'est désormais le modèle de l'aire urbaine qu'on utilise pour décrire les espaces urbanisés. Autour de la ville-centre, espace le plus anciennement et densément urbanisé, se sont développées au cours du XXe siècle des banlieues destinées aux logements ou aux activités industrielles.

• À partir des années 1980, la rareté de l'espace disponible en ville a donné naissance à un mouvement de périurbanisation : des populations qui travaillent en ville s'installent sur l'espace rural. Ainsi se forment autour des banlieues des couronnes périurbaines (**Doc.**) qui continuent de s'étendre encore aujourd'hui.

Vocabulaire

- **Urbanisation :** augmentation de la population urbaine au détriment de la population rurale.
- **Citadin :** habitant d'une ville.
- **Ville-centre :** ville au centre de l'aire urbaine.
- **Espace rural :** espace situé à la campagne.
- **Couronne périurbaine :** elle regroupe des communes dans lesquelles au moins 40 % de la population travaille dans la ville-centre.
- **Infrastructures :** constructions permettant le développement d'activités dans un lieu (pont, route, ligne de chemin de fer, etc.).

Doc. Les composantes d'une aire urbaine

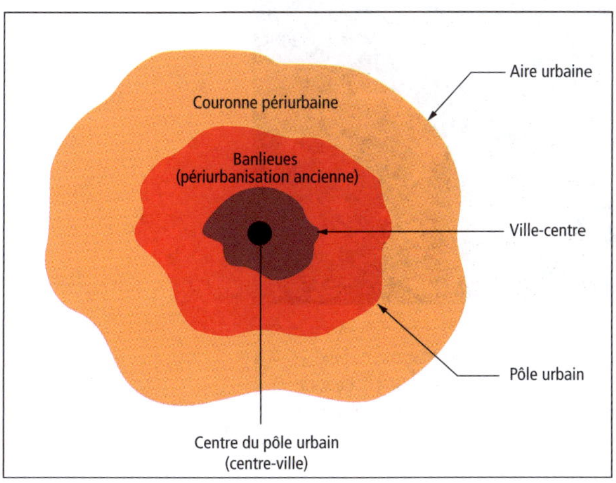

Les aires urbaines

• L'étalement urbain est aujourd'hui remis en cause. En effet, la périurbanisation entraîne une croissance importante de la longueur et de la durée des déplacements des populations, notamment des migrations pendulaires. Ils entraînent une pollution atmosphérique importante et nécessitent la construction d'infrastructures coûteuses qui consomment beaucoup d'espace.

• De plus, la périurbanisation affecte les espaces ruraux : le territoire urbain s'étend sur des espaces agricoles ou naturels et les fait disparaître, tandis que les conflits d'usage entre citadins et ruraux se multiplient (**Doc.**).

2 Les métropoles organisent le territoire

• On compte 356 aires urbaines aujourd'hui en France (**Doc.**) et seulement certaines sont des métropoles. Parmi elles, on distingue les 10 plus grandes métropoles qui sont aussi les 10 premières aires urbaines du pays (**Doc.**). Celle de Paris domine : on y compte 5,5 fois plus d'habitants que celle de Lyon, et 7 fois plus que celle d'Aix-Marseille.

• Véritables capitales régionales, ces grandes métropoles concentrent capitaux, emplois et équipements. Elles bénéficient d'un solde naturel positif mais aussi d'un solde migratoire important car elles attirent les jeunes actifs. Plus de 85 autres aires urbaines, sans être véritablement des métropoles, connaissent également un grand dynamisme mais pour des raisons souvent spécifiques, comme le tourisme pour des villes littorales.

Vocabulaire

- **Solde naturel :** différence entre le nombre de morts et le nombre de naissances.
- **Solde migratoire :** différence entre le nombre de personnes qui arrivent et le nombre de personnes qui quittent un territoire.
- **Littoral :** bande terrestre le long de la mer ; espace de contact entre la terre et la mer.

Doc. **À proximité des villes : des espaces ruraux convoités**

Espace agricole : le champ est grand et ses contours droits, ce qui permet l'utilisation de machines.

Conflit d'usage : les promoteurs immobiliers cherchent de nouveaux terrains pour construire. Chaque année, plus de 50 000 hectares de terres agricoles disparaissent du fait de l'étalement urbain.

Espace résidentiel : ces maisons ont été construites sur d'anciens champs. Ce sont des maisons individuelles. Elles consomment donc beaucoup d'espace.

• Par contre, d'autres aires urbaines de différentes tailles se retrouvent en difficultés. Celles-ci peuvent être de nature économique (crise des activités industrielles) et/ou sociale (chômage de longue durée, départ de jeunes actifs, vieillissement de la population). Elles affectent surtout les aires urbaines du centre, de l'est et du nord du pays comme Limoges, Saint-Étienne, Mulhouse ou encore Valenciennes.

• Depuis les années 1970, on assiste à une recomposition du territoire qui se traduit par le déplacement des hommes et des activités du Nord-Est vers le Sud-Ouest, et des régions de l'intérieur vers les régions littorales. Ce phénomène est étroitement lié à la mondialisation.

• L'accélération et l'augmentation des échanges à l'échelle de la planète ont en effet poussé les entreprises à rechercher une main-d'œuvre hautement qualifiée, un cadre de vie agréable pour l'attirer ainsi que des infrastructures de transports et de communications très performantes. Or, c'est ce qui caractérise précisément les grandes métropoles du Sud et de l'Ouest, et qui renforce leurs poids sur le territoire français. Ainsi, métropolisation et mondialisation vont de pair.

Doc. Les 10 premières aires urbaines

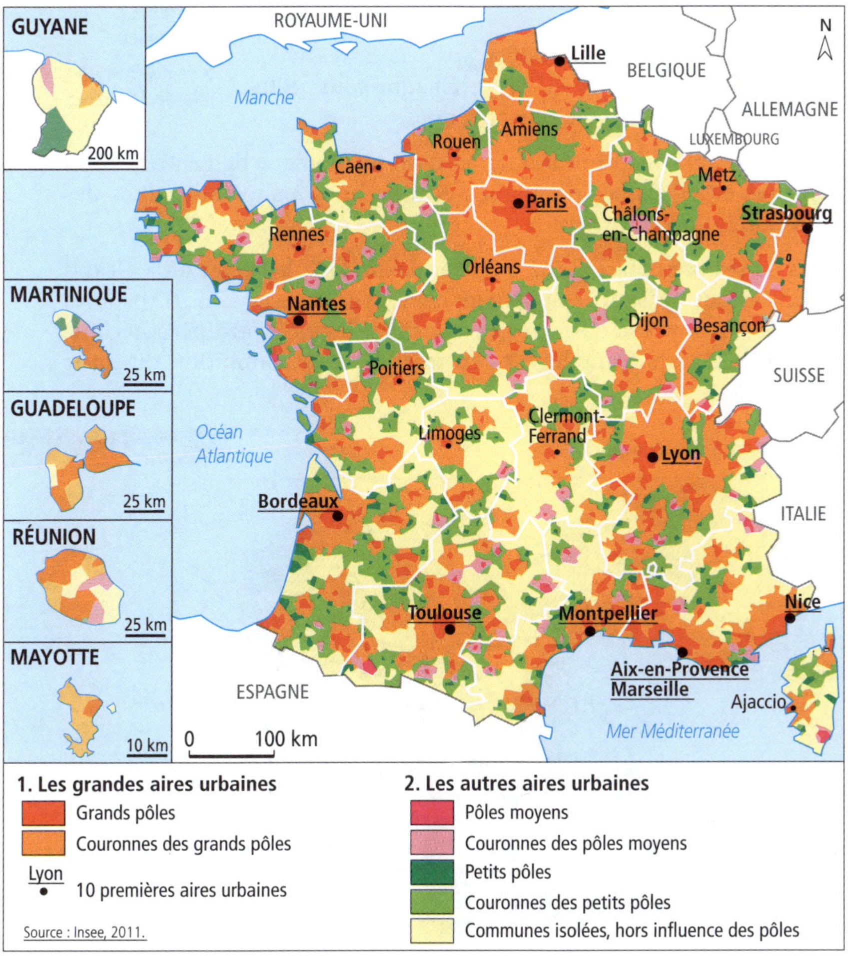

3 L'agglomération parisienne : la métropole dominante du territoire français

- L'agglomération parisienne réunit 12 millions d'habitants, ce qui en fait la 25e ville la plus peuplée au monde.
- Avec New York et Londres, Paris figure sur le podium des villes globales. C'est un centre diplomatique de première importance : plus de 180 États y possèdent une représentation et certains organismes internationaux y ont installé leur siège (Unesco, OCDE).
- Paris est également l'une des villes les plus visitées au monde avec environ 27 millions de visiteurs chaque année.
- La région parisienne concentre sur à peine 1 % du territoire français 60 % des chercheurs et 40 % des cadres supérieurs du pays. Le quartier d'affaires de La Défense accueille le siège social de 14 des 20 premières entreprises françaises, et de 20 des 50 premières mondiales. C'est donc une ville au cœur de la mondialisation.
- Paris est le deuxième hub aéroportuaire européen après Londres avec ses deux aéroports internationaux (Roissy et Orly). Chaque jour, 400 TGV relient Paris aux principales métropoles européennes.
- Paris souffre de la hausse des prix de l'immobilier et d'un phénomène de gentrification qui poussent les entreprises et les classes populaires et moyennes à s'installer dans des banlieues de plus en plus lointaines.
- Pour rapprocher Paris de ses banlieues, l'État a entrepris en 2007 le projet du « Grand Paris ». Il s'agit de mettre l'accent sur le développement de nouveaux réseaux de transports en commun permettant de « casser » la barrière que constitue le boulevard périphérique et de mieux connecter les banlieues franciliennes entre elles : c'est l'ambition du futur « Grand Paris Express » (**Doc.**).

Vocabulaire

- **Agglomération :** ensemble constitué par une ville-centre et les communes de sa banlieue, rattachées entre elles du fait de l'étalement urbain.
- **Unesco :** Organisation des nations unies pour l'éducation, la science et la culture.
- **OCDE :** Organisation de coopération et de développement économique. Centre d'analyse économique réunissant les pays les plus développés.
- **Boulevard périphérique :** boulevard qui encercle Paris et marque le passage de la capitale à la banlieue.
- **Francilien :** qui est relatif à l'Île-de-France.

Doc. Les mutations de l'agglomération parisienne

Paris et son aire urbaine

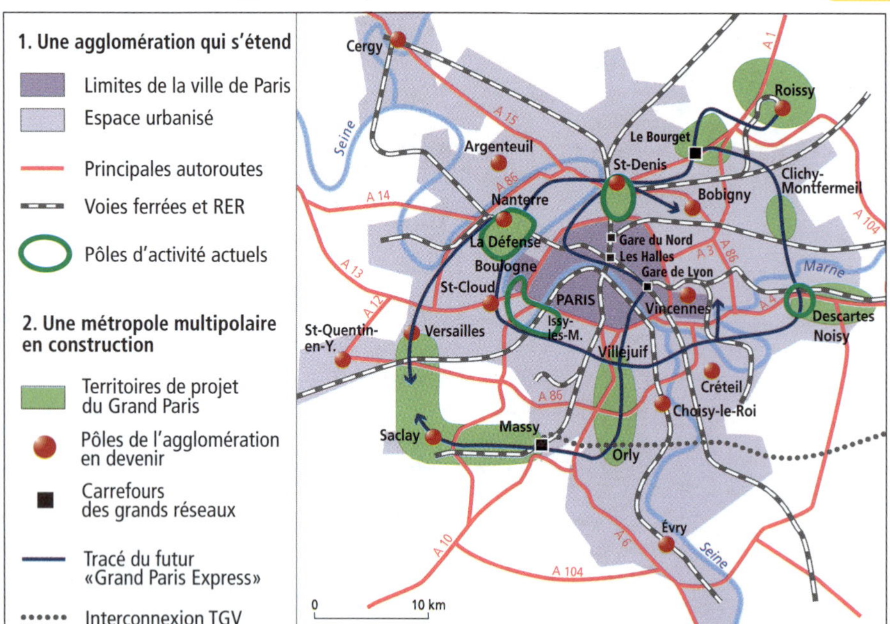

2 Les espaces productifs et leurs évolutions

De quoi s'agit-il ? **Les différents secteurs de l'activité économique organisent plusieurs espaces, producteurs de richesses, sur le territoire. Quels sont ces différents espaces productifs et quelles sont leurs différentes dynamiques ?**

1 Différents espaces productifs

• Longtemps, la localisation des industries sur le territoire français était étroitement liée à la localisation des ressources dont elles avaient besoin pour fonctionner. Ce n'est plus le cas à l'heure de la mondialisation. Les régions du nord-est de la France, qui étaient le cœur de l'industrie française (mines de charbon et d'acier), ont connu une brutale désindustrialisation, malgré la création de pôles de conversion.

• Désormais, c'est l'accessibilité aux grands réseaux de transports, par lesquels transitent les flux mondialisés, qui favorisent la création d'usines.

• La France est le premier producteur agricole de l'UE et le 4e exportateur mondial de produits agroalimentaires. Les performances de l'agriculture française résultent d'un rapprochement avec les industries qui fournissent machines et engrais. Surtout, le pays dispose d'une puissante industrie agroalimentaire (IAA)(**Doc.**).

Vocabulaire

- **Industries :** activités du secteur secondaire qui consistent à faire fabriquer des biens de consommation par des machines dans des usines.
- **Produits agroalimentaires :** produits destinés à l'alimentation issus de l'industrie de transformation des produits agricoles.
- **Engrais :** produits chimiques qui augmentent les rendements des productions agricoles.

GÉOGRAPHIE

Les espaces productifs du Pays de la Loire

Doc. La diversité des espaces agricoles français

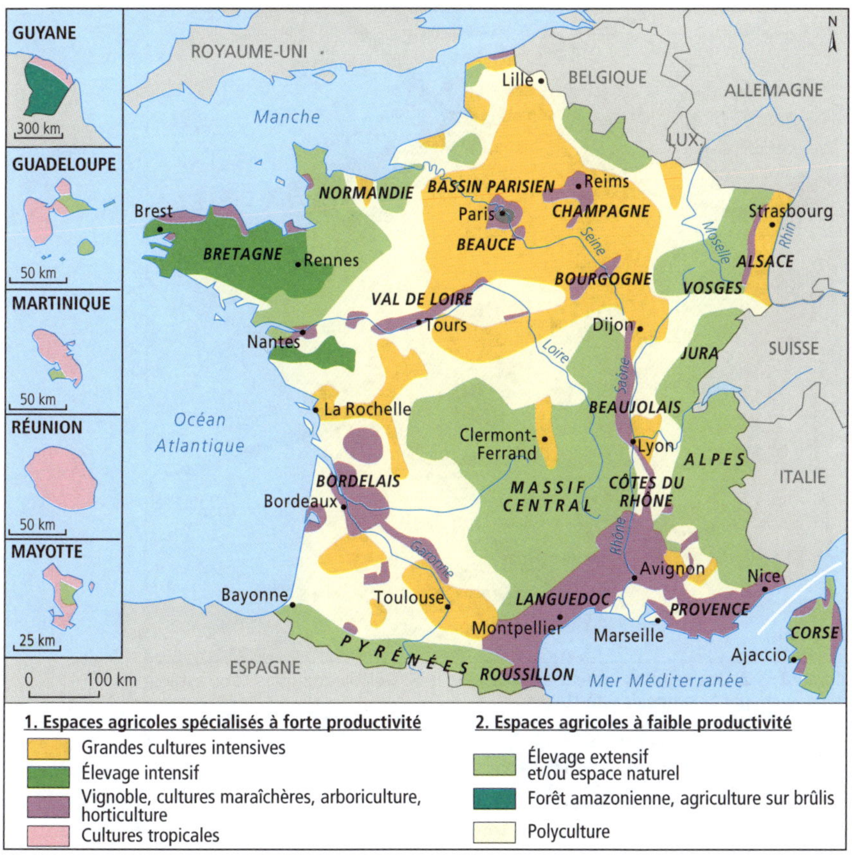

• Les activités agricoles occupent encore 50 % du territoire français, mais ne concernent plus que 3 % des actifs.

• Les activités de services sont omniprésentes sur le territoire français. Mais si les services de base (commerce, école, poste) sont très répandus, ils tendent cependant à disparaître des régions rurales les moins peuplées.

• La France est particulièrement bien dotée pour le tourisme, notamment grâce à ses trois littoraux métropolitains et à ses territoires d'outre-mer. Ses massifs montagneux offrent également le premier domaine skiable au monde. Enfin, le patrimoine architectural est un atout qui attire des dizaines de millions de visiteurs chaque année.

Vocabulaire

- **Activités de services :** activités du secteur tertiaire qui sont les activités de commerce, de tourisme et de services aux entreprises ou à la personne.

2 Les dynamiques des espaces productifs

• Les régions agricoles qui souffrent d'enclavement et de déprise sont les plus en difficulté, car elles n'ont pas les moyens d'attirer investisseurs, population et activités.

• Les régions industrielles anciennes du Nord et de l'Est ainsi que les banlieues industrielles des grandes villes, malgré les efforts de reconversion, restent encore dans une situation économique difficile marquée par un fort taux de chômage en raison des nombreuses délocalisations provoquées par la mondialisation.

Vocabulaire

- **Déprise :** abandon de l'activité dans un territoire agricole (disparition des fermes, champs en friche…).
- **Investisseur :** créateur d'entreprise.
- **Délocalisation :** déplacement de la production dans un autre pays pour en diminuer le coût.

Doc. Les dynamiques de localisation des industries en France

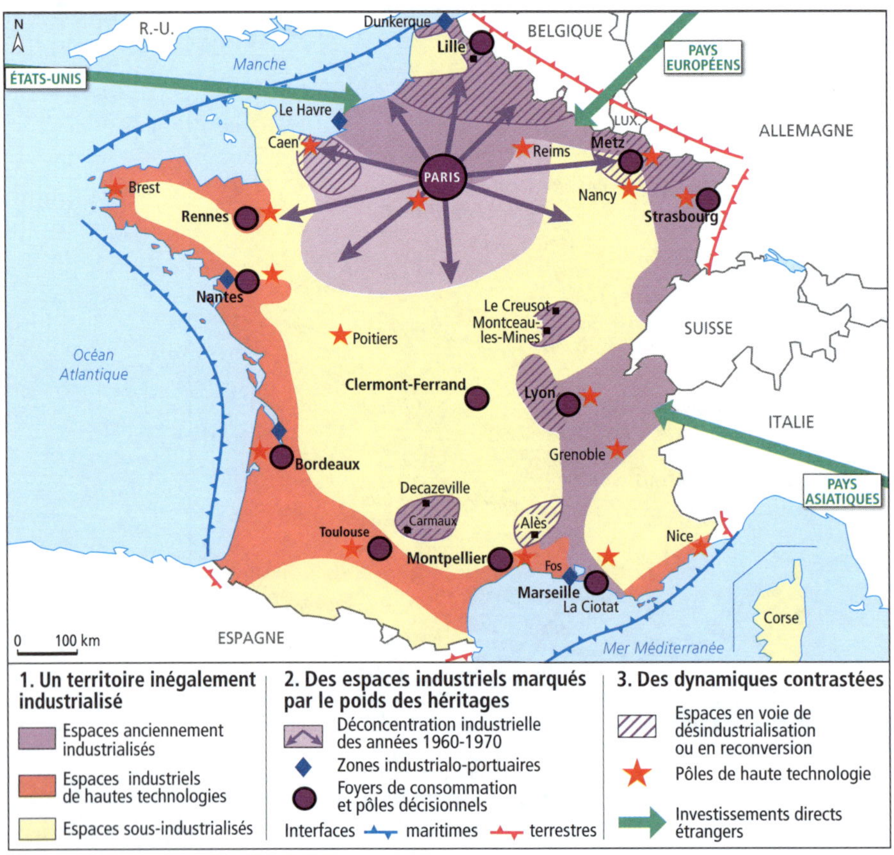

• On observe une tendance à la concentration des activités tertiaires dans les centres d'affaires et les technopôles des métropoles. Cela s'explique par la présence d'autres entreprises avec lesquelles elles collaborent, et par la disponibilité d'une main-d'œuvre qualifiée (**Doc.**).

• Par ailleurs, les métropoles françaises bénéficient du réseau de lignes ferroviaires à grande vitesse (LGV) qui les met en contact entre elles et avec leurs partenaires du reste de l'Europe (**Doc.**).

• Traditionnellement, on opposait la France industrielle et dynamique, à l'est d'une ligne reliant Marseille au Havre, à une France plus rurale et moins prospère, au Sud. Ce découpage s'est aujourd'hui inversé : les régions du Sud et de l'Ouest, bénéficiant de leur position littorale et de conditions climatiques clémentes, sont devenues attractives.

• Les littoraux offrent à la fois des possibilités de connexion aux échanges maritimes mondiaux, dans le cadre des zones industrialo-portuaires par exemple, et un cadre de vie agréable. Ils sont également souvent le lieu d'une importante activité touristique.

• Les régions frontalières, notamment celles situées à proximité de la mégalopole européenne, voient leur économie dynamisée par cette situation favorisant les échanges internationaux (**Doc.**).

Vocabulaire

- **Zone industrialo-portuaire :** zone industrielle aménagée près d'un port afin de recevoir les matières premières et d'évacuer les produits finis dans un court délai.

GÉOGRAPHIE

3 Les espaces de faible densité et leurs atouts

De quoi s'agit-il ? **Les espaces de faible densité ne sont pas tous des territoires délaissés et sans ressources productives. Où se situent-ils et quels sont leurs atouts ?**

1 Les espaces de faible densité

• Les espaces de faible densité forment un vaste ensemble (40 % du territoire national) mais ne représentent que 4 % de la population totale.

• Ils sont présents sur l'ensemble du territoire national, mais on les retrouve principalement situés le long d'un axe, surnommé « la diagonale du vide », et dans des zones de montagnes (**Doc.**).

• Cela peut être une agriculture productiviste, qui crée des paysages de grands champs ouverts comme les plaines de Champagne qui comptent moins de 10 habitants par km² (**Doc.**), ou une agriculture extensive, souvent en zone de moyenne montagne, qui offre des situations contrastées.

• Cette agriculture peut connaître des situations de déprise et de dépeuplement, mais aussi des situations favorables, s'appuyant sur la valorisation des savoir-faire et des produits grâce à des labels, comme le label AOC, ou à l'agriculture biologique.

• Quand ils possèdent un riche patrimoine culturel ou naturel, comme le Gers ou les Cévennes, ces espaces attirent de nombreux touristes à la recherche d'activités proches de la nature dans le cadre d'un tourisme vert. On y trouve aussi de plus en plus de résidences secondaires.

• Ils permettent aussi l'aménagement de parcs naturels régionaux ou nationaux qui attirent touristes ou résidents, séduits par ces projets de préservation et de respect de la nature.

Vocabulaire

- **AOC :** « appellation d'origine contrôlée », label qui protège le savoir-faire d'un territoire pour produire un aliment.
- **Patrimoine :** paysages, monuments, pratiques culturelles hérités de l'histoire d'un territoire et de sa population.
- **Résidence secondaire :** logement utilisé seulement pour les week-ends ou les vacances.

Cévennes tourisme

● Enfin, ces espaces attirent de nouveaux habitants venus des villes, les « néoruraux » qui, grâce aux nouvelles technologies comme le télétravail ou à l'amélioration des transports, peuvent désormais concilier vie professionnelle urbaine et résidence à la campagne.

Vocabulaire

- **Néoruraux :** personnes qui ont quitté la ville pour s'installer à la campagne.
- **Télétravail :** travail à distance qui repose sur l'usage de l'informatique et d'Internet.

Doc. Les espaces de faible densité en France métropolitaine

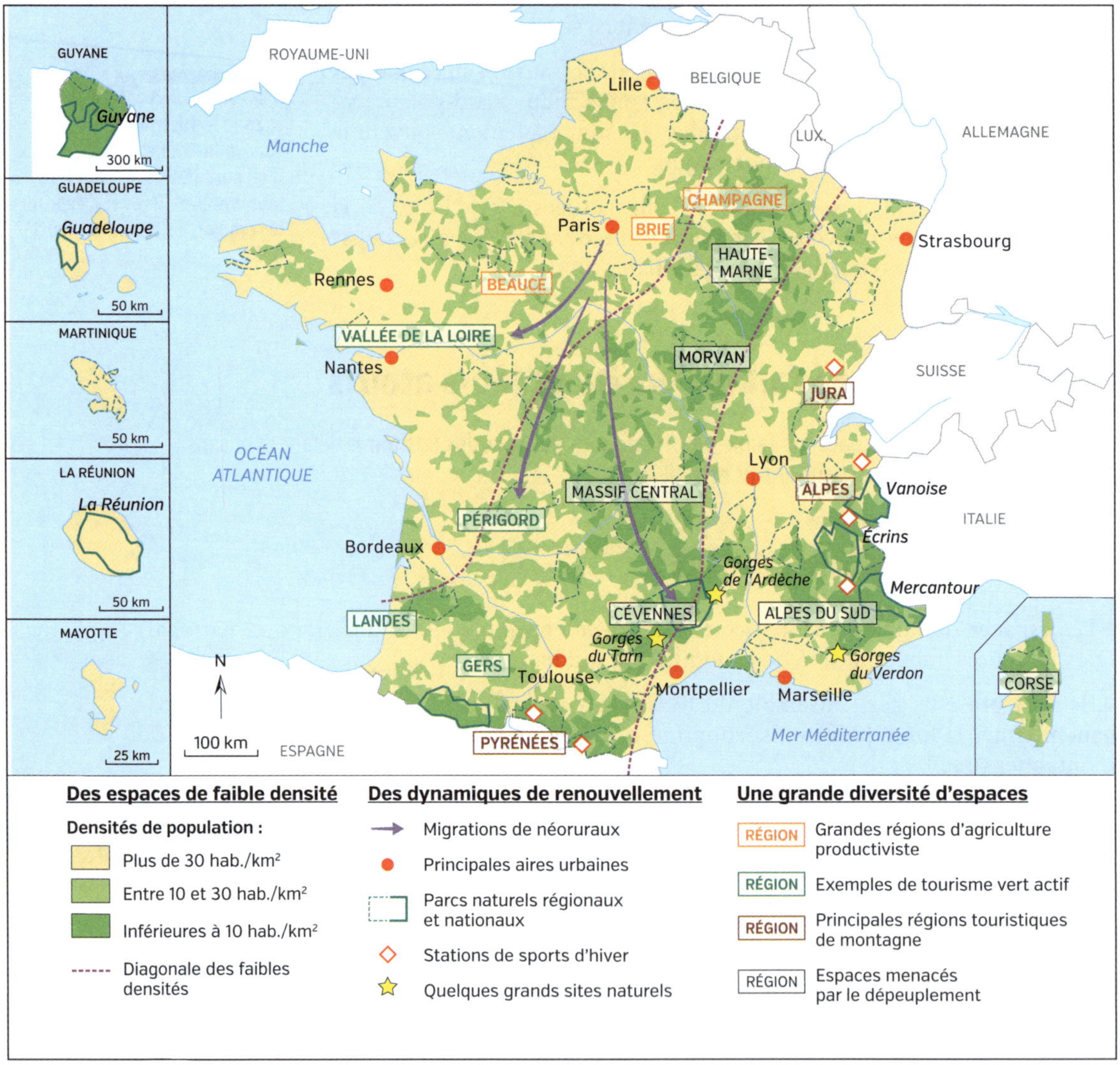

Révision express

Les notions importantes

Agriculture biologique : agriculture qui respecte la nature en n'utilisant pas de produits chimiques ou de techniques polluantes.
Agriculture extensive : agriculture peu productive aux rendements faibles.
Agriculture productiviste : agriculture commerciale qui obtient des rendements élevés.
Aire urbaine : ensemble formé par une ville, ses banlieues et les communes périurbaines, dont au moins 40 % des habitants travaillent dans la ville-centre et ses banlieues.
Centre d'affaires : quartier des métropoles caractérisé par son paysage de grandes tours de bureaux qui concentrent les activités tertiaires de haut niveau (sièges sociaux, finances, assurances, etc.).
Conflits d'usage : rivalité pour l'utilisation d'un espace ou d'une ressource.
Désindustrialisation : fait de fermer ou de faire partir les industries.
Enclavement : situation d'isolement résultant d'une mauvaise connexion aux axes de communication.
Espace de faible densité : espace qui comporte moins de 30 habitants au km^2.
Espace productif : espace mis en valeur par les hommes pour une activité économique qui produit de la richesse.
Étalement urbain : extension de la ville sur la campagne.
Gentrification : processus par lequel un quartier ou une ville se transforme en accueillant une population plus aisée.
Grand Paris Express : ligne de chemin de fer souterraine de 130 km faisant le tour de Paris en reliant les principaux pôles dynamiques de la grande banlieue parisienne. Sa mise en service est prévue pour 2025.
Hub aéroportuaire : grand aéroport qui sert de point de regroupement pour les passagers du monde entier en transit vers leur destination finale.
Mégalopole européenne : ensemble de métropoles proches les unes des autres qui s'étire de Londres à Milan.
Métropole : en géographie, grande aire urbaine qui concentre des fonctions de commandement qui lui donnent une grande zone d'influence, régionale, nationale ou mondiale.
Métropolisation : concentration des activités et de la population dans les métropoles.
Migrations pendulaires : déplacements quotidiens entre le domicile et le travail.
Mondialisation : mise en relation des territoires par l'augmentation des échanges et des communications à l'échelle de la planète.
Parc naturel : territoire protégé par l'État ou la région en raison de la richesse ou de la particularité de son patrimoine naturel.
Périurbanisation : urbanisation à la périphérie des villes.
Pôle de conversion : région touchée par la désindustrialisation qui bénéficie d'aides de l'État pour développer de nouvelles activités.
Technopôle : quartier des métropoles où se concentrent les industries de haute technologie ou les instituts de recherche, dans un cadre bien relié aux infrastructures de transport.
Tourisme vert : tourisme centré sur la valorisation des espaces naturels.
Ville globale : ville qui exerce un pouvoir de commandement et d'influence sur l'espace mondial.

Quiz

Cochez la ou les bonnes réponses.

1. La plupart des Français sont des citadins. ☐ vrai ☐ faux
3. Une aire urbaine peut inclure des espaces ruraux. ☐ vrai ☐ faux
3. Toutes les aires urbaines sont des métropoles. ☐ vrai ☐ faux
4. Laquelle de ces trois métropoles bénéficie d'une position littorale ?
☐ Montpellier ☐ Lyon ☐ Rennes
5. Un espace de faible densité compte moins de 30 habitants au km^2. ☐ vrai ☐ faux
6. La diagonale du vide va du nord-ouest au sud-est de la France. ☐ vrai ☐ faux
7. Les espaces de faible densité accueillent de plus en plus de résidences secondaires.
☐ vrai ☐ faux

→ Réponses p. 505

SUJET DE TYPE BREVET

Maîtriser différents langages

Énoncé

Questions

1 Sous la forme d'un développement construit d'une vingtaine de lignes et en vous appuyant sur un ou des exemples d'aires urbaines étudiés en classe, décrivez les espaces et les dynamiques des villes françaises.

2 Localisez et nommez sur le fond de carte ci-dessous Paris et 4 aires urbaines de votre choix.

Doc. **Les principales aires urbaines de la France métropolitaine**

Méthode

1 On vous demande ici de rédiger un développement qui montre que vous maîtrisez les caractéristiques d'une description en Géographie. Vous devez vous appuyer sur les **différents espaces de l'aire urbaine** pour décrire à chaque fois leurs **différentes dynamiques**, c'est-à-dire leurs différentes évolutions. Enrichissez votre description d'exemples pris dans des aires urbaines étudiées en classe. **L'organisation de votre développement est très importante** : pensez à faire un brouillon avant de rédiger.

2 C'est une **production cartographique très simple** qui vous est demandée ici. Il s'agit de **localiser Paris et quatre aires urbaines au choix** sur les onze proposées. Montrez que vous maîtrisez le langage cartographique en adoptant la bonne graphie et une couleur adaptée pour réaliser cet exercice.

Corrigé

Gagnez des points !
Les aires urbaines se composent de trois espaces, organisez donc votre développement en trois paragraphes, un pour décrire chaque espace et ses dynamiques.

1 Les aires urbaines sont composées de différents espaces plus ou moins urbanisés : la ville-centre, la banlieue et la couronne périurbaine.

La ville-centre, très urbanisée, se trouve au cœur des aires urbaines. Elle est l'espace le plus anciennement urbanisé, le plus densément peuplé et concentre encore la majorité des activités économiques. La ville-centre est devenue, dans beaucoup d'aires urbaines comme celle de Paris, très chère. Bien rénovée et mise en valeur, ses loyers augmentent et une partie de sa population part s'installer plus loin, en banlieue.

En effet, la banlieue est l'espace urbain qui entoure la ville-centre. Moins urbanisée, elle offre plus d'espaces pour y construire des logements plus grands et moins chers que dans la ville-centre. Mais la banlieue demande un effort de mobilité à ses habitants : ils doivent souvent multiplier les déplacements de banlieue à banlieue ou vers la ville-centre pour aller travailler. Ces déplacements s'appellent des migrations pendulaires et s'observent dans toutes les grandes aires urbaines, notamment à Paris.

Enfin, la couronne périurbaine est l'espace le moins urbanisé, situé entre la banlieue et l'espace rural. La périurbanisation s'est développée car de nombreux urbains recherchent un logement individuel, un jardin et la proximité de la campagne. Cela allonge encore les migrations pendulaires car bien souvent le travail reste concentré dans la ville-centre. C'est le cas à Toulouse par exemple, qui a l'une des plus grandes zones périurbaines de France.

Aujourd'hui, les aires urbaines doivent maîtriser leur étalement urbain pour faire face aux enjeux d'un développement durable : il faut préserver l'espace rural et réduire les migrations pendulaires pour limiter la pollution.

2

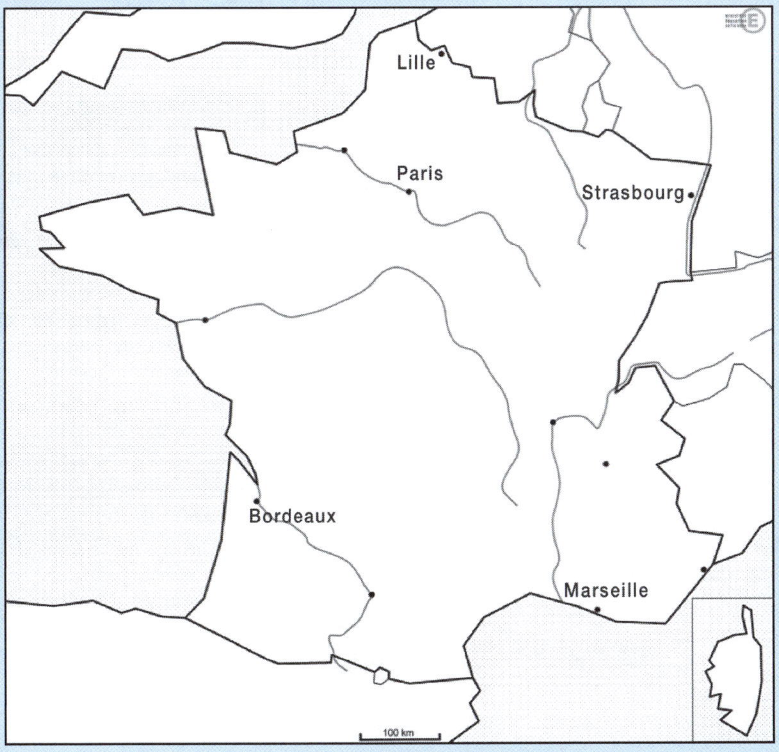

Chapitre 6 Pourquoi et comment aménager le territoire ?

1 Répondre à des inégalités croissantes à toutes les échelles

De quoi s'agit-il ? Des inégalités sociales et économiques s'observent en France à toutes les échelles. Comment les pouvoirs publics peuvent-ils tenter de les compenser ?

1 Des inégalités croissantes à toutes les échelles

• À l'échelle nationale, la mondialisation a renforcé l'influence des métropoles sur le territoire, et notamment celle de Paris. Elle favorise aussi les régions frontalières et les littoraux qui sont des périphéries dynamiques qui bénéficient du développement des échanges. Au contraire, les régions de l'intérieur, sans grande métropole, et les espaces industriels en reconversion restent à l'écart de ce dynamisme.

Vocabulaire

- **Ségrégation :** forme de mise à l'écart d'une partie de la population et de certains quartiers pour des raisons sociales et économiques.

• À l'échelle régionale, la métropolisation entraîne des déséquilibres entre les territoires intégrés au dynamisme des métropoles et ceux restant à l'écart.

• À l'échelle locale, les inégalités sociales et économiques se reflètent dans des inégalités spatiales qui aboutissent parfois, notamment à Paris (**Doc.**), à des processus de ségrégation où des quartiers accumulent les difficultés : chômage, précarité, enclavement et habitat dégradé.

2 Réduire les inégalités entre les territoires

• Le principal acteur de l'aménagement en France a longtemps été l'État. Mais depuis la loi de décentralisation de 1982-1983, les collectivités territoriales ont désormais des compétences en matière d'aménagement du territoire. C'est dans le cadre de ces collectivités que, bien souvent, les citoyens s'expriment et créent des associations pour demander ou refuser un projet d'aménagement. Enfin, l'UE est un acteur important car elle aide au financement de nombreux projets.

• Ces acteurs compensent les inégalités à toutes les échelles. Ils soutiennent par exemple les espaces ruraux en difficulté par une politique de zones de revitalisation rurale (ZRR) pour limiter leur déclin. Ils soutiennent aussi la rénovation des 1 300 quartiers dégradés des grandes métropoles en les déclarant quartiers prioritaires de la politique de la ville (QPV). Ils veillent enfin à la compétitivité des territoires en finançant par exemple des projets de transports comme la LGV Sud-Europe-Atlantique.

La LGV SEA

Vocabulaire

- **Collectivités territoriales :** communes, départements et régions.
- **ZRR :** Zone de Revitalisation Rurale, politique d'aides au maintien des activités et des services notamment publics dans des territoires qui connaissent une situation de déprise.
- **QPV :** Quartiers Prioritaires de la politique de la Ville, territoires urbains en difficulté dont les habitants bénéficient d'une politique de lutte contre l'exclusion et d'une rénovation de leur cadre de vie.
- **Compétitivité :** rester attractif dans la mondialisation face à la concurrence d'autres territoires.

Doc. Des inégalités à l'échelle régionale et locale : l'exemple des inégalités de revenus en Île-de-France

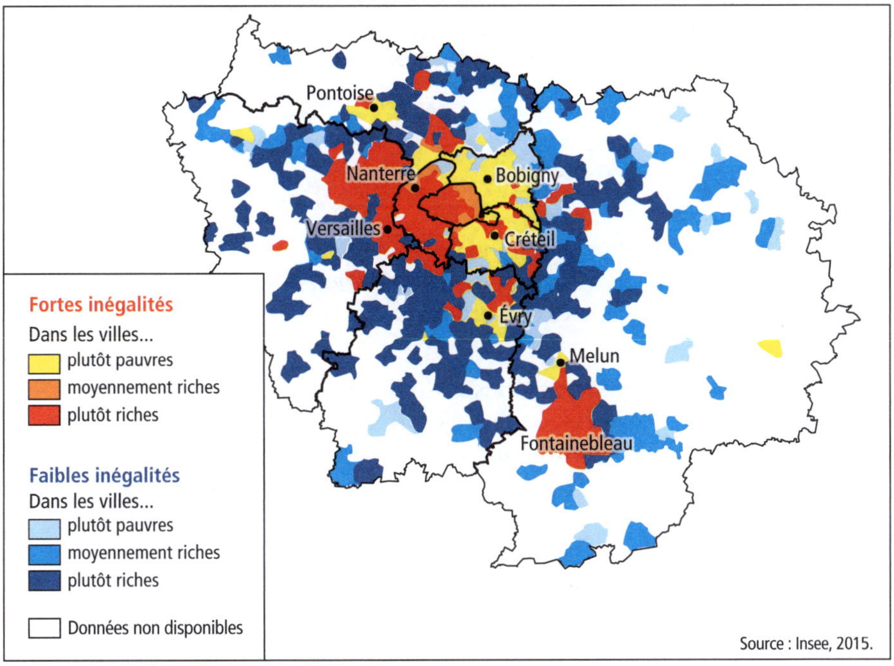

Source : Insee, 2015.

2 Les territoires ultramarins français : une problématique spécifique

De quoi s'agit-il ? Les territoires ultramarins, de par leurs caractéristiques, ont des problématiques d'aménagements spécifiques. Quelles sont ces caractéristiques et comment répondre aux enjeux particuliers d'aménagement des territoires ultramarins ?

1 Des territoires dispersés et éloignés

- Les territoires ultramarins sont composés d'îles et d'archipels, à l'exception de la Guyane, et ils sont tous très éloignés de l'Europe, jusqu'à 18 000 km de distance pour le plus éloigné d'entre eux, Wallis-et-Futuna (**Doc.**). On distingue parmi eux les DROM, au nombre de 5 : la Guadeloupe, la Martinique, la Guyane, La Réunion et Mayotte, et les COM, au nombre de 8, certains comme la Nouvelle-Calédonie ayant un statut particulier (**Doc.**).

- Au-delà de leur isolement et de leur éloignement, les territoires ultramarins ont d'autres caractéristiques communes : ils possèdent un environnement remarquable et une biodiversité exceptionnelle, qu'ils soient à proximité des zones tropicales ou au contraire des climats polaires. Ils sont aussi soumis pour la plupart à différents risques naturels comme les tempêtes, les cyclones, les séismes, les tsunamis ou encore les éruptions volcaniques.

- Ils ont aussi en commun d'avoir un niveau de développement inférieur à celui des autres régions de la France métropolitaine mais souvent

Vocabulaire

- **Ultramarin :** situé au-delà des mers, en dehors du continent européen.
- **DROM :** Départements et Régions d'Outre-Mer, ils ont le même statut qu'un département ou une région métropolitaine.
- **COM :** Collectivités d'Outre-Mer, collectivités territoriales qui peuvent adapter les lois françaises et qui ont une certaine autonomie.
- **Tsunami :** vient du japonais et désigne une immense vague formée par un séisme sous-marin.

GÉOGRAPHIE

supérieur à celui des États voisins : ils deviennent alors des territoires attractifs provoquant des flux migratoires régionaux. Ainsi, la Guyane connaît une forte hausse démographique en raison d'un solde naturel élevé mais aussi en raison de flux migratoires importants en provenance des pays voisins.

Terres d'Outre-mer

2 Des réponses spécifiques en matière d'aménagement

- Les acteurs des politiques d'aménagement sont les mêmes que pour le territoire métropolitain (l'État, l'UE, les collectivités territoriales et les associations de citoyens), mais ceux-ci doivent proposer des réponses adaptées aux problématiques spécifiques des territoires ultramarins.

- Anciennes colonies, les territoires ultramarins sont sous-industrialisés et leur économie repose essentiellement sur des activités agricoles (à l'exception des territoires situés en zone équatoriale ou polaire) insuffisantes pour les développer. Des aménagements spécifiques sont mis en œuvre pour développer le secteur du tourisme en l'orientant, grâce à la richesse du patrimoine naturel, vers l'écotourisme, grâce à de nouveaux équipements hôteliers et portuaires.

- Les politiques d'aménagement visent en particulier les infrastructures de transport (routes, ponts, aéroports, ports ou ZIP) qui doivent diminuer l'enclavement et l'isolement de ces territoires en les reliant plus efficacement à leur région mais aussi à la métropole et au reste du monde. Ils peuvent ainsi mieux tirer parti du développement des échanges et des flux touristiques aux échelles régionale et mondiale.

Doc. Les territoires ultramarins de la France

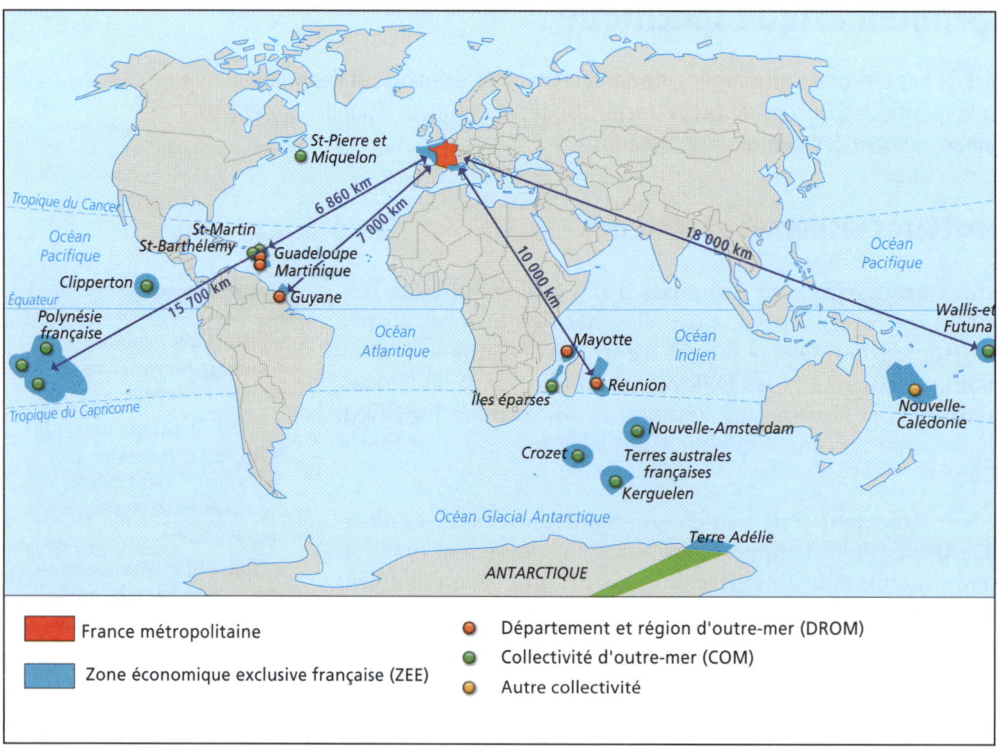

Révision express

Un croquis important

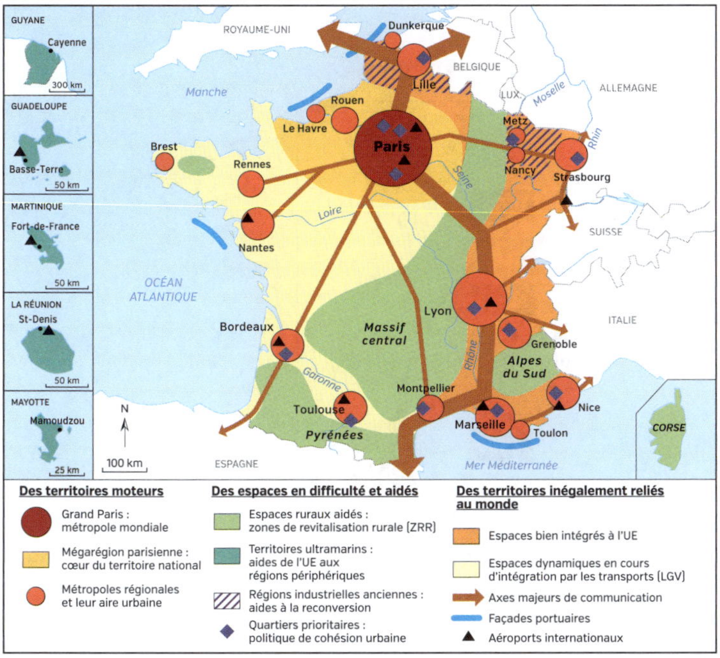

L'organisation du territoire français

Les notions importantes

Biodiversité : nombre d'espèces et d'être vivants sur un espace donné.

Décentralisation : processus par lequel l'État délègue aux collectivités territoriales certaines missions qui lui revenaient auparavant.

Écotourisme : forme de tourisme durable qui respecte, préserve et met durablement en valeur les ressources d'un territoire pour le tourisme.

Enclavement : situation d'un territoire mal relié aux autres en raison d'obstacles naturels ou d'absences de voie de communication.

Flux migratoires : déplacements de personnes qui viennent s'installer dans un pays.

Métropole : en géographie, grande aire urbaine qui concentre des fonctions de commandement qui lui donnent une grande zone d'influence, régionale, nationale ou mondiale.

Périphérie dynamique : désigne les régions françaises qui forment un croissant de Rennes à Strasbourg et qui bénéficient des effets de la mondialisation et de l'intégration européenne.

Risque naturel : danger potentiel venant d'un phénomène naturel et qui menace la population et les infrastructures.

ZIP : zone industrialo-portuaire.

Quiz

Remettez dans l'ordre les lettres qui composent le nom de ces départements et collectivités d'outre-mer :

1. a-y-o-m-t-e-t
2. f-y-e-l-o-r-i-p-n-a-a-e-s-s-e-n-i-c
3. p-e-p-l-i-c-r-o-n-t
4. l-e-b-r-a-s-t-a-i-n-m-y-e-h-t
5. g-u-r-e-l-e-n-e-k
6. u-n-e-w-l-i-s-t-a-u-t-l-a-f

→ Réponses p. 505

GÉOGRAPHIE

SUJET DE TYPE BREVET

Analyser et comprendre des documents

Énoncé

Doc. 1 Les trois possibilités pour rejoindre la métropole au départ de Mayotte

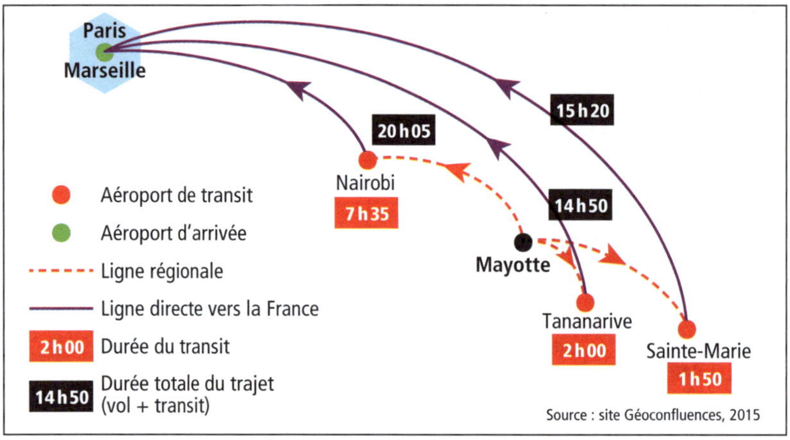

Source : site Géoconfluences, 2015

Doc. 2 Le mécontentement de la population

« L'île de Mayotte, dans l'océan Indien, à 8 000 kilomètres de Paris, est paralysée par une grève générale. Les principaux axes routiers sont bloqués par des barrages qui ralentissent l'activité économique, vident les supermarchés et perturbent la tenue de certains examens. Des émeutes ont éclaté dans le chef-lieu mahorais.

Le mouvement réclame l'"égalité réelle" entre Mayotte et la métropole. L'île a choisi de rester française et est officiellement devenue le 101e département français en 2011. Toutefois, elle ne jouit pas encore totalement des mêmes droits que les autres territoires français.

Un rapport du député V. Lurel pointe le manque de routes, de production d'énergie ou d'établissements scolaires. Le chômage touche 19 % de la population active et 27 % des habitants vivent sous le seuil de pauvreté. L'indice de développement humain (IDH), qui regroupe des indicateurs de richesse, d'éducation et de santé, place Mayotte à la 107e position alors que la France est 20e.

Mayotte est confrontée à une très forte immigration clandestine. Les migrants arrivent des autres îles des Comores dans des barques de pêcheur au prix de naufrages fréquents. De nombreuses femmes enceintes tentent la traversée. Ces dernières espèrent accoucher à Mayotte pour que leur enfant soit Français. La maternité de Mamoudzou[1], avec douze mille naissances par an, détient le record d'Europe : 70 % de ces naissances sont le fait de femmes en situation irrégulière. Le nombre de clandestins est par définition difficile à estimer, mais il se compte en dizaines de milliers. *"À cause de l'immigration clandestine, Mayotte compte environ six mille mineurs isolés, non scolarisés, qui doivent se débrouiller tout seuls",* explique le rédacteur en chef de Mayotte Hebdo. On peut penser qu'ils font partie des jeunes qui ont provoqué les émeutes… ».

D'après un article d'Anne-Aël Durand, *Le Monde,* 14 avril 2016.

1. Chef-lieu de Mayotte.

Questions

1 De quelle manière Mayotte est-elle reliée à la métropole ?

2 Pour quelles raisons la population a-t-elle déclenché une grève générale ?

3 Comment s'expliquent les difficultés économiques et sociales auxquelles sont confrontées Mayotte et, en règle générale, les autres régions ultra-marines ?

4 Pour quelle raison des milliers de Comoriennes viennent-elles accoucher à Mayotte ?

5 Quel est l'effet de l'immigration clandestine sur les tensions qui règnent à Mayotte d'après le rédacteur en chef du journal cité ?

Méthode

1 Le document est composé de deux éléments : un schéma et un article de presse.

2 Le texte est issu du grand quotidien national *Le Monde*.

3 Les deux parties du document sont complémentaires : elles doivent être mises en relation.

4 Soyez attentif au titre du document : il souligne la cohérence de ces deux éléments.

Corrigé

1 Mayotte est une île française de l'**archipel** des Comores. Ce département d'outre-mer (**DROM**) est relié à la métropole par des liaisons aériennes dont la durée est comprise entre 15 et 20 heures. Les vols ne sont pas directs : ils comptent tous une escale, ce qui accentue la **discontinuité** avec le territoire français métropolitain.

2 Les raisons qui sont à l'origine du mécontentement de la population sont multiples. Elles tiennent aux inégalités croissantes entre les Mahorais et la population métropolitaine. Mayotte est en effet confrontée à d'importantes difficultés économiques et sociales dans tous les domaines (emploi, santé, éducation…) qui ont tendance à s'aggraver. Tous les indicateurs placent la population locale en deçà des moyennes nationales et européennes. C'est d'ailleurs à ce titre que Mayotte bénéficie de subventions européennes spécifiques, destinées à lutter contre les effets négatifs de l'insularité et de l'**enclavement**.

3 Les difficultés économiques et sociales ont de multiples causes. Certaines sont un héritage de l'**économie de subsistance** qui a longtemps caractérisé ce territoire et qui explique l'absence quasi-totale d'activités industrielles et une exploitation encore très limitée du potentiel touristique local. L'économie et la société mahoraises sont dépendantes des importations et du soutien de la métropole et de l'Union européenne.

4 Malgré ces difficultés, les territoires ultra-marins sont en général des îlots de prospérité dans leur environnement régional. Mayotte ne fait pas exception à la règle : la richesse moyenne, bien que très inférieure à celle de la métropole, est bien plus élevée que celle de l'archipel des Comores. Pour les habitants de cet État indépendant qui fait partie des pays les moins avancés de la planète, Mayotte est un eldorado : y faire naître leurs enfants, c'est leur offrir l'accès à de meilleures conditions de vie.

5 Selon le rédacteur en chef de *Mayotte Hebdo,* certains mineurs livrés à eux-mêmes, en situation illégale sur le territoire, ont participé aux émeutes qui ont éclaté sur l'île. Il considère que l'importance des flux migratoires clandestins accentue localement les tensions sociales.

Gagnez des points !

Comparez Mayotte avec la situation du DROM que vous avez étudié en cours pour mettre en valeur vos connaissances sur ce chapitre.

L'astuce du prof

En géographie, faites systématiquement varier l'échelle de votre raisonnement. En passant de l'échelle locale (Mayotte) à l'échelle régionale (les Comores), la réponse à la question posée s'impose naturellement.

Chapitre 7 La France et l'Union européenne

1 L'Union européenne, un nouveau territoire de référence et d'appartenance

De quoi s'agit-il ? **La construction européenne a fait de l'UE un territoire original, un nouveau territoire d'appartenance et de référence pour les populations européennes. Quelles en sont les caractéristiques ?**

1 Un territoire en construction

• Depuis la création de la CEE en 1957, puis de l'UE en 1992, l'Union n'a cessé de s'élargir (**Doc.**). Si un État désire adhérer à l'UE, il doit remplir des conditions : être une démocratie et respecter les droits de l'Homme, par exemple le respect des minorités ; mettre en place une économie de marché capable de faire face à la concurrence ; s'adapter aux lois européennes.

• Depuis 1992, le processus d'élargissement s'est poursuivi : plusieurs États ont ainsi le statut de candidats officiels (Turquie, Macédoine, Islande et Monténégro), et trois ont entamé les négociations officielles d'adhésion. Malgré les crises politique et économique, l'UE reste un espace attractif.

2 Une Union qui rapproche ses États membres

• Depuis le traité de Rome en 1957, l'UE est devenue un vaste marché unique au sein duquel les marchandises circulent librement sans avoir à payer de droits de douane. La création d'une monnaie unique (l'euro), adoptée par 19 des États membres de l'UE, a facilité cette unification économique.

• La circulation des personnes est également facilitée par les accords de Schengen (1985) : les citoyens des 26 États signataires (dont quatre États qui ne font pas partie de l'UE) peuvent circuler librement d'un pays à l'autre.

Vocabulaire

- **Respect des minorités :** respect du droit de certains groupes minoritaires dans les États membres (groupes ethniques ou religieux, homosexuels...).
- **Lois européennes :** règlements et directives que doivent respecter les États membres de l'UE.
- **Droits de douane :** taxes prélevées lors du passage d'une frontière par une marchandise.
- **Accords de Schengen :** signés en 1985, ils permettent la libre circulation des personnes entre pays signataires.
- **Unanimité :** décision prise par tous les membres d'un groupe.

3 Une Union à plusieurs vitesses

• Pourtant, plus le nombre d'États membres est important, plus l'unanimité en faveur d'un projet est difficile à obtenir. Par exemple le Royaume-Uni, l'Irlande ou la Suède n'ont pas souhaité adopter l'euro. De même, le Royaume-Uni n'est pas non plus intégré dans l'espace Schengen (**Doc.**).

• De plus, la crise financière et économique en Europe a touché de plein fouet certains États membres de l'UE comme la Grèce ou l'Espagne. L'éclatement de l'Union est apparu pour la première fois comme un risque réel. L'Union européenne semble donc aujourd'hui un peu en panne.

Les conséquences du Brexit

Doc. Les territoires de l'UE

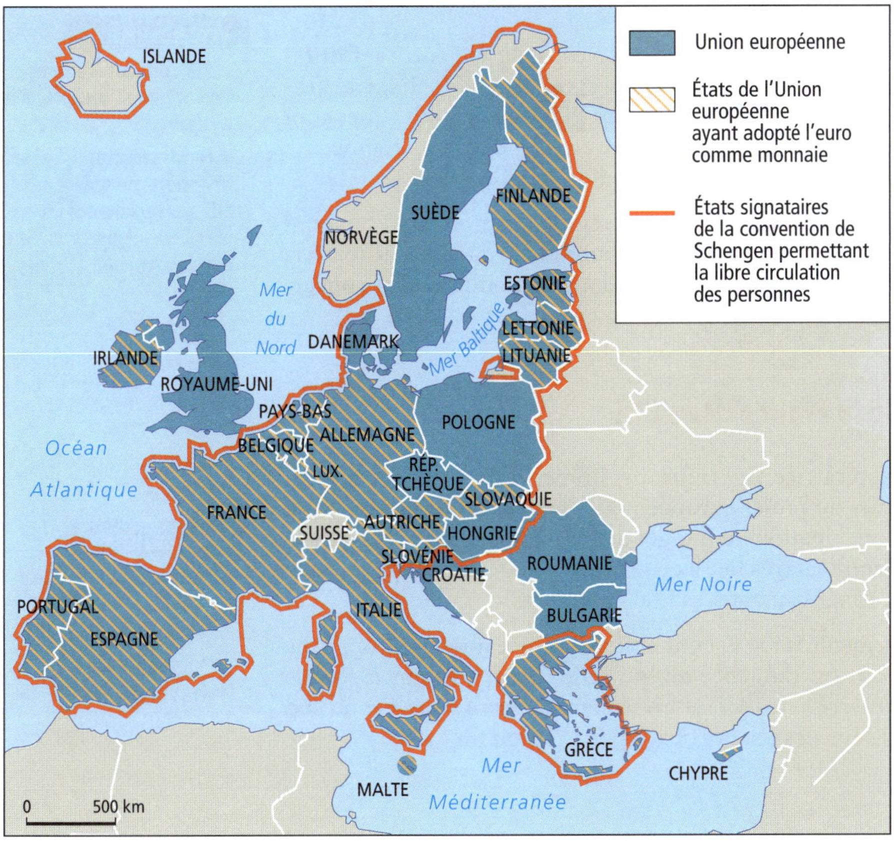

2 La cohésion au sein de l'UE et le rôle de la France

De quoi s'agit-il ? Des inégalités importantes de développement existent entre les États membres de l'UE. Comment réduire ces inégalités et quel rôle peut jouer la France au sein de l'UE ?

1 Les contrastes de l'UE

- À l'échelle mondiale, l'UE est une des régions les plus développées (IDH moyen : 0,937). Mais cette moyenne recouvre des réalités très différentes : le revenu moyen d'un Roumain est ainsi vingt fois inférieur à celui d'un Suédois. Les récents élargissements de l'UE ont renforcé ces écarts.

- À l'intérieur même des États européens, d'importants écarts de développement persistent. Les régions les plus riches de l'UE sont en fait celles qui se situent à proximité de la mégalopole européenne (**Doc.**) et qui bénéficient donc d'une meilleure connexion aux échanges mondialisés : Italie du Nord (Milan), bassin de Londres, Bavière (Munich). Plus on s'en éloigne, notamment vers l'Est et le Sud, plus le niveau de développement diminue.

2 Une Union solidaire

● Afin de favoriser l'harmonisation des niveaux de vie entre les différents États membres, l'UE met en œuvre des politiques de solidarité destinées à faciliter le rattrapage des régions au PIB le plus faible. Elles sont financées par des fonds structurels en provenance des États membres : plus les États sont riches, plus ils alimentent ces fonds.

● Ces fonds structurels sont accordés aux régions (et non aux États) qui en font la demande et les régions transfrontalières, dans le cadre de la coopération transfrontalière européenne, sont particulièrement concernées.

Vocabulaire

- **PIB :** produit intérieur brut. Mesure la richesse d'un territoire.
- **Fonds structurels :** aides financières accordées par l'UE aux régions des États membres selon leur niveau de développement.

3 La place de la France dans l'UE

● Signataire et inspiratrice du traité de Rome, la France est un des membres fondateurs du projet européen. Elle se situe au deuxième rang à la fois pour sa participation au budget de l'UE et pour les aides qu'elle perçoit. Son économie est très liée à celle de l'UE : 60 % des exportations françaises sont destinées aux autres États membres.

● Mais les élargissements vers l'Est ont renforcé la mégalopole européenne à laquelle la France n'est rattachée qu'en partie (**Doc.**). La France semble ainsi être un « finisterre » de l'UE et les régions situées à l'ouest et au sud du pays sont exposées à des risques de marginalisation (**Doc.**).

Vocabulaire

- **Finisterre :** extrémité d'un continent située à l'écart des lieux d'activités majeurs.
- **Marginalisation :** mise à l'écart progressive.

Doc. La situation de la France en Europe

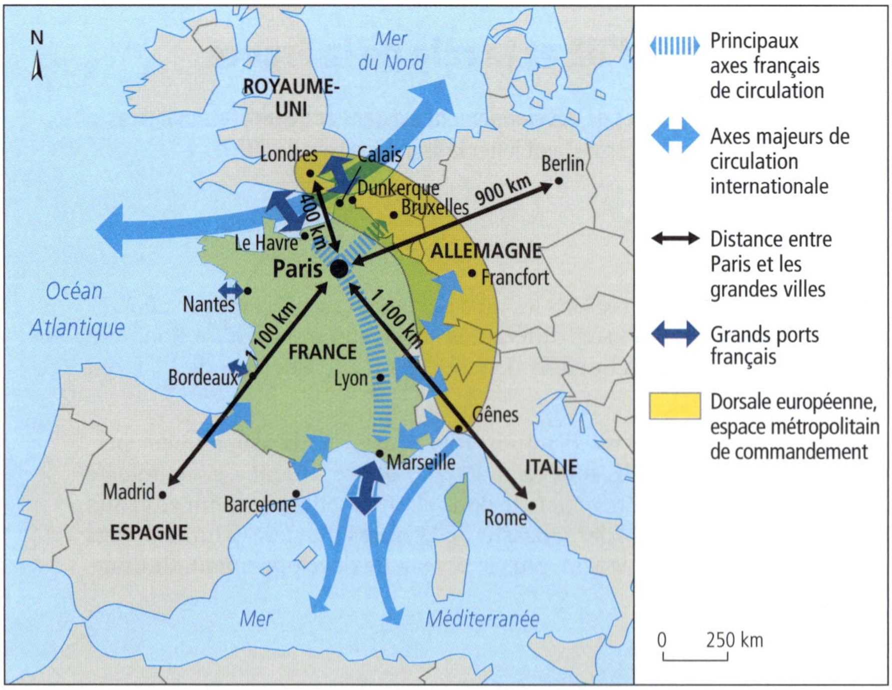

3 La France, une puissance moyenne

De quoi s'agit-il ? **La France est présente par sa langue et ses centres culturels sur toute la planète. Son influence reste importante. Quelles sont les caractéristiques de cette influence mondiale ?**

1 La présence française dans le monde

- Au-delà de ses territoires ultramarins, la France est présente dans le monde à travers les 200 millions de francophones, regroupés dans l'organisation mondiale de la Francophonie (**Doc.**).
- Ce rayonnement linguistique est renforcé par un réseau de lycées français et de centres culturels ainsi que par un nombre d'expatriés importants, notamment en Europe et en Amérique du Nord (**Doc.**).
- Grâce à sa présence internationale, la France est une puissance culturelle. Pays le plus visité au monde avec environ 75 millions de touristes étrangers par an, elle s'appuie sur un riche patrimoine culturel. Ainsi, elle compte 35 sites inscrits au Patrimoine mondial de l'humanité, auxquels s'ajoute la gastronomie française inscrite, elle, au Patrimoine immatériel de l'humanité.
- Son cinéma et sa littérature connaissent aussi une diffusion mondiale.

Vocabulaire

- **Territoires ultramarins :** territoires français en dehors de l'Europe.
- **Expatrié :** personne vivant en dehors de son pays pour des raisons professionnelles.

La France, une puissance européenne et mondiale

2 Une puissance militaire et diplomatique discutée

- L'influence de la France est aussi militaire et diplomatique. Elle est un des cinq membres permanents au Conseil de sécurité de l'ONU et fait partie du G20. Elle possède l'arme nucléaire et son armée, la plus importante de l'UE, intervient régulièrement à l'étranger, comme en Afghanistan ou au Mali.
- Mais elle ne peut agir que dans le cadre de ses alliances avec l'OTAN ou avec l'UE et sa capacité d'influence reste faible en dehors de l'UE. Face aux États-Unis ou aux puissances émergentes comme la Chine, sa voix n'est que peu entendue.

Vocabulaire

- **G20 :** groupe formé par les 20 États les plus riches et les plus développés du monde.

3 Une puissance économique limitée

- Le poids économique de la France dans le monde est réel : 6e PIB au monde, ses FTN sont présentes dans de nombreux pays et figurent parmi les plus puissantes dans leurs secteurs. C'est aussi une puissance agricole.
- Mais elle est désormais fortement concurrencée dans de nombreux domaines, notamment industriels, par ses voisins européens et par les pays émergents. Son économie est de plus en plus dépendante de celle de l'UE avec qui elle réalise les deux tiers de ses échanges.

Vocabulaire

- **FTN :** firmes transnationales, grandes entreprises présentes dans au moins 5 pays différents par la production et la commercialisation de ses produits.

GÉOGRAPHIE

Doc. La présence française dans le monde

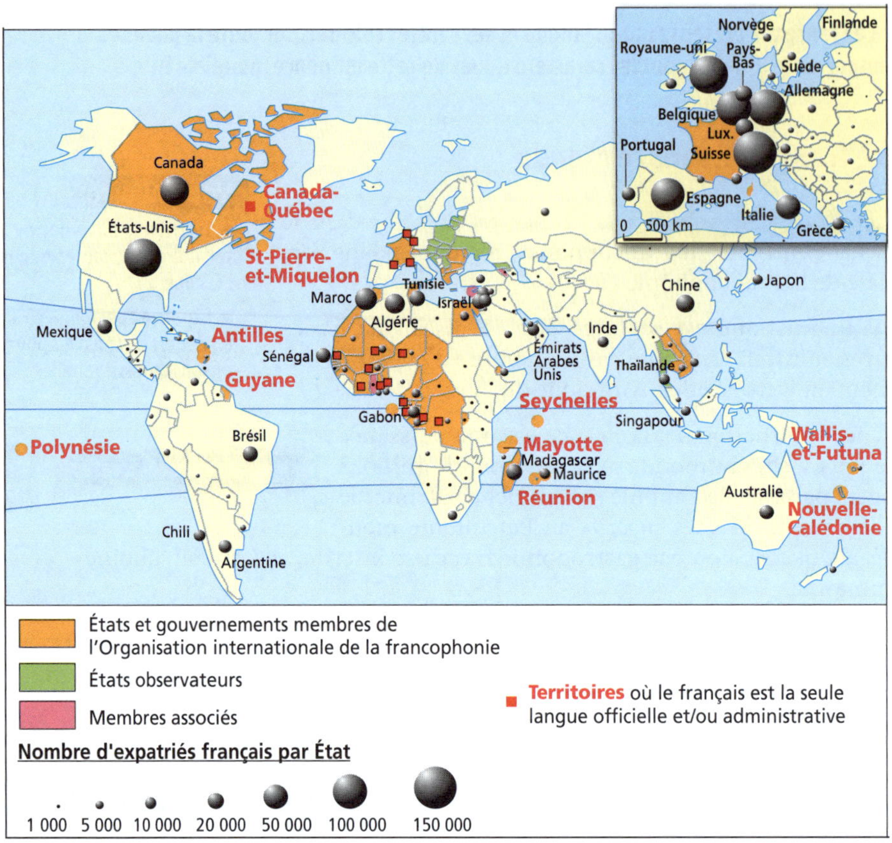

4 L'UE, une puissance incomplète

De quoi s'agit-il ? **En quoi l'UE est-elle aujourd'hui encore une puissance en construction, une puissance incomplète ?**

1 Un espace attractif

• Attractive, l'UE est le premier foyer d'immigration dans le monde. S'appuyant sur un riche patrimoine culturel, l'UE est également la première destination touristique au monde dont elle concentre 60 % des flux.

• Le rayonnement de l'Europe passe également par la diffusion de son modèle démocratique et des valeurs des droits de l'Homme. Les langues européennes, l'anglais, mais aussi le français ou l'espagnol, font partie des langues les plus parlées au monde.

Vocabulaire

- **Attractif :** qui attire la population et les capitaux.
- **Immigration :** installation dans un pays.
- **Flux touristiques :** déplacements de populations pour leurs loisirs.
- **Droits de l'Homme :** droits et libertés individuelles.

2 Une puissance économique majeure

• L'UE concentre 30 % des richesses. Première puissance économique, l'UE participe pour 28 % au PIB mondial et réalise 1/5e des échanges planétaires, surtout grâce aux nombreux échanges à l'intérieur de l'UE, mais aussi avec les deux autres aires de puissance mondiale que sont l'Amérique du Nord et l'Asie de l'Est.

• Sa puissance économique s'appuie d'abord sur les industries de hautes technologies, comme Airbus, héritières d'une longue tradition industrielle. Mais l'UE s'appuie surtout sur un secteur tertiaire dynamique : l'Europe reste une grande place financière, Londres faisant partie des trois plus importantes bourses au monde après celle de New York et de Tokyo.

• L'UE a également créé, avec l'euro, l'une des monnaies les plus solides au monde. Ce dynamisme s'accompagne du développement de la mégalopole européenne animée par des métropoles mondiales (Londres, Paris) et des ZIP très actives (Rotterdam).

3 Une puissance militaire et diplomatique en construction

• C'est au niveau diplomatique et militaire que la puissance de l'UE est la plus limitée (**Doc.**). Contrairement aux États-Unis, l'UE peine à imposer ses idées et à parler d'une seule voix sur la scène internationale d'autant plus qu'elle est souvent divisée lors des crises internationales.

• Les États européens interviennent ainsi le plus souvent en leur nom propre, plutôt qu'après une concertation de l'UE.

Doc. Caricature de Ruben Oppenheimer (Pays-Bas), parue dans *Courrier International*, le 20 novembre 2009

GÉOGRAPHIE

Révision express

Les notions importantes

CEE : Communauté Économique Européenne instituée par le traité de Rome.

Conseil de sécurité de l'ONU : instance de décision de l'ONU composée notamment de 5 membres permanents disposant d'un droit de veto.

Coopération transfrontalière européenne : ensemble des politiques de l'UE ayant pour objectif le développement des liens entre les territoires et les populations séparés par une frontière d'État.

Diplomatique : qui relève des relations entre États.

Économie de marché : système économique fondé sur l'offre et la demande libre des marchandises.

Élargissement : agrandissement de l'UE par l'intégration de nouveaux pays membres.

Espace attractif : espace qui attire des populations, des capitaux et des biens.

Francophonie : ensemble des personnes et des États utilisant le français.

IDH : Indice de développement humain. Mesure le niveau de développement d'un État en s'appuyant sur l'espérance de vie, le taux d'alphabétisation et le revenu par habitant. Compris entre 0 et 1, plus il est proche de 1, plus le niveau de vie est élevé.

Influence : capacité d'un État à attirer les flux vers lui ou à exercer des pressions sur d'autres États.

Mégalopole européenne : ensemble de métropoles comprises entre Londres et Milan qui concentre une forte densité de population et de richesse.

Métropoles mondiales : grandes villes possédant une influence mondiale.

OTAN : Organisation du Traité de l'Atlantique Nord, alliance militaire autour des États-Unis signée en 1949.

Patrimoine mondial de l'humanité : liste des sites établis par l'Unesco destinée à préserver des biens culturels ou naturels d'importance mondiale.

Place financière : territoire qui accueille de nombreuses banques internationales et des bourses influentes.

Puissance : capacité d'un État à exercer une influence politique, économique ou culturelle au-delà de ses frontières.

Risque : danger auquel les hommes sont soumis.

Secteur tertiaire : secteur d'activités regroupant tous les services à la personne ou aux entreprises.

Traité de Rome : traité signé en 1957 par 6 États européens (RFA, France, Italie, Belgique, Pays- Bas et Luxembourg), instituant la CEE.

Quiz

Cochez la ou les bonnes réponses.

1. Tous les pays de l'UE ont l'euro pour monnaie.
☐ **vrai** ☐ **faux**

2. Combien de pays sont membres de l'UE en 2015 ?
☐ **25** ☐ **27** ☐ **28**

3. Une région française peut percevoir des aides de l'UE.
☐ **vrai** ☐ **faux**

4. L'UE est une puissance : ☐ **commerciale** ☐ **tertiaire** ☐ **diplomatique**

5. La mégalopole européenne est : ☐ **la plus grande ville d'Europe**
☐ **une très grande ville** ☐ **un ensemble de très grandes villes**

→ Réponses p. 505

SUJET DE TYPE BREVET

Maîtriser différents langages

Énoncé

1 Sous la forme d'un développement construit d'une vingtaine de lignes, présentez les principales caractéristiques du territoire de l'Union européenne en expliquant la position qu'occupe la France.

2 Localisez et nommez sur le fond de carte quatre États membres de l'Union européenne et un État candidat à l'adhésion.

Doc. Les États-membres de l'Union européenne en 2016

Méthode

1 La première partie de la consigne porte sur le *territoire de l'Union européenne* : il s'agit de le définir dans ses limites actuelles.

2 Ne mettez en évidence que ce qui vous semble essentiel pour présenter ce territoire : il faut en souligner l'originalité et insister sur ce qui le rend spécifique.

3 La seconde partie de la consigne impose un changement d'échelle. Il faut centrer votre propos sur la position de la France dans l'Union européenne.

4 Il ne s'agit donc surtout pas de commencer par caractériser la situation géographique de la France puis d'envisager celle de l'UE, mais bien de la démarche inverse.

Corrigé

1 L'Union européenne (UE) est un rassemblement volontaire d'États partageant des valeurs communes et animés par un projet de développement global.

Il s'agit d'un **territoire en construction**. Son périmètre n'a cessé de s'étendre depuis sa création en **1957**. Il compte aujourd'hui 28 États couvrant une superficie de 4,5 millions de km^2.

C'est également un **territoire « à géométrie variable »**. Les États membres ont en effet la possibilité de ne pas appliquer l'ensemble des politiques définies par les institutions communautaires. Le territoire de l'UE ne coïncide donc pas précisément avec l'**espace Schengen** ni avec la **zone euro**. Ainsi, seuls 19 États-membres ont à ce jour adopté la monnaie unique. Caractérisée par une très grande diversité de milieux, de paysages et de cultures, l'UE est perçue comme **un territoire de paix et de prospérité**. Elle est parcourue par d'importants flux migratoires, qu'il s'agisse de réfugiés à la recherche d'une vie meilleure ou de touristes internationaux.

> **L'astuce du prof**
> Montrez que vous êtes capable de mobiliser ce que vous avez appris en histoire en citant une date ou un personnage-clé dans un sujet de géographie.

La France occupe une position particulière au sein de cet ensemble original. Sa situation géographique en fait une double **interface** : océanique et maritime, entre Manche-Atlantique et Méditerranée d'une part, terrestre et continentale, entre Nord et Sud du continent d'autre part. Membre fondateur de l'UE, son rôle dans l'affirmation et la mise en œuvre du projet européen est essentiel. Cependant, les élargissements successifs de l'UE ont déplacé le centre de gravité du territoire européen vers l'Est. Ils ont renforcé le rôle joué par la **dorsale européenne** dans la structuration de l'espace européen et accentué le caractère de « **finisterre** européen » de l'espace français.

Si la France est au cœur du projet européen d'un point de vue historique et économique, l'organisation et les dynamiques spatiales du territoire européen sont majoritairement déterminées par les centres de commandement de la mégalopole.

> **Gagnez des points !**
> En géographie, quand un sujet porte sur deux échelles distinctes (l'UE et la France par exemple), il est recommandé de les envisager conjointement dans la conclusion.

2 L'Union européenne compte actuellement 28 États membres. Cinq États sont officiellement engagés dans un processus d'adhésion : l'Albanie, la Serbie, le Monténégro, l'ancienne République yougoslave de Macédoine (ARYM) et la Turquie. La Bosnie-Herzégovine et le Kosovo ne sont encore que des candidats potentiels.

Chapitre 8 La République et la citoyenneté

1 Valeurs, principes et symboles de la République

De quoi s'agit-il ? **La citoyenneté française s'inscrit dans un cadre républicain et démocratique. Quels sont les principes et les valeurs qui définissent notre régime politique ?**

1 Les fondements de la République

• En 1792, la France devient pour la première fois une République, suite à la chute de la monarchie. Plusieurs régimes républicains se succèdent aux XIXe et XXe siècles, chacun apportant de nouvelles valeurs et de nouveaux principes : suffrage universel et abolition de l'esclavage en 1848, laïcité en 1905 avec la loi de séparation de l'Église et de l'État, droit de vote des femmes et Sécurité sociale en 1944, etc.

• En 1958, est adoptée une nouvelle Constitution qui définit la Ve République comme « indivisible, laïque, démocratique et sociale ». Les valeurs républicaines sont réunies dans la devise « Liberté, Égalité, Fraternité » (**Doc.**).

• Pour la représenter, la République française s'est choisi des symboles hérités de la Révolution française, comme la date du 14 juillet ou l'effigie de Marianne. De même le français, seule langue nationale, parvient à souder et à unir la nation sous la IIIe République.

2 Une démocratie européenne

• Comme tous les pays de l'Union européenne, la République française est une démocratie. En tant que telle, elle s'engage à respecter les valeurs des droits de l'Homme et les libertés fondamentales définis dès 1789 par la Déclaration des droits de l'Homme et du citoyen et repris par la Convention européenne du Conseil de l'Europe en 1950.

• En Europe, tous les États sont démocratiques, mais tous ne sont pas des républiques. Il existe de nombreuses monarchies parlementaires comme le Royaume-Uni ou l'Espagne. De la même manière que la République française, ces pays partagent des principes tels que la souveraineté de la nation par l'élection au suffrage universel des représentants politiques, la pluralité politique, la règle de la majorité, la séparation des pouvoirs et la mise en place de voies de recours contre les excès de pouvoir.

La laïcité

La séparation des pouvoirs

Vocabulaire

- **Monarchie parlementaire :** régime politique dans lequel le chef de l'État est un roi ou une reine, mais où le pouvoir est détenu par un Parlement élu par le peuple.
- **Pluralité (ou pluralisme) politique :** principe démocratique selon lequel plusieurs opinions et partis politiques coexistent.
- **Règle de la majorité :** principe démocratique selon lequel les représentants sont choisis par la majorité des citoyens.
- **Séparation des pouvoirs :** principe démocratique selon lequel les pouvoirs exécutif, législatif et judiciaire ne doivent pas être détenus par la même personne ou le même groupe de personnes.

Doc. Extraits de la Constitution de 1958

Neutralité en matière de religion. L'État ne favorise aucune religion et assure l'égalité de tous quelle que soit leur religion.

Ces couleurs ont été adoptées en 1789 : on adjoint aux couleurs de Paris (bleu et rouge) celle de la monarchie (blanc).

C'est la définition de la démocratie : le pouvoir appartient au peuple, qui vote et fait des lois pour se gouverner.

Préambule Article 1

La France est une République indivisible, laïque, démocratique et sociale. Elle assure l'égalité devant la loi de tous les citoyens sans distinction de race ou de religion. Elle respecte toutes les croyances.

Titre Premier – De la Souveraineté Article 2

La langue de la République est le français.

L'emblème national est le drapeau tricolore bleu, blanc, rouge.

L'hymne national est la Marseillaise.

La devise de la République est « Liberté, Égalité, Fraternité ».

Son principe est : « gouvernement du peuple, par le peuple, pour le peuple ».

La nation ne doit pas être constituée de communautés séparées.

La République est au service du peuple et doit en particulier aider les plus défavorisés.

Les langues locales et les dialectes peuvent être enseignés et pratiqués, mais seul le français est la langue qui unit toute la nation.

2 Nationalité, citoyenneté française et européenne

De quoi s'agit-il ? La République française est une communauté de citoyens. Qui sont-ils et comment exercent-ils leur citoyenneté sur le territoire national et dans le cadre de l'UE ?

1 La citoyenneté française et europénne

• Pour être citoyen français, il faut avoir la nationalité française. On peut être français dès la naissance si l'un des deux parents est français : c'est le « droit du sang ». On a aussi la nationalité française si l'on est né en France : c'est le « droit du sol » (**Doc.**). Enfin, on peut demander à obtenir cette nationalité par naturalisation.

• Être citoyen signifie d'abord détenir une part de la souveraineté nationale, c'est-à-dire avoir le droit de voter. Aujourd'hui, tous les Français ont le droit de vote et d'éligibilité aux différentes élections locales, nationales et européennes, ainsi qu'aux référendums. D'après la Constitution de la Ve République, sont électeurs « tous les nationaux français majeurs, des deux sexes, jouissant de leurs droits civils et politiques », c'est-à-dire n'en ayant pas été privés par la justice.

Nationalité et citoyenneté

Vocabulaire

- **Éligibilité :** possibilité donnée au citoyen de se présenter à une élection et d'être élu.
- **Constitution de la Ve République :** loi fondamentale qui définit l'organisation de la République française depuis 1958.

2 Nationalité et citoyenneté européenne

- Depuis le traité de Maastricht en 1992, tout citoyen français est également citoyen européen ce qui lui permet, entre autres, de circuler et de séjourner librement dans l'Union européenne.
- Cette citoyenneté européenne lui donne aussi des droits politiques, notamment celui de voter et d'être éligible aux élections municipales et aux élections européennes du pays de l'UE dans lequel il réside.

Vocabulaire

- **Traité de Maastricht :** traité signé en 1992 par 12 États, donnant naissance à l'Union européenne.
- **Union européenne :** alliance économique et politique comptant aujourd'hui 28 États.

3 Droits et devoirs des citoyens français

- Les Français ont des droits liés à leur citoyenneté, comme celui d'accéder à la fonction publique. En retour de ces droits, les citoyens français doivent participer au service national universel.
- Les autres droits civils, économiques et sociaux, tels que la liberté d'expression ou le droit à la protection sociale, ne sont pas liés à la nationalité française et concernent tous les habitants installés sur le territoire français.
- De même, tout le monde doit respecter la loi et participer à la vie collective en payant des impôts. Par ailleurs, on a le devoir moral de faire preuve de civisme, par exemple en s'engageant dans une association humanitaire.

Vocabulaire

- **Fonction publique :** administration composée de fonctionnaires.
- **Service national universel :** service institué par la loi de 1997 et qui comprend le recensement à 16 ans, la JDC et des services volontaires.

EMC

Doc. Acquérir la nationalité française

– Par filiation (droit du sang)

Est français l'enfant dont l'un des parents au moins est français au moment de sa naissance. […]

– En raison de la naissance et de la résidence en France (par le droit du sol) :

Tout enfant né en France de parents étrangers acquiert la nationalité française à sa majorité si, à cette date, il a en France sa résidence et s'il a eu sa résidence habituelle en France pendant une période continue ou discontinue d'au moins cinq ans, depuis l'âge de onze ans. Une faculté de décliner la nationalité française dans les six mois qui précèdent sa majorité ou dans les douze mois qui la suivent, de même que l'acquisition anticipée par déclaration à partir de l'âge de seize ans, sous certaines conditions, sont également prévues. Enfin, la nationalité française peut être réclamée, sous certaines conditions, au nom de l'enfant mineur né en France de parents étrangers, à partir de l'âge de treize ans et avec son consentement personnel (article 21-11 du Code civil).

D'après *www.diplomatie.gouv.fr*

Cela ne concerne donc que ceux qui ont des parents étrangers et qui sont nés en France.

Être né en France ne suffit donc pas pour devenir automatiquement français à 18 ans, il faut aussi y vivre cinq ans avant sa majorité. Pour le prouver, les documents nécessaires sont un extrait d'acte de naissance et une preuve de résidence en France comme un justificatif de domicile ou des bulletins scolaires.

Les institutions françaises

Révision express

Les dates importantes

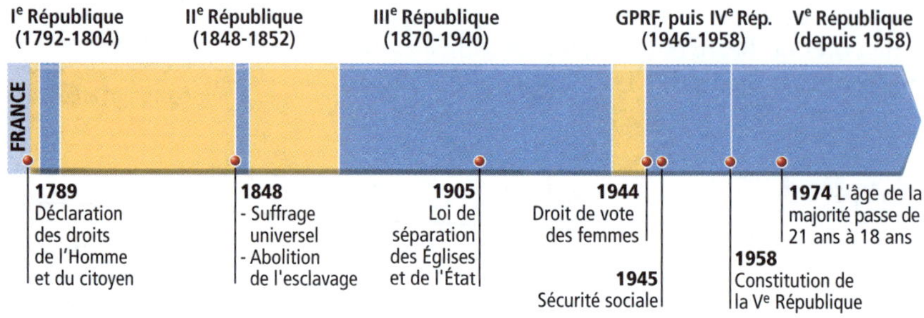

Les notions importantes

Citoyen : personne qui jouit des droits civils et politiques à l'intérieur d'un État.
Citoyenneté : fait d'être citoyen, lié à des droits et des devoirs.
Civisme : respect d'autrui et de la vie en collectivité.
Démocratie : régime politique dans lequel le peuple exerce le pouvoir en votant. Elle est fondée sur le respect des droits de l'Homme.
Nation : peuple appartenant à un même État.
Nationalité : lien qui rattache un individu à un État.
Naturalisation : fait d'accorder la nationalité à un étranger.
Principe : loi générale.
République : régime politique qui s'oppose à la monarchie, car le pouvoir y est détenu par les représentants des citoyens.
Souveraineté nationale : principe selon lequel le peuple est souverain, c'est-à-dire exerce son pouvoir en élisant ses représentants.
Suffrage universel : élection à laquelle tous les citoyens peuvent participer.
Valeur : principe moral.

Quiz

Cochez la ou les bonnes réponses.

1. La Ire République française date de :
☐ 1789 ☐ 1792 ☐ 1848

2. Une République est toujours démocratique.
☐ vrai ☐ faux

3. Parmi ces propositions, cochez celles qui sont exactes :
☐ le Royaume-Uni est une République
☐ le Royaume-Uni est une démocratie
☐ le Royaume-Uni est une monarchie parlementaire

4. Trouvez l'intrus dans les propositions suivantes :
L'article Ier de la Constitution française de 1958 affirme que la République française est :
☐ indivisible ☐ laïque
☐ égalitaire ☐ démocratique
☐ sociale

→ Réponses p. 505

SUJET DE TYPE BREVET

Analyser et comprendre des documents

Énoncé

Doc. 1 Affiche 2015 de la commune de Floirac (Gironde)

Boulevard des Potes : Association de lutte contre les discriminations et d'éducation populaire.

Doc. 2 Extraits de la Charte de laïcité à l'École (2013)

Article 3 – La laïcité garantit la liberté de conscience à tous. Chacun est libre de croire ou de ne pas croire […]

Article 4 – La laïcité permet l'exercice de la citoyenneté, en conciliant la liberté de chacun avec l'égalité et la fraternité de tous dans le souci de l'intérêt général.

Article 8 – La laïcité permet l'exercice de la liberté d'expression des élèves dans la limite du bon fonctionnement de l'École comme du respect des valeurs républicaines et du pluralisme des convictions.

Article 9 – La laïcité implique le rejet de toutes les violences et de toutes les discriminations, garantit l'égalité entre les filles et les garçons et repose sur une culture du respect et de la compréhension de l'autre.

Article 13 – Nul ne peut se prévaloir de son appartenance religieuse pour refuser de se conformer aux règles applicables dans l'École de la République.

Questions

1 Citez trois valeurs et deux symboles de la République française présents dans les documents.

2 Expliquez les phrases soulignées dans le document 2 pour montrer que la laïcité garantit les libertés à l'École.

3 Vous êtes chargé de présenter la laïcité à l'École à un correspondant étranger en visite dans votre établissement en vous aidant des documents et de vos connaissances. En quelques lignes, comment lui expliquez-vous que la laïcité favorise le « vivre ensemble » à l'École ?

Méthode

1 Identifier la nature des documents
Le document 1 est une affiche de la commune de Floirac qui signale un débat sur « la laïcité et le vivre ensemble ». Le document 2 est constitué d'articles extraits de la Charte de la laïcité à l'École présente dans tous les établissements scolaires depuis 2013.

2 Repérer les éléments importants dans les deux documents
– La présence des symboles et surtout des valeurs de la Ve République.
– L'importance du principe de laïcité.
– La mention de plusieurs libertés et de l'égalité filles/garçons.
– L'idée du « vivre ensemble ».

Corrigé

1 Les trois valeurs de la République sont présentes dans les deux documents, elles sont citées sur l'affiche (document 1) et dans l'article 4 du document 2 : liberté, égalité, fraternité. Sur le document 1, on repère deux symboles de la République, Marianne avec son bonnet phrygien et les couleurs du drapeau tricolore : le bleu, le blanc et le rouge.

2 La laïcité est un principe de la Ve République, inscrit dans la Constitution de 1958 mais hérité de la IIIe République et de la loi de 1905 sur la séparation des Églises et de l'État.

Ce principe instaure la neutralité religieuse de l'État. L'École républicaine est donc laïque et cela permet de protéger la liberté de conscience : à l'école, chacun est libre de croire ou de ne pas croire et de le dire. La laïcité permet donc aussi l'exercice de la liberté d'expression des élèves dans la limite du respect des convictions des autres.

Gagnez des points !
Exposez vos connaissances en Histoire et en EMC sur la laïcité pour bien expliquer qu'elle garantit les libertés à l'École de la République.

3 En France, il existe un principe important dans nos écoles, c'est la laïcité. La laïcité, cela veut dire qu'à l'école nous n'avons pas de cours de religion, qu'on ne nous enseigne aucune religion en particulier car notre République n'a pas de religion officielle, elle est neutre en matière de religion. Bien sûr, nous pouvons parler des religions en classe et on nous enseigne l'histoire des grandes religions : nous sommes libres de nous exprimer sur ce sujet mais sans faire de prosélytisme, c'est-à-dire sans essayer de convaincre les autres d'adopter nos idées et nos croyances.

Ainsi nous sommes obligés d'accepter les idées de tout le monde dans la classe et cela nous permet d'avoir une culture du respect et de la compréhension de l'autre. Cela favorise « le vivre ensemble » à l'école malgré les différences de cultures, d'idées et de religions de chacun.

L'astuce du prof
Même si vous êtes censé parler à un correspondant étranger, n'hésitez pas à employer le vocabulaire de la leçon pour montrer que vous le maîtrisez.

Chapitre 9 La vie démocratique

1 Les institutions de la Ve République

De quoi s'agit-il ? **En France, l'organisation des pouvoirs est définie par la Constitution de la Ve République. Comment garantit-elle la démocratie en France ? Qui exerce les différents pouvoirs de l'État ?**

1 La constitutution de la Ve République

• La Constitution est le texte fondateur d'une République. Elle définit le rôle des différents pouvoirs à l'intérieur de l'État, ses principes et ses valeurs, comme la souveraineté nationale et les droits de l'Homme.

• La Constitution de la Ve République a été adoptée par référendum en 1958. Elle peut être modifiée par un vote rassemblant les deux tiers du Parlement ou par un référendum.

• Le président de la République est le garant de la Constitution et le Conseil constitutionnel (**Doc.**) est chargé de vérifier si les lois votées par le Parlement la respectent.

Vocabulaire

- **Référendum :** vote à l'initiative du chef de l'État, d' 1/5 des parlementaires ou d'une pétition réunissant 1/10 des citoyens, lors duquel on pose une question aux électeurs, qui doivent y répondre par « oui » ou par « non ».
- **Garant :** celui qui protège et fait respecter.

2 Le pouvoir exécutif

• Le pouvoir exécutif est partagé entre le président de la République et le Gouvernement dirigé par le Premier ministre. Le président, élu au suffrage universel pour 5 ans, est le chef de l'État. Il est également le chef des armées et promulgue les lois. Il peut organiser un référendum, dissoudre l'Assemblée nationale ou saisir le Conseil constitutionnel. Il dispose aussi du droit de grâce.

• Le Premier ministre est nommé par le président de la République. Il représente nécessairement le camp majoritaire à l'Assemblée nationale. Chef du Gouvernement, il conduit la politique de la Nation, fait des projets de lois et dirige l'administration de la France (**Doc.**).

Vocabulaire

- **Dissoudre l'Assemblée nationale :** décider de mettre fin aux fonctions des députés de l'Assemblée nationale et donc d'organiser de nouvelles élections législatives.
- **Droit de grâce :** droit du chef de l'État de supprimer ou d'alléger une peine.

3 Le pouvoir législatif

• Le pouvoir législatif est entre les mains du Parlement, c'est-à-dire de l'Assemblée nationale et du Sénat qui peuvent être réunis en Congrès (**Doc.**).

• L'Assemblée nationale est formée par les députés élus au suffrage universel pour cinq ans tandis que le Sénat, « l'assemblée des sages », est constitué de responsables politiques élus par leurs pairs pour une durée de 9 ans (**Doc.**).

Doc. Les institutions de l'État

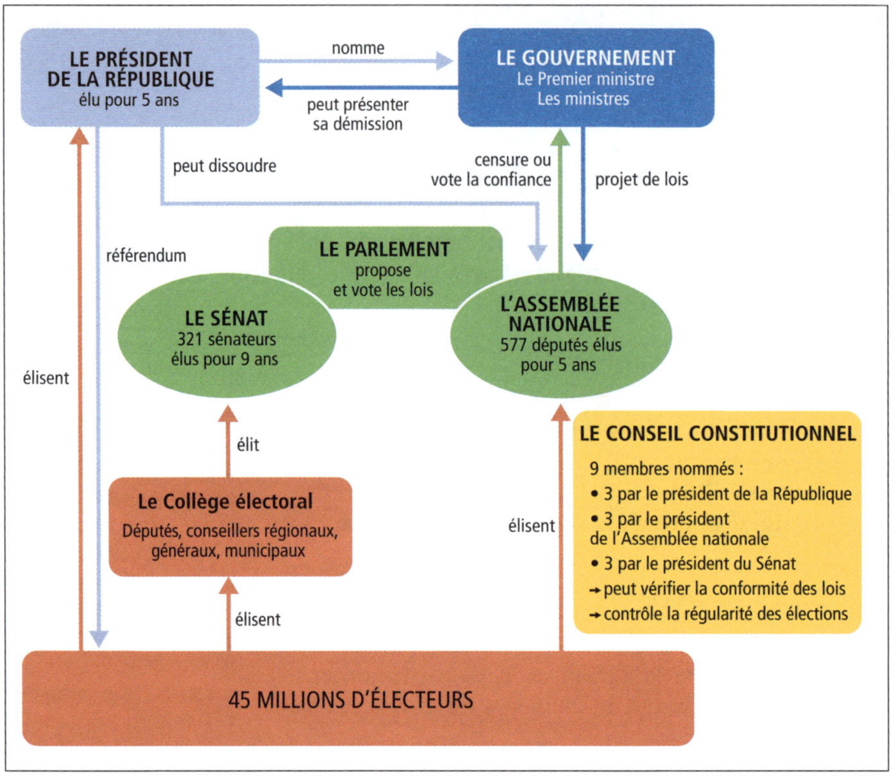

2 Vie politique et administration du territoire

De quoi s'agit-il ? **Quel est le rôle des citoyens et des partis dans la vie politique ? Comment la loi se fabrique-t-elle dans un cadre démocratique ?**

1 Les acteurs de la vie politique

• La souveraineté nationale donne au citoyen un rôle majeur dans la vie politique. Chaque citoyen donne sa voix au candidat d'un parti politique, qui est une association composée d'adhérents et de militants. Ceux-ci distribuent des tracts et organisent des réunions nourrissant le débat démocratique. Le pluralisme donne aux citoyens une liberté de choix lors des élections nationales (élections présidentielles et législatives) ou locales (élections régionales, cantonales ou municipales).

Vocabulaire

■ **Militant :** personne qui agit pour un parti politique.

• En effet, en France, il existe de nombreux partis politiques qui vont de l'extrême gauche à l'extrême droite. On parle « d'éventail » politique. Le principal parti politique à gauche est le Parti socialiste, parti de l'actuel président François Hollande. Le principal parti politique à droite est le parti Les Républicains, parti de l'ancien président de la République Nicolas Sarkozy.

• Tous les partis politiques sont autorisés tant qu'ils respectent les règles de la démocratie et n'appellent pas à la haine et à la violence.

Les élections en France

Ainsi, lors de chaque élection, même pour les élections locales, le citoyen doit choisir entre de nombreux partis politiques.

2 Le parcours de la loi

● La France est un État centralisé dont les lois s'appliquent à tout le territoire national. Une loi est élaborée démocratiquement. L'initiative d'une loi appartient soit au Premier ministre qui présente un projet de loi, soit aux membres du Parlement (députés et sénateurs) qui font des propositions de loi (**Doc.**). Les parlementaires et le Premier ministre peuvent être influencés dans leurs projets par les citoyens, par le travail de certaines associations ou de syndicats.

● Tout projet ou proposition de loi doit être discuté et amendé par l'Assemblée nationale et le Sénat. On dit que la loi fait la « navette » entre les deux assemblées (**Doc.**). Là encore pendant la discussion de la loi, les citoyens peuvent intervenir, en manifestant par exemple. Enfin, la loi est promulguée par le président de la République et inscrite au *Journal officiel*.

Vocabulaire

- **Amender :** modifier un texte de loi.
- **Promulguer :** signature d'une loi par le président de la République.

EMC

Doc. Le parcours d'une proposition de loi

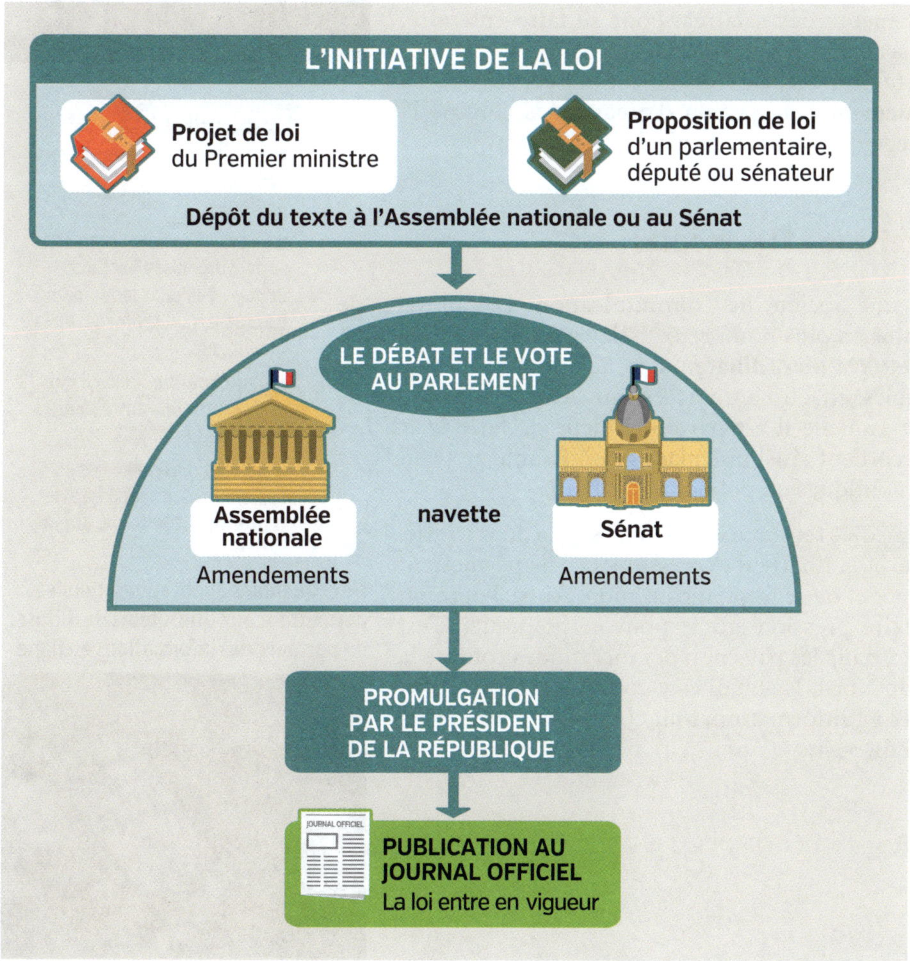

3 La vie sociale, l'opinion publique et les médias

De quoi s'agit-il ? Dans la Ve République, la citoyenneté s'exerce aussi dans le domaine professionnel et dans la vie collective. Qui sont les différents acteurs chargés d'animer la vie démocratique et sociale ? Comment sont-ils informés par les médias, qui tiennent une place importante dans notre société ?

1 S'engager dans la vie sociale

● La loi de 1901 permet à tous les citoyens de créer une association. Partis politiques, syndicats, associations humanitaires, sportives ou culturelles permettent ainsi à la vie collective de fonctionner. En France, 900 000 associations, financées par les adhésions, les dons privés et les subventions publiques (argent donné par l'État), sont animées par 10 millions de bénévoles, c'est-à-dire de personnes travaillant sans rémunération.

● L'action syndicale est un moyen de s'engager dans la vie collective. Le rôle des syndicats, associations composées d'adhérents et de militants, est de défendre le droit du travail. Pour ce faire, ils sont en constante négociation avec le patronat à propos des conditions de travail, ou encore des salaires. Pour se faire entendre, les syndicats organisent des manifestations ou des grèves et font signer des pétitions (c'est-à-dire des revendications écrites). Leurs élus participent également à la gestion d'organismes comme la Sécurité sociale et siègent dans les conseils des prud'hommes.

Doc. Manifestants participant à une manifestation organisée le 1er mai 2022 à Paris à l'occasion de la Journée internationale des travailleurs

Vocabulaire

- **Adhérent :** personne inscrite dans un syndicat ou un parti politique.
- **Sécurité sociale :** protection sociale organisée par l'État depuis 1945 dans les domaines de la santé, du chômage, de la famille, etc.
- **Prud'homme :** conseil qui règle les conflits entre salariés et employeurs.
- **Médias :** ensemble des moyens d'information (presse écrite, radio, télévision, Internet).

2 L'opinion publique et les médias

● Notre société est une société de communication. Les moyens de s'informer sont de plus en plus nombreux : télévision, radio, journaux, mais surtout Internet. Via les ordinateurs, les tablettes numériques ou les téléphones portables, chacun a un accès immédiat à une multitude d'informations dans laquelle il est parfois difficile de faire le tri. Les nouveaux médias accordent ainsi une place grandissante aux sondages d'opinion à des fins politiques ou publicitaires (**Doc.**).

● La diversité de ces médias renforce les principes de la démocratie, comme le pluralisme et la liberté d'expression, car ils permettent à chacun de s'exprimer et de se faire une opinion. Ainsi, l'opinion publique peut-elle faire pression sur le pouvoir politique. C'est pour cette raison que, dans les pays non démocratiques comme la Chine ou la Corée du Nord, les médias, y compris Internet, sont très contrôlés. L'accès à l'information, tout comme la liberté d'expression, y sont limités.

Doc. Quelques applications mobiles permettant aux utilisateurs de diffuser ou partager des informations en ligne

Doc. La citoyenneté permet d'exercer ses droits politiques et sociaux

Art. 20.

1. Toute personne a droit à la liberté de réunion et d'association pacifiques.

2. Nul ne peut être obligé de faire partie d'une association.

Art. 21.

1. Toute personne a le droit de prendre part à la direction des affaires publiques de son pays, soit directement, soit par l'intermédiaire de représentants librement choisis. [...]

3. La volonté du peuple est le fondement de l'autorité des pouvoirs publics ; cette volonté doit s'exprimer par des élections honnêtes qui doivent avoir lieu périodiquement, au suffrage universel égal et au vote secret ou suivant une procédure équivalente assurant la liberté du vote.

Art. 23.

1. Toute personne a droit au travail, au libre choix de son travail, à des conditions équitables et satisfaisantes de travail et à la protection contre le chômage.

2. Tous ont droit, sans aucune discrimination, à un salaire égal pour un travail égal.

[...]

4. Toute personne a le droit de fonder avec d'autres des syndicats et de s'affilier à des syndicats pour la défense de ses intérêts.

Déclaration universelle des droits de l'homme, 1948

Une association est un groupe d'au moins deux personnes qui s'unissent dans un but commun et qui n'ont pas pour objectif de faire du profit.

Le suffrage universel implique que tous les citoyens puissent voter.

Ces acquis du droit du travail évoluent et peuvent être remis en cause. Les syndicats sont chargés de défendre les intérêts des travailleurs.

La Déclaration universelle des droits de l'homme est votée par l'ONU au lendemain de sa création après la Seconde Guerre mondiale. Elle reprend les grands principes de la Déclaration des droits de l'homme et du citoyen de 1789, en les complétant par des droits économiques et sociaux.

Doc. Citoyen soumettant son vote aux élections

EMC

Révision express

Les points importants à retenir

L'opinion publique dans une société démocratique

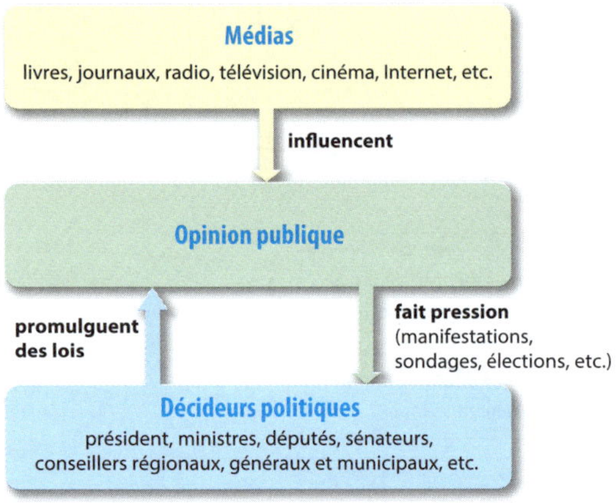

Les notions importantes

Constitution de la Vᵉ République : loi fondamentale qui définit l'organisation de la République française depuis 1958.

Extrême droite : désigne les partis politiques s'appuyant sur des idées nationalistes et racistes.

Extrême gauche : désigne les partis politiques s'appuyant sur des idées communistes ou anarchistes.

Grève : arrêt de travail pour faire pression sur les patrons.

Journal officiel : journal quasi quotidien qui recueille toutes les lois et décisions officielles prises par l'État.

Opinion publique : opinion la plus répandue dans la société et qui fait pression sur le pouvoir politique.

Pluralisme : principe démocratique selon lequel il existe plusieurs partis politiques.

Pouvoir exécutif : pouvoir de faire exécuter les lois à travers l'administration et la police.

Pouvoir législatif : pouvoir de faire les lois.

Société de communication : société dans laquelle les moyens de communication prennent une place essentielle dans la production, la consommation, les loisirs et la culture.

Quiz

Cochez la ou les bonnes réponses.

1. Le pouvoir exécutif est détenu par :
☐ **le président et le Premier ministre** ☐ **le président seul**
☐ **le président et le Parlement**

2. Parmi ces propositions lesquelles sont justes :
☐ **les associations sont financées par les dons privés**
☐ **les associations sont financées par les subventions des États**
☐ **les associations sont financées par les actions qu'elles organisent**

3. La loi qui permet de créer librement une association en France date de :
☐ **1789** ☐ **1901** ☐ **1958**

4. Être bénévole dans une association signifie :
☐ **lui donner de l'argent** ☐ **lui donner de son temps** ☐ **lui apporter son soutien**

5. Le rôle des syndicats est principalement de défendre :
☐ **le droit du travail** ☐ **les droits de l'Homme** ☐ **le droit de grève**

→ Réponses p. 505

SUJET DE TYPE BREVET

Analyser et comprendre des documents

Énoncé

Doc. 1 **Les combats d'Hubertine Auclert, militante féministe sous la IIIe République.**

Née en 1848, Hubertine Auclert se bat toute sa vie pour que les femmes puissent voter et soient éligibles. Elle s'installe à Paris en 1870 quand la IIIe République ouvre la voie à la démocratie. Devenue journaliste, elle fonde, en 1876, le groupe « Le droit des femmes » et profite de la liberté de la presse pour lancer, en 1881, le journal *La Citoyenne*. On lui doit le sens moderne du mot « féminisme ». Elle se rend célèbre par des actions spectaculaires : grève des impôts, renversement d'une urne électorale. Elle a réussi à placer le droit de vote des femmes au cœur du débat public, jusqu'à sa mort en 1914.

Anne-Marie Hazard-Tourillon, *Vivre ensemble, comment ?*, Nathan.

Doc. 2 Affiche du centre Hubertine Auclert pour la campagne « Féministes d'hier, combats d'aujourd'hui », 2014

Questions

1 À l'aide du document 1, expliquez qui était Hubertine Auclert, pourquoi et comment elle a mené son combat pour le droit de vote des femmes.

2 Quel est le message du document 2 ? Pourquoi y voit-on le portrait d'Hubertine Auclert ?

3 À l'occasion de la Journée internationale du droit des Femmes, le 8 mars, vous êtes chargé de rédiger un texte sur l'évolution des droits des femmes qui sera affiché dans votre collège. À l'aide de vos connaissances et des documents, expliquez en quelques lignes qui était Hubertine Auclert et montrez qu'il faut, aujourd'hui encore, poursuivre le combat féministe.

Méthode

1 **Question 1 :** Pour répondre à cette question, vous devez rédiger une courte biographie d'Hubertine Auclert. Prenez le temps de bien prélever les informations essentielles du document pour rédiger votre réponse, sans le recopier.

2 **Question 2 :** L'affiche vient du centre Hubertine-Auclert qui aujourd'hui défend les droits des femmes en Île-de-France. Le slogan au centre de l'affiche vous permet de comprendre le but de l'association en 2014 et pourquoi les combats d'Hubertine Auclert sont toujours d'actualité.

3 **Question 3 :** Imaginez que vous devez concevoir une affiche qui a pour thème l'évolution des droits politiques des femmes. Vous pouvez remonter à la Révolution française de 1789 car vous devez, pour ce texte, utiliser vos connaissances. Par contre, n'abordez pas tous les droits des femmes, restez dans le domaine des droits politiques pour rédiger votre texte.

Corrigé

1 Hubertine Auclert est née en 1848 et elle s'installe à Paris dès 1870 pour mener son combat. En effet, elle veut obtenir le droit de vote et d'éligibilité pour les femmes et elle pense que la IIIe République naissante pourrait enfin le leur accorder. Mais ces espoirs sont déçus. Elle décide alors de fonder un journal, *La Citoyenne*, pour faire entendre ses idées. Elle n'hésite pas non plus à entreprendre des actions plus spectaculaires, par exemple le renversement d'urnes électorales ou l'appel à la grève des impôts.

2 Cette affiche dénonce une inégalité politique importante en France : elle affirme que seulement 14 % des maires sont des femmes. Et en ajoutant en haut « c'était son combat, c'est le nôtre » avec une photo d'Hubertine Auclert, elle veut montrer qu'aujourd'hui encore, en 2014, les femmes doivent se battre pour être éligibles et élues à des responsabilités politiques.

3 En 1789, lors de la Révolution française, la Déclaration des droits de l'homme et du citoyen n'accorde pas le droit de vote aux femmes, pas plus que la Ire République.

Hubertine Auclert veut poursuivre cette lutte sous la IIIe République. Pour cela, elle fonde un journal, *La Citoyenne*, et rejoint le mouvement des suffragettes c'est-à-dire des femmes qui veulent obtenir le suffrage universel.

Mais il faut attendre 1944 et la fin de la Seconde Guerre mondiale pour que les femmes obtiennent le droit de voter et d'être éligible. Pourtant, aujourd'hui encore, il est difficile pour les femmes d'accéder aux responsabilités politiques. Elles sont sous-représentées à tous les niveaux : en tant que maires, députés ou sénatrices. Elles n'ont pas accédé à la présidence et on compte une seule femme Premier ministre sous la Ve République.

Gagnez des points !
Imaginez un gros titre pour commencer le texte de votre affiche, n'ayez pas peur non plus de dessiner des illustrations autour de votre texte.

Gagnez des points !
Placez dans votre texte vos connaissances sur d'autres féministes que vous avez étudiées en classe.

L'astuce du prof
Utilisez vos connaissances en histoire sur les changements sociaux sous la Ve République pour nourrir votre texte.

Chapitre 10 La défense et la paix

1 Sécurité collective et coopération internationale

De quoi s'agit-il ? **Face à la multiplication des conflits et des inégalités dans le monde, les questions de la sécurité collective et de la coopération internationale sont incontournables. Qui les prend en charge et comment ?**

1 La sécurité collective et l'ONU

• Le maintien de la paix et la sécurité internationale sont assurés par l'ONU. Créée en 1945, elle fait coopérer tous les pays du monde. Le Conseil de Sécurité et l'Assemblée générale prennent des décisions qui répondent aux buts définis dans la Charte des Nations unies (**Doc.**).

• L'ONU peut prendre des mesures politiques, humanitaires ou matérielles lors d'un conflit entre plusieurs États ou si un pays demande à être aidé. Elle peut aussi décider de sanctions internationales envers certains États qui violent le droit international. En revanche, elle n'a pas le droit d'ingérence dans les affaires d'un État.

• Pour s'interposer entre les combattants et aider les États à faire appliquer les cessez-le-feu, elle dispose des Casques bleus. En dernier recours, si un État refuse d'obtempérer, l'ONU peut autoriser l'emploi de la force par une coalition, comme au Koweit en 1991 après l'invasion du pays par l'Irak.

• Malgré toutes ces dispositions, l'ONU ne parvient pas à faire disparaître les guerres dans le monde : de nombreux conflits régionaux persistent ou éclatent, notamment en Afrique ou au Moyen Orient.

Vocabulaire

- **ONU :** Organisation des Nations unies fondée en 1945 par les vainqueurs de la Seconde Guerre mondiale. Elle réunit aujourd'hui la quasi-totalité des États du monde.
- **Charte des Nations unies :** texte fondateur de l'ONU.
- **Sanction internationale :** mesure économique, politique ou militaire décidée par le Conseil de sécurité de l'ONU à l'encontre d'un État qui ne respecte pas le droit international.
- **Cessez-le-feu :** accord entre deux camps pour mettre fin aux combats.
- **Casques bleus :** militaires dépendant de l'ONU.
- **Coalition :** alliance militaire entre plusieurs États.

2 La coopération internationale

• La solidarité internationale fonctionne grâce à la coopération de nombreux acteurs. L'ONU intervient par l'intermédiaire d'institutions spécialisées chargées de réduire les inégalités dans le monde. L'Unicef, par exemple, tente d'améliorer le sort des enfants partout dans le monde. Les États peuvent compléter cette aide en leurs noms propres.

• Lorsque des crimes graves sont commis, comme des génocides, le Conseil de sécurité de l'ONU peut créer un TPI (Tribunal pénal international, **Doc.**). Les États membres de l'ONU sont tenus de coopérer avec ce tribunal pour sanctionner les crimes de guerre et les crimes contre l'humanité.

La défense en France

Vocabulaire

- **TPI :** Tribunal Pénal International, créé temporairement pour juger des crimes de guerre dans une région du monde (Ex-Yougoslavie depuis 1993, Rwanda depuis 1994, etc.).

Doc. L'organisation de l'ONU

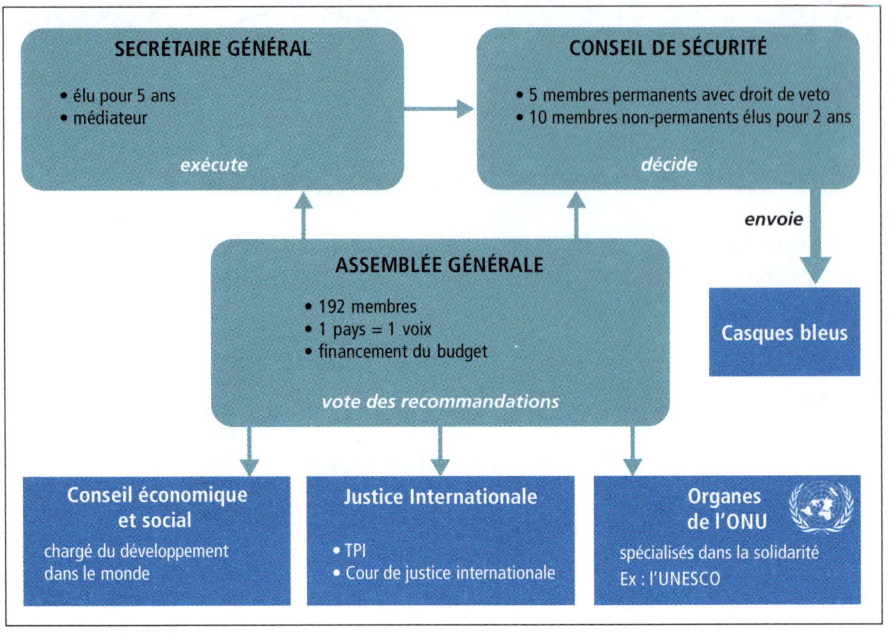

2 La défense et l'action internationale de la France

De quoi s'agit-il ? Dans un contexte mondial nouveau, marqué par le terrorisme international, la France a réorganisé sa défense nationale. Quelles sont ses nouvelles missions et comment les remplit-elle sur le territoire national et dans le monde ?

1 Une défense adaptée aux contextes européen et mondial

• Depuis la fin de la Guerre froide au début des années 1990, la France vit dans une Europe plus unie et pacifiée. La menace d'une invasion de son territoire par des forces ennemies s'est donc éloignée. La menace nucléaire est également beaucoup moins importante.

• Néanmoins, de nouvelles menaces sont apparues comme le terrorisme, notamment depuis les attentats du World Trade Center à New York en 2001.

2 L'organisation de la défense nationale

• Face à ce contexte, la France a dû réorganiser sa défense. La mobilisation de nombreux soldats pour défendre le territoire est devenue inadaptée. De ce fait, Jacques Chirac a créé, en 1997, le service national universel en remplacement de la conscription.

• La défense nationale s'appuie donc aujourd'hui sur une armée de métier dont le chef est le président de la République (**Doc.**). Dans le cadre du service national universel, les citoyens continuent à participer à la défense nationale par le recensement à 16 ans, par la JDC et éventuellement par le rétablissement de l'appel sous les drapeaux.

Vocabulaire

- **Conscription :** recrutement de tous les jeunes hommes pour le service militaire ; disparue en 1997.
- **JDC :** Journée Défense et Citoyenneté. Elle concerne tous les jeunes citoyens français, garçons et filles.

3 La défense nationale : des missions variées

• La défense nationale a aujourd'hui plusieurs types de missions adaptées aux nouvelles menaces : des missions en armes pour protéger le territoire national et les intérêts français partout dans le monde ; des missions de sécurité civile ; des missions de maintien de la paix ; et enfin, des missions humanitaires.

• L'engagement de la France dans le monde l'a d'ailleurs conduite à renforcer sa coopération avec ses alliés au sein de différentes alliances comme l'UE dans le cadre de la PESD, l'OTAN ou l'ONU à l'échelle internationale. C'est par exemple dans le cadre de l'OTAN que la France intervient en Afghanistan depuis 2001.

Vocabulaire

- **Sécurité civile :** protection de la population.
- **Humanitaire :** qui vise à améliorer les conditions de vie des personnes.
- **PESD :** Politique Européenne de Sécurité et de Défense définie dans le traité de Maastricht.

Doc. Comment est organisée la Défense nationale ?

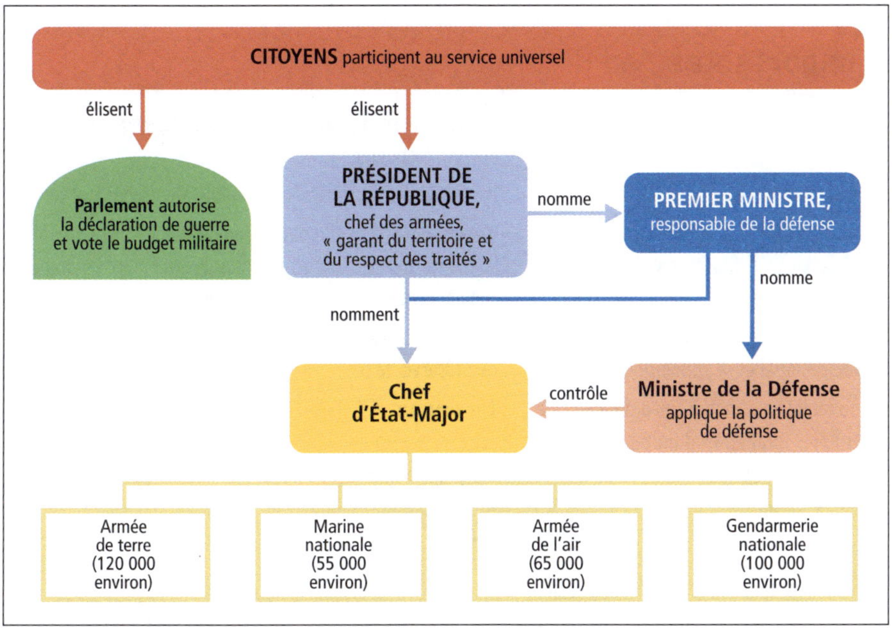

EMC

Révision express

Les dates importantes

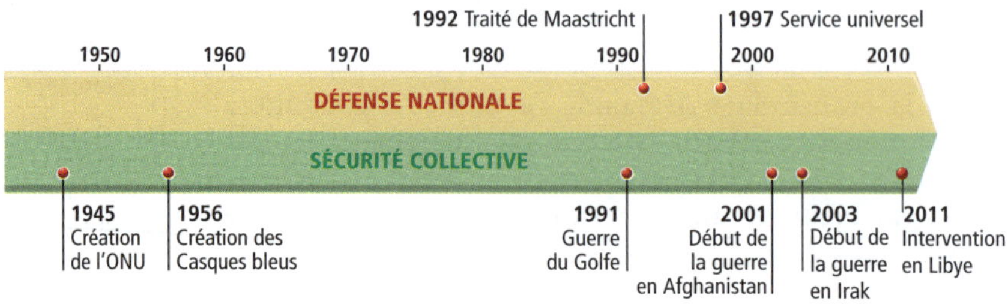

Les notions importantes

Appel sous les drapeaux : mobilisation dans l'armée en cas de menace contre le territoire national.

Coopération : collaboration entre plusieurs États ou organisations.

Coopération internationale : solidarité entre États pour réduire les inégalités et empêcher les conflits.

Défense nationale : ensemble des mesures mises en place pour défendre le territoire national et sa population.

Droit d'ingérence : possibilité donnée à un organisme de prendre en charge les affaires intérieures d'un pays sans son consentement. L'ONU n'a pas ce droit.

Droit international : ensemble des règles que tous les États doivent respecter.

Institutions spécialisées : organismes dépendant de l'ONU.

Recensement : démarche administrative obligatoire, à la mairie de son domicile, qui concerne tous les nationaux français ayant atteint l'âge de 16 ans.

Sécurité collective : coopération internationale dans le but de préserver la paix.

Terrorisme : ensemble des groupes armés qui font régner la terreur en organisant, partout dans le monde, des attentats sur des populations civiles.

Quiz

Cochez la ou les bonnes réponses.

1. En France, l'armée est composée :
☐ **de conscrits** ☐ **de professionnels** ☐ **de conscrits et de professionnels**

2. Les militaires français peuvent exercer des missions :
☐ **de sécurité civile** ☐ **de sécurité routière** ☐ **des missions humanitaires**

3. L'ONU a été fondée en :
☐ **1918** ☐ **1945** ☐ **1958**

4. La France est un membre :
☐ **de la PESD** ☐ **du Conseil de sécurité** ☐ **de l'ONU de l'Otan**

5. Les casques bleus ont pour mission :
☐ **de faire respecter les cessez-le-feu**
☐ **d'acheminer du matériel humanitaire**
☐ **d'intervenir militairement pour contraindre un pays à obéir à l'ONU**

→ **Réponses p. 505**

SUJET DE TYPE BREVET

Analyser et comprendre des documents

Énoncé

Doc. 1 La JDC, une étape du parcours de citoyenneté

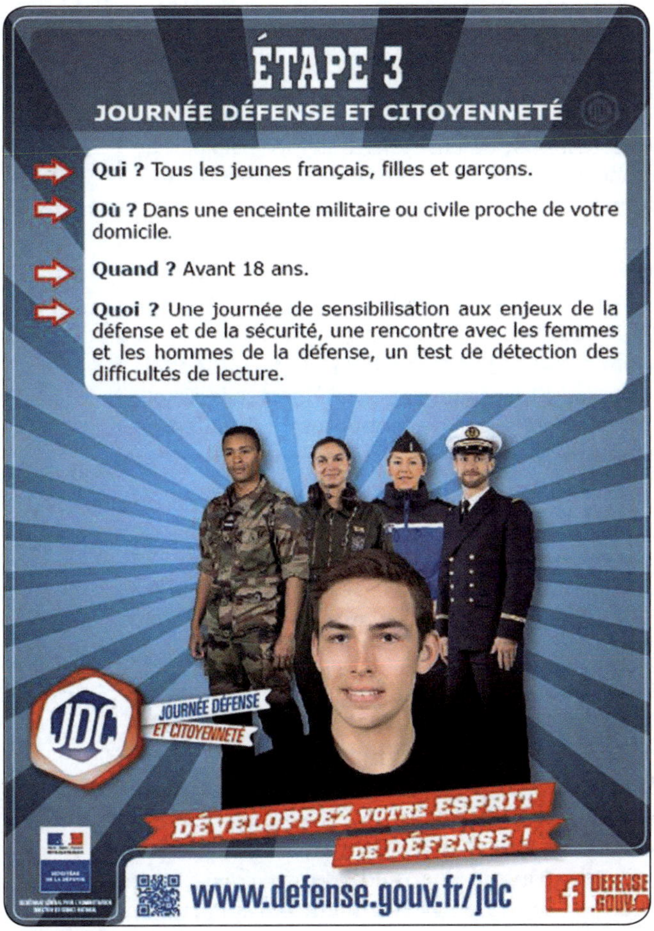

Doc. 2 La responsabilité des citoyens

> Face aux risques et aux menaces, la défense et la sécurité de la nation [...] requièrent la sensibilisation, l'association, et l'adhésion de l'ensemble de nos concitoyens. Les Français sont acteurs et responsables de leur propre sécurité. L'esprit de défense [...] est à cet égard le premier fondement de la sécurité nationale. Il est la manifestation d'une volonté collective, assise sur la cohésion de la Nation et une vision partagée de son destin.
>
> *Livre blanc sur la Défense et la Sécurité nationale,* 2013.

Questions

1 D'après le document 2, qu'est-ce que l'esprit de défense ?

2 D'après le document 1, qui est concerné par la journée Défense et Citoyenneté ? Comment se déroule-t-elle ? Quel est son but ?

3 Vous êtes chargé de présenter la journée Défense et Citoyenneté devant votre classe à l'aide des documents et de vos connaissances. Présentez cette journée en expliquant à qui elle s'adresse, comment elle se déroule et enfin quel est son but.

Méthode

1 **Question 1 :** Le document explique ce qu'est l'esprit de défense sans toutefois le définir clairement. Servez-vous aussi de vos connaissances sur cette notion étudiée en classe pour prélever les bonnes informations et les exposer de manière claire sans recopier le document.

2 **Question 2 :** L'affiche du ministère de la Défense explique l'étape 3 du parcours de citoyenneté : la journée Défense et Citoyenneté. Prélevez les informations nécessaires pour répondre à la question en développant vos explications sur le but de cette journée grâce aux différents slogans de l'affiche et à vos connaissances.

3 **Question 3 :** Imaginez que vous êtes devant votre classe pour bâtir un court exposé sur la JDC en prenant le soin de la présenter dans le cadre du parcours de citoyenneté puis d'expliquer comment elle se déroule et enfin quel est son but, en insistant sur l'esprit de défense.

Corrigé

1 L'esprit de défense, c'est que chaque citoyen se sente responsable de la sécurité collective et devienne « acteur » de sa propre sécurité. Il montre ainsi qu'il se sent appartenir à la nation et qu'il est concerné par sa destinée.

2 La journée Défense et Citoyenneté concerne les jeunes citoyens, garçons et filles avant l'âge de 18 ans. Elle se déroule dans une enceinte militaire ou civile proche du domicile. Pendant cette journée, les jeunes citoyens rencontrent des militaires, sont sensibilisés aux enjeux de la défense et de la sécurité et passent des tests de lecture. Son but est de développer chez les jeunes citoyens leur esprit de défense.

3 La journée Défense et Citoyenneté est la troisième étape du parcours de citoyenneté. Elle s'adresse à tous les jeunes citoyens entre 16 ans et 18 ans. Elle se déroule dans une enceinte militaire ou civile et elle est encadrée par des hommes et des femmes appartenant à l'armée.

Pendant cette journée, les jeunes citoyens découvrent les enjeux de la défense et de la sécurité et passent des tests de lecture. Ils peuvent aussi recevoir une initiation aux premiers secours.

Cette journée a pour but de développer leur esprit de défense. Elle doit en effet rappeler aux jeunes citoyens le lien entre l'armée et la nation et leur faire sentir qu'ils sont responsables et acteurs de leur propre sécurité mais aussi de celle de la République. À l'issue de cette journée, il est délivré un certificat nécessaire pour s'inscrire aux examens nationaux, y compris le permis de conduire.

Par la suite, les jeunes citoyens peuvent décider de devenir réservistes, c'est-à-dire de consacrer une partie de leurs temps à une activité de défense tout en restant civils.

> **Gagnez des points !**
> Montrez que vous savez que le certificat de participation à la JDC est obligatoire pour s'inscrire aux examens nationaux.

Physique-Chimie

Physique-Chimie

1 Constitution et états de la matière 248

➡ **Révision Express** 255

⋙ **Cap sur le brevet**

Déterminer une masse volumique à l'aide d'un graphique 256

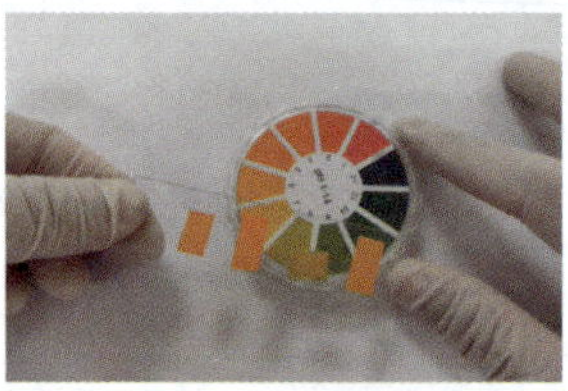

2 Transformations chimiques 258

➡ **Révision Express** 261

⋙ **Cap sur le brevet**

Identifier une transformation chimique **262**

3 Organisation de la matière dans l'Univers 263

➡ **Révision Express** 269

⋙ **Cap sur le brevet**

Convertir des kilomètres en années-lumière 270

4 Mouvement et interactions 271

➜ **Révision Express** 277

▸▸▸ **Cap sur le brevet**

Construire et exploiter un diagramme objet-interaction (DOI).. 278

5 Énergie et électricité 279

➜ **Révision Express** 287

▸▸▸ **Cap sur le brevet**

Tracer la caractéristique d'un dipôle électrique 288

6 Des signaux pour observer et communiquer 289

➜ **Révision Express** 293

▸▸▸ **Cap sur le brevet**

Mesurer une distance grâce à des signaux 294

Chapitre 1 Constitution et états de la matière

1 États de la matière

De quoi s'agit-il ? **La matière est constituée d'espèces chimiques. Suivant l'état de la matière, ces espèces chimiques sont organisées différemment.**

1 Espèces chimiques

À l'échelle microscopique, la matière est constituée d'espèces chimiques.

Exemple : l'eau est constituée de molécules d'eau, qui sont des espèces chimiques. Une canette de soda est constituée d'atomes d'aluminium, qui sont des espèces chimiques.

2 Corps pur et mélange

- **Un corps pur est constitué d'une seule espèce chimique.**

Exemple : l'eau pure ne contient que des molécules d'eau.

- **Un mélange contient plusieurs espèces chimiques différentes.**

Exemple : une eau minérale contient des molécules d'eau, mais aussi de nombreuses autres espèces chimiques (les minéraux).

Doc. L'eau d'Évian est un mélange.

3 États de la matière

- **Les solides :** l'état solide est compact et ordonné. Les différentes espèces chimiques qui constituent le solide sont proches les unes des autres et immobiles.

Conséquence : un solide a un volume et une forme propres.

- **Les liquides :** l'état liquide est compact et désordonné. Les différentes espèces chimiques qui constituent le liquide sont proches les unes des autres, mais se déplacent.

Conséquence : un liquide a un volume propre, mais il prend la forme du récipient qui le contient.

- **Les gaz :** l'état gazeux est dispersé et désordonné. Les différentes espèces chimiques qui constituent le gaz sont éloignées et agitées.

Conséquence : un gaz n'a pas de volume ni de forme propres, son volume et sa forme sont ceux du récipient qui le contient.

Les différents états de la matière

Exercice résolu

Interpréter les états de la matière à l'échelle microscopique

À chaque proposition, associez la représentation d'un état : liquide, solide ou gaz.

1. Des grains de poussière dansent dans un rayon de soleil.

2. Des billes sont déposées dans un bocal, bien rangées. Les billes remplissent le bocal et sont immobiles.

3. Des billes sont enfermées dans un petit sac en tissu, bien tassées. Quand on déforme le sac, elles glissent les unes sur les autres.

4. Un chiffon utilisé pour nettoyer un tableau est agité pour en faire tomber la poudre fine de craie.

CORRIGÉ

1. Les grains de poussière sont en mouvement les uns par rapport aux autres, ils sont agités et éloignés les uns des autres.

Les **grains de poussière** peuvent être comparés, par analogie, **à un gaz. Les poussières symbolisent les espèces chimiques** qui constituent le gaz.

2. Les billes sont immobiles et sont très proches les unes des autres.

Les **billes** peuvent être comparées, par analogie, **à un solide. Elles symbolisent les espèces chimiques qui constituent le solide.**

3. Cette fois, les billes peuvent se déplacer tout en restant relativement proches les unes des autres (grâce au sac).

Les **billes** peuvent être comparées, par analogie, **à un liquide. Elles symbolisent les espèces chimiques qui constituent le liquide.**

4. Les fines particules de craie sont en mouvement les unes par rapport aux autres : elles ont des mouvements désordonnés et sont agitées.

Les particules de craie peuvent être comparées, par analogie **à un gaz. Elles symbolisent les espèces chimiques qui constituent le gaz.**

Attention !
Les poussières ne constituent pas un gaz. Il s'agit ici d'une comparaison, d'une représentation de la réalité.

Piège à éviter
Le texte précise bien que le bocal est complètement occupé par les billes, qui ne glissent donc pas.

Remarque
La forme d'un liquide est celle du récipient. Ici aussi, la forme de l'ensemble des billes sera celle du sac.

PHYSIQUE CHIMIE

2 Changements d'état

De quoi s'agit-il ? Le changement d'état d'un corps s'accompagne d'un transfert d'énergie. Les propriétés de ce changement d'état différeront suivant la pureté du corps.

1 Changements d'état d'un corps pur

- **Un corps pur est constitué d'espèces chimiques identiques**, quel que soit son état : solide, liquide ou gazeux.

Exemple : l'eau liquide, solide (glace) ou gazeuse (vapeur) contient des molécules d'eau identiques.

- **Un mélange est constitué de plusieurs corps purs :** différentes sortes de molécules coexistent dans le mélange.
- **La fusion d'un corps** est le passage de l'état solide à l'état liquide de ce corps.

Exemple : la fusion de l'eau solide correspond à la fonte de la glace.

- **La vaporisation d'un corps** est le passage de l'état liquide à l'état gazeux de ce corps.

Exemple : si on chauffe de l'eau pour qu'elle passe de l'état liquide à l'état gazeux, c'est une *vaporisation par ébullition*. Sous l'effet du Soleil, les eaux de surface peuvent passer à l'état gazeux en étant chauffées plus modérément, c'est une *vaporisation par évaporation*.

- **La liquéfaction d'un corps** est le passage de l'état gazeux à l'état liquide de ce corps.
- **La solidification d'un corps** est le passage de l'état liquide à l'état solide de ce corps.

Les changements d'état

2 Propriétés des changements d'état

- **Les températures de changement d'état sont caractéristiques d'un corps pur dans les conditions de l'expérience.**

Exemple : les températures de changement d'état de l'eau pure sous pression atmosphérique normale sont $T_{\text{solidification}} = 0$ °C et $T_{\text{ébullition}} = 100$ °C.

- **Durant un changement d'état, la masse du corps se conserve**, mais son volume varie.
- Un changement d'état s'accompagne de **transferts d'énergie**. Il s'explique au niveau microscopique par une **évolution de l'organisation des espèces chimiques**.

Doc. Modélisation microscopique des trois états de l'eau

Exercice résolu

Étudier des changements d'état

On souhaite étudier expérimentalement le changement d'état de différents corps. On dispose d'un bécher, de glace à – 5 °C, d'un thermomètre avec sa sonde de température et d'un chronomètre.

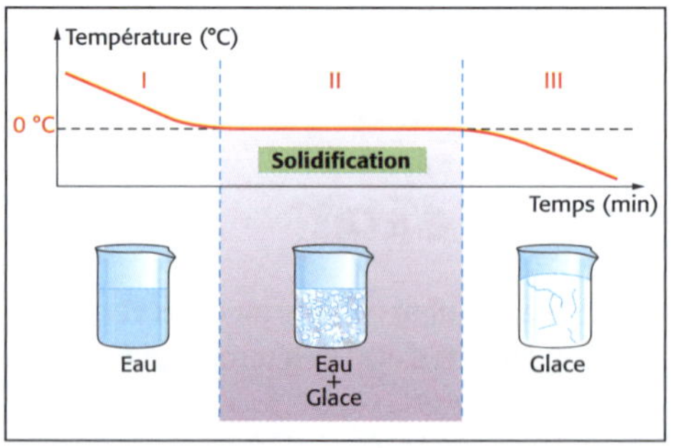

1. Proposez un protocole expérimental permettant d'obtenir la courbe ci-contre.

2. Un expérimentateur souhaite adapter ce protocole à la détermination de la température d'ébullition d'une solution contenant de l'éthanol.

a. Dans quel état physique est l'éthanol à température ambiante ?

b. L'expérimentateur relève une température d'ébullition de 65 °C. La solution est-elle composée d'éthanol pur ?

Données : pour l'éthanol pur, dans les conditions de l'expérience, $T_{fusion} = -114$ °C, $T_{ébullition} = 78$ °C.

CORRIGÉ

1. On plonge **la sonde du thermomètre dans le bécher** contenant la glace tout en **déclenchant le chronomètre. On mesure ensuite régulièrement la température** pour différentes dates et **on représente la température sur l'axe vertical** et le temps sur l'axe horizontal.

2. a. La température ambiante est de l'ordre de 20 °C. Or -114 °C < 20 °C < 78 °C, **l'éthanol pur est donc liquide à température ambiante**.

b. La température d'ébullition serait de 78 °C si l'éthanol était pur, elle est ici très différente. **On peut donc supposer que l'éthanol n'est pas pur**.

Conseil
Pour répondre à ce type de question, choisissez une valeur approchée de la température ambiante.

Conseil
Pour répondre à ce type de question, choisissez une valeur approchée de la température ambiante.

3 Masse volumique

De quoi s'agit-il ? **La masse volumique d'une espèce chimique est le quotient de la masse *m* d'un échantillon par son volume *V*. La masse volumique est caractéristique d'un corps pur dans un état donné.**

PHYSIQUE CHIMIE

1 Définition de la masse volumique

Doc. 1 1 L de mercure a la même masse que 13,6 L d'eau.

• **La masse volumique d'une espèce chimique est le quotient de la masse *m* d'un échantillon par son volume *V* :**

$$\rho = \frac{m}{V}$$

avec ***m*** en kilogrammes (kg), ***V*** en mètres cubes (m^3) et ρ en kilogrammes par mètre cube (kg/m^3).

Exemple : la masse volumique de l'eau pure est égale à 1 000 kg/m^3 ; la masse volumique du mercure est de 13 600 kg/m^3.

• **La masse volumique peut s'exprimer dans d'autres unités.** Dans ce cas, les unités de la masse *m* et du volume *V* doivent être cohérentes.

Rappel : 1 mL = 1 cm^3 ; 1 $m^3 = 1 \times 10^3$ L $= 1 \times 10^6$ mL.

Exemple : la masse volumique de l'eau est aussi de 1 g/cm^3, mais dans ce cas, la masse doit être exprimée en grammes (g) et le volume en centimètres cubes (cm^3) dans la relation précédente.

• Si on connaît la masse volumique d'un corps et son volume, on peut calculer sa masse :

$$m = \rho \times V$$

Exemple : la masse d'un volume $V = 2$ m^3 d'eau sera $m = 1\,000 \times 2 = 2\,000$ kg.

• Si on connaît la masse volumique d'un corps et sa masse, on peut calculer son volume :

$$V = \frac{m}{\rho}$$

Exemple : le volume d'une masse $m = 3\,000$ kg d'eau sera $V = \frac{3\,000}{1\,000} = 3$ m^3.

2 Identification d'un corps pur

- **La masse volumique est caractéristique d'un corps pur dans un état donné.** Elle permet ainsi d'identifier ce corps.
- À pression constante, si la température augmente, la masse volumique diminue.
- **Conséquence :** le réchauffement climatique entraîne une diminution de la masse volumique des océans et donc pour une masse donnée une augmentation de leur volume. Il y a une élévation du niveau des mers.

Exercice résolu

Déterminer expérimentalement une masse volumique

Les analyses réalisées en laboratoire pour contrôler des échantillons combinent souvent plusieurs mesures. La masse volumique est ainsi parfois utilisée pour contrôler la qualité des arômes.

1. Proposez un protocole expérimental pour déterminer la masse volumique d'un échantillon liquide d'arôme.

Matériel disponible : éprouvette graduée de 50 mL, balance.

2. Comment faudrait-il modifier le protocole pour déterminer la masse volumique d'un solide ?

3. Si le protocole donné dans la question **2.** était appliqué pour un échantillon solide de fer de masse m = 0,10 kg, que pourrait-on observer et mesurer ?

Donnée : masse volumique du fer utilisé $\rho = 8\,000$ kg/m^3.

CORRIGÉ

1. On place l'éprouvette graduée vide sur la balance et on effectue le tarage de cette dernière. On prélève un volume V = 50 mL de la solution à l'aide de l'éprouvette graduée et on place l'éprouvette sur la balance afin de déterminer la masse m de liquide.

On calcule ensuite la masse volumique : $\rho = \frac{m}{V}$.

2. On pourrait par exemple placer un volume V connu d'eau dans une éprouvette graduée adaptée et plonger le morceau de fer dans l'éprouvette. La variation de volume observée correspondrait au volume V du morceau de fer. On calculerait ensuite la masse volumique en utilisant la relation $V = \frac{m}{\rho}$.

3. On observerait une élévation de volume égale à :

$$V = \frac{m}{\rho} = \frac{0{,}10}{8\,000} = 1{,}3 \times 10^{-5}\ \text{m}^3.$$

$$V = 1{,}3 \times 10^{-2}\ \text{L} = 12{,}5\ \text{mL}.$$

À savoir

Le tarage de la balance consiste à ajuster la masse mesurée à zero. Il permet de ne pas comptabiliser la masse du récipient dans une pesée.

Remarque

Il est aussi possible de déterminer la masse volumique à l'aide d'un graphe (*cf.* exercices).

À savoir

1 m^3 = 1 × 10^3 L et

1 L = 1 × 10^3 mL.

4 Solubilité

De quoi s'agit-il ? **La solubilité d'une espèce chimique dans un solvant dépend de l'espèce chimique, du solvant, de paramètres physiques comme la température ou la pression.**

1 Solubilité et miscibilité

- **Une solution est un mélange liquide homogène :** elle ne contient qu'une seule phase et est obtenue par dissolution dans un liquide d'une ou de plusieurs espèces chimiques.
- **Les solutés** sont les espèces chimiques dissoutes dans un liquide.
- **Le solvant** est la solution dans laquelle les solutés sont dissous. Si le solvant est l'eau, on parle de **solution aqueuse**.

Exemple : si on place du sel dans de l'eau, le sel est le soluté et l'eau le solvant.

- Un corps est **soluble** dans un solvant si le mélange obtenu, la solution, est **homogène**.
- **La solubilité** d'une espèce chimique dans un solvant est la masse maximale de cette espèce que l'on peut dissoudre dans un litre de solution. Elle s'exprime en grammes par litre (**g/L**) et dépend de la température. Si on atteint **la masse maximale de soluté** que l'on peut dissoudre, la solution est **saturée**.
- **Deux liquides sont miscibles si le mélange de ces deux liquides est homogène.**

Exemple : le mélange de l'eau et de l'éthanol est homogène, l'eau et l'éthanol sont miscibles.

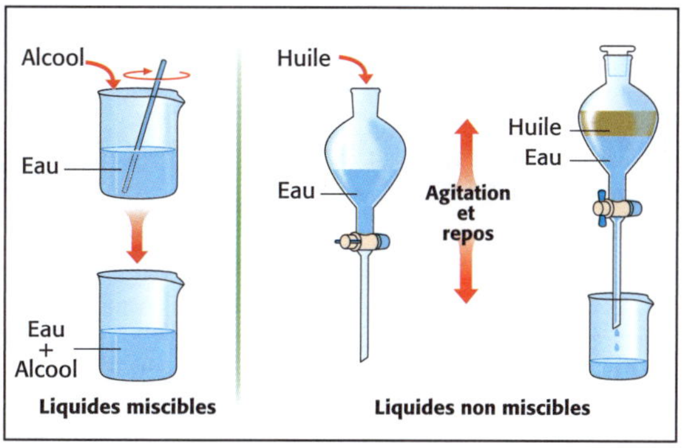

Doc. Liquides miscibles et non miscibles

- **Deux liquides ne sont pas miscibles si le mélange de ces deux liquides est hétérogène.**

Exemple : le mélange de l'eau et de l'huile est hétérogène, l'eau et l'huile ne sont pas miscibles.

- Pour séparer les constituants d'un mélange liquide hétérogène, on utilise une **ampoule à décanter**.

2 Dissolution de gaz dans l'eau

- **L'air est un mélange**, essentiellement composé de 78 % de diazote, 21 % de dioxygène et 1 % d'autres gaz.
- La solubilité des gaz dans l'eau dépend de la nature du gaz et de paramètres physiques.

Exemple : la solubilité du dioxyde de carbone dans une eau minérale pétillante dépend de la pression du gaz dans la bouteille.

PHYSIQUE CHIMIE

Exercice résolu

Analyser le fonctionnement d'un marais salant

Les marais salants permettent d'obtenir du sel à partir d'eau de mer. On cherche à expliquer physiquement cette séparation.

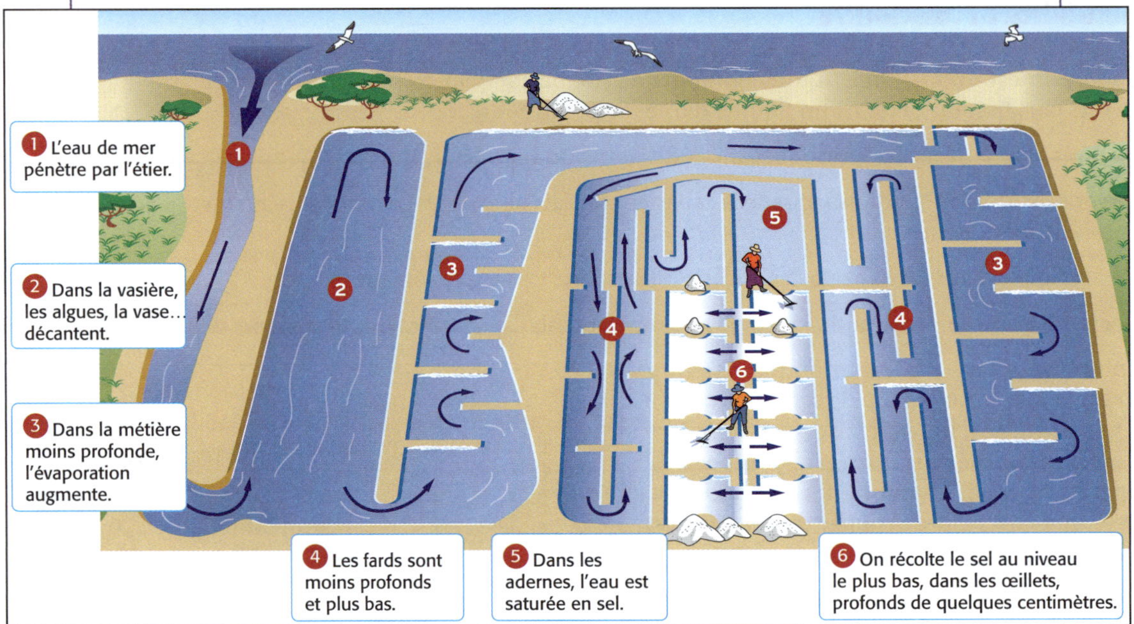

1. Quel changement d'état le fonctionnement du marais permet-il ?

2. Quelle différence y a-t-il entre l'eau de mer de l'étier et l'eau de mer des adernes ?

3. Peut-on recueillir du sel s'il pleut beaucoup lors de la récolte ?

4. Pourquoi ne récolte-t-on pas le sel en hiver ?

CORRIGÉ

1. La vaporisation de l'eau par évaporation permet le fonctionnement du marais.

2. L'eau de mer des adernes est saturée en sel, contrairement à l'eau de mer de l'étier.

3. En cas de fortes précipitations, l'eau de pluie augmentera le volume d'eau dans les adernes, et ces eaux ne seront plus saturées en sel. On ne pourra plus récupérer le sel.

4. En hiver, l'ensoleillement n'est pas suffisant pour permettre une évaporation suffisante de l'eau de mer, il est plus difficile, voire impossible, de récolter du sel dans le marais salant.

Piège à éviter

Il s'agit ici d'évaporation et non d'ébullition.

À savoir

Lorsqu'elle est saturée en sel, l'eau de mer ne peut plus dissoudre de sel supplémentaire.

Les marais salants

Révision express

Les points importants à retenir

1. Masse volumique et solubilité

● **La masse volumique** d'une espèce chimique est le quotient de la masse m d'un échantillon par son volume V : , avec m en kilogrammes, kg ; V en mètres cubes, m^3 ; ρ en kilogrammes par mètres cubes, kg/m^3.

● **La solubilité** d'une espèce chimique dans un solvant est **la masse maximale** de cette espèce que l'on peut dissoudre **dans un litre de solution** ; elle s'exprime en **grammes par litre, g/L**.

● **Un corps pur** est constitué **d'une seule espèce chimique** ; **un mélange** contient **plusieurs espèces chimiques différentes.**

2. Changements d'états

	Possède un volume	Possède une forme propre
État solide	oui	oui
État liquide	oui	non (forme du récipient)
État gazeux	non (volume du récipient)	non (forme du récipient)

● Durant un changement d'état, **la masse du corps se conserve** mais son **volume varie ;** les changements d'état s'accompagnent **de transferts d'énergie.**

	État initial	État final
Fusion	solide	liquide
Vaporisation	liquide	gazeux
Liquéfaction	gazeux	liquide
Solidification	liquide	solide

Quiz

Cochez la ou les bonnes réponses.

1. Un corps pur est constitué :
a. ☐ **d'une seule espèce chimique** b. ☐ **de plusieurs espèces chimiques**
c. ☐ **d'un seul type de molécules**

2. Un solide a :
a. ☐ **une forme propre** b. ☐ **un volume propre** c. ☐ **la forme du récipient**

3. Les changements d'état s'accompagnent :
a. ☐ **d'une variation de masse** b. ☐ **d'une variation de volume**
c. ☐ **de transferts d'énergie**

4. La masse volumique peut s'exprimer en :
a. ☐ **g/L** b. ☐ **L/g** c. ☐ **g.L**

→ Réponses p. 505

EXERCICE GUIDÉ

Déterminer une masse volumique à l'aide d'un graphique

Énoncé

À l'aide d'une éprouvette graduée, on prélève différents volumes *V* d'éthanol et on détermine les valeurs de la masse *m* des solutions à l'aide de la balance.

***V* (mL)**	10	20	30	40	45
***m* (g)**	7,9	16	24	32	35

À l'aide d'un tableur, tracez les variations de la masse *m* d'éthanol en fonction du volume *V* et déduisez-en une estimation de la valeur de la masse volumique ρ de l'éthanol.

Méthode

1 Dans le tableur, saisir les valeurs des masses et du volume.

2 Choisir les grandeurs représentées sur l'axe des abscisses et sur l'axe des ordonnées, puis écrire sur chaque axe la grandeur représentée et son unité (ajouter des « étiquettes » à l'aide du tableur ou paramétrer les options du tableur).

3 À l'aide des fonctionnalités du tableur, tracer la droite passant par l'origine et au plus près des points (courbes de tendance ou modélisation).

4 Noter l'équation de la droite obtenue et la valeur du coefficient directeur.

5 Écrire la relation entre m et V en faisant intervenir ρ.

6 En comparant l'équation de la droite (**4**) et la relation écrite en **5.**, déterminer la masse volumique de l'éthanol.

Corrigé

Solution	Commentaires
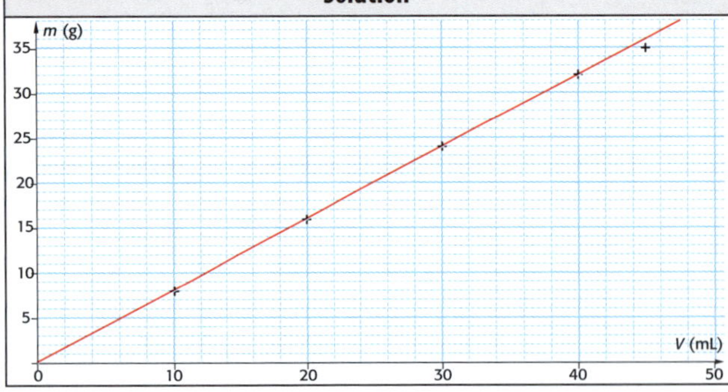	**1.** On veut représenter m en fonction de *V* : m est en ordonnée et *V* en abscisse.
	4. $m = a \times V$ avec $a = 0{,}79$ g/mL.
	5. $m = \rho \times V$.
	6. Par comparaison (identification) : $\rho = a = 0{,}79$ g/mL.

Chapitre 2 Transformations chimiques

1 Identification et interprétation d'une transformation chimique

De quoi s'agit-il ? **Les transformations chimiques peuvent être interprétées au niveau microscopique comme des réarrangements d'atomes.**

1 Molécules, atomes et ions

- **La matière est constituée de particules extrêmement petites, les atomes.**
- **Les atomes** sont représentés par un **symbole chimique** : une lettre majuscule quelquefois suivie d'une minuscule. Ces symboles figurent dans la **classification périodique**.
- **L'atome est constitué d'un noyau et d'électrons en mouvement** autour du noyau. La charge électrique négative des électrons compense la charge positive du noyau, donc **l'atome est électriquement neutre**.
- **Une molécule est un assemblage d'atomes.** Elle est représentée par une **formule chimique** indiquant le nom des atomes qui la constituent et leur nombre. Dans la formule chimique, le nombre d'atomes d'une même sorte est écrit en indice et à droite du symbole de l'atome correspondant.

Exemple : H_2O est la formule chimique de la molécule d'eau. Cette molécule contient 2 atomes d'hydrogène et 1 atome d'oxygène.

Un ion positif est un atome qui a perdu 1, 2 ou 3 électrons. **Un ion négatif** est un atome qui a gagné 1, 2 ou 3 électrons.

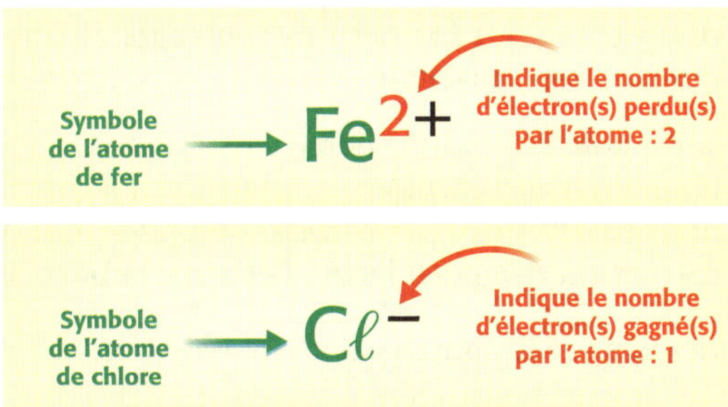

2 Transformation chimique

- **Dans une transformation chimique, il y a redistribution des atomes qui constituent les réactifs pour former de nouvelles molécules ou de nouveaux ions nommés produits.**
- Les ions peuvent être mis en évidence grâce à des **tests caractéristiques**.

Exemple : les ions cuivre Cu^{2+} conduisent à la formation d'un précipité bleu en présence d'une solution d'hydroxyde de sodium.

- **Au cours d'une transformation chimique, la masse totale se conserve :** la valeur de la masse des réactifs disparus est égale à la valeur de la masse des produits formés.

Exercice résolu

Utiliser une équation de réaction chimique

Les réactions de combustion contribuent à augmenter les rejets de dioxyde de carbone ($CO_{2(G)}$) dans l'atmosphère. On donne l'équation de la combustion du méthane dans le dioxygène :

$$CH_{4(G)} + 2\ O_{2(G)} \rightarrow CO_{2(G)} + 2\ H_2O_{(L)}$$

1. Donnez les noms et formules chimiques des différentes espèces qui interviennent dans cette réaction chimique, en précisant les réactifs et les produits.

2. Proposez une phrase pour décrire cette équation de combustion.

3. Si on réalise cette combustion dans un flacon fermé, que pourrait-on observer *a priori* ?

Doc. Rejet de Co_2 dans l'atmosphère

CORRIGÉ

1.

Réactifs		Produits	
$CH_{4(G)}$	$O_{2(G)}$	$CO_{2(G)}$	$H_2O_{(L)}$
Méthane	**Dioxygène**	**Dioxyde de carbone**	**Eau**

2. Une molécule de méthane réagit avec deux molécules de dioxygène pour former une molécule de dioxyde de carbone et deux molécules d'eau.

3. Il y a deux produits dans la réaction. Le dioxyde de carbone est un gaz *a priori* incolore (sauf indication contraire), on ne l'observera donc pas, tandis que l'eau est un liquide. On devrait donc détecter **la formation de gouttelettes d'eau sur la paroi du récipient**.

Remarque : il y aura également une flamme vive durant cette combustion.

Modèles moléculaires	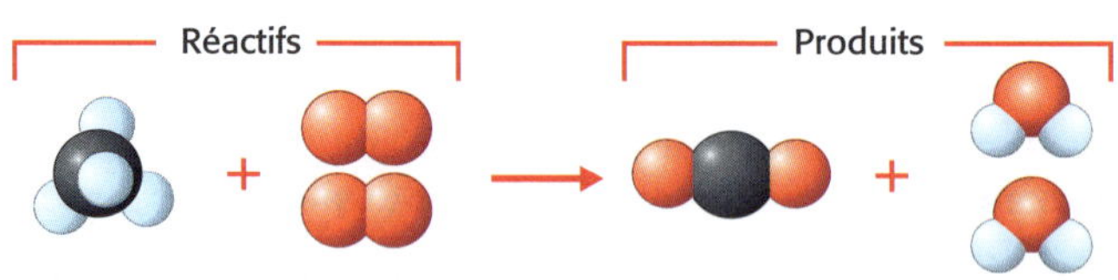
Équation de réaction	$CH_4 + 2\ O_2 \longrightarrow CO_2 + 2\ H_2O$

Piège à éviter

Les nombres placés devant les espèces ne sont pas dans la formule de l'espèce.

L'astuce du prof

Pensez à utiliser les termes adaptés : « molécules » ici et non « atomes ».

Équation de réaction

2 Propriétés acido-basiques d'une solution

De quoi s'agit-il ? Le pH d'une solution est lié aux quantités respectives des ions hydroxyde HO^- et hydrogène H^+. Les solutions acides et basiques peuvent réagir entre elles.

1 Le pH et sa mesure

- Il est possible de mesurer le pH d'une solution à l'aide de **papier pH** ou d'un **pH-mètre.**
- Le nombre correspondant à la teinte obtenue sur le papier pH ou à l'affichage du pH-mètre est le pH de la solution. **Le pH est un nombre sans unité compris entre 0 et 14.**
- Une solution est **acide** si son pH est inférieur à 7, **neutre** si son pH est égal à 7, et basique si son pH est supérieur à 7.

Doc. Mesure du pH avec du papier pH

2 Ions H^+ et HO^-

Le pH d'une solution est lié aux quantités respectives d'ions hydroxyde HO^- et hydrogène H^+.

Exemple : une solution acide contient plus d'ions hydrogène que d'ions hydroxyde.

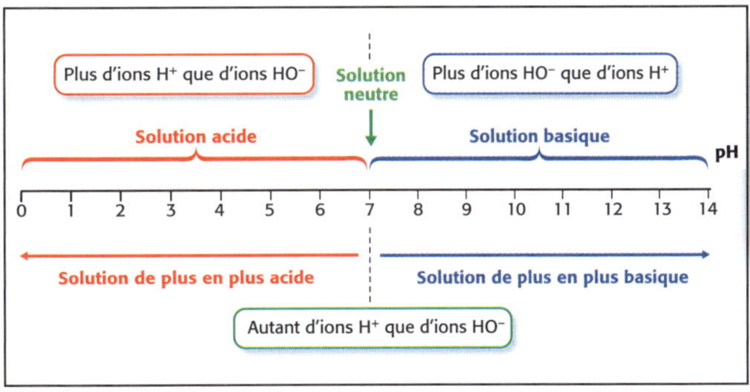

3 Réactions entre les solutions acides et basiques

Une solution acide et une solution basique peuvent réagir pour former durant la transformation chimique de nouvelles espèces.

Exemple : si on verse par inadvertance une solution d'acide chlorhydrique d'un détartrant dans de l'eau de Javel, la transformation chimique libère du gaz dichlore très dangereux pour la santé !

4 Réactions entre les solutions acides et les métaux

Les solutions acides peuvent réagir avec certains métaux en formant notamment du gaz dihydrogène $H_{2(G)}$. Si on approche une allumette enflammée de l'ouverture d'un tube contenant du dihydrogène, une **petite détonation caractéristique du dihydrogène** se produit.

Exemple : réaction de l'acide chlorhydrique avec le fer. La solution d'acide chlorhydrique contient les ions H^+ et Cl^-, ce sont les ions H^+ qui réagissent avec les atomes de fer : $2H^+ + Fe_{(S)} \rightarrow H_{2(G)} + Fe^{2+}$.

Le pH

PHYSIQUE CHIMIE

Exercice résolu

Identifier des transformations chimiques acido-basiques

L'acide chlorhydrique réagit avec le calcaire en provoquant un dégagement de dioxyde de carbone. Cette propriété est utilisée pour augmenter la production des puits de pétrole de la mer du Nord. L'acide élargit les passages d'écoulement du pétrole en dissolvant les formations de calcaire et de grès. On ajoute différents produits chimiques pour limiter la réaction et empêcher l'attaque du matériel de forage par l'acide.

Doc. Puits de pétrole

1. Que pouvez-vous dire du pH de la solution d'acide chlorhydrique ?

2. La solution d'acide chlorhydrique contient-elle plus d'ions H^+ ou HO^- ? Justifiez.

3. Quel est le gaz produit par la réaction de l'acide chlorhydrique avec le calcaire ?

4. Comment les voies de passage du pétrole vers la surface sont-elles élargies ?

5. Pourquoi le matériel de forage risque-t-il d'être attaqué par l'acide ?

CORRIGÉ

1. La solution d'acide chlorhydrique est une solution acide, son pH devrait donc être **inférieur à 7**.

2. La solution d'acide chlorhydrique, **comme toutes les solutions acides, contient plus d'ions H^+ que d'ions HO^-**.

3. La réaction de l'acide chlorhydrique sur le calcaire conduit à la formation du **dioxyde de carbone gazeux** (de formule CO_2).

4. Le pétrole traverse des roches calcaires. **L'acide injecté réagit avec le calcaire de ces roches qui se désagrège dans la transformation chimique.** Le passage est ainsi élargi.

5. Le matériel de forage doit certainement contenir des métaux. **Les acides peuvent réagir avec les métaux et les dégrader.** Il faut par conséquent éviter ces réactions.

À savoir

Une réaction acido-basique est une transformation chimique, le calcaire est ici un réactif.

Les tests caractéristiques

Révision express

Les points importants à retenir

1. Atomes, molécules et ions

- **Les atomes** sont représentés par **un symbole chimique**, une lettre majuscule quelquefois suivie d'une minuscule, ces symboles figurent dans **la classification périodique**.
- **L'atome** est électriquement neutre, il est constitué d'un **noyau, chargé positivement,** et **d'électrons chargés négativement** et en mouvement autour du noyau.
- **Une molécule** est un assemblage d'atomes. Elle est représentée par une **formule chimique** qui indique le **nom et le nombre des atomes** qui la constituent.
- **Les ions** sont des édifices chargés électriquement : ce sont des atomes qui **ont perdu ou gagné des électrons.**

2. Transformations chimiques

- Dans **une transformation chimique**, il y a **redistribution des atomes** qui constituent les **réactifs** pour former de **nouvelles molécules ou de nouveaux ions** que l'on nomme les **produits**.
- Au cours d'une **transformation chimique, la masse totale se conserve** : la valeur **de la masse des réactifs disparus** est égale à la valeur de la **masse des produits formés**.
- Le pH est un nombre sans unité compris entre 0 et 14.
- Une solution est **acide** si son **pH est inférieur à 7, neutre si son pH est égal à 7, basique si son pH est supérieur à 7**.
- Une **solution acide contient plus d'ions hydrogène H^+** que d'ions **hydroxyde HO^-** tandis qu'une **solution basique contient plus d'ions hydroxyde HO^- que d'ions hydrogène H^+**.

Quiz

Cochez la ou les bonnes réponses.

1. Une molécule est constituée :
a. ☐ **d'un ou de plusieurs ions**
b. ☐ **d'un ou de plusieurs atomes**
c. ☐ **de plusieurs atomes.**

2. Dans une transformation chimique, la masse totale des produits :
a. ☐ **est supérieure à la masse des réactifs**
b. ☐ **est égale à la masse des réactifs**
c. ☐ **est inférieure à la masse des réactifs.**

3. Une solution de pH = 3 :
a. ☐ **est une solution acide**
b. ☐ **contient plus d'ions H^+ que HO^-**
c. ☐ **contient plus d'ions HO^- que H^+**

→ Réponses p. 505

EXERCICE GUIDÉ

Identifier une transformation chimique

Énoncé

On réalise trois expériences regroupées dans le tableau ci-dessous. Une seule est le siège d'une transformation chimique. Laquelle ? Pourquoi ?

Expérience	(1)	(2)	(3)
Solution initiale	Eau liquide	Eau liquide	Soude (pH = 12)
Ajout, expérimentation	On porte à ébullition.	On dissout du sel solide NaCl dans l'eau (le sel solide est constitué d'ions Na^+ et Cl^-).	On ajoute une solution d'acide chlorhydrique (pH = 2,0).
Solution finale	Il n'y a plus d'eau liquide.	Des tests caractéristiques montrent la présence d'ions chlorure Cl^- et d'ions sodium Na^+ en solution dans l'eau.	La température du mélange augmente, on mesure un pH final voisin de 7.

Méthode

1 Rappeler la définition d'une transformation chimique.

2 Étudier chacun des trois cas pour vérifier si les observations correspondent à la définition. Conclure en identifiant l'expérience dans laquelle il y a transformation chimique.

Corrigé

Solution	Commentaires
Étudions chaque expérience : – expérience (1) : il n'y a pas de redistribution d'atomes, la formule chimique de l'eau est la même à l'état liquide et gazeux (H_2O) ; – expérience (2) : il n'y a pas formation de nouveaux ions, les ions chlorure et sodium sont déjà présents ; – expérience (3) : la variation du pH des deux solutions révèle l'évolution des quantités d'ions HO^- et H_3O^+, il y a bien redistribution des atomes et donc transformation chimique. Seule l'expérience 3 est donc le siège d'une transformation chimique.	**1.** Dans une transformation chimique, il y a redistribution des atomes qui constituent les réactifs pour former de nouvelles molécules ou de nouveaux ions que l'on nomme les produits. **2.** *Expérience 1.* Un changement d'état est une transformation physique et non une transformation chimique. *Expérience 2.* Dans une dissolution d'un solide comme le sel, seule la structure de l'édifice change, ce n'est pas une transformation chimique. *Expérience 3.* Si $pH_{final} < pH_{initial}$, la solution finale contient moins d'ions HO^- et plus d'ions H_3O^+ que la soude.

Chapitre 3

Organisation de la matière dans l'Univers

1 Structure de l'Univers et du système solaire

De quoi s'agit-il ? **À l'échelle astronomique, les distances qui séparent les étoiles ou les galaxies sont considérables. L'année-lumière permet d'exprimer plus facilement ces distances astronomiques.**

1 Le système solaire et les galaxies

- **Le système solaire est constitué d'une étoile, le Soleil, autour de laquelle tournent 8 planètes :** Mercure, Vénus, la Terre, Mars, Jupiter, Saturne, Uranus et Neptune.
- **Le Soleil n'est qu'une étoile moyenne** dans un groupe contenant environ 100 milliards d'étoiles, une galaxie. **Notre galaxie est la Voie Lactée.** Ce n'est qu'une des nombreuses galaxies qui peuplent l'Univers.
- Dans les galaxies, il existe d'autres systèmes planétaires extrasolaires constitués de planètes, **les exoplanètes, qui gravitent autour d'une étoile autre que le Soleil.**

Doc. Voie Lactée sous différents angles (vue d'artiste)

2 Unités de distance en astronomie

- **Le mètre, de symbole m, est l'unité de longueur dans le système international.** Les distances astronomiques sont souvent exprimées en kilomètres, de symbole km : **$1\ \text{km} = 1 \times 10^3\ \text{m}$.**

Exemple : la distance Terre-Soleil est en moyenne de 150 000 000 km.

- **L'écriture scientifique d'un nombre est l'écriture sous la forme $a \times 10^n$** avec a un nombre décimal tel que $1 \leqslant a < 10$ et n un entier positif ou négatif.

Exemple : la distance Terre-Soleil est en moyenne de $1{,}5 \times 10^8$ km.

- **Les distances qui séparent les étoiles ou les galaxies sont considérables.** Le mètre et le kilomètre sont des unités beaucoup trop petites à cette échelle. On utilise **l'année-lumière** (ou année de lumière), **de symbole al, qui est la distance (d) parcourue par la lumière dans le vide, en une année (Δt).**
- Dans le vide (ou dans l'air), la vitesse de propagation de la lumière est souvent notée c (**$c \approx 3{,}00 \times 10^8$ m/s**). Une année correspond à :

$t = 365 \times 24 \times 3\,600$ s, soit $d = c \times \Delta t = 3{,}00 \times 10^8 \times 365 \times 24 \times 3\,600 = 9{,}47 \times 10^{15}$ m
$d = 9{,}47 \times 10^{12}$ km $= 1$ a.l.

La structure de l'Univers

Exercice résolu

Utiliser l'écriture scientifique pour exprimer une distance

Dans le tableau ci-dessous, écrivez les distances en utilisant l'écriture scientifique, puis complétez les cases manquantes en justifiant les réponses.

Donnée : vitesse de propagation de la lumière dans le vide $c = 3{,}00 \times 10^5$ km/s.

Doc. Vue d'artiste du système solaire

	Distance moyenne au Soleil (en km)	Durée mise par la lumière pour se propager du Soleil à la planète
Mercure	58 000 000 = ……	……
Vénus	……	6 min = ……
Terre	150 000 000 = ……	……
Mars	……	12 min = ……

CORRIGÉ

Pour compléter la seconde colonne, on écrit la relation entre la vitesse de propagation de la lumière c, la distance d entre le Soleil et la planète, et la durée Δt nécessaire à la lumière pour parcourir d :

$$c = \frac{d}{\Delta t} \text{ d'où } \Delta t = \frac{d}{c}$$

Pour compléter la première colonne, on exprime d : $d = c \times \Delta t$.

Piège à éviter

c est en km/s, donc d doit être en km et Δt en s.

	Distance moyenne au Soleil (en km)	Durée mise par la lumière pour se propager du Soleil à la planète (en s)
Mercure	$d = 58\,000\,000$ $\mathbf{d = 5{,}80 \times 10^7}$	$\Delta t = \frac{5{,}800\,000\,0 \times 10^7}{3{,}00 \times 10^5} = \mathbf{1{,}93 \times 10^2}$
Vénus	$d = 3{,}00 \times 10^5 \times 360$ $\mathbf{d = 1{,}08 \times 10^8}$	$\Delta t = 6 \text{ min} = 6 \times 60 \text{ s} = \mathbf{3{,}60 \times 10^2}$
Terre	$d = 150\,000\,000$ $\mathbf{d = 1{,}50 \times 10^8}$	$\Delta t = \frac{1{,}500\,000\,00 \times 10^8}{3{,}00 \times 10^5} = \mathbf{5{,}00 \times 10^2}$
Mars	$d = 3{,}00 \times 10^5 \times 720$ $\mathbf{d = 2{,}16 \times 10^8}$	$\Delta t = 12 \text{ min} = 12 \times 60 \text{ s} = \mathbf{7{,}20 \times 10^2}$

2 Ordres de grandeur en astronomie

De quoi s'agit-il ? Les objets dans l'univers sont toujours en mouvement, l'ordre des grandeurs des distances entre ces objets est toujours une valeur moyenne.

- L'ordre de grandeur d'une longueur est la puissance de dix la plus proche de cette longueur.

Exemple : l'ordre de grandeur de la distance Terre-Soleil est de 108 km.

Doc. Le Soleil a un rayon environ 10 fois plus grand que celui de Jupiter

- Quelques exemples de distances et d'ordres de grandeur de distances astronomiques :

Diamètre du système solaire	Distance Soleil-étoile la plus proche	Diamètre de la Voie Lactée	Distance Voie Lactée-galaxie la plus proche
10^{10} km	4,3 al → ordre de grandeur 1 a.l.	100 000 al = 10^5 a.l.	10^6 a.l.

- **L'ordre de grandeur d'une année-lumière est de 10^{13} km.**

3 Matière dans l'Univers

De quoi s'agit-il ? Toute la matière présente dans l'Univers provient des étoiles. Les atomes sont les constituants élémentaires de cette matière.

1 Éléments sur Terre et dans l'Univers

- **La matière observable est partout de même nature et obéit aux mêmes lois.**

Exemple : les atomes d'hydrogène sont identiques sur Terre et sur Saturne.

- **Les deux éléments les plus abondants dans l'Univers sont l'hydrogène et l'hélium**, qui sont les deux principaux constituants des étoiles.

- À la mort d'une étoile, **les éléments qui la constituent sont dispersés dans l'Univers** et forment des nébuleuses qui donneront naissance à de nouveaux systèmes planétaires. On trouve ainsi sur Terre des éléments lourds (**oxygène, carbone, fer, silicium**), présents initialement dans la nébuleuse.

2 Constituants de l'atome

- **Les atomes sont les constituants élémentaires de la matière.** Ils sont **électriquement neutres.**
- **L'atome est constitué d'un noyau,** chargé positivement, **et d'électrons,** chargés négativement.
- **Le noyau contient des nucléons : les neutrons**, particules sans charges électriques, et **les protons**, particules chargées positivement.
- **L'atome est électriquement neutre :** il contient autant d'électrons que de protons.

Exercice résolu

Étudier les atomes de l'atmosphère terrestre

L'atmosphère terrestre contient essentiellement des atomes d'azote, d'oxygène et d'argon.

Complétez le tableau ci-dessous.

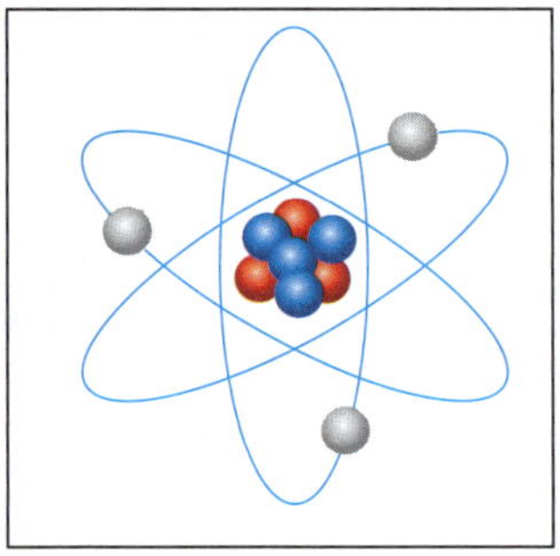

Doc. Représentation symbolique d'un atome

Nom de l'atome	Symbole de l'atome	Nombre de protons	Nombre de neutrons	Nombre de nucléons	Nombre d'électrons
Azote		7	7		
Oxygène				16	8
Argon			22	40	

CORRIGÉ

Pour remplir la première colonne, il faut chercher **les symboles des atomes : N pour l'azote, O pour l'oxygène et Ar pour l'argon.**

> **Rappel**
> Les symboles des atomes sont regroupés dans la classification périodique des éléments, présentée en annexe.

Dans la première ligne, on connaît le nombre de protons et le nombre de neutrons. **Le nombre de nucléons sera donc : 7 + 7 = 14.**

Le nombre d'électrons dans l'atome d'azote sera égal au nombre de protons, car l'atome est électriquement neutre : **7 électrons.**

Dans la deuxième ligne, le nombre d'électrons nous permet de déterminer **le nombre de protons : 8.**

Nous savons qu'il y a 16 nucléons dans l'atome d'oxygène, on en déduit **le nombre de neutrons : 16 – 8 = 8.**

Dans la dernière ligne, nous pouvons déterminer **le nombre de protons** à partir du nombre de nucléons et de neutrons : **40 – 22 = 18.**

Il y a autant d'électrons que de protons dans l'atome, soit **18 électrons.**

4 Origine et évolution de l'Univers

De quoi s'agit-il ? **L'observation d'astres très éloignés de la Terre permet de remonter de plus en plus loin dans le temps, afin de mieux comprendre l'évolution de l'Univers.**

1 Voir loin, c'est voir dans le passé

• **Plus un objet est éloigné de la Terre dans l'Univers**, plus la durée du trajet parcouru par la lumière est longue, et **plus nous observons dans le passé.**

Exemples :

Le Soleil lui-même (8 minutes-lumière) nous apparaît tel qu'il était 8 minutes auparavant.

La galaxie d'Andromède (2 millions d'années-lumière) nous apparaît telle qu'elle était il y a deux millions d'années, au moment de l'apparition des premiers hommes.

Doc. La galaxie d'Andromède

• La **théorie du Big Bang ne décrit pas l'origine de l'Univers, mais son évolution depuis un instant proche de l'origine**, il y a près de 13,8 milliards d'années.

• **La matière telle que nous la connaissons est le fruit de nombreuses transformations dans les instants primordiaux.** La théorie du Big Bang décrit notamment l'expansion de cette matière constituant l'Univers.

2 Formation du système solaire

• **Notre système solaire est né d'une nébuleuse.** La matière constituant cette nébuleuse a fini par s'effondrer sur elle-même, du fait de la gravitation.

• **Au centre, la matière a formé le Soleil**, tandis que le reste de la matière formait **le disque protoplanétaire**, d'où sont issues les planètes actuelles.

3 Âges géologiques

• **L'âge des planètes du système solaire est d'environ 4,7 milliards d'années.**

• La chronologie de l'histoire de la Terre est construite sur **différentes subdivisions : les quatre ères** (précambrien, paléozoïque, mésozoïque, cénozoïque) constituent les subdivisions les plus importantes.

• Les ères sont elles-mêmes découpées **en périodes**, souvent divisées en **époques**.

Doc. La formation du système solaire

• **Les âges géologiques** constituent les subdivisions des époques.

Exemple :

L'ère cénozoïque, notre ère actuelle, est subdivisée en 2 périodes (Paléogène et Néogène).

Le Néogène est subdivisé en 4 époques (Miocène, Pliocène, Pléistocène et Holocène).

Le Pléistocène, découpé en 3 âges, correspond à l'apparition de l'*Homo erectus*, de l'homme de Neandertal et de l'*Homo sapiens*.

Exercice résolu

Voyager dans le passé

Quelle histoire peut nous raconter la photographie d'une galaxie ?

La source lumineuse très brillante visible sur la photographie à droite est apparue le 23 février 1987. Il s'agit de l'explosion d'une étoile située dans le Grand Nuage de Magellan, une petite galaxie satellite de la nôtre, à $1{,}7 \times 10^5$ a.l. de la Terre.

Donnée : l'ordre de grandeur d'une année-lumière est égal à 10^{13} km.

Doc. Photographie du Grand Nuage de Magellan

1. Exprimez en km l'ordre de grandeur de la distance de la Terre au lieu où s'est produite l'explosion visible sur la photographie.

2. Depuis combien de temps s'était produite cette explosion lorsqu'elle a été observée ?

3. À quelle date s'est produit cet événement ? À quelle époque de l'histoire humaine correspond cette date ?

CORRIGÉ

1. Il faut utiliser l'ordre de grandeur de l'année-lumière indiqué dans les données. L'explosion s'est produite à $1{,}7 \times 10^5$ a.l. de la Terre, donc à $\mathbf{1{,}7 \times 10^5 \times 10^{13}}$ **km** $\mathbf{= 1{,}7 \times 10^{18}}$ **km.**

L'ordre de grandeur de cette distance est ainsi $\mathbf{10^{18}}$ km.

2. L'explosion s'est produite à $1{,}7 \times 10^5$ a.l. de la Terre. Par définition de l'année-lumière, la lumière a parcouru cette distance en $1{,}7 \times 10^5$ années. **L'explosion s'est donc produite il y a $\mathbf{1{,}7 \times 10^5}$ années.**

3. L'explosion s'est produite 170 000 ans plus tôt, donc approximativement en 2 000 – 170 000 = – 168 000.

Cette explosion s'est produite 168 000 ans avant notre ère, soit au Paléolithique.

Piège à éviter

Lisez bien la question, il faut donner ici un ordre de grandeur.

L'astuce du prof

Une distance en années-lumière indique immédiatement combien de temps auparavant la lumière a été émise.

➔ Révision express

Les points importants à retenir

1. Constituants de l'atome

• **L'atome** est constitué **d'un noyau**, chargé **positivement**, et d'électrons chargés **négativement. Le noyau contient des nucléons : les neutrons**, particules **sans charges électriques**, et **les protons**, particules **chargées positivement**.

• L'atome étant électriquement neutre, il contient **autant d'électrons que de protons** : l'électron et le proton ont des **charges électriques opposées**.

2. Description de l'Univers

• **La matière telle que nous la connaissons** est le fruit de nombreuses transformations dans les instants primordiaux, il y a près de 13,8 milliards d'années. La théorie du **Big Bang décrit notamment l'expansion** de cette matière constituant l'Univers.

• Plus un objet est éloigné de la Terre dans l'Univers, plus la **durée du trajet** parcouru par la **lumière est longue**, et plus **nous observons dans le passé**.

• Notre **système solaire** est né d'une **nébuleuse**.

• **L'ordre de grandeur** d'une longueur est **la puissance de dix la plus proche** de cette longueur.

• **L'année-lumière** est la distance parcourue par la **lumière dans le vide**, en une **année. L'ordre de grandeur** d'une année-lumière est de **10^{13} km**.

• Quelques exemples de **distances et d'ordres de grandeurs** de distances astronomiques :

Diamètre du système solaire	Distance Soleil – étoile la plus proche	Diamètre de la Voie Lactée	Distance Voie Lactée – Galaxie la plus proche
10^{10} km	4,3 a.l., ordre de grandeur 1 a.l.	100 000 a.l. soit 10^5 a.l.	10^6 a.l.

PHYSIQUE CHIMIE

Quiz

Cochez la ou les bonnes réponses.

1. L'atome de carbone contient 6 électrons et 12 nucléons, il contiendra donc :
a. ☐ **12 + 6 = 18 protons.** b. ☐ **12 protons.** c. ☐ **6 protons.**

2. La théorie du Big Bang décrit :
a. ☐ **l'origine de l'Univers.** b. ☐ **l'évolution de l'Univers de son origine à nos jours.**
c. ☐ **la formation de la Terre.**

3. La matière présente sur notre planète a pour origine :
a. ☐ **la matière présente dans la nébuleuse originelle.** b. ☐ **la matière contenue dans le Soleil.**
c. ☐ **la matière contenue dans une étoile.**

→ Réponses p. 505

EXERCICE GUIDÉ

Convertir des kilomètres en années-lumière

Énoncé

Le diamètre de la Voie Lactée est d'environ $1{,}0 \times 10^{18}$ km.

Exprimez la valeur de l'année-lumière en kilomètres et déduisez-en la valeur du diamètre de notre galaxie en années-lumière.

Donnée : vitesse de propagation de la lumière dans le vide, $c = 3{,}0 \times 10^5$ km/s.

Doc. Vue d'artiste de la Voie Lactée

Méthode

1. Rappeler la définition de l'année-lumière.
2. Écrire la relation entre c, la vitesse de propagation de la lumière dans le vide en km/s, d, la distance en km correspondant à une année-lumière et Δt, la durée correspondant à une année exprimée en secondes.
3. En déduire l'expression de la distance d en fonction de c et Δt.
4. Convertir une année en secondes.
5. Calculer la valeur d'une année-lumière en kilomètres.
6. Déterminer le diamètre de la galaxie en années-lumière.

Corrigé

Solution	Commentaires
Une année-lumière est la distance parcourue par la lumière dans le vide pendant une année.	**1.** L'année-lumière est une distance et non une durée.
Exprimons une année-lumière en kilomètres : $c = \dfrac{d}{\Delta t}$; $d = c \times \Delta t$	**2.** Une vitesse est le rapport d'une distance par la durée de propagation correspondante.
$\Delta t = 1$ année $= 365 \times 24 \times 3\,600$ s	**4.** Il y a 365 jours dans une année, 24 heures dans une journée, 3 600 s dans une heure.
D'où : $d = 3{,}0 \times 10^5 \times 365 \times 24 \times 3\,600$; $d = 9{,}5 \times 10^{12}$ km	**5.** Dans ce calcul, on obtient bien la distance en kilomètres, car la vitesse est en km/s.
Le diamètre de la galaxie est alors : $\dfrac{1{,}0 \times 10^{18}}{9{,}5 \times 10^{12}} = 1{,}1 \times 10^5$ a.l.	**6.** Il faut diviser le diamètre de la galaxie en km par la valeur de l'a.l. en km.

Chapitre 4 Mouvement et interactions

1 Caractérisation d'un mouvement

De quoi s'agit-il ? L'étude d'un mouvement nécessite de définir les notions de trajectoire, de vitesse, et de préciser par rapport à quel observateur ce mouvement est décrit.

1 Trajectoire

• **La trajectoire d'un point d'un objet est la ligne formée par l'ensemble des positions successives occupées par ce point au cours de son mouvement.**

• Lorsque la trajectoire d'un point d'un corps est une **droite**, on dit que le mouvement du point est **rectiligne**. Si la **trajectoire est un cercle**, on dit que le mouvement est **circulaire**.

Exemple : la plupart des planètes du système solaire ont des trajectoires quasi-circulaires autour du Soleil.

Le périple de la patrouille de France

Doc. Fumigènes matérialisant les trajectoires des avions dans la voltige aérienne

2 Vitesse

Pour caractériser un mouvement, il est nécessaire de préciser la vitesse de l'objet étudié, en indiquant sa direction, son sens et sa valeur :

• **La direction de la vitesse est une droite tangente à la trajectoire.**

Exemple : dans un mouvement circulaire, la direction de la vitesse est la droite tangente au cercle, donc perpendiculaire au rayon du cercle.

• **Le sens de la vitesse est le sens du mouvement du corps.**

Exemple : dans un mouvement rectiligne qui s'effectue de la gauche vers la droite, le sens de la vitesse sera lui aussi « vers la droite ».

• **La valeur de la vitesse** est souvent notée v. Elle s'exprime généralement dans l'unité légale de vitesse : le mètre par seconde (m/s). On utilise dans la vie quotidienne, le kilomètre par heure (km/h).

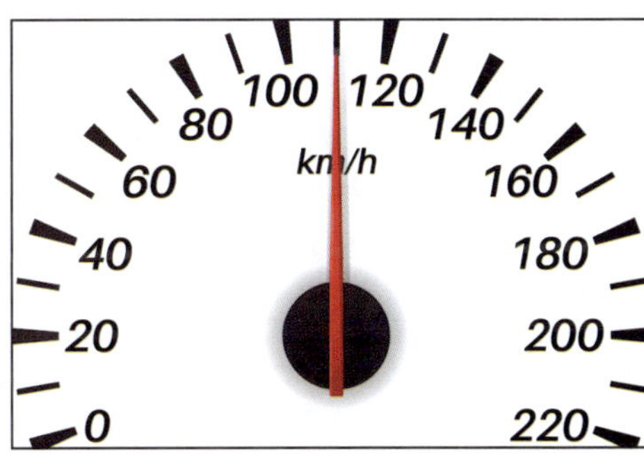

Doc. La valeur de la vitesse sur le compteur d'une voiture

3 Relativité du mouvement

Un même mouvement peut être caractérisé de manière très différente par plusieurs observateurs. **Il faut préciser par rapport à quel objet ou observateur la description d'un mouvement est effectuée.**

Exercice résolu

Caractériser le mouvement de la Lune autour de la Terre

Dans l'illustration ci-contre, on représente le mouvement de la Lune autour de la Terre.

1. Que représente la ligne passant par la Lune et tracée autour de la Terre ?

2. Quel terme proposeriez-vous pour décrire le mouvement de la Lune par rapport au centre de la Terre ?

3. Le mouvement de la Lune sera-t-il le même par rapport au Soleil que celui caractérisé dans la question **2.** ? Justifiez.

4. Que pouvez-vous dire de la direction et du sens de la vitesse de la Lune ?

5. Comment caractériser le mouvement de la Terre autour de la Lune ?

Doc. Orbite de la Lune autour de la Terre

CORRIGÉ

1. La ligne tracée sur le schéma est formée par l'ensemble des positions successives occupées par le centre de la Lune au cours de son mouvement autour du centre de la Terre. Cette ligne représente ainsi la **trajectoire de la Lune par rapport au centre de la Terre**.

Remarque
Pour un point du sol terrestre, le mouvement de la Lune est plus complexe.

2. D'après le schéma proposé, la trajectoire du centre de la Lune par rapport au centre de la Terre forme un cercle. La trajectoire du centre de la Lune autour du centre de la Terre constitue un **mouvement circulaire**.

3. Le système Terre-Lune tourne autour du Soleil. **Le mouvement de la Lune autour du Soleil est donc différent du mouvement de la Lune autour du centre de la Terre**, il est beaucoup plus complexe à décrire.

4. La direction de la vitesse est tangente à la trajectoire, donc tangente au cercle tracé. **Le sens de la vitesse sera le sens du mouvement du centre de la Lune autour du centre de la Terre.**

5. Si le centre de la Lune décrit un cercle dans son mouvement autour du centre de la Terre, la réciproque est vraie : **le centre de la Terre a un mouvement circulaire par rapport au centre de la Lune.**

Remarque
La Terre tourne elle aussi autour de la Lune !

2 Mouvements uniformes et non uniformes

De quoi s'agit-il ? **L'évolution de la vitesse durant le mouvement d'un corps permet de définir deux types de mouvement : les mouvements uniformes et les mouvements non uniformes.**

1 Mouvements uniformes

- **Par rapport à un observateur donné, un mouvement est uniforme s'il s'effectue avec une valeur de la vitesse constante.**

- Un mouvement rectiligne s'effectuant avec une valeur de la vitesse constante est un **mouvement rectiligne uniforme**.

Exemple : parachute ouvert, la valeur de la vitesse d'un parachutiste par rapport au sol atteint une valeur limite constante.

- Un mouvement circulaire s'effectuant avec une valeur de la vitesse constante est un **mouvement circulaire uniforme.** Dans un mouvement circulaire uniforme, la valeur de la vitesse est constante, mais la direction de la vitesse change.

Exemple : les mouvements de la plupart des planètes autour du Soleil et le mouvement de la Lune autour du centre de la Terre peuvent être considérés en première approximation comme des mouvements circulaires uniformes.

Doc. Parapentiste en mouvement uniforme

- **Pour un mouvement uniforme**, la valeur de la vitesse peut s'écrire : $v = \frac{d}{t}$, avec v la valeur de la vitesse en mètres par seconde (m/s), d la distance parcourue par un point de l'objet en mètres (m) et t la durée du déplacement en secondes (s).

PHYSIQUE CHIMIE

2 Mouvements non uniformes

- **Si la valeur de la vitesse change au cours du mouvement d'un point d'un objet, le mouvement de ce point est un mouvement non uniforme.**

- Un mouvement rectiligne non uniforme peut être un **mouvement rectiligne accéléré** ou un **mouvement rectiligne ralenti**.

Exemple : lors du démarrage d'un train (en ligne droite), le mouvement du train par rapport au quai est un mouvement rectiligne accéléré.

Doc. Mouvement du train au démarrage

- Un mouvement circulaire non uniforme peut être un **mouvement circulaire accéléré** ou un **mouvement circulaire ralenti**.

Exemple : le mouvement d'un passager d'une nacelle sur une grande roue par rapport au centre de la grande roue est un mouvement circulaire ralenti lorsque la valeur de la vitesse de la roue diminue juste avant l'arrêt du manège.

Exercice résolu

Analyser un saut en parachute

La valeur de la vitesse d'un parachutiste sautant d'un hélicoptère immobile par rapport au sol évolue dans le temps, jusqu'à atteindre une valeur de vitesse constante limite lorsque le parachute est fermé, et une autre valeur de vitesse constante limite quand il est ouvert.

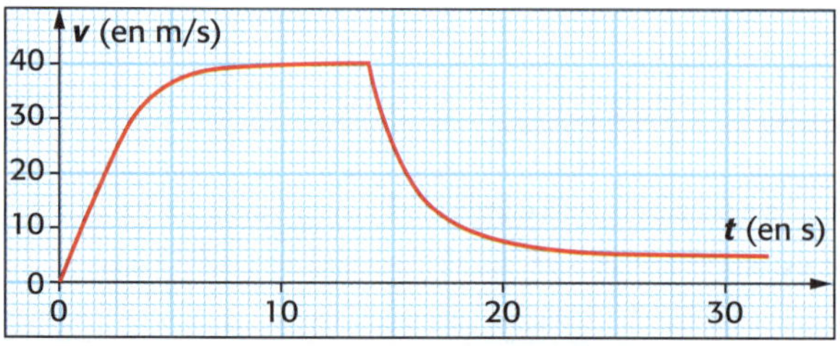

Doc. Évolution de la vitesse d'un parachutiste pendant les trente premières secondes du saut

1. À l'aide du graphique ci-dessus, répondez aux questions suivantes.

a. Quelle est la valeur de la vitesse initiale du parachutiste par rapport au sol ?

b. À quel instant le parachutiste atteint-il sa vitesse limite, parachute fermé ?

c. Quelle est la valeur de cette vitesse limite ?

d. À quel instant ouvre-t-il son parachute ?

2. Quelle est la distance d parcourue entre les instants $t_1 = 26$ s et $t_2 = 32$ s?

Doc. Saut en parachute

CORRIGÉ

1. a. Sur le graphique, on lit $\boldsymbol{v} = \mathbf{0}$ **m/s en** $\boldsymbol{t} = \mathbf{0}$ **s.**

b. Cette première vitesse limite est atteinte au bout de **10 s, car la valeur de la vitesse devient alors constante** pendant quelques secondes.

c. À l'instant $t = 10$ s (en abscisse), on lit sur le graphique **une ordonnée** $\boldsymbol{v} = \mathbf{40}$ **m/s.**

d. À partir de $t = 10$ s, la valeur de la vitesse devient constante. Elle le reste jusqu'à l'ouverture du parachute. Sur le graphique, **la vitesse varie brutalement à** $\boldsymbol{t} = \mathbf{14}$ **s, c'est à cet instant que le parachute est ouvert.**

> **Remarque**
> Lisez bien l'énoncé pour analyser les différentes phases du mouvement.

2. Entre les instants $t_1 = 26$ s et $t_2 = 32$ s, la valeur de la vitesse est constante : $v = 5{,}0$ m/s par lecture graphique. D'où :

$$v = \frac{d}{t_2 - t_1} \quad \text{et} \quad \boldsymbol{d = v \times (t_2 - t_1) = 5{,}0 \times (32 - 26) = 30 \text{ m}}.$$

3 Modélisation d'une interaction

De quoi s'agit-il ? **Une force permet de représenter l'action mécanique exercée par un corps sur un autre. Les forces d'attraction gravitationnelles modélisent ainsi l'interaction gravitationnelle entre deux astres.**

1 Interactions

- **Deux corps sont en interaction si le mouvement de l'un dépend de la présence de l'autre, et réciproquement.** Chacun de ces deux corps exerce une action mécanique sur l'autre.

Exemple : Jupiter et son satellite Io sont en interaction. Jupiter exerce une action mécanique sur Io, et réciproquement.

- Certaines interactions sont des **interactions à distance**, elles ne nécessitent pas de contact entre les deux corps pour exister.
- D'autres interactions nécessitent un contact entre les deux corps pour s'exercer, ce sont des **interactions de contact**.
- Pour déterminer les différentes interactions, on peut utiliser les **diagrammes objet-interaction (DOI).** Les objets sont représentés par des bulles, les interactions à distance par des flèches en pointillés, les interactions de contact par des flèches en traits pleins.

Utiliser un diagramme objet-interaction

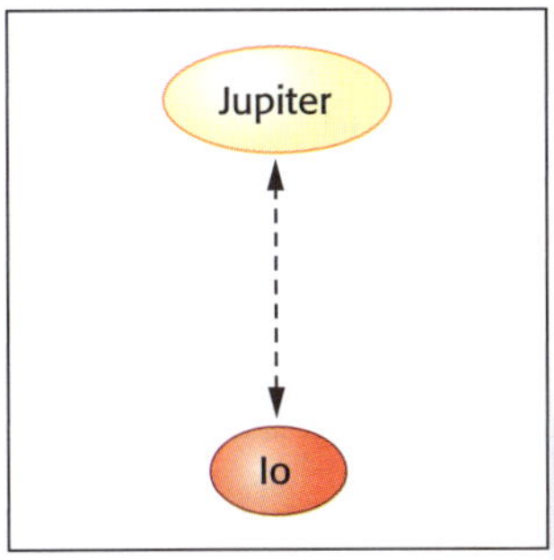

Doc. DOI Jupiter/Io

2 Forces

- Une action mécanique exercée par un corps en interaction avec un autre corps peut être modélisée (représentée) par une **force, caractérisée par une direction, un sens et une valeur exprimée en newtons (N).**
- **L'interaction gravitationnelle** entre deux corps de centres A et B, de masses respectives m_A et m_B et séparés d'une distance d, est modélisée par **des forces d'attraction gravitationnelle** :

– direction de la droite AB ;

– sens : vers le corps qui exerce la force ;

– valeur : $\boldsymbol{F = G \times \frac{m_A \times m_B}{d^2}}$ avec F en N, m_A et m_B en kg, d en m et $G = 6{,}67 \times 10^{-11}\ N \cdot m^2/kg^2$ la constante de gravitation.

- Un objet proche de la surface d'un astre subit une **force d'attraction gravitationnelle exercée par l'astre nommée poids ou force de pesanteur**. La valeur du poids est donnée par $\boldsymbol{P = m \times g}$ avec P le poids en N, m la masse de l'objet en kg et g l'intensité de la pesanteur sur l'astre en N/kg.

PHYSIQUE CHIMIE

Exercice résolu

Comparer les forces gravitationnelles entre le Soleil et la Lune, et entre la Terre et la Lune

Qui de la Terre ou du Soleil exerce la force d'attraction gravitationnelle la plus grande sur la Lune ?

Données :

Expression de la force gravitationnelle :

$$F = G \times \frac{m_A \times m_B}{d^2},$$

avec $G = 6{,}67 \times 10^{-11}$ N·m²/kg² la constante de gravitation.

Doc. L'astronaute Edwin E. Aldrin marchant sur la Lune, lors de la mission Apollo 11, en 1969

Astre	Soleil	Terre	Lune
Masse (kg)	$1{,}99 \times 10^{30}$	$5{,}97 \times 10^{24}$	$7{,}35 \times 10^{22}$

Distances moyennes : Terre-Lune, $d_{T-L} = 3{,}83 \times 10^5$ km ;

Soleil-Lune, $d_{S-L} = 1{,}52 \times 10^8$ km.

CORRIGÉ

La Terre et la Lune sont plus proches (d est plus petite dans la formule de la valeur de la force gravitationnelle exercée par la Terre sur la Lune), mais la masse de la Terre est plus faible que celle du Soleil.

Dans la loi de la gravitation universelle, les distances sont exprimées en mètres. Convertissons d'abord les deux distances données en mètres :

$d_{T-L} = 3{,}83 \times 10^5 \text{ km} = 3{,}83 \times 10^5 \times 10^3 \text{ m} = 3{,}83 \times 10^8 \text{ m}.$

$d_{S-L} = 1{,}52 \times 10^8 \text{ km} = 1{,}52 \times 10^8 \times 10^3 \text{ m} = 1{,}52 \times 10^{11} \text{ m}.$

$$F_{T-L} = G \times \frac{m_T \times m_L}{d^2_{T-L}}$$

$$F_{T-L} = 6{,}67 \times 10^{-11} \times \frac{5{,}97 \times 10^{24} \times 7{,}35 \times 10^{22}}{(3{,}83 \times 10^8)^2} = 2{,}00 \times 10^{20} \text{ N}$$

$$F_{S-L} = 6{,}67 \times 10^{-11} \times \frac{1{,}99 \times 10^{30} \times 7{,}35 \times 10^{22}}{(1{,}52 \times 10^{11})^2} = 4{,}22 \times 10^{20} \text{ N}$$

$F_{S-L} > F_{T-L}$, la force gravitationnelle exercée par le Soleil sur la Lune est plus grande que celle exercée par la Terre sur la Lune.

À savoir

Plus la distance entre les astres est faible, plus la valeur de la force gravitationnelle est grande.

L'astuce du prof

Les distances, souvent données en km en astronomie, doivent être converties en m dans cette relation.

Révision express

Les points importants à retenir

1. Caractérisation d'un mouvement

- **Un même mouvement** peut-être **caractérisé** de manières **très différentes** par **plusieurs observateurs.**

- **La trajectoire du point** d'un objet est **la ligne formée** par l'ensemble **des positions successives** occupées par ce point au cours de **son mouvement.**

- **La direction de la vitesse** est une **droite tangente à la trajectoire et son sens** est le sens du mouvement du corps. **La valeur de la vitesse** est souvent notée v et s'exprime le plus souvent en mètre par seconde (m/s). Lorsque **la valeur de la vitesse est constante**, le mouvement du corps est **uniforme.** La valeur de la vitesse alors égale **au rapport de la distance *d* parcourue**, en mètre (m), **par la durée considérée *t*** (s).

2. Modélisation d'une interaction

- Deux corps sont **en interaction** si le **mouvement de l'un dépend de la présence de l'autre et réciproquement.** Chacun de ces deux corps exerce une **action mécanique** sur l'autre ; ces actions mécaniques peuvent-être **modélisées (représentées)** par une **force**, caractérisée par **un point d'application, une direction, un sens et une valeur**, exprimée en **newton (N).**

- Deux corps de centres A et B, de masses respectives m_A et m_B séparés d'une distance d, sont en **interaction gravitationnelle, modélisée par des forces d'attraction gravitationnelles** caractérisées par :

Point d'application	Direction	Sens	Valeur
Centre de l'astre qui **subit** la force	Direction de la **droite AB**	**Vers** le corps qui **exerce** la force	avec F en N, m_A et m_B en kg, d en m, $G = 6{,}67 \times 10^{-11}$ N.m²/kg² est la constante de la gravitation universelle

- Un objet proche de la surface d'un astre subit **une force d'attraction gravitationnelle exercée par l'astre ; cette force est nommée poids ou force de pesanteur.** La valeur du poids est donnée par : $\boldsymbol{P = m} \times g$ avec P le poids en N, m la masse de l'objet en kg, g l'intensité de la pesanteur sur l'astre en N/kg.

Quiz

Cochez la ou les bonnes réponses.

1. La relation entre la valeur de la vitesse *v* d'un objet en mouvement uniforme, la distance *d* parcourue par cet objet et la durée *t* du trajet est :

a. ☐ $v = d \times t$ **b.** ☐ $v = d/t$ **c.** ☐ $v = t/d$

2. La valeur du poids d'un objet au voisinage du sol terrestre :

a. ☐ s'exprime en kg **b.** ☐ est égale à sa masse

c. ☐ est égale au produit de sa masse par l'intensité de la pesanteur.

→ Réponses p. 505

PHYSIQUE CHIMIE

EXERCICE GUIDÉ

Construire et exploiter un diagramme objet-interaction (DOI)

Énoncé

En 1827, le premier trajet en train a lieu entre les villes de Saint-Étienne et d'Andrézieux. Le système de freinage des wagons consistait en deux sabots montés tête-bêche sur un levier pivotant autour d'un axe lié au châssis.

Réalisez un diagramme objet-interaction des roues du train lors d'un trajet Saint-Étienne-Andrézieux.

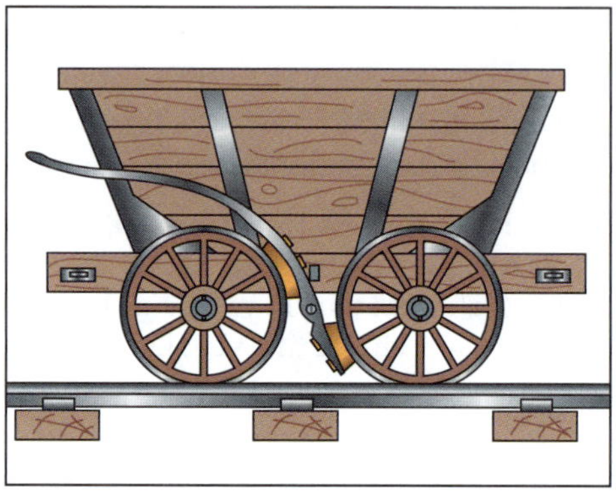

Doc. Système de freinage d'un wagon

Méthode

1 Placer l'objet étudié dans une bulle au centre du diagramme.

2 Placer les corps en interaction avec cet objet dans d'autres bulles.

3 Identifier les interactions de contact et les interactions à distance, et représenter par des doubles flèches pleines les interactions de contact, et par des doubles flèches en pointillés les interactions à distance.

Corrigé

<table>
<tr><th>Solution</th><th>Commentaires</th></tr>
<tr><td rowspan="3">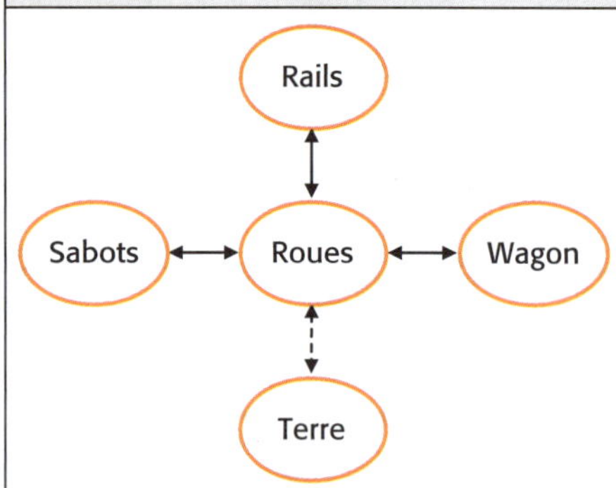
</td><td>1. Le DOI demandé doit permettre de recenser les interactions entre les roues et les autres systèmes.</td></tr>
<tr><td>2. Les rails, la plateforme du wagon, les sabots du système de freinage sont en interaction avec les roues. Il ne faut pas oublier la Terre, présente pour tous les DOI d'objets au voisinage de la planète.</td></tr>
<tr><td>3. Les interactions entre les roues et le wagon, les rails et les sabots ne peuvent exister sans contact, au contraire de l'interaction avec la Terre.</td></tr>
</table>

Chapitre 5

Énergie et électricité

1 Sources, transferts, conversions et formes d'énergie

De quoi s'agit-il ? L'énergie est présente partout autour de nous. Il est nécessaire de la définir et de la caractériser en utilisant un vocabulaire scientifique approprié. Pour cela, il faut savoir distinguer les notions de *source*, de *transfert*, de *conversion* et de *forme d'énergie*.

1 Formes d'énergie

Pour vivre, pour nous chauffer, pour nous déplacer, pour nous éclairer, pour fabriquer ou utiliser des objets, nous avons besoin d'énergie sous différentes formes : énergie chimique, énergie nucléaire, énergie thermique, énergie lumineuse, énergie électrique, énergie cinétique ($E_c = \frac{1}{2}mv^2$), énergie potentielle (dépendant de la position)…

2 Transferts et conversions d'énergie

- **Une forme d'énergie peut être convertie en une autre forme d'énergie.**

Exemple : une éolienne convertit l'énergie cinétique du vent en énergie électrique.

- L'énergie peut être transférée d'un objet à un autre objet.

Exemple : l'énergie cinétique du vent est transférée à un bateau à voiles.

3 Sources d'énergie

- **Certaines sources d'énergie sont renouvelables :** elles peuvent être exploitées de façon illimitée à l'échelle humaine.
- **D'autres sources d'énergie sont non renouvelables :** leurs stocks, limités, ne peuvent pas se renouveler à l'échelle humaine.
- **L'exploitation d'une source d'énergie a toujours un impact sur l'environnement :** fabrication du matériel nécessaire à l'exploitation de l'énergie, émission de gaz à effet de serre, production de déchets…

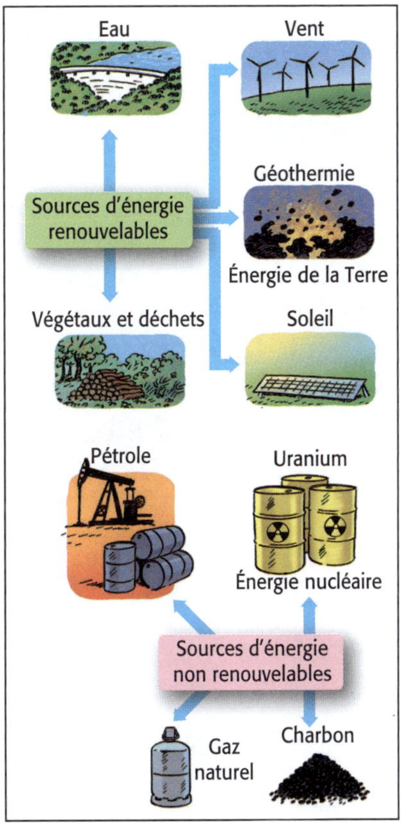

Doc. Sources d'énergie renouvelables et non renouvelables

PHYSIQUE CHIMIE

Exercice résolu

Calculer une vitesse à partir d'une énergie cinétique

La plus haute plateforme de saut à l'élastique d'Amérique du Nord se trouve au Great Canadian Bungee, près d'Ottawa (Canada). Cette plateforme, d'une hauteur de 61 m, surplombe un réservoir d'eau naturel.

Doc. Saut à l'élastique

1. Au début du saut, quelle conversion d'énergie a lieu ?

2. Lors du saut, une personne de masse $m = 50{,}0$ kg peut acquérir une énergie cinétique E_c égale à 22,5 kJ. À quelle valeur de vitesse v (en km/h) cela correspond-il ?

CORRIGÉ

1. Avant le saut, la personne qui se trouve sur la plateforme a une énergie potentielle importante, car la plateforme se trouve en hauteur. De plus, elle a une énergie cinétique nulle, car elle est immobile (la valeur de sa vitesse est nulle).

Piège à éviter

Le sauteur a aussi de l'énergie chimique dans son organisme, mais ce n'est pas cette énergie qui est convertie lors du saut.

Après avoir sauté, son **énergie potentielle** est **convertie en énergie cinétique** car la personne tombe en perdant de l'altitude, et la valeur de sa vitesse augmente.

2. L'énergie cinétique E_c est égale à : $E_c = \frac{1}{2}mv^2$.

D'où $v^2 = \frac{2E_c}{m}$ et $v = \sqrt{\frac{2E_c}{m}}$.

$v = \sqrt{\frac{2 \times 22{,}5 \times 10^3}{50}} = 30{,}0$ m/s.

Comme 1 km/h = 1×10^3 m/h = $\frac{1 \times 10^3}{3\,600} = \frac{1}{3{,}6}$ m/s, on trouve que :

1 m/s = 3,6 km/h.

Rappel

L'unité légale de l'énergie est le joule (J) :
1 kJ = 10^3 J (= 1 000 J).
La valeur de la vitesse est donnée en m/s.

Ainsi, la valeur de la vitesse est égale à :

$v = 30{,}0 \times 3{,}6 =$ **108 km/h !**

2 Circuits électriques

De quoi s'agit-il ? **Pour fonctionner, les dipôles électriques, comme une pile ou une lampe par exemple, sont reliés les uns aux autres. Il faut savoir schématiser et caractériser les différents circuits électriques que ces dipôles peuvent former.**

1 Dipôles et circuit électrique

- **Un circuit électrique est composé d'un générateur et d'un ou plusieurs récepteurs électriques.** Le générateur et les récepteurs électriques comportent chacun deux bornes : ce sont des dipôles électriques.

Exemples : une pile est un générateur électrique, car elle convertit une partie de l'énergie chimique de ses constituants en énergie électrique. Une lampe est un récepteur électrique, car elle convertit de l'énergie électrique en énergie lumineuse et en énergie thermique.

- Pour qu'une lampe brille dans un circuit électrique, il faut relier chaque borne de la lampe à une borne de la pile. De plus, pour éteindre ou allumer facilement la lampe, on peut ajouter un interrupteur. Le courant électrique circule dans le circuit uniquement si l'interrupteur est fermé.

- Le schéma d'un circuit électrique représente les dipôles par des symboles normalisés et les fils de connexion par des segments de droite. **Par convention, le courant électrique circule dans un circuit électrique de la borne (+) vers la borne (–) du générateur.**

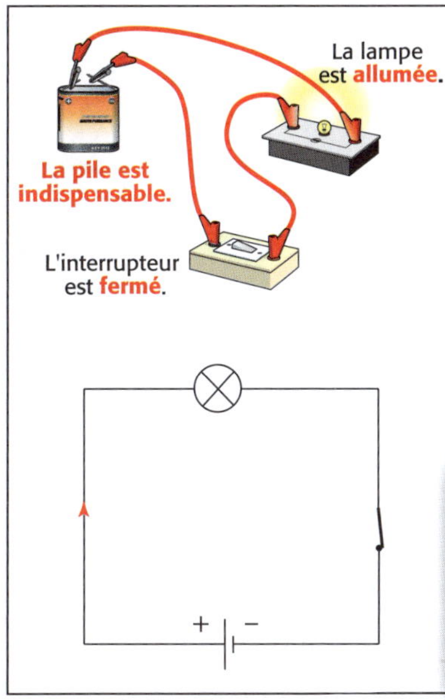

Doc. Circuit électrique

2 Dipôles en série ou en dérivation

- **Les dipôles sont en série** s'ils sont reliés les uns à la suite des autres en ne formant qu'une seule maille. Dans une même maille, les dipôles ne sont pas indépendants les uns des autres. Si une lampe est dévissée, la maille est ouverte, et les autres lampes ne fonctionnent plus.

- **Les dipôles sont en dérivation** s'ils forment plusieurs mailles en étant reliés entre eux. Le courant électrique circule dans les différentes mailles du circuit, qui sont indépendantes les unes des autres. Si une lampe est dévissée dans une maille, les autres mailles restent fermées, et les lampes fonctionnent encore dans ces mailles.

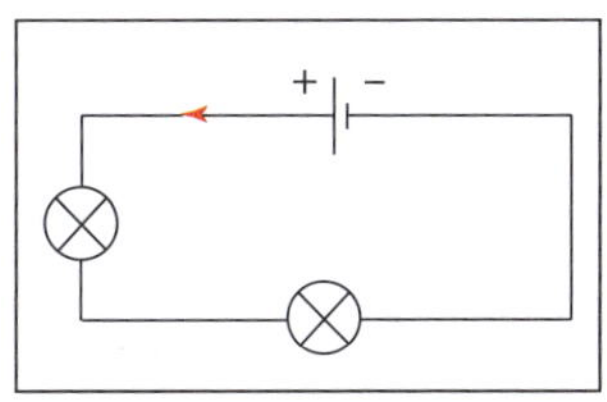

Doc. Dipôles en série

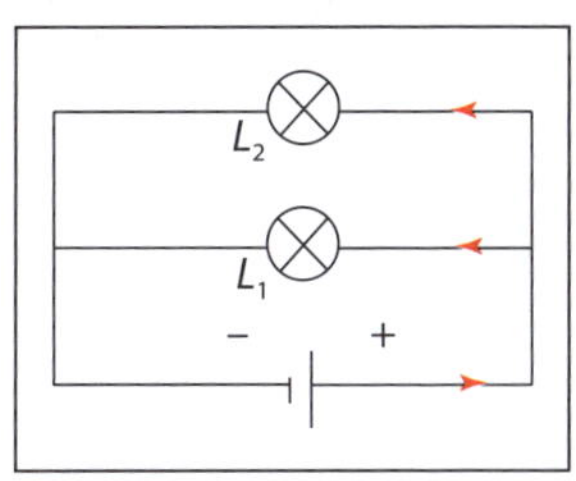

Doc. Dipôles en dérivation

Exercice résolu

Schématiser un circuit électrique

On réalise le circuit électrique ci-dessous.

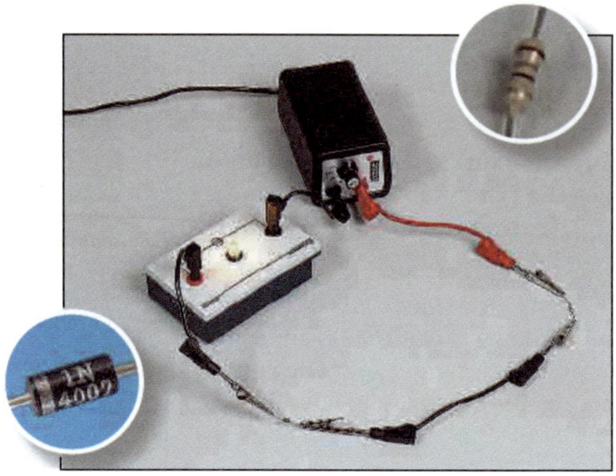

1. Quels sont les dipôles utilisés dans ce circuit électrique ?

2. Schématisez le circuit électrique en indiquant le sens conventionnel du courant.

3. Les dipôles sont-ils en série ou en dérivation dans ce circuit électrique ? Justifiez la réponse.

CORRIGÉ

1. Le circuit électrique est constitué d'un **générateur électrique**, d'une **diode**, d'un **conducteur ohmique** (appelé aussi quelquefois résistance) et d'une **lampe**.

2. Le symbole normalisé d'un générateur électrique est : 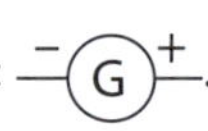.

Ceux d'une diode, d'un conducteur ohmique et d'une lampe sont respectivement : 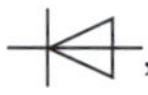, 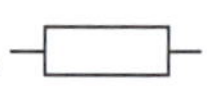 et 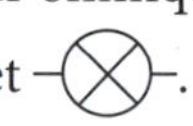.

Ainsi, le schéma normalisé du circuit électrique est :

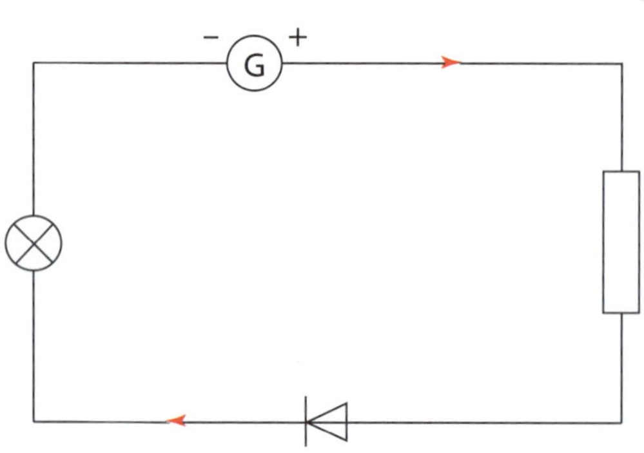

3. Les dipôles sont reliés les uns à la suite des autres en ne formant qu'une seule maille : ils sont **en série**.

Piège à éviter

Ne confondez pas le symbole d'une pile avec celui d'un générateur électrique, même si la pile est un générateur.

Gagnez des points !

La lampe brille sur la photographie : cela signifie que le courant électrique circule. La diode est donc orientée dans le sens conventionnel du courant.

3 Lois de l'électricité

De quoi s'agit-il ? L'électricité est régie par des lois qui permettent de prévoir les valeurs des tensions aux bornes des différents dipôles, ainsi que l'intensité du courant qui circule dans un circuit électrique.

1 Circuit électrique à une maille

Dans un circuit électrique à une seule maille, les dipôles sont en série :

- **L'intensité du courant électrique *I* est la même** en tout point d'un circuit qui ne compte que des dipôles en série.
- **D'après la loi d'additivité des tensions**, dans un circuit à une seule maille, la tension U entre les bornes du générateur est égale à la somme des tensions U_1, U_2 et U_3 entre les bornes des récepteurs :

$$\boxed{U = U_1 + U_2 + U_3}$$

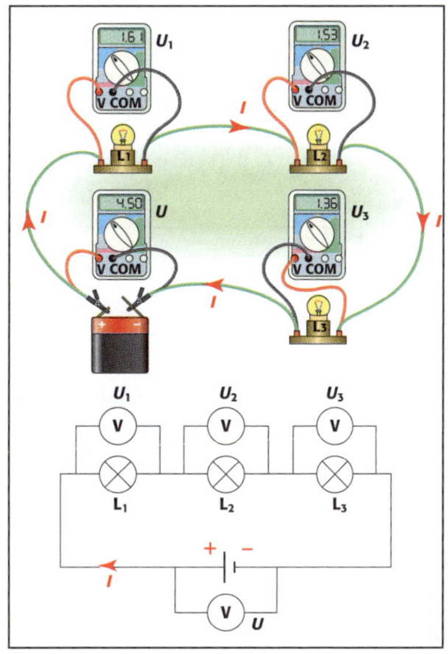

Doc. Circuit à une maille

2 Circuit électrique à plusieurs mailles

Dans un circuit électrique à plusieurs mailles, les dipôles sont en dérivation.

- **La tension *U*** entre les bornes de chacun de ses dipôles est la même.
- **D'après la loi d'additivité des intensités**, l'intensité du courant électrique dans la maille principale contenant le générateur est égale à la somme des intensités des courants dans les mailles dérivées :

$$\boxed{I = I_1 + I_2 + I_3}.$$

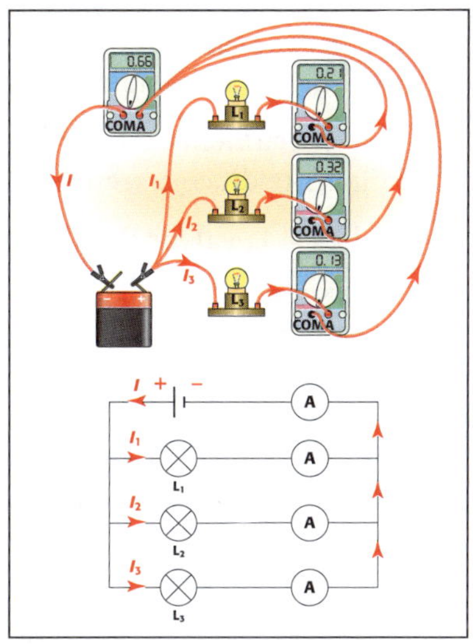

Doc. Circuit à plusieurs mailles

3 Loi d'Ohm

D'après la loi d'Ohm, la tension aux bornes d'un conducteur ohmique est proportionnelle à l'intensité du courant électrique qui le traverse, $\boxed{U = R \times I}$, avec U la tension aux bornes du conducteur ohmique en volts (V), I l'intensité du courant électrique en ampères (A) et R la résistance du conducteur ohmique en ohms (Ω).

4 Règles de sécurité

Le passage du courant électrique dans des conducteurs provoque un échauffement. S'il y a trop d'appareils électriques branchés en dérivation ou en cas de court-circuit, l'intensité du courant peut devenir importante et il y a un risque d'incendie.

Exercice résolu

Utiliser la loi d'Ohm

On souhaite connaître la valeur de la résistance d'un conducteur ohmique. Pour cela, on réalise l'expérience ci-dessous.

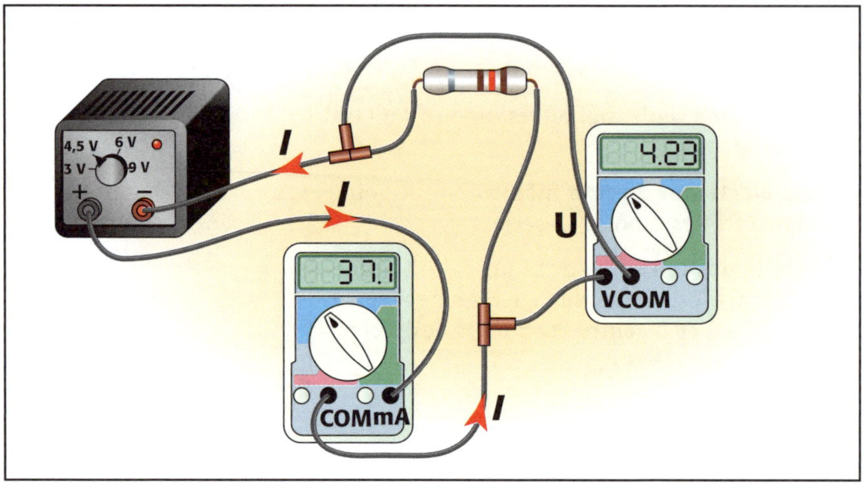

1. Quel instrument mesure la tension aux bornes du conducteur ohmique ? Quelle est la valeur de la tension aux bornes du conducteur ohmique ?

2. Quel instrument mesure l'intensité du courant électrique ? Quelle est la valeur de l'intensité du courant électrique dans le circuit ?

3. Quelle est la valeur de la résistance du conducteur ohmique ? Avec quel instrument peut-on vérifier cette valeur de résistance ?

CORRIGÉ

1. La tension aux bornes du conducteur ohmique est mesurée avec un **voltmètre**. Sur le dessin ci-dessus, le voltmètre est l'instrument ayant comme branchements « V » et « COM ». La valeur de la tension aux bornes du conducteur ohmique est donc égale à : U = **4,23 V**.

2. L'intensité du courant électrique est mesurée par un **ampèremètre**. La valeur mesurée dans le circuit est égale à : $I = 37{,}1\ \text{mA} = \mathbf{37{,}1 \times 10^{-3}\ A}$.

3. D'après la loi d'Ohm, $U = R \times I$ avec R la résistance du conducteur ohmique.

La résistance du conducteur ohmique est donc égale à $R = \dfrac{U}{I}$.

$R = \dfrac{4{,}23}{37{,}1 \times 10^{-3}} = \mathbf{114\ \Omega}$.

Pour vérifier cette valeur, on peut utiliser un **ohmmètre**.

Rappel

Un multimètre joue à la fois le rôle d'ampèremètre, de voltmètre ou d'ohmmètre suivant ses branchements.

Remarque

La valeur de l'intensité du courant électrique lue sur un ampèremètre est souvent donnée en milliampères : $1\ \text{mA} = 1 \times 10^{-3}\ \text{A}$

4 Conservation, bilan d'énergie et puissance

De quoi s'agit-il ? D'après les bilans énergétiques, l'énergie se conserve, même si elle est convertie d'une forme en d'autres formes. Les notions de puissance et de durée permettent alors de mesurer cette énergie convertie.

1 Bilan énergétique

- **Une chaîne énergétique indique la succession des transferts et des conversions d'une forme d'énergie en d'autres formes d'énergie**, réalisées par des convertisseurs, à partir d'un réservoir d'énergie.
- **De l'énergie thermique apparaît lors d'une conversion d'énergie.** Cette forme d'énergie, rarement souhaitée, est souvent perdue, dissipée dans l'environnement extérieur.

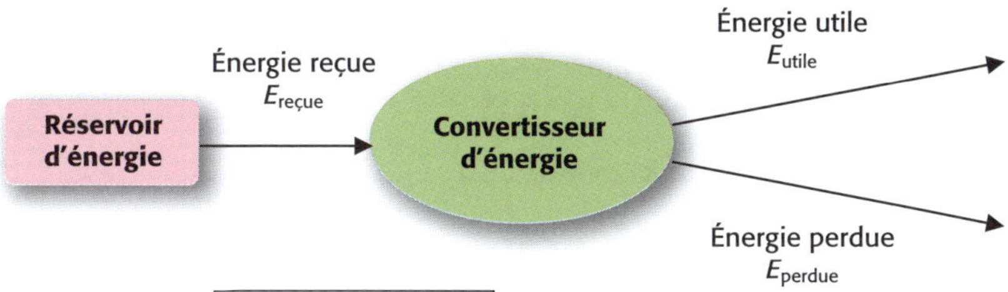

- L'énergie se conserve : $\boxed{E_{reçue} = E_{utile} + E_{perdue}}$

Exemple : le moteur d'un ventilateur électrique convertit de l'énergie électrique en énergie utile (qui correspond à l'énergie cinétique des pales du ventilateur) et en énergie perdue (qui correspond à l'énergie thermique, non utilisée ici), mais il n'y a pas de création ou de disparition d'énergie. Seules les formes d'énergie changent.

2 Énergie et puissance

- **L'énergie *E* produite ou consommée par un appareil** dépend de la puissance *P* et de la durée *t* de fonctionnement de l'appareil :

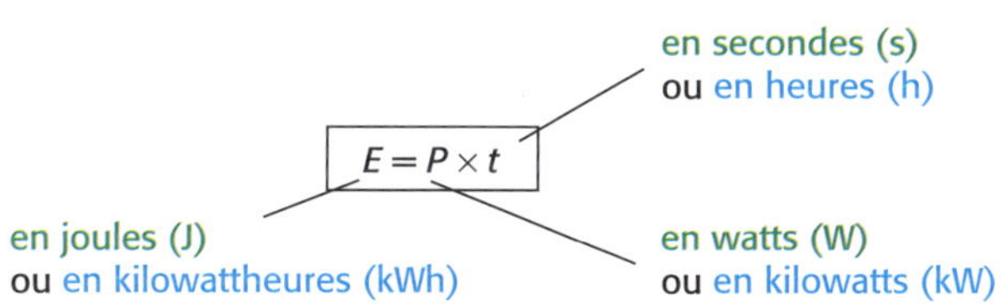

- **La puissance d'un appareil** correspond à l'énergie qu'il consomme ou qu'il produit par unité de temps. La puissance, en watts (W), d'un appareil ou d'un dipôle électrique est égale à $\boxed{P = U \times I}$ avec :

– U la tension aux bornes de l'appareil en volts (V) ;

– I l'intensité du courant électrique qui traverse l'appareil en ampères (A).

Exercice résolu

Calculer des consommations d'énergie électrique

Les fabricants notent sur chaque appareil électrique leur puissance nominale, qui est la puissance électrique consommée par l'appareil en fonctionnement normal.

Appareil électrique	Puissance nominale P
Lampe	20 W
Téléviseur	100 W
Ordinateur	250 W
Radiateur électrique	1,5 kW

1. Tous les appareils électriques convertissent une partie de l'énergie électrique qu'ils reçoivent en énergie thermique. Pour quels appareils l'énergie thermique est-elle de l'énergie perdue ? Pour quel appareil l'énergie thermique est-elle de l'énergie utile ?

2. Quels appareils électriques ont une puissance nominale du même ordre de grandeur ?

3. Quelle est l'énergie électrique, en joules, consommée par une lampe lorsqu'elle fonctionne normalement pendant cinquante heures ?

4. Quelle est la valeur de cette énergie en kilowattheures ?

CORRIGÉ

1. L'énergie thermique convertie à partir de l'énergie électrique est **perdue pour la lampe, l'ordinateur et le téléviseur**. En revanche, c'est de l'énergie **utile pour le radiateur électrique**, car on branche un radiateur électrique si on veut chauffer une pièce dans une habitation.

2. L'ordre de grandeur de la puissance nominale de la lampe est 10^1 W. Celui du téléviseur et de l'ordinateur est 10^2 W, tandis que celui du radiateur est 10^3 W.
Le téléviseur et l'ordinateur ont donc une puissance nominale du même ordre de grandeur.

Rappel
L'ordre de grandeur d'une grandeur est égal à la puissance de dix la plus proche de la valeur de cette grandeur.

3. L'énergie électrique E consommée par la lampe lorsqu'elle fonctionne normalement pendant une durée t est égale à : $E = P \times t$.
$E = 20 \times (50 \times 3\,600)$
$E = \mathbf{3{,}6 \times 10^6\ J}$

Remarque
Si l'énergie E est calculée en joules (J), la puissance P est en watts (W) et la durée de fonctionnement t est en secondes (s).

4. L'énergie électrique E consommée par la lampe en kilowattheures vaut : $E = (20 \times 10^{-3}) \times 50 = $ **1,0 kWh**.

Révision express

Les points importants à retenir

1. Energie et puissance

Les sources d'énergie peuvent être **renouvelables** ou **non renouvelables.**

- **L'énergie existe sous différentes formes.** Une forme d'énergie peut être **convertie** en une autre forme d'énergie ou être **transférée** d'un objet à un autre objet. Lors d'une conversion ou d'un transfert, l'énergie **se conserve.**
- **L'énergie** produite ou consommée par un appareil dépend de la **puissance** et de la **durée** de fonctionnement de l'appareil.

2. Lois de l'électricité

- **Dans les circuits électriques, les intensités des courants électriques et les tensions entre les bornes des dipôles électriques** peuvent être mesurées avec des ampèremètres et des voltmètres. Les valeurs des intensités et des tensions peuvent aussi être calculées grâce à différentes lois (loi d'additivité des intensités, loi d'unicité des tensions dans un circuit à plusieurs mailles ; loi d'additivité des tensions dans un circuit à une maille…).
- **D'après la loi d'Ohm**, la tension aux bornes d'un conducteur ohmique est proportionnelle à l'intensité du courant électrique qui le traverse.
- **La puissance électrique** d'un appareil dépend de la tension aux bornes de l'appareil électrique et de l'intensité du courant électrique qui le traverse.

Quiz

Cochez la ou les bonnes réponses.

1. Le pétrole est une source d'énergie :
a. ☐ **renouvelable** b. ☐ **non renouvelable** c. ☐ **illimitée**

2. L'émission de rayonnements par le Soleil et leur absobtion par un panneau photovoltaïque est :
a. ☐ **un transfert d'énergie** b. ☐ **une conversion d'énergie**

3. Dans un circuit électrique, les dipôles reliés les uns à la suite des autres sont :
a. ☐ **en dérivation** b. ☐ **en parallèle** c. ☐ **en série**

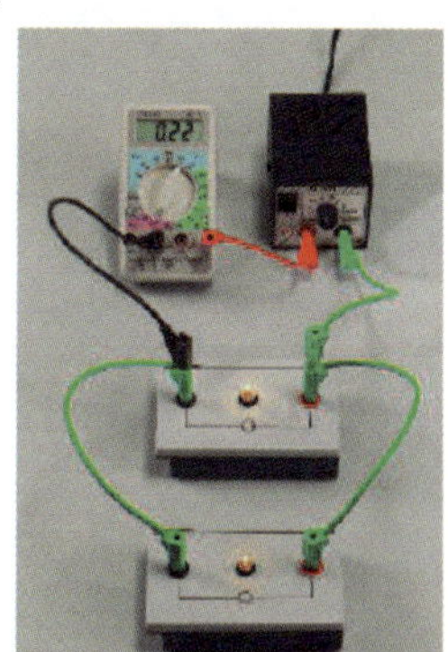

4. Dans le circuit électrique ci-contre, la tension aux bornes de la première lampe et la tension aux bornes de la deuxième lampe :
a. ☐ **sont différentes** b. ☐ **sont égales** c. ☐ **valent 0,22 V**

5. Si on ajoute une troisième lampe en dérivation dans le circuit électrique ci-contre, l'intensité du courant électrique mesurée dans la maille principale :
a. ☐ **diminue** b. ☐ **ne varie pas** c. ☐ **augmente**

→ Réponses p. 505

EXERCICE GUIDÉ

Tracer la caractéristique d'un dipôle électrique

Énoncé

Pour différents réglages d'un générateur, on relève les valeurs de la tension U aux bornes d'un conducteur ohmique et les valeurs de l'intensité du courant électrique I qui traverse ce dipôle.

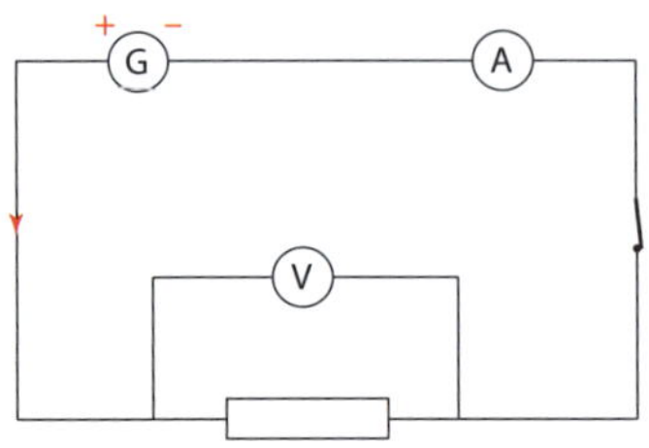

U (V)	0	2,88	4,23	5,84	7,08	8,69	11,52
I (mA)	0	25,3	37,1	49,5	61,9	76,3	101,8

Tracez la caractéristique du conducteur ohmique sur du papier millimétré, c'est-à-dire les variations de la tension U en fonction de l'intensité du courant électrique I.

Méthode

1 Choisir les grandeurs représentées sur l'axe des abscisses et sur l'axe des ordonnées, puis écrire sur chaque axe la grandeur représentée et son unité.

2 Choisir une échelle adaptée pour chacun de ces deux axes et graduer les axes.

3 Placer les points sur le graphe en représentant chaque point par une petite croix.

4 Tracer une courbe passant au plus près des points. Il n'est pas nécessaire de passer par toutes les croix.

Corrigé

Solution	Commentaires
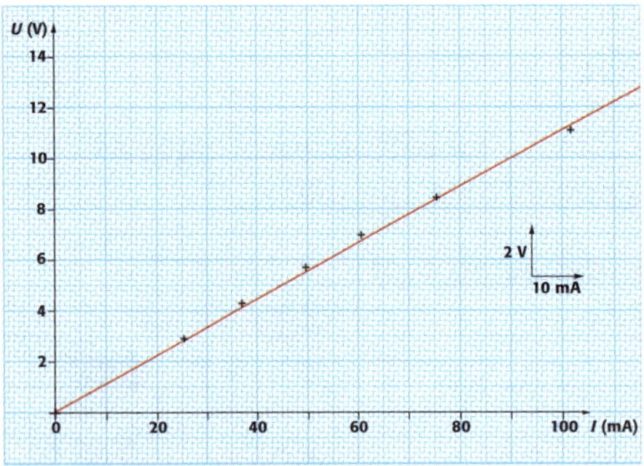	**1.** On veut représenter U en fonction de I : U est en ordonnée et I en abscisse.
	2. On choisit 1 cm pour 2 V et 1 cm pour 10 mA.
	3. Il ne faut pas oublier le point (0,0) à l'origine.
	4. Comme les points sont pratiquement alignés, on trace une droite passant par le point (0,0).

Chapitre 6

Des signaux pour observer et communiquer

1 Signaux lumineux

De quoi s'agit-il ? **La lumière visible n'est qu'un domaine très restreint des ondes électromagnétiques. Le rayon lumineux est utilisé pour modéliser le trajet de la lumière dans des milieux homogènes et transparents.**

1 Sources de lumière

- **Une source primaire de lumière produit elle-même la lumière qu'elle émet.**
- **Un objet diffusant est un objet éclairé qui renvoie dans toutes les directions la lumière qu'il reçoit** et ne produit pas sa propre lumière.

La lumière

2 Domaines de fréquences

- **L'œil humain est un récepteur de lumière.**

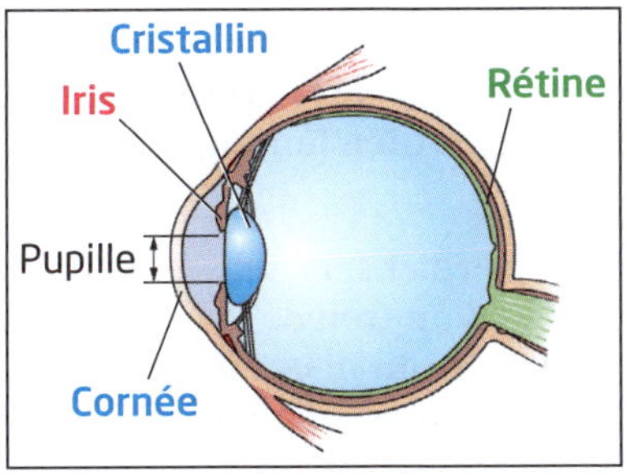

Doc. Coupe horizontale d'un œil réel

3 Propagation de la lumière

- **Dans un milieu homogène et transparent, comme l'air, la lumière se propage en ligne droite.** C'est la propagation rectiligne de la lumière.
- On modélise le trajet rectiligne de la lumière par un rayon de lumière qui est une droite munie d'une flèche indiquant le sens de propagation, de la source de lumière vers l'objet éclairé.

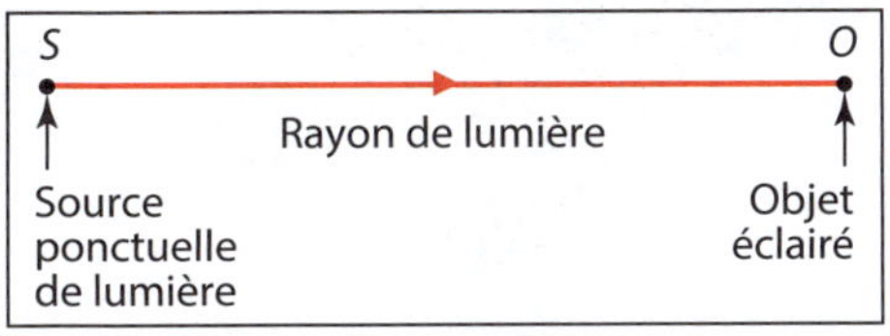

Doc. Modélisation du trajet de la lumière par un rayon lumineux

PHYSIQUE CHIMIE

Exercice résolu

Décrire la propagation de la lumière

Nathaniel se promène en fin de journée, il observe le ciel.

1. Identifiez sur la photographie les sources primaires de lumière et les objets diffusants.

2. Qu'observe Nathaniel au-dessus des nuages ? Quelle est la source de lumière concernée ?

3. Quelle hypothèse Nathaniel peut-il faire sur l'air qui entoure les nuages ? Justifiez.

Doc. Ciel observé par Nathaniel

4. Si Nathaniel voulait tester son hypothèse, quelle pourrait être la suite de sa démarche ?

CORRIGÉ

1. Le Soleil est une source primaire de lumière, il émet de la lumière. **Les nuages, le ciel sont des objets diffusants**, ils renvoient la lumière du Soleil et n'émettent pas de lumière par eux-mêmes.

À savoir

Tous les objets éclairés sont des objets diffusants.

2. Nathaniel observe au-dessus des nuages **des particules dans l'atmosphère éclairées par le Soleil**, qui est la source de lumière concernée.

3. Les particules éclairées au-dessus des nuages forment une ligne droite, caractéristique de la **propagation rectiligne de la lumière**. On peut en déduire que **l'air est probablement un milieu homogène et transparent**.

Remarque

L'air n'est pas toujours un milieu homogène.

4. Pour tester son hypothèse, Nathaniel doit vérifier si la lumière se propage en ligne droite. Il pourrait déposer trois écrans percés d'un trou de manière à observer la source ponctuelle de lumière (**doc. a**) puis tendre un fil qui passe par les centres des trois écrans pour vérifier que les trois trous sont alors alignés (**doc. b**) et que la lumière suit le fil dans sa propagation.
La lumière s'est bien propagée en ligne droite depuis la source jusqu'à l'œil de Nathaniel, l'hypothèse de propagation rectiligne est vérifiée.

(a)

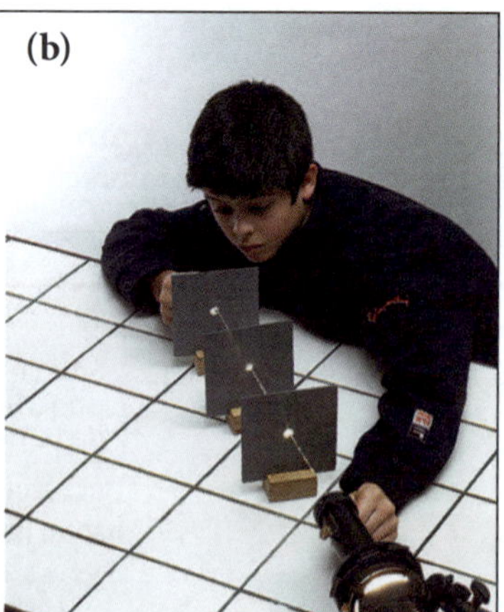

(b)

2 Signaux sonores

De quoi s'agit-il ? Les sons ne se propagent pas dans le vide, ils nécessitent la présence d'un milieu matériel pour pouvoir se propager. Durant cette propagation, les signaux peuvent transporter des informations.

1 Fréquence

L'oreille humaine est un récepteur sensible à des sons dont la fréquence est comprise entre environ 20 Hz et 20 kHz, soit le domaine situé entre celui des infrasons et celui des ultrasons.

2 Propagation

- **Un son se propage dans l'air, dans l'eau ou dans les solides.** En vibrant, l'émetteur du son comprime et dilate le milieu matériel avec lequel il est en contact. La vibration peut se transmettre de proche en proche dans la matière environnante.
- **Un son se propage dans un milieu matériel, mais ne peut pas se propager dans le vide.**
- La vitesse de propagation du son v dépend du milieu matériel.

Exemple : la vitesse de propagation du son dans l'air dans les conditions habituelles de pression et de température est de 340 m/s.

- La distance d parcourue par un son pendant la durée t est : $d = v \times t$, avec d en mètres, t en secondes et v en mètres/seconde.

Le son

3 Sécurité

- **Pour des raisons de sécurité**, les sources lumineuses utilisées, et notamment le laser, doivent être manipulées avec précaution, car elles peuvent présenter des dangers pour les yeux. De même, l'exposition prolongée à des signaux sonores présente des risques auditifs parfois irréversibles.

Exercice résolu

Exploiter l'information d'une photographie en thermographie infrarouge

La thermographie infrarouge permet de mesurer à distance la température d'un corps à partir de ses émissions infrarouges. Sur les caméras infrarouges, les zones correspondant aux différentes températures sont représentées en fausses couleurs. Les températures les plus élevées sont ainsi souvent représentées en rouge, la température de la source diminuant graduellement lorsque la coloration passe à l'orange, au jaune et au bleu.

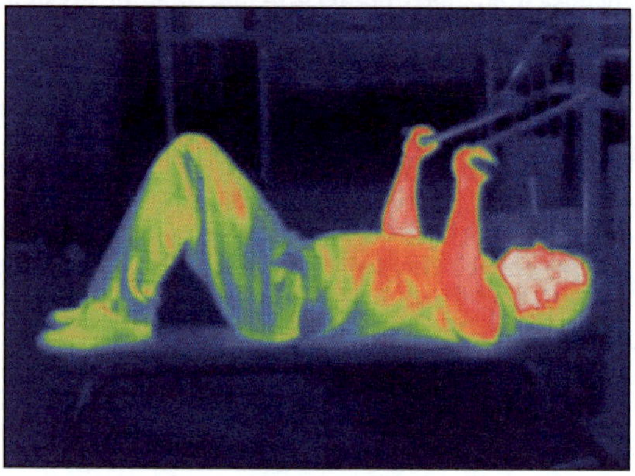

Doc. Personne photographiée pendant un effort à l'aide d'une caméra infrarouge

1. Identifiez la source des infrarouges sur la photo, et précisez si elle constitue une source primaire pour ces infrarouges ou un objet diffusant.

2. Les infrarouges sont-ils visibles directement par un œil humain ?

3. Si l'air constitue un milieu transparent et homogène, comment se propagent les infrarouges entre la source et le récepteur ?

4. À l'aide du texte de l'énoncé et de la photographie, précisez quelle(s) information(s) permettent de fournir les infrarouges.

CORRIGÉ

1. Le corps de la personne constitue la source des infrarouges. Il émet lui-même les infrarouges, il constitue **une source primaire**.

Piège à éviter
Ne confondez pas les fausses couleurs de l'image avec les véritables couleurs.

2. Les infrarouges ne sont pas visibles directement par un œil humain, ils sont situés en dehors du domaine du visible.

3. Il y a propagation rectiligne de la lumière dans un milieu homogène et transparent. Les infrarouges se propagent donc **en ligne droite**.

Remarque
Les zones du corps couvertes par des vêtements ne peuvent pas être analysées.

4. Les infrarouges permettent de déterminer la température du corps de la personne. On voit notamment que les bras ont une température plus élevée que le reste du corps.

Révision express

Les points importants à retenir

1. Les signaux lumineux

- **Une source primaire de lumière produit elle-même la lumière** qu'elle émet ; **un objet diffusant** est un objet éclairé qui renvoie dans toutes les directions la lumière qu'il reçoit et ne **produit pas sa propre lumière.**

- **La lumière visible** est une **onde électromagnétique** dont la **fréquence** appartient à **un domaine très restreint,** compris entre celui des **infrarouges (IR)** et celui des **ultraviolets (UV).**

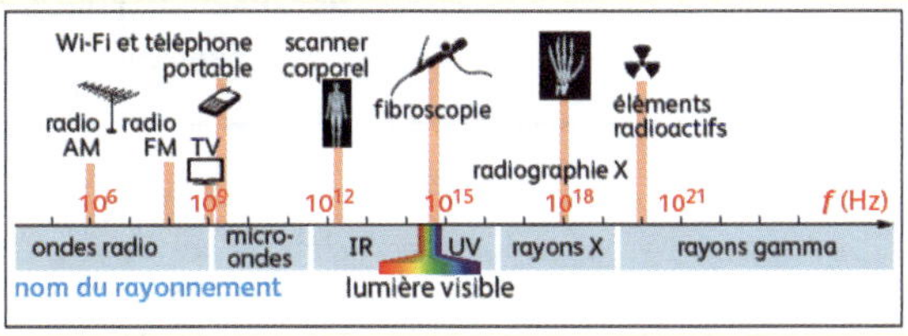

Ondes électromagnétiques : différentes fréquences pour différentes applications

- Dans un **milieu homogène et transparent**, comme l'air, **la lumière se propage en ligne droite.** Ce phénomène est nommé la **propagation rectiligne de la lumière**. On modélise **le trajet rectiligne de la lumière par un rayon de lumière** qui est une **droite** munie d'une **flèche** indiquant le **sens de propagation, de la source de lumière vers l'objet** éclairé.

- **Pour des raisons de sécurité**, les sources lumineuses utilisées, plus particulièrement **le laser,** doivent être manipulées avec **précaution** car elles peuvent présenter **des dangers pour les yeux**.

2. Les signaux sonores et la transmission d'une information

- L'oreille humaine est un récepteur sensible à des sons **dont la fréquence est comprise entre environ 20 Hz et 20 kHz,** domaine situé entre celui des **infrasons et celui des ultrasons. Un son** se propage dans **un milieu matériel** mais ne **peut pas se propager dans le vide.**

- **Un signal** est défini comme **une grandeur physique** (tension, courant, onde sonore ou lumineuse,…) qui **transmet une information. La transmission d'une information** s'effectue le long d'une « **chaîne** » comportant au moins un émetteur et un **récepteur**.

PHYSIQUE CHIMIE

Quiz

Cochez la ou les bonnes réponses.

1. La Lune :
a. ☐ **est une source primaire de lumière**
b. ☐ **est un objet diffusant**
c. ☐ **n'émet pas de lumière par elle-même.**

2. La lumière se propage en ligne droite :
a. ☐ **dans tous les milieux matériels**
b. ☐ **seulement dans le vide**
c. ☐ **dans les milieux transparents et homogènes.**

3. Les sons :
a. ☐ **se propagent dans les liquides**
b. ☐ **ne se propagent pas dans l'air**
c. ☐ **ne se propagent que dans un milieu matériel**

→ Réponses p. 505

EXERCICE GUIDÉ

Mesurer une distance grâce à des signaux

Énoncé

Cécile regarde, par la fenêtre de sa chambre, les éclairs zébrer le ciel. Elle remarque qu'elle entend le bruit du tonnerre environ 6 s après avoir vu l'éclair lumineux. Rassurez Cécile en déterminant à quelle distance d de son appartement se trouve l'orage.

Données : vitesse de propagation du son dans l'air, $v = 340$ m/s ; vitesse de propagation de la lumière dans l'air, $c = 3{,}0 \times 10^8$ m/s.

Doc. Photographie de la foudre pendant un orage

Méthode

1 Expliquer pourquoi le son du tonnerre et la lumière de l'éclair ne sont pas perçus en même temps par Cécile.

2 Comparer les vitesses du son et de la lumière, et en déduire que l'on peut considérer, à cette échelle de distance, que la lumière se propage instantanément par rapport au son. *Cette méthode pourra être suivie chaque fois qu'un phénomène produit simultanément un son et de la lumière.*

3 Écrire la relation entre la durée, la vitesse de propagation v et d.

4 En déduire la valeur approchée de la distance d.

Corrigé

Solution	Commentaires
La vitesse de propagation de la lumière est très grande devant celle du son dans l'air : $\frac{c}{v} = \frac{3{,}0 \times 10^8}{340} = 8{,}8 \times 10^5 \gg 1$ Lorsque Cécile voit l'éclair, on néglige la durée de propagation de la lumière entre le point d'impact et son œil, devant la durée de propagation du son du tonnerre : $v = \frac{d}{t}$ et donc $d = v \times t$; $d = 340 \times 6 = 2\,040 \text{ m} = 2 \times 10^3 \text{ m} = 2 \text{ km}$. La foudre est tombée à 2 km de Cécile.	**1.** En 1 s, le son parcourt 340 m dans l'air, contre 300 millions de mètres pour la lumière. **2.** La lumière parcourt 3 millions de mètres en un centième de seconde, c'est quasiment instantané. **3.** La distance est le produit de la vitesse de propagation par la durée de propagation. **4.** La vitesse de propagation du son est exprimée en m/s, la durée doit être exprimée en s et la distance sera obtenue en m.

SVT

SVT

1 La planète Terre 298

➡ Révision Express 303

››› Cap sur le brevet

Reconstituer une histoire géologique 304

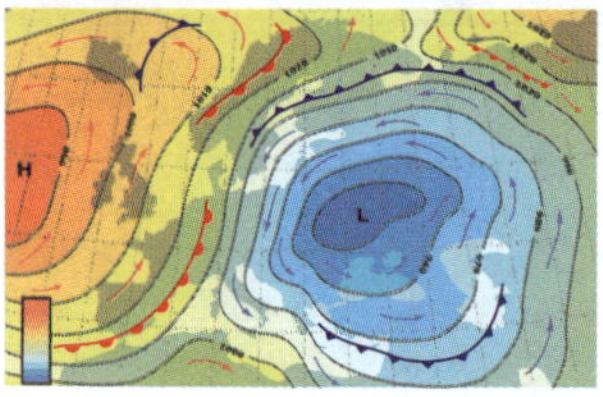

2 Environnement et action humaine ... 305

➡ Révision Express 312

››› Cap sur le brevet

Formuler une question ou un problème scientifique ... 313

Exploiter un diagramme 314

3 Organisation du monde vivant 315

➡ Révision Express 321

››› Cap sur le brevet

Construire un schéma fonctionnel 322

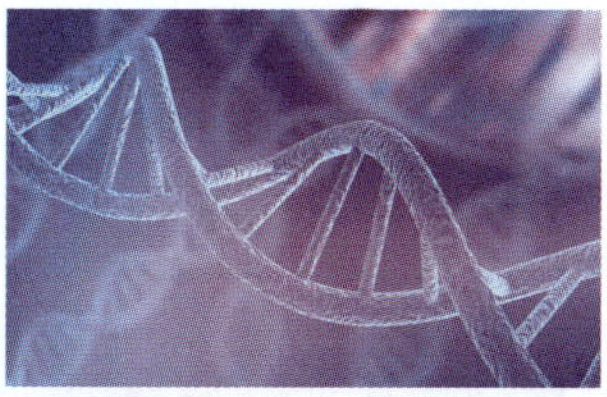

4 Évolution du monde vivant 323

➡ Révision Express 331

▸▸▸ Cap sur le brevet

Traduire un texte en schéma 332

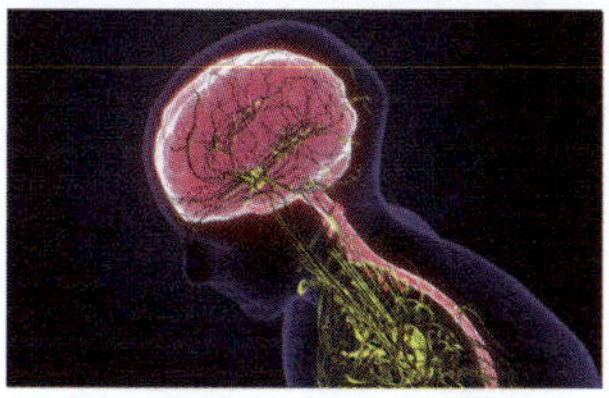

5 Système nerveux, appareil digestif et activité physique 333

➡ Révision Express 339

▸▸▸ Cap sur le brevet

Analyser des résultats graphiques 340

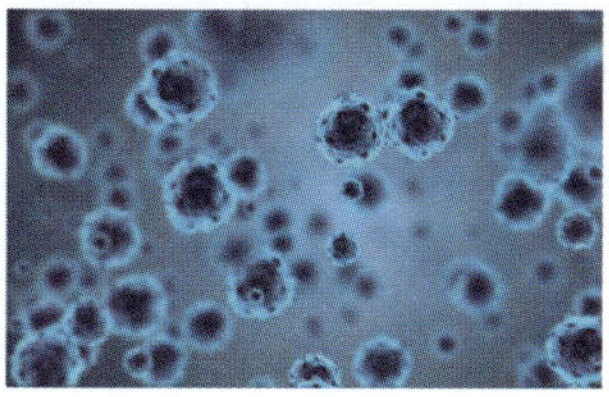

6 Immunité et procréation 341

➡ Révision Express 347

▸▸▸ Cap sur le brevet

Proposer un protocole expérimental 348

Chapitre 1 La planète Terre

1 Le système solaire

De quoi s'agit-il ? Des planètes et les astéroïdes gravitent autour d'une étoile (le Soleil) à des vitesses très élevées (plus de 100 000 km/h pour la Terre). Pourtant, ces corps célestes forment un système stable à l'échelle des temps humains.

Vocabulaire
- **système solaire :** ensemble de planètes et d'astéroïdes en mouvement autour du Soleil.

1 Place de la Terre dans le système solaire

- À partir de Copernic (XVIe siècle) et Galilée (XVIIe siècle), le monde scientifique admet **que la Terre et les autres planètes sont en mouvement autour d'une étoile : le Soleil.**
- **La Terre**, située à environ **150 millions de kilomètres du Soleil**, effectue une révolution complète autour de ce dernier en un peu plus de **365 jours** et 6 heures.
- Le système solaire comporte 8 planètes et la Terre est la quatrième en partant du soleil.

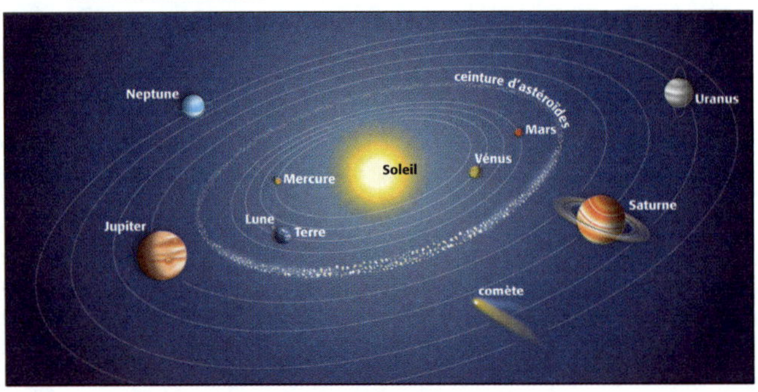

Doc. Le système solaire (les échelles ne peuvent pas être respectées)

2 La structure du globe terrestre

- Le globe terrestre est formé d'enveloppes concentriques : le noyau métallique en profondeur, entouré d'un manteau constitué de roches solides mais déformables, lui-même entouré d'une croûte faite de roches cassantes.

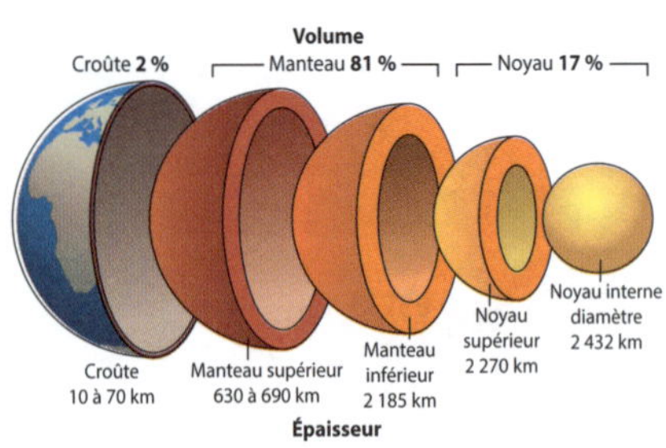

Doc. Les enveloppes concentriques du globe-terrestre

La structure interne de la Terre

3 Forme et rotation de la Terre

- **La Terre n'est pas une sphère parfaite. Elle est légèrement aplatie aux pôles et renflée à l'équateur** à cause de sa vitesse de rotation (plus de 1 600 km/h à l'équateur !). Ainsi, le diamètre de la Terre à l'équateur (12 756 km) mesure 43 km de plus que celui entre les pôles.
- De plus, **la croûte terrestre et les océans sont déformés**, bombés par l'attraction de la Lune et du Soleil (phénomène des marées).

Exercice résolu

Critiquer une conception du système solaire

La carte ci-dessous présente le système solaire tel que se le représentait Aristote (philosophe grec du IVe siècle avant J.-C.).

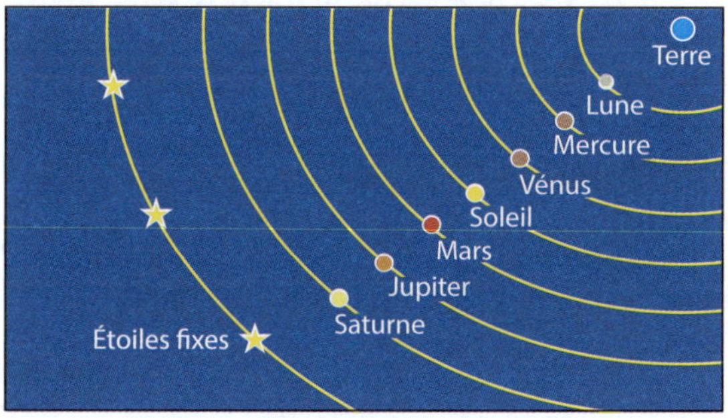

Doc. Le système solaire selon Aristote

L'astuce du prof
Critiquer, c'est indiquer les aspects négatifs, mais aussi les aspects positifs.

1. Quels sont les éléments de la conception d'Aristote qui ont **changé** par rapport à la conception actuelle du système solaire ?

2. Quels sont les éléments de la conception d'Aristote qui **concordent** avec la conception actuelle ?

CORRIGÉ

1. Aristote proposait la **Terre au centre du système solaire**, avec les planètes et le Soleil en orbite autour, alors que l'on sait depuis Copernic que ce sont toutes les planètes (y compris la Terre) qui gravitent autour du Soleil. De plus, Aristote plaçait des **étoiles fixes** dans le système solaire, alors qu'aujourd'hui, on considère que le Soleil est la seule étoile du système solaire.
Enfin, il manque **Neptune** dans le système solaire d'Aristote.

2. Les éléments qui concordent entre la conception d'Aristote et la conception actuelle sont l'**ordre des planètes** (excepté la Terre, bien sûr) et la **rotation de la Lune** autour de la Terre.

2 Activité interne de la planète Terre

De quoi s'agit-il ? La Terre est la seule planète du système solaire qui présente encore une activité interne. Cette activité interne se manifeste par les mouvements des plaques lithosphériques et les phénomènes associés (séismes et volcans).

1 Production d'énergie thermique par la Terre

- **Lors de sa formation, la Terre était une masse de roches et de métaux en fusion**. Son refroidissement a permis la création d'une croûte solide, mais la Terre libère encore cette énergie produite par la fusion.
- **La Terre produit aussi de l'énergie thermique** à cause de réactions nucléaires qui ont lieu dans son manteau et son noyau.

2 Manifestations de l'activité interne

- **La planète Terre libère de l'énergie thermique par sa surface.** Ce flux d'énergie peut être mesuré ; il est beaucoup plus faible que celui que le Soleil envoie sur Terre (4 000 fois inférieur).
- L'énergie thermique de la Terre est parfois libérée de manière spectaculaire lors des **éruptions volcaniques** ou des **geysers**.

3 Mouvements des plaques lithosphériques

- L'énergie produite par la Terre est à l'origine de mouvements lents des roches dans l'asthénosphère, qui entraînent le **déplacement des plaques lithosphériques**.

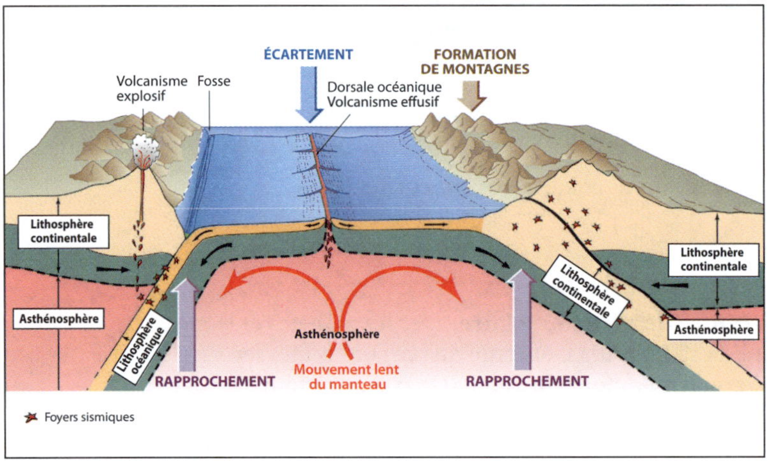

Doc. Conséquences du mouvement des plaques lithosphériques

Vocabulaire

- **plaque lithosphérique :** ensemble solide et rigide formé de roches de la croûte et d'une partie de roches du manteau..
- **asthénosphère :** ensemble solide et déformable de roches du manteau.

La tectonique des plaques

- Les mouvements des plaques lithosphériques sont responsables de l'**ouverture des océans** et de la **formation des chaînes de montagnes**.

Exercice résolu

Caractériser le mouvement de plaques lithosphériques

La carte ci-contre représente les déplacements de balises GPS fixées sur les continents ou sur des îles.

1. Quelles sont les plaques lithosphériques délimitées sur la carte ?

2. À quelle plaque sont fixées les balises GPS situées sur des îles de la mer Rouge ?

3. Quelles sont les directions de déplacement des plaques arabique et eur-asiatique ?

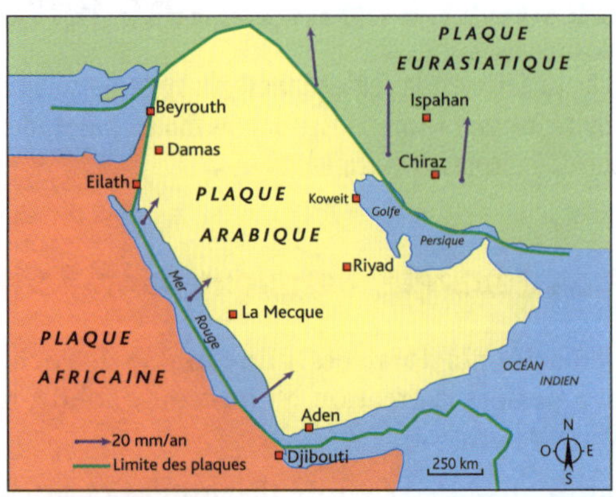

Doc. La situation géologique particulière de la plaque arabique

4. Quelles sont les vitesses de déplacement de ces deux plaques ?

5. D'après les réponses précédentes, comment s'appelle le mouvement à la limite entre ces deux plaques ?

6. D'après la carte, la mer Rouge va-t-elle disparaître ou au contraire s'ouvrir ? Justifiez votre réponse.

CORRIGÉ

1. Il s'agit des **plaques arabique et eurasiatique**.

2. Ces balises GPS sont fixées à la **plaque arabique**.

3. La plaque **arabique** se dirige vers le **Nord-Est** et la plaque **eurasiatique** vers le **Nord**.

4. La vitesse de la plaque arabique est plus ou moins de **20 mm/an**, alors que celle de la plaque eurasiatique est d'environ **40 mm/an**.

5. Le mouvement entre les deux plaques est un mouvement de **rapprochement**.

6. La mer Rouge devrait **s'élargir** puisque la plaque arabique s'écarte de la plaque africaine.

L'astuce du prof

Reportez la longueur de la flèche bleue légendée « 20 mm/an » sur les autres flèches pour connaître la vitesse des balises GPS.

3 Histoire de la Terre

De quoi s'agit-il ? Toutes les planètes du système se sont formées en même temps un peu après la formation du Soleil, il y a 4,6 milliards d'années. De nombreux événements ont affecté la Terre depuis sa formation, en particulier l'apparition de la Vie.

1 Durée géologique et durée humaine

- **L'histoire humaine est décrite depuis 3 500 ans** avec les premières écritures, alors que **l'histoire de la Terre est décrite depuis plus de 4,4 milliards d'années** avec les plus vieilles roches connues.
- Pour saisir les dimensions de cette histoire, on peut comparer la durée de l'histoire de la Terre aux douze heures d'une horloge. À zéro heure, la Terre se forme.

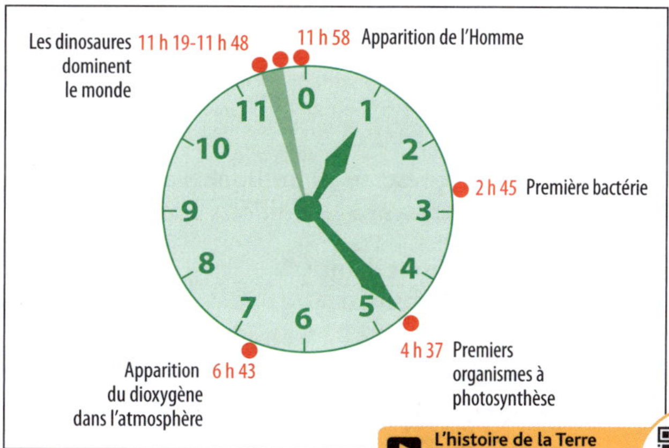

Doc. Si la Terre existait depuis 12 heures…

L'histoire de la Terre en 24h

2 Découpage du temps en ères géologiques

- L'histoire de la Terre est découpée en **4 grandes ères**. Chaque ère est séparée de la précédente par un événement majeur qui a affecté la planète entière.

● **L'ère précambrienne** (de – 4,5 milliards d'années à – 540 millions d'années) est l'ère la plus longue et se termine par l'explosion de la vie dans les océans.

● Après le Pré-Cambrien, on décrit les ères : **Paléozoïque** (« la vie ancienne ») ou **Ère primaire, Mésozoïque** (« la vie du milieu ») ou **Ère secondaire**, **Cénozoïque** (« la vie récente ») ou **Ère tertiaire-quaternaire**.

● Ces ères sont séparées par des **extinctions massives d'espèces** provoquées par une chute de météorite géante et/ou du super-volcanisme et/ou un changement climatique brutal.

Exemple : c'est le cas de la disparition de 80 % des espèces continentales et marines à la fin de l'Ère secondaire.

Exercice résolu

Réaliser une frise chronologique en géologie

Pour appréhender les temps géologiques, on peut traduire les durées en longueurs sur des bandes de papier. L'échelle choisie est la suivante : 1 cm de papier représente 10 millions d'années.

1. Quelle devra être la longueur totale de la bande de papier pour représenter les 542 millions d'années des trois dernières ères géologiques ?

2. À quelles distances seront placées les limites des différentes ères géologiques en prenant comme 0 la date d'aujourd'hui ?

3. À quelle distance de la fin de l'ère cénozoïque seront placés les événements suivants : les premiers dinosaures (– 220 millions d'années), la formation de l'Himalaya (– 40 millions d'années) et l'apparition de l'*Homo Sapiens* (– 0,2 million d'années) ?

ÈRE	PÉRIODE		Millions d'années
CÉNOZOÏQUE	Quaternaire		1,8
	Néogène		2,3
	Paléogène		66
MÉSOZOÏQUE	Crétacé		146
	Jurassique		200
	Triassique		251
PALÉOZOÏQUE	Permien		299
	Carbonifère	Pennsylvanien	318
		Mississipien	359
	Dévonien		416
	Silurien		444
	Ordovicien		488
	Cambrien		542
PRÉCAMBRIEN			4 600

Doc. Les temps géologiques

CORRIGÉ

1. Puisque 1 cm représente 10 millions d'années, il faut trouver combien de centimètres représentent 542 millions d'années :

$$\frac{10 \text{ millions d'années}}{1 \text{ centimètre}} = \frac{542 \text{ millions d'années}}{x \text{ centimètres}}$$

Ainsi, x centimètres $= \frac{542}{10} \times 1$. Soit x = **54,2 cm de papier** (une feuille format A4 coupée dans le sens de la longueur suffit).

L'astuce du prof

Revoyez la notion de coefficient de proportionnalité étudiée en maths, elle vous servira pour calculer des pourcentages, des vitesses, des quantités de matière…

2. La limite entre l'Ère cénozoïque et l'Ère mésozoïque se situera à **6,6 cm** (66/10) de la date d'aujourd'hui, et celle entre l'Ère mésozoïque et l'Ère paléozoïque à **25,1 cm** (251/10).

3. Les premiers dinosaures seront placés à **22 cm**, la formation de l'Himalaya à **4 cm** et l'apparition de l'*Homo Sapiens* à seulement **2 mm** de la date d'aujourd'hui !

Révision express

Les points importants à retenir

1. Les caractéristiques de la planète Terre

- La Terre est une planète constituée de roches (croûte et manteau) et de métaux (noyau) qui gravite autour d'une étoile, le Soleil.
- La formation de la Terre et les réactions nucléaires qui ont lieu dans son manteau et son noyau produisent de l'énergie thermique.
- Une partie de cette énergie thermique est libérée par la surface de la Terre et une autre partie est convertie en énergie mécanique responsable du déplacement des plaques lithosphériques.

2. L'Histoire de la Terre

- La formation de la Terre a eu lieu il y a 4,55 milliards d'années.
- Les plus anciens fossiles connus qui témoignent de la vie sur Terre datent de 3,8 milliards d'années.
- Les temps géologiques sont découpés en ères (exemple : Ère cénozoïque actuelle).
- Ces ères sont séparées par des événements planétaires qui ont provoqué des extinctions massives d'espèces (exemple : disparition de 95 % des espèces marines à la fin du primaire à cause du rapprochement de toutes les masses continentales en un seul continent).

La dérive des continents

La dérive des continents animées

Quiz

Cochez la ou les bonnes réponses.

1. Dans le système solaire, la planète Terre est située entre :
a. ☐ **le Soleil et Vénus** b. ☐ **Saturne et Neptune** c. ☐ **Vénus et Mars**

2. Le manteau terrestre est une enveloppe :
a. ☐ **rocheuse située en surface** b. ☐ **rocheuse située en profondeur**
c. ☐ **métallique située en profondeur**

3. L'énergie thermique libérée par la Terre est :
a. ☐ **produite par la croûte** b. ☐ **plus forte que celle reçue du Soleil**
c. ☐ **le moteur des plaques lithosphériques**

4. Une plaque lithosphérique est constituée :
a. ☐ **de roches solides** b. ☐ **de roches en fusion** c. ☐ **d'eau et de terre**

5. Les quatre ères géologiques sont :
a. ☐ **découpées au hasard** b. ☐ **de même durée**
c. ☐ **valables pour le monde entier**

→ Réponses p. 506

EXERCICE GUIDÉ

Reconstituer une histoire géologique

Énoncé

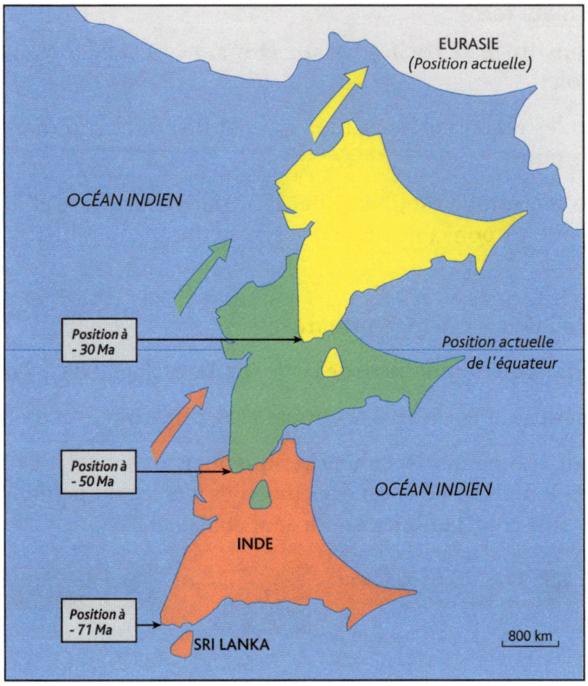

La carte ci-dessus indique les positions de l'Inde à trois époques géologiques.

Expliquez le déplacement de l'Inde jusqu'à sa position actuelle.

Méthode

1. Utiliser la carte fournie pour décrire le déplacement.
2. Indiquer la position actuelle de l'Inde.
3. Utiliser ses connaissances sur les plaques lithosphériques.

Corrigé

Solution	Commentaires
L'Inde est portée par une plaque lithosphérique. C'est le mouvement de cette plaque lithosphérique qui a entraîné l'Inde vers l'Asie à une vitesse d'environ 100 km par million d'années. Il y a un rapprochement entre la plaque qui porte l'Inde et celle qui porte l'Asie. Finalement, l'Inde est venue percuter le continent asiatique, ce qui a entraîné la formation de l'Himalaya.	**1.** De – 71 à – 30 millions d'années, l'Inde s'est déplacée de plus de 5 000 km vers l'Asie située plus au Nord.
	2. L'Inde fait partie du continent asiatique.
	3. L'Inde est une partie de la plaque indo-australienne. L'Asie fait partie de la plaque Eurasiatique. La limite entre ces deux plaques est marquée par une chaîne de montagnes : l'Himalaya.

Chapitre 2

Environnement et action humaine

1 Phénomènes météorologiques et climatiques

De quoi s'agit-il ? Les climats connus sur Terre dépendent essentiellement de la position des continents par rapport à l'équateur. Au cours de l'histoire de la Terre, les continents ont été déplacés et ils ont changé de zone climatique.

1 Différences entre météo et climat

- **La météo** désigne le temps sur de courtes périodes (quelques jours) et dans un lieu géographique très localisé (ville, région).

La différence entre météo et climat

- **Le climat** désigne le temps sur de longues périodes (des milliers, voire des millions d'années) et sur des régions très étendues (un pays, un continent).
- **La météo et le climat utilisent** les mêmes grandeurs : **les températures, les précipitations.**

2 Zones climatiques et répartition des êtres vivants

- **À l'échelle mondiale ou nationale, on définit des zones climatiques**. Par exemple, le climat méditerranéen est caractérisé par des hivers doux et des étés chauds et secs pendant au moins trois mois.
- **Les animaux (faune) et les végétaux (flore) se répartissent selon les zones climatiques.** Par exemple, le chêne-liège est actuellement une espèce typique du climat méditerranéen.

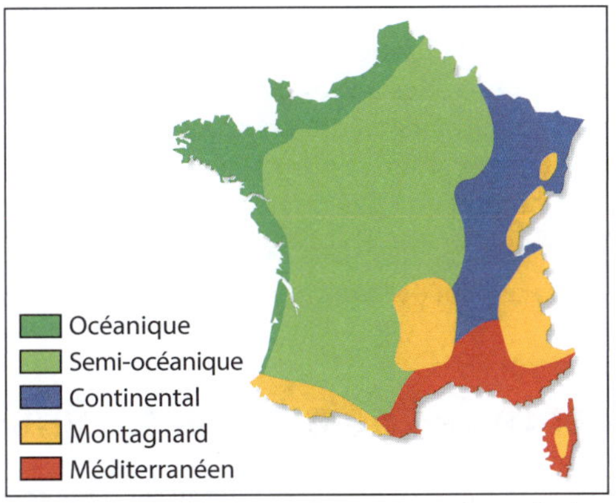

Doc. Les zones climatiques en France métropolitaine

3 Changements climatiques du passé

- **Les zones climatiques mondiales actuelles n'ont pas toujours existé.**
- L'étude des roches et des fossiles qu'elles contiennent permet aux géologues de reconstituer des **paléoclimats**.

Vocabulaire
- **paléoclimat :** climat ancien.

Exemple : au Carbonifère (il y a environ 300 millions d'années), le climat était tropical en Europe.

- Le **déplacement des continents** au cours des temps géologiques est une des causes des changements climatiques du passé.

Exercice résolu

Comparer les zones climatiques de deux cartes

La carte ci-dessous représente les zones climatiques de l'hémisphère Sud.

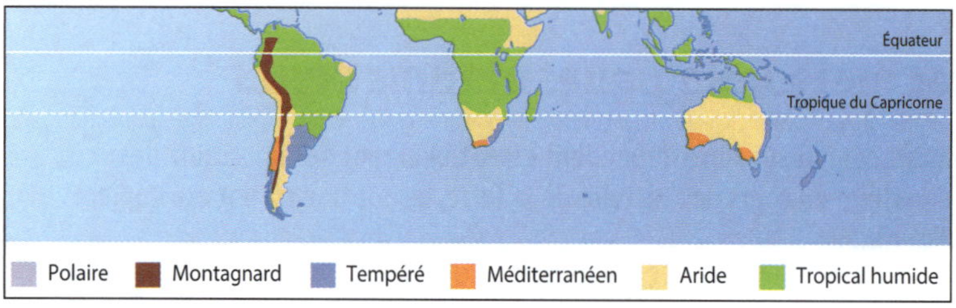

Doc. Les zones climatiques de l'hémisphère Sud

1. Quelles sont les zones climatiques communes avec la carte de l'hémisphère Nord (page précédente) ?

2. Quelles sont les zones climatiques différentes entre ces deux cartes ?

À savoir

Pour effectuer une comparaison, établissez une liste de points communs, puis une liste de différences.

CORRIGÉ

1. Les points communs entre les deux cartes sont :
– **la présence de la zone tropicale** proche de l'équateur ;
– **la présence de la zone tempérée.**

2. Les différences entre les deux cartes sont :
– **la présence de nouvelles zones climatiques** sur la carte de l'hémisphère Sud (climats méditerranéen, aride et montagnard) ;
– **l'absence de la zone polaire** dans l'hémisphère Sud ;
– le fait qu'il n'y a **presque pas de zone tempérée** dans l'hémisphère Sud.

L'astuce du prof

Commencez toujours par citer les différences les plus marquantes, puis terminez avec les différences de détail.

2 Influence de l'Homme sur le climat

De quoi s'agit-il ? Le climat a souvent changé au cours des temps géologiques. Depuis 150 ans, il change sous l'influence des activités humaines.

1 Changement climatique actuel

• Depuis 1880, **la température moyenne de l'atmosphère et des océans augmente** dans le monde entier. Cette augmentation de la température est responsable de la montée du niveau moyen des océans.

Le réchauffement climatique

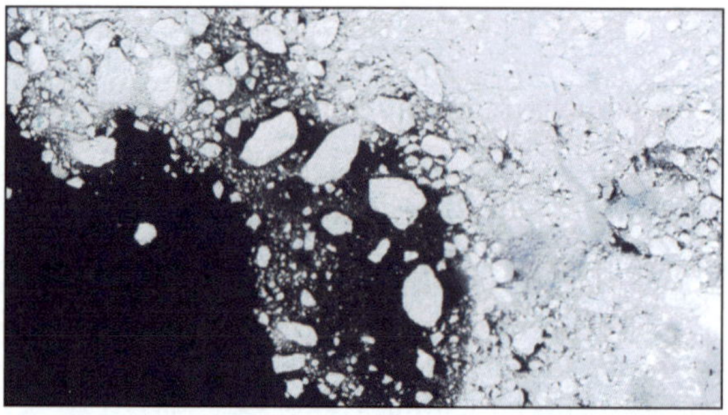

Doc. Image satellite de la fonte de glace dans le Nord

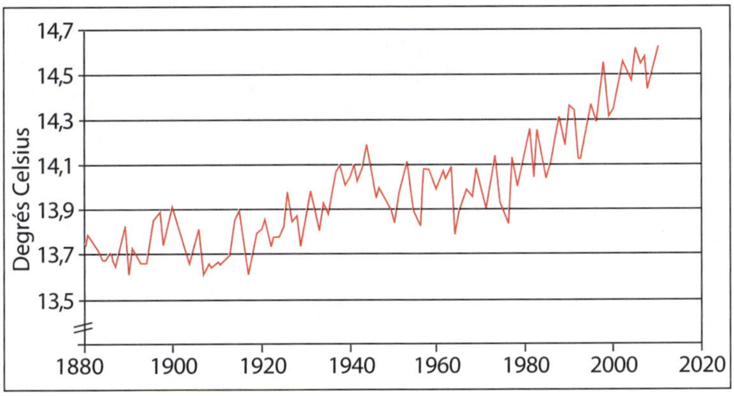

Doc. Température moyenne mondiale de 1880 à 2010 (source : NASA GISS)

- Le changement climatique concerne aussi **la répartition des précipitations** : certaines régions deviennent plus humides, alors que d'autres deviennent plus sèches.

2 Influence des activités humaines sur le climat actuel

- L'augmentation de la population mondiale a entraîné le développement des industries, de l'agriculture et des transports, qui est à l'origine du **rejet de quantités colossales de dioxyde de carbone (CO_2) dans l'atmosphère**.
- Le CO_2, mais aussi le méthane et la vapeur d'eau, sont des **gaz à effet de serre**.

Vocabulaire

- **effet de serre :** phénomène naturel dans lequel des gaz de l'atmosphère entraînent un réchauffement de la surface de la Terre.

3 Conséquences du réchauffement climatique sur la répartition des êtres vivants

- À cause du réchauffement climatique, **certaines espèces changent de répartition** (plus au Nord, plus en altitude). D'autres espèces qui ont atteint leur limite maximale disparaissent.

Exercice résolu

Décrire l'évolution de la température

En utilisant le graphique de la page ci-contre, décrivez l'évolution de la température depuis 1880.

CORRIGÉ

La température moyenne de la Terre **a augmenté depuis 1880**. Elle est passée de 13,7 °C à 14,6 °C en 120 ans. Elle a surtout augmenté depuis 1980.

Piège à éviter

Ne vous contentez pas de dire que la température a augmenté, précisez de combien et à quel moment.

Utiliser un schéma de l'effet de serre

Le schéma ci-contre résume l'effet de serre.

1. Que devient la radiation solaire reçue par la Terre ?

2. Toute la radiation terrestre est-elle renvoyée vers l'espace ? Justifiez la réponse.

3. Comment ce schéma montre-t-il que les gaz à effet de serre réchauffent la surface de la planète ?

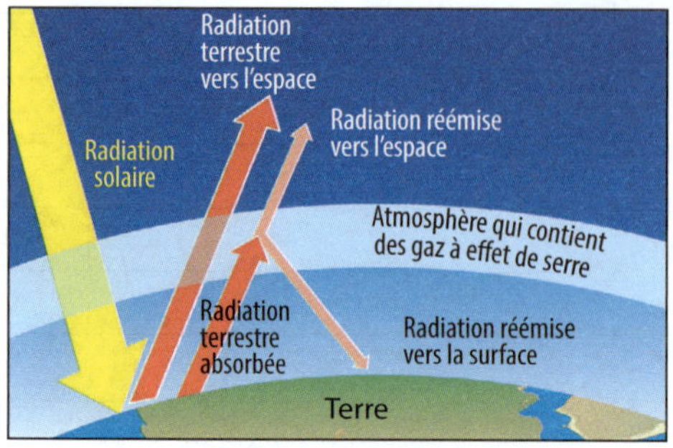

Doc. Les radiations ont un pouvoir chauffant sur la matière : gaz, liquide, solide

CORRIGÉ

1. La radiation solaire est transformée **en radiation terrestre**.

2. Toute la radiation terrestre n'est pas renvoyée dans l'espace. On voit sur le schéma qu'**une partie de cette radiation est** stoppée par l'atmosphère et **réémise** vers la surface de la Terre.

3. Ce schéma montre que les gaz à effet de serre réchauffent la surface de la planète, car ils **renvoient** une partie de la radiation terrestre vers la Terre. Or, ces radiations ont un pouvoir chauffant.

Gagnez des points !

Sur ce type de schéma, la largeur des flèches donne une idée des quantités d'énergie des radiations.

3 L'Homme face aux aléas de l'environnement

De quoi s'agit-il ? L'environnement peut présenter des risques très variés (inondations, incidents nucléaires, séismes…). Face à ces risques, l'Homme a mis en place des moyens de prévention et de protection.

1 Aléa et risque

- **Un aléa de l'environnement** est un phénomène que l'on ne peut pas prévoir. Il peut être **naturel** (séisme, éruption volcanique, cyclone, inondation…) ou **lié aux activités humaines** (incident nucléaire, pollution chimique…).
- **Un risque** existe quand un aléa peut survenir dans une zone habitée par l'Homme et avoir des conséquences défavorables (destructions, victimes).

Vocabulaire

- **risque :** combinaison entre un danger probable et la présence humaine.

2 L'Homme face aux risques naturels

- Dans certains cas, on peut mettre en place des **mesures de prévention des risques**.
Exemple : des alertes météorologiques en cas de tempête sont données quelques heures avant.

- Il existe aussi des **mesures de protection**.
Exemple : les constructions parasismiques dans les zones à fort risque sismique sont conçues pour résister aux séismes.

La construction parasismique

- Enfin, il est également possible d'**atténuer les risques**.
Exemple : certaines constructions peuvent être surélevées contre les inondations.

3 Vivre dans une zone à risque

- **La vie dans une zone à risque implique des comportements collectifs et individuels.**
- En France, l'État établit des **plans de prévention des risques naturels et technologiques** pour informer la population et indiquer où il est possible de construire et dans quelles conditions.
- Chacun de nous doit connaître les **comportements à adopter** en cas de confrontation à un risque majeur : incendie, séisme…

Doc. Carte des risques volcaniques

Exercice résolu

Utiliser ses connaissances sur le volcanisme

Le Piton de la Fournaise est un volcan actif situé sur l'île de la Réunion. Il est surveillé par un observatoire qui dispose de plusieurs instruments de mesure :
- des sismomètres qui mesurent les secousses du volcan ;
- des bornes GPS qui mesurent la distance entre plusieurs points du volcan (au mm près) ;
- des analyseurs des gaz émis par le volcan (CO_2, SO_2…) ;
- des extensomètres qui mesurent l'écartement de fissures sur le volcan.

Doc. Relevé sur un sismomètre

1. En utilisant vos connaissances sur les volcans, rappelez ce qu'est le magma et comment il produit une éruption volcanique.

2. Comment les différents appareils de l'observatoire permettent-ils de prévenir de l'arrivée d'une éruption volcanique ?

CORRIGÉ

1. Le magma est un **mélange de roches fondues et de gaz**. Il est stocké dans une chambre magmatique située à quelques kilomètres de profondeur. Lors d'une éruption volcanique, le magma remonte vers la surface en empruntant des cheminées volcaniques.

2. La remontée du magma vers la surface provoque des secousses détectables par les **sismomètres**. L'arrivée du magma dans les cheminées volcaniques provoque une déformation du volcan que les **bornes GPS** peuvent mesurer. Ces déformations peuvent agrandir des fissures déjà existantes du volcan, ce qui est capté par les **extensomètres**. Enfin, en remontant vers la surface, le magma perd des gaz que les **analyseurs** vont mesurer.

À savoir

Liquide ou visqueux, le magma représente un gros volume de roches en fusion.

L'astuce du prof

Chaque instrument détecte la remontée du magma à sa manière. Il faut lire attentivement ce que chaque appareil mesure pour pouvoir indiquer son rôle.

4 Ressources naturelles

De quoi s'agit-il ? **La Terre recèle de nombreuses ressources naturelles exploitées par l'Homme. Cependant, certaines ressources se renouvellent plus lentement que leur exploitation et elles risquent de s'épuiser.**

1 Exploitation des ressources naturelles

• **L'Homme exploite les ressources de la planète** pour assurer son alimentation (eau potable, ressources en poissons des océans), pour réaliser des cultures et des élevages (eau d'irrigation, sols), pour se procurer de l'énergie (charbon, pétrole, gaz), pour réaliser ses constructions (roches, bois), etc.

Les réserves d'eau potable deviennent rares dans de nombreuses régions du monde. Des espèces de poissons sont menacées ou disparaissent à cause de la pêche excessive. Les réserves de combustibles fossiles (charbon, pétrole, gaz) sont limitées et finiront par disparaître d'ici un à deux siècles.

Vocabulaire

▪ **ressource naturelle : matière première ou source d'énergie naturelle permettant de subvenir aux besoins des êtres humains.**

2 Solutions de préservation et de restauration des ressources

Différentes solutions permettent de préserver et/ou de restaurer les ressources :

• **le développement de l'agriculture biologique** pour que les sols redeviennent fertiles (arrêt des labours, restes de récoltes laissés au sol, cultures tournantes, etc.) ;

• **l'utilisation des sources d'énergie renouvelables ;**
Exemple : énergie éolienne, géothermie, énergie hydraulique, biomasse…

• **des accords internationaux** pour limiter la pêche, le rejet de polluants… ;

• **une modification de nos habitudes de consommation ;**
Exemple : éviter le gaspillage, acheter des produits locaux, se déplacer en transport en commun…

• **la réduction des pollutions** des cours d'eau et **la protection des espèces** qui les peuplent pour améliorer la qualité de l'eau ;

• **la gestion des forêts** pour retrouver de la biodiversité.

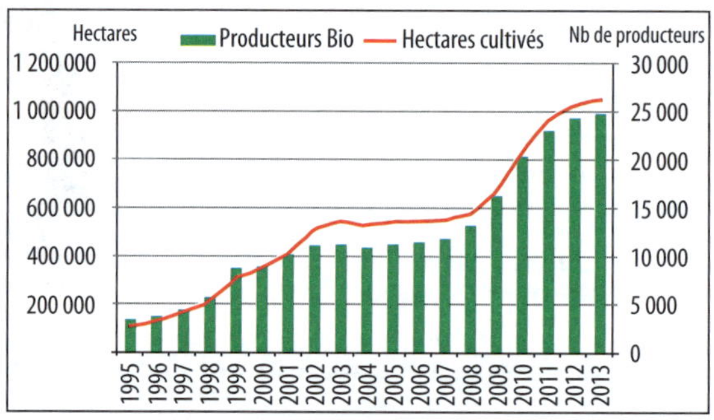

Doc. La progression de l'agriculture biologique en France

Doc. Une centrale photovoltaïque d'Europe

Exercice résolu

Comprendre une technique de préservation de la biodiversité

Le saumon avait quasiment disparu de nos rivières. Mais, depuis plus de 20 ans, il fait l'objet d'actions importantes en vue de sa réintroduction et sa préservation grâce à l'association Migado (Migrateurs Garonne Dordogne). Elle relâche ainsi, chaque année, 500 000 jeunes saumons dans la rivière Corrèze et ses affluents. Ces jeunes suivent le cours d'eau jusqu'à l'océan Atlantique puis à l'âge adulte, ils remontent la rivière pour s'y reproduire.
Pour que les populations de saumons se maintiennent toutes seules, il faudrait que 2 000 saumons remontent chaque année.

Doc. Un saumon atlantique

Le comptage effectué au niveau de l'ascenseur à poissons du barrage de Tuilières, en Dordogne, a permis d'en recenser 1 400, au début des années 2000, mais seulement 350 en 2012. Les barrages pour la production électrique font beaucoup de dégâts. À cause d'eux, moins de la moitié des poissons trouvent les passages pour remonter.

D'après un article de La Montagne, 23/03/2013.

1. Le taux de retours traduit l'efficacité de la réintroduction du saumon. Il se calcule en divisant le nombre de saumons remontés par le nombre de jeunes saumons lâchés. Calculez les taux de retours réels obtenus au début des années 2000 et en 2012, et celui qu'il faudrait atteindre pour que la population de saumons se maintienne. Argumentez sur l'efficacité des lâchers de saumons.

2. Citez une raison qui explique que seules quelques centaines de saumons remontent la rivière, alors que 500 000 ont été lâchés.

Piège à éviter

Un taux n'a pas d'unité, il a juste une valeur. Dans cet exercice, le taux n'est pas un nombre de poissons.

CORRIGÉ

1. Taux de retours (années 2000) = 1 400 ÷ 500 000 = **0,0028**.
Taux de retours (2012) = 350 ÷ 500 000 = **0,0007**.
Taux de retours idéal = 2 000 ÷ 500 000 = **0,04**.
L'efficacité des lâchers n'est pas bonne puisque le taux de retours réel est inférieur au taux qu'il faudrait atteindre pour que la population de saumons se maintienne.

L'astuce du prof

0,0028 < 0,04 car on compare le deuxième chiffre après la virgule (ici en rouge).

2. De nombreux poissons (plus de la moitié) ne parviennent pas à trouver des passages pour remonter la rivière **à cause des barrages**.

Le retour progressif du saumon sauvage en Dordogne

SVT

Révision express

Les points importants à retenir

1. L'influence de l'Homme sur le climat

- Les zones climatiques actuelles (polaires, tempérées et tropicales) n'ont pas toujours existé au cours des temps géologiques.
- Depuis 50 ans, les activités humaines modifient le climat de la Terre en raison des rejets de gaz à effet de serre tels que le dioxyde de carbone.
- Depuis 20 ans, de nombreux gouvernements tentent de prendre des mesures pour réduire l'influence de l'Homme sur le climat.

2. L'Homme face aux risques naturels et technologiques

- Des millions d'êtres humains vivent dans des zones à risques naturels (séismes, volcans, inondations…) ou technologiques (centrales nucléaires, usines chimiques...).
- Des mesures de prévention, de protection et d'atténuation de ces risques sont mises en place lorsque cela est possible.

3. La gestion des ressources naturelles par l'Homme

- L'Homme exploite les ressources naturelles de la planète pour couvrir ses besoins (alimentation, énergie, habitat) et ces ressources sont souvent limitées.
- Pour permettre un développement durable de l'humanité sur Terre, les ressources doivent être préservées et parfois restaurées.

Quiz

Cochez la ou les bonnes réponses.

1. L'Homme influence le climat à cause de :
a. ☐ **sa respiration** b. ☐ **ses moyens de transport** c. ☐ **ses industries**

2. L'effet de serre réchauffe la Terre :
a. ☐ **jusqu'au noyau** b. ☐ **à cause du CO_2** c. ☐ **en surface**

3. Une mesure qui permet d'avertir la population en cas de risque naturel ou technologique est une mesure :
a. ☐ **de prévention** b. ☐ **de protection** c. ☐ **d'atténuation**

4. Les ressources en combustibles fossiles sont :
a. ☐ **épuisables** b. ☐ **renouvelables** c. ☐ **illimitées**

5. La réduction des rejets polluants permet d'améliorer :
a. ☐ **la biodiversité** b. ☐ **la qualité de l'eau** c. ☐ **la qualité de l'air**

→ Réponses p. 506

EXERCICE GUIDÉ 1

Formuler une question ou un problème scientifique

Énoncé

À partir de la carte ci-contre, quelle est la question ou quel est le problème scientifique que l'on peu formuler ?

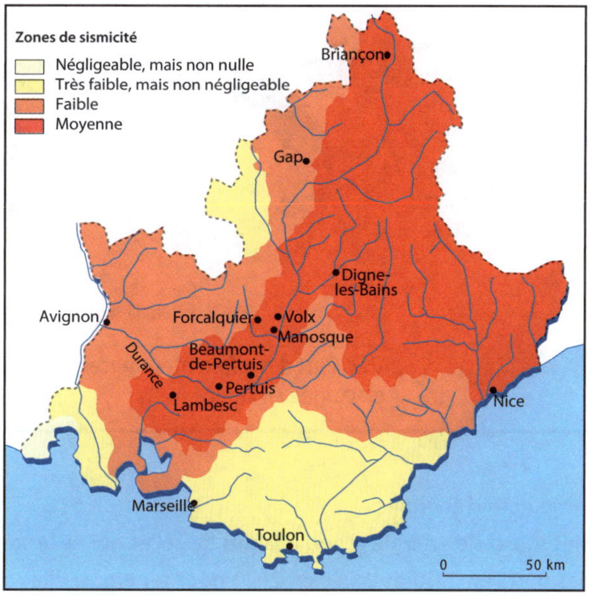

Doc. Plan de prévention sismique de la région Provence – Alpes-Côte d'Azur

Méthode

1 Énoncer les connaissances en rapport avec le document.

2 Écrire toutes les questions en lien avec le document à poser à ceux qui l'ont produit.

3 Parmi toutes les questions, ne conserver que celles pour lesquelles on ne possède pas de réponse immédiate, c'est-à-dire celles qui nécessitent une recherche documentaire, des observations, des expériences, une enquête…

Corrigé

Solution	Commentaires
Comment expliquer que certaines villes sont situées dans une zone à risque sismique négligeable (par exemple Toulon), alors que d'autres sont dans une zone à risque moyen (par exemple Nice) ? ou De quelle manière peut-on délimiter les zones à risque sismique ?	**1.** Causes et conséquences des séismes. **2.** Y a-t-il déjà eu des séismes ? Ont-ils fait des dégâts ? Existe-t-il des appareils de surveillance ? … **3.** Les deux questions ci-contre n'ont pas de réponse immédiate. Il faudra enquêter.

EXERCICE GUIDÉ 2

Exploiter un diagramme

Énoncé

Les diagrammes ci-contre présentent les parts des différentes sources d'énergie dans la production électrique en Europe.

Quelle est l'évolution prévue des parts des différentes sources d'énergie entre 2010 et 2020 ?

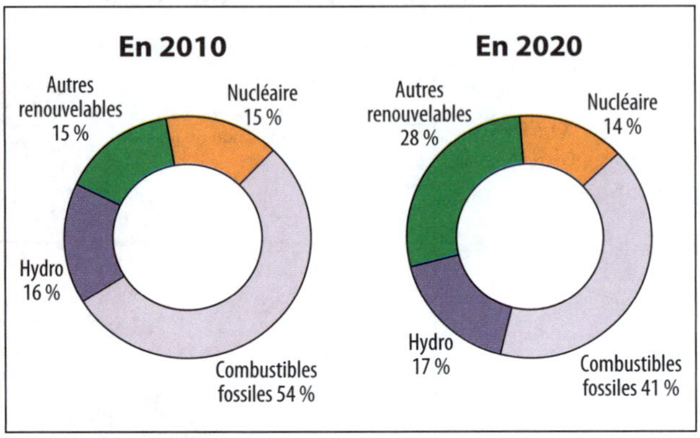

Doc. **Part des différentes sources d'énergie dans la production électrique en Europe**

Méthode

1 Identifier les sources d'énergie.

2 Distinguer les sources d'énergie renouvelables de celles qui ne le sont pas.

3 Comparer les parts en 2010 et celles en 2020 pour repérer si elles augmentent, diminuent ou stagnent.

Corrigé

Solution	Commentaires
De 2010 à 2020, la part des énergies renouvelables (hydro + autres) comme sources d'énergie augmentera de 31 à 45 %. Dans le même temps, la part des combustibles fossiles diminuera de 54 à 41 %. Les parts de l'hydroélectricité et du nucléaire ne changeront presque pas.	**1.** « Hydro » : électricité produite par l'énergie hydraulique (barrages). « Autres renouvelables » : l'éolien, le solaire, la géothermie, la biomasse…
	2. Le nucléaire et les combustibles fossiles sont des sources d'énergie non renouvelables.
	3. On décrit d'abord les changements les plus importants, puis les changements mineurs.

Chapitre 3 Organisation du monde vivant

1 Organisation et fonctionnement des animaux

De quoi s'agit-il ? **Les animaux sont constitués d'organes spécialisés dans des fonctions précises et qui coopèrent pour le fonctionnement de l'organisme. Le tube digestif est un organe fait de cellules spécialisées et qui hébergent également des cellules bactériennes utiles à son fonctionnement.**

1 Des niveaux d'organisation emboîtés les uns dans les autres

- **Tous les animaux sont constitués d'appareils et de systèmes qui coopèrent entre eux** pour assurer le fonctionnement de l'organisme.
- Les **appareils** sont faits d'**organes** qui sont eux-mêmes constitués de **tissus**, eux-mêmes faits de **cellules**.

Vocabulaire

- **organe :** ensemble de tissus qui participent à la réalisation d'une fonction.
- **tissu :** ensemble de cellules spécialisées.

	Appareils	Organes	Tissus	Cellules
Un être vivant est un organisme. 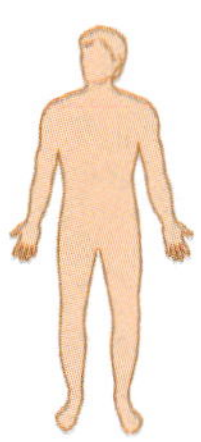 Exemple : l'être humain.	Un organisme est constitué de plusieurs appareils ou systèmes. 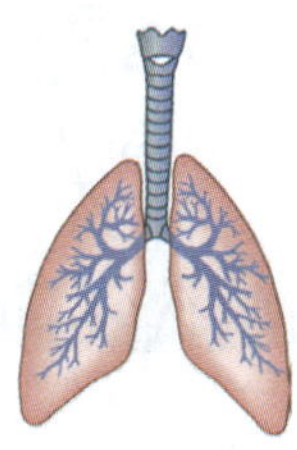 Exemple : l'appareil respiratoire (en dm).	Un appareil est constitué de plusieurs organes. 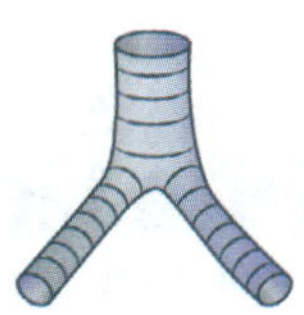 Exemple : les bronches (en cm).	Un organe est constitué de plusieurs tissus. 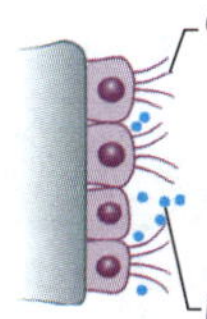 Exemple : le tissu bronchique (en mm).	Un tissu est formé de nombreuses cellules. 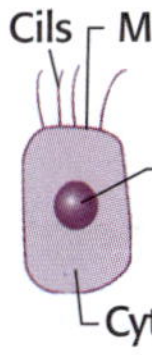 Exemple : la cellule des bronches (en 1/1 000e mm).

Doc. Les niveaux d'organisation chez un être humain

2 Systèmes de transport des nutriments

- **Toutes les cellules ont besoin de nutriments**, mais certaines sont très éloignées de l'appareil digestif.
- **Un système de vaisseaux ramifiés** dans lequel circule un liquide nutritif **permet d'approvisionner toutes les cellules**, même les plus éloignées : c'est le **système circulatoire**.

La théorie de Darwin

SVT

3 Une nutrition assistée par des microbes

- **Le tube digestif des animaux contient de nombreux microbes bénéfiques** pour la digestion des fibres végétales chez les herbivores et pour la digestion ou l'absorption de certains nutriments chez les autres animaux.
- Cette flore microbienne assure également une **protection contre les infections**.

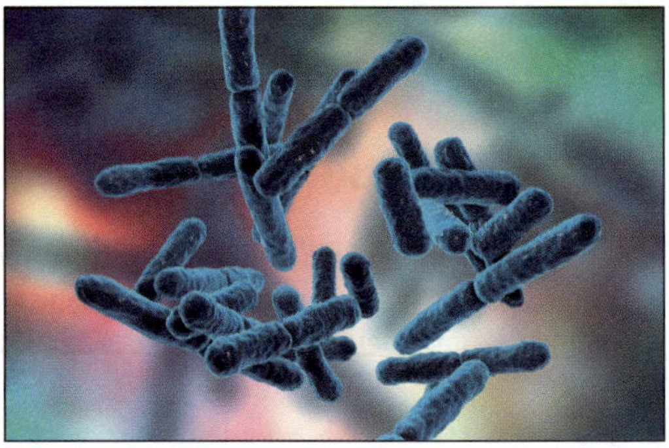

Doc. Bactéries Gram positives faisant partie de la flore de l'intestin humain

Exercice résolu

Comprendre la digestion des ruminants

Les ruminants possèdent plusieurs « estomacs », dont le rumen. Dans le rumen, des bactéries digèrent les végétaux mâchés. Elles dégradent la cellulose des herbes et des feuilles. Pendant la digestion, la vache mastique plusieurs fois les végétaux en produisant beaucoup de salive.

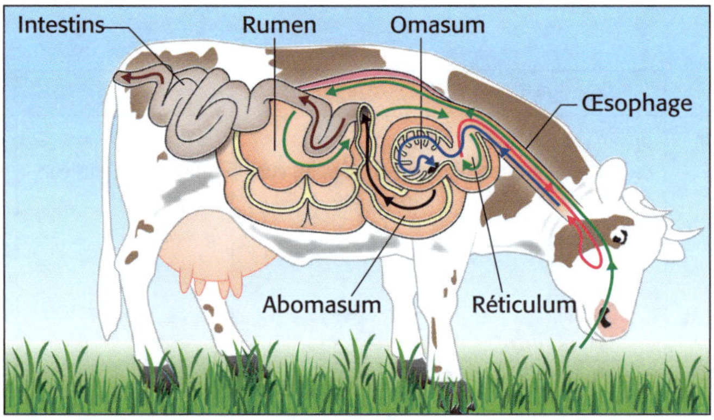

Doc. La digestion chez les ruminants

1. En utilisant le document ci-dessus, décrivez le trajet de l'herbe mangée par la vache de sa bouche jusqu'à ses intestins.

2. Indiquez les rôles respectifs de la vache et des bactéries dans la digestion de l'herbe.

CORRIGÉ

1. L'herbe passe par l'**œsophage** et rejoint le **rumen**. Pendant la rumination, l'herbe fait des allers-retours entre le rumen et la bouche, en passant par le **réticulum**. Puis, l'herbe digérée repasse une dernière fois par la bouche, le réticulum, l'**omasum** et l'**abomasum,** et atteint finalement les **intestins**.

2. La vache **mastique** longuement l'herbe et y ajoute de la **salive**. Les bactéries **dégradent la cellulose** ; elles **digèrent** l'herbe.

L'astuce du prof

Dans un schéma fonctionnel, il suffit souvent de suivre les flèches pour construire sa réponse.

2 Organisation et fonctionnement des végétaux

De quoi s'agit-il ? Les végétaux vivent fixés avec une partie aérienne et une partie souterraine. Leur partie aérienne prélève des gaz et capte l'énergie lumineuse ; la partie souterraine absorbe l'eau et les minéraux du sol. Les végétaux produisent leur propre matière à partir de matières minérales en convertissant l'énergie du soleil : c'est la photosynthèse.

1 Des organes spécialisés dans le prélèvement des ressources

- **Les racines** qui ancrent les végétaux dans le sol sont très ramifiées. Elles occupent une **grande surface** dans le sol, ce qui leur permet d'**absorber l'eau et les sels minéraux** dont les végétaux ont besoin. Ce mélange d'eau et de sels minéraux s'appelle la **sève brute**.

- **Les nombreuses feuilles aplaties** des végétaux occupent aussi une grande surface. Elles **assurent l'absorption des gaz** : dioxyde de carbone (CO_2) et dioxygène (O_2). Elles **absorbent aussi la lumière** dont les végétaux ont besoin.

À retenir
Le dioxygène, le dioxyde de carbone, l'eau sont des matières minérales.

2 Production de matière végétale

- **Les cellules chlorophylliennes produisent des glucides** à partir de l'eau et du CO_2 en convertissant l'énergie lumineuse : c'est la **photosynthèse**.

- **Les cellules végétales produisent des lipides et des protides** à partir des glucides issus de la photosynthèse et des sels minéraux absorbés par les racines.

3 Transport, utilisation et stockage de la matière végétale

- **Des vaisseaux permettent la circulation de la sève élaborée** (mélange d'eau et de molécules fabriquées par la plante) dans l'ensemble du végétal. Cette **sève** contient un glucide essentiel à la nutrition des cellules : le **saccharose**.

- Les cellules végétales utilisent le saccharose pour le convertir en **énergie**, le transformer ou le **stocker**.

Exemples : les bulbes, tubercules et rhizomes sont des organes de stockage des végétaux.

Doc. Rhizome d'iris

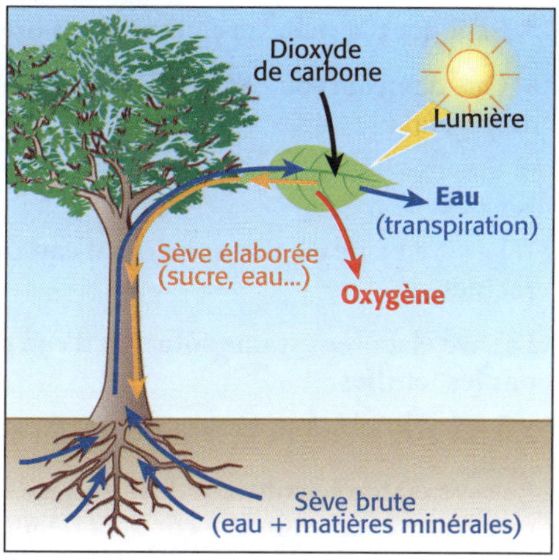

Doc. Circulation des sèves dans une plante

Exercice résolu

Comprendre la composition des sèves d'un végétal

Des analyses chimiques ont permis d'établir la composition moyenne de la sève brute et de la sève élaborée.

	Sève brute	Sève élaborée
Eau en % de la masse	93 à 99	93 à 99
Ions minéraux en µg/mL	350	2 000
Molécules organiques (glucides, protides et lipides) en µg/mL	700	170 000

Doc. La sève sur l'arbre

1. À partir de vos connaissances, définissez les expressions « sève brute » et « sève élaborée ».

2. Comparez la composition de la sève brute et de la sève élaborée.

3. Expliquez la richesse en molécules organiques de la sève élaborée.

4. Que devient l'eau contenue dans la sève brute quand celle-ci arrive dans les feuilles du végétal ?

CORRIGÉ

1. La sève brute est une **solution d'eau contenant des ions minéraux absorbée par les racines**.

La sève élaborée est une **solution d'eau contenant un glucide élaborée par les feuilles**.

2. Les deux sortes de sève contiennent **autant d'eau**.

La sève élaborée contient davantage d'ions minéraux que la sève brute et surtout, elle contient **beaucoup plus de molécules organiques**.

Remarque

La sève élaborée est comparable au sang des animaux. Elle transporte les nutriments distribués à toutes les cellules du végétal.

3. La sève élaborée provient des **feuilles**. Or, ce sont les feuilles qui élaborent les molécules organiques lors de la photosynthèse.

4. Une partie de l'eau contenue dans la sève brute est **transpirée par les feuilles** et une partie est **utilisée dans la photosynthèse**.

La circulation de la sève brute

3 Reproduction sexuée et diversité génétique des êtres vivants

De quoi s'agit-il ? La reproduction sexuée donne naissance à des individus génétiquement originaux, c'est à dire différents de leurs parents. Cette originalité génétique est due à la fabrication des gamètes et à la fécondation.

1 Gamètes chez les animaux et les végétaux

Les **gamètes** sont produits dans des organes spécialisés :

- chez les animaux : dans les **testicules** pour les spermatozoïdes et dans les **ovaires** pour les ovules ;
- chez les plantes à fleurs : dans les **étamines** pour les spermatozoïdes et dans le **pistil** pour les ovules.

Vocabulaire

- **gamète :** cellule spécialisée dans la reproduction sexuée.

2 Diversité génétique des gamètes

- **Chaque gamète contient la moitié du patrimoine génétique de l'individu qui l'a produit :** un chromosome de chaque paire. Dans un gamète, la répartition des chromosomes a été réalisée **au hasard** pour chacune des paires.
- Chaque individu produit des **millions de gamètes génétiquement différents**.

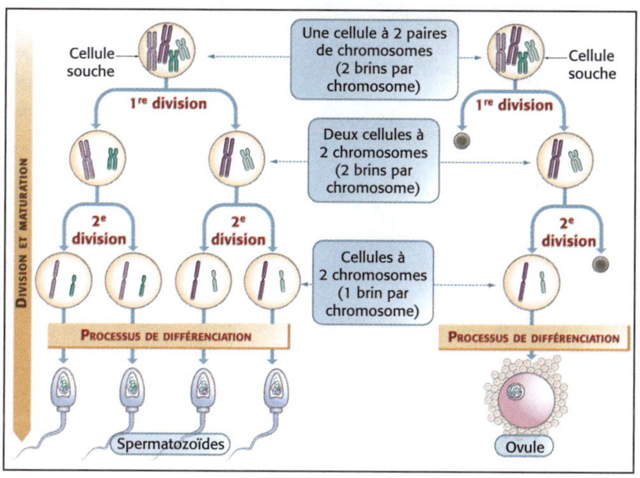

Doc. Formation des gamètes

3 Fécondation et loterie génétique

- **Au moment de la fécondation, un spermatozoïde** parmi tous ceux qui ont été produits **fusionne au hasard avec un ovule** parmi tous ceux qui ont été produits. La formation des gamètes puis la fécondation assurent la stabilité du nombre de chromosomes dans une espèce : c'est la stabilité génétique.
- **La cellule œuf issue de la fécondation est génétiquement originale.** La moitié de ses chromosomes sont d'origine maternelle et l'autre moitié d'origine paternelle. **La fécondation augmente la diversité génétique** en combinant les chromosomes des gamètes.

Exercice résolu

Utiliser un tableau de croisement des gamètes

Un tableau de croisement est utilisé pour évaluer la diversité génétique d'une descendance. Dans ce cas, il y a deux paires de chromosomes.

1. Complétez le tableau ci-contre en dessinant les chromosomes présents dans les cellules œufs.

2. Combien de cellules œufs génétiquement différentes ce tableau comporte-t-il ?

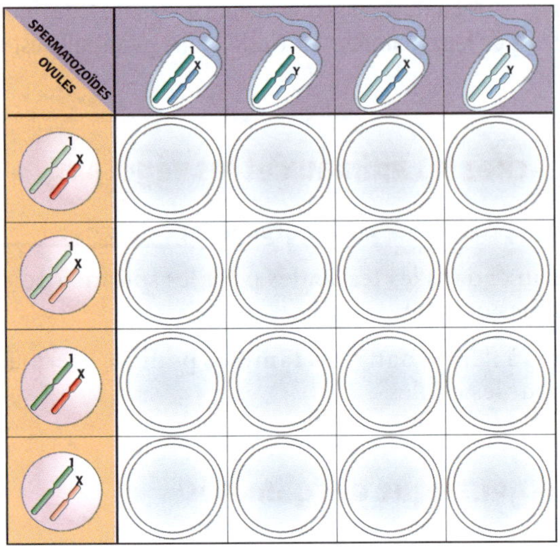

CORRIGÉ

1. Les chromosomes présents dans les cellules œufs sont les suivants :

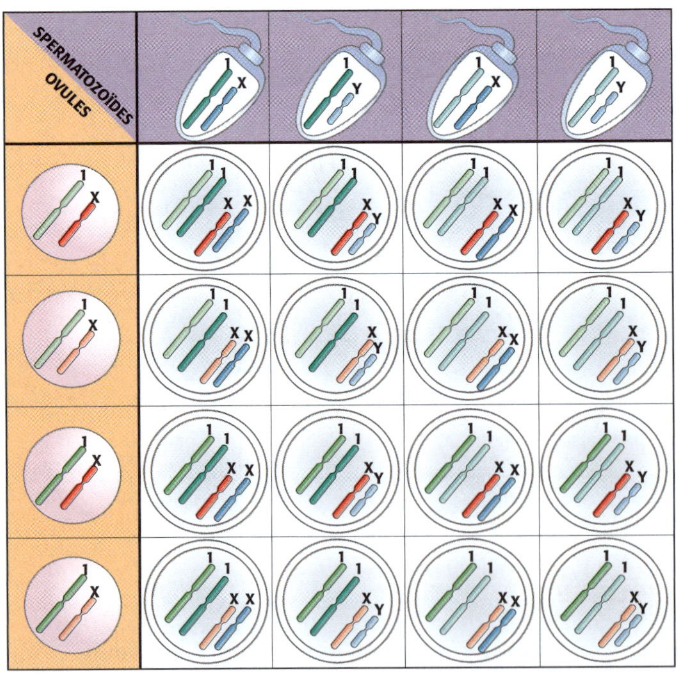

2. Le tableau comporte **16 sortes de cellules œufs génétiquement différentes.**

Remarque

Pour un couple humain (23 paires de chromosomes), le nombre de cellules œufs génétiquement différentes est de 70 000 milliards.

La transmission des caractères

Révision express

Les points importants à retenir

1. Organisation et fonctionnement des animaux

- Tous les animaux sont faits d'organes qui coopèrent entre eux pour assurer le fonctionnement de l'organisme.
- Les organes sont reliés entre eux par un système circulatoire (voir schéma page suivante).

2. Organisation et fonctionnement des végétaux

- Les végétaux sont constitués d'organes spécialisés : racines, tiges et feuilles.
- Les racines assurent l'absorption de l'eau et des sels minéraux.
- Les feuilles assurent l'absorption des gaz et la transformation de la matière minérale en matière organique : la photosynthèse.
- Les tiges assurent le transport des sèves dans des vaisseaux conducteurs.

3. Diversité génétique des êtres vivants

- La reproduction sexuée entraîne la naissance d'individus génétiquement différents des parents.
- La production des gamètes aboutit à une répartition au hasard des allèles de chaque gène.
- La fécondation entre les gamètes aboutit à une recombinaison au hasard des allèles des parents.

SVT

Quiz

Cochez la ou les bonnes réponses.

1. Les bactéries contenues dans le tube digestif des animaux sont :
a. ☐ **pathogènes** b. ☐ **inoffensives** c. ☐ **bénéfiques**

2. La grande surface occupée par les feuilles d'un végétal absorbe :
a. ☐ **les gaz de l'air** b. ☐ **la lumière** c. ☐ **l'eau**

3. Les cellules végétales produisent :
a. ☐ **des glucides** b. ☐ **des lipides** c. ☐ **des protides**

4. Une cellule œuf est :
a. ☐ **le résultat d'une fécondation**
b. ☐ **génétiquement identique aux autres cellules œufs**
c. ☐ **génétiquement originale**

5. Lors de la formation des gamètes, les chromosomes sont repartis :
a. ☐ **par paires** b. ☐ **au hasard** c. ☐ **par taille**

→ Réponses p. 506

EXERCICE GUIDÉ

Construuire un schéma fonctionnel

Énoncé

Schématisez les appareils respiratoire, digestif et circulatoire, ainsi que leurs rôles dans la nutrition d'un organisme animal.

Méthode

1 Représenter l'organisme par un grand rectangle.

2 Représenter l'appareil respiratoire et l'appareil digestif par des ronds ou des carrés reliés avec l'extérieur de l'organisme (bouche et anus). Ajouter un rond ou un carré pour représenter un autre organe du corps.

3 Représenter le système circulatoire par un anneau qui touche l'appareil digestif, l'appareil respiratoire et l'autre organe.

4 Ajouter les légendes et des flèches pour indiquer le trajet du dioxygène, des nutriments, du sang. Rédiger un titre.

Corrigé

Solution	Commentaires
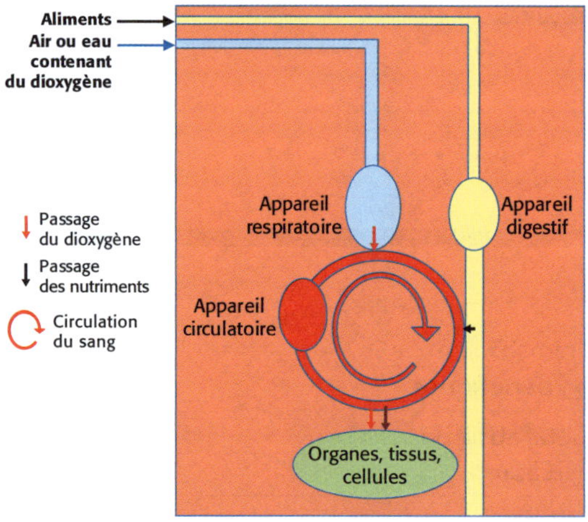 Coopération des appareils digestif, respiratoire et circulatoire dans la nutrition d'un organisme	**1.** Le schéma doit être grand. Utilisez au moins une demi-page. **2.** Les entrées de l'appareil respiratoire et de l'appareil digestif sont séparées sur le schéma pour faciliter la lecture. **3.** Le système circulatoire est en contact avec tous les appareils et organes du corps. **4.** Le titre doit résumer ce que le schéma contient. L'énoncé de l'exercice peut souvent être utilisé pour inspirer le titre du schéma.

Chapitre 4 Évolution du monde vivant

1 Biodiversité

De quoi s'agit-il ? Les êtres vivants ont colonisé tous les milieux de la Terre, même les plus hostiles mais la diversité du monde vivant varie beaucoup d'un milieu à un autre.

1 Mesure de la biodiversité

La biodiversité dépend :
- du **nombre d'espèces différentes** dans un endroit donné ;
- de la **diversité génétique** des individus d'une population.

Vocabulaire

- **écosystème :** milieu de vie et êtres vivants qui le peuplent.

2 Diversité des espèces

- **La mesure de la biodiversité repose sur un inventaire des différentes espèces présentes dans un milieu de vie.**
- Les espèces sont identifiées à partir de **clés de détermination**.
- Un **comptage** ou une **estimation du nombre d'individus** de chaque espèce est réalisé.

Doc. Inventaire de la biodiversité de la parcelle A

	%
Ray-grass anglais	8,11
Graminées sélectionnées (fétuques)	13,62
Pâturin commun	4,57
Agrostides	7,4
Autres graminées (dactyles)	9,48
Total graminées	**43,18**
Trèfle blanc	6,81
Trèfle violet	0,86
Diverses vénéneuses (renoncules)	11,88
Diverses aromatiques (pissenlits)	16,6
Diverses indésirables (chardons, rumex)	8,47
Diverses autres	12,2
Total plantes autres que graminées	**56,82**

SVT

3 Dynamique des populations

- **Dans un écosystème, les populations changent car elles sont influencées par :**

– les conditions du milieu (ex : la présence d'eau liquide) ;

– les actions de l'Homme (ex : rejet de polluants dans les cours d'eau).

Doc. Pollution de microplastiques dans l'océan

Exercice résolu

Comparer la biodiversité de deux milieux

Des inventaires de la diversité des espèces végétales ont été réalisés sur deux parcelles différentes.

1. En utilisant les tableaux de la page précédente et ci-contre, déterminez le nombre de groupes ou d'espèces différents dans les parcelles A et B. Cette comparaison permet-elle de déterminer la parcelle qui a la plus forte biodiversité ? Justifiez votre réponse.

2. Comparez le pourcentage de l'ensemble des graminées et celui de toutes les autres plantes. Cette comparaison permet-elle de déterminer la parcelle qui a la plus forte biodiversité ? Justifiez votre réponse.

	%
Ray-grass anglais	16,67
Graminées sélectionnées (fétuques)	11,38
Pâturin commun	15,44
Agrostides	15,33
Autres graminées (dactyles)	20,32
Total graminées	**79,14**
Trèfle blanc	5,96
Trèfle violet	1,02
Diverses vénéneuses (renoncules)	5,28
Diverses aromatiques (pissenlits)	5,83
Diverses indésirables (chardons, rumex)	1,37
Diverses autres	1,4
Total plantes autres que graminées	**20,86**

Doc. Inventaire de la biodiversité sur la parcelle B

CORRIGÉ

1. Les parcelles A et B contiennent chacune **11** espèces ou groupes de plantes différentes. Cela ne permet pas de déterminer la parcelle qui a la plus forte biodiversité.

2. La parcelle A contient 43,18 % de graminées et 56,82 % d'autres plantes, alors que la parcelle B contient 79,14 % de graminées et seulement 20,86 % d'autres plantes. **La parcelle A a la plus forte biodiversité**, car les différents groupes et espèces sont mieux représentés.

Attention !
« Biodiversité » n'est pas uniquement synonyme de « grand nombre d'espèces ». La biodiversité dépend aussi du nombre d'individus par espèce.

2 Phénotype et génotype des individus

De quoi s'agit-il ? Un être vivant est défini par ses caractères observables ou détectables. Ces caractères dépendent à la fois des gènes et de l'environnement.

1 Des caractères et des gènes

- **Le phénotype est l'ensemble des caractères observables ou détectables d'un individu.** Tous les individus d'une même espèce partagent les mêmes caractères.
- **Le génotype est l'ensemble des gènes d'un individu.** Tous les individus d'une même espèce possèdent les mêmes gènes.

Vocabulaire

- **gène :** partie d'un chromosome située à un endroit précis qui intervient dans l'expression d'un caractère.

2 Le phénotype dépend du génotype

- **Un gène se présente souvent sous plusieurs versions différentes : les allèles.** Chaque gène est présent en deux exemplaires dans le noyau des cellules. Ces deux exemplaires peuvent être représentés par deux allèles identiques ou par deux allèles différents.
- La combinaison des allèles d'un individu (= **génotype**) explique les caractères qu'il manifeste (= **phénotype**).

Doc. Génotypes et phénotypes pour le groupe sanguin. Le garçon ci-dessus est de groupe 0^+, car il possède deux allèles 0 et un allèle Rh^+ et un allèle Rh^- ou deux allèles Rh^+.

3 Le phénotype dépend aussi de l'environnement

Certains caractères ne dépendent que des gènes qui les contrôlent. D'autres caractères sont influencés par l'environnement.

Exemples : la couleur de la peau chez les humains (avec l'exposition au soleil) ou la longueur des racines chez les plantes (avec l'humidité du sol) dépendent de l'environnement, alors que le groupe sanguin ne dépend que des allèles A, B et O.

Exercice résolu

Expliquer un phénotype à partir du génotype

Le pelage de la souris est défini par sa couleur et par ses taches. On croise deux souris de lignées pures : la descendance (F1) est seulement composée de souris agouti à robe unie.

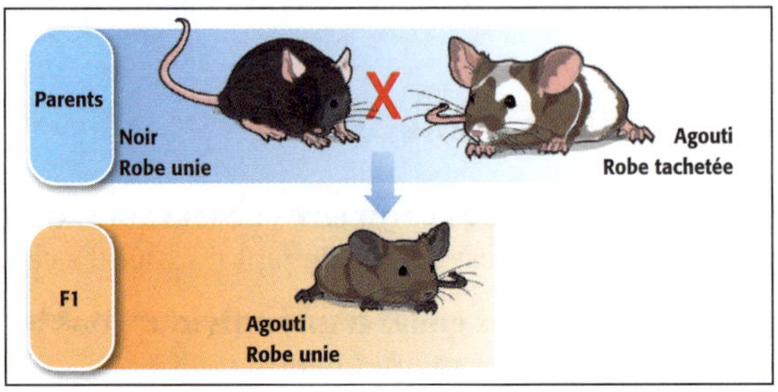

Le gène qui contrôle la couleur du pelage existe sous deux allèles, notés N (pour noir) et A (pour agouti). L'allèle A domine l'allèle N.

Le gène qui contrôle la présence des taches existe sous deux allèles, notés T (pour robe tachetée) et T^+ (pour robe unie). L'allèle T^+ domine l'allèle T.

1. Dessinez deux paires de chromosomes pour chacun des parents à la manière de ceux qui sont représentés p. 315. Représentez les allèles (N, A, T et T^+) sur ces chromosomes pour chaque parent.

2. Dessinez les deux paires de chromosomes d'une souris de la descendance F1 avec ses allèles.

CORRIGÉ

1. Les paires de chromosomes des parents sont les suivantes :

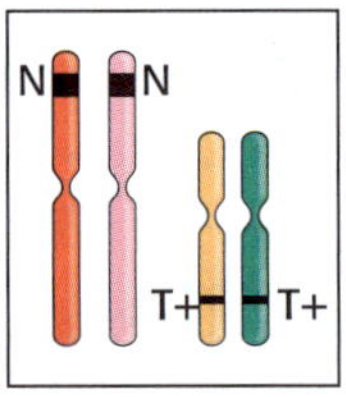

Parent noir à robe unie

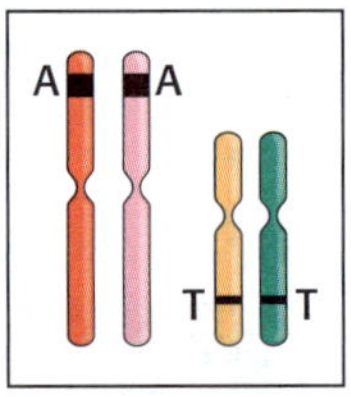

Parent agouti à robe tachetée

2. Les paires de chromosomes des souris de la descendance F1 sont les suivantes :

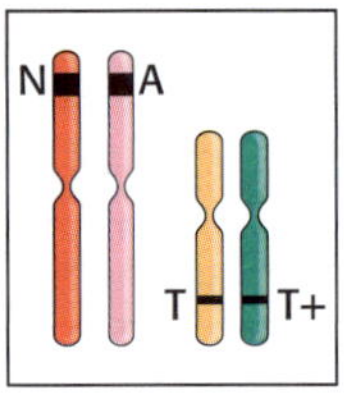

Un individu de la descendance F1 hérite d'un chromosome de chaque parent (au hasard).

3 Mécanismes de l'évolution biologique

De quoi s'agit-il ? Les espèces évoluent, elles sont modifiées par l'action de leur environnement. Les individus les mieux adaptés sont sélectionnés.

1 Diversité des individus et hasard

- Les gènes subissent des changements qui peuvent modifier leur action : ce sont des **mutations**.
- Les mutations sont des phénomènes rares qui surviennent **au hasard**. Elles sont responsables de l'existence des allèles.

Piège à éviter
Ne croyez pas qu'un mutant est un monstre ! C'est juste un individu porteur d'un allèle différent pour un gène donné.

- **La transmission des allèles d'une génération à une autre dépend du hasard de la reproduction sexuée :**
– hasard dans la répartition des chromosomes à la méiose ;
– hasard dans la rencontre des gamètes.

2 Sélection naturelle

- Dans une population donnée, les individus présentent des **variations individuelles des caractères spécifiques**, car ils ont des allèles différents.

Exemple : dans un groupe de girafes adultes, les individus n'ont pas tous un cou de même longueur, car ils possèdent des allèles différents.

- Dans un environnement donné, certains allèles donnent un avantage, et d'autres non.

Doc. Girafes avantagées par leur long cou

Exemple : dans une population de girafes, posséder un allèle qui permet d'avoir un cou un peu plus long est un avantage si la végétation est rare et disponible en haut des arbres.

- **Les individus avantagés dans une population survivent mieux que les autres**, ils se reproduisent davantage et transmettent plus leurs allèles que le reste de la population : **c'est la sélection naturelle**.

Exemple : à chaque génération, ce sont les girafes qui ont le cou le plus long qui ont le plus de descendants.

- Si l'environnement change, un allèle avantageux peut devenir neutre ou défavorable.

Exemple : si la végétation changeait en Afrique, la possession d'un long cou pourrait ne plus être un avantage.

SVT

Exercice résolu

Interpréter des faits biologiques à l'aide de la sélection naturelle

La phalène du bouleau est un papillon de nuit qui passe ses journées posée sur le tronc des arbres. Pendant ce temps de repos, elle est exposée à ses prédateurs naturels : des oiseaux. Il existe deux variants chez les phalènes pour la couleur : un variant sombre appelé *carbonaria* et un variant clair appelé *typica*.

Doc. Phalènes *carbonaria* (à gauche) et *typica* (à droite, dans le cercle) sur un tronc couvert de lichens

1. En utilisant vos connaissances sur les gènes, expliquez l'existence de *carbonaria* et de *typica* au sein de la même espèce.

2. Expliquez pour quelle raison les variants *typica* sont beaucoup plus nombreux que les variants *carbonaria*.

3. En Angleterre, au XIXe siècle, le tronc des arbres est devenu sombre à cause de la pollution, et les variants *carbonaria* sont devenus majoritaires. Expliquez pourquoi.

CORRIGÉ

1. La couleur du papillon dépend d'un gène. Ce gène existe sous la forme de **deux allèles** : un allèle « *typica* » et un allèle « *carbonaria* ».

2. Les variants *typica* sont plus difficiles à repérer par les prédateurs que les *carbonaria* (**allèle avantageux**). Ils **survivent davantage, se reproduisent plus** que les variants *carbonaria*. Donc, ils sont plus nombreux.

Piège à éviter

C'est l'environnement qui sélectionne les individus les mieux adaptés. Les individus ne s'adaptent pas, ils ne changent pas.

3. Sur des troncs sombres, ce sont les variants *carbonaria* qui sont plus difficiles à repérer par les prédateurs (l'allèle *carbonaria* devient avantageux). **Les variants *carbonaria* survivent davantage, se reproduisent plus** que les variants *typica*. Donc, ils deviennent majoritaires.

4 Relations de parenté entre les êtres vivants

De quoi s'agit-il ? Tous les êtres vivants descendent d'un ancêtre commun constitué d'une cellule qui vivait dans les océans, il y a plus de 4 milliards d'années. Aujourd'hui, même chez des espèces très différentes en apparence, on peut trouver des indices de leur parenté.

1 Tous différents, tous parents

- Même si les phénotypes des individus de deux espèces différentes sont bien distincts, ces derniers partagent quand même des **caractères**.

Exemple : un lion et un dauphin ont des apparences bien différentes, mais ils possèdent un squelette en os, des poumons alvéolés et des mamelles.

- La présence de caractères partagés entre des espèces différentes révèle leur **parenté**. Ce sont des **indices d'une histoire commune lors de l'évolution** ; ces indices montrent l'existence d'ancêtres communs aux différentes espèces qui peuplent la Terre aujourd'hui.

Vocabulaire

- **ancêtre commun :** organisme dont la descendance contient les êtres vivants étudiés.

Exemple : tous les êtres vivants actuels possèdent des cellules contenant de l'ADN, ce qui conduit à imaginer un ancêtre commun à tous les êtres vivants possédant déjà ce caractère.

2 Place de l'Homme dans l'évolution du vivant

- L'espèce humaine possède des caractères qui permettent de la classer dans le groupe des **vertébrés**, des **mammifères**, des **primates** et encore plus précisément des **hominidés**.
- Les **hominidés** actuels constituent un groupe d'espèces de primates qui pratiquent la **bipédie de manière occasionnelle ou permanente** : les gorilles, les chimpanzés et les humains.
- Les études génétiques de comparaison de l'ADN de différentes espèces confirment la **parenté** de l'Homme avec les espèces actuelles.

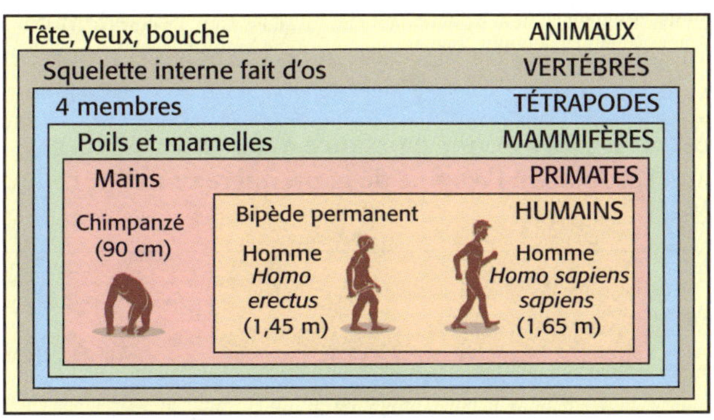

Doc. Classification emboîtée de l'espèce humaine

Exemple : l'Homme possède plus de 95 % de gènes en commun avec le Chimpanzé.

SVT

Exercice résolu

Construire un arbre de parenté des vertébrés

1. Construisez l'arbre de parenté le plus probable qui rattache les sept espèces de vertébrés proposés en utilisant le tableau de caractères ci-contre.

2. Placez les caractères sur l'arbre en dessinant des rectangles que vous légenderez.

Organisme \ Caractères	Mâchoire	Poumons	Amnios	Poils	Queue régressée	Bipédie permanente
Lamproie	0	0	0	0	0	0
Requin	1	0	0	0	0	0
Salamandre	1	1	0	0	0	0
Lézard	1	1	1	0	0	0
Tigre	1	1	1	1	0	0
Gorille	1	1	1	1	1	0
Homme	1	1	1	1	1	1

1 : caractère présent ; 0 : caractère absent

3. Dessinez un carré sur l'arbre qui représenterait l'ancêtre commun de tous ces vertébrés.

CORRIGÉ

1. L'arbre de parenté le plus probable est le suivant :

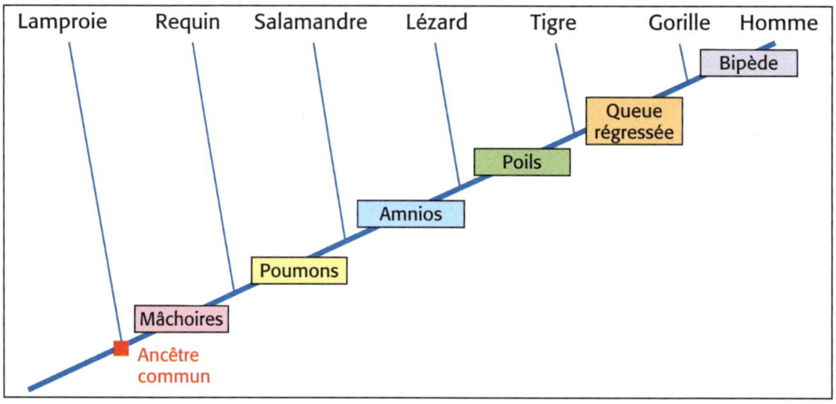

2. Les caractères doivent être placés avant les branches de l'arbre qui possèdent ce caractère. Par exemple, le caractère « Poils » est placé avant les branches qui portent le Tigre, le Gorille et l'Homme.

3. L'ancêtre commun à tous ces vertébrés a donné naissance à toutes les espèces présentes dans le tableau, donc il est placé à l'origine de la première branche, celle de la lamproie.

Révision express

Les points importants à retenir

1. Phénotype et génotype des individus

Phénotype = ensemble des caractères observables
Génotype = ensemble des gènes d'un individus

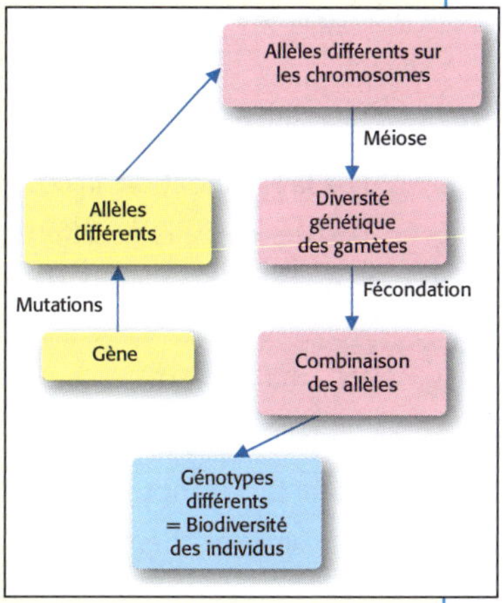

2. Biodiversité et parenté

- La biodiversité n'est pas que la diversité des espèces vivants, c'est aussi la diversité des milieux de vie et la diversité des individus dans une espèce.
- Aussi différents soient-ils, tous les êtres vivants ont des ancêtres communs.
- Plus il y a de caractères communs entre deux espèces, plus leur parenté est forte.
- L'espèce humaine fait partie du groupe des hominidés qui comporte également le gorille, l'orang-outan et les deux espèces de chimpanzés.

3. La sélection naturelle, moteur de l'évolution.

- Dans un environnement donné, certains allèles donnent un avantage, et d'autres non.
- Les individus **avantagés** dans une population survivent mieux que les autres, ils **se reproduisent davantage** et **transmettent plus leurs allèles** que le reste de la population : c'est la **sélection naturelle.**

Quiz

Cochez la ou les bonnes réponses.

1. La biodiversité est mesurée à partir du comptage :
a. ☐ **des espèces** b. ☐ **des individus** c. ☐ **des populations**

2. Chez un animal, un gène est présent :
a. ☐ **en un exemplaire** b. ☐ **en deux exemplaires** c ☐ **en un grand nombre d'exemplaires**

3. Le phénotype d'un individu dépend de :
a. ☐ **son génotype** b. ☐ **son environnement**

4. Les mutations naturelles sont :
a. ☐ **dangereuses** b. ☐ **dues au hasard** c. ☐ **fréquentes**

5. La sélection naturelle est un mécanisme qui modifie :
a. ☐ **les individus** b. ☐ **les gènes** c. ☐ **les espèces**

→ Réponses p. 506

SVT

EXERCICE GUIDÉ

Traduire un texte en schéma

Énoncé

La biodiversité est directement liée au génotype de chaque individu. Ce dernier est unique et dépend de la combinaison des allèles qu'il a reçus de chacun de ses parents.

Au cours de la méiose (formation des gamètes mâles et femelles), des répartitions au hasard des chromosomes se produisent, ce qui conduit à une augmentation de la diversité génétique. De plus, à la fécondation, la rencontre au hasard des gamètes augmente la diversité génétique.

Enfin, l'existence d'allèles différents pour un même gène est le résultat de mutations successives.

À partir du texte précédent, réalisez un schéma expliquant la biodiversité des individus.

Méthode

1 Identifier les mots clés.

2 Repérer les relations entre ces mots clés.

3 Construire un schéma avec les mots clés dans des rectangles reliés entre eux par des flèches légendées.

Corrigé

Solution	Commentaires
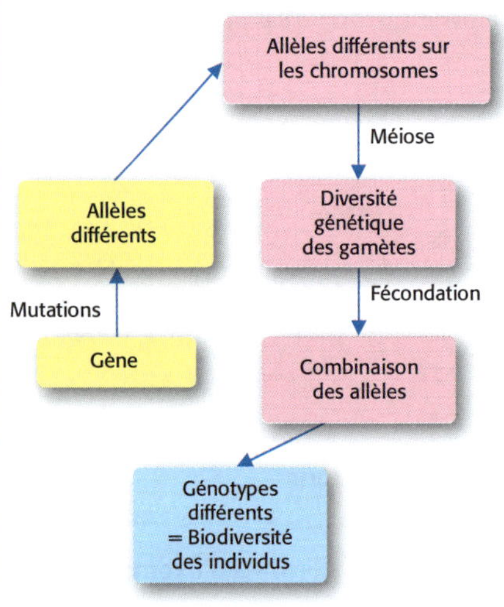	**1. Mots clés :** génotype, gène, allèle, méiose, chromosome, gamète, fécondation, mutation
	2. Les allèles des parents sont **combinés lors de la fécondation**. Les mutations provoquent l'**apparition de nouveaux** allèles.
	3. Les flèches doivent construire un **chemin** qui conduit à l'étiquette « Biodiversité des individus ».

Chapitre 5

Système nerveux, appareil digestif et activité physique

1 Rôle du système nerveux à l'effort

De quoi s'agit-il ? **Le système nerveux coordonne et contrôle les activités musculaires du corps humain. Pour cela, il s'appuie sur le traitement d'informations sensorielles par les centres nerveux et sur la transmission de messages nerveux par les nerfs.**

1 Perception et traitement des signaux

• **Le cerveau reçoit des informations en provenance des organes sensoriels** (yeux, peau, oreilles) **et de capteurs internes** sensibles à l'étirement des muscles.

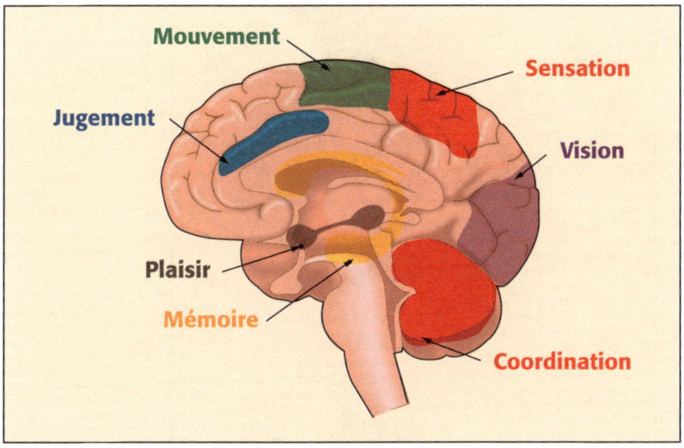

Doc. Quelques zones cérébrales spécialisées

Vocabulaire
▪ **cortex cérébral :** partie superficielle du cerveau constituée de plusieurs couches de neurones connectés entre eux.

• **Des zones cérébrales spécialisées** du cerveau traitent l'ensemble des informations reçues et communiquent entre elles : c'est l'**intégration des informations**.

Exemple : le cortex sensoriel qui reçoit les informations des organes des sens est associé au cortex moteur lors de la réalisation d'un mouvement.

2 Commande des mouvements

• La connexion par les nerfs entre les centres nerveux (cerveau et moelle épinière) et les muscles permet la réalisation des mouvements.

• **Les nerfs conduisent des messages nerveux de nature électrique entre les centres nerveux et les muscles.** La communication entre les cellules nerveuses et les cellules musculaires fait aussi intervenir des **messagers chimiques**.

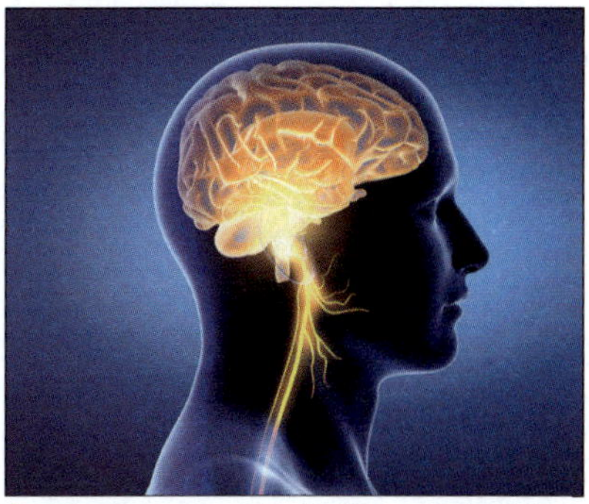

Doc. Le cerveau et le dixième nerf crânien

SVT

3 Contrôle nerveux des activités cardiaque et respiratoire

- À l'effort, des centres nerveux localisés dans le bulbe rachidien (entre le cerveau et la moelle épinière) commandent l'augmentation de la fréquence cardiaque et de la fréquence respiratoire.
- Après un effort, ces centres nerveux assurent un retour progressif aux valeurs de repos des fréquences cardiaque et respiratoire : c'est la **récupération**.

Exercice résolu

Légender le système nerveux humain

1. Complétez les légendes numérotées du schéma ci-contre.

2. Précisez le rôle de chaque élément légendé.

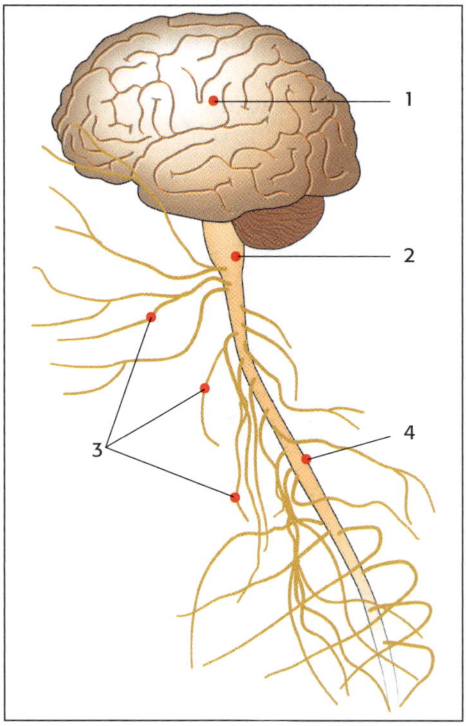

Doc. Le système nerveux humain

CORRIGÉ

1. Les légendes sont :

1 : le cerveau,

2 : le bulbe rachidien,

3 : les nerfs rachidiens,

4 : la moelle épinière.

2. Le cerveau est un **centre nerveux** qui traite les informations sensorielles et élabore des commandes nerveuses.

Le bulbe rachidien est un **centre nerveux** qui contrôle l'activité cardiaque et respiratoire.

La moelle épinière est un **centre nerveux** qui contrôle l'activité réflexe des muscles.

Les nerfs sont des **voies de communication** qui assurent la transmission des messages des organes sensoriels vers les centres nerveux, et des centres nerveux vers les organes effecteurs (par exemple les muscles).

Important

Le cerveau ne contrôle pas tout. La marche, par exemple, est contrôlée par la moelle épinière.

Le système nerveux

2 Activité cérébrale et hygiène de vie

De quoi s'agit-il ? **Les cellules nerveuses qui constituent le cerveau ont des conditions de vie exigeantes et leur fonctionnement peut être perturbé par de nombreuses substances chimiques.**

1 Conditions d'un bon fonctionnement cérébral

L'alimentation des cellules

- **Les cellules nerveuses nécessitent un approvisionnement constant en nutriments et en dioxygène assuré par la circulation sanguine.** Ainsi, une alimentation équilibrée et une activité physique régulière améliorent le fonctionnement cérébral.
- **Le cerveau nécessite des phases de repos** pendant lesquelles il réorganise les informations traitées pendant la journée. Ainsi, une nuit de sommeil améliore les performances de la mémoire.

L'astuce du prof
Pour bien réviser un contrôle, il faut réviser au moins sur deux jours pour que le cerveau ait le temps de trier les informations.

2 Comportements perturbateurs de l'activité cérébrale

Vocabulaire
- **psychotrope :** substance chimique naturelle ou de synthèse qui modifie l'activité cérébrale.

- **Les cellules nerveuses communiquent par l'intermédiaire de signaux électriques et chimiques.** Leur fonctionnement est donc particulièrement sensible à l'effet de substances chimiques psychotropes.
- **L'alcool, le tabac, le cannabis et de nombreux médicaments modifient le fonctionnement des zones cérébrales.**

Exemple : la consommation d'alcool modifie l'activité des zones sensorielles, du plaisir, du jugement et de la motricité, et augmente les risques d'accident du travail ou de la circulation.

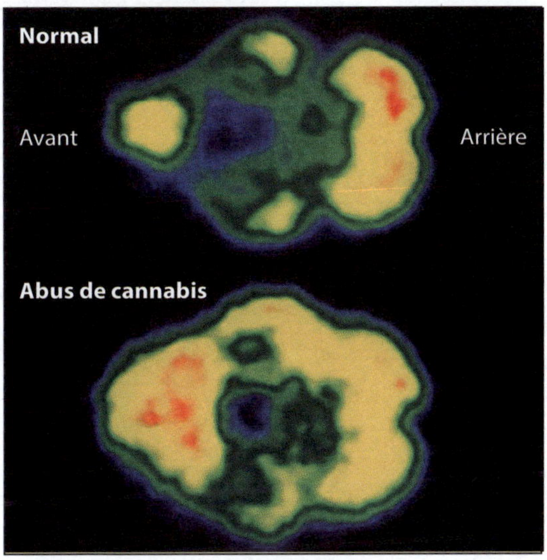

Doc. **Activité cérébrale révélée par IRM.**
Les zones activées sont en jaune et en rouge.

3 Dopage, activité cérébrale et sport

- **Les sportifs sont parfois tentés d'utiliser des produits dopants** qui modifient leur activité cérébrale pour supporter les tensions physiques et nerveuses.

Exemple : l'utilisation de stimulants (cocaïne, amphétamines…) améliore la concentration, la confiance en soi et diminue la sensation de fatigue.

- **Les dopants de l'activité cérébrale sont tous interdits dans la pratique du sport en compétition**, car ils ont des effets néfastes sur la santé, avec des risques cardiaques, respiratoires et/ou psychiques.

SVT

Exercice résolu

Expliquer les effets de l'alcool sur l'organisme

Après une consommation d'alcool, un individu présente des troubles de l'équilibre, son champ visuel rétrécit et sa vision se trouble.

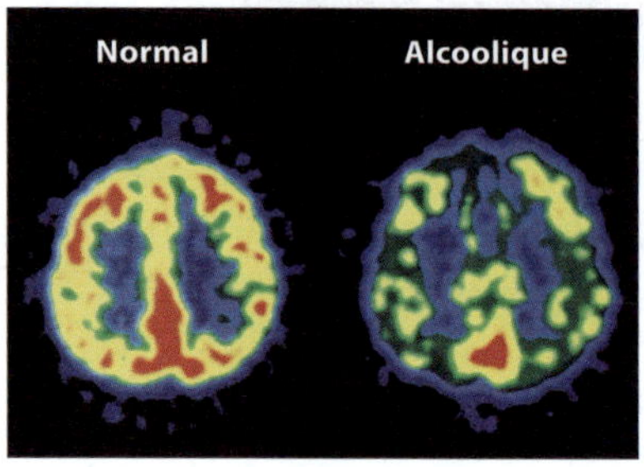

Doc. Activité cérébrale révélée par IRM.
Les zones activées sont en jaune et en rouge.

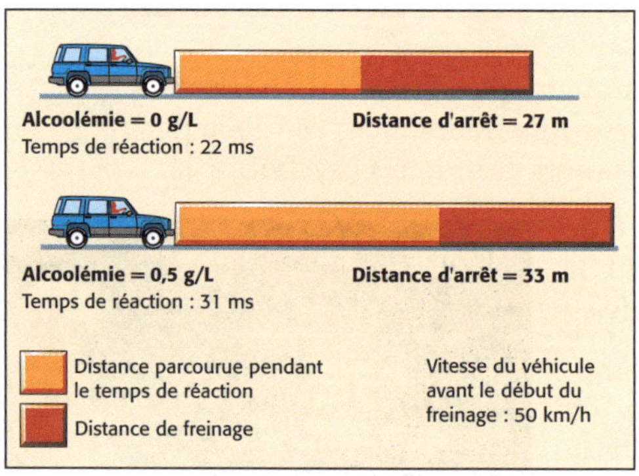

Doc. Effet de l'alcool sur la conduite

1. À partir des éléments ci-dessus, identifiez les effets de l'alcool.

2. Utilisez vos connaissances et l'IRM ci-dessus pour expliquer les effets de l'alcool sur l'organisme.

CORRIGÉ

1. L'alcool provoque des **troubles de l'équilibre**, **de la vision** et augmente **le temps de réaction**, qui passe de 22 à 31 millisecondes.

2. L'alcool **modifie l'activité cérébrale**. L'IRM montre que les zones activées chez un alcoolique ne sont pas les mêmes que chez l'individu normal. Or, on sait que le cerveau traite les informations en provenance des organes sensoriels. Cela explique les troubles de la vision et de l'équilibre.

On sait aussi que le cerveau envoie des commandes aux muscles. Cela explique l'augmentation du temps de réaction d'un individu sous l'effet de l'alcool.

Remarque

L'alcool agit sur les messages chimiques que les neurones échangent entre eux en empêchant leur action.

Les effets de la drogue sur le cerveau

3 Nutrition et activité physique

De quoi s'agit-il ? Les nutriments issus de la digestion servent à renouveler les cellules, à en fabriquer de nouvelles et à les faire fonctionner. La circulation sanguine permet de distribuer les nutriments à toutes les cellules du corps.

1 Digestion des aliments

- Les molécules organiques contenues dans les aliments sont découpées par l'action des sécrétions digestives des glandes salivaires, de l'estomac, du pancréas et de l'intestin. **La digestion est facilitée par la mastication des aliments.**
- **Le grignotage** à longueur de journée provoque la libération trop fréquente de sécrétions digestives qui **perturbe le fonctionnement de l'appareil digestif.**

Vocabulaire

- **Digestion :** ensemble des transformations chimiques des aliments en nutriments absorbables par l'intestin.

Le processus de digestion

2 Absorption intestinale et assimilation

- **Les nutriments issus de la digestion et l'eau de boisson** traversent la paroi de l'intestin grêle et **passent dans la circulation sanguine :** c'est l'**absorption intestinale.**
- **L'absorption intestinale nécessite un afflux de sang** dans les vaisseaux sanguins qui irriguent l'intestin. Cet afflux sanguin ne peut pas se faire pendant une activité sportive. Ainsi, un repas doit être pris bien avant une activité physique.
- **Toutes les cellules de l'organisme** et les cellules musculaires en particulier **assimilent les nutriments du sang et les utilisent pour les convertir en énergie** (à partir des glucides et des lipides) **ou en éléments de structure** (à partir des protides).

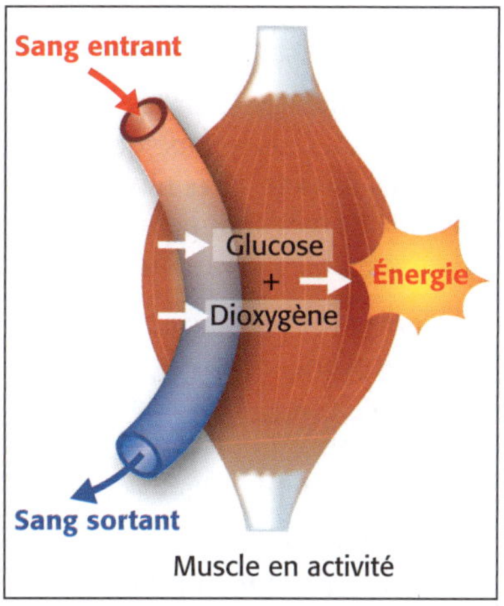

Doc. L'approvisionnement d'un muscle par le sang

3 Manger, bouger

- **Les apports alimentaires quotidiens couvrent les besoins en matière et en énergie de l'organisme.** Si les apports sont supérieurs aux besoins, l'organisme stocke les nutriments dans ses réserves de graisses.
- **Une pratique sportive régulière** améliore l'équilibre entre les apports et les besoins.

Doc. Une femme pratiquant le yoga

À savoir

Un corps d'homme adulte de 70 kg contient environ 45 L d'eau. Il perd 2,5 L par jour sans pratiquer d'activité physique.

Exercice résolu

Exploiter des résultats de dosages sanguins

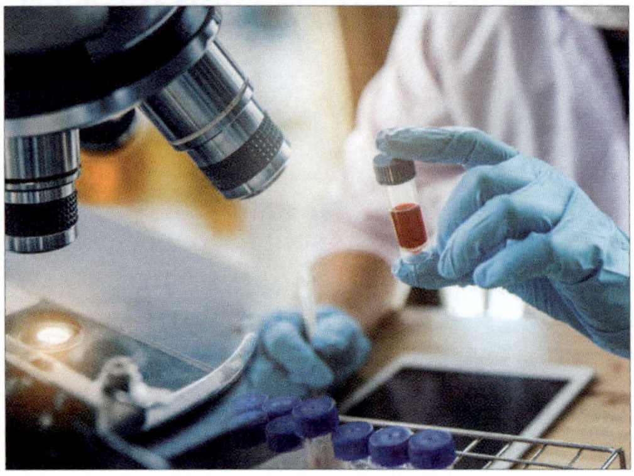

Doc. Un scientifique analyse des échantillons de sang

Pour déterminer les échanges entre le sang et les muscles, des dosages sont réalisés dans le sang qui entre dans les muscles et dans le sang qui sort des muscles. Les résultats de ces dosages sont présentés dans les tableaux ci-contre.

Éléments mesurés dans 100 mL de sang	Sang entrant dans le muscle	Sang sortant du muscle
Dioxygène	20 mL	15 mL
Dioxyde de carbone	48 mL	52 mL
Glucose (nutriments)	90 mg	87 mg

Doc. Mesures réalisées sur un organisme au repos

Éléments mesurés dans 100 mL de sang	Sang entrant dans le muscle	Sang sortant du muscle
Dioxygène	20 mL	2 mL
Dioxyde de carbone	48 mL	70 mL
Glucose (nutriments)	90 mg	31 mg

Doc. Mesures réalisées sur un organisme en activité intense

1. Comparez les quantités de dioxygène, de dioxyde de carbone et de glucose dans le sang entrant et le sang sortant d'un muscle au repos.
2. Déduisez-en les échanges entre le sang et le muscle au repos, en termes de consommation et de production.
3. Décrivez et expliquez les échanges entre le muscle et le sang à l'effort.

CORRIGÉ

1. Les quantités de dioxygène et de glucose sont plus faibles dans le sang sortant d'un muscle au repos que dans le sang entrant. Pour le dioxyde de carbone, c'est le contraire.

2. **Au repos, le muscle consomme du dioxygène et du glucose, et produit du dioxyde de carbone.**

3. **À l'effort**, le muscle consomme **davantage de dioxygène** (20 – 2 = 18 mL) et **davantage de glucose** (90 – 31 = 59 mg) qu'au repos. Il produit également **plus de dioxyde de carbone**.

Ces différences s'expliquent par une **accélération des transformations chimiques** qui permettent de **convertir l'énergie** à partir du glucose et du dioxygène. Cet apport accru d'énergie permet le fonctionnement du muscle à l'effort.

Remarque
Les concentrations de dioxygène et de glucose sont toujours les mêmes quel que soit l'effort. En revanche, le débit sanguin à l'entrée des muscles augmente à l'effort.

Révision express

Les points importants à retenir

1. La commande du mouvement par le cerveau.

- Le cerveau comporte des milliards de neurones connectés entre eux.
- Des zones spécialisées du cerveau traitent l'ensemble des informations reçues et communiquent entre elles. D'autres zones émettent des commandes vers les muscles.
- Les messages nerveux moteurs sont transmis par des nerfs depuis les centres nerveux jusqu'aux muscles.
- Les messages nerveux sont de nature électrique (le long des fibres nerveuses) et chimique (entre deux cellules nerveuses).

2. Hygiène de vie et fonctionnement cérébral.

- Pour bien fonctionner, le cerveau nécessite une alimentation équilibrée, une activité physique régulière et des phases de repos suffisantes.
- De nombreuses substances chimiques perturbent la transmission des messages chimiques entre les cellules nerveuses : ce sont des psychotropes (alcool, tabac, cannabis, certains médicaments).

Quiz

Cochez la ou les bonnes réponses.

1. Pendant un effort, le cerveau reçoit des signaux :
a. ☐ **des yeux** b. ☐ **des muscles** c. ☐ **du cœur**

2. Les nerfs sont responsables de :
a. ☐ **la réception des messages nerveux** b. ☐ **l'intégration des messages nerveux**
c. ☐ **la transmission des messages nerveux**

3. Une condition d'un bon fonctionnement cérébral est :
a. ☐ **une alimentation sucrée** b. ☐ **un sommeil réparateur**
c. ☐ **la consommation modérée d'alcool**

4. Une substance psychotrope :
a. ☐ **n'a pas d'effet néfaste** b. ☐ **peut être un médicament**
c. ☐ **modifie l'activité cérébrale**

5. Les messages nerveux échangés entre les neurones sont :
a. ☐ **bio-électriques.** b. ☐ **chimiques.** c. ☐ **magnétiques.**

→ Réponses p. 506

SVT

EXERCICE GUIDÉ

Analyser des résultats graphiques

Énoncé

Des sportifs réalisent un test sur une bicyclette dont la roue est freinée, ce qui nécessite un effort important pour la faire tourner. Ils respirent soit l'air ambiant, soit du dioxygène pur.

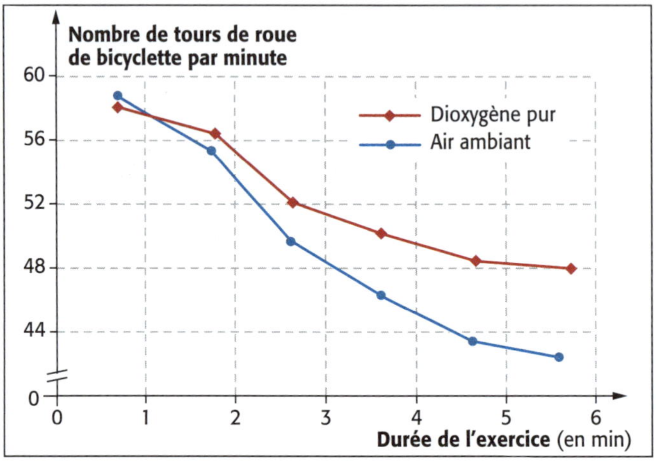

Doc. Résultat d'un test d'endurance réalisé pendant 6 minutes

Méthode

1 Déterminer le paramètre mesuré.

2 Décrire l'évolution du paramètre en fonction de la première condition.

3 Décrire l'évolution du paramètre en fonction de la deuxième condition et la comparer à celle décrite précédemment.

Corrigé

Solution	Commentaires
Ce graphique permet de connaître le nombre de tours de roue par minute réalisés en 6 min par des sportifs respirant l'air ambiant ou du dioxygène pur. On constate que le nombre de tours de roue diminue du début à la fin de l'exercice lorsque les sportifs respirent l'air ambiant : de 59 tours/min à 43 tours/min. On constate également que le nombre de tours de roue diminue du début à la fin de l'exercice lorsque les sportifs respirent du dioxygène pur, mais cette diminution est plus faible : de 58 tours/min à 48 tours/min.	**1.** Le paramètre mesuré est le nombre de tours de roue de bicyclette par minute.
	2. Le nombre de tours de roue par minute diminue : il passe de 59 tours/min à 43 tours/min.
	3. Le nombre de tours de roue par minute diminue : il passe de 58 tours/min à 48 tours/min. La diminution est plus faible que précédemment : 10 tours/min de moins en respirant le dioxygène pur, contre 16 tours/min de moins en respirant l'air ambiant.

Chapitre 6

Immunité et procréation

1 Vivre avec les microbes

De quoi s'agit-il ? **Les défenses immunitaires naturelles du corps permettent de lutter contre les microbes de notre environnement. Cependant, la vaccination est un outil utile pour stimuler ces défenses immunitaires et empêcher une infection.**

1 Diversité des microbes

- **Les microbes sont présents partout** dans notre environnement : dans l'air, dans le sol, dans nos aliments, sur notre peau, dans notre tube digestif… Il existe environ 100 000 espèces de microbes.
- **La plupart des microbes sont inoffensifs**, certains sont bénéfiques et d'autres encore sont pathogènes.

Vocabulaire

- **pathogène :** qui provoque une maladie.
- **immunité :** ensemble des mécanismes qui protègent l'organisme des infections.

2 Défenses de l'organisme contre les microbes

Les globules blancs (ou **leucocytes**) reconnaissent et éliminent les microbes de notre organisme. Ce sont les acteurs de notre système immunitaire :

- **les lymphocytes B** produisent des anticorps qui adhèrent aux microbes et les neutralisent en les empêchant de se reproduire ;
- **les macrophages ou phagocytes** ingèrent les microbes reconnus par les anticorps lors de la phagocytose et les détruisent ;
- **les lymphocytes T** s'accrochent aux cellules infectées de l'organisme et les détruisent.

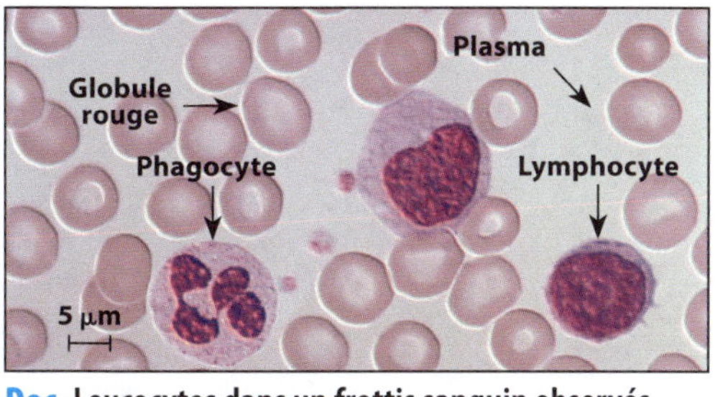

Doc. Leucocytes dans un frottis sanguin observés au microscope photonique

3 Intérêts de la vaccination

- Lors de la vaccination, **les défenses immunitaires apprennent à reconnaître des microbes pathogènes.** Ainsi, en cas d'infection réelle, l'organisme réagit plus vite et plus efficacement. **Se vacciner, c'est se protéger soi-même.**
- **Un individu non vacciné peut** être infecté par des microbes pathogènes sans déclarer la maladie et **transmettre ses microbes. Se vacciner, c'est aussi protéger les autres.**

Les bactéries et microbes sur les mains sales

Le système immunitaire

SVT

Exercice résolu

Ordonner et légender des images de phagocytose

Les macrophages sont des leucocytes capables d'adhérer à la surface des microbes, puis de déformer leur membrane pour les ingérer.
Les microbes sont ensuite digérés et fragmentés en de nombreuses parties. Enfin, le macrophage expulse les débris de microbes.

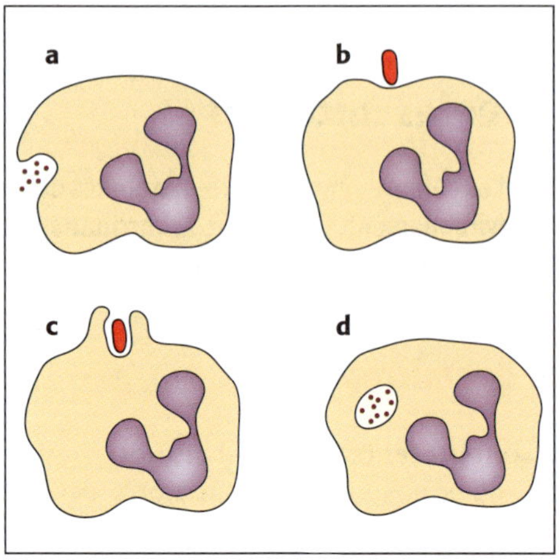

1. Reconstituez les étapes de la phagocytose en remettant les images ci-contre en ordre et donnez un titre à chaque étape.

2. Quel élément de défense immunitaire n'est pas représenté sur ces dessins ?

Attention !
La phagocytose n'est pas spécifique d'un microbe. Elle est efficace contre tous les microbes.

CORRIGÉ

1. Les quatre étapes légendées de la phagocytose sont les suivantes :

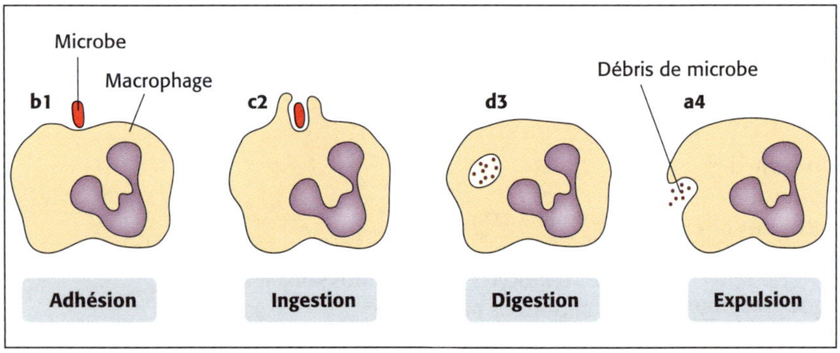

2. Il n'y a **pas d'anticorps représentés** sur les dessins, alors qu'ils participent à la neutralisation des microbes.

2 Fonctionnement des appareils reproducteurs

De quoi s'agit-il ? **Le fonctionnement des appareils reproducteurs est contrôlé par des hormones sexuelles présentes dans le sang et libérées dès la puberté. Ces hormones sont responsables de la production des gamètes et du cycle de fonctionnement de l'utérus.**

1 Changements hormonaux à la puberté

La puberté

- **Lorsque la croissance est suffisante**, des glandes du cerveau produisent des hormones qui stimulent le fonctionnement des ovaires et des testicules.
- Les testicules et les ovaires produisent alors des **hormones sexuelles : testostérone** pour les testicules, **progestérone** et **œstradiol** pour les ovaires. Ces hormones sont responsables de tous les changements physiques et psychiques de la puberté.

Vocabulaire

- **hormone :** molécule produite par des cellules spécialisées, libérée dans le sang en concentration très faible et qui agit sur des organes cibles.

2 Production des cellules sexuelles

- Les ovaires et les testicules produisent des **cellules sexuelles** ou **gamètes** dès la puberté.
- **Les spermatozoïdes sont produits en continu** jusqu'à la mort.
- **Les ovules sont déjà présents dans les ovaires**, mais ils ne sont libérés qu'une fois par cycle, c'est-à-dire en moyenne un ovule par mois jusqu'à la ménopause (vers 50 ans).

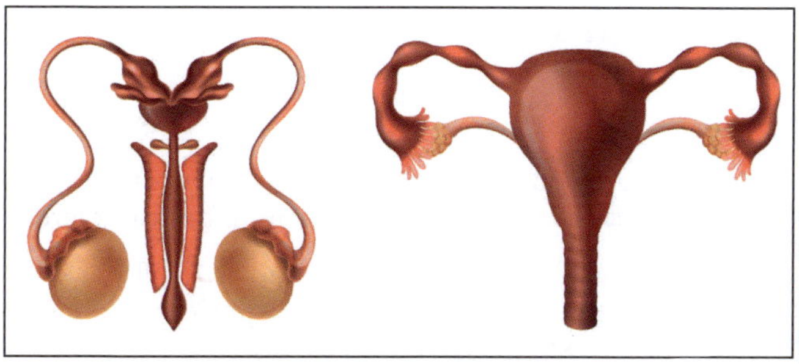

Doc. Le système reproductif masculin et féminin

3 Contrôle hormonal du fonctionnement des appareils reproducteurs

- Chez l'homme, la production continue de testostérone de la puberté à la mort engendre le **fonctionnement continu** de l'appareil.
- Chez la femme, la production des hormones sexuelles varie au **cours d'un cycle de 28 jours** en moyenne. Cette variation cyclique engendre :
  – un cycle dans les ovaires, avec **une ovulation par mois** en milieu de cycle ;
  – un cycle dans l'utérus, avec le développement de la muqueuse de l'utérus en préparation à l'implantation d'un embryon, puis la **destruction de cette muqueuse** s'il n'y a pas eu d'implantation, qui se manifeste par les **règles**.

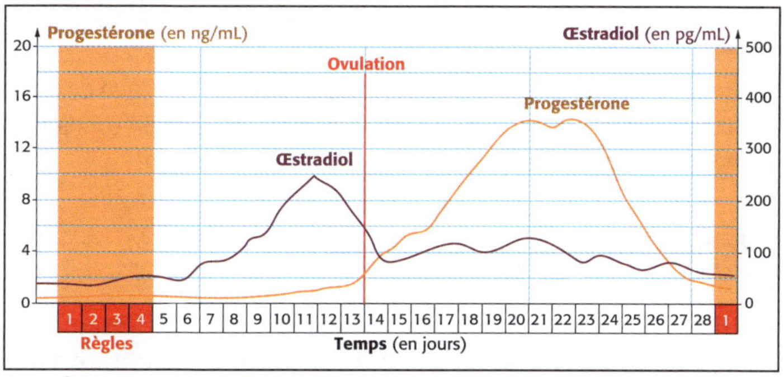

Doc. Évolution de la concentration sanguine des hormones sexuelles chez la femme au cours d'un cycle

Exercice résolu

Interpréter des expériences historiques sur les hormones

Au milieu du XIXe siècle, des scientifiques réalisent une série d'expériences pour déterminer ce qui contrôle la transformation d'un jeune poulet en coq. Ils font les constats suivants :

– L'ablation des testicules (d) ou la suppression des vaisseaux sanguins rattachés aux testicules (e) empêche l'apparition des caractères sexuels du coq (chapon).

– La présence des testicules (b), la suppression des nerfs rattachés aux testicules (a) ou l'injection de liquide extrait de testicules broyés après ablation (c) permet la transformation du poulet en coq.

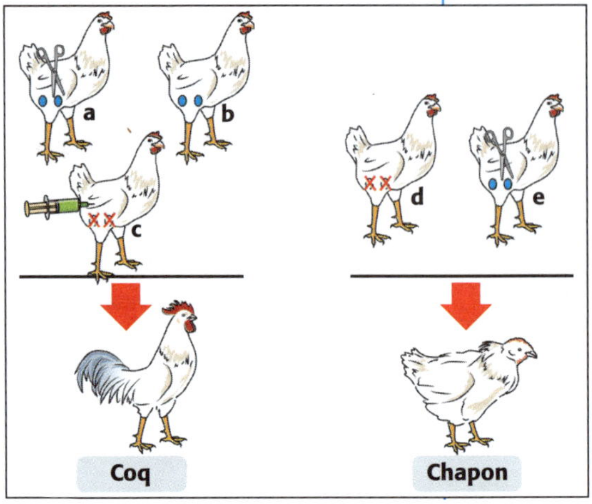

Doc. Résultats d'expériences sur de jeunes poulets

1. Utilisez les résultats de certaines expériences pour montrer que les testicules sont responsables de l'apparition des caractères sexuels chez le coq.

2. Utilisez les résultats d'autres expériences pour montrer que l'action des testicules se fait par voie hormonale.

Remarque

Les hormones doivent être libérées dans le sang pour pouvoir agir.

CORRIGÉ

1. La comparaison des résultats des **expériences (b) et (d)** montre que la présence des testicules est nécessaire pour l'apparition des caractères sexuels chez le coq.

2. Les résultats de l'**expérience (a)** montrent que l'action des testicules ne se fait **pas par voie nerveuse**. Les résultats de l'**expérience (e)** montrent que l'action des testicules se fait **par voie sanguine**. Enfin, les résultats de l'**expérience (c)** montrent que les testicules contiennent une substance responsable de l'apparition des caractères sexuels du coq. Or, **une substance produite par un organe spécialisé, libérée dans le sang et qui agit sur des organes cibles est une hormone.**

3 Sexualité et responsabilité individuelle

De quoi s'agit-il ? **Lors d'un rapport sexuel, il existe un risque de grossesse et/ou de transmission d'infection sexuellement transmissible. Chaque individu doit connaître les moyens de choisir le moment d'être parent et de se protéger contre les infections.**

1 Déroulement de la grossesse

Vocabulaire

■ **embryon :** étape du développement du stade deux cellules jusqu'à la fin de la formation des organes (en deux mois environ).

• Pendant le développement de l'embryon puis du fœtus, **la mère et le futur bébé sont liés par voie sanguine par l'intermédiaire du placenta et du cordon ombilical.** Cela permet l'approvisionnement du fœtus en nutriments et en dioxygène notamment.

• **Même si le sang de la mère et celui du futur bébé ne se mélangent pas pendant la grossesse**, le placenta laisse passer de nombreux éléments qui peuvent être présents dans le sang de la mère : médicaments, drogues, virus…

2 Contraception

- La contraception recouvre tous les **moyens qui visent à empêcher la fécondation et/ou l'implantation de l'embryon** dans la muqueuse utérine.

- **Les méthodes de contraception** les plus courantes sont :
– des dispositifs chimiques à base d'hormones de synthèse qui empêchent l'ovulation et l'implantation d'un embryon ;
– des dispositifs mécaniques qui empêchent les spermatozoïdes d'atteindre l'ovule ;
– des dispositifs mécaniques et chimiques.

À retenir
La contraception chimique peut être administrée sous forme de pilule, de patch ou d'implant sous la peau.

Exemple : la pilule, l'implant et le patch sont des dispositifs chimiques. Le préservatif et la cape sont des dispositifs mécaniques. Le dispositif intra-utérin (stérilet) peut être à la fois mécanique et chimique.

Les méthodes de contraception

- Les différents moyens de contraception permettent à un couple de choisir d'avoir **ou** de ne pas avoir d'enfant.

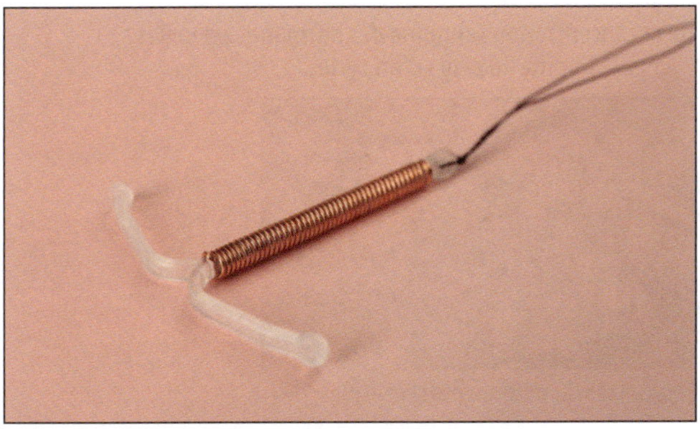

Doc. Exemple de contraception intra-utérin en cuivre

3 Infections sexuellement transmissibles

- **Parmi l'ensemble des moyens de contraception, seul le préservatif protège des infections sexuellement transmissibles (IST).** La plupart des IST provoquent des symptômes très discrets au début de l'infection, elles passent souvent inaperçues, et des individus en sont porteurs sans le savoir.

- Même si leurs symptômes sont discrets, certaines IST ont des conséquences graves sur la santé. En outre, un porteur d'IST peut la transmettre sans le savoir. C'est pourquoi **il est recommandé de procéder à un dépistage d'IST en cas de rapport sexuel non protégé.**

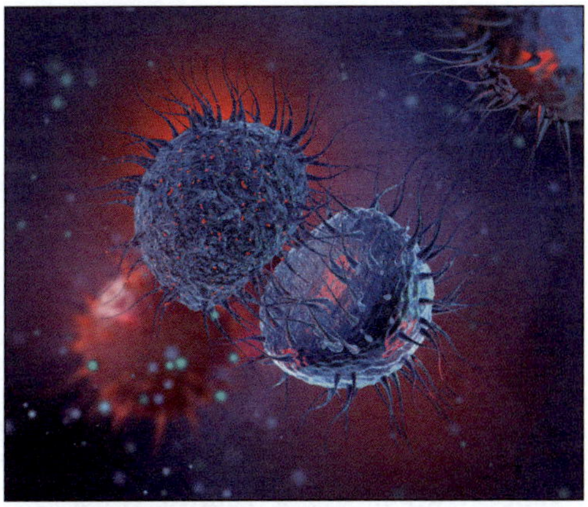

Doc. Bactérie Neisseria gonorrhoeae à l'origine de la gonorrhée, une IST

SVT

Exercice résolu

Comprendre les effets de la pilule contraceptive

Des mesures de concentrations des hormones sexuelles (œstradiol et progestérone) sont réalisées chez une femme avant qu'elle prenne une pilule contraceptive (cycle 1), puis pendant qu'elle prend quotidiennement cette pilule (cycles 2 et 3).

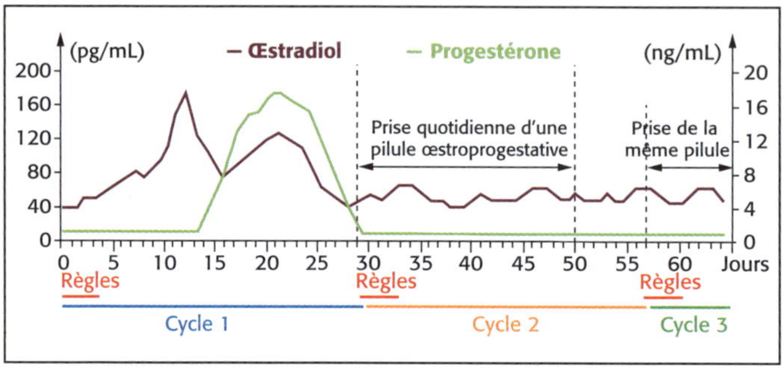

Doc. **Évolution de la concentration sanguine des hormones sexuelles chez la femme au cours d'un cycle**

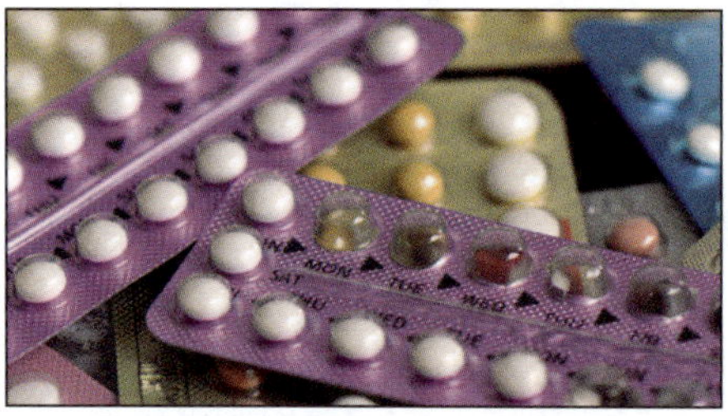

Doc. **Plaquettes de pilules contraceptives**

1. Décrivez l'évolution des concentrations d'œstradiol et de progestérone au cours du cycle 1.

2. Décrivez l'évolution des concentrations d'œstradiol et de progestérone au cours du cycle 2. Déduisez-en le mode d'action de la pilule.

3. À partir de vos connaissances sur le rôle des hormones sexuelles, expliquez en quoi la pilule est contraceptive.

CORRIGÉ

1. La concentration d'**œstradiol** est à **40 pg/mL** en début de cycle. Elle augmente jusqu'à un **pic de 160 pg/mL au 12e jour**, puis cette concentration diminue et augmente de nouveau vers le 22e jour du cycle, avant de retourner à sa valeur initiale.
La concentration de **progestérone** est **proche de zéro** en début de cycle et connaît un **pic vers le 22e jour à presque 20 ng/mL**.

> **À savoir**
> L'unité pg (picogramme) désigne une masse 1 000 fois plus petite que le ng (nanogramme).

2. **Sous pilule**, la concentration d'**œstradiol reste à 40 pg/mL** et celle de **progestérone reste proche de zéro**. Ainsi, la **pilule empêche les variations cycliques des concentrations des hormones sexuelles.**

3. Sans variations des concentrations d'hormones sexuelles, il n'y a **ni ovulation, ni préparation de la muqueuse utérine.** Donc, la pilule empêche la fécondation et l'implantation d'un embryon.

Révision express

Les points importants à retenir

1. Les défenses immunitaires

- Des cellules sanguines spécialisées (les leucocytes) sont responsables de la protection de l'organisme contre les microbes pathogènes.
- Les lymphocytes B produisent des anticorps qui adhèrent en grand nombre sur les microbes, ce qui les empêche de se reproduire.
- Les phagocytes ingèrent les microbes reconnus par les anticorps et les détruisent.
- Les lymphocytes T s'accrochent aux cellules infectées par les microbes et les détruisent.
- La vaccination permet d'améliorer les défenses immunitaires vis à vis d'un ou de quelques microbes spécifiques.

2. La procréation humaine

- Le fonctionnement des organes reproducteurs est contrôlé par des hormones.
- Chez l'homme, la production de la testostérone est continue et elle stimule la production de spermatozoïdes tout au long de la vie.
- Chez la femme, la production de progestérone et d'oestradiol est cyclique et baisse fortement à la ménopause. Elle stimule la libération d'un ovule par mois et la préparation de l'utérus à une éventuelle implantation d'embryon.
- Des dispositifs chimiques et/ou mécaniques permettent aux couples de choisir d'avoir ou pas des enfants. Parmi ces différents moyens, seul le préservatif empêche la transmission des infections sexuellement transmissibles.

SVT

Quiz

Cochez la ou les bonnes réponses.

1. Les globules blancs sont aussi appelés :
a. ☐ **macrophages** b. ☐ **lymphocytes** c. ☐ **leucocytes**

2. Les anticorps neutralisent les microbes en :
a. ☐ **y adhérant** b. ☐ **empêchant leur reproduction** c. ☐ **les détruisant**

3. Les ovaires libèrent des cellules sexuelles :
a. ☐ **dès la puberté** b. ☐ **en continu** c. ☐ **pendant les règles**

4. L'abréviation « IST » signifie :
a. ☐ **insémination sexuellement transgénique**
b. ☐ **infection sexuellement transmissible**
c. ☐ **immunisation sexuellement totale**

5. Les moyens de contraception efficaces contre les IST sont :
a. ☐ **les pilules** b. ☐ **les préservatifs** c. ☐ **les dispositifs intra-utérins**

→ Réponses p. 506

EXERCICE GUIDÉ

Proposer un protocole expérimental

Énoncé

Les bactéries peuvent être cultivées sur de la gélose dans des boîtes de Petri. Elles forment alors des colonies blanches telles qu'on les voit sur la photographie ci-contre.

Des chercheurs ont isolé une souche de bactéries et cherchent l'antibiotique le plus efficace contre cette souche.

Proposez un protocole expérimental permettant de déterminer l'efficacité de trois antibiotiques notés A, B et C.

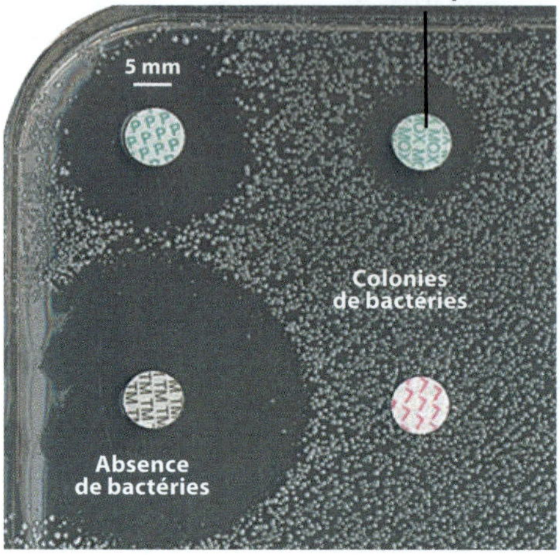

Doc. Effet des antibiotiques sur une culture de bactéries

Méthode

1. Exploiter les informations du document comme piste de protocole.
2. Proposer une expérience témoin.
3. Envisager les résultats attendus.

Corrigé

Solution	Commentaires
Les bactéries sont mises en culture sur de la gélose dans une boîte de Petri. Des pastilles repérées A, B, C et D (eau) sont déposées sur la gélose. Au bout de quelques jours, on mesure le diamètre des auréoles sans bactérie autour de chaque pastille. L'absence d'auréole autour de la pastille imbibée d'eau sert de témoin. La pastille qui présente l'auréole la plus grande contient l'antibiotique le plus efficace.	**1.** Trois pastilles imbibées des différents antibiotiques sont déposées sur une boîte de culture tapissée par les bactéries étudiées.
	2. Une quatrième pastille imbibée d'eau stérilisée et déminéralisée est déposée dans la boîte de culture comme témoin.
	3. Des auréoles sans bactérie vont se développer autour des pastilles contenant des antibiotiques efficaces.

Technologie

Technologie

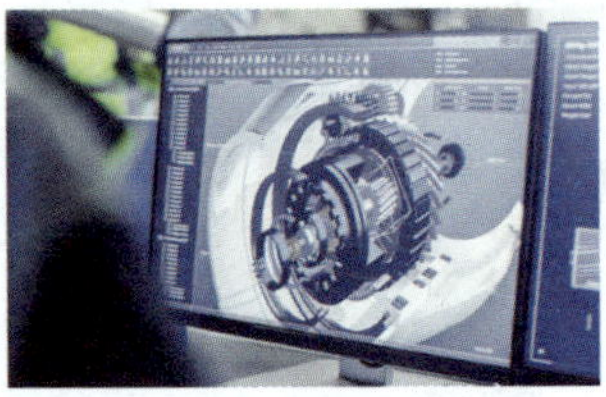

1 Design, innovation et créativité 352

➜ Révision Express 358

▸▸▸ Cap sur le brevet

Étudier le besoin d'un objet technique 359

2 Objets techniques, services et changements induits dans la société 360

➜ Révision Express 366

▸▸▸ Cap sur le brevet

Utiliser une frise chronologique pour comparer et analyser les objets et systèmes techniques 367

3 Structure et fonctionnement des objets et systèmes techniques 368

➜ Révision Express 374

▸▸▸ Cap sur le brevet

Identifier les fonctions et y associer les solutions techniques 375

4 De la modélisation à la validation du prototype 376

➜ Révision Express 382

››› Cap sur le brevet

Construire un protocole de test 383

5 Fonctionnement d'un réseau informatique 384

➜ Révision Express 390

››› Cap sur le brevet

Représenter un réseau informatique local 392

6 Écriture, mise au point et exécution d'un programme 393

➜ Révision Express 399

››› Cap sur le brevet

Comprendre un programme en langage de type bloc 400

Chapitre 1 Design, innovation et créativité

1 De la naissance du besoin à la rédaction du cahier des charges

De quoi s'agit-il ? Avant de fabriquer un objet, il est nécessaire de définir précisément le besoin auquel il devra répondre. Il faut ensuite rédiger un document qui liste les fonctions et contraintes à respecter : le cahier des charges.

1 Définir le besoin

- **Les objets techniques et les services sont créés pour répondre à un besoin.** Lorsqu'une entreprise ou une personne souhaite créer un nouveau produit, elle doit définir précisément les attentes des futurs utilisateurs.

- **L'entreprise doit se poser plusieurs questions :**
– À quoi ou à qui le produit va-t-il servir ?
– Que va-t-il modifier ou apporter à son utilisateur ?
– Dans quel but sera-t-il utilisé ?

L'ensemble des réponses à ces questions permet de définir le **besoin**.

2 Distinguer les biens matériels et les services

La réponse au besoin formulé peut être un bien matériel ou immatériel :

- un **bien matériel** est un objet que l'on peut toucher, voir (une lampe de bureau par exemple) ;

- un **bien immatériel** est un service (un abonnement de transport en commun est par exemple un service fourni par une société de transports).

3 Rédiger le cahier des charges

- **Le cahier des charges peut être rédigé lorsque le besoin est défini.** C'est un document qui regroupe de façon détaillée l'ensemble des fonctions que l'objet devra satisfaire et les contraintes qu'il devra respecter.

- **Le cahier des charges prend souvent la forme d'un tableau** avec quatre colonnes :
– les repères associés à chaque fonction (FP : fonction principale ; FC : fonction contrainte) ;
– la fonction définie sous forme de phrase ;
– les critères associés à chacune des fonctions ;
– les niveaux permettant de préciser les critères.

Idée à retenir

Le cahier des charges définit le produit, il est rédigé à la suite d'échanges entre le concepteur, le fabricant et le client.

Exercice résolu

Identifier un besoin et compléter un cahier des charges

Le clavier laser est une innovation récente que l'on pourrait bientôt retrouver sur nos bureaux. C'est un boîtier équipé d'une batterie que l'on connecte à un ordinateur, une tablette ou un *smartphone*. Un laser projette un clavier sur la surface du bureau afin de pouvoir saisir du texte.

Doc. Le clavier laser

1. Définissez par une phrase le besoin auquel répond le clavier laser.

2. S'agit-il d'un bien matériel ou d'un service ?

3. Complétez l'extrait de cahier des charges ci-dessous à l'aide des éléments suivants : *Sobre* ; *Autonomie* (t_a) ; *Permettre de saisir du texte* ; *Sans fil* ; *Afficher un prix abordable*.

Rep	Fonction	Critère	Niveau
FP	........................(1)	– Disposition du clavier par pays – Temps de reconnaissance de la frappe (t)	– Tout langage disponible – $t < 0{,}01$ s
FC1	Se connecter à l'ordinateur, à la tablette ou au *smartphone*	– Type de connectivité – Distance maximale (d)	– ....(2) – $d < 3$ m
FC2	........................(3)	Prix moyen de la concurrence (p)	$p < 20$ €
FC3	Être alimenté en énergie	– ....(4) – Temps de charge (t_c) – Type de batterie	– $t_a > 5$ h – $t_c < 2$ h – ....(5)
FC4	Être esthétique et plaire à la majorité	– Forme – Couleur	– Simple et épurée – ....(6)

CORRIGÉ

1. Le clavier laser rend service aux utilisateurs d'ordinateurs, de *smartphones* ou de tablettes en agissant sur le bureau dans le but qu'ils puissent saisir du texte.

2. Il s'agit d'un bien **matériel**, on peut manipuler le boîtier, le voir.

3. 1 : Permettre de saisir du texte ; 2 : Sans fil ; 3 : Afficher un prix abordable ; 4 : Autonomie (t_a) ; 5 : rechargeable ; 6 : Sobre.

Le clavier laser

2 Organiser un projet

De quoi s'agit-il ? Pour parvenir à produire un bien ou un service, il faut organiser un projet. Ce projet est planifié en suivant des étapes. Le planning permet d'estimer le temps nécessaire à la réalisation du projet et d'éviter les pertes de temps.

1 Étapes d'un projet

● **Un projet peut être de nature très variée :** construction d'un bâtiment, développement d'une application logicielle, élaboration d'un service…

● Un projet comporte plusieurs étapes. **Les étapes guident la création et optimisent le temps** passé sur le projet.

Remarque
Ces étapes sont les plus courantes dans un projet, mais on ne les retrouve pas forcement dans tous les cas.

● Chaque étape est généralement associée à une production (document, maquette, prototype, fichier).

ÉTAPES	Définition du besoin et rédaction du cahier des charges	Répartition des tâches, planification	Recherche des solutions techniques	Choix et validation des solutions techniques (tests)	Réalisation du prototype et finalisation du projet
	Temps →				
PRODUCTIONS	Document écrit sous forme de texte et de tableau à conserver dans la revue de projet	Document de répartition et planning prévisionnel	Recherche documentaire sur les solutions existantes, modélisation numérique	Tableau de validation avec avantages et inconvénients des solutions en fonction des résultats des tests	Fabrication et évaluation du prototype avant lancement de la production

Doc. **De la définition du besoin à la finalisation du projet**

2 Planning prévisionnel

● **Le planning prévisionnel permet d'organiser le projet et d'identifier les tâches pouvant être réalisées simultanément** afin de les répartir de façon optimale sur toute la durée du projet.

Idée à retenir
La bonne organisation d'un projet permet de réduire le temps qu'il faudra pour en venir à bout et ainsi de réduire les coûts.

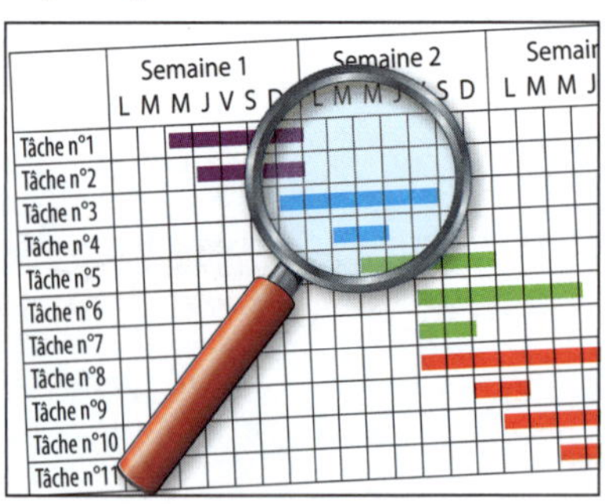

Doc. **Planning prévisionnel**

● Ce planning permet de **suivre l'avancement** d'un projet et d'**anticiper d'éventuels retards**.

● Pour être efficace, le planning prévisionnel doit être régulièrement mis à jour durant le projet.

Exercice résolu

Comprendre un planning prévisionnel

Voici un extrait du planning prévisionnel de la construction d'une maison. Chaque couleur correspond à une personne différente.

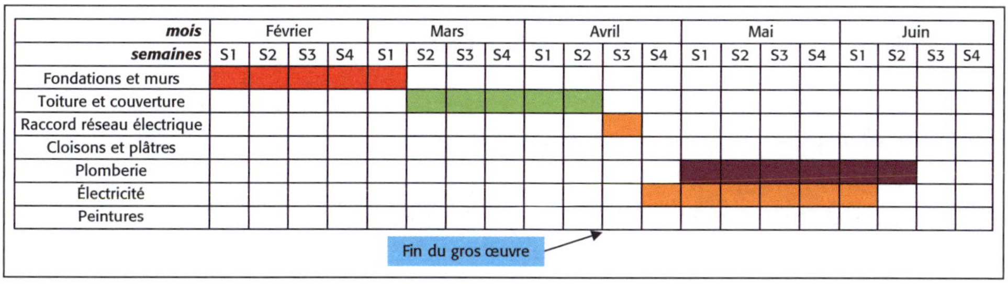

1. Complétez le planning de Jean, l'ouvrier chargé de réaliser les cloisons, plâtres et peintures, en respectant les contraintes suivantes : la pose des cloisons et les plâtres peuvent débuter une fois le gros œuvre terminé (durée : 6 semaines) ; les peintures peuvent commencer 1 semaine avant la fin des travaux d'électricité (durée : 4 semaines).

2. Pourquoi peut-on superposer l'électricité et la plomberie dans le planning ? Qu'est-ce que cela apporte au chantier ?

CORRIGÉ

1. Le plus judicieux est de faire commencer Jean en S3 d'avril. Il peut intervenir lorsque le gros œuvre est terminé et ne sera pas dérangé par l'électricien, car leurs tâches peuvent être réalisées simultanément (fin en S4 de mai). Le travail de peinture commence lorsque Jean a fini les cloisons et les plâtres, donc à partir de la S1 de juin (fin en S4 de juin).

> **Attention !**
> Une personne ne peut réaliser qu'une tâche à la fois.

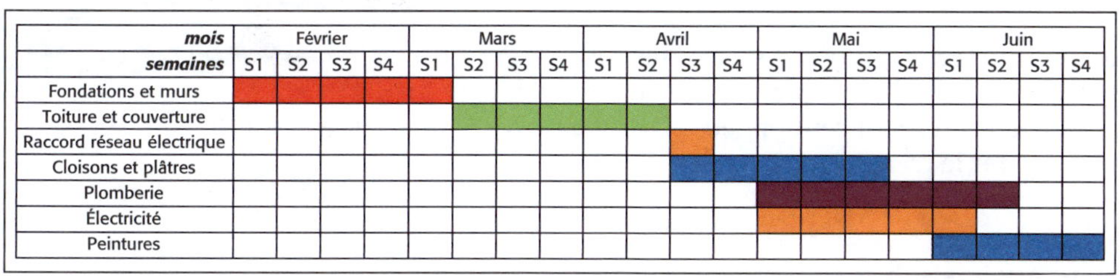

2. Lorsque des tâches sont réalisées par deux personnes différentes et qu'elles ne sont pas dépendantes l'une de l'autre, elles peuvent être exécutées simultanément. Cela permet de raccourcir la durée du projet.

TECHNOLOGIE

3 De la conception à la réalisation d'un projet

De quoi s'agit-il ? Une fois le produit défini par le cahier des charges, la conception consiste à rechercher des solutions techniques. Cette conception peut se faire à l'aide d'outils informatiques, elle aboutit généralement à la réalisation d'un prototype.

1 Rechercher une solution pour répondre au besoin

Le processus de création de l'objet technique consiste à **rechercher des solutions répondant à chaque fonction technique**. Il existe pour cela plusieurs méthodes :

- **effectuer une veille technologique :** lister et comparer sur Internet les solutions déjà existantes et commercialisées, utiliser un logiciel de base de connaissances, rassembler des articles sur le sujet (catalogues, contenus Web, revues spécialisées…) ;
- **proposer des innovations** pour améliorer le fonctionnement de l'objet, proposer un design plus adapté et actuel, simplifier les procédés de fabrication, réduire l'impact environnemental ou baisser le coût de réalisation ;
- **réaliser des croquis et schémas** pour présenter de façon détaillée les solutions imaginées.

2 Concevoir et modéliser avec un logiciel de CAO

- Pour valider les solutions, le **dessin en 3D sur un logiciel de CAO** (conception assistée par ordinateur) permet de représenter et de réaliser des simulations sur un modèle numérique du futur objet.
- **Le design de l'objet est proposé.** Plusieurs versions de l'objet peuvent être imaginées, le choix se fera par exemple à la suite d'une enquête d'opinion.
- **De nombreux paramètres (solidité, fonctionnement de l'objet…) peuvent être simulés.** Le concepteur peut alors modifier le produit dans une logique d'écoconception (économie de matière, poids et dimensions pour le transport…).

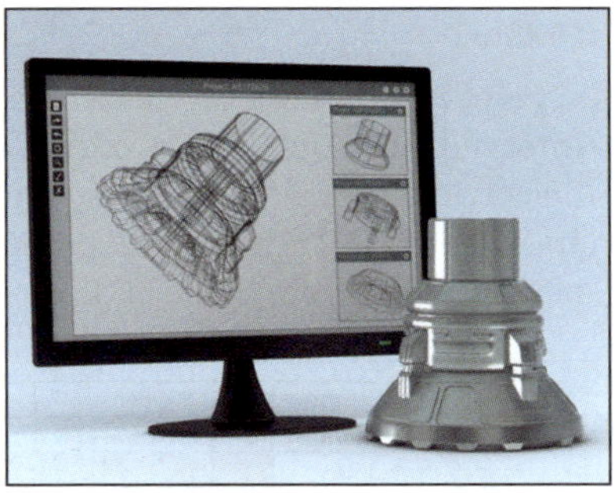

Doc. Logiciel de CAO

La CAO

3 Réaliser un prototype

Un prototype est fabriqué une fois le fichier 3D terminé et validé, il ressemble beaucoup au produit final. **Ce prototype subira un ensemble de tests** afin de vérifier qu'il répond entièrement au cahier des charges et d'éviter les défauts qui pourraient nuire à son utilisation.

Vocabulaire

- **CAO :** technique de Conception Assistée par Ordinateur utilisant des logiciels de représentation des objets et de simulation de leur comportement.
- **prototype :** premier exemplaire d'un objet sur lequel une série de tests sera effectuée pour valider les solutions techniques retenues.

Exercice résolu

Identifier l'innovation

Dans la maison, les appareils en veille représentent en moyenne 11 % de la consommation d'électricité. Le dispositif RWU (*Remote Wake Up*) est composé d'un émetteur sous forme de télécommande et d'un récepteur relié à une prise électrique.

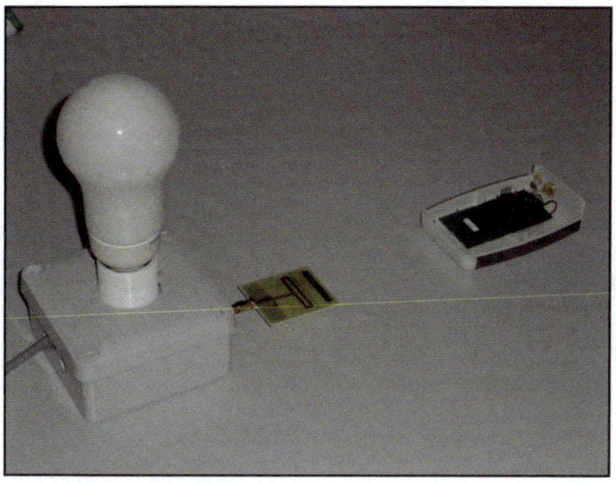

Doc. **Le dispositif RWU**

Cette technologie innovante permet de réveiller à distance un équipement complètement éteint à l'aide d'une impulsion électromagnétique. De cette manière, au lieu d'être maintenu en veille et de consommer de l'électricité, l'appareil électrique est à l'arrêt jusqu'à ce qu'il reçoive un ordre de réveil par l'utilisateur. Le mode veille n'étant pas utilisé, la consommation d'électricité est divisée par mille pour une même opération d'allumage ou d'extinction de l'appareil.

1. À quel besoin répond ce dispositif ?

2. Quelle est l'innovation proposée par les concepteurs du RWU ?

3. Quels sont les apports de cette innovation ?

L'astuce du prof

Soulignez les points importants dans le texte.

CORRIGÉ

1. Ce dispositif permet de **diminuer la consommation de veille** des équipements électroniques.

2. Un émetteur (télécommande) envoie une impulsion électromagnétique à un récepteur permettant de commander l'allumage et l'extinction de l'appareil **même complètement éteint**.

3. Cette innovation permet de réduire la consommation électrique des équipements électroniques, et par conséquent, la facture d'électricité des utilisateurs, ainsi que l'impact environnemental des équipements.

Remarque

Les appareils en veille coûtent 86 € par foyer et par an (AFP, 2013).

TECHNOLOGIE

Révision express

Les points importants à retenir

La production d'un bien ou d'un service suit une démarche par étape

Les étapes les plus courantes sont :

- **1.** Définir le besoin et rédiger le cahier des charges
- **2.** Organiser le projet pour fixer des délais
- **3.** Concevoir et simuler les solutions
- **4.** Fabriquer et tester le produit

Quiz

Cochez la (ou les) réponse(s) correcte(s).

1. Les objets techniques et services sont créés pour répondre à :
a. ☐ **une question** b. ☐ **un besoin** c. ☐ **un utilisateur**

2. Le garagiste produit :
a. ☐ **un bien** b. ☐ **une action** c. ☐ **un service**

3. Quand le besoin est défini, il faut rédiger :
a. ☐ **un cahier des charges** b. ☐ **un schéma** c. ☐ **une fonction**

4. La dernière étape du projet est :
a. ☐ **la répartition des tâches** b. ☐ **la réalisation du prototype**
c. ☐ **la conception par ordinateur**

5. Un planning prévisionnel permet :
a. ☐ **d'organiser le projet**
b. ☐ **d'identifier le besoin**
c. ☐ **d'établir une facture**

6. Pour rechercher des solutions techniques, il faut :
a. ☐ **réaliser un objet avec un logiciel de CAO**
b. ☐ **effectuer une veille technologique**
c. ☐ **utiliser l'imprimante 3D**

→ Réponses p. 507

EXERCICE GUIDÉ

Étudier le besoin d'un objet technique

Énoncé

L'entreprise AutoWash installe des stations de lavage automatique de voiture dans les villes.

Définissez par une phrase le besoin auquel répond ce système.

Doc. Station de lavage automatique

Méthode

1 Dessiner un diagramme d'expression du besoin vide (appelé aussi « bête à cornes »).

2 Compléter le diagramme en répondant aux questions suivantes :

- Quel est le nom du produit ? (au centre, le nez de la bête)
- À qui, à quoi le produit rend-il service ? (corne de gauche)
- Sur qui, sur quoi agit-il ? (corne de droite)
- Dans quel but ? (en bas, bouche de la bête)

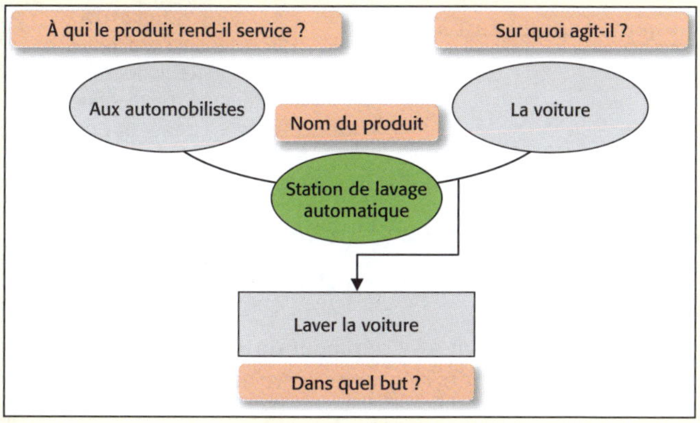

3 Rédiger la réponse selon le modèle suivant :

Le produit nommé …… rend service à …… en agissant sur …… dans le but de ……

Corrigé

La station de lavage automatique rend service aux automobilistes en agissant sur les voitures dans le but de les laver.

Chapitre 2 Objets techniques, services et changements induits dans la société

1 Histoire des solutions techniques

De quoi s'agit-il ? L'évolution de nos objets techniques est la conséquence de nombreuses découvertes et innovations technologiques. Ces évolutions améliorent les performances et les fonctionnalités de nos objets.

1 Des objets et services qui évoluent

Les connaissances scientifiques et technologiques progressent tous les jours. **L'évolution des techniques permet de faire évoluer les objets dans de nombreux domaines :**

- **matériaux :** les objets tendent à devenir plus légers, plus résistants et à utiliser des matériaux moins coûteux et moins polluants ;
- **énergie :** les objets consomment moins d'énergie (bilan carbone allégé) ou consomment une énergie plus propre et gagnent en autonomie ;
- **ergonomie :** les objets sont plus simples à utiliser, plus intuitifs, plus rapides ;
- **esthétique :** le design des objets (forme, couleur) évolue pour s'adapter aux usages, à la mode.

Vocabulaire

- **ergonomie :** ensemble des caractéristiques qui déterminent la facilité d'utilisation, le confort et la sécurité d'un objet.
- **esthétique :** ensemble des caractéristiques qui déterminent l'apparence de l'objet (couleurs, formes, matériaux) ; l'esthétique est souvent associée au mot Design.

2 Familles d'objets techniques

Les objets qui répondent au même besoin (usage) sont regroupés en familles. Cela permet de faciliter leur classement.

Exemples :
La famille des véhicules aériens regroupe les objets qui servent à se déplacer dans les airs.
La famille des éclairages regroupe les objets qui servent à produire une lumière artificielle.

3 Lignées d'objets techniques

Une lignée regroupe les objets d'une même famille qui utilisent le même principe technique pour répondre au besoin.

Exemples :
Les avions à réaction, les hélicoptères et les montgolfières sont trois lignées de la famille des véhicules aériens.
Les objets utilisant les combustions dans l'air (bougie, lampe à huile), les objets utilisant des gaz (néon, xénon) et les LED sont trois lignées de la famille des éclairages.

Remarque

Pour identifier le principe technique, posez-vous la question : Comment cet objet fonctionne-t-il ?

Exercice résolu

Identifier les évolutions des objets

Doc. Radio TSF (transmission sans fil) en bois, volumineuse et très chère à l'époque, qui se branchait sur le réseau électrique (fin XIXe siècle)

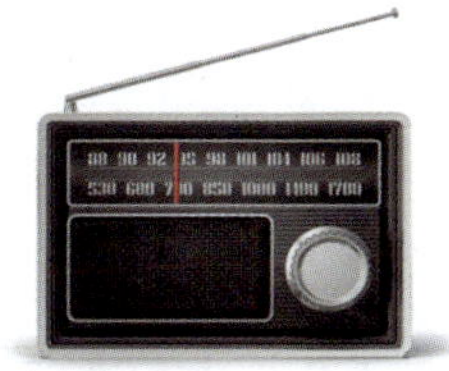

Doc. Transistor en métal alimenté par des piles (1948)

Doc. Radio Tykho en gomme de silicone, alimentée par une batterie rechargeable avec un câble USB, facilement transportable (années 2000)

1. De quelle famille ces objets font-ils partie ?

2. Décrivez l'évolution des matériaux et de l'esthétique de ces objets.

3. Décrivez l'évolution de l'alimentation électrique de ces objets.

CORRIGÉ

1. Ces objets font partie de la famille des **récepteurs radio sans fil**.

2. Le **plastique** a remplacé le **bois** et le **métal**, car il est plus facile à mettre en forme et moins coûteux. La radio Tykho propose un revêtement en silicone plus agréable au toucher. Ces objets sont de plus en plus petits, avec des formes plus simples et des couleurs plus vives.

3. Les premières radios étaient alimentées par le **réseau électrique**. Le développement **des piles** puis **des batteries** a permis ensuite d'utiliser ces objets n'importe où.
Aujourd'hui, les radios sont plus autonomes et consomment moins d'énergie.

Conseil
Pour présenter l'évolution d'un objet, pensez à justifier vos réponses en donnant les raisons qui ont provoqué ces changements.

Remarque
On retrouve cette évolution des solutions d'alimentation électrique sur de nombreux objets.

TECHNOLOGIE

2 Étude de l'évolution d'un objet technique

De quoi s'agit-il ? Nos objets subissent parfois de grands bouleversements appelés ruptures technologiques. Au fil du temps, ces innovations ont modifié notre quotidien de manière importante.

1 Rupture technologique

- La rupture technologique est une **nouvelle technologie qui apporte une solution très différente et plus performante** à un problème technique déjà existant.
- **Cette rupture provient généralement de la recherche, de l'innovation ou de l'invention.** On parle de rupture, car elle entraîne souvent de grands changements pour nos objets, voire notre quotidien.

Exemple : l'écran plat (LCD) est une rupture technologique qui succède au très volumineux écran cathodique. Cette rupture provient en partie de l'invention de l'écran couleur à cristaux liquides par les ingénieurs de la société Thomson en 1984.

2 Exemples de ruptures technologiques qui ont changé le monde

• **La roue est un exemple d'invention révolutionnaire.** Les scientifiques s'accordent à dire que la roue est apparue vers 3 000 ans av. J.-C. en Mésopotamie. Les premières roues étaient fabriquées en pierre, en bois ou en terre cuite. Elles ont permis un développement important et rapide des constructions, du commerce, et des déplacements.

Doc. Mosaïque qui représente un chariot (2800-2300 av. J.-C., Mésopotamie)

• **Au XVIIIe siècle, l'invention de la machine à vapeur par James Watt** a également entraîné des avancées gigantesques pour l'époque :
- dans le transport : train, bateau, voiture ;
- dans l'industrie : pompage de l'eau dans les mines, grue à vapeur ;
- dans l'agriculture : batteuse pour les céréales, tracteur…

Doc. Mécanisation du battage du blé (fin du XIXe siècle)

• **Ces exemples ne sont qu'une infime partie des changements apportés par la technologie dans nos sociétés.** On peut aussi citer l'électricité qui a illuminé nos villes, ou les réseaux informatiques (Internet) qui ont totalement modifié notre façon de communiquer.

Exercice résolu

Étudier l'impact des réseaux sociaux sur notre vie

Depuis la fin des années 1990, les réseaux sociaux comme Facebook, Twitter, Google+ ou Linkedin se sont fortement développés. Ces services, associés à la démocratisation d'Internet, à l'explosion des débits des réseaux mobiles (GPRS, 3G, 4G) et à la multiplication des objets connectés (ordinateurs, smartphones, tablettes) ont bouleversé nos usages.

Doc. Une femme se prenant en vidéo

En 2015, plus de 83 % des foyers français disposaient d'une connexion Internet fixe. Aujourd'hui, nous pouvons être connectés en permanence à nos amis et nos proches, à n'importe quel endroit de la planète.

Mais ces nouveaux usages, dont nous sommes devenus très dépendants, entraînent également des dérives : harcèlement en ligne, vente de nos données personnelles, usurpation d'identité, addictions...

Pour que ces outils restent un progrès et ne deviennent pas nuisibles, il est nécessaire de se former à leur utilisation et de connaître les dérives qu'ils peuvent engendrer.

Doc. Un jeune adolescent victime de cyber harcèlement

1. Quelles innovations ont permis le développement des réseaux sociaux ?

2. Comment les réseaux sociaux ont-ils modifié notre quotidien ?

3. Comment se protéger des risques liés à l'utilisation de ces outils ?

CORRIGÉ

1. La démocratisation d'Internet, l'augmentation du débit des réseaux mobiles, la multiplication des appareils connectés ont permis le développement rapide des réseaux sociaux.

> **Remarque**
> **Débits Internet mobiles :**
> - 1991 (2G) : 64 Kb/s ;
> - 2010 (4G) : + de 300 000 Kb/s.

2. Où que nous soyons, nous avons la possibilité d'être **connectés** à nos proches pour **discuter**, **organiser** des événements, **partager** de l'information, des photos. Cela était totalement impossible il y a vingt ans !

3. Il faut **se former** à l'utilisation de ces outils, afin de connaître leur mode de fonctionnement (confidentialité, revente de ses données par le site) et **les dérives qu'ils peuvent engendrer** (temps quotidien passé sur les réseaux sociaux, partage de la **vie privée**, **éthique**, **droit à l'image**...).

3 Cycle de vie et impact environnemental

De quoi s'agit-il ? **Nos objets subissent parfois de grands bouleversements appelés ruptures technologiques. Au fil du temps, ces innovations ont modifié notre quotidien de manière importante.**

1 Cycle de vie des objets

- **Les objets ont un cycle de vie**, ils sont créés à partir de matières premières et sont détruits ou recyclés lorsqu'ils ne sont plus utiles ou lorsqu'ils ne fonctionnent plus.

- Le cycle de vie peut être différent suivant le produit, mais on retrouve souvent le même schéma.
- **L'impact environnemental** d'un objet est évalué par le fabricant, il cherche des solutions pour limiter les pollutions.

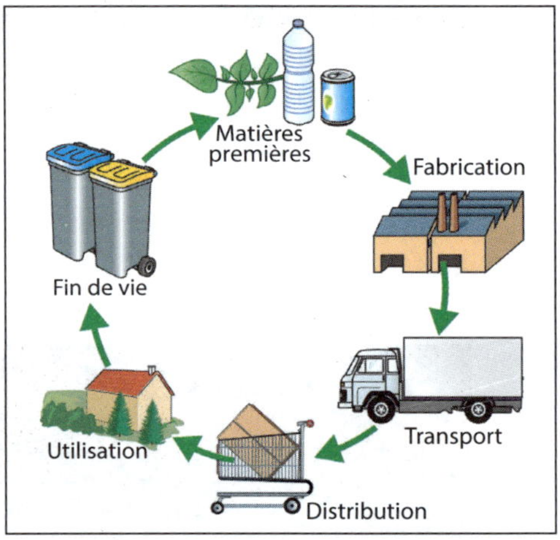

Doc. **Les principales étapes du cycle de vie d'un produit**

2 Solutions pour réduire l'impact environnemental

- **Nos besoins en énergie et en matières premières augmentent fortement** avec l'accroissement de la population et la hausse du niveau de vie moyen sur Terre.

- **Pour limiter l'impact environnemental de nos objets, de nombreuses solutions existent** tout au long de leur cycle de vie :
  - diminuer la consommation d'énergie lors de l'extraction et du transport des matières premières ;
  - réduire la quantité de matériaux utilisés pour fabriquer l'objet ;
  - utiliser des procédés de fabrication plus économes en énergie ;
  - prendre en compte la fin de vie de l'objet et son recyclage ;
  - supprimer les emballages inutiles.

- **Les normes sont des règles fixées par les États ou les organisations (ONU, UE) pour limiter l'impact environnemental des objets, garantir leur qualité, leur provenance ou leur sécurité.** Les entreprises doivent respecter ces règles quand elles conçoivent et fabriquent de nouveaux objets.

Piège à éviter

Ce n'est pas parce qu'un objet ne pollue pas durant sa phase d'utilisation qu'il n'a pas d'impact sur l'environnement.

Remarque

Les normes environnementales sont de plus en plus strictes afin d'obliger les entreprises et les particuliers à réduire leur impact sur l'environnement.

Exemples :
Norme NF HQE : norme française de haute qualité environnementale pour les bâtiments.
ISO 14 001 : norme internationale qui a pour fonction d'aider les entreprises à mesurer l'impact environnemental de leur activité.

Exercice résolu

Identifier les étapes du cycle de vie et les solutions pour réduire l'impact environnemental

L'entreprise Pocheco fabrique des enveloppes en papier et s'efforce de réduire au maximum l'impact environnemental de ses produits.

Les déchets papiers issus de la découpe des enveloppes ont pu être valorisés : ils sont revendus à un recycleur. Sur la chaîne de production, des radiateurs à infrarouges ont remplacé l'air pulsé pour sécher les produits, diminuant ainsi de 16 % la facture d'électricité de l'entreprise. Les encres utilisées ne contiennent plus de solvants.

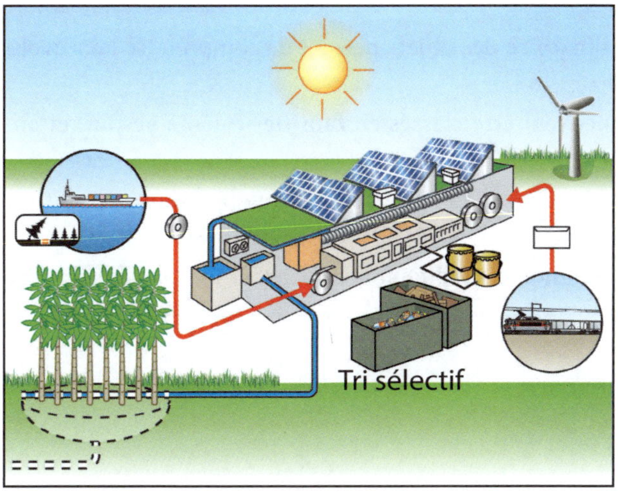

Doc. La première usine « écolonomique » (mot-valise provenant de la contraction des mots « écologie » et « économie »)

Enfin, l'entreprise a aussi repensé le conditionnement de ses enveloppes. Elle a conçu un rouleau sur lequel peuvent être enroulées jusqu'à 70 000 enveloppes. Il peut être récupéré chez les clients et réutilisé, ce qui réduit l'encombrement lors du transport et les déchets de cartons et de films plastiques de l'emballage classique.

1. À quelles étapes du cycle de vie de ces enveloppes l'entreprise Pocheco agit-elle pour diminuer son impact environnemental ?

2. Relevez une solution trouvée par l'entreprise pour réduire sa consommation énergétique.

3. Que pourrait faire l'entreprise pour diminuer encore sa consommation de matière première ?

CORRIGÉ

1. Pocheco agit au niveau des étapes suivantes du cycle de vie des enveloppes :
– la **fabrication** : utilisation d'encres sans solvant ;
– la **distribution** : conditionnement en rouleaux pour limiter l'encombrement dans les camions ;
– le **recyclage** : suppression des films plastiques et des cartons d'emballage.

2. Sur la chaîne de production, **des radiateurs à infrarouges** ont remplacé l'air pulsé pour sécher les produits.

3. L'entreprise pourrait utiliser **du papier recyclé** pour fabriquer les enveloppes.

Remarque

Pour certains objets, l'éco-participation est ajoutée au prix de vente. Elle doit compenser le coût de la collecte et du traitement des déchets.

TECHNOLOGIE

Révision express

Les points importants à retenir

- Connaître **l'histoire des objets** permet de comprendre leur évolution et d'imaginer les changements futurs.
- Les objets peuvent être classés en **familles** (même besoin) et en **lignées** (même principe technique)
- Les principales phases du **cycle de vie** d'un objet sont : extraction des matières premières, fabrication, transport, distribution, utilisation, fin de vie.
- Les objets techniques modifient nos sociétés et impactent l'environnement

Quiz

Cochez la (ou les) réponse(s) correcte(s).

1. L'évolution des techniques permet de faire évoluer les objets dans les domaines :
a. ☐ **des matériaux.** b. ☐ **du design.** c. ☐ **des énergies.**

2. Des objets sont de la même famille s'ils :
a. ☐ **répondent au même besoin**
b. ☐ **ont une fonction d'usage différente**
c. ☐ **n'ont pas le même matériau**

3. Des objets appartiennent à la même lignée s'ils :
a. ☐ **répondent au même besoin** b. ☐ **ont une forme identique**
c. ☐ **utilisent le même principe technique pour répondre au besoin**

4. Une rupture technologique est :
a. ☐ **une petite évolution d'un objet**
b. ☐ **un grand changement qui rend l'objet plus performant**
c. ☐ **la fin du cycle de vie de l'objet**

5. La roue est apparue :
a. ☐ **vers 3 000 av. J.-C.**
b. ☐ **dans les années 1200**
c. ☐ **à la fin du XXe siècle**

6. Pour évaluer l'impact écologique d'un produit, il faut prendre en compte :
a. ☐ **sa fabrication** b. ☐ **son utilisation** c. ☐ **son recyclage**

→ Réponses p. 507

EXERCICE GUIDÉ

Utiliser une frise chronologique pour comparer et analyser les objets et systèmes techniques

Énoncé

Présentez l'évolution des machines à laver le linge.

Méthode

1. Au brouillon, définir le besoin auquel répond l'objet étudié.
2. En réalisant une recherche documentaire (à la bibliothèque, sur Internet), identifier les lignées d'objets répondant à ce besoin.
3. Définir les dates, les périodes et les lieux d'utilisation de ces objets pour les replacer dans leur contexte historique et géographique.
4. Si possible, associer des personnes reconnues pour avoir participé aux grands changements. Chercher des lieux et des faits historiques marquants qui ont contribué à l'évolution de l'objet.
5. Reporter ces informations sur une frise chronologique.

Corrigé

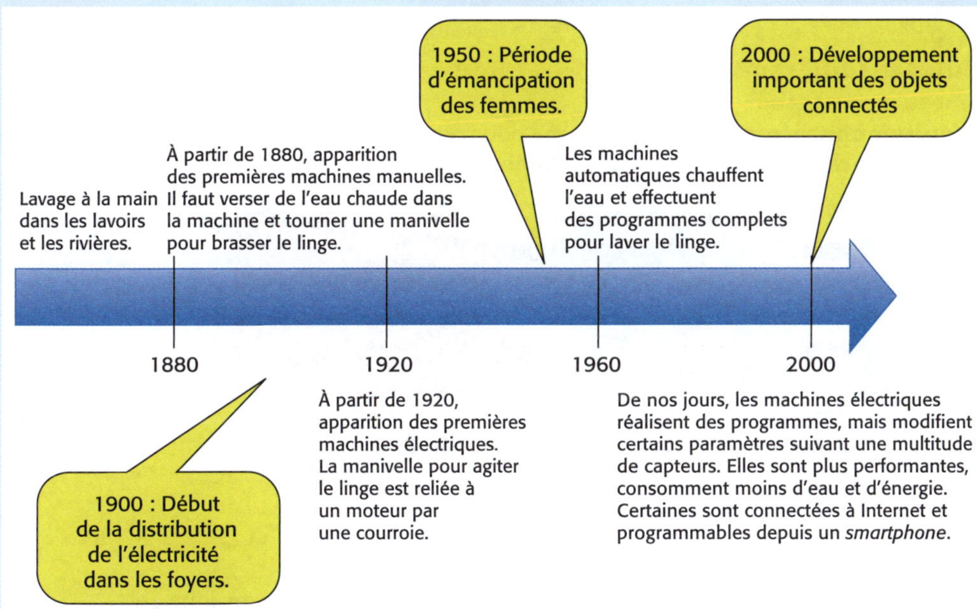

Chapitre 3 Structure et fonctionnement des objets et systèmes techniques

1 Analyse fonctionnelle d'un système

De quoi s'agit-il ? Il y a plusieurs façons d'expliquer et de décrire le fonctionnement d'un système. On peut notamment montrer ce que le système modifie, ou bien rentrer davantage dans le détail en décomposant le système en sous-fonctions techniques.

1 Différencier objet et système

• **On appelle système un objet complexe qui possède plusieurs fonctions, alors qu'un objet simple dispose d'une seule fonction.** Comme un objet, un système est créé par l'être humain pour répondre à un besoin.

• **Un système utilise de l'énergie.** Cette énergie est transformée dans le but de satisfaire la fonction d'usage.

Remarque
L'ensemble des pièces réalisant une fonction technique est appelé bloc fonctionnel.

Exemple : une tasse est un objet simple, qui dispose d'une seule fonction : contenir un liquide. Une barrière de parking automatique est un système complexe, qui utilise de l'énergie et dispose de plusieurs fonctions (*cf.* exemple ci-dessous).

2 Représenter le fonctionnement d'un système

Il est courant d'utiliser un schéma ou un diagramme pour représenter le fonctionnement global du système. Ce diagramme peut être plus ou moins détaillé.

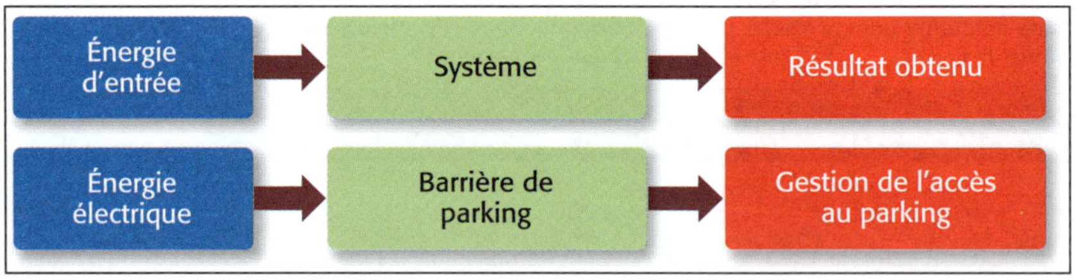

Doc. Diagramme de fonctionnement d'un système

3 Décomposer le système en fonctions techniques

• **Un système peut être décomposé en fonctions techniques.** Une fonction technique est un sous-ensemble qui a un rôle précis dans le fonctionnement de l'objet.

Exemple : les fonctions techniques du système de barrière de parking automatique sont : détecter l'utilisateur, actionner la barrière, signaler la mise en mouvement.

• **Chaque fonction technique est réalisée à l'aide de composants dédiés** à cette fonction. Ces composants peuvent être des pièces mécaniques, des composants électroniques ou encore des programmes informatiques.

Exercice résolu

Analyser et représenter le fonctionnement d'un drone de sauvetage en montagne

Ce drone de type quadricoptère est un outil précieux pour les secouristes en montagne. Il est appelé à intervenir en cas d'avalanche ou de personnes perdues en montagne. Alimenté à l'aide d'une batterie, il est commandé par un sauveteur avec une télécommande. Il dispose d'une caméra thermique pour détecter la chaleur humaine et d'un GPS pour suivre la cartographie des chemins de randonnée.

Doc. Drone Multicopter

1. Ce drone est-il un objet technique ou un système ?

2. Complétez ce diagramme :

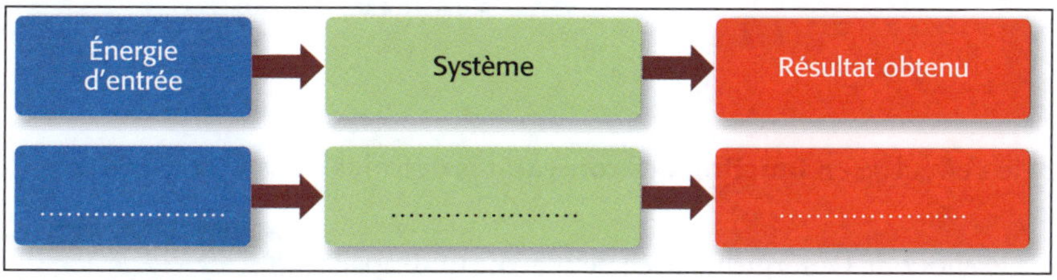

3. Listez les fonctions techniques du drone.

CORRIGÉ

1. Ce drone est un **système**, car il utilise l'énergie électrique pour effectuer une tâche et possède plusieurs fonctions.

2. Voici le diagramme complété :

3. Les fonctions techniques de ce drone sont : **voler, détecter la chaleur humaine, être commandé à distance par un sauveteur, suivre les chemins de randonnée.**

> **Conseil**
> Repérez la source d'énergie utilisée par le drone.

TECHNOLOGIE

2 Choix des solutions techniques

De quoi s'agit-il ? Pour réaliser une fonction technique, plusieurs solutions techniques sont souvent possibles. Le concepteur d'un système doit analyser ces différentes solutions afin de choisir la plus appropriée. Les matériaux qui constitueront le système et l'énergie qu'il consommera feront partie des choix du concepteur.

1 Des solutions par fonction technique

● **Une solution technique est un ensemble de composants qui permet de réaliser une fonction technique.**

● **Il faut choisir la solution technique la plus adaptée au cahier des charges** lors de la conception d'un système.

● Pour respecter les **contraintes**, le choix de la solution peut être réalisé suivant plusieurs critères : le fonctionnement, le coût, la durée de vie, l'impact écologique…

Exemple : le frein à mâchoires (levier de frein, câble, mâchoires, patins) et le frein à disque (levier de frein, durite, piston, plaquette, disque) sont deux solutions techniques à la fonction « freiner » du vélo.

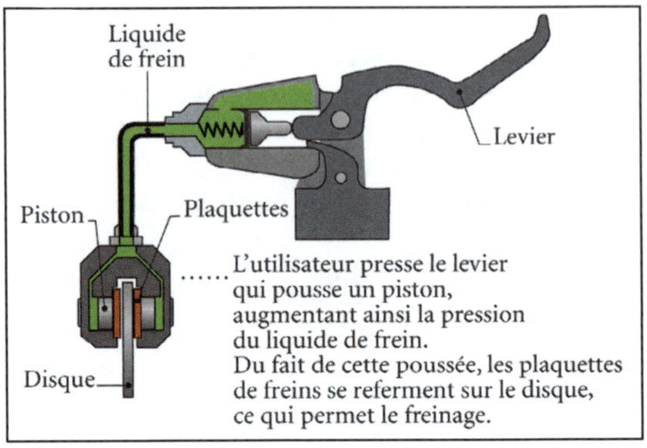

Doc. Frein à disque

2 Choix d'une énergie

Le choix d'une énergie s'effectue en fonction des contraintes définies dans le cahier des charges :

● **le coût de l'énergie :** le choix de l'énergie utilisée peut avoir un impact très important sur le coût de fonctionnement de l'objet ;

● **l'impact environnemental :** quand cela est possible, il est préférable de choisir parmi les sources d'énergie renouvelables (voir chapitre 5) ;

● **la quantité d'énergie nécessaire :** les systèmes très énergivores (avions, camions…) utilisent le pétrole, car c'est une énergie très dense et efficace.

Vocabulaire

■ **éco-conception :** méthode de conception d'un produit prenant en compte les critères environnementaux (quantité d'énergie et de matériaux consommés, origine des matériaux…).

3 Choix des matériaux

● **Le choix des matériaux s'effectue en fonction des contraintes définies dans le cahier des charges :** la conductivité électrique, la dureté, le prix, mais aussi la façon dont le matériau peut être mis en forme.

● Parmi les matériaux, le choix peut se faire entre trois familles :
- les **céramiques** (verre, faïence, porcelaine, béton…), d'origine minérale ;
- les **métaux** (acier, aluminium, cuivre…), d'origine minérale ;
- les **matières organiques** (végétaux et animaux), d'origine organique.

● Un **matériau composite** est un assemblage de matériaux provenant de familles différentes (le béton armé est un assemblage de béton et d'acier).

Remarque

Les matières plastiques sont issues du pétrole et en grande partie constituées de carbone ; ils sont donc classés dans la famille des matériaux organiques.

Exercice résolu

Identifier les choix de solutions dans un système

Le sèche-mains Dyson Airblade utilise une solution technique nouvelle pour sécher les mains. Cette solution est composée d'un moteur très puissant qui propulse de l'air filtré dans des fentes à très haute vitesse.

Pour fonctionner, ce système est relié au réseau électrique du bâtiment dans lequel il est installé.

La coque du sèche-mains est fabriquée en matière plastique grise moulée avec des formes arrondies.

1. Identifiez les pièces faisant partie de la solution technique « sécher les mains » et précisez leur fonction.

2. Justifiez le choix de l'énergie électrique pour le fonctionnement de cet objet.

3. Justifiez le choix du plastique pour la coque de ce système.

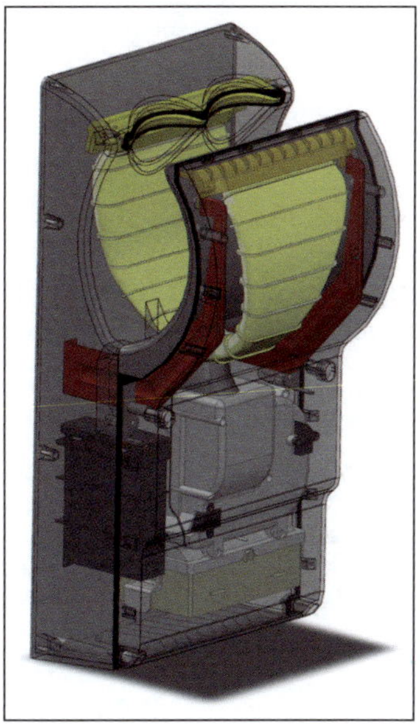

Doc. Sèche-mains Dyson Airblade

CORRIGÉ

1. Le moteur permet d'aspirer l'air des toilettes. **Le filtre** permet de retirer les bactéries de l'air. **Les conduits** distribuent l'air jusqu'aux fentes. **Les fentes** créent deux rideaux d'air qui balaient les mains.

2. Le système est appelé à rester fixe dans le bâtiment et consomme une quantité importante d'énergie. L'énergie électrique est dans ce cas la solution la plus appropriée.

3. Le plastique est un matériau **facile à mettre en forme**, existant en plusieurs coloris, **peu coûteux** et **résistant à l'eau**.

Conseil
Utilisez le schéma pour comprendre le fonctionnement de l'objet.

Remarque
L'utilisation de batteries se justifie quand l'appareil doit être mobile.

TECHNOLOGIE

3 Chaîne d'énergie et chaîne d'information

De quoi s'agit-il ? Les chaînes d'énergie et d'information sont souvent utilisées pour décrire la circulation des flux d'énergie et d'informations dans les systèmes. Chaque bloc représente une opération effectuée par le système sur ces flux.

Remarque
- L'opération « Transformer » modifie la nature de l'énergie d'entrée. Exemple : le moteur électrique transforme l'énergie électrique en entrée en énergie mécanique de rotation.
- L'opération « Acquérir » peut parfois être liée à l'opération « Stocker l'information ».

1 Flux d'énergie et flux d'information

- **Dans un système, un flux est un déplacement d'énergie, de matière ou d'information.** Ce flux a une origine, une destination et suit un trajet.

● Le système effectue des opérations élémentaires sur les flux d'énergie et d'information qu'il utilise :
- stockage,
- transmission,
- transformation.

2 Chaîne d'information

La chaîne d'information décrit les **flux** et les **opérations sur les flux d'information à l'intérieur du système.** Les composants de la chaîne d'information sont détaillés dans le chapitre 18.

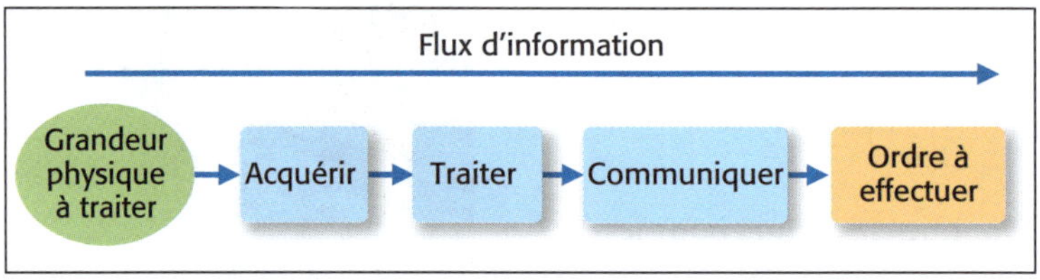

3 Chaîne d'énergie

● La chaîne d'énergie décrit les **flux d'énergie** et les **opérations sur les flux d'énergie à l'intérieur du système.**

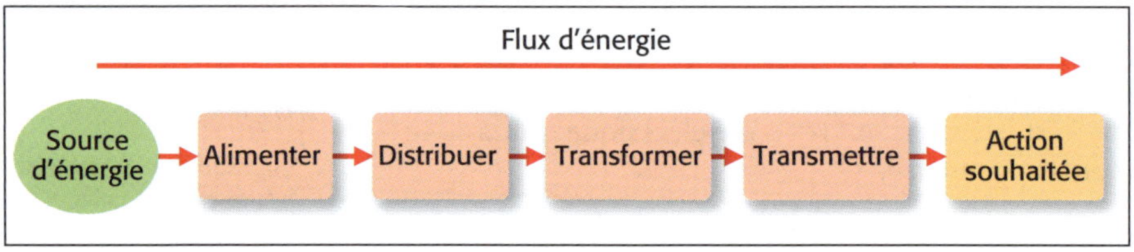

● Dans une chaîne d'énergie, l'énergie peut être transférée ou convertie sous plusieurs formes : cinétique, potentielle (dépendant de la position), électrique, thermique…

Exercice résolu

Compléter une chaîne d'énergie ou d'information

Les essuie-glaces automatiques équipent depuis quelques années la plupart des véhicules neufs. Ce système permet d'adapter automatiquement la cadence des essuie-glaces en fonction de la quantité de pluie sur le pare-brise. Il est constitué d'un capteur de pluie fonctionnant à l'aide de rayons lumineux invisibles qui se reflètent à l'intérieur du pare-brise.

Lorsque le conducteur règle le levier de commande en mode automatique, le calculateur traite l'information en provenance du capteur de pluie et transmet un ordre (sous forme de signal électrique) au relais qui commande le moteur d'essuie-glaces.

Enfin, le mouvement est transmis aux balais d'essuie-glace à l'aide d'un système mécanique bielle-manivelle.

Doc. Essuie-glaces automatiques d'une voiture

1. Quel élément de la chaîne d'information permet d'acquérir la grandeur à traiter ?

2. Quel élément de la chaîne d'énergie permet de transformer l'énergie électrique en énergie mécanique ?

3. Quelle opération de la chaîne d'énergie reçoit les ordres en provenance de la chaîne d'information ?

CORRIGÉ

1. L'opération « Acquérir » de la chaîne d'information du système est réalisée par deux éléments : le levier de commande qui permet à l'utilisateur de sélectionner le mode automatique, et le capteur de pluie qui communique la quantité de pluie au calculateur.

2. L'opération « Transformer » de la chaîne d'énergie est réalisée par **le moteur**, qui transforme l'énergie électrique de la batterie en mouvement de rotation.

3. Le relais est commandé par un signal électrique en provenance de la chaîne d'information, c'est donc l'opération « **Distribuer** » qui reçoit l'ordre dans la chaîne d'énergie.

Remarque

L'opération « Acquérir » est généralement effectuée par des capteurs, mais aussi par des interfaces de commande utilisateur (clavier, boutons).

Révision express

Les points importants à retenir

Objectif	Outil utilisé
Décrire la fonction globale d'un objet ou d'un système, l'énergie entrante et l'action effectuée	Diagramme de fonctionnement
Décrire un système de façon plus précise, en le décomposant en fonctions et solutions techniques.	Diagramme fonctionnel
Décrire les flux et les opérations effectués sur l'information dans un système.	Chaîne d'information
Décrire les flux et les opérations effectués sur l'énergie dans un système.	Chaîne d'énergie

Quiz

Cochez la (ou les) réponse(s) correcte(s).

1. Un système est :
a. ☐ **un objet simple**
b. ☐ **un objet complexe**
c. ☐ **créé par l'homme**

2. Les critères de choix d'une énergie pour un système peuvent être :
a. ☐ **l'impact écologique** b. ☐ **la couleur** c. ☐ **le coût**

3. Parmi les critères permettant de choisir un matériau pour un objet technique, on peut citer :
a. ☐ **la formabilité du matériau** b. ☐ **le coût** c. ☐ **l'esthétique**

4. Dans la famille des matériaux métalliques, on peut citer :
a. ☐ **l'acier** b. ☐ **le zinc** c. ☐ **le carbone** d. ☐ **le chêne**

5. Dans un système, un flux est :
a. ☐ **un témoin lumineux indiquant la présence de tension**
b. ☐ **un déplacement de matière, d'énergie ou d'informations**
c. ☐ **un appareil de mesure**

6. Dans une chaîne d'information, on retrouve les opérations :
a. ☐ **Communiquer** b. ☐ **Acquérir** c. ☐ **Traiter** d. ☐ **Transformer**

7. Une fonction technique est :
a. ☐ **une fonction supplémentaire que l'on peut rajouter à un système**
b. ☐ **une opération d'usinage réalisée par une machine**
c. ☐ **un sous-ensemble qui a un rôle précis dans le fonctionnement de l'objet**

→ Réponses p. 507

EXERCICE GUIDÉ

Identifier les fonctions et y associer les solutions techniques

Énoncé

Associez les solutions techniques à des fonctions pour le quad ci-contre et présentez le résultat sous forme de diagramme.

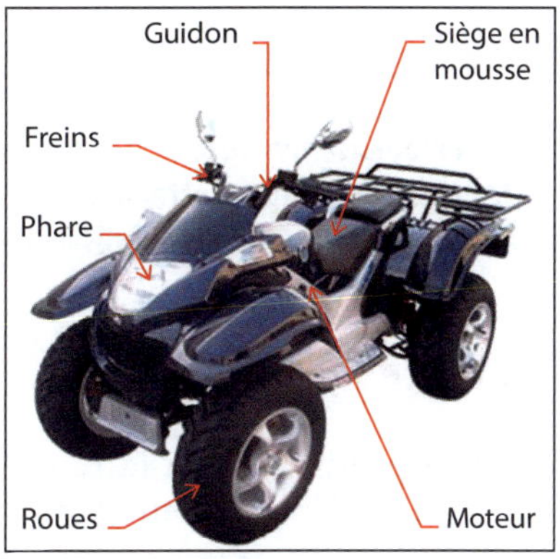

Doc. Les composants d'un quad

Méthode

1. Identifier la fonction d'usage de l'objet ou du système.
2. Lister l'ensemble des fonctions techniques nécessaires à l'accomplissement de la fonction d'usage en s'aidant des légendes des photos ou du schéma fourni.
3. Regrouper les pièces du système par fonctions techniques.
4. Réaliser le diagramme sous forme d'arborescence (fonction d'usage, fonctions techniques, solutions techniques).

Corrigé

1. La fonction d'usage du quad est de se déplacer sur des routes ou des chemins difficiles.

2. Les principales fonctions techniques du quad sont : **a.** mettre en mouvement; **b.** guider; **c.** freiner; **d.** permettre au conducteur d'avoir une position assise confortable; **e.** permettre au conducteur de voir la nuit.

3. Les solutions techniques associées aux fonctions techniques sont : **a.** moteur; **b.** guidon; **c.** frein; **d.** siège en mousse; **e.** phare.

4.

FONCTION D'USAGE	FONCTIONS TECHNIQUES	SOLUTIONS TECHNIQUES
Déplacer deux personnes	Mettre en mouvement	*Moteur*
	Guider	*Guidon*
	Freiner	*Freins*
	Permettre au conducteur de voir la nuit	*Phare*
	Permettre au conducteur d'avoir une position assise confortable	*Siège en mousse*

Doc. Diagramme fonctionnel d'un quad

TECHNOLOGIE

Chapitre 4 De la modélisation à la validation du prototype

1 Modélisation d'un système ou d'un objet technique

De quoi s'agit-il ? La modélisation informatique et la fabrication d'un prototype permettent de visualiser et de tester le futur objet. Cette maquette, réelle ou virtuelle, est très pratique pour identifier les éléments qui doivent être améliorés ou modifiés.

1 Modéliser en deux dimensions (2D)

- **La modélisation 2D correspond à la représentation d'un objet technique en deux dimensions**, c'est-à-dire « à plat ». Cette représentation se dessine généralement sur un plan.
- **Les architectes et les ingénieurs utilisent des plans pour communiquer et échanger des idées.** Ces plans sont normalisés, ils utilisent un langage codifié pour être compris par tout le monde.

Exemple : le plan d'un appartement permet au client et au vendeur d'échanger sur la disposition et la surface des pièces. Il peut aussi préciser l'emplacement des prises et des convecteurs électriques.

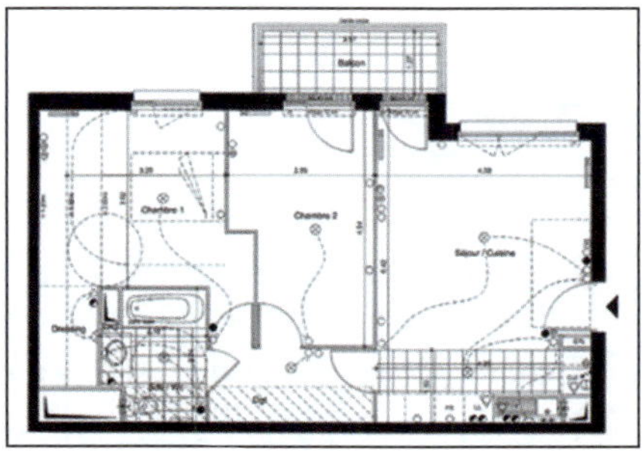

Doc. Plan d'un appartement

2 Modéliser en trois dimensions (3D)

- **La modélisation 3D, appelée aussi tridimensionnelle, est la représentation d'un objet technique en trois dimensions :** sa longueur, sa hauteur et sa profondeur, que l'on peut définir selon 3 axes X, Y et Z.
- **La représentation 3D permet de visualiser l'apparence de l'objet ou du système.** Elle comprend moins d'informations techniques que le plan.

Exemple : la vue en 3D d'une maison permet d'imaginer la future construction dans son environnement et de valider la cohérence de l'ensemble.

Doc. Modélisation 3D d'une maison pour intégration dans son environnement

3 Fabriquer un prototype après la modélisation

Lorsque le modèle numérique est réalisé, il est possible de fabriquer un prototype avec une imprimante 3D ou une fraiseuse à commande numérique.

Vocabulaire

- **prototype :** premier exemplaire d'un objet sur lequel une série de tests sera effectuée pour valider les solutions techniques retenues.

Exercice résolu

Décrire en utilisant les outils et les langages adaptés

Un couple désire acheter un appartement. Il s'adresse à un promoteur immobilier. Cet agent immobilier présente à ses futurs clients deux représentations.

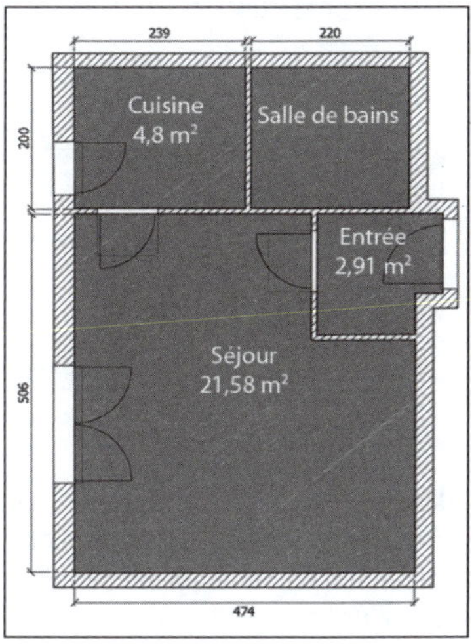

Doc. Représentation A

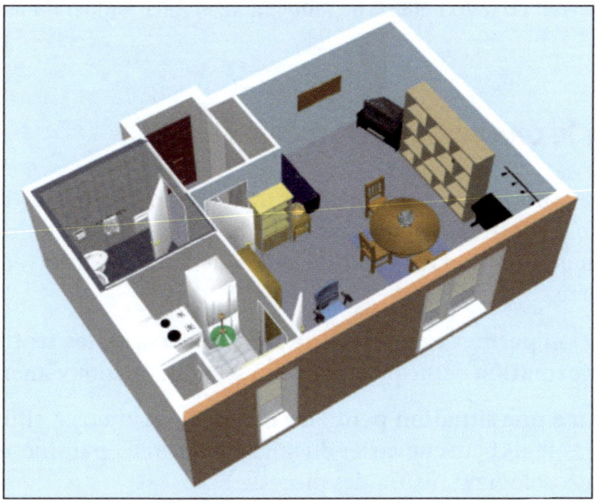

Doc. Représentation B

1. Nommez et comparez ces deux représentations.

2. Quelle est la surface de la salle de bains ? Quelle est la surface totale de l'appartement ?

CORRIGÉ

1. La représentation A est un plan (en deux dimensions), elle présente la surface des pièces, les dimensions des murs. Elle montre bien la répartition des différentes pièces, ainsi que la disposition des portes et des fenêtres.

La représentation B est une vue en 3D (trois dimensions), elle présente le volume des pièces. Elle est pratique pour imaginer l'aménagement intérieur des pièces, la disposition des meubles, ou encore la couleur des sols et des murs.

2. La surface de la salle de bains est :
(longueur × largeur) = 2 × 2,2 = **4,4 m²**.

La surface totale de l'appartement est de 4,8 + 21,58 + 2,91 + 4,4
= **33,69 m²**.

> **Remarque**
> Chaque représentation apporte des informations différentes.

> **Remarque**
> Il s'agit ici d'un studio (il n'y a qu'une pièce de vie).

TECHNOLOGIE

2 Simulation du comportement d'un système ou d'un objet technique

De quoi s'agit-il ? **Les logiciels de simulation sont très pratiques pour visualiser le fonctionnement des objets, le comportement des matériaux et des différents composants. Cela permet d'effectuer des calculs pour éviter certains défauts de fabrication, et ainsi gagner du temps dans la phase de conception.**

1 Simuler le comportement mécanique

- **Les outils de simulation peuvent être utilisés pour simuler les efforts sur une structure** (hangar, pont, immeuble), afin d'évaluer sa déformation en fonction du vent, du poids de la neige, des tremblements de terre…
- **La modélisation permet également de simuler l'usure, les frottements ou la déformation** d'une pièce dans un système en mouvement.
- **La simulation d'une situation peut être erronée.** En effet, en situation réelle, ses résultats peuvent varier du fait de nombreux paramètres (conditions météorologique, usure des pièces…)

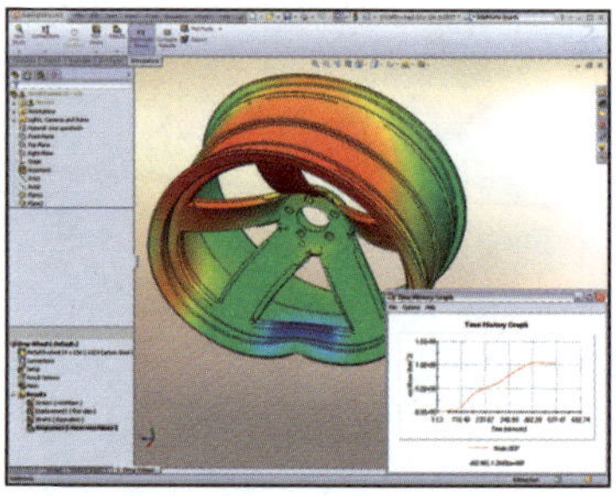

Doc. Simulation de la déformation de la structure d'une jante de voiture lors d'un choc

2 Simuler le comportement électrique et électronique

- **Les logiciels de simulation permettent de simuler le comportement de composants électroniques et électriques** (résistances, leds, moteurs, écrans LCD…), **de vérifier leur bon dimensionnement** (choix des valeurs) ou de valider un montage électronique.
- **La simulation électrique** permet également d'estimer la consommation énergétique d'un système et de l'optimiser (programmer une mise en veille, réduire la luminosité de l'écran…).

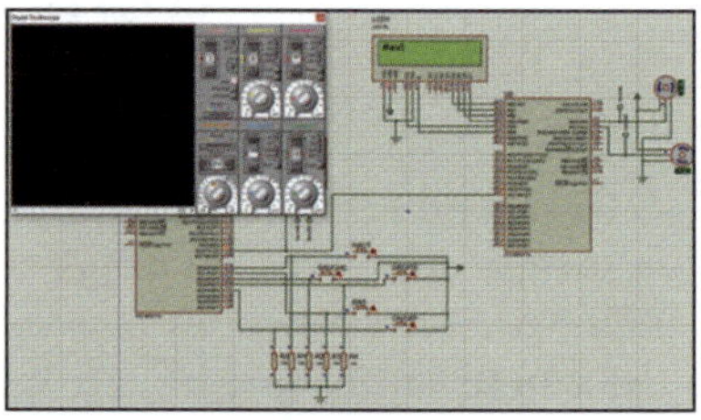

Doc. Simulation électronique avec le logiciel Proteus

3 Simuler le comportement logiciel

- **Il existe de nombreux outils pour simuler les programmes créés.** Cela permet de détecter les erreurs (bugs) et d'optimiser les programmes.
- **La simulation logicielle permet de corriger les erreurs** dans le programme. On peut visionner l'état des variables, le résultat des tests, les blocages dans les boucles…
- La simulation logicielle s'exécute à très grande vitesse (plusieurs milliers d'opérations par seconde), il est difficile de comprendre ce qui se passe. **Le mode pas à pas proposé par le programme ralentit son déroulement.**

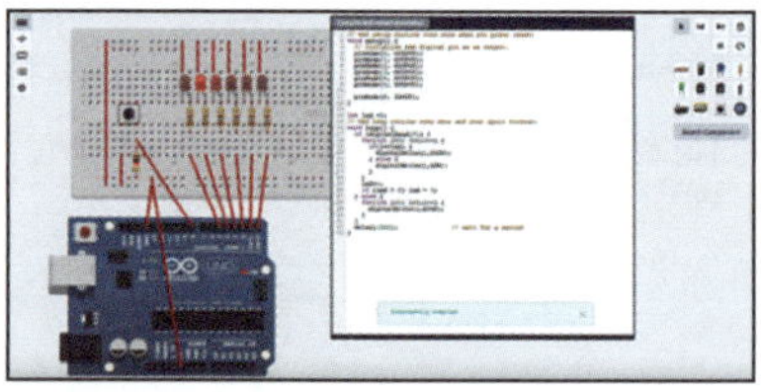

Doc. Simulation Arduino avec le logiciel en ligne Tinkercad

Exercice résolu

Analyser les résultats d'une simulation logicielle

Une entreprise conçoit un nouvel abribus. Elle a soumis un de ses modèles à une simulation de déformation dont voici le résultat.

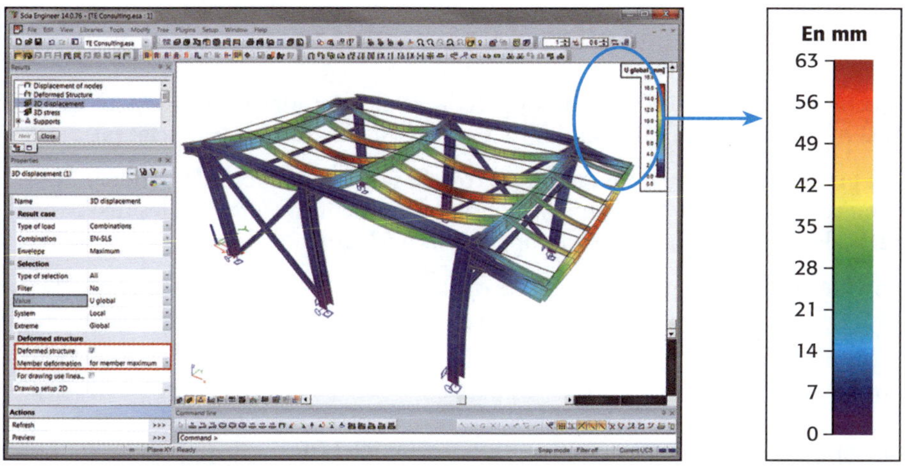

Doc. Simulation de déformation du toit d'un abribus

1. Indiquez la zone de l'abribus la plus touchée par les déformations

2. Dans la réalité, indiquez ce qui pourrait engendrer de telles déformations de l'abribus.

3. Proposez une solution pour renforcer l'abribus et réduire ces déformations.

Vocabulaire

■ **traverse :** dans une charpente métallique, élément horizontal faisant partie de la structure.

CORRIGÉ

1. **La zone la plus touchée est le toit** de l'abribus. On le voit grâce à l'échelle de déformation, car les traverses du toit sont toutes rouges/orange.

2. **Une lourde charge uniforme sur le toit (poids de la neige, objet de grande taille)** pourrait engendrer ces déformations dans la réalité.

3. Il est par exemple possible de mettre **plus de traverses** ou des **traverses plus résistantes**, ou d'**incliner davantage le toit** si l'abribus est destiné à être posé dans une région neigeuse.

Remarque

Les échelles de déformation vont souvent des couleurs froides (peu de déformation) vers les couleurs chaudes (forte déformation).

3 Contrôle et validation du prototype

De quoi s'agit-il ? **Lors de la fabrication des pièces d'un objet technique, il faut effectuer des mesures et des contrôles pour vérifier la conformité de la réalisation. Il est nécessaire d'établir et de suivre des protocoles de contrôle pour s'assurer de n'oublier aucune vérification.**

1 Contrôler la fabrication d'une pièce, d'un assemblage

- **Il convient d'effectuer des contrôles** tout au long de la fabrication des éléments pour vérifier qu'ils sont conformes à ce qui est attendu (mesurer les pièces, vérifier les surfaces).
- **Il faut définir un procédé, un protocole** qui permettra de savoir si la pièce est validée, doit être réajustée ou est inutilisable. Le protocole définit les éléments à contrôler, les instruments et les méthodes à utiliser, et l'ordre des opérations à effectuer.
- **Une fiche de contrôle est rédigée**, pour le suivi des opérations.

2 Outils à utiliser

- **Avant la fabrication, pendant la phase de conception, les logiciels de CAO** permettent de valider les assemblages entre les différents éléments (pièces).
- **Au cours de la fabrication**, on utilise **des instruments de mesure ou des gabarits** pour contrôler les dimensions de l'objet.
- **La tolérance d'une mesure est la marge d'erreur autorisée** par le cahier des charges ou inscrite sur un dessin technique.

Idée à retenir

Les instruments de mesure permettent de connaître les dimensions de la pièce à contrôler. Les gabarits sont pratiques car ils permettent de vérifier d'un seul coup d'œil la conformité de la pièce.

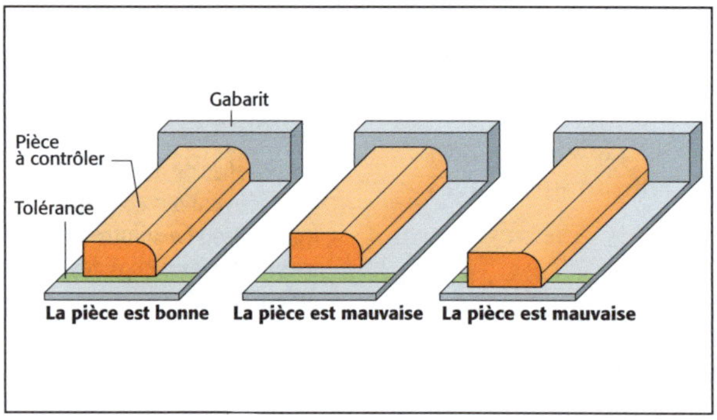

Doc. Gabarit de contrôle

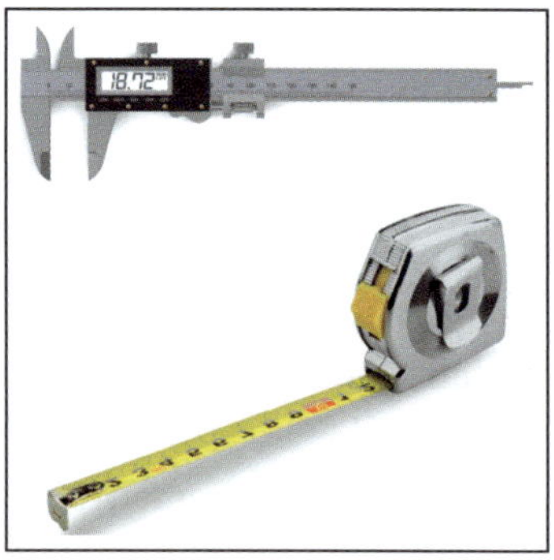

Doc. Instruments de mesure

3 Valider le prototype

- **Le prototype est l'objet qui va subir des tests.** À l'aide du cahier des charges, un technicien vérifie que les contraintes imposées sont respectées.
- **Si les contraintes sont respectées, le prototype est validé**, et la fabrication en série peut commencer.

Remarque

Le contrôle peut aussi être visuel et tactile ; le technicien peut ainsi vérifier l'apparence et l'état de surface de la pièce.

Exercice résolu

Suivre un protocole de contrôle de fabrication

L'entreprise de M. Durand fabrique des pots de fleurs en terre cuite. La fabrication est réalisée à la main par des artisans potiers. Afin de faciliter la vérification de la conformité des pots fabriqués, M. Durand applique la procédure de contrôle des pièces du diagramme ci-dessous.

Doc. Pots en terre cuite

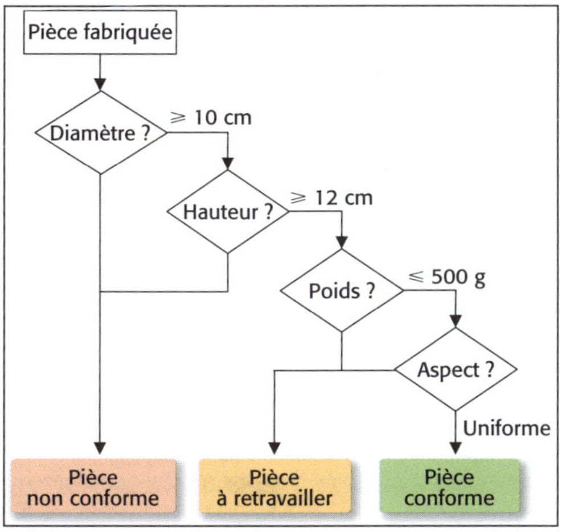

Doc. Procédure de contrôle

N° de la pièce	Diamètre (en cm)	Hauteur (en cm)	Poids	Aspect
843	11	12	450	Uniforme
844	9	13	410	Tachetée
845	10	15	500	Uniforme
846	12	13	589	Fissurée
847	10,5	9	402	Uniforme

Doc. Tableau de résultats

1. Combien y a-t-il d'opérations de contrôle ?

2. Avec quels outils ces opérations peuvent-elles être effectuées ?

3. En vous aidant de la procédure de contrôle et du tableau des résultats, indiquez le nombre de pièces conformes et le nombre de pièces qui peuvent être retravaillées.

CORRIGÉ

1. Il y a **quatre opérations de contrôle :** deux mesures, une pesée et un contrôle visuel.

2. Les mesures peuvent être effectuées avec **un calibre à coulisse, un réglet, voire un mètre à ruban. La pesée peut être réalisée avec une balance** électronique. **Le contrôle visuel est réalisé directement par le technicien** (il regarde attentivement la pièce).

3. Il y a **2 pièces conformes :** les pièces **n° 843 et 845.**
Il y a **1 pièce à retravailler :** la pièce **n° 846.**
Il y a **2 pièces non conformes :** les pièces **n° 844 et 847.**

Remarque

Le choix de l'instrument de mesure se fera en fonction de la précision exigée (voir fiche méthode).

Remarque

Pour éviter le gaspillage, certaines pièces qui ont des petits défauts seront retravaillées.

Révision express

Les idées essentielles

Avant et pendant la production d'un objet, il faut s'assurer de sa conformité

- La **simulation** effectue des tests sur une maquette numérique
- Le **prototype** est une maquette qui va subir des tests
- Les **instruments de mesures et gabarits** contrôlent le prototype

Quiz

Cochez la (ou les) réponse(s) correcte(s).

1. Un plan est :
a. ☐ **une représentation en 2 dimensions**
b. ☐ **une représentation en 3 dimensions**
c. ☐ **une représentation en 4 dimensions**

2. La surface d'une pièce s'exprime généralement en :
a. ☐ **centilitres (cL)** b. ☐ **mètres cubes (m^3)** c. ☐ **mètres carrés (m^2)**

3. La simulation mécanique sur une structure permet de simuler :
a. ☐ **sa déformation** b. ☐ **son usure** c. ☐ **sa résistance aux chocs**

4. La simulation électronique permet de simuler :
a. ☐ **le comportement des composants**
b. ☐ **l'usure des composants**
c. ☐ **l'implantation des composants sur la carte électronique**

5. Un gabarit de contrôle permet de :
a. ☐ **vérifier rapidement la conformité d'une pièce**
b. ☐ **corriger une pièce défectueuse**
c. ☐ **fabriquer une pièce**

6. La précision d'un pied à coulisse est de :
a. ☐ **1 à 2 mm** b. ☐ **0,001 à 0,002 mm** c. ☐ **0,01 à 0,02 mm**

→ Réponses p. 507

EXERCICE GUIDÉ

Construire un protocole de test

Énoncé

Un magazine de randonnée souhaite comparer les performances de quatre modèles de gourdes isothermes (qui permettent de garder une température constante). Proposez un protocole pour comparer et présenter les résultats des tests sur ces gourdes.

Méthode

1 Identifier la caractéristique à tester.

2 Définir les instruments de mesure à utiliser.

3 Définir le protocole de mesure, c'est-à-dire les conditions initiales, la durée du test et l'intervalle de mesure. Tous ces paramètres doivent être identiques pour tous les modèles testés.

4 Réaliser les mesures et noter les résultats.

5 Choisir l'outil adapté à la présentation des résultats (graphique, tableau, texte, photos…).

Corrigé

1. On teste ici la capacité de la gourde à garder la chaleur.

2. On pourra utiliser un chronomètre et un thermomètre.

3. Il est important de tester la gourde sur une longue durée, soit une journée entière (24 h) avec une mesure toutes les heures. La condition initiale sera 1 litre d'eau à 97 °C versé dans la gourde.

4. Les mesures doivent être réalisées avec attention et saisies dans un tableur.

	A	B	C	D	E
1	Temps en heures	Gourde n° 1	Gourde n° 2	Gourde n° 3	Gourde n° 4
2	0	97	97	97	97
3	1	92	93	94	95
4	2	88,8	90,9	91,4	90,2
5	3	84,6	88	89,7	86,8

Doc. Extrait du tableau de mesure saisi dans un tableur/grapheur

5. Le graphique peut être une bonne solution pour présenter les résultats, car il permet de comparer visuellement les performances des quatre modèles.

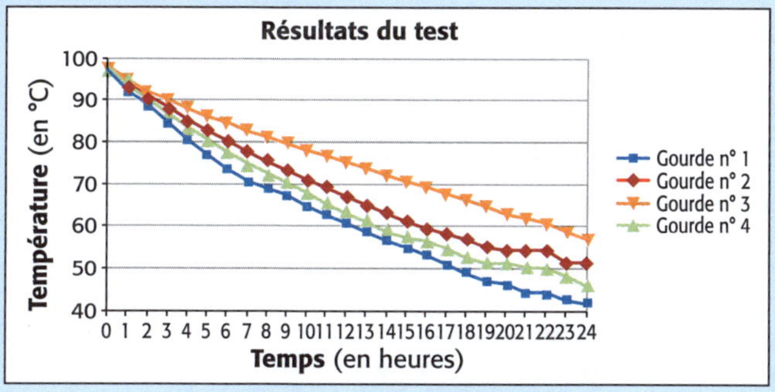

Conseil
Attention à ne pas fausser le résultat en ouvrant la gourde entre les mesures !

Remarque
Le test permet de voir que le modèle n° 3 est le plus performant.

TECHNOLOGIE

Chapitre 5 Fonctionnement d'un réseau informatique

1 Matériel d'un réseau informatique

De quoi s'agit-il ? Les réseaux informatiques relient des millions de terminaux entre eux à travers le monde. Pour fonctionner, ces réseaux ont besoin de différents matériels : câbles, commutateurs, routeurs...

1 Différents réseaux informatiques

- **Un réseau informatique est un ensemble d'ordinateurs ou de terminaux** (imprimantes, téléphones, objets connectés...) reliés entre eux et capables de communiquer ensemble.
- **Internet est le plus grand réseau informatique du monde**, il connecte des milliards d'ordinateurs, de terminaux et de serveurs.
- **Un LAN** (*Local Area Network*) **est un réseau privé** (entreprise, collège, domicile...), qui peut cependant être relié à Internet par l'intermédiaire d'une passerelle.

2 Moyens de connexion dans les réseaux

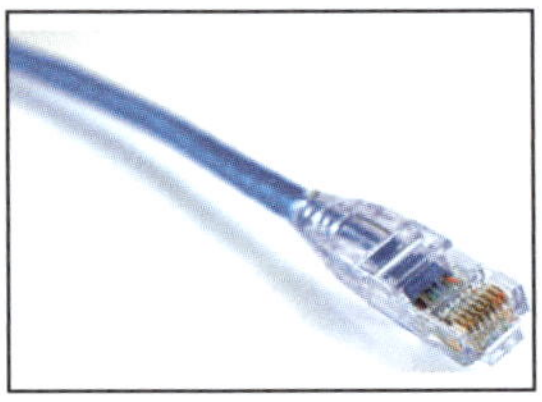

Doc. Câble RJ45

- Pour connecter les ordinateurs d'un réseau, on peut utiliser des **moyens câblés ou filaires.**

Exemples : les moyens les plus utilisés sont le câble Ethernet RJ 45, la fibre optique ou le réseau téléphonique fixe (le câble téléphonique qui arrive jusqu'aux maisons).

- Il existe également des **moyens de connexion sans fil.**

Exemples : les moyens les plus utilisés sont le Wi-Fi, le réseau téléphonique mobile (GSM, 3G, 4G...) ou encore la liaison satellite.

3 Matériel d'interconnexion

Doc. Commutateur réseau

- **Un commutateur réseau (*switch*)** est un boîtier qui permet de connecter plusieurs ordinateurs entre eux dans un LAN.
- **Une passerelle (ou modem/routeur)** est un boîtier qui permet de connecter deux réseaux ensemble, le plus souvent un LAN à Internet.
- **Un point d'accès sans fil** est un boîtier qui permet de connecter plusieurs périphériques Wi-Fi entre eux. Il peut comporter une prise Ethernet afin de le connecter à un commutateur réseau ou à un routeur.
- Les « **box** » que nous avons chez nous rassemblent entre autres un commutateur, une passerelle et un point d'accès wifi dans un seul boîtier.

Exercice résolu

Observer et décrire un réseau informatique

Voici le schéma simplifié du réseau informatique d'une entreprise.

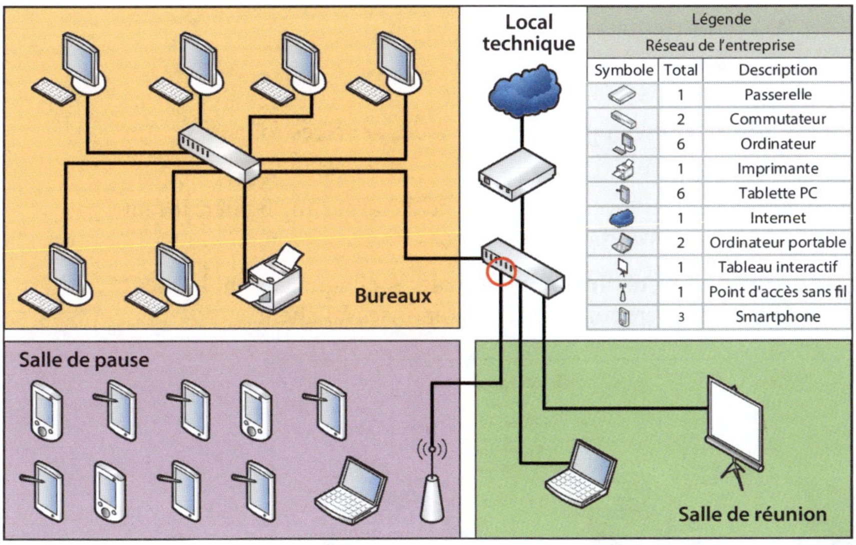

Légende		
Réseau de l'entreprise		
Symbole	Total	Description
	1	Passerelle
	2	Commutateur
	6	Ordinateur
	1	Imprimante
	6	Tablette PC
	1	Internet
	2	Ordinateur portable
	1	Tableau interactif
	1	Point d'accès sans fil
	3	Smartphone

Remarques

Le réseau Internet est souvent représenté par un nuage sur les schémas (le fameux « *cloud* »).

Les lignes noires représentent des câbles réseaux (Ethernet).

1. Identifiez trois matériels d'interconnexion dans ce réseau et indiquez leur fonction.

2. Identifiez trois types de terminaux différents dans ce réseau.

3. Que se passera-t-il si l'on débranche le câble entouré en rouge sur le schéma ?

Vocabulaire

- **terminal** : en informatique, c'est un objet technique (téléphone, ordinateur, imprimante, objet connecté...) capable de communiquer à travers un réseau.

CORRIGÉ

1. **La passerelle** permet de connecter le réseau de l'entreprise au réseau Internet. **Les commutateurs réseaux** (ou *switchs*) permettent de connecter les ordinateurs de l'entreprise ensemble. **Le point d'accès sans fil** permet de connecter les équipements mobiles de la salle de pause au réseau de l'entreprise et à Internet.

2. Les **ordinateurs**, les **tablettes**, l'**imprimante** et le **tableau interactif** sont des terminaux connectés au réseau de l'entreprise.

3. Les **équipements mobiles seront toujours connectés entre eux** grâce au point d'accès, mais **ils ne seront plus connectés au réseau de l'entreprise et par conséquent au réseau Internet**, car ils n'auront pas accès à la passerelle.

TECHNOLOGIE

2 Réseau Internet et routage

De quoi s'agit-il ? **Le réseau Internet connecte des millions de terminaux ; certaines de ces machines sont des serveurs qui offrent des services à des clients. Les routes pour connecter deux machines entre elles peuvent être multiples. Le routage permet de trouver la route la plus appropriée.**

1 Notions de client-serveur

• Un ordinateur appelé **client** utilise le réseau pour accéder à des **services** fournis sur un serveur.

Exemple : pour afficher une page Web, envoyer un e-mail, télécharger un fichier, il faut utiliser le réseau et s'adresser aux serveurs dédiés à ces services.

• **Le client et le serveur communiquent suivant un protocole.** À chaque action, le client envoie des demandes au serveur. Puis le serveur envoie des réponses au client.

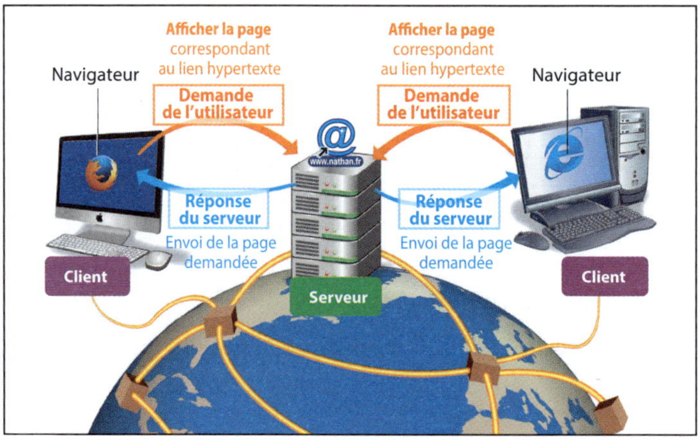

Doc. Deux clients et un serveur

2 Impact environnemental de nos activités numériques

• **Nos activités sur Internet font intervenir une multitude d'appareils électriques.** Ces serveurs regroupés par milliers dans des hangars appelés « Data Center » ou « fermes de serveurs » sont responsable de 10% de la consommation électrique mondiale !

• **Afin de limiter notre impact environnemental, quelques gestes simples peuvent être adoptés :** vider régulièrement sa boîte mail, limiter le visionnage de vidéos en ligne, éteindre sa box Internet la nuit...

3 Routage

• **Le routage est le mécanisme par lequel des chemins sont sélectionnés** dans un réseau pour acheminer, le plus rapidement possible, les données d'un expéditeur jusqu'à un ou plusieurs destinataires.

• **Le routage est une tâche exécutée dans de nombreux réseaux** : réseau téléphonique, réseaux de données comme Internet et réseaux locaux.

Piège à éviter

Il ne faut pas confondre **navigateur et moteur de recherche.** Un moteur de recherche est un site qui répertorie d'autres sites Internet afin d'effectuer des recherches dans ces sites.

Exercice résolu

Limiter notre impact environnemental sur Internet

Voici un texte issu du site de WWF France, une association de protection de l'environnement.

Que ce soit une recherche via un moteur, l'envoi d'un simple email ou encore le stockage de quelques dossiers et photos par exemple, toutes ces petites actions de notre quotidien ont une empreinte environnementale. **Il existe cependant quelques astuces simples pour devenir un(e) internaute responsable et réduire son empreinte numérique.**

- **Mettre en veille son ordinateur** au bout de 3 minutes sans utilisation et l'éteindre lors d'une pause prolongée.

- **Éviter d'envoyer trop de mails et limiter les pièces-jointes et le nombre de personnes en copie.** Utilisez un style direct et synthétique car le temps passé à les écrire et à les lire constitue la principale source d'impacts. Limitez au maximum le nombre de destinataires et les pièces attachées. Si vous devez transmettre un document à quelqu'un de proche, préférez un transfert via une clé USB, car plus un mail est lourd, plus son impact environnemental est important. Évitez de les envoyer en 4G.

- **Faire régulièrement le tri dans ses mails** et supprimer tous ceux qui sont inutiles. Supprimer les SPAMS automatiquement.

- **Stocker localement plutôt que de recourir au cloud** (utilisation des *datacenters*) : le stockage en ligne de ses e-mails, photos, vidéos, musiques et autres documents impose des aller-retours incessants entre le terminal de l'utilisateur et les serveurs. Or, transporter une donnée via Internet consomme deux fois plus d'énergie que de la stocker pendant un an. Il faut donc favoriser au maximum le stockage et l'usage local de ses données.

- **Éteindre sa box et le boîtier TV :** allumés 24 heures sur 24, une box ADSL et le boîtier TV associé consomment de 150 à 300 kWh par an, soit la consommation électrique annuelle de 5 à 10 ordinateurs portables utilisés 8 h par jour !

1. Pourquoi faut-il préférer la clé USB à l'email pour transférer un fichier à une personne proche de soi ?

2. Qu'est-ce qu'un spam ? Pourquoi ces emails sont-ils sources de pollution ?

3. Comment peut-on diminuer la consommation électrique des box et de boîtiers TV ?

CORRIGÉ

1. Par email, le fichier va parcourir énormément de chemin via le réseau Internet, être stocké sur un serveur, ce qui consommera beaucoup plus de ressources que si je donne une clé USB à la personne.

2. C'est un courrier indésirable envoyé à des fins publicitaires, ce type de messages consomment de l'énergie lorsqu'ils sont envoyés et lorsqu'ils sont stockés dans nos boites mails.

3. En programmant l'extinction de ces appareils la nuit ou en les éteignant soi-même.

3 Protocoles de communication

De quoi s'agit-il ? **Afin de communiquer entre-elles à travers les réseaux, les machines doivent respecter des règles de communication. Dans le domaine informatique, ces règles sont appelées protocoles.**

1 Notions de protocoles

- **En informatique, un protocole de communication est un ensemble de règles fixées** afin que plusieurs machines puissent communiquer ensemble (échanger des données). Les développeurs souhaitant écrire un programme capable de communiquer avec d'autres machines doivent respecter ces protocoles.
- **Les principales fonctions des protocoles sont :** l'établissement de la connexion entre le client et le serveur, l'acheminement des données et la vérification de la validité des données échangées.

Exemples : il existe des centaines de protocoles différents, chacun étant dédié à un usage spécifique. Parmi les plus utilisés sur Internet, on peut citer : Ethernet, IP, TCP, UDP, FTP, HTTP, POP3, SMTP.

Idée à retenir

On peut comparer les protocoles informatiques à nos habitudes de communication dans la vie quotidienne. Exemple : une lettre manuscrite commence toujours par un en-tête avec l'émetteur, le destinataire et l'objet du message, et se termine par la signature.

Remarque

Certains protocoles sont utilisés pour sécuriser les données transmises sur les réseaux par chiffrement. C'est par exemple le cas du protocole HTTPS.

2 Modèles en couches dans les réseaux

- **Les protocoles sont généralement organisés en couches.** Une couche réalise une fonction (accès au réseau, transport des données, application…).
- **Il est souvent nécessaire d'utiliser plusieurs protocoles en même temps** pour qu'un échange de données soit possible. On utilise dans ce cas un protocole issu de chaque couche.

Exemple : couches et protocoles utilisés lorsqu'un serveur Web fournit une page Internet demandée.

Couche application
Protocole utilisé : HTTP.
Fonction : le serveur Web fournit les données de la page Internet à destination du navigateur (Chrome, Firefox).

Couche transport
Protocole utilisé : TCP.
Fonction : segmente les données en petits paquets, gère les échanges de bout en bout et contrôle la validité des données.

Couche Internet
Protocole utilisé : IP.
Fonction : assure le routage des paquets TCP à travers le réseau grâce aux adresses IP et aux protocoles de routage.

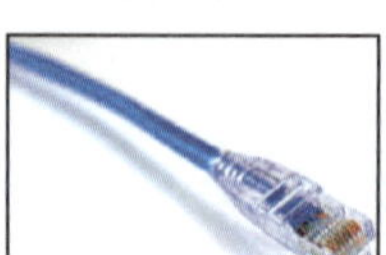

Couche accès réseau
Protocole utilisé : Ethernet.
Formate les données en bits afin qu'ils puissent être transportés sur le support de communication (câble Ethernet RJ45).

Exercice résolu

Comprendre les notions de protocoles et de couches

La communication téléphonique est un bon exemple pour expliquer la notion de protocole. Voici l'exemple d'un appel de Guillaume qui souhaite prendre rendez-vous avec Bruno (diagramme de séquence).

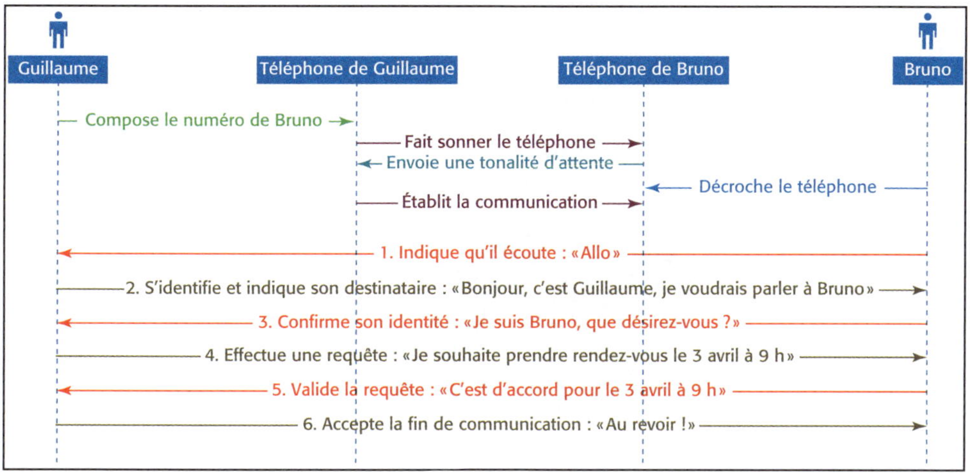

1. Que doit-il se passer avant que Guillaume et Bruno puissent communiquer ensemble ?

2. Comment peut-on appeler le protocole mis en œuvre par Bruno et Guillaume pour communiquer ?

3. Relevez dans les échanges entre Guillaume et Bruno les messages relevant de l'établissement et de la rupture de la communication, de l'échange d'informations (requête et réponse) et de la validation des échanges.

CORRIGÉ

1. Les deux téléphones doivent établir une communication. Il y a donc un premier protocole qui est mis en œuvre entre les deux téléphones. La communication entre Guillaume et Bruno utilisera ensuite cette connexion tout au long de l'échange.

2. Il s'agit du langage humain. Comme les protocoles de communication, il comprend des règles : on peut poser des questions, on peut indiquer que l'on a bien compris un message, une seule personne doit parler à la fois, etc.

3. Les messages 1 et 2 relèvent de l'établissement de la communication et **le 6** de sa rupture. **Les 4 et 5** relèvent de l'échange d'informations. **Le 3** relève de la validation de l'échange.

Conseil

On retrouve très souvent ces trois types de messages dans les protocoles de communication.

TECHNOLOGIE

→ Révision express

Les points importants à retenir

Un réseau informatique permet à des terminaux d'échanger des données. Pour que cela fonctionne, il y a besoin de matériels d'interconnexion et de protocoles logiciels qui définissent les règles de communication.

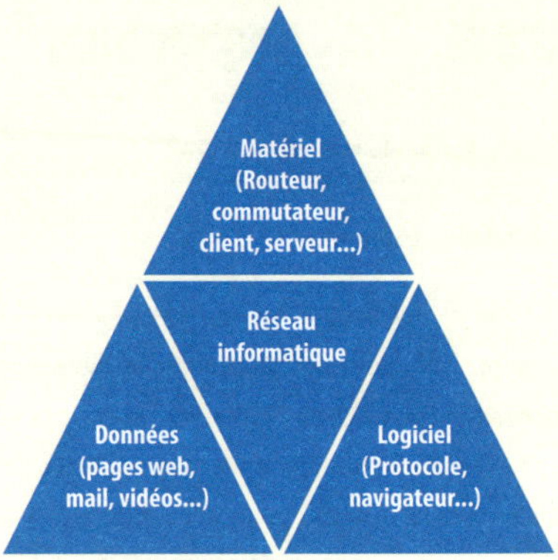

Quiz

Cochez la (ou les) réponse(s) correcte(s).

1. Internet est :
a. ☐ **un serveur de données** b. ☐ **un moteur de recherche**
c. ☐ **le plus grand réseau informatique du monde**

2. Un LAN est :
a. ☐ **un réseau public** b. ☐ **un réseau privé**
c. ☐ **un réseau sans fil**

3. Pour se connecter à un réseau, on peut utiliser :
a. ☐ **un câble Ethernet** b. ☐ **une borne Wi-Fi**
c. ☐ **une carte SD**

4. Un serveur est :
a. ☐ **un matériel d'interconnexion** b. ☐ **un navigateur Internet**
c. ☐ **un ordinateur qui fournit un service**

5. Le routage permet de :
a. ☐ **vérifier la validité des échanges**
b. ☐ **sélectionner des chemins dans un réseau**
c. ☐ **dessiner le plan du réseau d'un bâtiment**

6. Un protocole de communication est :
a. ☐ **un logiciel de messagerie** b. ☐ **un ordinateur client**
c. ☐ **un ensemble de règles à respecter**

→ Réponses p. 507

EXERCICE GUIDÉ

Représenter un réseau informatique local

Énoncé

Le technicien du réseau informatique du collège Oneclic prend bientôt sa retraite. Pour présenter à son remplaçant le matériel informatique disponible et son organisation dans l'établissement, il doit réaliser un schéma, un plan du réseau. Comment représenter le réseau informatique du collège ?

Inventaire des équipements informatiques :

Espaces	Périphériques	Moyens de connexion
Salle informatique	1 commutateur 6 ordinateurs 1 imprimante	Filaire
Salle A001	1 tableau interactif 1 ordinateur	Filaire
Salle A002	1 tableau interactif 1 ordinateur	Filaire
Classe mobile	10 tablettes 1 borne Wi-Fi	Sans fil
Administration	1 serveur 3 ordinateurs 1 photocopieur	Filaire
Local technique	1 commutateur 1 routeur	Filaire

Méthode

1. Identifier les espaces (les salles) dans lesquels des équipements informatiques sont disponibles.
2. Recenser les types de terminaux et périphériques.
3. Compter par espace le nombre de terminaux et périphériques connectés.
4. Identifier les moyens de connexion (filaires, sans fil).
5. Observer les locaux techniques en identifiant les serveurs et matériels d'interconnexion.
6. Dessiner des rectangles pour identifier les espaces.
7. Dessiner les matériels d'interconnexion.
8. Ajouter les terminaux et périphériques.
9. Ajouter les liaisons et une légende (inventaire).

Corrigé

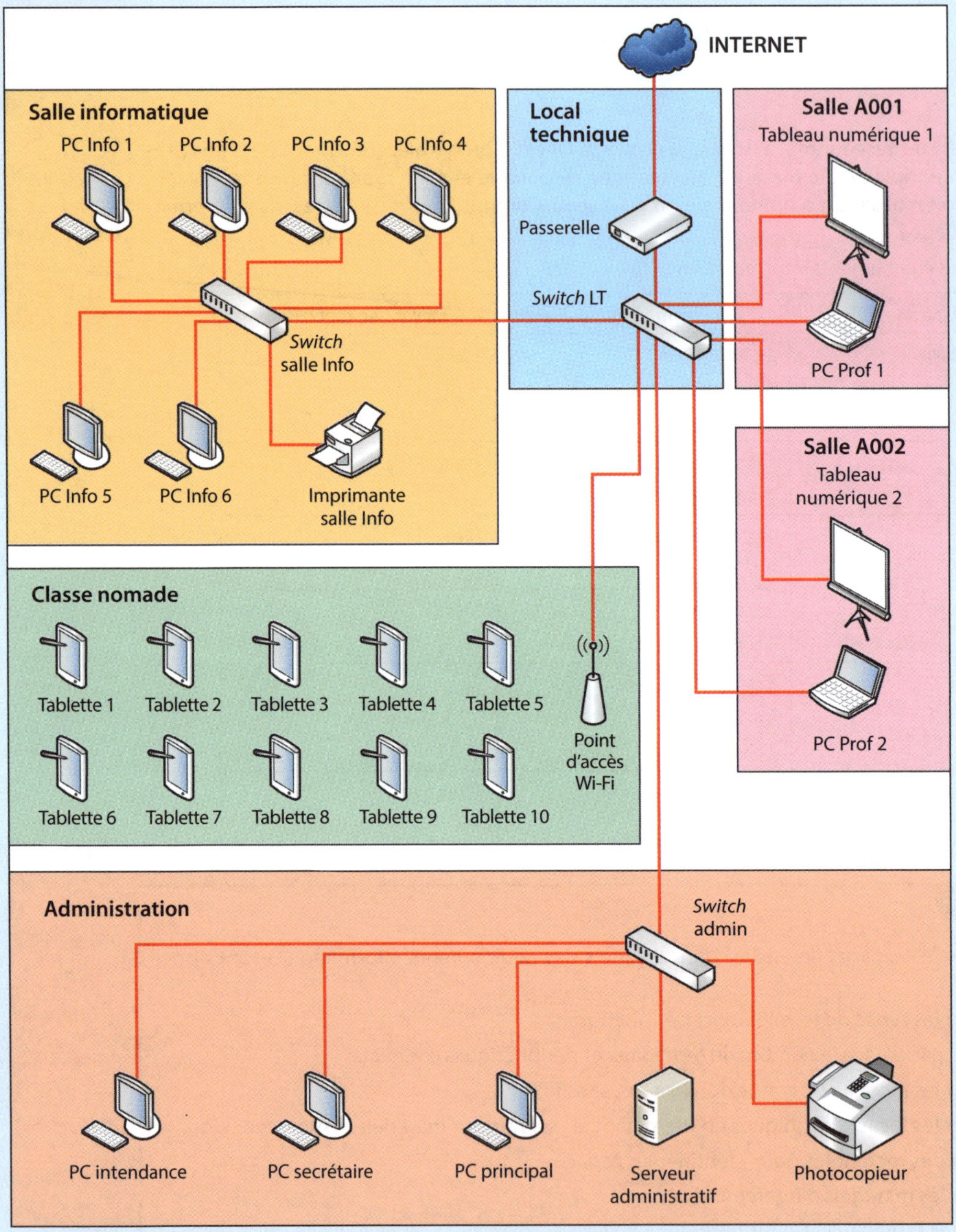
INTERNET
Salle informatique
PC Info 1
PC Info 2
PC Info 3
PC Info 4
Switch salle Info
PC Info 5
PC Info 6
Imprimante salle Info
Local technique
Passerelle
Switch LT
Salle A001
Tableau numérique 1
PC Prof 1
Salle A002
Tableau numérique 2
PC Prof 2
Classe nomade
Tablette 1
Tablette 2
Tablette 3
Tablette 4
Tablette 5
Tablette 6
Tablette 7
Tablette 8
Tablette 9
Tablette 10
Point d'accès Wi-Fi
Administration
Switch admin
PC intendance
PC secrétaire
PC principal
Serveur administratif
Photocopieur

Chapitre 6

Écriture, mise au point et exécution d'un programme

1 Capteurs, actionneurs et interfaces

De quoi s'agit-il ? Les systèmes techniques sont souvent réalisés selon un même modèle : ils disposent de capteurs qui leurs permettent d'écouter leur environnement et d'actionneurs pour agir sur ce même environnement.

1 Capteurs

- **Un capteur capte une grandeur physique** (température, vitesse, présence d'une personne…) et la transforme en une information compréhensible par un ordinateur.
- **L'information de sortie est souvent une intensité de courant ou une tension électrique.** Cette information peut être de forme :

– **analogique :** le signal de sortie peut prendre une multitude de valeurs dans une plage définie ;
– **logique :** le signal de sortie peut prendre deux valeurs (0 ou 1), on parle alors de détecteur « tout ou rien » ;
– **numérique :** l'information est codée de manière plus complexe en un message binaire (succession de 0 et de 1).

Idée à retenir
On peut comparer les capteurs à nos sens (toucher, vue, ouïe…) et les actionneurs à nos muscles qui commandent nos bras et nos jambes.

2 Actionneurs

- **Un actionneur transforme l'énergie qui lui est transmise en une action.** Cette action peut être un signal lumineux, un mouvement, une production d'énergie thermique, un son…

Exemples : un moteur électrique et une lampe sont des actionneurs que l'on retrouve très souvent dans les systèmes.

Remarque
Le téléphone portable est un bon exemple de système : il comprend des capteurs (microphone, écran tactile, accéléromètre, boussole…) et des actionneurs (haut-parleur, vibreur, led…).

3 Interfaces utilisateurs

- **Les interfaces utilisateurs permettent à l'homme et à la machine de communiquer.** Ce sont des capteurs et actionneurs particuliers.
- **Quand l'utilisateur veut communiquer des ordres à la machine**, il peut par exemple utiliser un clavier, un bouton-poussoir ou un bouton rotatif, une souris, une commande vocale…
- **La machine communique** via des écrans de toutes sortes, des voyants lumineux, des haut-parleurs…

Exercice résolu

Identifier capteurs, actionneurs et interfaces utilisateur dans un système

Les systèmes d'alarme incendie permettent de détecter les départs d'incendie et d'avertir les personnes dans les bâtiments.

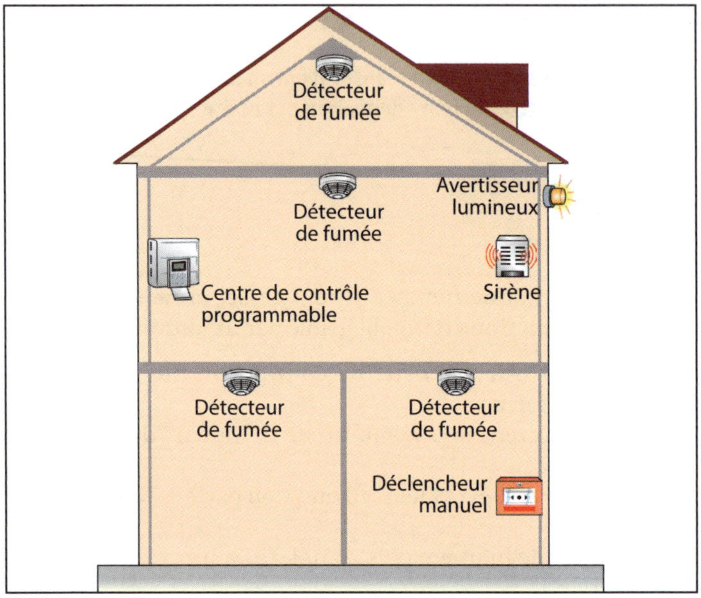

Doc. **Système d'alarme incendie**

1. Identifiez sur ce schéma deux types de capteurs présents dans le système. Précisez pour chacun d'entre eux la grandeur physique acquise.

2. Identifiez sur ce schéma deux types d'actionneurs présents dans le système. Précisez pour chacun d'entre eux l'action produite.

3. Identifiez le type d'interface permettant à l'utilisateur de communiquer avec le système.

CORRIGÉ

1. Les capteurs de ce système sont **le détecteur de fumée** qui **acquiert** la **présence de fumée** et le **déclencheur manuel** qui **acquiert** la **pression d'un utilisateur sur le bouton**.

2. Les actionneurs de ce système sont **la sirène** qui produit **un signal sonore** et **l'avertisseur lumineux** qui produit **un signal lumineux**.

3. **Le centre de contrôle programmable** permet à l'utilisateur de communiquer avec le système.

Remarques

- Un détecteur de fumée fonctionne grâce à un émetteur et un capteur de lumière qui change d'état en présence de fumée.
- Aujourd'hui, les écrans tactiles remplacent souvent les claviers et autres boutons de commandes.

2 Cartes programmables et objets connectés

De quoi s'agit-il ? Pour fonctionner, les systèmes informatiques ont besoin de programmes leur indiquant comment se comporter. Ces programmes sont implantés dans un composant électronique appelé carte programmable.

1 Composants d'une carte programmable

- **Une carte programmable est un système électronique qui exécute un programme enregistré dans sa mémoire.**

- **Les composants d'une carte programmable** sont généralement :
– **le processeur**, soit la partie de la carte programmable qui exécute les instructions et traite les données des programmes ;
– **la mémoire**, un dispositif électronique qui sert à stocker des données et des variables ;
– **les entrées/sorties**, qui relient détecteurs, capteurs et actionneurs à la carte ;
– **l'alimentation**, qui fournit l'énergie électrique aux différents composants.

Idée à retenir

La carte programmable est le cerveau du système : elle traite les données des capteurs et commande les actionneurs, en suivant le programme qui lui a été donné.

2 Câblage des entrées et des sorties

Remarque

Les cartes programmables peuvent être considérées comme des ordinateurs miniatures : ils disposent d'un processeur, d'une mémoire, d'entrées et de sorties.

Une carte programmable dispose généralement de plusieurs types d'entrées et de sorties :

- **les entrées et sorties numériques** permettent de connecter des détecteurs, des actionneurs de type « tout ou rien » ou des composants numériques. Les signaux électriques peuvent prendre seulement deux valeurs : 1 ou 0 ;

- **les entrées ou sorties analogiques** permettent de connecter des capteurs ou actionneurs. Les signaux électriques peuvent prendre toutes les valeurs comprises dans une plage, par exemple entre 0 et 5 V.

3 Objets connectés

- **Un objet connecté est composé d'une carte programmable** avec une fonction supplémentaire qui lui permet de communiquer avec un réseau (Internet, GSM, GPS…). **Il est connecté, car il peut échanger des informations avec d'autres systèmes.**

Exemples :
La montre connectée reçoit des SMS, la météo... Elle se connecte par liaison sans fil à un smartphone.

Une balance intelligente est connectée à un ordinateur et lui envoie à chaque utilisation la masse et le calcul de l'indice de masse corporelle de la personne qui se pèse.

- Les objets connectés sont de plus en plus présents. Ils permettent d'effectuer des actions à distance et offrent de nouvelles fonctionnalités qui visent à améliorer le quotidien des utilisateurs.

Exemple : certains logements sont connectés. L'occupant des lieux peut ainsi modifier la lumière, gérer son alarme et ses volets, lancer une musique depuis son smartphone.

Exercice résolu

Câbler et utiliser une carte programmable

Nous souhaitons réaliser un système simple qui adapte l'éclairage d'une pièce en fonction de la luminosité extérieure. La carte programmable peut exécuter un programme et utiliser ses entrées/sorties pour lire les informations d'un capteur de luminosité qui sera relié aux broches de la carte. Avant cette modification, le système contient un interrupteur et une lampe de type DEL.

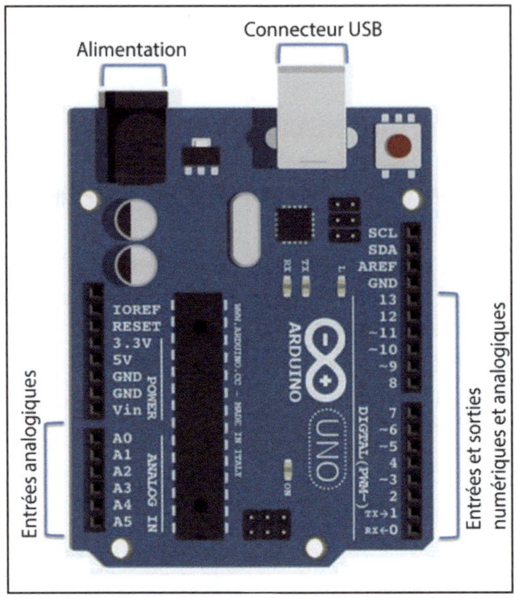

Doc. Carte programmable

1. Sur quel groupe de broches est connecté initialement l'interrupteur ?

2. Sur quel groupe de broches est connectée initialement la lampe de type DEL ?

3. Sur quelles broches peut-on brancher les deux fils du capteur de luminosité ?

4. Sur quel groupe de broches faut-il câbler la lampe de type DEL après la modification du système ?

CORRIGÉ

1. L'interrupteur est un détecteur « tout ou rien » à deux positions, il doit donc être connecté au groupe des **entrées numériques**.

2. Dans un premier temps, la lampe de type DEL a deux états possibles (allumée ou éteinte), elle est donc connectée aux **sorties numériques**.

3. Nous devons brancher le capteur de luminosité sur deux entrées **analogiques, A0 et A1** par exemple. Le capteur transmet une tension comprise entre 0 et 5 V qui varie en fonction de la luminosité.

4. Après modification du système, nous devons câbler **la lampe** sur des **sorties analogiques**. La tension d'alimentation de la lampe variera en fonction du traitement des informations provenant du capteur de luminosité.

Remarque

Le programme est réalisé puis testé sur un logiciel de l'ordinateur. Il est ensuite téléchargé sur la carte via le connecteur USB.

3 Programmes et algorithmes

De quoi s'agit-il ? L'« intelligence » d'un système ne provient pas de son matériel, mais plutôt du programme informatique qui a été écrit par un programmeur, avec un langage informatique spécifique et transféré dans la carte programmable.

1 Langage informatique

- **Un ordinateur utilise différents langages** pour communiquer avec les périphériques et faire fonctionner les logiciels.
- **Les langages sont choisis pour des usages spécifiques.** Il existe des langages plus adaptés pour la création de sites Internet, d'autres pour les logiciels professionnels, d'autres encore pour les applications sur téléphones ou tablettes.

Exemples :

L'*Hypertext Markup Language*, généralement abrégé en HTML, est le format de données conçu pour représenter les pages Web.

C++ est un langage de programmation souvent utilisé pour la conception de logiciels.

2 Programmes et données

- **Un programme informatique est un ensemble d'opérations** destinées à être exécutées par un ordinateur.
- **Un programme fait généralement partie d'un logiciel**, c'est-à-dire d'un ensemble de composants numériques destiné à fournir un service informatique. En effet, un logiciel peut comporter plusieurs programmes.
- **Les données et les variables sont les informations stockées et traitées** par le programme.

Piège à éviter
Un système informatique ne dispose pas vraiment d'intelligence, il se contente d'exécuter une « recette » qui lui a été fournie par un programmeur.

- **Un bug informatique** est un événement imprévu dans l'exécution d'un programme. Cet événement indésiré bloque ou perturbe le fonctionnement du système.

3 Algorithmes

- **Un algorithme est une succession d'opérations et d'instructions** permettant la réalisation d'une tâche ou la résolution d'un problème.
- **L'algorigramme permet de représenter les algorithmes** pour comprendre rapidement le fonctionnement du programme.

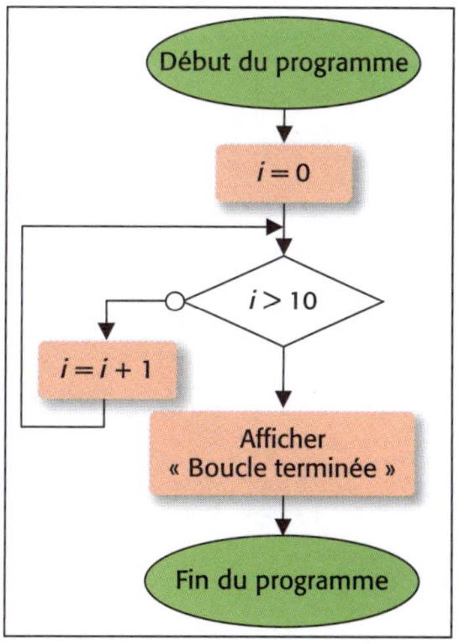

Doc. Algorigramme d'un programme qui effectue un comptage jusqu'à 10

TECHNOLOGIE

Exercice résolu

Représenter un algorithme simple

Le store automatique soulage l'utilisateur de la tâche d'ouvrir et de fermer le store en fonction de la météo.

Ce store automatique s'ouvre et se ferme grâce à un capteur de luminosité. L'utilisateur souhaite améliorer la sécurité du système en ajoutant un anémomètre (capteur qui mesure la vitesse du vent) pour agir en complément du capteur de luminosité sur le store. Le store devra alors se fermer si le vent devient trop fort.

1. Quelles sont les variables du programme informatique qui font fonctionner ce système ?

2. Dessinez l'algorigramme de la nouvelle fonctionnalité pour fermer et ouvrir le store en fonction de la vitesse du vent.

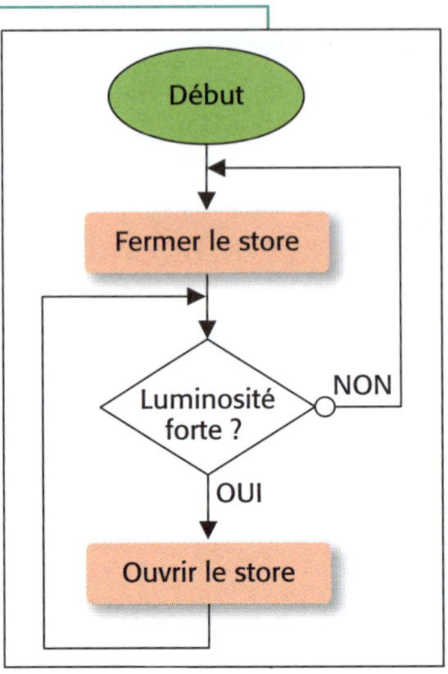

Doc. Représentation de l'algorithme du store automatique

CORRIGÉ

1. Les variables de ce programme informatique sont la luminosité et la vitesse du vent.
Elles sont stockées dans une mémoire et modifiées pour être analysées par le programme.

Conseil

Identifiez les variables d'un programme en vous demandant quelles données peuvent varier lorsque le système fonctionne.

2. L'algorigramme de la nouvelle fonctionnalité pour fermer et ouvrir le store en fonction de la vitesse du vent est représenté ci-contre.

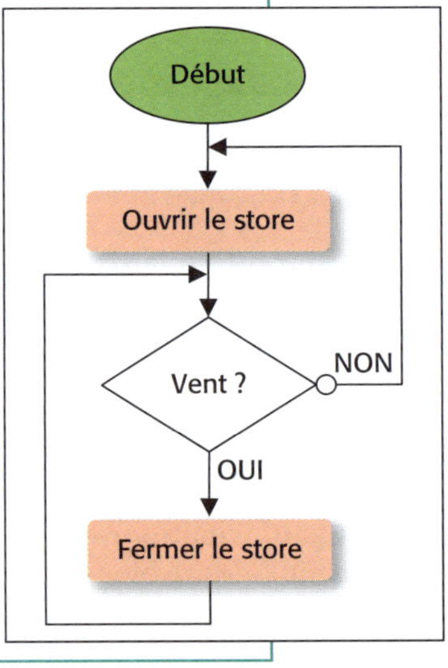

Révision express

Les points importants à retenir

Capteur	Carte programmable	Actionneur
Acquiert des données sur l'environnement du système.	Traite les données et commande l'actionneur.	Agit sur l'environnement du système.
Capteur de luminosité, d'humidité, de mouvement…	Carte Arduino, ordinateur de bord d'une voiture, carte mère d'un téléphone…	Moteur, lampe, haut-parleur, résistance chauffante…

Quiz

Cochez la (ou les) réponse(s) correcte(s).

1. Un capteur acquiert :
a. ☐ **une représentation numérique**
b. ☐ **des composants électroniques**
c. ☐ **une grandeur physique**

2. Un signal logique peut prendre :
a. ☐ **une dizaine de valeurs**
b. ☐ **deux valeurs**
c. ☐ **toutes les valeurs**

3. Le processeur est la partie d'une carte programmable qui :
a. ☐ **exécute des instructions**
b. ☐ **stocke les informations**
c. ☐ **alimente en énergie électrique les composants**

4. Une mémoire informatique :
a. ☐ **permet de stocker des données**
b. ☐ **exécute des instructions**
c. ☐ **alimente en énergie électrique les composants**

5. Un objet connecté :
a. ☐ **communique avec un réseau**
b. ☐ **est une représentation d'un algorithme**
c. ☐ **fabrique une pièce avec un logiciel**

6. L'algorigramme permet :
a. ☐ **de soustraire des informations**
b. ☐ **de représenter un algorithme**
c. ☐ **d'afficher des variables**

→ Réponses p. 507

EXERCICE GUIDÉ

Comprendre un programme en langage de type bloc

Énoncé

Voici le programme d'un robot (représenté par la croix). Indiquez les coordonnées $(x ; y)$ du robot à la fin de l'exécution du programme.

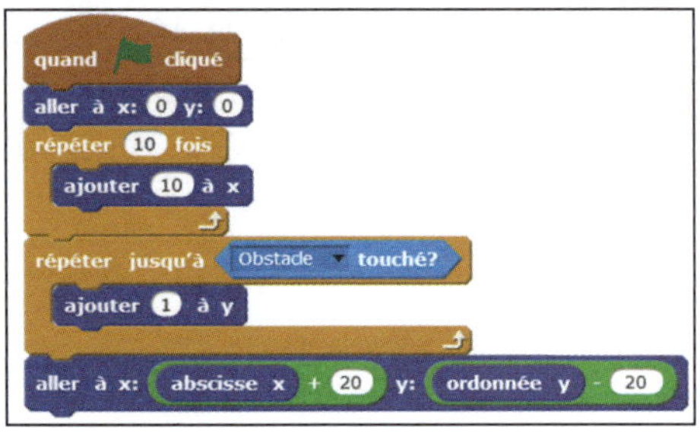

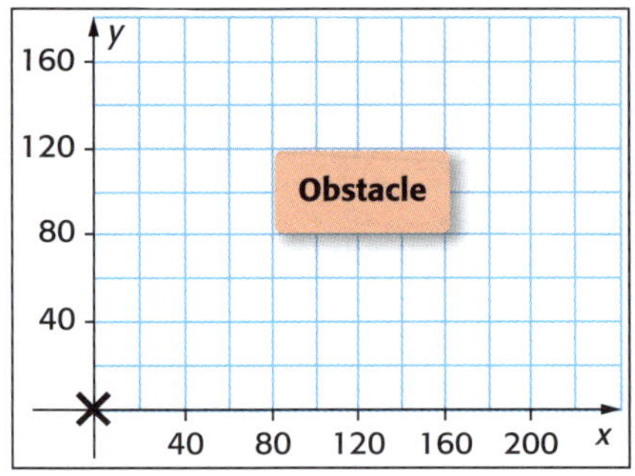

Méthode

1. Repérer les conditions initiales du programme : la position du robot au début du programme.
2. Décrypter le programme bloc par bloc, de haut en bas, en indiquant sur la grille la position du robot après chaque instruction.
3. Lorsqu'on rencontre une boucle « répéter », exécuter autant de fois qu'indiqué la (ou les) instruction(s) à l'intérieur de la boucle.
4. Lorsqu'on rencontre une boucle « répéter jusqu'à », répéter les instructions à l'intérieur de la boucle jusqu'à ce que la condition soit vraie.
5. Lorsqu'il y a une boîte « calcul », effectuer les calculs puis l'opération dans laquelle se trouve la boîte « calcul ».
6. Reproduire le programme pour vérifier que l'on trouve le même résultat.

Corrigé

1. Au début du programme, le robot se trouve en (0 ; 0).

2. Après la boucle « Répéter 10 fois », le robot se trouve en (100 ; 0).

3. Après la boucle « Répéter tant que », le robot se trouve en (100 ; 80).

4. Après les opérations, le robot se trouve en (120 ; 60).

Remarques

- Dans un programme, une « instruction » est une opération élémentaire à effectuer (ici les blocs bleus).
- Dans un programme « bloc », les boucles sont représentées par des blocs en forme d'accolades (ici en orange).

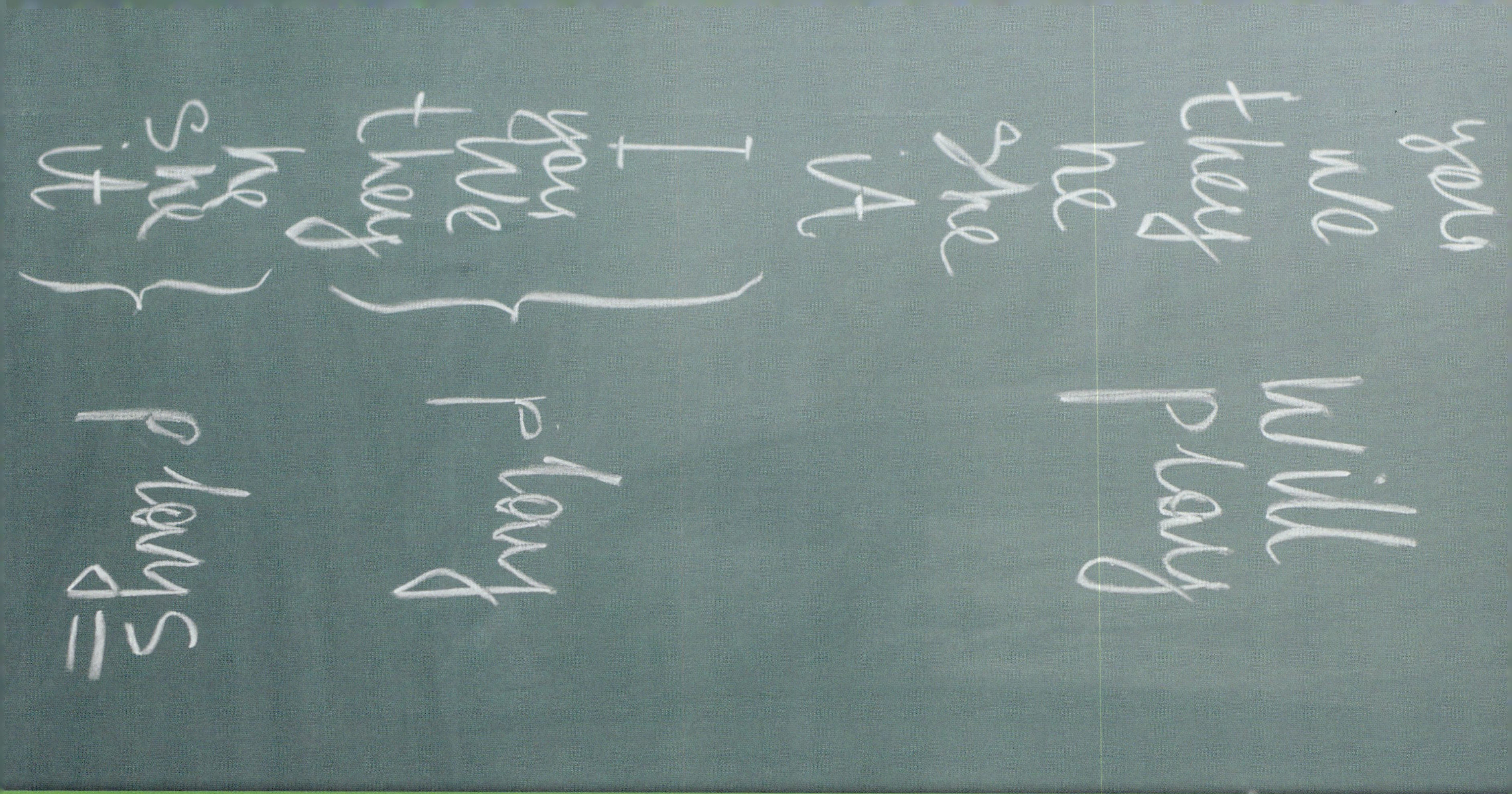

you
we
they
he
she
it
will
play
I
you
we
they
play
he
she
it
plays

Anglais

Anglais

Partie 1 Grammaire

1 Le groupe nominal 404
→ Révision Express 407
››› Cap sur le brevet
Reconnaître les pronoms 408

2 Les adjectifs, la possession 409
→ Révision Express 411
››› Cap sur le brevet
Utiliser les adjectifs possessifs et les génitifs 412

3 Les différents types de phrases 413
→ Révision Express 416
››› Cap sur le brevet
Choisir le pronom qui convient 417

4 Le groupe verbal 418
→ Révision Express 421
››› Cap sur le brevet
Parler de ses habitudes, qualités et défauts 422

5 Parler au présent 423
→ Révision Express 425
››› Cap sur le brevet
Choisir entre présent simple et présent *be + V-ing* 426

6 Parler du passé et de ses expériences 427
→ Révision Express 429
››› Cap sur le brevet
Choisir entre prétérit et *present perfect* 430

7 Les auxiliaires modaux 431
→ Révision Express 434
››› Cap sur le brevet
Bien utiliser les auxiliaires modaux 435

Partie 2 Vocabulaire

8 Langage, école, société 436
→ Révision Express 441
››› Cap sur le brevet
Écrire une lettre et parler de soi 442

9 Voyages, migrations, autres cultures 443
→ Révision Express 448
››› Cap sur le brevet
Décrire une image 449

Chapitre 1 Le groupe nominal

1 Les articles

De quoi s'agit-il ? Les articles servent à désigner des noms afin d'identifier clairement ce dont on parle. Les articles indéfinis désignent des objets ou des personnes quelconques, les articles définis désignent des objets ou des personnes précises.

1 Les articles indéfinis *a, an* et Ø

- *A* + nom singulier débutant par un son consonne : *a book*. un livre.
- *An* + nom singulier débutant par un son voyelle : *an orange*. une orange.
- L'article zéro Ø est l'article indéfini pluriel, il signifie « des ». Il peut aussi signifier, « du » ou « de la ».

Astuce
Les mots commençant par *u* tel que *uniform* sont précédés de *a* car ils débutent par le son consonne [j].

2 L'article défini *the*

- *The* fonctionne avec les noms masculins et féminins, singuliers et pluriels. Il peut signifier « le », « la » ou « les ». Il indique des éléments clairement identifiés.

3 Emploi des articles indéfinis et définis

Articles	Caractéristiques	Exemples
a/an	devant un nom dénombrable singulier	*I saw a man yesterday.* J'ai vu un homme hier.
	avec les noms de métiers	*He is an architect.* Il est architecte.
Ø	devant des noms pluriels	*There are Ø dogs in the garden.* Il y a des chiens dans le jardin.
	devant les noms indénombrables	*There is Ø snow outside.* Il y a de la neige dehors.
	devant les couleurs et les aliments	*Ø blue, Ø chicken.* du bleu, le poulet (la viande).
	devant les noms propres géographiques	*Ø England, Ø Texas, Ø Sidney.* l'Angleterre, le Texas, Sidney.
	devant les titres et fonctions + nom propre	*Ø Doctor House.* le docteur House.
	pour énoncer des généralités	*Ø Lions are dangerous.* Les lions sont dangereux.
the	devant les noms géographiques (fleuves, mers, montagnes…)	*the Atlantic Ocean.* l'océan Atlantique.
	devant les titres et fonctions qui ne sont pas suivis d'un nom propre	*I saw the President.* J'ai vu le président.

Rappel
- **nom dénombrable :** désigne ce qui peut se compter : ***a man, two chairs, a hundred years.***
- **nom indénombrable :** désigne des éléments qui ne peuvent pas se compter : ***salt, water, courage.***

Atlantic est un nom propre géographique, mais il est formé avec le nom commun *ocean* : il suit donc la règle des noms communs.

2 *Some, any, no, every* et leurs composés

De quoi s'agit-il ? ***Some, any, every*** **et** ***no*** **sont des quantifieurs, ils servent à indiquer des quantités.** ***Some*** **et** ***any*** **indiquent une quantité non précise mais généralement réduite,** ***no*** **indique l'absence de quelque chose et** ***every*** **indique la totalité.**

1 *Some* et *any*

- ***Some*** et ***any*** expriment « **une certaine quantité de** ». Ils signifient « du », « de la », « d' » ou « des » :

– dans les affirmations, on utilise ***some***.
Take ***some*** *biscuits*. Prends des biscuits.

– dans les questions et les négations, on utilise ***any***. Dans les négations, il signifie « aucun(e) » ou « pas de… ».
Have you got ***any*** *money*? As-tu de l'argent ?
Sorry, I haven't got ***any*** *money*. Désolé, je n'ai pas d'argent.

Idée à retenir
On peut trouver *some* dans les questions, quand on offre quelque chose.
Would you like some tea ?
Aimeriez-vous du thé ?

2 *No* et *every*

- ***No*** exprime l'absence de quelque chose dans une affirmation. Il équivaut à ***any*** dans une négation.
There ***aren't any*** *cookies left*! = *There* ***are no*** *cookies left!*

- ***Every*** peut exprimer la totalité ou bien « chaque ».
Hold fast to ***every*** *rope you can!* Accrochez-vous à **tous** les cordages que vous pouvez !
This is a masterpiece, ***every*** *brush stroke is pure genius!* C'est un chef d'œuvre, **chaque** coup de pinceau est du pur génie !

3 Les pronoms

De quoi s'agit-il ? **Les pronoms servent à remplacer des noms qui ont déjà été mentionnés, essentiellement pour éviter les répétitions et les lourdeurs de style. Les pronoms personnels sujets remplacent les sujets, les pronoms personnels compléments prennent la place des compléments.**

1 Les différents types de pronoms

- Les **Pronoms Personnels Sujets (PPS)** remplacent un nom sujet d'une phrase ou d'une proposition.
I love ***Harry Potter*** *because* ***Harry Potter*** *can do magic.* → *I love* ***Harry Potter*** *because* ***he*** *can do magic*. J'adore **Harry Potter** parce qu'**il** peut faire de la magie.

- Les **Pronoms Personnels Compléments (PPC)** remplacent un nom complément dans une phrase ou une proposition. Comme les noms compléments, les PPC se placent toujours après le verbe.
Jenny Garth*? I hate* ***Jenny Garth!*** → ***Jenny Garth****? I hate* ***her!*** **Jenny Garth** ? Je **la** déteste !

ANGLAIS

• Les **pronoms réfléchis** s'emploient quand le sujet fait une action sur lui-même (ce sont souvent des actions courantes). Ils s'emploient aussi quand le sujet souligne que c'est lui qui a fait quelque chose.

*I washed **myself.*** Je **me** suis lavé.

*"It is delicious!" "Thanks, I made it **myself.**"* « C'est délicieux ! » « Merci, je l'ai fait **moi-même**. »

• Les **pronoms réciproques**, *each other* et *one another*, s'emploient quand deux sujet font la même action l'un sur l'autre.

*Sarah and Susan help **each other / one another** for their homework.* Sarah et Susan s'aident / s'entraident pour leurs devoirs.

2 Place des pronoms compléments dans la phrase

• Les Pronoms Personnels Compléments (PPC) :

Beyonce loves Jay-Z. — Beyonce aime Jay-Z.

Beyonce loves him. — Beyonce l'aime.

• Les pronoms réfléchis :

John shaves himself everyday. — John se rase tous les jours.

• Les pronoms réciproques :

Beyonce and Jay-Z love each other. — Beyonce et Jay-Z s'aiment.

Idée à retenir

En français, le pronom complément est avant le verbe. En anglais, il reste après le verbe.

3 Tableau récapitulatif des pronoms

Singulier		PPS	PPC	Pronoms réfléchis	Pluriel	PPS	PPC	Pronoms réfléchis
1re pers.		*I*	*me*	*myself*	1re pers.	*we*	*us*	*ourselves*
2e pers.		*you*	*you*	*yourself*	2e pers.	*you*	*you*	*yourselves*
3e pers.	masculin	*he*	*him*	*himself*	3e pers.	*they*	*them*	*themselves*
	féminin	*she*	*her*	*herself*				
	neutre	*it*	*it*	*itself*				

Révision express

Les points importants à retenir

- Les pronoms évitent les répétitions et les lourdeurs. Imaginez en français :
  Bilbon porte un toast en l'honneur de toute la ville et Bilbon dit que Bilbon aime toute la ville.

Remplacez les noms par des pronoms à chaque fois que c'est possible en suivant l'ordre **sujet + verbe + complément.**

Bilbo toasts the whole city and Bilbo says that Bilbo loves the whole city.
Bilbo toasts the whole city and he says that he loves them.

- Choisissez correctement le pronom : *he* et *him* remplacent un homme ou un garçon, *she* et *her* remplacent une femme ou une fille, *it* remplace les choses et animaux.

- Le pronom « on » n'existe pas en anglais, il s'exprime différemment selon son usage.

Usage de « on »	Traduction	Exemple	Traduction
on = nous	*we*	On l'a vu hier !	*We saw him yesterday!*
« on » générique	*one*	On peut toujours espérer.	*One can only hope.*
sujet inconnu	*someone / somebody*	On a volé ma voiture !	*Someone stole my car!*
sujet vague	forme passive	On lui a promis une augmentation.	*He was promised a rise.*

Quiz

Cochez la bonne réponse :

1. *There was … cat in the garden yesterday. I think it was Mrs Nelson's cat.*
☐ ***a*** ☐ ***an*** ☐ ***Ø*** ☐ ***the***

2. *… white horses are beautiful.*
☐ ***a*** ☐ ***an*** ☐ ***Ø*** ☐ ***the***

3. *Sorry, I haven't seen … man with a blue scarf.*
☐ ***some*** ☐ ***any*** ☐ ***no*** ☐ ***every***

4. *Laura is coming with … (Jenny and me) this weekend.*
☐ ***them*** ☐ ***you*** ☐ ***us*** ☐ ***her***

5. *"Where is Bob?" "Bob went to the swimming-pool with … (Isabel)."*
☐ ***she*** ☐ ***him*** ☐ ***he*** ☐ ***her***

→ Réponses p. 508

ANGLAIS

EXERCICE GUIDÉ

Reconnaître les pronoms

Énoncé

The moon was casting a cold, ghostly light over the park. It barely revealed the two men's shadows as they were walking catlike in the fresh snow.

"Oh, it's you!" they both said, recognizing each other.

From the imposing manor house, they couldn't be seen for the trees were hiding them.

"You're here for the painting I guess", said Silas.

"Yes, the count indulges himself too much", answered Val.

"As usual, you go your way, I go mine and may the best thief win."

And without any more words, both men vanished once more leaving no trace behind them.

1. Quels types de pronoms sont surlignés en violet et que remplacent-ils ?

2. En jaune ?

3. En vert ?

4. En bleu ?

Méthode

- Pour déterminer le type de pronom que vous cherchez à identifier (pronom personnel sujet, complément ou réfléchi ?), reportez-vous au tableau récapitulatif des pronoms.

- Pour déterminer ce que remplace le pronom :

– vous pouvez aussi vous aider de son genre : *he* et *him* remplacent des hommes/garçons, *she* et *her* remplacent des femmes/filles et *it* remplace des éléments non-humains.

– aidez-vous aussi de son nombre (singulier ou pluriel).

– cherchez en amont du texte le nom qui correspond au bon genre et au bon nombre. Mais surtout, n'oubliez jamais de vérifier que votre réponse est logique.

Corrigé

1. Les pronoms surlignés en violet sont les pronoms personnels sujets :
It remplace *the moon*.
they remplace *the two men*. Les deux hommes ont été mentionnés, ils peuvent être remplacés sans risque de confusion.

Piège à éviter
« La lune » est féminin en français, mais on utilise *it*, réservé aux objets et animaux.

2. Les pronoms surlignés en jaune sont les pronoms personnels compléments :
them remplace *the two men*, cette fois en position complément : il respecte l'ordre sujet + verbe + complément.

3. Les pronoms surlignés en vert sont les pronoms réfléchis :
Dans *The count indulges himself too much* (Le comte se gâte trop), *himself* remplace *the count* : c'est lui-même que le comte gâte trop. *Himself* est aussi un pronom complément et suit l'ordre sujet + verbe + complément.

4. Les pronom surligné en bleu est un pronom réciproque, *recognizing each other* montre que les deux personages se sont reconnus mutuellement.

ANGLAIS

Chapitre 2 Les adjectifs, la possession

1 Les adjectifs et la possession

De quoi s'agit-il ? Les adjectifs apportent des précisions sur le nom auquel ils sont liés : les adjectifs qualificatifs les décrivent ; les adjectifs possessifs les relient à leur propriétaire ou à un ensemble.

1 Les adjectifs qualificatifs

- Les adjectifs qualificatifs se placent avant les noms qu'ils décrivent et sont invariables.
  An old car, une vieille voiture ; *red roses,* des roses rouges.

2 Les adjectifs possessifs

- Les adjectifs possessifs servent à repérer un objet par rapport à son propriétaire ou un élément grâce à l'ensemble auquel il appartient, la famille par exemple.

Personne		Pronom	Exemples
1re du singulier		*my*	*This is my bike.* C'est mon vélo.
2e du singulier		*your*	*Laura is your sister!* Laura est ta sœur !
3e	proprétaire masculin	*his*	*Look at his watch!* Regarde sa montre !
	propriétaire féminin	*her*	*Look at her dress!* Regarde sa robe !
	propriétaire neutre (animal)	*its*	*Look at its leg!* Regarde sa patte !
1re du pluriel		*our*	*This is our son Tom.* C'est notre fils Tom.
2e du pluriel		*your*	*Is this your son?* C'est votre fils ?
3e du pluriel		*their*	*Look at their car!* Regarde leur voiture !

Attention
Les adjectifs possessifs changent en fonction du propriétaire, et non pas en fonction de l'objet possédé.

3 Le génitif

- Le génitif indique l'identité du propriétaire d'une chose ou d'un objet. Il s'emploie après les noms de personnes ou d'animaux.
- Il se traduit par *'s* et se place juste après le possesseur (c'est l'inverse du français).
  This is John's car.
  C'est la voiture de John.
- Après les noms pluriels terminés par un « s », on ajoute seulement l'apostrophe. Avec les pluriels irréguliers, on conserve le *'s*.
  My parents' house. La maison de mes parents. *The children's toys.* Les jouets des enfants.

Idée à retenir
Pour repérer quelque chose par rapport à un moment, on utilise *'s*. *Yesterday's paper*. Le journal d'hier.

Piège à éviter
Si un nom singulier finit par un « s », on conserve le *'s*. *The boss's car.* La voiture du patron.

ANGLAIS

2 Les comparatifs et le superlatif

De quoi s'agit-il ? **Les comparatifs permettent de comparer des qualités ou des défauts chez différents objets et personnes. Ils servent aussi pour comparer des actions.**

1 Le comparatif de supériorité

- Le comparatif de supériorité indique quel élément est supérieur à l'autre.
  *Megan is **more intelligent than** Tom.* Megan est **plus intelligente que** Tom.
- Ils se forment différemment selon la longueur des adjectifs et adverbes :

	Formation	Exemples
Adjectifs/adverbes courts :		
– une syllabe	adjectif / adverbe + *er* + *than*	*tall* → *taller than* grand → plus grand que
– deux syllabes se finissant par *-y*	adjectif / adverbe + *er* + *than* et le *-y* devient *-i*	*funny* → *funnier than* drôle → plus drôle que
Autres adjectifs / adverbes	*more* + adjectif / adverbe + *than*	*expensive* → *more expensive than* cher → plus cher que

Exceptions

good/well → *better than*
bad → *worse than*
clever → *cleverer than*

2 Le comparatif d'égalité et d'infériorité

- Pour tous les adjectifs et adverbes, le comparatif d'égalité se forme avec : ***as*** **+ adjectif / adverbe +** ***as…*** *Hercule is **as strong as** a lion.* Hercule est **aussi fort qu'**un / **fort comme** un lion.
- Pour tous les adjectifs et adverbes, le comparatif d'infériorité se forme avec : ***less*** **+ adjectif +** ***than…*** *Hercules is **less strong than** a lion!* Hercule est **moins fort qu'**un lion.

3 Le superlatif

- Pour exprimer le plus haut degré, on utilise :

– ***the*** **+ adjectif / adverbe +** ***-est*** avec les adjectifs et adverbes courts.
  *He is **the friendliest** guy I have ever seen.* C'est le gars **le plus sympa** que j'aie jamais vu.

– ***the most*** **+ adjectif / adverbe** avec les adjectifs et adverbes longs.
  *It's **the most dangerous** track.* C'est la piste **la plus dangereuse.**

- Pour exprimer le plus bas degré, avec tous les adjectifs et adverbes, le superlatif se forme avec : ***the least*** **+ adjectif / adverbe.**
  *He's **the least courageous** of all.* C'est **le moins courageux** de tous.

Attention

Avec un adjectif court se finissant par *-y*, le *y* devient un *i* :
friendly **→** ***the friendliest***

4 Comparer des éléments et des actions

- Avec les comparatifs d'adjectifs, on compare des éléments. Avec les comparatifs d'adverbes, on compare des actions.
  *He fought **as bravely as** Hercules.* Il s'est battu **aussi bravement qu'**Hercule.
  → On compare leurs manières de combattre.

Exceptions

good → *the best*
bad → *the worst*
far → *the farthest*

Révision express

Les points importants à retenir

- Un adjectif est toujours placé avant le nom qu'il décrit. N'oubliez pas : en anglais, les adjectifs ne s'accordent jamais.
- *Her* désigne un propriétaire féminin, *his* un propriétaire masculin et *its* une appartenance à un objet ou à un animal.
  her leg : sa jambe (à elle) ; *his leg* : sa jambe (à lui) ; *its leg* : sa jambe (celle d'un chat, par exemple).
- Pour le génitif, inversez toujours l'ordre du possesseur et du possédé par rapport au français.

  This is John's car.

  C'est la voiture de John.
- Quand le possesseur est une personne, on n'utilise jamais *of.*
  Jenny's house et non pas ~~*the house of Jenny.*~~

Quiz

Pour chaque élément souligné, cochez la bonne traduction.

1. Harry a une baguette. C'est sa baguette.

☐ ***It's its wand.*** ☐ ***It's his wand.*** ☐ ***It's her wand.***

2. Hermione a un chat. C'est son chat.

☐ ***It's its cat.*** ☐ ***It's his cat.*** ☐ ***It's her cat.***

3. C'est le revolver de Lucky Luke.

☐ ***It's the gun of Lucky Luke.*** ☐ ***It's Lucky Luke's gun.*** ☐ ***It's the Lucky Luke's gun.***

4. Joe est plus petit que Jack.

☐ ***more small than*** ☐ ***more smaller than*** ☐ ***smaller than***

5. La nitroglycérine est plus dangereuse que la dynamite.

☐ ***dangerouser than*** ☐ ***more dangerous than*** ☐ ***as dangerous than***

→ Réponses p. 508

EXERCICE GUIDÉ

Utiliser les adjectifs possessifs et les génitifs

Énoncé

Complétez le texte suivant avec les adjectifs possessifs et les génitifs qui conviennent.

"A week's holiday in Tahiti! A seven days'break away from … boss … orders!" thought Mary delightedly.

"I can't find … pink swimsuit and Josh hasn't got … books!" yelled Sherry from upstairs.

"… swimsuit is in … wardrobe, in the bottom drawer. Hurry up, … plane is taking off in three hours!"

"Mum!" screamed Josh, "Where are … books, I need them for the flight!"

"They are on the bookshelf … the blue bedroom, put them in Sherry … bag, with … books!"

"Darling, where is … yellow straw hat?" asked Stan.

"On the top … head love. I think I am going to miss work after all…"

Méthode

- Commencez par identifier le propriétaire/possesseur : rappelez-vous, les adjectifs possessifs (*my, your, his, her, our* et *their*) changent en fonction du (des) propriétaire(s), pas des objets possédés.
- Pour un génitif, tout dépend si le possesseur est animé ou inanimé :
  – s'il désigne un possesseur animé, respectez la construction : possesseur + *'s* + propriété.
  – s'il désigne un possesseur inanimé, on conserve le même ordre qu'en français et on utilise *of*.

Corrigé

*[…] "A seven days'break away from **my** boss**'s** orders!" […]*

*"I can't find **my** pink swimsuit and Josh hasn't got **his** books!" […]*

*"**Your** swimsuit is in **your** wardrobe […], **our** plane is taking off in three hours!"*

*"Where are **my** books […]?"*

*"They are on the bookshelf **of** the blue bedroom, put them in Sherry**'s** bag, with **her** books!"*

*"Darling, where is **my** yellow straw hat?" […]*

*"On the top **of your** head love."*

Piège à éviter
Boss est au singulier : il conserve donc le *'s* au génitif, contrairement aux pluriels qui se finissent par « s ».

Remarque
L'adjectif possessif change en fonction du propriétaire : ***his** books* pour les livres de Josh, ***her** books* pour ceux de Sherry.

Chapitre 3 Les différents types de phrases

1 Affirmations, négations et questions

De quoi s'agit-il ? Nous communiquons dans des buts différents : répondre à des questions, demander des informations ou raconter une histoire. Nous utilisons pour chacun de ces objectifs un type de phrase particulier : affirmative, négative ou interrogative.

1 Les affirmations

- Les affirmations se construisent selon le modèle :

Sujet + groupe verbal + complément(s) / adjectif(s).

Susan travels a lot. Susan voyage beaucoup.

2 Les négations

- Les négations se construisent toujours selon le modèle :

Sujet + auxiliaire + *not* + verbe + complément(s) / adjectif(s).

Mark does not like sport. Marc n'aime pas le sport.
He did not watch the match. Il n'a pas regardé le match.

Idée à retenir
Did est la forme passée de l'auxiliaire *do*.

- C'est l'auxiliaire qui porte la conjugaison.

*Mark **does** not like sport.* → *does* porte le *s* de la 3e personne du singulier, qui n'apparaît pas sur *like*.
*He **did** not **watch** the match.* → *did* porte la marque du prétérit, *-ed* n'apparaît pas sur *watch*.

3 Les questions

- Les questions se construisent toujours selon le modèle :

Mot interrogatif (facultatif) + auxiliaire + sujet + verbe + complément(s) / adjectif(s) ?

What could we offer her for Christmas? Que pourrions-nous lui offrir pour Noël ?

Idée à retenir
Could est la forme passée de l'auxiliaire *can*.

4 Récapitulatif des auxiliaires de chaque temps

Temps	Auxiliaire utilisé	Conjugaison(s)
Présent simple	action : *do* état : *be*	*do / does* *am / is / are*
Présent *be* + V-*ing*	*be*	*am / is / are*
Prétérit simple	action : *do* au prétérit état : *be* au prétérit	*did* *was / were*
Prétérit *be* + V-*ing*	*be* au prétérit	*was / were*

Temps	Auxiliaire utilisé	Conjugaison(s)
Present perfect	*have* au présent	*have / has*
Pluperfect (ou *past perfect*)	*have* au prétérit : *had*	*had*
Futur	*will*	*will*

5 Récapitulatif des mots interrogatifs

Wh...	Traduction	*Wh...*	Traduction	*Wh...*	Traduction
What	Quoi / Qu'est-ce que	*Whose*	À qui	*How long*	Combien de temps
When	Quand	*Why*	Pourquoi	*How many*	Combien (dénombrable)
Where	Où	*Which*	Lequel/Laquelle Lesquels/Lesquelles	*How much*	Combien (indénombrable)
Who	Qui	*How*	Comment	*How long ago*	Il y a combien de temps ?

2 Le passif

De quoi s'agit-il ? Le passif sert à indiquer que la personne ou la chose dont on parle n'est pas le sujet de l'action, mais au contraire qu'elle la subit ou qu'elle en est la cible.

1 Emploi du passif

- Le passif s'emploie quand le sujet subit l'action, ou quand le sujet réel est inconnu ou évident.

  The book was adapted for the cinema. Le livre a été adapté pour le cinéma.
  They were robbed. Ils ont été dévalisés. → sujet réel inconnu.
  The culprit was arrested. Le coupable a été arrêté. → sujet réel évident : la police.

- Le sujet réel de l'action peut être mentionné grâce à un complément d'agent, introduit par *by*, signifiant « par ».

  They were robbed ***by three men.*** Ils ont été attaqués **par trois hommes**.

2 Construction du passif

- Affirmation : **Sujet + *be* + participe passé + complément.**

  The roof is supported by four pillars. Le toit est soutenu par quatre piliers.

- Négation : **Sujet + *be* + *not* + participe passé + complément.**

  The package was not sent to the right address. Le paquet n'a pas été envoyé à la bonne adresse.

- Question : ***Wh...* (facultatif) + *be* + sujet + participe passé + complément (facultatif)?**

  So? Were you given the job ? Alors ? On t'a donné le job ?

Piège à éviter
Seul l'auxiliaire du passif *be* se conjugue, le verbe reste au participe passé.

3 Le passage de l'actif au passif

R. Howard *adapted* The Da Vinci code *on screen*. R. Howard a adapté *Le Da Vinci code* à l'écran.

The Da Vinci code *was adapted on screen by* ***R. Howard***. *Le Da Vinci code* a été adapté à l'écran par R. Howard.

- L'auteur de l'action (le sujet réel) de la phrase active devient complément d'agent introduit par *by* dans la phrase passive.
- Le COD de la phrase active (l'élément subissant l'action) devient sujet de la phrase passive.

Piège à éviter
Attention aux changements de pronoms entre actif et passif.
They found ***her!*** → ***She*** *was found!*

3 Les subordonnées relatives et complétives

De quoi s'agit-il ? Les propositions subordonnées relatives servent à apporter des précisions sur des personnes ou sur des choses. Les propositions subordonnées complétives sont utilisées essentiellement pour rapporter ce que quelqu'un a dit, vu ou entendu.

1 Les relatives

- Elles sont liées à des groupes nominaux.
- Elles utilisent différents pronoms relatifs : principalement *who* pour les personnes, *which* ou *that* pour les animaux et objets, *where* pour les lieux et *when* pour les moments.
  The girl ***who*** *lives down the street is pretty.* La fille **qui** habite en bas de la rue est jolie.
  The car ***that / which*** *is parked here is mine.* La voiture **qui** est garée ici est la mienne.
  The hotel ***where*** *we stayed was great.* L'hôtel **où** nous sommes restés était génial.
  It's the day ***Ø / when*** *she got her exams.* C'est le jour **où** elle a eu ses examens.

Idée à retenir
That peut être utilisé pour un antécédent désignant une personne, mais il est plus familier.

2 Les complétives

- Les complétives sont compléments d'objet du verbe.
- Elles sont introduites par *that* ou Ø (« que » ou « qu' »).
  I see ***Ø / that*** *Obi Won has taught you well.* Je vois **qu'**Obi Wan t'a bien formé.
- Quand il y a plusieurs complétives à la suite, *that* est obligatoire et Ø impossible.
  I see ***that*** *Obi Won has taught you well and* ***that*** *you have a new light saber.* Je vois **qu'**Obi Wan t'a bien formé et **que** tu as un nouveau sabre laser.
- Les complétives sont souvent utilisées pour rapporter quelque chose au discours indirect.
  He says Ø / that I am stupid! Il dit que je suis stupide !
- Quand on rapporte une question, la complétive est introduite par *if*.
  He asked me ***if*** *I was interested.* Il m'a demandé **si** j'étais intéressé.

Révision express

Les points importants à retenir

- Utilisez le bon auxiliaire : il est différent selon que vous parlez du présent, du futur, etc.
- Pour les négations, suivez toujours l'ordre : **Sujet + auxiliaire + *not* + verbe + complément(s) / adjectif(s).**
- Pour les questions, suivez toujours l'ordre : **Mot en *wh*- (facultatif) + auxiliaire + sujet + verbe + complément(s) / adjectif(s) ?**
- Il n'y a qu'une seule marque de conjugaison par groupe verbal. Cette marque est mise en priorité sur l'auxiliaire :
  Does she play everyday? Le *s* de la 3e pers du singulier est sur *does*, et non sur *play*.
- *do* et *did* s'utilisent avec les verbes d'actions, *be* quand vous parlez d'un état.
  Do you see her? Is she pretty? Tu la vois ? Elle est jolie ?
- Attention aux changements de pronoms entre actif et passif.
  They found ***her****!* Ils l'ont trouvée ! → ***She*** *was found!* Elle a été retrouvée !
- Pour choisir le bon pronom dans une question servant à identifier le sujet, partez de l'affirmation et remplacez le sujet inconnu par *who* si c'est une personne, et par *what* si c'est un objet ou un animal.
  Martin *stole the orange.* Martin a volé l'orange. → ***Who*** *stole the orange?* Qui a volé l'orange ?

Quiz

Cochez la bonne réponse :

1. *She did not … skiing this year.*

☐ ***goes*** ☐ ***go*** ☐ ***went*** ☐ ***going***

2. *Does she … chocolate cakes?*

☐ ***like*** ☐ ***likes*** ☐ ***liking*** ☐ ***liked***

3. *Harry Potter … by J. K. Rowling.*

☐ ***was write*** ☐ ***was written*** ☐ ***was wrote*** ☐ ***wrote***

4. *… the game …?*

☐ ***Is … finished*** ☐ ***Is … finish*** ☐ ***Is … finishes*** ☐ ***Does … finished***

5. *The boy … has the blue bike is the best rider.*

☐ ***who*** ☐ ***Ø*** ☐ ***which*** ☐ ***whom***

6. *I saw the wolf … ate the sheep.*

☐ ***Ø*** ☐ ***that*** ☐ ***who*** ☐ ***whom***

→ Réponses p. 508

EXERCICE GUIDÉ

Choisir le pronom qui convient

Énoncé

Complétez le texte avec les pronoms qui conviennent.

– *Feeling better Mrs Smith?*

– *Yes thank you. When we left the bank I was scared by all that violence but I'm OK now.*

– *So, tell us what you have seen.*

– *Well, I could look discreetly because there were plants … were hiding me. The man … was standing in the middle led the gang. He said … he wanted the money … was in the safe.*

– *And the others?*

– *The man … was on the right had a Scottish accent and I saw … he had red hair and … he had a limp.*

– *And the man … was on the left?*

– *He fired to make the clients lay on the floor, I don't know anything else. We were terrified!*

Méthode

● Repérez quel type de subordonnée le pronom cherché introduit : relative ou complétive ?

● Pour les subordonnées relatives : identifiez d'abord l'antécédent, et repérez surtout s'il s'agit d'un élément humain (repris par *who*) ou non-humain (repris par *which*).

Conseil
That peut être utilisé dans les deux cas, mais attention : il est familier quand il concerne les humains.

● Les complétives rapportent ce qui a été dit, vu ou entendu. Si une phrase rapporte une seule chose, on peut utiliser Ø ou *that* comme introducteur mais si plusieurs choses sont rapportées, seul *that* est possible.

Corrigé

[…]– *Well, I could look discreetly because there were plants which / that were hiding me. The man who / that was standing in the middle led the gang. He said Ø / that he wanted the money which / that was in the safe.*

– *And the others?*

– *The man who / that was on the right had a Scottish accent and I saw that he had red hair and that he had a limp.*

Remarque
Ici, Mme Smith a vu deux choses, donc Ø est impossible.

– *And the man who / that was on the left?*

– *He fired to make the clients lay on the floor, I don't know anything else. We were terrified!*

● Les relatives
Plants et money, non humains, sont repris par *which*. *Man*, humain, est repris par *who*. Les deux auraient pu être repris avec *that*.

● Les complétives
He said Ø / that he wanted the money : ici Mme Smith rapporte une seule parole, donc on peut utiliser Ø ou *that*.

ANGLAIS

Chapitre 4 Le groupe verbal

1 La base verbale

De quoi s'agit-il ? **La base verbale est la forme minimale du verbe, c'est-à-dire son radical sans la moindre conjugaison.**

1 Auxiliaires et base verbale

- La base verbale (l'infinitif sans *to*) s'utilise dans les négations ou les questions au présent et prétérit simples. Seul l'auxiliaire *do* porte les conjugaisons, le verbe reste à la base verbale.

  *Harry Potter **doesn't** like Professor Snape.* Harry Potter n'aime pas le professeur Rogue.

  *What **did** you do yesterday?* Qu'as-tu fait hier ?

- La base verbale s'utilise aussi après un auxiliaire modal comme *can*, *must*, *will*, etc.

  In England, they must wear uniforms at school. En Angleterre, ils doivent porter l'uniforme à l'école.

Astuce

Les auxiliaires modaux sont invariables et sont toujours suivis d'un verbe à la base verbale, lui aussi invariable.

2 Au présent et au prétérit simple

- **Au présent simple**, l'auxiliaire *do* est présent, c'est uniquement lui qui porte le *s* de la 3ᵉ personne du singulier. Le verbe reste à la base verbale.

  *He **doesn't** like Professor Snape. **Does** he like Professor Snape?*

- **Au prétérit simple,** l'auxiliaire *do* est présent, c'est uniquement lui qui porte le *-ed* du passé sous la forme *did*. Le verbe reste à la base verbale.

  *He **didn't** like Professor Snape. **Did** he like Professor Snape?*

2 Infinitif ou V + *–ing* ?

De quoi s'agit-il ? **L'infinitif *to* + base verbale et les verbes portant la terminaison *–ing* s'emploient généralement lorsque plusieurs verbes se suivent dans un même groupe verbal.**

1 L'infinitif

- L'infinitif se forme avec ***to*** + **base verbale.**
- Il s'emploie après des verbes exprimant la volonté, l'accord, le désaccord ou l'espoir : *agree, choose, decide, expect, hope, refuse, want* et après *seem* (sembler).

  *Rosa Parks refused **to stand up**.* Rosa Parks a refusé **de se lever.**

• Il s'emploie aussi après des verbes exprimant l'ordre, le conseil, l'influence sur autrui : *advise, allow, forbid, force, invite, oblige, teach, tell, warn*. Dans ce cas, le sujet influencé précède l'infinitif. Si ce sujet est un pronom, il apparaît sous forme de pronom complément.

He told Mary (her) ***to listen.*** Il a dit à Mary (il lui a dit) **d'écouter**.

Structure	Sujet 1	Verbe 1	Sujet 2	Verbe 2 + complément
Exemple	*He*	*told*	*Mary / her*	*to listen.*
Description	Sujet qui ordonne, conseille ou influence.	*advise, allow, forbid, force, invite, oblige, teach, tell, warn* conjugués.	Sujet obligé : nom ou pronom complément.	Action faite par le sujet obligé : *to* + base verbale.

2 V + *–ing* (ou nom verbal)

• Le nom verbal s'emploie :

– après les verbes et expressions de goût : *love, enjoy, be keen on, be fond of, like, dislike, hate, loathe.*

I love ***surfing*** *the web.* J'adore surfer sur Internet.

– après *how about* et *what about* pour suggérer quelque chose.

What about ***going*** *to the cinema?* Et si on allait au cinéma ?

– comme nom, pour désigner une activité : *swim* (nager) → *swimming* (la natation).

Surfing *the web is my favourite pastime.* Surfer sur le web est mon passe-temps favori.

– après les verbes de perception : *hear, see*, quand on voit ou entend une action en train de se dérouler (pas dans son intégralité comme avec la base verbale). Le sujet perçu précède alors le nom verbal. Si c'est un pronom, il apparaît sous forme de pronom complément.

I saw Bob (him) ***crossing*** *the street.* J'ai vu Bob (je l'ai vu) **en train de traverser** la rue.

Structure	Sujet 1	Verbe 1	Sujet 2	Verbe 2 + complément
Exemple	*I*	*saw*	*Bob*	*crossing the street.*
Description	Sujet qui perçoit.	Verbe de perception (conjugué).	Sujet perçu : nom ou pronom complément.	Action en train d'être faite par le sujet perçu : V + *–ing*.

3 Les adverbes

De quoi s'agit-il ? Les adverbes viennent apporter des précisions sur l'action qui est décrite dans le groupe verbal. Ils peuvent par exemple indiquer si cette action est une habitude, ou de quelle manière elle est faite.

1 Les adverbes de fréquence

- Les adverbes de fréquences comme *always* ou *never* indiquent si le sujet fait l'action toujours, rarement, etc.
- Les adverbes se placent juste avant le verbe.
  *I've **always** done my homework in front of TV.* J'ai **toujours** fait mes devoirs devant la télé.
- Ils se placent après l'auxiliaire *be*.
  *Susan is **never** happy.* Susan n'est **jamais** heureuse.

Attention
Quand l'adverbe est en plusieurs mots, comme *very often*, *quite often* ou *most of the time*, il se place en fin de phrase.

Adverbe	Traduction	Exemples
always	toujours	*I **always** read before sleeping.* Je lis **toujours** avant de dormir.
most of the time	la plupart du temps	*I get up at 7 **most of the time**.* **La plupart du temps** je me lève à 7 heures.
usually	généralement	*I usually sleep **a lot**.* Je dors **généralement** beaucoup.
often	souvent	*She doesn't **often** take the bus.* Elle ne prend pas **souvent** le bus.
sometimes	parfois	*He is **sometimes** boring.* Il est **parfois** ennuyeux.
never	jamais	*I've **never** liked him.* Je ne l'ai **jamais** aimé.

2 Les adverbes de degré

- Les adverbes de degré comme *very* ou *a bit* modifient l'adjectif. Ils précisent si la personne décrite possède une qualité, un défaut ou une compétence à un très haut degré, à un degré moyen, etc.
  *He is **extremely** helpful.* Il est **extrêmement** serviable.
- Ils se placent toujours juste avant l'adjectif, sauf *not… at all* (pas… du tout) qui l'encadre.
  *Ed is **quite** talkative but he is **not** lazy **at all**.* Ed est **assez** bavard mais il n'est **pas** fainéant **du tout**.

Adverbe	Traduction	Exemples
extremely / utterly	extrêmement	*Jay is **utterly** selfish.* Jay est **extrêmement** égoïste.
very	très	*He gets up **very** early.* Il se lève **très** tôt.
rather	plutôt	*It's a **rather** good device.* C'est **plutôt** un bon appareil.
quite	assez	*It happens **quite** often.* Ça arrive **assez** souvent.
a bit	un peu	*He is **a bit** crazy.* Il est **un peu** fou.
not… at all	pas… du tout	*It's **not** far **at all**.* Ce n'est **pas** loin **du tout**.

Révision express

Les points importants à retenir

- Pour exprimer ce qu'on aime ou n'aime pas faire, utilisez un **verbe de goût + V + *-ing*.**
- Pour exprimer ce qu'on veut ou ne veut pas faire, utilisez ***want* + *to* + base verbale.**
- Les verbes qui suivent les auxiliaires modaux *do* et *did* sont toujours à la **base verbale.**
- Attention, il n'y a **jamais de double conjugaison !**

– dans *He **doesn't** like chocolate*, le *s* de la 3e personne du singulier est porté par *does*, il ne doit pas être ajouté à *like*.

– on n'écrit pas ~~*Tom did not bought a*~~ *new car* car *did* porte déjà la marque du passé. *buy* doit donc rester à la base verbale : *Tom **did not buy** a new car.*

- Les adverbes de fréquence se placent toujours avant le verbe, et après l'auxiliaire *be*, mais :

– *most of the time* se place en fin de proposition ;

– *not… at all* encadre l'adjectif qu'il modifie.

Quiz

Indiquez si la phrase est grammaticalement correcte ou non :

1. *Sherry doesn't likes history.*

☐ **phrase correcte** ☐ **phrase incorrecte**

2. *They didn't went to the cinema yesterday.*

☐ **phrase correcte** ☐ **phrase incorrecte**

3. *Sam and Mike love playing tennis.*

☐ **phrase correcte** ☐ **phrase incorrecte**

4. *How about listening to the new Muse album?*

☐ **phrase correcte** ☐ **phrase incorrecte**

5. *I heard them to talk on the phone.*

☐ **phrase correcte** ☐ **phrase incorrecte**

6. *I don't usually go swimming just after lunch.*

☐ **phrase correcte** ☐ **phrase incorrecte**

7. *They always are late.*

☐ **phrase correcte** ☐ **phrase incorrecte**

→ Réponses p. 508

EXERCICE GUIDÉ

Parler de ses habitudes, qualités et défauts

Énoncé

Complétez le texte en mettant les verbes entre parenthèses à la forme correcte.

***A casting interview for* Survivor**

Interviewer: *"So Kelly, tell us about yourself."*

Kelly: *"I'm 22 and I come from Manchester. I'm quite sporty and dynamic. I always …* ***(swim)*** *three times a week, I often …* ***(jog)*** *and I took part in the New York marathon.*

Int.: *"What about the life on the camp and with the other contestants?"*

Kelly: *"Well, I hate …* ***(do)*** *nothing and I want …* ***(be)*** *useful on the camp. About the other contestants, I like …* ***(please)*** *people and I want …* ***(bind)*** *the team together.*

Int.: *"And the games?"*

Kelly: *"I'm totally confident. As I told you before, I love sport, I am keen on …* ***(climb)*** *and I love …* ***(dive).***

Int.: *"Any bad points about yourself?"*

Kelly: *"Well, I am extremely talkative, the others may find it a bit boring."*

Astuce
Aidez-vous des adverbes de fréquences : *always* et *often* indiquent que l'action est une habitude.

Méthode

- Pour choisir à quelle forme mettre le verbe, demandez-vous ce qu'il exprime : habitude ? goût ? volonté ? Repérez si la phrase contient un adverbe de fréquence, ou si le verbe cherché est précédé d'un verbe de goût, ou d'un verbe exprimant la volonté ou la décision.
- Mettez ensuite le verbe à la forme correspondante :
  – les verbes de goût sont toujours suivis d'un verbe avec la terminaison *–ing* ;
  – les verbes exprimant la volonté ou la décision sont suivis de *to* + BV ;
  – le verbe se met au présent simple pour désigner une habitude.

Corrigé

[…] Kelly: "I'm 22 and I come from Manchester. I'm quite sporty and dynamic. I always ***swim*** *three times a week, I often* ***jog*** *and I took part in the New York marathon.*

Int: "What about the life on the camp and with the other contestants?"

Kelly: "Well, I hate ***doing*** *nothing and I want* ***to be*** *useful on the camp. About the other contestants, I like* ***pleasing*** *people and I want* ***to bind*** *the team together.*

Int: "And the games?"

Kelly: "I'm totally confident. As I told you before, I love sport, I am keen on ***climbing*** *and I love* ***diving****. […]*

- Les adverbes de fréquence *always* et *often* indiquent une habitude : ils sont suivis du présent simple.
- *Hate, like, be keen on, love* sont des verbe de goût : ils sont suivis d'un verbe en V + *–ing*.
- *Want* exprime la volonté : il est suivi de *to* + base verbale.

Chapitre 5 Parler du présent

1 *Be* et *have*

De quoi s'agit-il ? ***Be* et *have* sont très utilisés en anglais en tant que verbes et auxiliaires. Ils servent à former différents temps et sont également employés pour décrire et repérer des éléments.**

1 *Be*

- *Be* est un verbe d'état, il peut être suivi d'adjectifs, d'un groupe nominal ou d'un complément de lieu.
  *She **is** in London.* Elle **est** à Londres.

- Dans les descriptions, *be* sert à décrire tout ce qui se mesure, comme l'âge, la taille, l'intelligence, etc.
  *Jenny **is** 15, she **is** tall and very clever.* Jenny a 15 ans, elle est grande et très intelligente.

2 *Have*

- *Have* exprime la possession, il peut s'utiliser de deux manières :

– comme un auxiliaire lorsqu'il se construit avec *got* :
  ***Have** you **got** change?* Vous avez de la monnaie ?

– comme un verbe. Il se construit alors seul dans les affirmations, et avec l'auxiliaire *do* dans les négations et les questions :
  ***Do** you **have** change?* Vous avez de la monnaie ?

- Dans les descriptions, *have* décrit les caractéristiques physiques (yeux, cheveux, etc.).
  *Sam **has (got)** black hair and brown eyes.* Sam a les cheveux noirs et les yeux marrons.

3 Conjuger *be* et *have* au présent

Pronoms Personnels Sujets	*Be*		*Have*	
	Forme pleine	Forme contractée	Forme pleine	Forme contractée
I	*am*	*'m*	*have (got)*	*'ve (got)*
You	*are*	*'re*		
He/She/It	*is*	*'s*	*has (got)*	*'s got*
We/ You/ They	*are*	*'re*	*have (got)*	*'ve (got)*

Attention
got est obligatoire à la 3e personne du singulier avec la forme contractée pour éviter la confusion avec *'s* de *is*.

2 Présent simple, impératif et présent en *be* + V-*ing*

De quoi s'agit-il ? Ce sont les trois présents utilisés en anglais : l'impératif est utilisé pour donner des ordres, le présent simple pour parler en général et pour les habitudes, le présent *be* + V-*ing* pour parler des actions en train de se passer au moment où on parle.

1 Le présent simple

- Le présent simple s'emploie pour parler des habitudes, des goûts, des vérités générales.
  *Liz and Chris **play** tennis every Friday.* Liz et Chris jouent au tennis tous les vendredis.

- À la 3e personne du singulier, un *s* est ajouté à la fin du verbe ou de l'auxiliaire.
  *Liz also play**s** on Tuesdays.* Liz joue aussi les mardis.

2 Construire une phrase au présent simple

- **Affirmation :** Sujet + verbe + complément.
  She plays tennis. Elle joue au tennis.

- Au présent simple, les questions et les négations se forment avec *do* (*does* à la 3e personne du singulier) :

– **négation** : Sujet + *do* / *does* + *not* + base verbale + cplt.
  They don't open on Mondays. Ils n'ouvrent pas le lundi.

– **question** : (*Wh*-) + *do* / *does* + sujet + base verbale + (cplt)?
  What time do you open? À quelle heure ouvrez-vous ?

3 L'impératif

- L'impératif s'emploie pour donner un ordre :

– ordre de faire : **base verbale seule**. *Simon says **run**!* Jacques a dit **cours** !

– ordre de ne pas faire : ***Don't* + base verbale.** *Don't move!* Ne bougez pas !

4 Le présent *be* + V-*ing*

- Le présent *be* + V-*ing* se construit avec **l'auxiliaire *be* au présent suivi d'un verbe à la forme V-*ing*.** Il est utilisé dans trois cas :

– pour une action en train de se dérouler : *Shh! Dad **is working**.* Chut ! Papa travaille.

– pour se justifier : *I can't come, I'**m working**.* Je ne peux pas venir, je travaille.

– pour parler du futur proche : *The train **is leaving** in five minutes!* Le train part dans cinq minutes !

- **Construction d'une phrase au présent *be* + V-*ing*** :

– **affirmation** : Sujet + *am* / *is* / *are* + V-*ing* + cplt.
  She is phoning. Elle est en train de téléphoner.

– **négation** : Sujet + *am* / *is* / *are* + not + V-*ing* + cplt.
  I am not joking! Je ne plaisante pas !

– **question** : (*Wh*-) + *am* / *is* / *are* + sujet + V-*ing* + (cplt)?
  What are you doing? Que fais-tu ?

Révision express

Les points importants à retenir

- Pour parler d'une **habitude**, utilisez le **présent simple**.
- Pour parler d'une **action en cours** ou pour vous justifier, utilisez le **présent be + V-*ing*.**
- Une image se décrit toujours avec le présent *be* + *V-ing*.
- Dans une description physique, **pour tout ce qui se mesure** (âge, taille, poids, etc.), utilisez ***be*** :
  - même si on dit « Il **a** 10 ans », l'âge se mesure → auxiliaire *be* : *He is ten (years old).*
  - même si on dit « Il **fait** 56 kgs », le poids et la taille se mesurent → auxiliaire *be* : *He is 56 kgs.*
- Au présent simple à la 3e personne du singulier, quand l'auxiliaire *does* est présent dans la phrase, ne remettez pas le *-s* au verbe : seul l'auxiliare est conjugué.

Quiz

Cochez la bonne réponse :

1. *I can come, no problem, I … anything tonight.*
☐ ***don't do*** ☐ ***am not doing***

2. *Tom … football on Tuesdays and Thursdays.*
☐ ***plays*** ☐ ***is playing***

3. *Come on! … shy.*
☐ ***Don't be*** ☐ ***Are not***

4. *Look! It …*
☐ ***rains*** ☐ ***is raining***

5. *John … 12.*
☐ ***is*** ☐ ***has got***

6. *Laura and Lucy … green eyes!*
☐ ***haven't*** ☐ ***haven't got***

7. *Leila and Asma … 16 and 14 and their cousins … 12 and 18.*
☐ ***are*** ☐ ***have got***

→ Réponses p. 508

EXERCICE GUIDÉ

Choisir entre présent simple et présent *be + V-ing*

Énoncé

Complétez ce texte en mettant les verbes entre parenthèses au présent simple ou au présent *be* + *V-ing*.

*– Hey Tara, I ... **(organise)** a party for my birthday. Can you come next Friday?*

*– No problem, but my friend Zack ... **(stay)** at my place on Friday, can he come with me?*

*– It depends, how ... he ... **(look)**? ... he ... **(have)** a girlfriend?*

*– He ... **(not have)** a girlfriend. He is tall. He has got green eyes and black hair and he is 19 and he ... **(play)** the guitar.*

– Exactly my type of boy.

*– Only we can't stay late because we ... **(play)** with our band on Saturday in a Canterbury pub and we ... **(leave)** early in the morning, it always ... **(take)** hours to get out of London on Saturdays.*

– No problem! See you on Friday then. Bye.

Astuce
Aidez-vous des adverbes de fréquence : *always* indique un fait toujour vrai, une vérité générale. Le verbe sera donc au présent simple.

Méthode

- Pour choisir entre le présent simple et le présent *be* + V-*ing*, demandez-vous ce qu'exprime le verbe : une vérité générale ? une habitude ? un futur proche ?
- S'il exprime une vérité générale ou une habitude, le verbe doit être mis au présent simple.
- S'il indique une action en cours au moment où on parle, s'il sert à se justifier ou à parler du futur proche, le verbe doit être mis au présent *be* + V-*ing*.

Corrigé

– Hey Tara, I am organising a party for my birthday. Can you come next Friday?

– No problem, but my friend Zack is staying at my place on Friday, can he come with me?

– It depends, how does he look? Does he have a girlfriend?

– He doesn't have a girlfriend. He is tall. He has got green eyes and black hair and he is 19 and he plays the guitar.

– Exactly my type of boy.

– Only we can't stay late because we are playing with our band on Saturday in a Canterbury pub and we are leaving early in the morning, it always takes hours to get out of London on Saturdays.

– No problem! See you on Friday then. Bye.

Piège à éviter
Seul l'auxiliaire *does* porte le *s* de la 3e personne du singulier, *look* et *have* restent à la base verbale.

Remarque
La personne parle du futur proche (samedi, date du concert) et se justifie de devoir quitter la fête tôt : présent en *be* + *V-ing*.

- **Présent simple :**

– négation : He *doesn't have a girlfriend* énonce une vérité générale sur Zack : il n'a pas de petite amie.

– questions : *How does he look?* (Comment est-il ?) *Does he have a girlfriend?* (A-t-il une petite amie ?) sont des questions sur des vérités générales.

- **Présent *be* + *Ving* :**

I am organising a party (je suis en train d'organiser une fête) : l'action en donc en cours.

Chapitre 6 Parler du passé et de ses expériences

1 Les deux prétérits

De quoi s'agit-il ? Il existe deux prétérits : le prétérit simple et le prétérit *be* + V-*ing*. Ces deux temps du passé s'utilisent pour parler d'un événement daté, passé et terminé.

1 Le prétérit simple

- Le prétérit simple s'utilise pour une action déjà terminée ou une action principale dans le passé.

- Pour conjuguer un verbe au prétérit simple, il suffit d'ajouter *-ed* à sa base verbale. Il existe aussi des verbes irréguliers qui se transforment différemment.

  *I **walked** to the library yesterday.* Je suis allé à la bibliothèque à pieds hier.
  *I **went** to the library yesterday.* Je suis allé à la bibliothèque hier.

- Les négations au prétérit simple se forment avec : **Sujet + *did* + *not* + base verbale + cplt**.

- Les questions au prétérit simple se forment avec : ***(Wh-)* + *did* + sujet + base verbale + (cplt)?**

  *She **did not go** to the concert.* Elle n'est pas allée au concert.
  *What **did you buy** at the supermarket?* Qu'as-tu acheté au supermarché ?

Idée à retenir
Dès que vous datez une action passée, le prétérit est obligatoire.

Piège à éviter
Dans les négations et les questions, l'auxiliaire *did* est déjà au prétérit, on ne conjugue donc pas le verbe.

2 Le prétérit *be* + V-*ing*

- Il s'utilise pour une action qui était en cours à un moment du passé. Il sert également à se justifier et à donner des informations sur le contexte d'un événement.

- À la forme affirmative, le prétérit *be* + V-*ing* se construit avec : **Sujet + *was* / *were*** (auxiliaire *be* au prétérit) + V-***ing* + complément.**

  *She **was trying** her wedding dress.* Elle était en train d'essayer sa robe de mariée. / Elle essayait sa robe de mariée.

- Les négations au prétérit *be* + V-*ing* se forment avec : **Sujet + *was* / *were* + *not* + V-*ing* + cplt.**

  *No, she **was not joking**!* Non, elle ne plaisantait pas !

- Les questions au prétérit *be* + V-*ing* se forment avec : **(*Wh-*) + *was* / *were* + sujet + V-*ing* + (cplt)?**

  *What **were** you **doing** yesterday at 11?* Que faisiez-vous hier à 11h ?
  *What **were** they **doing** in the garage?* Qu'étaient-ils en train de faire dans le garage ? / Que faisaient-ils dans le garage ?

2 Le *present perfect* simple

De quoi s'agit-il ? Le *present perfect* n'a pas d'équivalent direct en français, il s'utilise pour faire un lien entre le passé et le présent.

1 Emploi du *present perfect* simple

Astuce
Le *present perfect* est incompatible avec les dates.

- Le *present prefect* parle d'actions commencées dans le passé mais qui ne sont pas terminées quand on les raconte.
  *I **have** always **lived** here.* J'ai toujours habité ici.
- Le *present prefect* parle aussi d'actions commencées dans le passé et terminées, mais ayant un lien avec le présent.
- Le *present perfect* simple fait le lien avec le résultat, les conséquences de l'action.
  I know Miami, I have always lived here. Je connais Miami, j'y ai toujours habité. (→ résultat : je connais bien la ville).

2 Construction du *present perfect* simple

- Le *present perfect* simple se construit avec : **auxiliaire *have* au présent + verbe au participe passé.**
  *He **has seen** the Statue of Liberty.* Il a vu la statue de la Liberté. (→ résultat : il peut en parler).
- Seul *have* est conjugué. C'est aussi *have* qui porte le *not* de la négation.
  *I **haven't** seen him.* Je ne l'ai pas vu.
- Avec les adverbes *ever, never, already* ou *not yet*, il indique une action vraie « jusqu'à maintenant ».
  She hasn't finished yet. Elle n'a pas encore fini.
- Avec l'adverbe *just*, il indique une action qui vient juste de se passer.
  I have just phoned her. Je viens de l'appeler.

Le *present perfect*

	Formes	Exemples
Affirmation	Sujet + *have / has* + participe passé + complément.	*She has played tennis for 10 years.* Elle joue au tennis depuis 10 ans. (action commencée dans le passé et qui continue dans le présent → résultat : elle joue bien)
Négation	Sujet + *have / has* + *not* + participe passé + cplt.	*They haven't seen the match.* Ils n'ont pas vu le match. (→ résultat : ils ne peuvent pas en parler)
Question	*(Wh-)* + *have / has* + sujet + participe passé + (cplt)?	*Have you been to Australia?* Es-tu allé en Australie ? (→ sens : pourrais-tu m'en parler ?)

➜ Révision express

Les points importants à retenir

- Les deux prétérits parlent d'actions passées, datées et terminées au moment où on parle.
- Utilisez le **prétérit simple :**

– **pour une action faite en totalité ou action principale.**
*I **went** to the market.* Je suis allé au marché. → l'action a été faite en entier.
– **avec toute indication d'une date, d'un moment passé :** *two seconds ago* (il y a deux secondes), *when I was ten* (quand j'avais dix ans), *at three o'clock* (à 3 heures)...

- Utilisez le **prétérit en *be* + V-*ing*** pour une **action en cours pendant votre histoire** ou pour une action parlant du contexte.
*I **was going** to the market when I met Jane.* J'allais au marché quand j'ai rencontré Jane.
→ L'action principale est la rencontre avec Jane, la partie au prétérit *be* + V-*ing* indique les circonstances de la rencontre.

- Utilisez le ***present perfect* :**

– **pour une action commencée dans le passé et continuant dans le présent.**
*I **have lived** here for 20 years.* J'habite ici depuis 20 ans.
– pour exprimer les **conséquences d'une action dans le présent.**
*Sam **has got** a bike.* Sam a un vélo. → on ne s'intéresse pas à quand ou comment il l'a eu, seul le résultat compte : Sam a obtenu, possède un vélo.

- Le *present perfect* est impossible avec les dates (par définition, si une action a eu lieu en 2006, elle est terminée et se traduit par un prétérit.)

Quiz

Cochez la bonne réponse :

1. *Lucy … to New York in 2002.*
☐ ***has gone*** ☐ ***have gone*** ☐ ***went***

2. *I … in London since 1976.*
☐ ***lived*** ☐ ***have live*** ☐ ***have lived***

3. *Sorry, we didn't hear anything, we … TV!*
☐ ***watched*** ☐ ***have watched*** ☐ ***were watching***

4. *I was having a shower when the phone … .*
☐ ***was ringing*** ☐ ***rang*** ☐ ***has rung***

5. *She went shopping yesterday but she … anything.*
☐ ***hasn't bought*** ☐ ***didn't bought*** ☐ ***didn't buy***

→ Réponses p. 508

EXERCICE GUIDÉ

Choisir entre prétérit et *present perfect*

Énoncé

Complétez ce texte en mettant les verbes entre parenthèses au prétérit ou au *present perfect*.

Dear mum and dad,

I … (be) in New Zealand for six days now and I … (never see) any country like it. I … (arrive) on Monday at 10, Steve was waiting for me at the airport. We hadn't seen each other since University so it … (be) funny to see how we had changed. Steve … (live) in Auckland for five years now so he … (show) me around. I ... (not be) to Wellington yet, I will go there next week but thanks to Steve, I … (already see) wonderful landscapes. I … (trek) around lake Rotorua and its geysers. We … (go) there three days ago. With all the craters, it … (look) like the Moon. But best of all, I … (fulfil) my dearest dream; I … (swim) with dolphins in the Tasman sea.

See you in ten days. Love

Deb.

Méthode

- Pour choisir entre prétérit et *present perfect*, repérez bien si l'action est terminée, passée et datée (prétérit) ou en lien avec le présent (si elle continue ou a des conséquences dans le présent : *present perfect*).
- Rappelez-vous : toute indication d'un moment passé constitue une date et impose le prétérit. Une durée + *ago* impose également le prétérit : *I **met** her two days ago.*
- Depuis + durée se traduit par *for* + durée et impose le *present perfect*.

Corrigé

Dear mum and dad,

I have been in New Zealand for six days now and I have never seen any country like it. I arrived on Monday at 10, Steve was waiting for me at the airport. We hadn't seen each other since University so it was funny to see how we had changed. Steve has lived in Auckland for five years now so he showed me around. I haven't been to Wellington yet, I will go there next week but thanks to Steve, I have already seen wonderful landscapes. I have trekked around lake Rotorua and its geysers. We went there three days ago. With all the craters, it looked like the Moon. But best of all, I have fulfilled my dearest dream; I have swum with dolphins in the Tasman sea.

See you in ten days. Love

Deb.

Piège à éviter
Deb fait référence à des actions terminées mais elle insiste sur leur résultat dans le présent : elle est émerveillée par la Nouvelle Zélande et est heureuse d'avoir réalisé son rêve.

Remarque
Deb ne fait pas de bilan : elle explique seulement quand elle a fait ce trek (il y a trois jours).

- Le *present perfect* indique des actions commencées dans le passé continuant dans le présent : Deb est arrivée en Nouvelle Zélande il y a 6 jours et s'y trouve encore, Steve a emménagé à Auckland il y a 5 ans et y habite toujours. *I haven't been to Wellington yet :* Deb n'est pas encore allée à Wellington (c'est vrai de son arrivée jusqu'à maintenant).
- Le prétérit indique des actions datées, passées et terminées.

ANGLAIS

Chapitre 7 Les auxiliaires modaux

1 Le futur en *will* et en *be going to*

De quoi s'agit-il ? Le futur en *will* sert à parler de l'avenir. On l'emploie pour des actions que l'on a l'intention de faire. Il sert aussi à parler de prédictions, de choses que l'on considère comme certaines.

1 Formes du futur en *will*

- *Will* est un auxiliaire modal, il est invariable et est suivi d'une base verbale.
  *I **will** go my way and you'**ll** go yours.* J'irai de mon côté et tu iras du tien. → Le futur en *will* du verbe *go* sera *will go* à toutes les personnes. Sa forme contractée sera *'ll go*.

- La négation se forme avec : ***will* + *not* + base verbale** (ou ***won't* + base verbale** à la forme contractée).
  *They **will not** / **won't** marry!* Ils ne se marieront pas !

L'expression du futur

- Les questions se forment avec : ***(Wh-)* + *will* + sujet + base verbale + (complément) ?**
  Where will you go? Où iras-tu ?

2 Emploi et valeurs du futur en *will*

- Le futur en *will* sert à parler de ce que l'on a l'intention de faire à l'avenir.
  Don't worry, I will help you. Ne t'inquiète pas, je t'aiderai. → je veux t'apporter mon aide.

- Il sert aussi à parler de prédictions et de choses qui sont à notre avis certaines.
  You will see, one day I will be rich. Tu verras, un jour je serai riche. → qu'elle ait raison ou tort, cette personne est sûre d'elle.

3 Le futur en *be going to*

- Le futur en *be going to* sert à faire des prédictions logiques sur l'évolution d'une situation présente. Il sert aussi à parler d'actions que l'on va logiquement faire en réaction à une situation.
  Look at the sky, it's going to rain! Regarde le ciel, il va pleuvoir !

- Les phrases affirmatives se contruisent avec : **Sujet + *be* au présent + *going to* + base verbale + complément.**
  Look at the queue! We are going to wait long. Regarde la file, nous allons attendre longtemps.

- Les phrases négatives se contruisent avec : **Sujet + *be* au présent + *not* + *going to* + base verbale + complément.**
  Sarah is not / isn't going to like that. Sarah ne va pas aimer ça.

- Les questions se contruisent avec : ***(Wh-)* + *be* au présent + sujet + *going to* + base verbale + complément?**
  What are we going to do? Qu'allons-nous faire ?

ANGLAIS

2 *Can*, *be able to* et *be allowed to*

De quoi s'agit-il ? ***Can*** **correspond à « pouvoir » et, comme le verbe français, il peut avoir plusieurs valeurs : la possibilité, la capacité ou encore l'autorisation. Selon sa valeur et les différents temps, il peut être remplacé par les expressions *be able to* ou *be allowed to*.**

1 Formes et emplois de *can*

- *Can* est invariable et est suivi d'une base verbale.
- Une affirmation avec *can* se forme avec : **Sujet + *can* + base verbale + complément.**
  You can take it. Tu peux le prendre.
- Sa forme négative est *cannot* (ou *can't* en forme contractée).
  She cannot / can't leave now. Elle ne peut pas partir maintenant.
- Les questions avec *can* se forment avec : ***(Wh-)* + *can* + sujet + base verbale + (complément)?**
  What can we do about it? Que peut-on y faire ?
- Sa forme au prétérit est *could*.
  I couldn't leave without my keys. Je ne pouvais pas partir sans mes clefs.

2 *Can* à valeur de possibilité et *be able to*

- *Can* indique si une action est possible physiquement et/ou intellectuellement. Dans ce cas, il peut se traduire par « savoir ».
  *Laura **can** sing but she **can't** dance.* Laura sait chanter mais elle ne sait pas danser.
- Pour exprimer la possibilité au futur ou au *present perfect*, on remplace *can* par *be able to* (être capable de).
  *Susan **has been able to** change her wheel.* Susan a pu changer sa roue.

3 *Can* à valeur de permission et *be allowed to*

- *Can* indique aussi qu'on a le droit de faire une action. Il est alors synonyme de l'auxiliaire modal *may*.
  You can / may watch TV. Tu peux regarder la télé.
- Les questions avec *can* permettent de demander une permission ou un service.
  Can / May I go out now? Puis-je sortir maintenant ?
  Can / Could you give me the salt? Peux-tu / Pourrais-tu me passer le sel ?
- Les négations permettent de refuser une permission ou d'interdire.
  No you can't / may not. Non, tu ne peux pas.
- Pour exprimer la permission au futur ou au *present perfect*, on remplace *can* par *be allowed to* (être autorisé à).
  *He **will be allowed to** leave after his work.* Il pourra partir après son travail.

Piège à éviter
May ne convient pas pour les services.

Idée à retenir
May n'a pas de forme contractée.

3 Must et have to

De quoi s'agit-il ? ***Must*** **signifie « devoir », il exprime l'obligation. Sa forme négative** ***mustn't*** **exprime l'interdiction. Comme** ***can*****, il n'est pas compatible avec tous les temps et tous les types de phrases : il doit donc parfois être remplacé par d'autres expressions.**

1 Must

- *Must* exprime l'obligation. La personne s'oblige elle-même ou quelqu'un d'autre.
  *I **must** succeed.* Je dois réussir.
  *You **must** finish your homework.* Tu dois finir tes devoirs.
- *Must* est invariable et est toujours suivi d'une base verbale.
- La forme négative de *must* est *must not* ou *mustn't*. Elle exprime l'interdiction.
  *You **mustn't** play with matches.* Tu ne dois pas jouer avec les allumettes.
- Dans les questions, au passé et au futur, *must* est remplacé par *have to*.
  *Do you really **have to** leave?* Tu dois vraiment partir ?
- Pour une interdiction passée ou future, *mustn't* est remplacé par *be forbidden to*.
  *She **was forbidden to** leave.* Elle n'avait pas le droit de partir. / Il lui était interdit de partir.

2 Have to

- *Have to* équivaut à *must* pour le passé et le futur, mais on le trouve aussi au présent. L'obligation qu'il exprime vient des circonstances extérieures.
  I must wash the car. Je dois laver la voiture. → parce que je la trouve sale.
  I have to wash the car. Je dois laver la voiture. → parce qu'un acheteur vient la voir demain.
- À la forme négative, il fonctionne avec un auxiliaire, et exprime l'absence d'obligation. Il est alors synonyme de *need not / needn't*.
  We don't have to get up. Nous ne sommes pas obligés de nous lever.
  We needn't get up. Nous n'avons pas besoin de nous lever.

3 L'obligation aux différents temps

Temps	Formes	Exemples
présent	*must / have to*	*She must work a lot. / She has to work a lot.* Elle doit travailler beaucoup.
prétérit	*have to*	*She had to work a lot.* Elle a dû / devait travailler beaucoup.
present perfect	*have to*	*She has had to work a lot.* Elle a dû travailler beaucoup.
futur	*have to*	*She will have to work a lot.* Elle devra beaucoup travailler.

ANGLAIS

→ Révision express

Les points importants à retenir

- Pour une prédiction simple, une action que vous avez l'intention de faire, ou pour indiquer la certitude, utilisez le futur en *will*.
- *Will* n'a aucun équivalent dans la phrase française, ce n'est qu'une marque indiquant que la phrase est au futur : évitez donc le mot à mot dans la traduction.
- Identifiez bien le sens de l'auxiliaire modal : capacité, autorisation, obligation, absence d'obligation et interdiction. Chacun a une utilisation bien précise.
  You ***can*** *dance.* Tu **sais** danser.
  You ***must*** *dance.* Tu **dois** danser.
- On ne peut pas associer un auxiliaire modal avec un autre auxiliaire. Au futur ou au *present perfect*, n'oubliez pas de les remplacer par les expressions qui conviennent.

Modaux et valeurs	Expressions de remplacement
can à valeur de permission	*be allowed to* + base verbale
can à valeur de capacité	*be able to* + base verbale
must	*have to* + base verbale
mustn't	*be forbidden to* + base verbale

- Ne confondez pas l'interdiction avec *mustn't* et l'absence d'obligation avec *not have to.*
  You ***mustn't*** *dance.* Tu **ne dois pas** danser.
  You ***don't have to*** *dance.* Tu **n'es pas obligé de** danser.

Quiz

Cochez la bonne réponse :

1. *I see his future, he … on the lottery.*
☐ ***will win*** ☐ ***will to win*** ☐ ***wills win*** ☐ ***the***

2. *No James, it's your brother's turn, you … clear the table.*
☐ ***mustn't*** ☐ ***don't have to*** ☐ ***can't*** ☐ ***are forbidden to***

3. *You … stop smoking.*
☐ ***are allowed to*** ☐ ***can*** ☐ ***must*** ☐ ***are able to***

4. *Can I help with the barbecue dad? No, you … play with fire at your age.*
☐ ***don't have to*** ☐ ***are not able to*** ☐ ***can't*** ☐ ***mustn't***

5. *I must finish this or the boss … fire me.*
☐ ***can*** ☐ ***will*** ☐ ***has to*** ☐ ***must***

→ Réponses p. 508

EXERCICE GUIDÉ

Bien utiliser les auxiliaires modaux

Énoncé

Complétez les phrases suivantes avec l'auxiliaire modal ou l'expression qui convient et précisez sa valeur.

a. *Students until year 12 … wear school uniforms.*

b. *Students from year 13 … wear school uniforms.*

c. *Students … run in the corridors.*

d. *Students until year 12 … bring valuable items to the school.*

e. *Students from year 13 … bring valuable items to the school.*

f. *Students … eat snacks in the halls but they … keep the school clean.*

g. *Students … eat in class.*

h. *In the clubs, students … do various activities (sports, music, art).*

Méthode

- Repérez bien le sens de la phrase, et la valeur que doit exprimer l'auxiliaire modal ou l'expression à trouver : autorisation, obligation, absence d'obligation et interdiction.
- Ne confondez pas l'interdiction et l'absence d'obligation.

Corrigé

Bien comprendre
Pour exprimer une même valeur, plusieurs modaux sont possibles.

a. *Students until year 12* ***have to / must*** *wear school uniforms.* (valeur d'obligation)

b. *Students from year 13* ***don't have to*** *wear school uniforms.* (absence d'obligation : les élèves plus âgés peuvent continuer à porter l'uniforme mais peuvent aussi venir avec leurs vêtements)

c. *Students* ***cannot / are not allowed to / are forbidden to / mustn't*** *run in the corridors.* (valeur d'interdiction ou d'absence d'autorisation)

d. *Students until year 12* ***cannot / are not allowed to / are forbidden to / mustn't*** *bring valuable items to the school.* (valeur d'interdiction ou d'absence d'autorisation)

e. *Students from year 13* ***are allowed to / can*** *bring valuable items to the school.* (valeur d'autorisation)

f. *Students* ***can / are allowed to*** *eat snacks in the halls* (valeur d'autorisation) *but they* ***must / have to*** *keep the school clean.* (valeur d'obligation)

g. *Students* ***cannot / are not allowed to / are forbidden to / mustn't*** *eat in class.* (valeur d'interdiction ou d'absence d'autorisation)

h. *In the clubs, students* ***will be able to*** *do various activities (sports, music, art).* (valeur de possibilité, *can* est impossible car il ne peut suivre *will*).

Chapitre 8 Langage, école, société

1 La description physique

head	tête	*take the lead* prendre la tête d'une course
face	visage	*make a face* faire une grimace
ears	oreilles	*Ø jug ears* des oreilles décollées
eyebrows	sourcils	*Ø bushy eyebrows* des sourcils broussailleux
eyes	yeux	*eyesight* vision, vue
nose	nez	
mouth	bouche	convient aussi pour la gueule des animaux
lips	lèvres	
tooth	dent	pluriel irrégulier : *one tooth, two teeth*
hair	cheveux	*a hair* un poil
black / dark	noir	
blond	blond	
brown	brun	
red	roux	
short	court	
long	long	
body	corps	
arm	bras	
hand	main	*give a hand* donner un coup de main
finger	doigt	*cross fingers* croiser les doigts
stomach	ventre	synonyme : *belly*
waist	taille	*height* ou *size* taille (hauteur)
buttocks / bottom	fesses	*from top to bottom* de fond en comble
legs	jambes	
knees	genoux	
ankle	cheville	
foot	pied	pluriel irrégulier : *one foot, two feet*
toe	orteil	
fat	gros	*the fat* la graisse
slim	mince	
skinny	maigre	péjoratif, équivalent de « la peau sur les os »
small	petit	*small change* de la petite monnaie
strong	fort	*be good at…* être fort en…
tall	grand	
thin	fin	
beard	barbe	
neck	cou	*neck and neck* au coude à coude
shoulder	épaule	
a blue-eyed girl	une fille aux yeux bleus	← Les adjectifs composés raccourcissent les descriptions. Ils se forment avec : **couleur / longueur / texture-partie du corps ou de l'objet + *-ed* + nom**
muscular	musclé	
overweight	en surpoids	

2 Les lieux et les objets

apartment	appartement	synonyme : *a flat* (anglais GB)
house	maison	*home :* le foyer, chez moi
bathroom	salle de bain	
bathtub	baignoire	*take a bath* prendre un bain
bed	lit	*bunk beds* des lits superposés
bedroom	chambre	*my room* ma chambre
make one's bed	faire son lit	
tidy one's room	ranger sa chambre	
cupboard	placard	*wardrobe :* une armoire
living room	salon	
dining room	salle à manger	
set / clear the table	mettre / débarrasser la table	
fridge	réfrigérateur	
garage	garage	*a garage sale* un vide grenier
put the dustbin out	sortir les poubelles	
kitchen	cuisine	*kitchen garden* potager
oven	four	*microwave* four micro-ondes
cook	cuisiner	*a cook* un(e) cuisinier(ère)
wash up	faire la vaisselle	*dishwasher* lave-vaisselle
do the laundry	laver le linge	*washing machine* machine à laver
roof	toit	*the rooftops* les toits (de la ville)
shower	douche	*take a shower* prendre une douche
stairs	escaliers	
toilets	toilettes	
wall	mur	
window	fenêtre	
street	rue	
library	bibliothèque	faux ami : « librairie » se dit *bookshop*
police station	commissariat	*fire station* caserne de pompiers
shop	magasin	
airport	aéroport	
bus stop	arrêt de bus	*bendy bus* bus à accordéon
train station	gare	
underground	métro	*the tube* à Londres, *the subway* à New York
ticket	billet	*a train ticket, a bus ticket, a plane ticket*
attic	grenier	
cellar	cave	*basement* sous-sol
double decker	bus à deux étages	*route master* vieux bus de Londres
groundfloor	rez-de-chaussée	seulement en anglais britannique
first floor	premier étage	= rez-de-chaussée en anglais US
second floor	deuxième étage	= 1er étage en anglais US
lift	ascenseur	*elevator* en anglais US
study	bureau	*office, desk*
pedestrian walkway	passage piéton	
pavement	trottoir	*sidewalk* en anglais US
shopping mall	centre commercial	*shopwindow* vitrine

office désigne le bureau en tant que lieu de travail, *desk* désigne le bureau en tant que meuble.

ANGLAIS

3 Les métiers et les petits boulots

baker	boulanger	*the baker's* la boulangerie
butcher	boucher	*the butcher's* la boucherie
fishmonger	poissonnier	*at the fishmonger's* à la poissonnerie
grocer	épicier	*the grocer's* l'épicerie
bus driver	chauffeur de bus	
dealer	vendeur / distributeur	*car dealer* concessionnaire automobile
hairdresser	coiffeur	*the hairdresser's* le salon de coiffure
manager	directeur	*a sales manager* un directeur des ventes
mechanic	mécanicien	*the garage* le garage
plumber	plombier	*plumb* examiner qqch très attentivement
postman	facteur	*a mailman* (en anglais US)
salesman / saleswoman	vendeur(se)	
surgeon	chirurgien	
taxi driver	chauffeur de taxi	
waiter	serveur	*waitress* serveuse
salary / wages	salaire	
small jobs	petits boulots	
pocket money	argent de poche	
babysit	faire du babysitting	
walk dogs	promener des chiens	job : *dog-walker*
do housework	faire du ménage	
do a paper round	distribuer des journaux	job : *paperboy*, *papergirl*
earn money	gagner de l'argent (travail)	*win money* gagner de l'argent (jeu)
mow the lawn	tondre la pelouse	*grass* herbe ; *weeds* mauvaises herbes
rake dead leaves	ramasser les feuilles mortes	*a rake* un râteau
vacuum	passer l'aspirateur	*hoover* (en anglais GB)
work for …	travailler pour …	
cashier	caissier	
chemist	pharmacien	*the chemist's* la pharmacie
computer programmer	informaticien	
factory worker	ouvrier (en usine)	
flight attendant	hôtesse de l'air	
gardener	jardinier	
greengrocer	marchand de fruits et légumes	*the greengrocer's* le magasin de fruits et légumes
newsagent	marchand de journaux	*the newsagent's* la boutique de journaux
painter	peintre	
full time job	travail à temps plein	
part time job	travail à temps partiel	
application	candidature	
CV	curriculum vitae	*a résumé* (en anglais US)
get paid	être payé / rémunéré	
hire	engager / embaucher	*get hired* être engagé
fire	renvoyer	*get fired* être renvoyé
lay off	licencier	*get laid off* être licencié
work full time	travailler à plein temps	*work part time* travailler à temps partiel
apply for a job	poser sa candidature pour un emploi	

Pour désigner une boutique liée à un métier (boulangerie, boucherie), on utilise : **nom du métier + 's.**
the baker's

Le saviez-vous ?
Au Royaume-Uni, les adolescents à partir de 13 ans peuvent légalement travailler jusqu'à 17 h par semaine.

Attention
a résumé est un mot emprunté au français : on conserve donc les accents.

4 Les goûts

admire	admirer	
affection	affection	
appreciate	apprécier	
attachment	attachement	
be fond of	être passionné de	
be keen on	être fan de	(anglais GB)
be in love with	être amoureux de	
be partial to	avoir un penchant pour	ne convient pas pour parler d'une personne
delight in	prendre beaucoup de plaisir à	
dislike	ne pas aimer	
enjoy	prendre plaisir à	*enjoy oneself* s'amuser
enjoyment	plaisir	
esteem	estimer	*self-esteem* amour propre
have a soft spot for	avoir un faible pour	(familier) ne convient que pour les personnes
like	aimer	
loathe	haïr au plus haut point	*self-loathing* haine de soi
love	amour / aimer	*adore* adorer
hate	haïr / détester	
hatred	haine	synonyme : *loathing*
taste	goût	désigne aussi le sens du goût
take pleasure in	prendre plaisir à	synonyme : *relish, savour*
beautiful	très beau / belle	s'adresse davantage à une femme / fille
cute	mignon / mignonne	
good-looking	beau / belle	contraire : *bad-looking*
handsome	beau	ne convient que pour les hommes
magnificent	magnifique	synonyme : sumptuous
prefer	préférer	
pretty	joli / jolie	s'adresse davantage à une femme / fille
ugly	laid(e) / moche	*ugly as sin* très laid
boring	ennuyeux	*Sam is a bore.* Sam est barbant.
fascinating	fascinant	
great	génial	*great fun!* drôle !
interesting	intéressant	
attractive	attirant(e)	
care for	tenir à	
charming	charmant(e)	*prince charming* prince charmant
dote on	être fou / folle de	*Teenage girls dote on Zac Efron.*
fancy	avoir le béguin pour	synonyme : *have a crush on* (terme familier)
gorgeous	superbe	
lovely	très joli(e) / ravissant(e)	
ordinary	ordinaire	synonyme : *commonplace*
stimulating	stimulant	
stunning	d'une beauté à couper le souffle	
treasure	chérir	synonyme : *cherish*
unremarkable	sans rien de remarquable	
worship	idolâtrer	synonyme : *idolize*

like est aussi un adverbe signifiant « comme ».

adore ne s'applique qu'aux personnes.

Piège à éviter
Seul *full* prend deux « l ». Pour tous les autres adjectifs, le suffixe est *-ful*.

ANGLAIS

5 Argumenter et convaincre

Idée à retenir
agree et *disagree* se forment sans le verbe « être ».

agree	être d'accord	*I agree with Laura.*
disagree	ne pas être d'accord	*I disagree with John.*
be right	avoir raison	
be mistaken	être dans l'erreur / se tromper	
be wrong	avoir tort	
in my opinion	à mon avis	*In my opinion he is stupid.*
to my mind	à mon avis	*To my mind he is stupid.*
for my part	pour ma part	*For my part he is stupid.*
As far as I'm concerned...	En ce qui me concerne...	*As far as I'm concerned he is stupid.*
think	penser	
thought	pensée	
find	trouver	
convince	convaincre	
convinced	convaincu	*Ok, I am convinced.*
convincing	convaincant	*This is very convincing.*
unconvinced	pas convaincu	*Sorry, I am unconvinced.*
prove	prouver	
in short	en résumé	
briefly	brièvement	
in a nutshell	en un mot	
summarize	résumer	synonyme : *sum up*
to sum up	en résumé	
similarly	de même	
for example	par exemple	synonyme : *for instance*
in other words	en d'autres termes	
indeed	en effet	
because	parce que	*because of* à cause de
for	parce que	*He cried for he was sad.*
that's why	c'est pourquoi	*He was sad, that's why he cried.*
therefore	donc	*He was sad, therefore he cried.*
as a consequence	en conséquence	synonyme : *consequently*
in addition	de plus	synonyme : *moreover*
although	bien que	synonyme : *though*
however	cependant	
nevertheless	néanmoins	
yet	pourtant	
on the contrary	au contraire	
whereas	alors que	*I like blue whereas she hates it.*
contradict	contredire	
oppose	s'opposer à	
point	argument	*an interesting point* un argument intéressant
go to the point	aller à l'essentiel	
make one's point	démontrer / argumenter	
partially	en partie	*I partially agree but . . .*
relevant	pertinent	
irrelevant	hors-sujet	
to put it differently	pour dire les choses autrement	
unlike	contrairement à / au contraire de	*Unlike me, John is very brave.*

Attention
whereas ne sert que pour relier deux propositions, jamais deux phrases.

→ Révision express

Les expressions à retenir

Big deal! ou *So what?*	Et alors ?
Enjoy yourself. ou *Have fun.*	Amuse-toi bien.
Get off my back.	Laisse-moi tranquille.
Help yourself.	Sers-toi.
Make yourself at home.	Fais comme chez toi.
Mind your own business.	Mêle-toi de tes affaires.
See you.	À plus.
Take it easy.	Ne vous en faites pas.
What's up?	Quoi de neuf ?
What's wrong?	Qu'est-ce qui ne va pas ?
Awesome!	Génial !
Amazing!	Extraordinaire !
Brilliant!	Super !
Excellent!	Excellent !
No way.	Pas question.
Wait a minute!	Attends un peu ! Une minute !
Come on!	Allez !
The more, the merrier!	Plus on est de fous, plus on rit !
The sooner, the better.	Le plus tôt sera le mieux.
Meet one's match	Trouver à qui parler
Fat chance!	Aucune chance ! (ironique)
Shame on you!	Honte à toi ! ou La honte !
No matter what	Quoi qu'il arrive

Quiz

Cochez la bonne réponse :

1. *Roger Federer couldn't finish the match because he twisted his…*

☐ ***neck*** ☐ ***toe*** ☐ ***ankle***

2. *My cousin looks like Joe Dalton, he is…*

☐ ***a short leg man*** ☐ ***a short-legged man*** ☐ ***a shorted-legged man***

3. *The best place to store your best bottles of wines is in the…*

☐ ***attic*** ☐ ***cave*** ☐ ***cellar***

4. *Jamie Oliver is my favourite...*

☐ ***cook*** ☐ ***cooker*** ☐ ***cookie***

5. *Brazil is…*

☐ ***a stranger country*** ☐ ***an abroad country*** ☐ ***a foreign country***

→ Réponses p. 508

EXERCICE GUIDÉ

Écrire une lettre et parler de soi

Énoncé

Rédigez une lettre à un nouveau correspondant en suivant les instructions suivantes.

1. Présentez-vous et décrivez-vous.

2. Parlez de votre famille, de votre vie quotidienne et de vos habitudes.

3. Parlez de vos goûts et de vos capacités.

Méthode

- Utilisez ***be*** pour tous les éléments de la description qui se mesurent (l'âge : *I **am** 16 years old*, le poids : *I **am** 74 kgs* et la taille : *I **am** quite tall*) ainsi que pour la personnalité.
- Utilisez ***have got*** pour les traits du visage et les parties du corps.
- Employez le présent simple pour parler de vos habitudes.
- **Ce que vous aimez** : utilisez des verbes et expressions de goûts aussi variés que possible : *I love sport, I am also rather keen on films, I am fond of videogames, I like rock music...*
- **Ce que vous aimez faire** : verbe + *V-ing* = nom de l'activité. *Hike* (faire de la randonnée) → *hiking* (la randonnée) → *I enjoy **hiking***.
- **Les capacités** : utilisez l'auxiliaire *can* (pouvoir / savoir) : *I can play a few songs.*

Corrigé

Dear Noemie

1. *My name is Steve Mc Loughlin, I am 13 years old, I am quite tall and I am rather athletic. I have got long red hair and green eyes. I also have freckles. My friends say that I am good fun but that I am too talkative sometimes.*

2. *My father's name is Sean, he is a math teacher in my school. He is rather cool but he can be very strict. My mother is called Ashlin and she owns a flowershop in town. I have two brothers. They are twins, their names are Darragh and Derek. They are totally crazy, they joke all the time, they are just like the Weasley twins in Harry Potter, except they have blond hair. That's all for my family. Oh, I forgot, I also have a cat named Sherlock and a dog named Moneypenny, she's a golden retriever. We live in a big house in Derry, we have six bedrooms and two bathrooms.*

3. *I enjoy hiking, I particularly love taking walks on the seaside. Apart from that, I like reading, especially science fiction and detective stories because I find them more interesting and because they stimulate the imagination. I am also keen on films, I love going to the cinema. I am fond of videogames too, especially sports games like racing cars or football simulations. I like rock music but I hate rap. My favourite bands are Green Day and Muse but I also like older artists like Jimi Hendrix or Led Zeppelin. I take guitar lessons, I am not very good yet but I can play a few songs. I can speak Spanish a little and I can speak French quite well (I think).*

Well, that's all for now. I hope I will have news from you soon. See you

Steve

Chapitre 9

Voyages, migrations, autres cultures

1 Les loisirs et les voyages

leisures	loisirs	
climb rocks	faire de l'escalade	*rock climbing* l'escalade
dance	danser	*dancing* la danse
draw	dessiner	*drawing* le dessin ; *a drawing* un dessin
ride a horse	monter à cheval	*horse-riding* équitation
hike	faire de la randonnée	*hiking* la randonnée
email someone	envoyer un mail à qqn	
DIY	bricolage	*DIY = Do It Yourself*
paint	peindre	*painting* la peinture ; *a painting* un tableau
play the drums	jouer de la batterie	
play hockey	jouer au hockey	
play videogames	jouer aux jeux vidéos	*play online* jouer en ligne
practice	entraînement	
practise	s'entraîner	
spare time	temps libre	
travel	voyager	*travel the world* faire le tour du monde
journey	long voyage / trajet	
trip	voyage / excursion	
buy souvenirs	acheter des souvenirs	*a memory* un souvenir (lié à la mémoire)
change money	changer de l'argent	
currency	monnaie	
drive to...	aller en voiture à ...	
fly to...	aller en avion à ...	
flight	vol	
go camping	faire du camping	
ID card	carte d'identité	*passport* passeport
luggage	bagages	*luggage* est un indénombrable
pack	faire les bagages	
go sightseeing	faire du tourisme	
sightseer	touriste	synonyme : *a tourist*
spend money	dépenser de l'argent	*spend time* passer du temps ; *Time is money.* Le temps c'est de l'argent.
stay in a hotel	loger à l'hôtel	
suitcase	valise	*backpack* sac à dos
visit	visiter	*visit someone* rendre visite à qqn
walk to...	aller à ... à pied	
entertainment	divertissement	
go for a walk	faire une promenade	
sail	faire de la voile	*sailing* la voile
scuba diving	plongée (sous-marine)	
border	frontière	

Verbe + *-ing* = activité liée à ce verbe.
swim : nager
→ *swimming* : la natation

jouer d'un instrument : *play* + *the* + instrument
faire un sport : *play* + sport

Les verbes de mouvement anglais indiquent le déplacement, mais aussi la manière ou le moyen de transport utilisé.

spend convient pour le temps et l'argent.

ANGLAIS

custom	douane	*custom officer* douanier
foreign country	pays étranger	
last	durer	synonyme : *take* + durée = prendre + durée
travel abroad	voyager à l'étranger	

2 Les migrations

Ne confondez pas a *foreigner* (un étranger), avec *a stranger* (un inconnu).

foreigner	étranger	
migrate	migrer	
emigrate	émigrer	
emigrant	émigrant	
immigration	immigration	
immigrate	immigrer	
immigrant	immigrant	
passport holder	détenteur d'un passeport	
develop	(se) développer	
developed	développé	
developing	en voie de développement	
under-developed	sous-développé	
industrialised	industrialisé	
seek	chercher	
standard of living	niveau de vie	
living conditions	conditions de vie	
poverty line	seuil de pauvreté	
unemployment	chômage	
endemic	endémique	
hunger	faim	
malnutrition	malnutrition	
starvation	manque de nourriture	
exodus	exode	
wealth	richesse	
better prospect	meilleures perspectives	
opportunity	opportunités	
hope	espoir	
fulfil a dream	réaliser un rêve	
poor	pauvre	
poverty	pauvreté	
refugee	réfugié	
climate refugee	réfugié climatique	
settle	s'installer	
shanty town	bidonville	
forced resettlement	exode forcé	
risk one's life	risquer sa vie	
flee a country	fuir un pays	
political asylum	asile politique	
illegal immigrant	immigré clandestin	synonyme : *alien* (péjoratif)
undocumented	sans papier	
deportation	expulsion	
border control	contrôle des frontières	

work permit	permis de travail	
exit visa	visa de sortie	
false documents	faux documents	
border	frontière	
cross the border	traverser la frontière	
custom	douane	
custom officer	douanier	
keep out	empêcher d'entrer	
patrol	patrouiller	
curb immigration	mettre un frein à l'immigration	
immigration quotas	quotas d'immigration	
restrict	restreindre	
limit	limiter	
send back	renvoyer	
illegal worker	travailleur sans papier	
people smuggler	passeur	*smuggler* contrebandier
smuggle in	faire entrer clandestinement	
immigration policy	politique d'immigration	
literacy tests	tests d'alphabétisation	
family reunification	regroupement familial	
citizen	citoyen	
citizenship	citoyenneté	
apply for citizenship	demander la citoyenneté / nationalité	
naturalization	naturalisation	

3 Multiculturalisme et racisme

multiculturalism	multiculturalisme
multicultural	multicuturel
equal	égal / égaux
accept	accepter
tolerance	tolérance
open-mindedness	ouverture d'esprit
welcome immigrants	accueillir les immigrants
diversity	diversité
cultural diversity	diversité culturelle
ethnic	ethnique
ethnic diversity	diversité ethnique
ethnic group	groupe ethnique
ethnic minority	minorité ethnique
mix with other people	se mêler aux autres
inter-ethnic marriage	mariage inter-ethnique
be mixed-race	être métis
native country	pays natal
host country	pays d'accueil
host culture	culture d'accueil
difference	différence
assimilation	assimilation
assimilate	assimiler

integration	intégration	
integrate	intégrer	
prevention	prévention	
immigration	immigration	
race	race	
racism	racisme	
racist	raciste	
racial	racial(e)	
racial prejudice	préjugés raciaux	
be prejudiced against	avoir des préjugés contre	
chauvinism	chauvinisme	
chauvinistic	chauviniste	
xenophobia	xénophobie	
xenophobic	xénophobe	
segregation	ségrégation	
discrimination	discrimination	il faut préciser le type de discrimination ou ségrégation, par exemple : *racial segregation, sexual discrimination*
be segregated against	subir la ségrégation	
be discriminated against	subir la discrimination	
keep oneself to oneself	ne pas se mêler aux autres	*I keep myself to myself, They keep themselves to themselves, etc.*
exclusion	exclusion	
ghetto	ghetto	
ghettoization	ghettoisation	
a gated community	quartier résidentiel protégé	avec gardes, barrières, grilles autour, etc.
undergo	subir	
right	droit	
hatred	haine	
racial hatred	haine raciale	
violence	violence	
provoke	provoquer	
physical violence	violence physique	
verbal violence	violence verbale	
insult	insulter	signifie aussi une insulte
fundamentalism	l'intégrisme	
fundamentalist	intégriste	fundamentalism n'est pas lié à une religion en particulier, il faut préciser : *Christian fundamentalism, Muslim fundamentalism, Protestant fundamentalism* etc.

4 Décrire un document

advertisement	publicité	synonyme : *an ad*
cartoon	dessin humoristique / dessin animé	
character	personnage	*Bugs Bunny is a cartoon character.*
the main character	personnage principal	
comic strip	BD	
compose	composer	*be composed of* être composé de
deal with	traiter de	*The text deals with politics.*
detective story	roman policier	synonyme : *a whodunnit* — *whodunnit* = contraction de *who has done it*
document	document	
fantastic story	roman fantastique	
love story	roman d'amour	également histoire d'amour
the news	informations	*the TV news* le journal télévisé

newspaper	journal	
newspaper article	article de journal	
painting	peinture / tableau	
paragraph	paragraphe	
part	partie	
picture	image	*in the picture* sur cette image
photograph	photographie	
represent	représenter	
scene	scène	
the scene takes place	la scène se passe	
show	montrer	
subject	sujet	synonyme : *the theme*
title	titre	*entitled* intitulé
top	haut	*at the top*
bottom	bas / fond	*at the bottom*
top half	partie haute	*in the top half*
bottom half	partie basse	*in the top half*
right	droite	*on the right*
left	gauche	*on the left*
right hand side	côté droit	*on the right hand side*
left hand side	côté gauche	*on the left hand side*
middle	milieu / centre	*in the middle*
corner	coin	
top right hand corner	coin en haut à droite	*in the top right hand corner*
top left hand corner	coin en haut à gauche	*in the top left hand corner*
bottom right hand corner	coin en bas à droite	*in the bottom right hand corner*
bottom left hand corner	coin en bas à gauche	*in the bottom left hand corner*
foreground	premier plan	*in the foreground*
background	arrière-plan	*in the background*
in front of	devant	
behind	derrière	*beyond* au-delà
between	entre	
next to	à côté de	
on	sur	
above	au-dessus de	
under	sous	
look + adj.	avoir l'air / sembler...	*You look tired.* Tu as l'air fatigué.

Piège à éviter
photography : la photographie (l'art).

ANGLAIS

Révision express

Les expressions à retenir

have fun	s'amuser
Enjoy yourself!	Amuse-toi bien !
Take it easy!	Détends-toi !
chill out	se relaxer
have a break	faire une pause
watch the world go by	regarder le monde tourner (Ne rien faire, équivalent de « écouter l'herbe pousser ».)
the time of my life	les meilleurs jours de ma vie
There's no place like home.	Rien de tel que d'être à la maison.
It's good to be home.	Ça fait du bien d'être à la maison.
breadwinner	soutien de famille
bread and butter	gagne-pain
have one's life at stake	mettre sa vie en jeu
starve to death	mourir de faim
a fresh start	un nouveau départ
start anew	redémarrer, commencer une nouvelle vie
a better life	une vie meilleure
a huge gamble	un énorme pari
a calculated risk	un risque calculé
hope against hope	contre vents et marées
live on the breadline	être démuni

Quiz

Cochez la bonne réponse :

1. *Brazil is…*

☐ ***a stranger country*** ☐ ***an abroad country*** ☐ ***a foreign country*** ☐ ***an away country***

2. *I brought very nice … from New Zealand.*

☐ ***memories*** ☐ ***souvenirs*** ☐ ***reminders*** ☐ ***repellents***

3. *Comment dit-on « un immigré clandestin » ?*

☐ ***a stranger*** ☐ ***an undocumented*** ☐ ***an alien*** ☐ ***a foreigner***

4. *Comment dit-on « niveau de vie » ?*

☐ ***living floor*** ☐ ***living conditions*** ☐ ***level of life*** ☐ ***standard of living***

5. *Comment dit-on «intégrisme" ?*

☐ ***integrism*** ☐ ***fundamentalism*** ☐ ***integration*** ☐ ***religionism***

→ Réponses p. 508

EXERCICE GUIDÉ

Décrire une image

Énoncé

Présentez ce document selon les étapes suivantes.

1. Indiquez la nature du document, son titre, son origine.

2. Décrivez l'image.

3. Donnez votre avis sur le document.

Méthode

- Soyez méthodique. N'hésitez pas à diviser l'image en plusieurs parties avec le vocabulaire adéquat : *the top* : le haut ; *the bottom* : le bas / le fond ; *the right / left hand side* : le côté droit / gauche ; *the middle* : le milieu ; *the top right / left hand corner* : le coin en haut à droite / gauche ; *the foreground* : le premier plan ; *the background* : l'arrière-plan.
- Pour décrire les actions observées sur les documents iconographiques, utilisez le présent *be + V-ing*.

Corrigé

1. *This document is the cover of a book, probably a comic book. It is entitled* The indispensable Calvin and Hobbes. *The author of this book is Bill Watterson.*

2. *The scene takes place in a forest or in a park. Next to the title, in the top left hand corner, there is a boy with a tiger. They are on a platform at the top of a tree. They are wearing hats made of newspapers. They are both laughing because they are throwing water balloons on people. In the bottom right hand corner, a girl is walking / is taking a walk, she is just under the tree and the water balloon.*

3. *I like this picture, I think the boy and the tiger are very funny because they like playing jokes to other people. But in my opinion, this picture is strange because the boy has got a tiger, I don't understand this part but I will read this comic soon.*

PIX

PIX

L'application Cood 453

Description de la certification 454

1 Informations et données 456
→ Révision Express 457

2 Communication et collaboration 458
→ Révision Express 459

3 Création de contenus 460
→ Révision Express 461

4 Protection et sécurité 462
→ Révision Express 463

5 Environnement numérique 464
→ Révision Express 465

L'application Cood

PRÉSENTATION DE LA PLATEFORME COOD

Cood rend le **numérique accessible à tous** car **maîtriser le numérique** est essentiel pour mieux vivre dans la société actuelle : c'est un besoin devenu une réalité pour tous.

Grâce à sa simplicité, son approche de **pédagogie active et ludique**, Cood accompagne chaque personne dans un meilleur usage du numérique au quotidien.

L'APPLICATION COOD ACADEMY

L'application Cood Academy propose des contenus pédagogiques et ludiques pour se former au numérique, accessibles à tous, et dont la **qualité du processus de formation** est **certifiée** selon le Référentiel National sur la Qualité des actions concourants au développement des compétences.

L'application web et mobile permet un apprentissage individuel engageant, en totale autonomie et à son propre rythme.

L'objectif est **d'apprendre en s'amusant**, en y accédant régulièrement quelques minutes par jour afin de bien mémoriser les notions, les mettre en pratique, et devenir à l'aise sur le numérique en toute simplicité.

COMMENT UTILISER L'APPLICATION COOD AVEC CET OUVRAGE ?

Tout le long de cette partie, il est possible de se référer aux ressources numériques dédiées grâce à l'application mobile Cood Academy.

Vous retrouverez des modules interactifs d'apprentissage.

Chaque module est composé de : fiches mémo, exercices pratiques, quiz, sitographies et tutos vidéos permettant de mémoriser durablement informations et savoir-faire grâce à des outils de gamification intégrés (badges, duels…).

COMMENT ACCÉDER À L'APPLICATION COOD ?

Scannez le QR Code

OU

Tapez le lien : lien.cood.fr/abc-nathan

Vous pourrez alors télécharger l'application Cood sur votre store Apple ou Android et vous créer un compte.

Suivez les consignes qui seront indiquées.

Description de la certification

MODALITÉS DE LA CERTIFICATION

Qui ? Les élèves de Troisième	Les élèves s'entraînent et se positionnent sur au moins 5 compétences, niveau 1
Quand ? Dans une période comprise entre mars et juin	Le chef d'établissement se charge de vous inscrire sur la plateforme Pix Certif
Où ? Dans les collèges publics et privés sous contrat	La certification a lieu dans une salle équipée d'ordinateurs et d'une connexion Internet
Pourquoi ? La certification a pour but d'évaluer vos connaissances et compétences numériques	Le test est composé de trois épreuves par compétence à certifier

La certification se déroule au sein de l'établissement, entre les mois de mars et de juin.

Les compétences numériques constituent un élément essentiel du parcours scolaire, de l'insertion professionnelle et de la vie citoyenne dans une société dont l'environnement technologique évolue constamment.

LE CADRE DE RÉFÉRENCE DES COMPÉTENCES NUMÉRIQUES

■ Le ministère de l'Éducation nationale et de la Jeunesse, et celui de l'Enseignement supérieur, de la Recherche et de l'Innovation ont élaboré un **cadre de référence des compétences numériques** (CRCN), inspiré du cadre européen des compétences numériques pour les citoyens (DigComp) et adapté pour les élèves, de l'école primaire au lycée, et pour les étudiants. Cette mise en relation des référentiels nationaux et européens vise à faciliter la **mobilité** des élèves, des étudiants et des professionnels.

■ Le cadre de référence est **entré en vigueur** à la **rentrée scolaire 2019**. Le dispositif se substitue aux niveaux « école », « collège » et « lycée » du brevet informatique et Internet (B2i).

■ Le cadre de référence des compétences numériques définit **seize compétences numériques** dans **cinq domaines** d'activité. Il propose **huit niveaux de maîtrise** progressive de ces compétences, dont le niveau trois est celui attendu pour les élèves de collège.

LES ATTENDUS

■ En **fin de cycle 4** (3e), une certification du niveau de maîtrise des compétences numériques est délivrée à tous les élèves. Pour les élèves des classes de Troisième, le chef d'établissement organise la passation de cette certification au sein des établissements. Le livret scolaire de l'élève porte la mention de la certification obtenue.

■ Le niveau de maîtrise prend en compte plusieurs facteurs de manière simultanée :
- le degré de **familiarisation** de l'élève avec la situation proposée (simple, courante, nouvelle) ;
- la **complexité de la pratique** des outils numériques (élémentaires, complexes) ;
- le degré **d'autonomie** (avec aide, seul, partagé avec d'autres) ;
- la **complexité des procédures** (application, élaboration) et des buts à atteindre ;
- les **connaissances** nécessaires pour leur mise en œuvre.

S'ÉVALUER SUR PIX.FR

■ Il est recommandé d'avoir au préalable constitué son profil de compétences numériques sur la plateforme Pix en obtenant a minima un niveau 1 (sur un total de huit niveaux) sur cinq compétences du référentiel (le nombre maximum de compétences étant seize). Aucun autre niveau préalable de certification, de diplôme ou de formation n'est exigé.

■ Soit l'élève s'est déjà créé un compte personnel, soit il le crée automatiquement lors de sa première connexion à une campagne « Pix Orga » en indiquant son nom, son prénom et sa date de naissance.

Chapitre 1 Informations et données

1 Mener une recherche

De quoi s'agit-il ? Il est essentiel dans un contexte d'excès d'information, de savoir mener une recherche en ligne. L'objectif est de pouvoir répondre à un besoin d'information et de se tenir au courant de l'actualité d'un sujet, tout en étant en mesure de vérifier les sources et la fiabilité de l'information.

● **Les types de recherche** : en fonction de son objectif de recherche, il faut adapter la source utilisée. Les sources majeures sont : l'encyclopédie collaborative, l'abonnement à des flux ou lettres d'information, le comparateur, les comptes d'experts sur les réseaux sociaux.

● **Les moteurs de recherche** : c'est la porte d'entrée à toute recherche en ligne où on tape des mots-clés pour trouver des sites spécifiques. Les trois principaux moteurs en France sont : Google, Bing et Qwant.

● Les points-clés d'une stratégie de recherche efficace consiste à **se poser six questions** de base : « Qui ? Quoi ? Quand ? Où ? Comment ? Pourquoi ? » ; en extraire des **mots-clés** ; y appliquer des opérateurs de recherche (guillemets, mots et/ou, les signes +/–…) ; **rechercher** sur le ou les moteurs de recherche sélectionnés ; et enfin **sélectionner** les sources.

2 Gérer des données

De quoi s'agit-il ? Stocker et organiser des données pour les retrouver, les conserver et en faciliter l'accès et la gestion.

● La **gestion de données** consiste à structurer ses données en **hiérarchisant** ses dossiers. Il convient alors d'utiliser une **convention de nommage** pour s'y retrouver, comme : donner un nom bref et explicite ; ne pas mettre d'espace ni de caractères spéciaux ; indiquer les dates au bon format ; placer l'élément important en premier ; indiquer les versions.

● Pour procéder à la **sauvegarde des données**, il faut utiliser un **support de stockage** qui varie en fonction du besoin en volume, sécurité ou accessibilité (à plusieurs, à distance). Les plus utilisés sont les disques durs, les clés usb, les cartes mémoires et les serveurs (clouds).

Vocabulaire

- Navigateur
- Moteur de recherche
- Mots-clés
- Opérateurs
- Stockage
- Disque dur
- Sauvegarde
- Dossier
- Carte mémoire
- Serveur
- Synchronisation
- Partage
- Cloud
- Format de données
- Tableur
- Formule
- Cellule
- Fichier

Fiches notions

3 Traiter des données

De quoi s'agit-il ? Appliquer des traitements à des données est nécessaire pour les analyser et les interpréter.

● **L'analyse de données** : pour traiter des données, il faut utiliser des logiciels en fonction du **format de données** qui représente un type de données et se reconnaît par l'**extension du fichier** (ex : .csv, .xls, .jpg, .doc).

● Pour automatiser des calculs, on utilise un **tableur**, c'est un logiciel qui permet d'entrer des calculs dans un tableau, composé d'une grille de milliers de cellules, et qui grâce à des **formules** permettent d'obtenir un contenu dynamique en calculant automatiquement les cellules liées entre elles.

→ Révision express

Les points importants à retenir

● Aujourd'hui, notre planète se « numérise » ce qui accroît le volume d'informations et de données accessibles à portée de clic. Il est donc compliqué de s'y retrouver lorsque l'on cherche une information spécifique.

● La valeur des données réside généralement dans l'information qu'elles fournissent à travers l'analyse et la corrélation avec d'autres informations.

● Les nouveaux enjeux sont donc la capacité à les stocker, les traiter et les sécuriser. Pour cela, de nouveaux outils de gestion et de nouvelles compétences et métiers voient le jour.

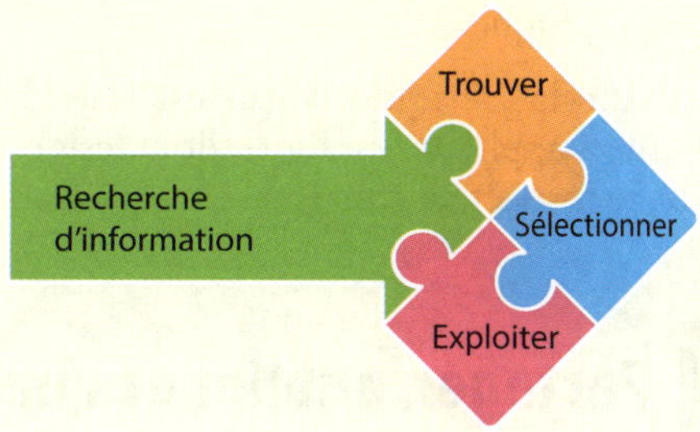

Quiz

Cochez la ou les bonne(s) réponse(s).

1. Quels sont les logos qui représentent des moteurs de recherche ?

☐ ☐ ☐ ☐ ☐

2. Pour une recherche similaire, deux moteurs de recherche donnent le même résultat.

a. ☐ **Vrai** **b.** ☐ **Faux**

3. Sauvegarder « en local » signifie enregistrer sur le serveur.

a. ☐ **Vrai** **b.** ☐ **Faux**

4. Quels sont les différents supports de stockage ?

a. ☐ **Clé USB** **b.** ☐ **Disque dur externe** **c.** ☐ **Serveur** **d.** ☐ **Navigateur**

5. Quelle extension n'est pas une extension de format de données ?

a. ☐ **.doc** **b.** ☐ **.com** **c.** ☐ **.xls** **d.** ☐ **.mp4** **e.** ☐ **.jpg**

→ Réponses p. 508

PIX

Chapitre 2 Communication et collaboration

1 Interagir

De quoi s'agit-il ? **Savoir interagir avec une personne ou un groupe implique de maîtriser les règles de communication en ligne ainsi que les outils adéquats.**

• Parfois on peut trouver sur les sites ou réseaux des contenus qui **choquent**, dérangent ou **mettent mal à l'aise**. Ce sont des **contenus inappropriés** tels que : les insultes ou commentaires discriminatoires, les contenus incitants à la violence, les contenus à caractère pornographique.

• Il existe la **Nétiquette**, qui est une charte informelle précisant des règles de bonne conduite à appliquer en ligne, dont les grands principes sont la mise en page, la confidentialité, le respect, la concision et le poids des fichiers joints.

2 Partager, publier et s'insérer dans le monde numérique

De quoi s'agit-il ? **Pour publier quelque chose en ligne, il est essentiel de respecter les règles du support sur lequel on publie ou collabore. Il est important de comprendre que notre comportement en ligne laisse des traces et qu'il faut protéger ses données personnelles. Pour préserver sa vie privée, il convient d'adapter son usage numérique.**

• Sur Internet, les **données personnelles** sont collectées de deux manières : l'internaute a renseigné des informations en créant un profil ou a laissé des traces en naviguant sur le Web, par ses visites, likes, posts…

• La **vie privée** en ligne regroupe l'ensemble des données personnelles qui sont collectées par les sites et réseaux sociaux. L'ensemble des contenus et données publiés sur Internet par un individu permettent de le définir, l'identifier et ainsi lui constituer une **identité numérique**.

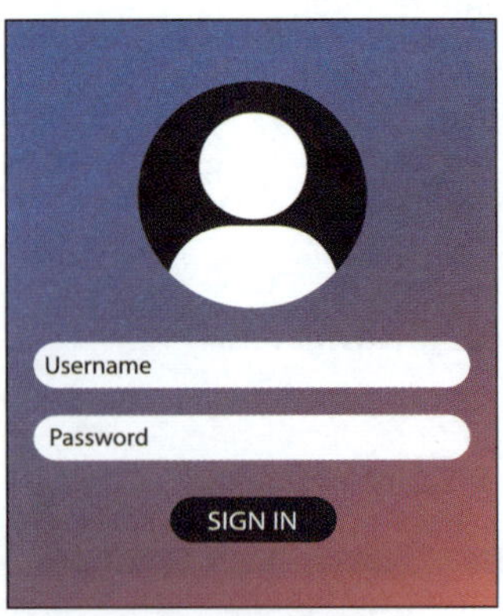

Doc. Création d'un profil sur un site Internet

• Le **droit d'auteur** appartient au producteur d'un contenu original, quel qu'il soit, lui permettant de ne pas être copié sans autorisation. Il en possède donc la **propriété intellectuelle**, qui se prouve par son **originalité** et sa **primeur**.

Vocabulaire

- *Safe search*
- Contrôle parental
- Modérateur
- Navigation privée
- Données personnelles
- Https
- Identité numérique
- e-Réputation
- Confidentialité
- Antivirus
- Do not track
- Logiciel bureautique
- Like
- Cercles de partage
- Droits d'accès
- Écriture collaborative
- Propriété intellectuelle

Fiches notions

3 Collaborer

De quoi s'agit-il ? Travailler en mode collaboratif est devenu de plus en plus fréquent et ce notamment grâce aux outils qui permettent de faciliter les échanges et la communication. Un travail collaboratif est réalisé par plusieurs personnes qui mutualisent leurs connaissances et compétences, pour obtenir un résultat dont le groupe est collectivement responsable.

- Pour mener un **projet collaboratif**, l'organisation n'est plus fondée sur la hiérarchie, mais sur un mode de travail où collaborent de nombreuses personnes grâce aux outils de communication.
- Pour collaborer à plusieurs sur un même projet ou document, on utilise donc des **outils de collaboration** qui peuvent être très variés, tels que les applications de messageries instantanées, les plateformes de communication collaborative ou encore les suites d'outils bureautiques partagés…
- En tout premier lieu, on utilise un outil d'**écriture collaborative** qui permet selon les **droits d'accès** des collaborateurs, de lire, commenter ou éditer le document partagé et dont les modifications sont automatiquement sauvegardées.

Révision express

Les points importants à retenir

- Avec l'évolution des technologies et la réorganisation des entreprises autour du numérique, les capacités à communiquer et collaborer sont désormais essentielles dans le monde du travail.
- Pour cela, il y a trois fonctions principales auxquelles doivent répondre les outils de travail collaboratif dans leur ensemble, à savoir : communication, coordination et production.

Quiz

Cochez la ou les bonne(s) réponse(s).

1. Pour ne pas laisser de traces en ligne, il faut activer :
a. ☐ **Un antivirus.** b. ☐ **La navigation privée.** c. ☐ **Le Safe search.**

2. Quel réseau faut-il utiliser pour un usage professionnel ?
☐ ☐ ☐ ☐ ☐

3. Un influenceur sur les réseaux sociaux est suivi par des :
a. ☐ **amis.** b. ☐ **influencés.** c. ☐ **followers.** d. ☐ **likes.** e. ☐ **tweeters.**

4. Quels logiciels permettent l'écriture collaborative ?
☐ ☐ ☐ ☐ transfer ☐ Framapad

5. Quelle adresse mail Kevin Durand doit-il utiliser pour répondre à une offre d'emploi ?
a. ☐ **kev-60@mail.fr** b. ☐ **familledurand@mail.fr** c. ☐ **kevin.durand@mail.fr**

→ Réponses p. 508

PIX

Chapitre 3 Création de contenus

1 Développer des documents textuels et multimédias

De quoi s'agit-il ? **La production d'écrit a été facilitée grâce à l'arrivée des outils de bureautique. Ainsi, on utilise bien plus l'ordinateur qu'une feuille de papier et un stylo pour écrire un document. Un document multimédia permet de communiquer des informations à une audience. Sa forme peut être multiple et dépend de l'usage souhaité : support papier, présentation en direct devant un public, consultation en ligne.**

- Les logiciels de **traitement de texte** permettent de créer des documents textuels avec notamment des fonctions de saisie, correction et mise en forme d'un texte.
- **La mise en page** est l'opération de disposition graphique d'un contenu rédactionnel pour le mettre en forme de manière lisible et en y ajoutant des éléments visuels ou multimédias.
- La production d'un **document multimédia** doit intégrer différents types d'éléments numériques : textes, vidéos, sons, graphiques et images fixes ou animées…

2 Adapter des documents à leur finalité

De quoi s'agit-il ? **En général, lorsque l'on produit un document, c'est pour le diffuser auprès d'une audience, que ce soit un exposé en classe, un article en ligne, une présentation… Il est alors important de savoir définir sa cible pour adapter son document en fonction.**

- Pour permettre à n'importe qui d'accéder à un contenu, surtout aux personnes en situation de handicap, il faut y appliquer des normes d'**accessibilité**.
- Selon la catégorie de contenu, le **format de fichier** est différent ainsi que son **extension**, qui permet d'identifier le logiciel nécessaire à sa lecture.
- Un auteur peut choisir des conditions d'utilisation de son œuvre avec une **licence** qui définit le type de droits octroyés.

3 Programmer

De quoi s'agit-il ? **Programmer est le fait de coder des instructions dans un langage informatique pour développer un logiciel, une application, ou un programme qui permettra par exemple d'automatiser des tâches, de résoudre des problèmes complexes, de formuler des prévisions.**

- Un **algorithme** est une **séquence d'instructions** qui permet de résoudre un problème ou exécuter une tâche.

Vocabulaire

- Traitement de texte
- Style
- Modèle
- Encodage
- Pixel
- Droit d'auteur
- RGPD
- Licence
- Format de fichier
- Extension
- Séquence
- Algorithme
- Instructions
- Programme
- Binaire
- Bug
- Bit

Fiches notions

● Un **programme** est ce qui permet de faire exécuter un algorithme par une machine, il est codé dans un **langage informatique** spécifique.

● Le code informatique de base est **binaire**, c'est-à-dire qu'il consiste à utiliser deux états, représentés par les chiffres 0 et 1.

● Le terme **bit** signifie « ***binary digit*** », c'est-à-dire une numérotation binaire.

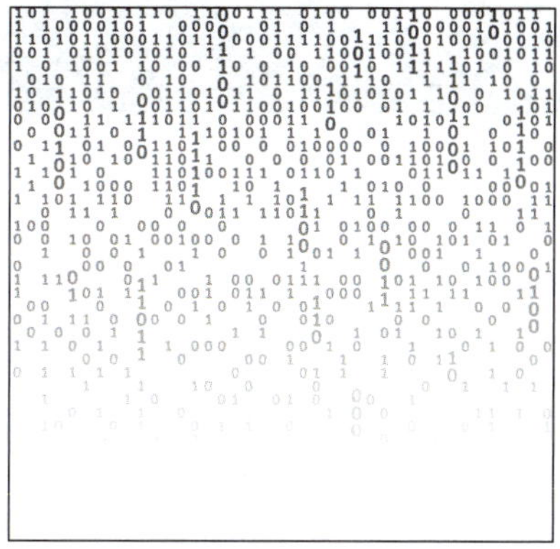

Doc. Code binaire

Révision express

Les points importants à retenir

● Dans tous les contextes de notre vie quotidienne, que ce soit à la maison, au travail ou à l'école, nous utilisons et créons des **contenus numériques**, du simple texte aux éléments multimédias (images, vidéos, sons…).

● C'est pourquoi, ce que l'on écrit et comment on le dit dépend souvent des personnes avec qui on échange, à la fois en personne et en ligne. **L'audience** à laquelle on s'adresse, le **support** – et les applications ou sites Web utilisés – affectent la façon dont nous communiquons.

● Il est donc essentiel de **maîtriser les différents types de contenus**, mais aussi de bien en **comprendre l'usage** pour être à même de sélectionner le meilleur et de l'optimiser pour atteindre son objectif de communication auprès de son audience.

Quiz

Cochez la ou les bonne(s) réponse(s).

1. Quel logiciel est un traitement de texte ?

☐ ☐ ☐ ☐ LibreOffice

2. Dans quel format un fichier audio peut-il être exporté ?

a. ☐ MP3 b. ☐ PDF c. ☐ PNG d. ☐ MOV e. ☐ XLS

3. Pour réduire le poids d'un fichier, on peut :

a. ☐ le numériser. b. ☐ l'exporter. c. ☐ le zipper.

4. Quels sont les langages de programmation ci-dessous ?

a. ☐ Javascript b. ☐ Diamant c. ☐ Python d. ☐ Vipère e. ☐ Ruby

5. Quelles balises sont utilisées en HTML ?

a. ☐ Head b. ☐ Body c. ☐ Shoulder d. ☐ Toe e. ☐ Hand

→ Réponses p. 508

PIX

Chapitre 4 Protection et sécurité

1 Sécuriser l'environnement numérique

De quoi s'agit-il ? Nos environnements numériques – ordinateur, tablette, téléphone… – contiennent désormais toute notre vie privée. Il est donc essentiel de savoir protéger ses données et sécuriser ses appareils pour empêcher des risques tels que : les virus, le vol de données, l'endommagement...

• La **sécurité informatique** est l'ensemble des techniques qui permettent de protéger l'intégrité et la confidentialité des informations stockées dans un système informatique, que ce soit du matériel ou un logiciel.

• La **confidentialité** est la protection de l'accès aux informations et aux données, pour que seules les personnes autorisées aient des droits ou permissions, ce qui empêche tout accès indésirable.

• L'**authentification** est le code ou mot de passe attaché à un identifiant unique qui permet à un utilisateur de prouver qu'il détient bien l'autorisation d'accéder à cet environnement protégé.

• L'**intégrité** est le fait que les données sont exactes et complètes, et donc qu'elles n'ont pas été altérées de manière fortuite, illicite ou malveillante.

• La **disponibilité** est l'accessibilité rapide, permanente et sans faille aux services et ressources pour permettre un usage régulier.

2 Protéger ses données et sa vie privée

De quoi s'agit-il ? Les données personnelles circulent de plus en plus sur le Web. Les conséquences de leur piratage ou publication peuvent être catastrophiques, c'est pourquoi il est indispensable de savoir protéger ses données.

• Les **traces** collectées permettent d'analyser les parcours, les requêtes, les achats ou encore les préférences des utilisateurs. Grâce à ces données, les entreprises peuvent ensuite définir des comportements et élaborer des **modèles de prédiction** afin de mieux cibler et vendre leurs produits.

• Le **data scientist** est l'expert en gestion et analyse de données massives, appelées **big data**.

Doc. Espace de stockage dans un data center

Vocabulaire

- Collecte de données
- Traces
- Empreintes
- RGPD
- Big data
- Data scientist
- Machine learning
- Data mining
- Modèle de prédiction
- Antivirus
- Spam
- Phishing
- Cheval de Troie (Trojan)
- Spyware
- CGU
- Cyberaddiction
- Cyberharcèlement
- *GreenTech*

Fiches notions

3 Protéger santé, bien-être et environnement

De quoi s'agit-il ? **Les nouvelles technologies améliorent le quotidien mais il faut également prendre conscience des dérives possibles en termes de santé, de bien-être et même de l'impact néfaste que cela peut avoir sur l'environnement.**

- La **cyberaddiction** ou **cyberdépendance** est l'utilisation excessive d'Internet qui peut produire un état de manque et des conséquences psychologiques et sociales négatives.
- Le **cyberharcèlement** est le harcèlement en ligne, c'est-à-dire une violence répétée, consistant à intimider ou à humilier une personne via Internet.
- L'**économie d'énergie** est un mode que l'on peut activer sur ses différents appareils afin de réduire l'énergie consommée et ainsi réduire l'impact sur l'environnement.

→ Révision express

Les points importants à retenir

- Avec l'essor des nouvelles technologies, le monde est **surconnecté** et le **volume de données numériques** devient considérable. Cela a créé un véritable business de la **transaction de données humaines**, qui est le marché le plus riche de l'histoire. C'est pourquoi les enjeux de **sécurité** de l'environnement numérique et de protection des données sont majeurs, que ce soit pour les entreprises ou pour les individus.
- De plus, au-delà des bénéfices des innovations, il est primordial en tant qu'utilisateurs de prendre conscience des impacts néfastes et des dérives potentielles des outils numériques, que ce soit sur la **santé**, le **bien-être** et l'**environnement**. Il existe des règles et des gestes simples à adopter à titre individuel pour pouvoir **se préserver** et contribuer à la **protection** de l'environnement.

Quiz

Cochez la ou les bonne(s) réponse(s).

1. Le phishing est un logiciel malveillant qui infecte un appareil.
a. ☐ **Vrai** b. ☐ **Faux**

2. S'authentifier est le fait d'entrer un :
a. ☐ **mot de passe.** b. ☐ **identifiant.**

3. Le s dans « https:// » signifie « système ».
a. ☐ **Vrai** b. ☐ **Faux**

4. Quelles sont les règles pour protéger ses données ?
a. ☐ **Naviguer en privé.** b. ☐ **Définir un temps d'écran.**
c. ☐ **Donner son mail.** d. ☐ **Supprimer ses cookies.**

5. Le cyberharcèlement se définit par :
a. ☐ **la répétition.** b. ☐ **l'addiction.**
c. ☐ **le contexte numérique.** d. ☐ **la violence.**

→ Réponses p. 508

Chapitre 5 Environnement numérique

1 Résoudre des problèmes techniques

De quoi s'agit-il ? La technologie fait partie du quotidien, mais chacun a été un jour confronté à un problème technique, ou s'est senti démuni devant une instruction technique incompréhensible. Il est utile d'être autonome pour installer et réparer les bases de son environnement numérique.

- Les **composants** sont les éléments à l'intérieur de l'ordinateur, contrairement aux périphériques externes qui se décomposent en **périphériques d'entrée** et **périphériques de sortie**.
- Le **processeur**, aussi appelé microprocesseur ou CPU (Central Processing Unit) effectue les calculs nécessaires aux instructions et à l'exécution des programmes.
- Le **système d'exploitation** est l'ensemble de programmes qui dirige les ressources de l'ordinateur. Il gère donc les demandes d'utilisation des ressources (stockage, calcul du processeur central, communication vers des périphériques...).Il est donc chargé d'assurer la liaison entre les ressources matérielles, l'utilisateur et les applications. C'est pourquoi il faut régulièrement effectuer des **mises à jour**. Cela leur permet de continuer à exécuter correctement les nouvelles **versions** de logiciels ou de connecter un nouveau périphérique avec son **pilote d'installation**.
- Il existe différentes **méthodes de connexion** : l'ADSL, le câble, la fibre optique, les données cellulaires (3G/4G), le satellite...
- Le **partage de connexion** permet de donner accès à Internet à un autre appareil en partageant les données mobiles via une passerelle de connexion wifi, Bluetooth ou USB.

2 Construire un environnement numérique

De quoi s'agit-il ? Pour évoluer dans un environnement numérique, il faut savoir l'installer, le configurer et l'enrichir pour ensuite être suffisamment bien équipé en terme d'outils et de services adaptés à l'usage souhaité.

- L'équipement le plus utilisé aujourd'hui pour se connecter à Internet est le **smartphone**. Il faut donc d'abord prendre en compte le système d'exploitation utilisé. Il existe deux systèmes d'exploitation sur les smartphones : **Android**, celui de Google, et **iOS**, celui d'Apple.
- Les autres paramètres à prendre en compte sur un mobile sont : le **processeur**, la **mémoire vive** (la **RAM**), qui se mesure en Go (gigaoctets), la **mémoire interne** qui se mesure également en Go, la **taille d'écran** qui s'exprime en pouces, la **définition** de l'appareil photo (la résolution se donne en Mégapixels).

Vocabulaire

- Périphérique
- Processeur / CPU
- Disque dur
- RAM
- Système d'exploitation
- Mise à jour
- Version
- Pilote
- Partage de connexion
- Données cellulaires
- Open Source
- SoC
- Composants
- Android
- IOS
- Neutralité du net
- Ethernet
- 3G/4G/5G

Fiches notions

- Les **espaces de stockage** ont évolué avec le temps, pour permettre de **plus grandes capacités**, sur des supports de plus en plus **petits** et **mobiles**.

- Un logiciel libre, ce qu'on appelle l'**Open Source**, est un logiciel dont l'usage, la modification et la duplication sont permises, techniquement et légalement, et qui permet le contrôle du programme et la possibilité de partage par l'utilisateur.

- La **neutralité du net** est la garantie d'égalité de traitement de tous les flux de données sur Internet quelle que soit leur source. En France, c'est l'**Arcep** (Autorité de régulation des communications électroniques et des postes) qui est chargée de veiller au respect de la neutralité du net.

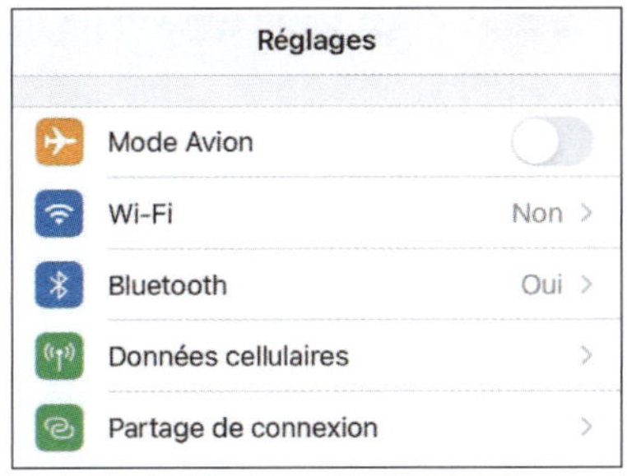

Doc. Les réglages d'un téléphone

→ Révision express

Les points importants à retenir

- Avec l'essor du numérique, les **environnements de travail** évoluent. Une offre importante d'applications et de logiciels sur des supports variés permettent à chacun de travailler avec ses outils numériques – personnels et/ou professionnels – **quel que soit le lieu, seul ou de manière collaborative**.

- C'est pourquoi il est essentiel de bien comprendre comment le matériel, les logiciels, et les services numériques fonctionnent pour se construire un environnement numérique adapté à ses besoins et être **autonome** dans leur application.

Quiz

Cochez la ou les bonne(s) réponse(s).

1. Le clavier est un périphérique de sortie.
a. ☐ Vrai **b.** ☐ Faux

2. Le système d'exploitation d'un ordinateur assure la liaison entre les ressources matérielles, les applications et :
a. ☐ l'utilisateur. **b.** ☐ l'écran.

3. De quel type de réseau est l'Ethernet ?
a. ☐ Filaire. **b.** ☐ Sans-fil.

4. La RAM se mesure en :
a. ☐ Exynos. **b.** ☐ Mpx. **c.** ☐ Pouces. **d.** ☐ Go.

5. Parmi ces quatre moyens de stockage, lequel prend le plus de place physiquement ?
a. ☐ Clé USB. **b.** ☐ Disquette. **c.** ☐ Disque dur externe. **d.** ☐ Cloud.

→ Réponses p. 508

BREVET BLANC

Les épreuves

- Français 468
- Mathématiques 471
- Histoire-Géographie-EMC 476
- Sciences 478

Corrigés

- Français 482
- Mathématiques 485
- Histoire-Géographie-EMC 494
- Sciences 497

LES ÉPREUVES À 100 POINTS

FRANÇAIS Sujet zéro, 2017

Texte

Dans ce roman en forme d'autobiographie fictive, la narratrice, Geneviève, vient d'entendre en classe de français une autre élève, Sara Keller, réciter un extrait d'une pièce de théâtre.

La maîtresse elle-même semblait émue.

– Mademoiselle Keller – nous dit-elle enfin, après que la récitation fut finie, – nous vous remercions toutes[1]. Avec les dons que vous avez, vous êtes inexcusable de ne pas travailler davantage.

Sara fit une courte révérence[2] ironique, une sorte de pirouette, et rejoignit sa place auprès de moi.

J'étais toute tremblante d'une admiration, d'un enthousiasme que j'eusse voulu lui exprimer, mais il ne me venait à l'esprit que des phrases que je craignais qu'elle ne trouvât ridicules. La classe était près de finir. Vite, je déchirai le bas d'une feuille de mon cahier ; j'écrivis en tremblant sur ce bout de papier : « Je voudrais être votre amie » et glissai vers elle gauchement ce billet.

Je la vis froisser le papier ; le rouler entre ses doigts. J'espérais un regard d'elle, un sourire, mais son visage restait impassible et plus impénétrable que jamais. Je sentis que je ne pourrais supporter son dédain et m'apprêtais à la haïr.

– Déchirez donc ça, – lui dis-je d'une voix contractée. Mais, soudain, elle redéplia le papier, passa sa main dessus pour l'aplanir, et comme ayant pris une résolution… À ce moment, j'entendis mon nom : la maîtresse m'interrogeait. Je dus me lever, je récitai de manière machinale un court poème de Victor Hugo, qu'heureusement je savais fort bien. Dès que rassise, Sara glissa dans ma main le billet au verso duquel elle avait écrit : « Venez chez nous dimanche prochain, à trois heures. » Mon cœur se gonfla de joie et, enhardie :

– Mais je ne sais pas où vous habitez !

Alors elle :

– Passez-moi le papier.

Et tandis que, la classe finie, les élèves rassemblaient leurs affaires et se levaient pour partir, elle écrivit au bas du billet : « Sara Keller, 16 rue Campagne-Première ».

J'ajoutai prudemment :

– Je ne sais pas encore si je pourrai ; il faut que je demande à maman.

Elle ne sourit pas précisément, mais les coins de ses lèvres se relevèrent. Ça pouvait être de la moquerie ; aussi ajoutai-je bien vite :

– Je crains que nous ne soyons déjà invitées.

Habitant dans un tout autre quartier et assez loin du lycée, je devais me séparer de Sara dès la sortie ; d'ordinaire je m'en allais seule et très vite. Ma mère, qui voulait me marquer sa confiance, ne venait pas me chercher, mais elle m'avait fait promettre de rentrer toujours directement et de ne m'attarder point à causer avec les autres élèves. Ce jour-là, je courus durant la moitié du trajet, tant j'étais pressée de lui faire part de la proposition de Sara. […]

Comme j'avais enfin demandé : « Est-ce que tu me permettras d'y aller ? » maman ne répondit pas aussitôt. Je savais qu'elle avait toujours peine à me refuser quelque chose :

– Je voudrais d'abord en savoir un peu plus sur ta nouvelle amie et ses parents. Lui as-tu demandé ce que faisait son père ?

J'avouai que je n'y avais pas songé, et promis de m'en informer. Deux jours nous séparaient encore du dimanche.

– Demain, je viendrai te chercher à la sortie, – ajouta ma mère – tu tâcheras de me présenter cette enfant ; je voudrais la connaître.

André Gide, *Geneviève ou la Confidence inachevée*, 1936.

1. À l'époque où se déroule l'action (1931), les lycées n'étaient pas mixtes, et la classe est donc entièrement composée de filles.
2. *révérence* : mouvement de corps que l'on fait pour saluer.

Document Raphaël, *Autoportrait avec un ami*, 1518-1520 (Département des peintures du Musée du Louvre, Paris).

Questions

Les réponses aux questions doivent être entièrement rédigées.

Grammaire et compétences linguistiques

1 « son visage restait [...] plus impénétrable que jamais » (ligne 11). Étudiez la composition du mot souligné et dites quel est son sens dans la phrase. (4 points)

2 « Mais, soudain, elle redéplia le papier, passa sa main dessus pour l'aplanir, et comme ayant pris une résolution... À ce moment, j'entendis mon nom : la maîtresse m'interrogeait. Je dus me lever, je récitai de manière machinale un court poème de Victor Hugo, qu'heureusement je savais fort bien. » (lignes 13 à 16).
Réécrivez ce passage en inversant les personnes : « Mais soudain, je... À ce moment, elle... » (10 points)

3 « Demain, je viendrai te chercher à la sortie, – ajouta ma mère – tu tâcheras de me présenter cette enfant ; je voudrais la connaître. » (lignes 40-41)
a. Identifiez et justifiez le temps du verbe « ajouter » dans cette phrase. (2 points)
b. « je viendrai » ; « je voudrais » : expliquez la différence d'orthographe. (2 points)

Compréhension et compétences d'interprétation

1 De quel personnage vous sentez-vous le plus proche ? Pourquoi ? (4 points)

2 Lignes 6 à 19 :
a. Quels sont les émotions et les sentiments ressentis par Geneviève au fil de ce passage ? (4 points)
b. Comment expliquez-vous leur variation ? (4 points)

3 **a.** Que peut-on savoir des sentiments et émotions de Sara ? (3 points)
b. Pour quelle raison le lecteur la connaît-il moins bien que Geneviève ? (3 points)

4 Quel rôle joue à la fin du texte la mère de Geneviève ? (4 points)

5 Quels sont les éléments qui, dans ce texte, vous paraissent dater d'un autre temps ? Qu'est-ce qui, en revanche, vous paraît encore actuel ? (4 points)

6 Quels sont les éléments qui permettent au spectateur de voir dans le tableau de Raphaël une représentation de l'amitié ? (6 points)

Dictée

Écoutez la dictée sur le site abcbrevet.com.

Consignes :
– On dictera le texte à haute voix à plusieurs reprises.
– On inscrira au tableau de manière lisible par l'ensemble des candidats le titre de l'œuvre et le nom de l'auteur.

Rédaction

Vous traiterez au choix un des deux sujets de rédaction suivants :

Sujet d'imagination

Rédigez la suite du texte, en racontant la scène de présentation de Sara à la mère de Geneviève. Votre récit sera en cohérence avec ce que le texte de Gide vous a appris des intentions et des caractères des personnages.

Sujet de réflexion

Pourquoi est-il important d'avoir des amis ? Vous répondrez à cette question en développant plusieurs arguments.

MATHÉMATIQUES France métropolitaine, juin 2017

Toutes les réponses doivent être justifiées, sauf si une indication contraire est donnée. Pour chaque question, si le travail n'est pas terminé, laisser tout de même une trace de la recherche. Elle sera prise en compte dans la notation.

Exercice 1 8 pts

Dans une urne contenant des boules vertes et des boules bleues, on tire au hasard une boule et on regarde sa couleur. On replace ensuite la boule dans l'urne et on mélange les boules.

La probabilité d'obtenir une boule verte est $\frac{2}{5}$.

1 Expliquer pourquoi la probabilité d'obtenir une boule bleue est égale à $\frac{3}{5}$. (2 points)

2 Paul a effectué 6 tirages et a obtenu une boule verte à chaque fois.
Au 7e tirage, aura-t-il plus de chances d'obtenir une boule bleue qu'une boule verte ? (2 points)

3 Déterminer le nombre de boules bleues dans cette urne sachant qu'il y a 8 boules vertes. (4 points)

Exercice 2 12 pts

On donne le programme suivant qui permet de tracer plusieurs triangles équilatéraux de tailles différentes.

Ca programme comporte une variable nommée « **côté** ». Les longueurs sont données en pixels.

On rappelle que l'instruction `s'orienter à 90` signifie que l'on se dirige vers la droite.

Numéros d'instruction	Script	Le bloc triangle
1	quand [drapeau] est cliqué	définir triangle
2	effacer tout	stylo en position d'écriture
3	aller à x: -200 y: -100	répéter 3 fois
4	s'orienter à 90	avancer de côté
5	mettre côté à 100	tourner ↺ de 120 degrés
6	répéter 5 fois	relever le stylo
7	triangle	
8	avancer de côté	
9	ajouter à côté -20	

1 Quelles sont les coordonnées du point de départ du tracé ? (2 points)

2 Combien de triangles sont dessinés par le script ? (2 points)

3 **a.** Quelle est la longueur (en pixels) du côté du deuxième triangle tracé ? (2 points)
b. Tracer à main levée l'allure de la figure obtenue quand on exécute ce script. (4 points)

4 On modifie le script initial pour obtenir la figure ci-dessous. Indiquer le numéro d'une instruction du script après laquelle on peut placer l'instruction `tourner ↶ de 60 degrés` pour obtenir cette nouvelle figure. (2 points)

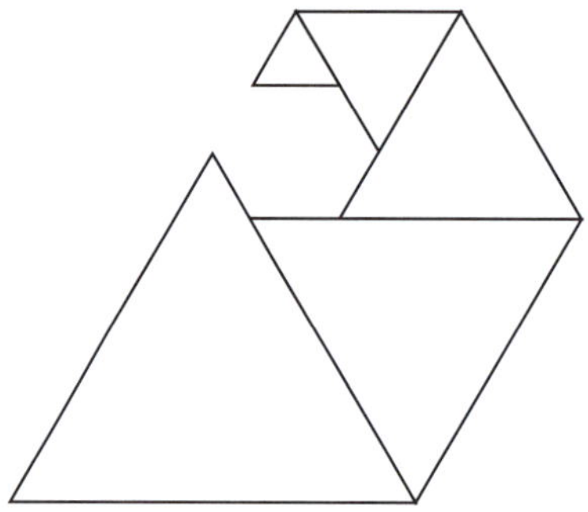

Exercice 3 8 pts

Un condensateur est un composant électronique qui permet de stocker de l'énergie électrique pour la restituer plus tard.
Le graphique ci-après montre l'évolution de la tension mesurée aux bornes d'un condensateur en fonction du temps lorsqu'il est en charge.

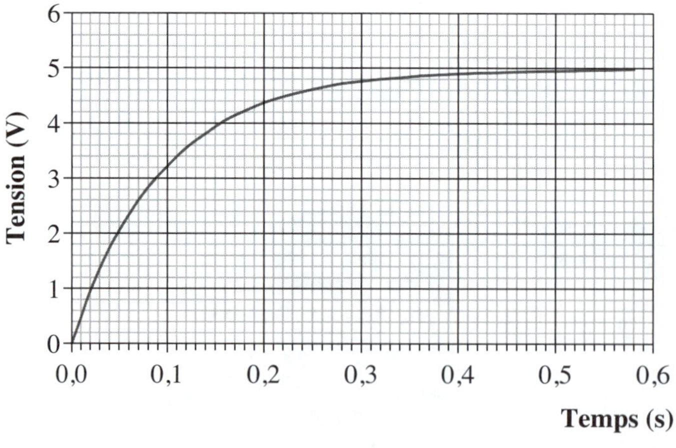

1 S'agit-il d'une situation de proportionnalité ? Justifier. (2 points)

2 Quelle est la tension mesurée au bout de 0,2 s ? (2 points)

3 Au bout de combien de temps la tension aux bornes du condensateur aura-t-elle atteint 60% de la tension maximale qui est estimée à 5V ? (4 points)

Exercice 4 16 pts

Les panneaux photovoltaïques permettent de produire de l'électricité à partir du rayonnement solaire. Une unité courante pour mesurer l'énergie électrique est le kilowattheure, abrégé en kWh.

1 Le plus souvent, l'électricité produite n'est pas utilisée directement, mais vendue pour être distribuée dans le réseau électrique collectif. Le prix d'achat du KWh, donné en centimes d'euro, dépend du type d'installation et de sa puissance totale, ainsi que de la date d'installation des panneaux photovoltaïques. Ce prix d'achat du kWh est donné dans le tableau ci-après.

Document **Tarifs d'un kWh en centimes d'euro**

		Date d'installation			
Type d'installation	**Puissance totale**	**Du 01/01/15 au 31/03/15**	**Du 01/04/15 au 30/06/15**	**Du 01/07/15 au 30/09/15**	**Du 01/10/15 au 31/12/15**
Type A	0 à 9 kW	26,57	26,17	25,78	25,39
Type B	0 à 36 kW	13,46	13,95	14,70	14,40
	36 à 100 kW	12,79	13,25	13,96	13,68

Source : *http://www.developpement-durable.gouv.fr*

En mai 2015, on installe une centrale solaire du type B, d'une puissance de 18 kWh.

Vérifier que le prix d'achat de 31 420 kWh est d'environ 4 383 €. (3 points)

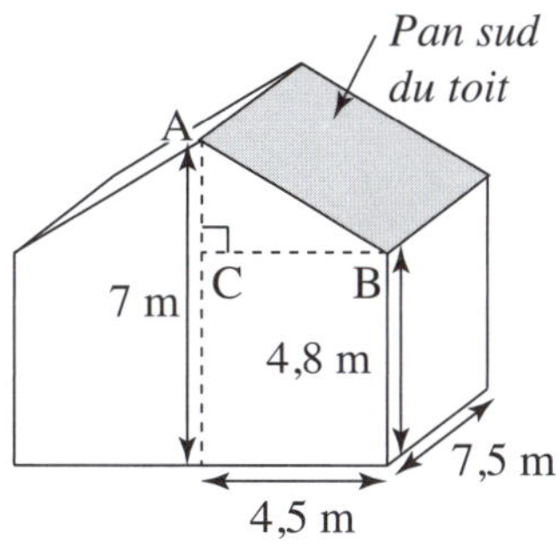

2 Une personne souhaite installer des panneaux photovoltaïques sur la partie du toit de sa maison orientée au sud. Cette partie est grisée sur la figure ci-contre. Elle est appelée pan sud du toit.
La production d'électricité des panneaux solaires dépend de l'inclinaison du toit. Déterminer, au degré près, l'angle $\widehat{ABC}$ que forme ce pan sud du toit avec l'horizontale. (3 points)

3 **a.** Montrer que la longueur AB est environ égale à 5 m. (3 points)
b. Les panneaux photovoltaïques ont la forme d'un carré de 1 m de côté. Le propriétaire prévoit d'installer 20 panneaux.
Quel pourcentage de la surface totale du pan sud du toit sera alors couvert par les panneaux solaires ? On donnera une valeur approchée du résultat à 1 % près. (3 points)
c. La notice d'installation indique que les panneaux doivent être accolés les uns aux autres et qu'une bordure d'au moins 30 cm de large doit être laissée libre pour le système de fixation tout autour de l'ensemble des panneaux. Le propriétaire peut-il installer les 20 panneaux prévus ? (4 points)

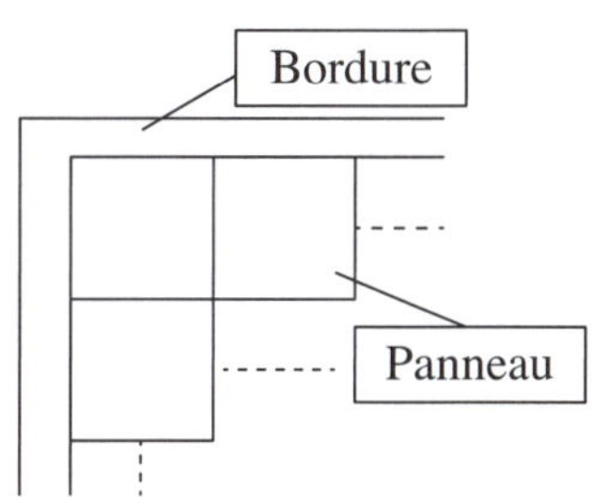

Exercice 5 16 pts

1 Lors des Jeux Olympiques de Rio en 2016, la Danoise Pernille Blume a remporté le 50 m nage libre en 24,07 secondes.
A-t-elle nagé plus rapidement qu'une personne qui se déplace en marchant vite, c'est-à-dire à 6 km/h ? (3 points)

2 On donne l'expression $E = (3x + 8)^2 - 64$.
a. Développer E. (3 points)
b. Montrer que E peut s'écrire sous forme factorisée : $3x\,(3x + 16)$. (3 points)
c. Résoudre l'équation $(3x + 8)^2 - 64 = 0$. (4 points)

3 La distance d de freinage d'un véhicule dépend de sa vitesse et de l'état de la route.

On peut la calculer à l'aide de la formule suivante :

$$d = k \times V^2$$

avec :
— d la distance de freinage en m ;
— V la vitesse du véhicule en m/s ;
— k le coefficient dépendant de l'état de la route ($k = 0{,}14$ sur route mouillée, $k = 0{,}08$ sur route sèche).
Quelle est la vitesse d'un véhicule dont la distance de freinage sur route mouillée est égale à 15 m ? (3 points)

Exercice 6 16 pts

Document 1 Le surpoids

Le surpoids est devenu un problème majeur de santé, celui-ci prédispose à beaucoup de maladies et diminue l'espérance de vie.

L'indice le plus couramment utilisé est celui de masse corporelle (IMC).

Document 2 Calcul de l'IMC

L'IMC est une grandeur internationale permettant de déterminer la corpulence d'une personne adulte entre 18 ans et 65 ans.
Il se calcule avec la formule suivante :

$$IMC = \frac{masse}{taille^2}$$

avec « masse » en kg et « taille » en m.
Normes :
- $18{,}5 \leqslant IMC < 25$ corpulence normale ;
- $25 \leqslant IMC < 30$ surpoids ;
- $IMC \geqslant 30$ obésité.

1 Dans une entreprise, lors d'une visite médicale, un médecin calcule l'IMC de six des employés. Il utilise pour cela une feuille de tableur dont voici un extrait :

	A	B	C	D	E	F	G
1	Taille (en m)	1,69	1,72	1,75	1,78	1,86	1,88
2	Masse (en kg)	72	85	74	70	115	85
3	IMC (*)	25,2	28,7	24,2	22,1	33,2	24,0
4	(*) valeur approchée au dixième						

a. Combien d'employés sont en situation de surpoids ou d'obésité dans cette entreprise ? (2 points)
b. Laquelle de ces formules a-t-on écrite dans la cellule B3, puis recopiée à droite, pour calculer l'IMC ?
Recopier la formule correcte sur la copie. (2 points)

=72/1.69^2	=B1/(B2*B2)	=B2/(B1*B1)	=$B2/($B1*$B1)

2 Le médecin a fait le bilan de l'IMC de chacun des 41 employés de cette entreprise. Il a reporté les informations recueillies dans le tableau suivant dans lequel les IMC ont été arrondis à l'unité près.

IMC	20	22	23	24	25	29	30	33	Total
Effectif	9	12	6	8	2	1	1	2	41

a. Calculer une valeur approchée, arrondie à l'entier près, de l'IMC moyen des employés de cette entreprise. (4 points)
b. Quel est l'IMC médian ? Interpréter ce résultat. (4 points)
c. On lit sur certains magazines : « On estime qu'au moins 5 % de la population mondiale est en surpoids ou est obèse ». Est-ce le cas pour les employés de cette entreprise ? (4 points)

Exercice 7 14 pts

Léo a ramassé des fraises pour faire de la confiture.

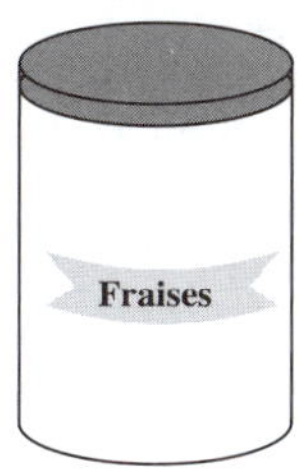

1 Il utilise des proportions de sa grand-mère : 700 g de sucre pour 1 kg de fraises.
Il a ramassé 1,8 kg de fraises. De quelle quantité de sucre a-t-il besoin ? (2 points)

2 Après cuisson, Léo a obtenu 2,7 litres de confiture. Il verse la confiture dans des pots cylindriques de 6 cm de diamètre et de 12 cm de haut, qu'il remplit jusqu'à 1 cm du bord supérieur. Combien pourra-t-il remplir de pots ? (6 points)
Rappels :
- 1 litre = 1 000 cm^3
- volume d'un cylindre = $\pi \times R^2 \times h$.

3 Il colle ensuite sur ses pots une étiquette rectangulaire de fond blanc qui recouvre toute la surface latérale du pot.
a. Montrer que la longueur de l'étiquette est d'environ 18,8 cm. (3 points)
b. Dessiner l'étiquette à l'échelle $\frac{1}{3}$. (3 points)

LES ÉPREUVES À 50 POINTS

HISTOIRE-GÉOGRAPHIE-EMC France métropolitaine, juin 2017

Exercice 1 : Analyser et comprendre des documents 20 pts

GÉOGRAPHIE

Document **Évolution de la France urbaine**

L'un des éléments majeurs qui transforme le territoire national et la société française est la généralisation du fait urbain. Le seuil des 50 % de population urbaine, atteint au niveau mondial en 2007, a été franchi en France dès 1931. [...] Les villes occupent aujourd'hui près de 22 % du territoire métropolitain, soit 119 000 km² sur un total de 550 000, contre 100 000 km² en 1999, ce qui représente une progression de 19 % en dix ans. Le rythme de la croissance urbaine est ainsi plus soutenu qu'au cours des décennies précédentes, proche de celui des années 1950 et 1960.

La croissance urbaine se traduit par l'agrandissement d'agglomérations existantes ou par l'apparition de nouvelles villes isolées. [...] Aujourd'hui, l'urbanisation du territoire français est essentiellement le produit de l'étalement urbain, c'est-à-dire l'extension des surfaces urbanisées. [...]

Cette généralisation du fait urbain a des conséquences majeures pour les territoires et leurs habitants. Elle transforme aussi bien les formes que les paysages. Lyon est un bon exemple de la diversité des espaces urbains à l'intérieur d'une même aire urbaine. L'étalement urbain brouille en effet les frontières traditionnelles de la ville. L'apparition de l'adjectif « périurbain »souligne l'émergence d'un espace mélangeant ville et campagne.

D'après Magali Reghezza-Zitt, « La France, une géographie en mouvement », *La Documentation photographique*, n° 8096, 2013.

Questions

1 Recopiez deux informations du texte montrant que la population habitant dans les villes augmente. (4 points)

2 Citez une information du texte qui montre que l'étalement urbain concerne l'ensemble du territoire national. (3 points)

3 Indiquez une conséquence de l'étalement urbain. (3 points)

4 Expliquez la phrase soulignée. (4 points)

5 Réalisez un schéma et sa légende des différents types d'espaces qui composent une aire urbaine. (6 points)

Exercice 2 : Maîtriser différents langages 20 pts

HISTOIRE

1 Rédigez un développement construit d'environ vingt lignes expliquant comment une colonie est devenue indépendante. Vous vous appuierez sur l'exemple étudié en classe. (14 points)

2 Situez les événements sur la frise chronologique ci-après, en reportant le numéro correspondant dans la case.

1. La chute du mur de Berlin

2. La libération de la France

3. La naissance de la Ve République

4. La Première Guerre mondiale

5. L'arrivée d'Hitler au pouvoir

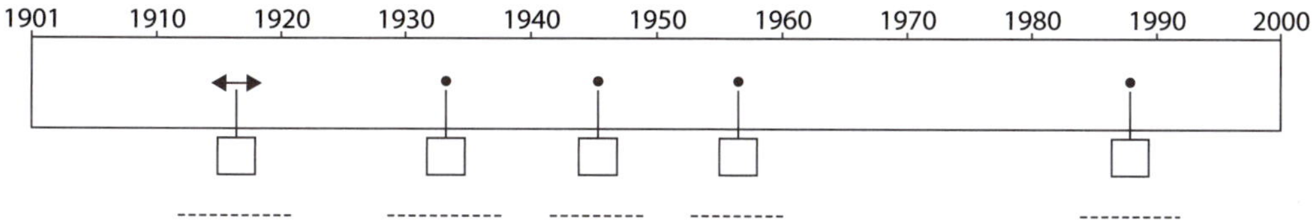

Exercice 3 : Éducation morale et civique 10 pts

Document **La mobilisation des militaires auprès des populations**

Au moment où le Nord-Ouest de la France a connu fin mai 2016 des pluies torrentielles et des débordements de nombreux cours d'eau qui ont généré d'importantes perturbations dans les transports, 10 camions de l'armée de terre ont été déployés, le 2 juin, à la demande du préfet du Loiret pour permettre le transport de plusieurs centaines de personnes bloquées sur les axes routiers vers des zones d'hébergement d'urgence communales. Au total, ce sont 250 militaires qui sont mobilisés depuis un peu plus d'une semaine pour lutter contre les intempéries.

Cette mission de soutien est donc l'occasion de faire un bilan de la participation des forces armées du ministère de la Défense à la lutte contre les intempéries et les feux de forêts sur le territoire national et d'en tirer des conclusions, surtout dans le contexte de resserrement budgétaire et d'état d'urgence dans lequel vit la France.

Fondation iFRAP (Fondation pour la recherche sur les administrations et les politiques publiques), page consultée le 6 juin 2016.

Questions

1 Expliquez quelle est la mission confiée aux forces de l'armée de terre dans le document.

2 Citez une autre mission confiée aux forces armées sur le territoire national ou à l'extérieur.

3 Vous avez été choisi(e) pour représenter la France au prochain sommet de l'Union européenne. Vous êtes chargé(e) de réaliser une note pour présenter une mission des militaires français sur le territoire national ou à l'étranger.
Montrez en quelques lignes que l'armée française est au service des valeurs de la République et de l'Union européenne.

SCIENCES

L'ÉNERGIE

PHYSIQUE-CHIMIE

LES CENTRALES GÉOTHERMIQUES 25 pts

La production d'électricité à partir des centrales thermiques à flamme est le mode le plus répandu dans le monde et bénéficie des abondantes, mais épuisables, ressources en charbon, pétrole et gaz de la planète. Certains pays se lancent dans le développement de centrales géothermiques, on veut ici comprendre ce choix.

Document 1 Principe de fonctionnement d'une centrale géothermique

Une centrale géothermique produit de l'électricité, sans qu'il y ait de combustion, grâce à la chaleur de la Terre qui transforme l'eau contenue dans les nappes souterraines en vapeur.

Le mouvement de la vapeur d'eau sous pression permet de faire tourner une turbine entraînant un alternateur, qui produit alors un courant alternatif.

Centrale géothermique de Wairakei en Nouvelle-Zélande

Document 2 **Principe de fonctionnement d'une centrale thermique à flamme**

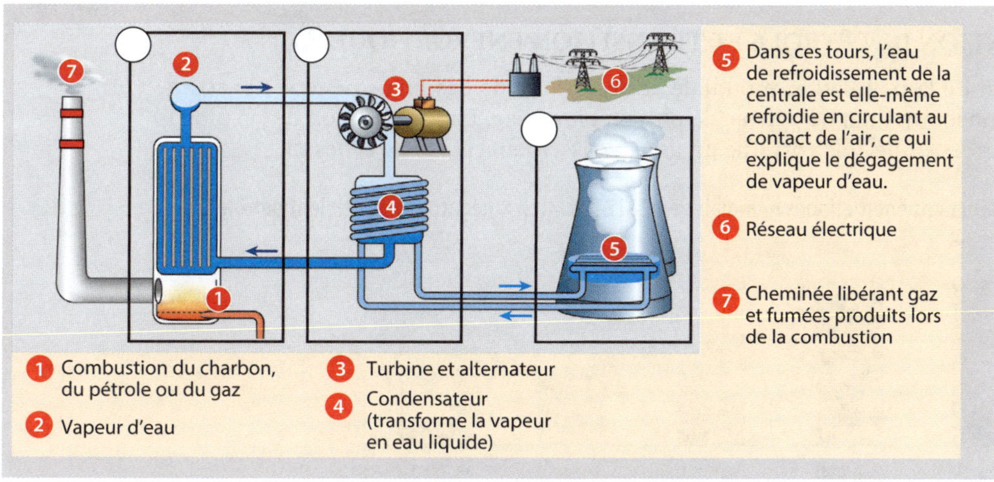

1 Compléter le tableau suivant en exploitant les *documents 1 et 2*.

Nom de la centrale	Source(s) d'énergie utilisée(s)	Source d'énergie renouvelable ou non ?	Dégage ou ne dégage pas de fumées lors de son utilisation ?
Thermique à flamme			
Géothermique			

2 Il s'agit de repérer sur le dessin de la centrale thermique à flamme (*document 2*) les trois circuits distincts *A*, *B* et *C* décrits ci-dessous :

- *A* : circuit de refroidissement ;
- *B* : circuit primaire ou lieu de transformation d'énergie chimique en énergie thermique ;
- *C* : circuit secondaire ou lieu de transformation de l'énergie mécanique en énergie électrique.

Pour répondre à cette question, mettre A, B ou C à l'intérieur des cercles blancs du document 2.

3 On étudie la réaction de combustion ayant lieu dans le circuit primaire d'une centrale thermique utilisant le gaz naturel, composé essentiellement de méthane CH_4. Le méthane réagit avec le dioxygène O_2 de l'air pour former du dioxyde de carbone CO_2 et de l'eau H_2O, selon l'équation de réaction :

$$CH_4 + 2\ O_2 \rightarrow CO_2 + 2\ H_2O$$

a. Nommer le gaz participant à l'effet de serre produit lors de cette transformation chimique.
b. Lorsqu'on brûle 6×10^{22} molécules de méthane de manière complète, combien de molécules de dioxygène sont nécessaires ?

4 Un réacteur de centrale thermique à flamme produit une puissance d'environ 1 100 MW. Un réacteur de centrale géothermique peut délivrer une énergie de 7 500 000 MWh par an, en fonctionnant 6 820 heures.

a. Montrer, par le calcul, que la puissance électrique du réacteur de centrale géothermique est équivalente à celle du réacteur de centrale thermique à flamme.
b. En faisant référence aux réponses précédentes, donner deux arguments expliquant pourquoi certains pays ont opté pour des centrales géothermiques.

Siences de la vie et de la Terre

CONSOMMATION DE PÉTROLE ET TRANSITION ÉNERGÉTIQUE 25 pts

L'augmentation de la population mondiale et des différents besoins en énergie s'accompagne d'une consommation de pétrole de plus en plus forte. L'augmentation de l'exploitation des ressources en pétrole entraîne un appauvrissement rapide de celles-ci.

Document 1 **Productions énergétiques mondiales en 2012 (en Mtep : mégatonne équivalent pétrole*)**

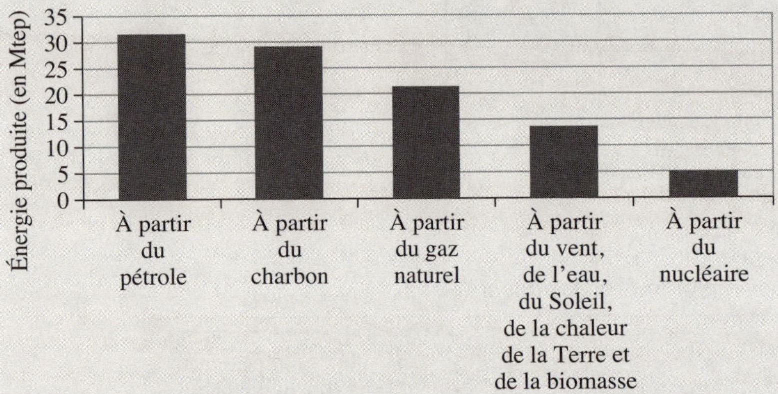

D'après les données du key World Energy Statistics 2014 de l'AIE

Une énergie non renouvelable désigne une énergie que l'on produit à partir de la combustion de matières premières fossiles d'origine organique (issues d'êtres vivants) : le pétrole, le charbon et le gaz naturel. Elle n'est pas renouvelable à l'échelle d'une vie humaine.

Une énergie renouvelable est une ressource énergétique dont le renouvellement naturel est assez rapide pour qu'elle puisse être considérée comme inépuisable à l'échelle d'une vie humaine. L'énergie solaire, l'énergie éolienne, l'énergie hydraulique et l'énergie biomasse** sont des types d'énergies renouvelables.

1 En utilisant les données du *document 1*, comparer la part des sources d'énergies renouvelables à celles des sources d'énergies non renouvelables en 2012 dans les productions énergétiques mondiales.

---

* La mégatonne équivalent pétrole est une unité de mesure de l'énergie utilisée en économie et dans l'industrie.

** L'énergie biomasse provient de la combustion des matières vivantes (bois, végétaux, déchets agricoles, ordures ménagères organiques) ou du biogaz issu de la fermentation de ces matières, dans les centrales.

Document 2 Évolution de la production et de la consommation mondiale de pétrole (en millions de barils par jour) entre 1975 et 2035

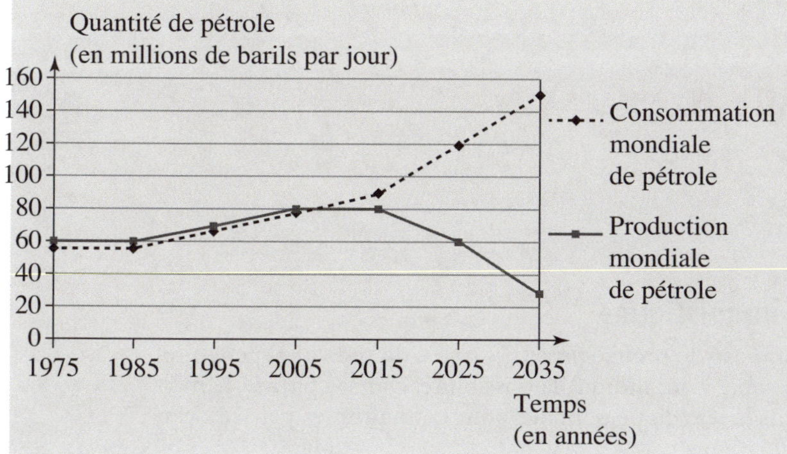

2 **a.** Comparer les courbes de la production mondiale et de la consommation mondiale de pétrole depuis 2005.
b. Formuler le problème auquel l'être humain est confronté depuis 2015.

Document 3 La transition énergétique pour la croissance verte (croissance économique respectueuse de l'environnement naturel)

La loi du 17 août 2015 relative à la transition énergétique pour la croissance verte est une loi qui engage le pays tout entier : citoyens, entreprises, territoires, pouvoirs publics. Elle va permettre à la France de renforcer son indépendance énergétique […] et donne à tous des outils concrets pour accélérer la croissance verte.

Le discours de Ségolène Royal* du 25 avril 2016 fixe : « … l'objectif d'augmenter de 50 % la capacité installée** des énergies renouvelables d'ici 2023. »

D'après http://www.gouvernement.fr/action/la-transition-energetique-pour-la-croissance-verte

(*) Ministre de l'Environnement, de l'Énergie et de la Mer.
(**) Installations technologiques permettant de produire de l'énergie renouvelable (éoliennes, panneaux solaires…).

Document 4 Estimation de l'épuisement des ressources énergétiques disponibles (en prenant en compte le rythme actuel de consommation et de production)

Énergies/ressources	Pétrole	Gaz	Charbon	Éolienne*	Solaire
Estimation de la durée de l'épuisement des stocks	54 ans	63 ans	112 ans	Jamais	Jamais

3 En vous appuyant sur les *documents 3* et *4*, identifier et argumenter les objectifs relatifs à la transition énergétique pour la croissance verte.

* Énergie éolienne : énergie produite à partir du vent.

LES ÉPREUVES À 100 POINTS

FRANÇAIS

Questions → p. 469

Grammaire et compétences linguistiques

1 Le mot « impénétrable » est composé du préfixe privatif « im- », du radical « -pénétr- » (du verbe pénétrer), et du suffixe « -able » qui indique la possibilité. Dans la phrase, le mot signifie que l'on ne peut entrer dans la tête du personnage pour connaître ses pensées, car son visage n'exprime rien.

2 « Mais, soudain, je redépliai le papier, passai ma main dessus pour l'aplanir, et comme ayant pris une résolution... À ce moment, elle entendit son nom : la maîtresse l'interrogeait. Elle dut se lever, elle récita de manière machinale un court poème de Victor Hugo, qu'heureusement elle savait fort bien. »

3 **a.** Le verbe « ajouter » est au passé simple de l'indicatif car il exprime une action ponctuelle, limitée dans le temps, comme le confirme l'adverbe « demain » en début de phrase.
b. « Je viendrai » est à l'indicatif futur et ne prend donc pas de « s » final ; « je voudrais » est au conditionnel présent, qui utilise le radical du futur, mais les terminaisons de l'imparfait (ici « -ais ») et exprime une demande atténuée.

Compréhension et compétences d'interprétation

1 Je me sens plus proche du personnage de la narratrice qui livre clairement ses sentiments et donne ainsi l'impression de mieux la connaître. Elle est touchante par son « enthousiasme » (l. 6), sa timidité « prudemment » (l. 24) et son impatience « j'étais pressée » (l. 33). De plus, l'utilisation du pronom « je » dans cette autobiographie fictive encourage à s'identifier à la narratrice.

2 **a.** Au fil de ce passage, Geneviève ressent d'abord de l'admiration « j'étais toute tremblante d'une admiration » (l. 6), et de l'« enthousiasme » (l. 6). Puis elle doute, et éprouve de la peur d'être rejetée ou mal jugée « je craignais...ridicules » (l. 7), « en tremblant » (l. 8), « gauchement » (l. 9). Ensuite, elle est entraînée vers la colère « haïr » (l. 12), « contractée » (l. 13) et enfin vers une grande joie « mon cœur se gonfla de joie » (l. 18).

b. La variation des émotions et des sentiments de Geneviève est liée aux réactions ou à l'absence de réaction de Sara dont elle craint par-dessus tout le « dédain » (l. 12). L'invitation finale de Sara suffit d'ailleurs à lui redonner pleinement confiance en elle-même « enhardie » (l. 18).

3 **a.** Il est très difficile de connaître les sentiments et les émotions de Sara car elle est présentée comme un personnage singulier et contradictoire, difficile à cerner, comme le souligne la professeure, qui, en même temps, la félicite « avec les dons que vous avez » et lui fait un reproche « vous êtes inexcusable » (l. 3). Ensuite, on ne la découvre qu'à travers le regard de Geneviève, ou par l'interprétation de ses gestes qui ne sont pas clairs « une révérence ironique » (l. 4) et un « visage impassible » (l. 11).

b. Le lecteur peine à bien connaître Sara car l'auteur utilise la modalisation pour la présenter, ce qui laisse toujours un doute dans l'interprétation : les points de suspension (l. 14) coupent volontairement le texte au moment où Sara va s'exprimer, de même son sourire n'est pas clair : « Ça pouvait être de la moquerie » (l. 26-27). À l'inverse, les émotions de Geneviève sont explicites.

4 La mère de Geneviève vient calmer et freiner l'entrain de sa fille qui se lance dans cette nouvelle relation avec passion « maman ne répondit pas aussitôt » (l. 34). Elle apporte un regard raisonnable pour tempérer l'impatience de sa fille et lui faire prendre du recul « Je voudrais d'abord en savoir un peu plus » (l. 36).

5 Les éléments qui montrent que ce texte appartient à une autre époque sont le vouvoiement entre élèves « Venez chez nous dimanche prochain » (l. 17), l'absence de mixité « nous vous remercions toutes » (l. 2-3), l'importance de la situation socioprofessionnelle des parents « Lui as-tu demandé ce que faisait son père ? » (l. 36-37). Mais ce texte reste très actuel, on retrouve les petits papiers échangés entre élèves à l'insu du professeur « je déchirai le bas d'une feuille de mon cahier » (l. 8), la volonté adolescente de gagner en indépendance « Ma mère, qui voulait me marquer sa confiance, ne venait pas me chercher » (l. 30-31), et surtout l'importance d'avoir des amis, avec la formule « Je voudrais être votre amie » (l. 9) qui n'est pas sans rappeler celles des réseaux sociaux.

6 Ce tableau de Raphaël présente deux hommes en buste sur un fond noir. L'homme qui est derrière (Raphaël) pose sa main gauche avec un geste tendre sur l'épaule de l'autre. On devine que sa main droite est posée sur son côté. L'homme qui est devant se retourne vers lui pour le regarder alors que son doigt est pointé vers le spectateur et semble montrer autre chose. Les deux hommes se ressemblent, ils semblent en « harmonie » : mêmes barbes, mêmes moustaches et mêmes habits. Cependant, on peut noter que c'est une amitié « inégale », c'est-à-dire qu'il y a un dominant et un dominé comme dans le texte : Raphaël domine son ami de par sa position et son regard qui est tourné vers le spectateur, alors que l'homme au premier plan est entièrement accaparé par lui au point qu'il ne regarde plus ce qu'il montrait du doigt.

Dictée → p. 470

La camaraderie mène à l'amitié : deux garçons découvrent entre eux une ressemblance : « Moi aussi... C'est comme moi... » tels sont les mots qui d'abord les lient. Le coup de foudre est de règle en amitié. Voilà leur semblable enfin, avec qui s'entendre à demi-mot. Sensibilités accordées ! Les mêmes choses les blessent et les mêmes les enchantent. Mais c'est aussi par leurs différences qu'ils s'accordent : chacun admire dans son ami la vertu dont il souffrait d'être privé. [...] Dans l'amitié véritable, tout est clair, tout est paisible ; les paroles ont un même sens pour les deux amis.

François Mauriac, *Le jeune homme*, 1925.

Rédaction

Sujet d'imagination → p. 470

Méthode

Pour vous aider, nous vous avons indiqué en couleur les parties de la rédaction qui répondent aux consignes.

Éléments du texte initial — Dialogue — Caractères des personnes

– Demain, je viendrai te chercher à la sortie, – ajouta ma mère – tu tâcheras de me présenter cette enfant ; je voudrais la connaître.

Le lendemain, je me réveillai plus tôt qu'à l'ordinaire, excitée et un peu angoissée à l'idée de présenter Sara à ma mère. Les questions se bousculaient dans ma tête : « Qu'allait-elle penser ? N'aurais-je pas l'air ridicule de devoir demander l'autorisation à ma mère à notre âge ? ». Au petit déjeuner, nous n'abordâmes pas le sujet, je commençais à penser avec un certain soulagement que maman avait peut-être oublié, mais au moment de sortir de la maison, elle me lança : « à ce soir, devant le lycée, je viendrai te chercher, tu n'as pas oublié ? »

La journée se passa sans que j'arrive à aborder Sara, ce n'est que pendant le dernier cours que je réussis à lui glisser avec un ton que je voulais détaché : « Tiens, ma mère passe me prendre, je pourrais vous la présenter si vous le voulez ? ». Elle ne répondit pas aussitôt, mais eût le même sourire que la veille avant de murmurer : « Pourquoi pas... ». À la sortie du lycée, maman était là, j'évitai de me précipiter et de l'embrasser, et j'entamai la discussion :

–Tiens, tu es déjà là ? Laisse-moi te présenter mon amie Sara, je vais chez elle dimanche prochain, tu sais ?

Elle réprima une moue et fronça les sourcils, comprenant mon petit stratagème :

– Euh...oui bien sûr, bonjour Sara, Geneviève m'a beaucoup parlé de vous, vous êtes la fille de M. et Mme Keller qui sont... je ne parviens pas à me souvenir...

– Bonjour Madame, oui en effet, vous connaissez sûrement mes parents, ils sont acteurs, vous les avez peut-être déjà vus ?

Surprise, ma mère balbutia :

– Oui, oui tout à fait, c'est cela, ce devait être lors d'une représentation...

– Certainement, ils jouent essentiellement le répertoire classique vous savez, ajouta Sara avec une belle assurance.

– C'est très bien ! Bon, nous devons partir, se hâta de conclure ma mère, un peu gênée par la situation et ayant peur de devoir citer la pièce où elle était censée les avoir vus.

Elle fit quelques pas et je lui dis : « Je te rejoins tout de suite, maman. » Puis me tournant vers Sara, les yeux pleins d'admiration :

–Vos parents sont acteurs ! Je l'ignorais, ce doit être fabuleux !

Elle sourit, cette fois-ci franchement et me lança d'un air complice :

– Pas du tout, ils sont charcutiers, mais j'ai bien senti que cela ferait plaisir à votre mère !

Nous partîmes d'un grand éclat de rire, et ce fut le début d'une complicité qui m'apprit bien des subtilités sur les rapports humains.

Sujet de réflexion → p. 470

Méthode

Pour vous aider, nous vous avons indiqué en couleur les parties de la rédaction qui répondent aux consignes.

Indicateurs logiques — Arguments — Exemples

« Parce que c'était lui ; parce que c'était moi », lorsque l'on évoque l'amitié, cette phrase de Montaigne vient à l'esprit et montre la difficulté à exprimer les raisons pour lesquelles on s'attache à nos amis. On peut se demander pourquoi il est important d'avoir des amis. Nous développerons ici trois raisons qui nous semblent essentielles.

L'amitié est avant tout une entente particulière entre plusieurs personnes qui partagent des goûts, des centres d'intérêt communs. La même passion anime souvent les amis qui se créent ainsi une complicité. Par exemple, dans la série des *Harry Potter* de J.K.Rowling, Harry, Hermione et Ron sont liés par une grande amitié qui naît sur les bancs de l'école de Poudlard autour d'une passion commune pour l'utilisation juste de la magie.

De plus, avoir des amis, c'est savoir que l'on peut compter sur quelqu'un en cas de difficultés, de peines, de doutes. Un ami est un véritable confident, qui sera présent dans les moments difficiles de l'existence comme dans les moments heureux. C'est le cas du tandem formé par Philippe et Abdel dans le film *Intouchables* de 2011, les deux amis, pourtant très différents, partagent les moments heureux et difficiles de leur existence avec une sincérité que seule permet l'amitié.

Enfin, l'amitié permet de se construire, de se sentir épaulé pour grandir grâce au regard bienveillant ou critique de ses amis. Les rencontres amicales offrent en effet des modèles auxquels on peut s'identifier, ou dont on se démarque pour avoir sa propre singularité. Dans les deux cas, c'est le regard de l'autre qui nous fait progresser. Ainsi, dans *No et moi* de Delphine de Vigan, l'héroïne Lou se lie d'amitié avec No, une jeune SDF qui va transformer sa vision de la vie et la faire avancer dans ses relations avec ses propres parents ou avec son petit ami.

Pour conclure, on peut affirmer que l'amitié est un sentiment très fort et indispensable à notre bien-être. Des rencontres avec nos semblables naissent parfois des amitiés dans lesquelles on se lance sans recul. Il faudrait alors s'interroger sur les influences positives ou négatives qui peuvent naître de ces amitiés.

MATHÉMATIQUES → p. 471

Exercice 1

1 Probabilité d'obtenir une boule bleue

L'urne contient des boules vertes et des boules bleues. Les événements B « obtenir une boule bleue » et V « obtenir une boule verte » sont deux événements contraires.

$p(B) + p(V) = 1$

$p(B) + \frac{2}{5} = 1$

$p(B) = 1 - \frac{2}{5} = \frac{5}{5} - \frac{2}{5}$

D'où le résultat : $\boldsymbol{p(B) = \frac{3}{5}}$.

> **Rappel**
> La somme des probabilités de deux événements contraires vaut 1.

> **Remarque**
> On dit aussi V = non B.

2 Probabilité d'obtenir une boule verte au 7e tirage

À chaque tirage, on replace la boule tirée dans l'urne et on mélange les boules : les conditions de tirage restent donc a chaque fois identiques.

Ainsi, au 7e tirage (comme à n'importe quel tirage) : $p(V) = \frac{2}{5}$ et $p(B) = \frac{3}{5}$, soit $p(B) > p(V)$.

Paul a plus de chances d'obtenir une boule bleue qu'une boule verte.

3 Calcul du nombre de boules bleues

Dans l'urne, il y a 8 boules vertes, et on sait que $p(V) = \frac{2}{5}$.
Il s'agit alors de déterminer le nombre de boules bleues sachant que $p(B) = \frac{3}{5}$.

> **Remarque**
> On est en situation d'équiprobabilité, car les boules sont tirées au hasard.

On peut utiliser un tableau de proportionnalité puisque probabilité et nombre de boules sont proportionnels.

	Couleur verte	Couleur bleue
Nombre de boules	8	x
Probabilité	$\frac{2}{5}$	$\frac{3}{5}$

Par égalité des produits en croix :

$x \times \frac{2}{5} = 8 \times \frac{3}{5}$

$\frac{2}{5}x = \frac{24}{5}$ en multipliant par 5 chacun des membres

$2x = 24$

$x = 24 \div 2$

$x = 12$

En conclusion, l'urne contient 12 boules bleues.

Autre méthode

$p(V) = \frac{2}{5} = \frac{\textit{nombre de boules vertes}}{\textit{nombre total de boules}}$

Soit x le nombre total de boules. Il y a 8 boules vertes.

On obtient l'égalité : $\frac{2}{5} = \frac{8}{x}$.

D'où : $2 \times x = 8 \times 5$

$2x = 40$

$x = 40 \div 2 = 20$

L'urne compte un total de 20 boules, dont 8 boules vertes.

Il y a donc 20 – 8 = 12 boules bleues.

Exercice 2

1 Coordonnées du point de départ du tracé

Les coordonnées du point de départ du tracé se lisent à la 3e ligne d'instruction du script : (–200 ; –100).

2 Nombre de triangles dessinés par le script

Selon la ligne 6 du script, il faut répéter 5 fois l'instruction « bloc triangle ». Ainsi, **ce script dessine 5 triangles**.

> **Remarque**
> L'instruction « répéter 5 fois » constitue une boucle ».

3 a. Longueur du côté du deuxième triangle

- Initialement, le côté du triangle est mis à 100 pixels (ligne 5).
- Un premier triangle est construit grâce a la première application du « bloc triangle ».
- Puis la longueur du côté est modifiée (ligne 9) : côté – 20, soit 100 – 20 = 80.
- Le deuxième triangle est alors construit.

Le côté du deuxième triangle tracé mesure 80 pixels.

b. Figure obtenue à l'exécution du script

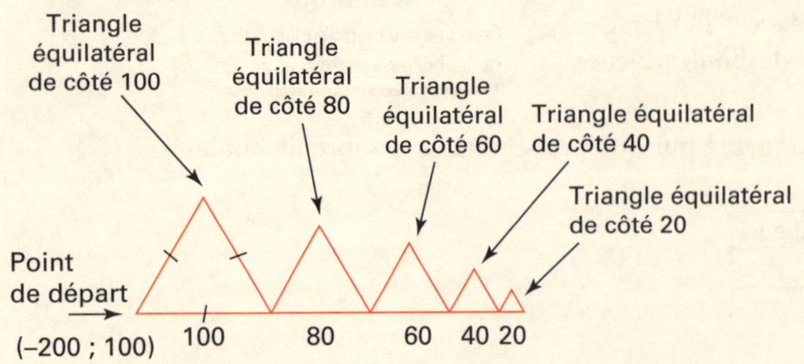

4 Instruction à modifier
Chaque nouveau triangle est construit après que le crayon ait effectué une rotation de 60°.

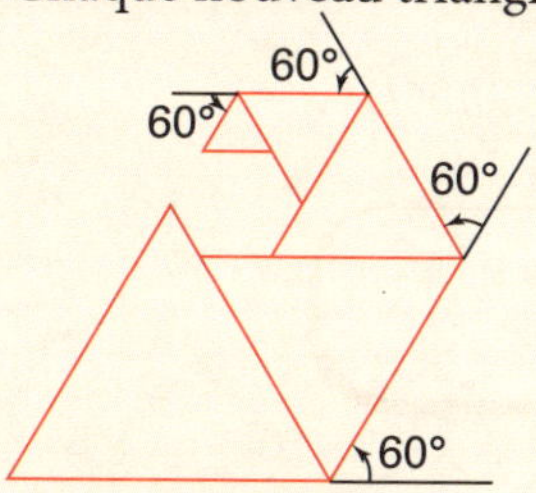

Aussi, **on place l'instruction** tourner ↶ de 60 degrés **après l'instruction n°8 ou après l'instruction n°9.**

Exercice 3

1 Étude de proportionnalité
Une situation de proportionnalité entre deux grandeurs s'illustre graphiquement par une droite passant par l'origine du repère.
La courbe proposée passe par l'origine du repère mais n'est pas une droite. **Elle n'illustre donc pas une situation de proportionnalité.**

2 Mesure de tension
Sur le graphique, pour $t = 0,2$ s, **on lit une tension associée d'environ 4,4 V** (voir pointillés verts).

> **Pensez-y !**
> Aucune justification n'est demandée. Écrivez une phrase pour répondre.

3 Temps d'accès à 60 % de la tension maximale
• La tension maximale est estimée à 5 V.
60 % de la tension maximale correspond à $\frac{60}{100} \times 5 = 0,6 \times 5 = 3$ V.

> **L'astuce du prof**
> On trace la droite horizontale $y = 3$ et on lit la valeur de t correspondante.

• Sur le graphique, une tension de 3 V (voir pointillés roses) correspond à $t = 0,09$ s.
La tension aux bornes du condensateur aura atteint 60 % de la tension maximale au bout de 0,09 s.

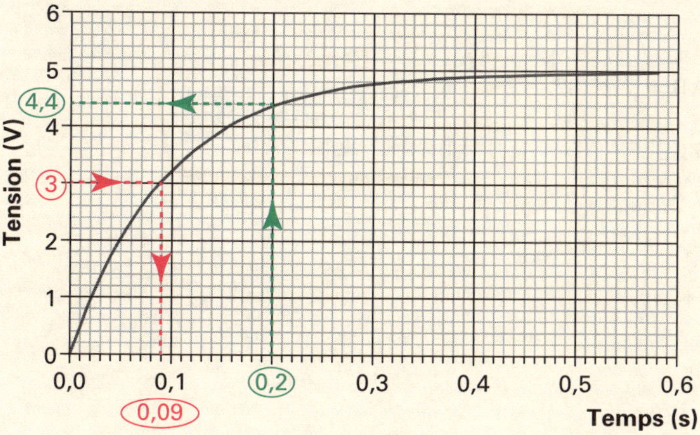

Exercice 4

1 Vérification du prix d'achat de l'électricité

• L'installation étudiée a été faite en mai 2015, donc dans la période du 01/04/15 au 30/06/15.

• C'est une installation de type B d'une puissance totale de 28 kW : le prix d'achat d'un kWh est donc de 13,95 centimes d'euro.

• Le prix d'achat de 31 420 kWh est alors :
31 420 × 13,95 = 438 309 centimes d'euro, soit 4 383,09 €.

Le prix d'achat de 31 420 kWh est bien d'environ 4 383 €.

> **Pensez-y !**
> 1 € = 100 centimes d'euro.

2 Calcul de l'angle formé par le pan sud du toit

Il s'agit de déterminer la mesure de l'angle $\widehat{ABC}$ dans le triangle ABC.

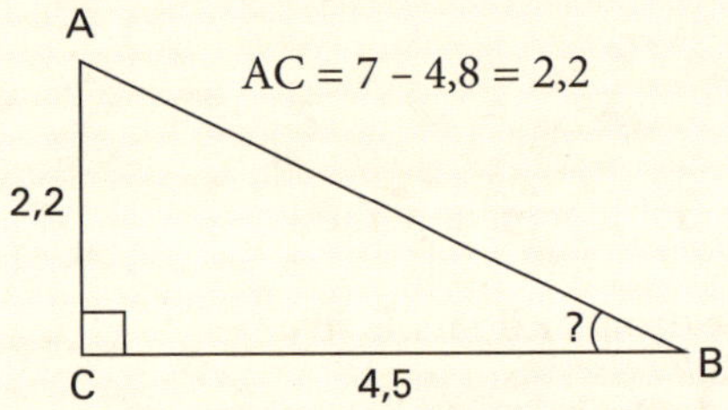

> **Gagnez des points !**
> Construisez un croquis sur lequel vous portez toutes les informations données par l'énoncé.

Dans le triangle ABC rectangle en C, on utilise la trigonométrie.

$$\tan\widehat{ABC} = \frac{\text{côté opposé à } \widehat{ABC}}{\text{côté adjacent à } \widehat{ABC}} = \frac{AB}{AC} = \frac{2,2}{4,5}.$$

À la calculatrice, on en déduit :

$$\widehat{ABC} = \tan^{-1}\left(\frac{2,2}{4,5}\right)$$

$\widehat{\mathbf{ABC}} \approx \mathbf{26°}$ (valeur arrondie au degré près).

> **Pensez-y !**
> Assurez-vous que votre calculatrice est en mode degrés.

3 a. Calcul de la longueur AB

Dans le triangle ABC rectangle en C, on applique le théorème de Pythagore :

$AB^2 = AC^2 + BC^2$

$AB^2 = 2,2^2 + 4,5^2$

$AB^2 = 4,84 + 20,25$

$AB^2 = 25,09$

AB est une longueur (donc AB > 0), d'où $AB = \sqrt{25,09}$.

Ainsi, AB ≈ 5 m (valeur approchée).

La longueur AB est bien environ égale à 5 m.

> **Gagnez des points !**
> Le théorème de Pythagore nécessite de travailler dans un triangle rectangle.

> **Remarque**
> Deux nombres ont leur carré égal à 25,09 : $\sqrt{25,09}$ et $-\sqrt{25,09}$. Ici, la seconde valeur est exclue.

Autre méthode

- Comme on a calculé $\widehat{ABC}$ dans la question 2, on peut aussi utiliser la trigonométrie dans le triangle ABC rectangle en C.

$\cos \widehat{ABC} = \dfrac{\textit{côté adjacent}}{\textit{hypoténuse}}$ ou $\sin \widehat{ABC} = \dfrac{\textit{côté opposé}}{\textit{hypoténuse}}$

$\cos \widehat{ABC} = \dfrac{BC}{AB}$ $\qquad$ $\sin \widehat{ABC} = \dfrac{AC}{AB}$

$\cos 26° = \dfrac{4,5}{AB}$ $\qquad$ $\sin 26° = \dfrac{2,2}{AB}$

Par produit en croix :
$AB \times \cos 26° = 4,5$
$AB = \dfrac{4,5}{\cos 26°}$
$AB \approx 5$

Par produit en croix :
$AB \times \sin 26° = 2,2$
$AB = \dfrac{2,2}{\sin 26°}$
$AB \approx 5$

- Cette méthode a toutefois deux inconvénients :
- 26° est déjà une valeur approchée de $\widehat{ABC}$;
- il faut être certain du résultat obtenu en question 2 pour le réinvestir dans la question suivante.

b. Occupation de la surface du pan sud du toit par les panneaux solaires

- Un panneau photovoltaïque a la forme d'un carré de 1 m de côté. Sa surface est donc de $1 \times 1 = 1$ m².
- Le propriétaire prévoit d'installer 20 panneaux. Cela correspond à une surface de $20 \times 1 = 20$ m².
- Le pan sud du toit a la forme d'un rectangle de longueur 7,5 m et de largeur AB ≈ 5 m. Sa surface est donc : $7,5 \times 5 = 37,5$ m².
- La proportion p du pan sud du toit occupée par ces panneaux photovoltaïques est :

$$p = \frac{\textit{surface des panneaux}}{\textit{surface du pan sud}} = \frac{20}{37,5}$$

$p \approx$ soit 53 % (résultat arrondi à 1 % près).

Environ 53 % du pan sud du toit est occupé par des panneaux photovoltaïques.

Rappel
Une proportion est un nombre compris entre 0 et 1, exprimé en % pour être plus représentatif.

c. Étude de la faisabilité de l'installation

- Schéma du pan sud du toit

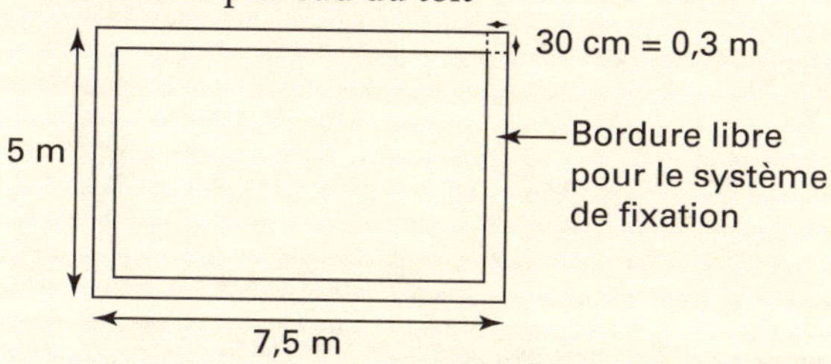

- Ainsi, les dimensions du rectangle disponible pour la pose des panneaux accolés sont :
$7,5 - 2 \times 0,3 = 6,9$ m de longueur
$5 - 2 \times 0,3 = 4,4$ m de largeur
- Sur une longueur de 6,9 m, on peut poser 6 panneaux carres de 1 m de côté.

Sur une largeur de 4,4 m, on peut poser 4 panneaux carrés de 1 m de côté.
On peut donc poser un maximum de $6 \times 4 = 24$ panneaux.

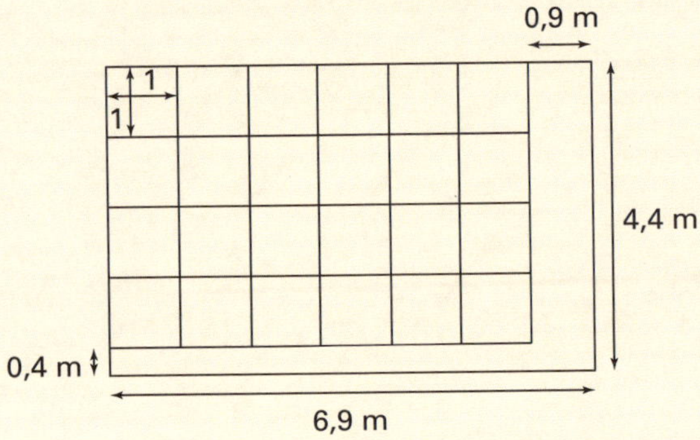

Remarque
Le propriétaire peut installer au maximum 4 lignes de panneaux de 6 panneaux chacune.

En conclusion, le propriétaire peut installer les 20 panneaux prévus.

Exercice 5

1 Comparaison des vitesses

• Calculons la vitesse v de nage de Pernille Blume en kilomètres par heure.

50 m = 0,05 km

$$24{,}07 \text{ s} = 24{,}07 \times \frac{1}{60} \text{ min} = \frac{24{,}07}{60} \text{ min}$$

$$= \frac{24{,}07}{60} \times \frac{1}{60} \text{ h} = \frac{3\,600}{24{,}07} \text{ h}$$

Pensez-y !
$1 \text{ s} = \frac{1}{60} \text{ min}.$
$1 \text{ min} = \frac{1}{60} \text{ h}.$

$$v = \frac{d}{t} = \frac{0{,}05}{\left(\frac{3\,600}{24{,}07}\right)} = 0{,}05 \times \frac{3600}{24{,}07}$$

Rappel
$\text{Vitesse} = \frac{\text{distance parcourue}}{\text{temps de parcours}}$

$v \approx 7{,}48$ km/h
$v > 6$ km/h

En conclusion, Pernille Blume a nagé plus rapidement qu'une personne se déplaçant en marchant vite.

Autre méthode

• Calcul de la vitesse

La vitesse v de Pernille Blume en $\text{m}\cdot\text{s}^{-1}$ est :

$$v' = \frac{50}{24{,}07}$$

$v' \approx 2{,}08$ m/s
En 1 s, elle parcourt environ 2,08 m.
Donc en 1 h (1 h = 3 600 s), elle parcourt $3\,600 \times 2{,}08 \approx 7\,488$ m, soit environ 7,49 km.
Sa vitesse est donc de 7,49 km par heure.

• Comparaison avec la vitesse du marcheur

On compare les deux vitesses en m/s.
La vitesse v du marcheur est $v = 6$ km/h.
6 km = 6 000 m et $1 \text{ h} = 60 \times 60 \text{ s} = 3\,600$ s.

$v = \frac{6\,000}{3\,600}$ m/s soit $v \approx 1{,}67$ m/s.

La vitesse de la nageuse est $v' = \frac{50}{24{,}07}$ m/s, soit $v' \approx 2{,}08$ m/s.

$v' > v$ la nageuse est plus rapide que le marcheur.

2 **a. Développement de E**

$E = (3x + 8)^2 - 64$

L'expression $(3x + 8)^2$ est une identité remarquable de la forme $(a + b)^2$ avec $a = 3x$ et $b = 8$ qui se développe en $a^2 + 2ab + b^2$.

$E = (3x)^2 + 2 \times 3x \times 8 + 8^2 - 64$

$E = 9x^2 + 48x + \cancel{64} - \cancel{64}$

$\mathbf{E = 9x^2 + 48x}$

Gagnez des points !
$(3x)^2 = 3x \times 3x = 9x^2$

b. Factorisation de E

$E = (3x + 8)^2 - 64$

$E = (3x + 8)^2 - 8^2$

E est de la forme $a^2 - b^2$ avec $a = 3x + 8$ et $b = 8$ qui se factorise en $(a - b)(a + b)$:

$E = \underbrace{[(3x + \cancel{8}) - \cancel{8}]}_{[a \quad - b]} \; \underbrace{[(3x + 8) + 8]}_{[a \quad + b]}$

$E = (3x + \cancel{8} - \cancel{8})\,(3x + 8 + 8)$

Rappel
Factoriser E, c'est transformer E en un produit de deux facteurs.

La forme factorisée de E est : $E = (3x)(3x + 16)$.

Autres méthodes

- **Méthode 1**

On part de la forme développée de $E = 9 + 48x$ que l'on factorise.
On identifie le facteur commun $3x$ de part et d'autre du signe +.
$E = 3x \times 3x + 3x \times 16$
$E = 3x(3x + 16)$

- **Méthode 2**

On développe : $3x(3x + 16) = 3x \times 3x + 3x \times 16 = 9x^2 + 48x$
Or d'après la question 2,a. : $E = 9x^2 + 48x$.
On en déduit alors : $E = 3x(3x + 16)$.

Ces deux autres méthodes sont efficaces, mais ont pour inconvénient d'utiliser le résultat de la question précédente. Aussi faut-il être sûr de soi !

c. Résolution d'équation

$(3x + 8)^2 - 64 = 0$

En utilisant le résultat de la question 2,b., on est ramené à :

$3x(3x + 16) = 0$

C'est une équation produit-nul.

Rappel
Dans une équation produit-nul type $A \times B = 0$, $A = 0$ ou $B = 0$.

$3x = 0$ ou $3x + 16 = 0$

$x = \dfrac{0}{3}$ $\qquad 3x = -16$

$x = 0$ $\qquad x = -\dfrac{16}{3}$

Remarque
Il ne faut pas donner une valeur approchée de x pour solution de l'équation.

L'équation a pour solutions les nombres 0 et $-\dfrac{16}{3}$.

Autre méthode

$(3x + 8)^2 - 64 = 0$
$(3x + 8)^2 = 64$
Deux nombres ont leur carré qui vaut 64 : les nombres 8 et – 8.

$3x + 8 = 8$ ou $3x + 8 = -8$
$3x = 8 - 8$ $\qquad 3x = -8 - 8$
$3x = 0$ $\qquad 3x = -16$
$x = \dfrac{0}{3} = 0$ $\qquad x = -\dfrac{16}{3}$

Les solutions de l'équation sont 0 et $-\dfrac{16}{3}$.

3 Calcul de vitesse sur route mouillée

On utilise la formule :

$$d = k \times V^2$$

Avec $d = 15$ m

$k = 0{,}14$ (k, coefficient correspondant à une route mouillée)

$15 = 0{,}14 \times V^2$

$V^2 = \dfrac{15}{0{,}14}$

$V^2 \approx 107{,}14$

D'où $V \approx \sqrt{107{,}14}$ (car $V > 0$)

$V \approx 10{,}35$

Un véhicule mettant 15 m à s'arrêter sur route mouillée roulait à environ 10,35 m/s.

> **Remarque**
> L'équation $V^2 = 107{,}14$ admet deux solutions : $\sqrt{107{,}14}$ et $-\sqrt{107{,}14}$. Comme $V > 0$, la seconde solution ne répond pas à l'exercice.

> **Remarque**
> $10{,}35\,\dfrac{\text{m}}{\text{s}} = 10{,}35 \times 3{,}6$ km/h ≈ 37 km/h

Exercice 6

1 a. Lecture de données dans le tableur

Les employés en situation de surpoids ou d'obésité dans cette entreprise sont ceux dont l'IMC dépasse 25 (d'après le *document 2*).

Ils sont au nombre de 3.

b. Formule écrite dans la cellule B3

En B3 figure l'IMC de l'employé dont la taille est notée en B1 et la masse en B2.

$$IMC = \frac{masse}{taille^2}$$

La formule correcte est donc :

= B2/(B1 * B1)

> **L'astuce du prof**
> Pour déterminer la bonne formule, on remplace les nombres par le contenu de la cellule correspondante.

2 a. Calcul de l'IMC moyen

L'IMC moyen des 41 employés de cette entreprise est :

$$IMC_{moyen} = \frac{9 \times 20 + 12 \times 22 + 6 \times 23 + 8 \times 24 + 2 \times 25 + 1 \times 29 + 1 \times 30 + 2 \times 33}{41}$$

$$IMC_{moyen} = \frac{949}{51}$$

$\boldsymbol{IMC_{moyen} \approx 23}$ (résultat arrondi à l'entier le plus proche).

b. Calcul de l'IMC médian

• L'entreprise compte 41 employés, un nombre impair. Dans la série des 41 IMC, l'IMC médian est donc le terme central, le 21e terme.

> **Gagnez des points !**
> Dans une série à n termes, avec n impair, la médiane est le $\dfrac{n+1}{2}$ ème terme.

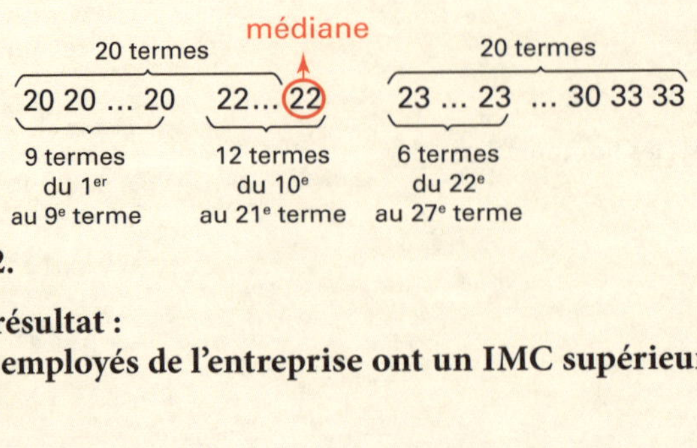

Ainsi, $IMC_{médian} = 22$.

•Interprétation du résultat :

Au moins 50 % des employés de l'entreprise ont un IMC supérieur ou égal à 22 (ou inférieur ou égal à 22).

c. Comparaison de proportions

• Parmi les 41 employés de l'entreprise, 2 + 1 + 1 + 2 = 6 sont en surpoids ou obèses (c'est-à-dire qu'ils ont un IMC ≥ 25).

Cela correspond à une proportion de : $\frac{6}{41} \approx 0{,}146$ soit 14,6 %.

• Selon certains magazines, au moins 5 % de la population mondiale est en surpoids. 14,6 % > 5 %.
Les employés de cette entreprise vérifient cette affirmation.

> **Gagnez des points !**
> N'oubliez pas la conclusion.

Exercice 7

1 Calcul de la quantité de sucre nécessaire

Pour 1 kg de fraises, il faut 700 g de sucre.
En respectant ces proportions, pour 1,8 kg de fraises, il faut 1,8 × 700 = 1 260 g de sucre.
Léo a besoin de 1 260 g, soit 1,26 kg de sucre.

2 Calcul du nombre de pots de confiture

• Schéma d'un pot de confiture :

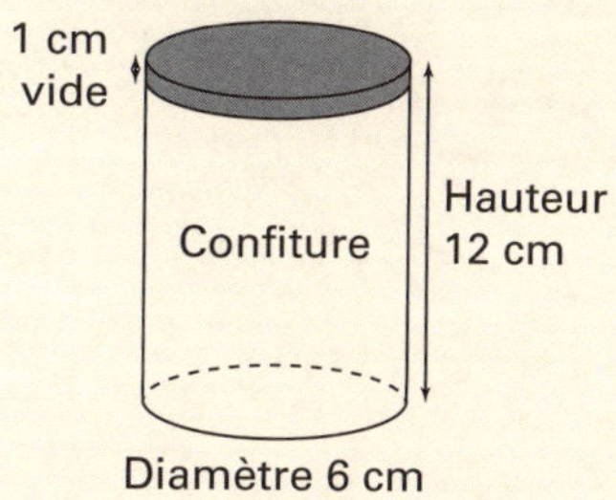

• Le volume ϑ de confiture contenu dans un pot est celui d'un cylindre de rayon $R = \frac{\text{diamètre}}{2} = \frac{6}{2} = 3$ cm et de hauteur h celle du pot moins un centimètre, soit h = 12 – 1 = 11 cm.

$\vartheta = \pi \times 3^2 \times 11$
$\vartheta = 99\pi$ cm^3 (volume exact)
$\vartheta \approx 311$ cm^3 (volume arrondi au près).

> **Gagnez des points !**
> ϑcylindre = $\pi r^2 h$

• Léo a obtenu 2,7 L de confiture.
2,7 L = 2,7 dm^3 = 2 700 cm^3.

> **Rappel**
> 1 L = 1 dm^3 = 1 000 cm^3

• On en déduit le nombre de pots de confiture à remplir.
2 700 ÷ 311 ≈ 8,7.
Léo pourra remplir complètement 8 pots, et le 9e pot ne sera pas complètement rempli.

> **Pensez-y !**
> Le nombre de pots est un entier.

3 a. Calcul de la longueur de l'étiquette

L'étiquette du pot recouvre toute la surface latérale du cylindre. Elle a la forme d'un rectangle de longueur correspondant au périmètre du cercle de base du cylindre.
$L = 2 \times \pi \times$ rayon
$L = 2 \times \pi \times 3$
$L = 6\pi$ (valeur exacte)
$L \approx 18{,}8$
La longueur de l'étiquette est bien d'environ 18,8 cm.

> **Rappel**
> Périmètre d'un cercle
> = 2 × π × rayon

b. Étiquette à l'échelle $\frac{1}{3}$

• L'étiquette a la forme d'un rectangle de longueur $L \approx 18{,}8$ cm et de largeur ℓ correspondant a la hauteur du pot, soit 12 cm.

• Dans une réduction de rapport $\frac{1}{3}$, les longueurs sont multipliées par $\frac{1}{3}$.

$L_{réduit} = L \times \frac{1}{3} = 18{,}8 \times \frac{1}{3}$ soit $L_{réduit} = 6{,}3$ cm.

$\ell_{réduit} = \ell \times \frac{1}{3} = 12 \times \frac{1}{3} = 4$ cm.

• Réduction a l'échelle $\frac{1}{3}$ de l'étiquette :

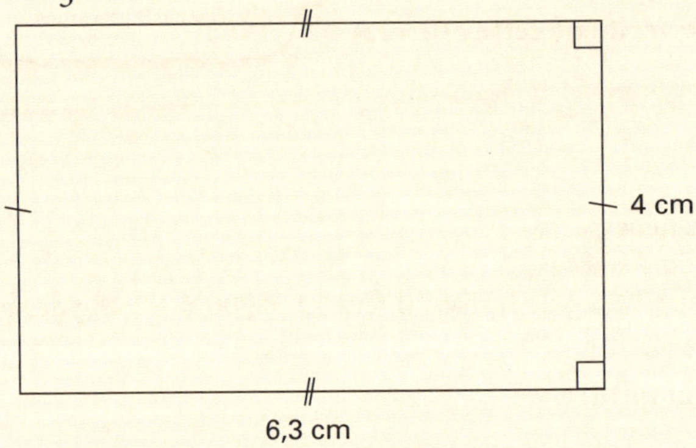

LES ÉPREUVES À 50 POINTS

HISTOIRE-GÉOGRAPHIE-EMC → p. 476

Exercice 1 : Analyser et comprendre des documents

1 Les deux informations qui nous montrent que la population habitant dans les villes augmente sont : « le seuil des 50 % de population urbaine, atteint au niveau mondial en 2007, a été franchi en France dès 1931 » et « le rythme de la croissance urbaine est ainsi plus soutenu qu'au cours des décennies précédentes, proche de celui des années 1950 et 1960 ».

> **L'astuce du prof**
> Sélectionnez des informations qui concernent la population ou la société mais pas la superficie des villes.

2 Une information qui nous montre que l'étalement urbain concerne l'ensemble du territoire national est par exemple : « Aujourd'hui, l'urbanisation du territoire français est essentiellement le produit de l'étalement urbain. »

> **L'astuce du prof**
> « Territoire national » est synonyme de « territoire français » ou de « territoire métropolitain ».

3 Une conséquence de l'étalement urbain mentionnée dans le texte est par exemple : « L'étalement urbain brouille les frontières traditionnelles de la ville. »

> **L'astuce du prof**
> « Indiquez » signifie « citez une information prélevée dans le texte ».

4 La phrase soulignée décrit l'apparition d'un nouvel espace dans les aires urbaines : la couronne périurbaine, où la ville rencontre la campagne, et donc « un espace mélangeant ville et campagne ». En effet, de plus en plus d'urbains cherchent à habiter dans un espace qui peut leur offrir une maison individuelle, avec un jardin, du calme et la proximité avec la nature tout en continuant à travailler dans la ville centre ou dans les banlieues des aires urbaines. Ils s'installent donc dans l'espace rural qui entoure le pôle

> **L'astuce du prof**
> Utilisez vos connaissances pour expliquer la phrase soulignée sans faire de périphrase.

urbain. Les zones pavillonnaires, les centres commerciaux et le réseau routier se développent, urbanisant peu à peu l'espace rural qui devient ainsi « périurbain ».

5 Schéma d'une aire urbaine

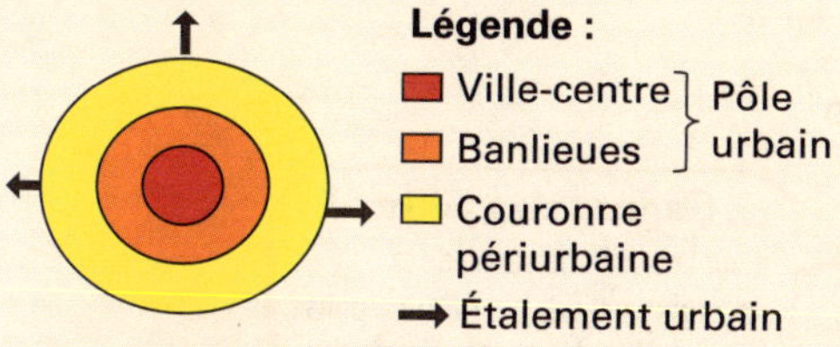

> **Gagnez des points !**
> N'oubliez pas le titre, un schéma porte toujours un titre. Vous pouvez aussi indiquer l'étalement urbain.

Exercice 2 : Maîtriser différents langages

1 De 1947 à 1962, la plupart des pays colonisés deviennent indépendants dans le monde. Comment l'Algérie, colonie française peuplée par environ un million d'Européens et des millions de « musulmans », est-elle devenue indépendante ?

> **Gagnez des points !**
> Précisez les dates de la principale phase de décolonisation dans le monde qui commence par l'indépendance de l'Inde et se termine par celle de l'Algérie.

À la fin de la Seconde Guerre mondiale, les revendications indépendantistes se font de plus en plus importantes en Algérie. De nombreux soldats algériens ont combattu aux côtés des Alliés pour libérer la France. Ils réclament à leur tour le droit à la liberté et à l'égalité, valeurs pour lesquelles ils se sont battus pendant la guerre. Le 8 mai 1945 à Sétif, à l'occasion de la célébration de la victoire des Alliés, une manifestation tourne à l'émeute. Des Européens sont tués et la répression française est sanglante. Ces événements montrent la rupture entre les Algériens et les Européens. Ce d'autant plus que les inégalités sont très fortes entre les deux peuples. Par exemple, dans les années 1950, alors que 100 % des enfants européens sont scolarisés, ce n'est le cas que pour moins de 20 % des Algériens. Les colons habitent surtout dans les grandes villes tandis que ceux qu'on appelle les « musulmans » ou les « indigènes » sont surtout des ruraux.

> **L'astuce du prof**
> Commencez par expliquer pourquoi l'Algérie réclame son indépendance.

> **L'astuce du prof**
> Caractérisez bien les deux camps qui s'opposent.

Pour obtenir son indépendance, l'Algérie doit mener une guerre de décolonisation. En 1954, le Front de libération nationale (FLN) proclame l'indépendance de l'Algérie, en même temps qu'éclate une vague d'attentats touchant la communauté européenne en Algérie. Face à ces violences, le gouvernement français envoie l'armée et les appelés du contingent. Les violences sont nombreuses de chaque côté. Les militaires français traquent les partisans du FLN cachés dans les maquis et n'hésitent pas à pratiquer la torture. De leur côté, les indépendantistes assassinent des fonctionnaires français et des Algériens suspectés d'aider les colons. La politique de la France en Algérie est vivement critiquée à l'ONU, mais aussi par les deux grandes puissances, les États-Unis et l'URSS. Ce n'est qu'après huit ans d'une guerre sanglante que le général de Gaulle, président de la Ve République depuis 1958, clôt les négociations avec le FLN par les accords d'Évian en 1962, qui accordent son indépendance à l'Algérie.

L'Algérie a donc dû mener une violente guerre de décolonisation pour obtenir son indépendance. Des dizaines de milliers d'Européens, les « Pieds-Noirs » doivent quitter le pays dans la précipitation. L'Algérie décolonisée doit faire face au défi de la construction d'un nouvel État.

> **Gagnez des points !**
> Dans la conclusion, essayez d'élargir un peu le sujet en expliquant une ou deux conséquences de cette guerre.

2 **a.** et **b.**

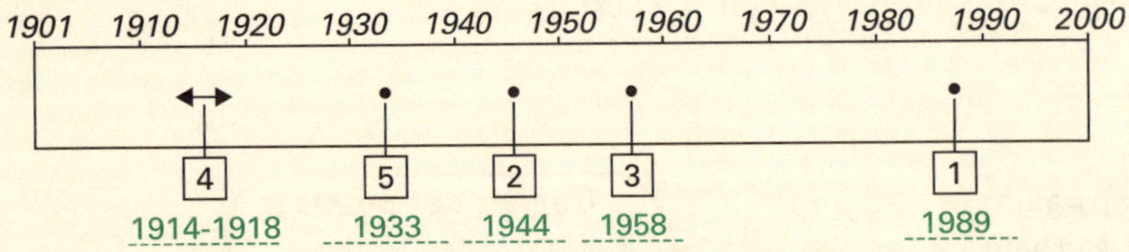

c. L'événement en lien avec la Guerre froide est la chute du mur de Berlin en 1989 car cet événement est symbolique de l'effondrement du bloc de l'Est et donc de la fin de la Guerre froide.

> **Gagnez des points !**
> Pour la troisième partie de la consigne, rédigez bien votre réponse, sans raconter toute l'histoire du mur de Berlin.

Exercice 3 : Éducation morale et civique

1 Dans le document, la mission confiée aux forces de l'armée de terre consiste à « lutter contre les intempéries » pour secourir et protéger la population civile. En effet, fin mai 2016, des pluies torrentielles se sont abattues sur le Nord-Ouest de la France et plusieurs centaines de personnes sont coincées sur les routes. Il faut donc les secourir et les amener vers des zones d'hébergement d'urgence dans les villes et villages alentours.

> **Gagnez des points !**
> Détaillez bien ce pour quoi les militaires sont mobilisés et pas seulement le but général de leur mission.

2 Les forces armées françaises ont de nombreuses missions. Sur le territoire national, elles participent par exemple au plan Vigipirate destiné à protéger la population contre de possibles attaques terroristes dans les lieux les plus fréquentés comme les gares, les aéroports ou les lieux touristiques.

> **L'astuce du prof**
> Choisissez une mission facile à décrire et soyez précis dans la description de cette mission.

3 **Note pour le sommet de l'Union européenne**

L'armée française est au service des valeurs de la République et de l'Union européenne. Elle est chargée de défendre la démocratie et les droits de l'Homme sur son territoire, en Europe et dans le monde, tout en assurant la défense de sa population et de la population européenne en général.

> **L'astuce du prof**
> Faites bien le lien entre les valeurs (démocratie, défense de la population civile…) et l'opération que vous choisissez.

C'est à ce titre que l'armée française intervient au Sahel dans le cadre de l'opération Barkhane. Cette opération vise à lutter contre les groupes armés terroristes présents au Sahel en partenariat avec les États du G5 Sahel (Burkina Faso, Mali, Mauritanie, Niger et Tchad). Le but est d'aider les pays du G5 Sahel à lutter contre les terroristes, mais aussi d'empêcher que des terroristes entraînés dans cette zone ne rejoignent ensuite l'Europe pour y commettre des attentats. Cette opération vise à échanger des informations avec les pays du G5 Sahel, à coopérer avec leurs armées pour trouver des terroristes et des caches d'armes, à les aider à assurer seuls leur sécurité face aux terroristes et à aider les populations dans les zones occupées par les combattants djihadistes.

SCIENCES

PHYSIQUE-CHIMIE → p. 478

1 D'après le *document 1*, dans une centrale géothermique, la source d'énergie utilisée est la Terre, et plus spécifiquement la chaleur de la Terre. C'est une source d'énergie renouvelable, car elle est illimitée à l'échelle humaine. De plus, il n'y a pas de combustion et donc pas de fumée dégagée : il y a uniquement de la vapeur d'eau qui se condense en eau liquide.

Remarque
La chaleur de la Terre correspond à un transfert d'énergie thermique de la Terre.

D'après le *document 2*, dans une centrale thermique à flamme, la source d'énergie est soit du charbon, soit du pétrole, soit du gaz. Ce sont des sources d'énergie non renouvelables, car leurs stocks sont limités à l'échelle humaine. Une centrale thermique à flamme fonctionne grâce à la combustion du charbon, du pétrole ou du gaz : il y a donc un dégagement de fumées lors de son utilisation. Ainsi, il est possible de compléter de la façon suivante le tableau proposé.

Nom de la centrale	Source(s) d'énergie utilisée(s)	Source d'énergie renouvelable ou non ?	Dégage ou ne dégage pas de fumées lors de son utilisation ?
Thermique à flamme	Charbon, pétrole ou gaz	Non renouvelable	Dégagement de fumées
Géothermique	Chaleur de la Terre	Renouvelable	Pas de dégagement de fumées

2 Sur le dessin de la centrale thermique à flamme ci-après :
– **le circuit de refroidissement** se trouve dans le cadre désigné par la lettre *A* ;
– **le circuit primaire ou lieu de transformation d'énergie chimique en énergie thermique** se trouve dans le cadre désigné par la lettre *B* ;
– **le circuit secondaire ou lieu de transformation de l'énergie mécanique en énergie électrique** se trouve dans le cadre désigné par la lettre *C*.

Gagnez des points !
Ne perdez pas de temps à justifier vos réponses car cela n'est pas demandé ici.

3 a. Le gaz participant à l'effet de serre produit lors de la transformation chimique est le **dioxyde de carbone CO_2.**

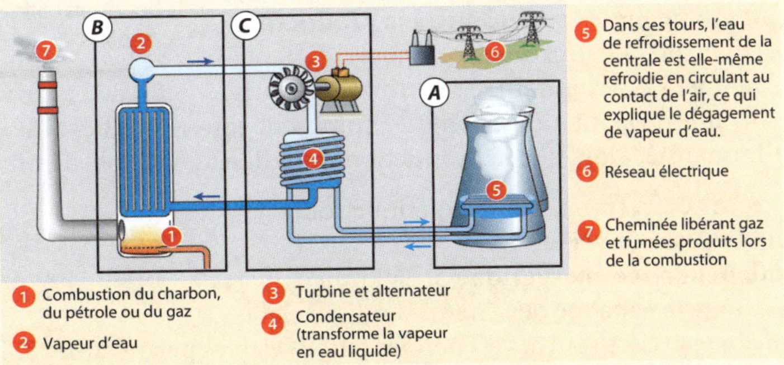

b. D'après l'équation de la réaction de combustion ayant lieu dans le circuit primaire d'une centrale thermique utilisant le gaz naturel, deux molécules de dioxygène sont nécessaires lorsqu'on brûle une molécule de méthane de manière complète.

Ainsi, lorsqu'on brûle 6×10^{22} molécules de méthane de manière complète, **le nombre de molécules de dioxygène nécessaires est de** :

$2 \times 6 \times 10^{22} = \mathbf{1{,}2 \times 10^{23}}$.

D'après l'équation de la réaction de combustion, une molécule de dioxyde de carbone est formée lorsqu'on brûle une molécule de méthane de manière complète.

Ainsi, lorsqu'on brûle 6×10^{22} molécules de méthane de manière complète, **6×10^{22} molécules de dioxyde de carbone sont formées.**

4 **a.** L'énergie électrique E délivrée par le réacteur d'une centrale géothermique dépend de sa puissance électrique P et de sa durée de fonctionnement t : $E = P \times t$.

Ainsi, la puissance électrique P du réacteur d'une centrale géothermique est égale à :

$P = \frac{E}{t}$. Donc $P = \frac{7\,500\,000}{6\,820} = 1\,100$ MW.

D'après l'énoncé de cette question, un réacteur de centrale thermique à flamme produit également une puissance d'environ **1 100 MW**. La puissance électrique du réacteur de centrale géothermique est donc **équivalente** à celle du réacteur de centrale thermique à flamme.

L'astuce du prof
N'oubliez pas l'unité à la fin du calcul : la puissance s'exprime ici en mégawatts (MW).

b. La production d'électricité à partir de centrales thermiques à flamme bénéficie des abondantes **ressources en charbon, pétrole et gaz** de la planète. Cependant, ces ressources sont **épuisables**, et **leur combustion dégage des gaz participant à l'effet de serre,** comme le dioxyde de carbone par exemple.
Pour produire de l'électricité, certains pays ont donc opté pour des centrales géothermiques afin de remplacer des centrales thermiques à flamme. Ils utilisent ainsi **des ressources d'énergie renouvelables** et ils **limitent leur dégagement de gaz participant à l'effet de serre**. De plus, ce choix est intéressant au niveau énergétique, car la **puissance électrique** du réacteur d'une centrale géothermique est **équivalente** à celle du réacteur d'une centrale thermique à flamme.

SVT → p. 480

1 La part des sources d'énergies renouvelables est d'**environ 13 Mtep** (Mégatonne équivalent pétrole), alors que la part des énergies non renouvelables est de **plus de 80 Mtep**. Ainsi, **la part des sources d'énergies non renouvelables** dans la production énergétique mondiale est **largement supérieure** à celle des sources d'énergies renouvelables.

2 **a.** En 2005, la production et la consommation mondiales de pétrole **étaient égales** (autour de 80 millions de barils par jour). Depuis 2005, la **consommation** mondiale de pétrole **augmente**, et elle est **supérieure** à la **production** mondiale de pétrole, qui elle **diminue**.
b. Le problème auquel l'être humain est confronté depuis 2015 peut être formulé de la manière suivante : comment couvrir les **besoins énergétiques croissants** de l'humanité, alors que la production mondiale de pétrole diminue ?

L'astuce du prof
Une comparaison doit s'appuyer sur des valeurs chiffrées les plus précises possibles.

3 Les trois objectifs de la transition énergétique sont :
– permettre une **croissance verte** ;
– renforcer l'**indépendance énergétique** de la France ;
– **augmenter de 50 %** la capacité des énergies renouvelables.
L'augmentation de la part des sources d'énergies renouvelables permet une croissance verte, car elle réduit le recours aux **combustibles fossiles** dont l'utilisation est **polluante** pour l'environnement. De plus, contrairement aux combustibles fossiles, les sources d'énergies renouvelables sont **disponibles en France**, ce qui permet d'accroitre l'indépendance énergétique du pays. Enfin, les ressources de pétrole, de gaz et de charbon **seront épuisées** dans un peu plus d'**un siècle**. Il faut donc augmenter la part des sources d'énergies renouvelables pour anticiper l'épuisement des sources d'énergies non renouvelables.

L'astuce du prof
Argumenter, c'est donner des raisons, des preuves ou des indices qui permettent d'appuyer une affirmation.

Corrigés des Quiz

MATHÉMATIQUES

p. 13

1. $\frac{1}{3} - 1 = \frac{1}{3} - \frac{3}{3} = -\frac{2}{3}$.
$-0,67$ est une valeur approchée du résultat. Ce n'est pas une valeur exacte.
Réponse : ☒ $-\frac{2}{3}$.

2. $\frac{1}{2} + \frac{1}{3} = \frac{3}{6} + \frac{2}{6} = \frac{5}{6}$.
Réponse : ☒ $\frac{5}{6}$.

3. $3 - \frac{1}{4} = \frac{12}{4} - \frac{1}{4} = \frac{11}{4}$.
$\frac{7}{4} + 1 = \frac{7}{4} + \frac{4}{4} = \frac{11}{4}$.
Réponses : ☒ $\frac{11}{4}$ et ☒ $\frac{7}{4} + 1$.

4. $\frac{2}{5} - \left(\frac{3}{10} + \frac{1}{10}\right) = \frac{2}{5} - \frac{4}{10} = \frac{4}{10} - \frac{4}{10} = 0$.
Réponse : ☒ Nul.

5. $2 - 3 \times \frac{6}{5} = 2 - \frac{3 \times 6}{1 \times 5} = 2 - \frac{18}{5} = \frac{2 \times 5}{1 \times 5} - \frac{18}{5} = \frac{10}{5} - \frac{18}{5} = -\frac{8}{5}$.
Réponse : ☒ $-\frac{8}{5}$.

6. $5^{-1} = \frac{1}{5} = 0,2$
Réponses : ☒ $\frac{1}{5}$ et ☒ 0,2.

7. $\left(\frac{1}{3}\right)^2 = \frac{1^2}{3^2} = \frac{1}{9}$
Réponse : ☒ $\frac{1}{9}$.

8. $35 \times 10^{-4} = 3,5 \times 10^1 \times 10^{-4} = 3,5 \times 10^{-3}$.
35×10^{-4} n'est pas une écriture scientifique car 35 n'est pas compris entre 1 et 10.
Réponse : ☒ $3,5 \times 10^{-3}$.

9. $2^3 = 2 \times 2 \times 2 = 8$
Réponse : ☒ 8.

10. $5^{-2} = \frac{1}{5^2} = \frac{1}{5 \times 5} = \frac{1}{25}$.
Réponse : ☒ $\frac{1}{25}$.

p. 18

1. a est un diviseur de b signifie que le reste de la division de b par a est nul et donc qu'il existe un entier q tel que $b = a \times q$.
On peut aussi dire que b est un multiple de a.
Réponse : ☒ b est un multiple de a.

2. a est un multiple de b signifie que le reste de la division de a par b est nul et donc qu'il existe un entier q tel que $a = b \times q$.
On peut aussi dire que b est un diviseur de a.
Réponses : ☒ Le reste de la division de a par b est nul, ☒ Il existe un entier q tel que $a = b \times q$.

3. Les nombres 23 et 11 sont premiers.
39 n'est pas premier car $39 = 3 \times 13$.
Réponses : ☒ 23 et ☒ 11.

4. 16 admet 1 ; 2 ; 4 ; 8 et 16 comme diviseurs soit 5 diviseurs en tout.
Réponse : ☒ 5 diviseurs.

5. $54 = 9 \times 6$; $54 = 1 \times 54$; mais 54 n'est pas « dans la table » de 108.
54 est un diviseur de 108.
Réponses : ☒ 6 et ☒ 4.

6. $(2\sqrt{3})^2 = 2^2 \times (\sqrt{3})^2 = 4 \times 3 = 12$.
Réponse : ☒ 12.

7. $\sqrt{9} + \sqrt{16} = 3 + 4 = 7$
Réponse : ☒ 7.

8. $\frac{35}{91}$ n'est pas une fraction irréductible car 35 et 91 sont tous les deux des multiples de 7.
$\frac{33}{12}$ n'est pas une fraction irréductible car 33 et 12 sont tous les deux des multiples de 3.
Réponse : ☒ $\frac{77}{9}$.

9. $\frac{258}{450}$ n'est pas une fraction irréductible car 258 et 450 sont tous les deux des multiples de 2.
$\frac{35}{21}$ n'est pas une fraction irréductible car 35 et 21 sont tous les deux des multiples de 7.
Réponse : ☒ $\frac{46}{51}$.

p. 23

1. $2 - (-x + 3) = 2 + x - 3 = x + 2 - 3 = x - 1$
Réponse : ☒ $x - 1$.

2. $(-4x + 1)(2x - 3) = -4x \times 2x + 4x \times 3 + 1 \times 2x - 1 \times 3$
$= -8x^2 + 12x + 2x - 3$
$= -8x^2 + 14x - 3$
Réponse : ☒ $-8x^2 + 14x - 3$.

3. Pour $x = -2$,
- $4 - x^2 = 4 - (-2)^2 = 4 - (-2) \times (-2) = 4 - 4 = 0$
- $x^2 + 4 = (-2)^2 + 4 = 4 + 4 = 8 \neq 0$
- $(2x + 4)(x - 1) = (2 \times (-2) + 4)(-2 - 1)$
  $= (-4 + 4)(-2 - 1) = 0 \times (-3) = 0$

Réponses : ☒ $16 - 4x^2$ et ☒ $(2x + 4)(x - 1)$.

4. $3(x - 7) = 3 \times x - 3 \times 7 = 3x - 21$.
Réponse : ☒ $3x - 21$.

5. $6x - 18 = 6 \times x - 6 \times 3 = 6 \times (x - 3)$
ou $6x - 18 = 3 \times 2x - 3 \times 6 = 3 \times (2x - 6)$
Réponses : ☒ $3(2x - 6)$ et ☒ $6(x - 3)$.

6. $8x^2 + 5x = 8 \times x \times x + 5 \times x = (8 \times x + 5) \times x = x(8x + 5)$.
Réponse : ☒ $x(8x + 5)$.

7. La différence de deux carrés $a^2 - b^2$ se factorise en $(a + b)(a - b)$.
Réponse : ☒ $(a + b)(a - b)$.

8. La somme de deux carrés $a^2 + b^2$ n'est pas une identité remarquable.
Réponse : ☒ n'est pas une identité remarquable.

9. $(2x + 1)(2x - 1)$ est de la forme $(a + b)(a - b)$ qui se développe en $a^2 - b^2$ avec $a = 2x$ et $b = 1$.
$(2x + 1)(2x - 1) = (2x)^2 - 1^2 = 4x^2 - 1$.
Réponse : ☒ $4x^2 - 1$

10. $x^2 - 4 = x^2 - 2^2 = (x + 2)(x - 2)$
De plus, $x - 2 = -2 + x$ d'où $x^2 - 4 = (x + 2)(-2 + x)$.
Réponses : ☒ $(x - 2)(x + 2)$ et ☒ $(x + 2)(-2 + x)$.

p. 28

1. $x(x + 3) = 0$ est la seule équation dont le premier membre est un produit de deux facteurs et le second est nul.
Réponse : ☒ $x(x + 3) = 0$.

2. $(3 - x)(2x - 4) = 0$ est une équation produit nul. Un produit de deux facteurs est nul si et seulement si l'un au moins des deux facteurs est nul.

$$3 - x = 0 \quad \text{ou} \quad 2x - 4 = 0$$
$$-x = -3 \quad \text{ou} \quad 2x = 4$$
$$x = 3 \quad \text{ou} \quad x = \frac{4}{2}$$
$$x = 3 \quad \text{ou} \quad x = 2$$

Réponse : ☒ 2 et 3.

3. L'équation $2x - 15 = 4x - 1$ est une équation du premier degré.

$$2x - 15 = 4x - 1$$
$$2x - 4x = -1 + 15$$
$$-2x = 14$$
$$x = \frac{14}{-2} = -7$$

Réponses : ☒ un nombre entier et ☒ -7.

4. En multipliant par 2 chacun des membres de l'équation, on obtient : $2 \times \frac{x}{2} = 1 \times 2$, soit $x = 2$.
On en déduit que l'équation a une solution : 2.
Réponse : ☒ 2.

5. **Réponse :** ☒ Vrai. En effectuant un produit en croix, l'équation s'écrit $2 \times x = 3 \times x$ soit $3x - 2x = 0$, c'est-à-dire $x = 0$.
L'équation a donc une unique une solution : 0.

6. Pour $x = -1$:
- $x^2 = (-1)^2 = (-1) \times (-1) = 1$.
- $3x + 1 = 3 \times (-1) + 1 = -3 + 1 = -2$ et $2x = 2 \times (-1) = -2$.
- $(x + 1) \times (2x - 3) = (-1 + 1) \times (2 \times (-1) - 3) = 0 \times (-5) = 0$.

Donc le nombre (-1) vérifie les trois égalités.
Réponses : ☒ $x^2 = 1$ ☒ $3x + 1 = 2x$ ☒ $(x + 1)(2x - 3) = 0$.

7. Comme $4 > 0$ l'équation $x^2 = 4$ a deux solutions :
$x = \sqrt{4} = 2$ et $x = -\sqrt{4} = -2$.
Réponses : ☒ 2 et ☒ -2.

8.
$$3x = 0$$
$$\frac{3x}{3} = \frac{0}{3} \quad (\div 3)$$
$$x = 0.$$
Réponse : ☒ 0.

9. $a = b + 1$
- On ajoute 2 de chaque côté du signe égal. On obtient : $a + 2 = b + 1 + 2$ soit $a + 2 = b + 3$.
- On divise par 2 de chaque côté du signe égal. On obtient : $\frac{a}{2} = \frac{b + 1}{2}$ soit $\frac{a}{2} = \frac{b}{2} + \frac{1}{2} \neq \frac{b}{2} + 1$.
- On multiplie par 2 de chaque côté du signe égal. On obtient : $2 \times a = 2 \times (b + 1)$ soit $2a = 2 \times b + 2 \times 1$ soit $2a = 2b + 2$.

Réponses : ☒ $a + 2 = b + 3$ et ☒ $2a = 2b + 2$.

10. Si $2a - 3b = 0$
- En multipliant cette égalité par (-1), on obtient : $-1 \times (2a - 3b) = -1 \times 0$ soit $-2a + 3b = 0$.
- si $2a - 3b = 0$: $2a = 3b$ et $a = \frac{3}{2}b$.

Réponses : ☒ $-2a + 3b = 0$ et ☒ $a = \frac{3}{2}b$.

p. 34

1. $f(-2) = (-2)^2 - 4 = 4 - 4 = 0$.
$f(0) = (0)^2 - 4 = 0 - 4 = -4 \neq 0$.
$f(2) = (2)^2 - 4 = 4 - 4 = 0$.
Réponses : ☒ -2 et ☒ -2.

2. **Réponses :** ☒ l'image de 2 par f est -1 ; ☒ le point de coordonnées $(2 ; -1)$ est sur la courbe représentative de f.

3. $x \xmapsto{\text{triple}} 3x \xmapsto{\text{carré}} (3x)^2$
Réponse : ☒ $(3x)^2$.

4. On se place sur l'axe des ordonnées en $y = 1$. Puis on se déplace horizontalement jusqu'à $\mathcal{C}_f$ (des deux côtés de l'axe (Oy)). On peut alors, en descendant verticalement, rejoindre l'axe des abscisses et lire les trois antécédents : -4, -2 et 4.
Réponses : ☒ -4 et ☒ -2.

5. On se place sur l'axe des abscisses en $x = -3$. On monte verticalement pour rejoindre $\mathcal{C}_f$.
On lit alors $f(-3) = 2$.
Réponse : ☒ 2.

6. En se plaçant sur l'axe des ordonnées en $y = -4$ et $y = 5$, et en se déplaçant horizontalement, on ne rencontre pas $\mathcal{C}_f$ (alors qu'en $y = 0$, si).
Réponses : ☒ -4 et ☒ 5.

7. On lit dans le tableau : $f(0) = 2$.
Réponse : ☒ 2.

8. Les antécédents de -1 sont les nombres x tels que $f(x) = -1$.
Dans la première ligne du tableau, on lit : -2 et 5.
Réponse : ☒ au moins deux antécédents.

p. 40

1.
- f est une fonction linéaire, car elle est de la forme $f(x) = ax$ avec $a = -\frac{2}{3}$.
- g est une fonction linéaire, car elle est de la forme $g(x) = ax$ avec $a = -1$.
- h n'est pas une fonction linéaire. Elle n'est pas de la forme $h(x) = ax$ (à cause « du x^2 »).

Réponses : ☒ $f(x) = -\frac{2}{3}x$ et ☒ $g(x) = -x$.

2.
- g est la fonction linéaire de coefficient $-\frac{1}{2}$.

Elle s'écrit donc $g(x) = -\frac{1}{2}x = -0{,}5x$.
- $g(2) = -\frac{1}{2} \times 2 = -1$: l'image de 2 est -1.
- $g(-1) = -\frac{1}{2} \times (-1) = \frac{1}{2}$.

Réponses : ☒ $g(x) = -0{,}5x$ et ☒ par g, l'image de 2 est -1.

3.
- $h(0) = -5 \times 0 = 0 \neq -5$
- $h(-2) = -5 \times (-2) = 10$
- $h(4) = -5 \times 4 = -20 \neq 20$.

Réponse : ☒ $h(-2) = 10$.

4. • Pour $a = 7$ et $b = 5$, on a $5 \times 5 = 25$ et $7 \times 3 = 21$. Or, $25 \neq 21$.
• Pour $a = 3$ et $b = 5$, on a $5 \times 5 = 25$ et $3 \times 3 = 9$. Or, $25 \neq 9$.
• Pour $a = 0{,}75$ et $b = 0{,}45$, on a $5 \times 0{,}45 = 2{,}25$ et $0{,}75 \times 3 = 2{,}25$.
Réponse : ☒ $a = 0{,}75$ et $b = 0{,}45$.

5. $\frac{15}{5} = 3$ et $\frac{21}{7} = 3$ ainsi $\frac{15}{5} = \frac{21}{7}$: 15 et 21 sont dans le ratio 5 : 7.
• $\frac{7}{5} = 1{,}4$ et $\frac{5}{7} \approx 0{,}7$ ainsi $\frac{7}{5} \neq \frac{5}{7}$: 7 et 5 ne sont pas dans le ratio 5 : 7.
• $\frac{50}{5} = 10$ et $\frac{70}{7} = 10$ ainsi $\frac{50}{5} = \frac{70}{7}$: 50 et 70 sont dans le ratio 5 : 7.
Réponses : ☒ $a = 15$ et $b = 21$ et ☒ $a = 50$ et $b = 70$.

6. Pour augmenter une quantité de 5 %, on multiplie celle-ci par $1 + \frac{5}{100} = 1 + 0{,}05 = 1{,}05$.
Réponses : ☒ $1 + \frac{5}{100}$ et ☒ 1,05.

7. Diminuer une quantité de t % revient à la multiplier par $1 - \frac{t}{100}$.
Pour $t = 10$, on obtient $1 - \frac{10}{100} = 1 - 0,1 = 0,9$.
Réponse : ☒ 0, 9.

8. 30 % = 0,3. Prendre 30 % d'une quantité revient à la multiplier par 0,3.
Réponse : ☒ 0,3.

9. La relation liant le coefficient multiplicateur CM et le taux d'évolution T est $CM = 1 + T$.
On cherche T de façon que $0,98 = 1 + T$, soit $T = 0{,}98 - 1 = -0{,}02 = -2$ %.
Réponse : ☒ la diminue de 2 %.

10. Comme pour la question précédente, on cherche T de façon que $0{,}5 = 1 + T$, soit $T = 0{,}5 - 1 = -0{,}5 = -50$ %.
De plus, multiplier par 0,5 revient à diviser par 2.
Réponses : ☒ la divise par 2 et ☒ la diminue de 50 %.

p. 45

1. • Le triple de x auquel on retranche 4 est $3x - 4$, qui est bien de la forme $ax + b$ avec $a = 3$ et $b = -4$.
• La moitié de x, à laquelle on ajoute 1 donne :
$\frac{x}{2} + 1 = \frac{1}{2}x + 1$. Cette expression est de la forme $ax + b$ avec $a = \frac{1}{2}$ et $b = 1$.
• Son carré auquel on ajoute 1 est $x^2 + 1$, qui n'est pas affine à cause de x^2.
Réponses : ☒ son triple auquel on retranche 4 ; ☒ sa moitié à laquelle on ajoute 1.

2. $f(x) = \frac{x-8}{2} = \frac{1x}{2} - \frac{8}{2} = \frac{1}{2}x - 4 = \frac{1}{2}x + (-4)$.
$f(x) = ax + b$ avec $a = \frac{1}{2}$ et $b = -4$.
Réponse : ☒ $a = \frac{1}{2}$.

3. **Réponse :** ☒ $b = -4$.

4. $f(0) = \frac{0-8}{2} = \frac{1x}{2} - \frac{8}{2} = \frac{1}{2}x - 4$. **Réponse :** ☒ -4.

5. L'antécédent de 0 par g est le nombre x qui vérifie $g(x) = 0$, soit $5 - x = 0$. **Réponse :** ☒ 5.

6. • $g(0) = 5$, donc $\mathcal{D}$ passe par le point de coordonnées (0 ; 5).
• $g(5) = 5 - 5 = 0$; donc $\mathcal{D}$ passe aussi par (5 ; 0).
Réponses : ☒ (0 ; 5) ; ☒ (5 ; 0).

7. $g(x) = 5 - x = -1x + 5$. Donc $a = -1$.
Réponse : ☒ $a = -1$.

8. On identifie le coefficient de proportionnalité a entre les x et les $g(x)$: a = 2.
On utilise la propriété : $g(x_2) - g(x_1) = a(x_2 - x_1)$.
Si les x augmentent de 3, c'est-à-dire si $(x_2 - x_1) = 3$, alors $a(x_2 - x_1) = 2 \times 3 = 6$.
Ce qui s'écrit encore : $g(x_2) - g(x_1) = 6$: les images $g(x)$ augmentent de 6.
Réponse : ☒ 6.

9. • f_1 n'est pas une fonction affine car le x est au dénominateur.
• $f_2(x) = 4x + 0$ est bien de la forme $ax + b$, avec a = 4 et b = 0 (c'est une fonction linéaire).
• $f_3(x) = 4 - \frac{7}{3}x = -\frac{7}{3}x + 4$ est bien de la forme $ax + b$, avec $a = -\frac{7}{3}$ et b = 4.
Réponses : ☒ $f_2(x) = 4x$ et ☒ $f_3(x) = 4 - \frac{7}{3}x$.

p. 50

1. La moyenne des 7 termes de S est :
$$\frac{x_1 + x_2 + x_3 + x_4 + x_5 + x_6 + x_7}{7}$$
Réponse : ☒ $\frac{x_1 + x_2 + x_3 + x_4 + x_5 + x_6 + x_7}{7}$.

2. Dans une série de 7 termes, le 4e partage la série en deux « sous-séries » de même effectif. C'est la définition de la médiane.

$$\underbrace{x_1 \; x_2 \; x_3}_{3 \text{ termes}} \; \boxed{x_4} \; \underbrace{x_5 \; x_6 \; x_7}_{3 \text{ termes}}$$

Réponse : ☒ x_4.

3. $x_7 - x_1$ est la différence entre les deux valeurs extrêmes de la série. C'est la définition de l'étendue.
Réponse : ☒ l'étendue.

4. Le nombre x_2 apparaît une fois dans une liste de 7 nombres. Sa fréquence d'apparition est $\frac{1}{7}$.
Réponse : ☒ $\frac{1}{7}$.

5. La série S devient : $x_1, x_2, x_3, x_4, x_5, x_6, 10x_7$.
• La médiane reste inchangée et est toujours le terme « central », soit x_4.
• La nouvelle moyenne vaut :
$$\frac{x_1 + x_2 + x_3 + x_4 + x_5 + x_6 + 10x_7}{7}$$
• La nouvelle étendue vaut : $10x_7 - x_1$.
Réponses : ☒ la moyenne et ☒ l'étendue.

6. Le nombre 19 apparaît 1 fois dans la liste des 10 nombres.
La fréquence f correspondante vaut $f = \frac{1}{10} = 0{,}1 = \frac{10}{100} = 10$ %.
Réponses : ☒ 10% et ☒ $\frac{1}{10}$.

7. Le nombre 8 apparaît 2 fois dans la liste des 10 nombres.
La fréquence f correspondante vaut $f = \frac{2}{10} = \frac{2 \times 1}{2 \times 5} = \frac{1}{5} = 0{,}2$.
Réponses : ☒ 0,2 et ☒ $\frac{1}{5}$.

8. La valeur moyenne des 10 termes de S vaut :
$$\frac{4 + 2 \times 8 + 9 + 11 + 16 + 17 + 18 + 19 + 30}{10} = \frac{140}{10} = 14$$
Réponse : ☒ 14.

9. Les valeurs de S vont de 4 à 30. L'étendue de S vaut donc : $30 - 4 = 26$.
Réponse : ☒ 26.

10. S compte 10 termes, soit un nombre pair de termes. Sa médiane est donc la demi-somme des deux termes « centraux », soit des 5ᵉ et 6ᵉ termes. D'où Me $= \frac{11 + 16}{2} = 13{,}5$.
Réponse : ☒ 13,5.

p. 54

1. Réponses : ☒ décimale ; ☒ de fraction ; ☒ de pourcentage.

2. • $0 < \frac{17}{20} < 1$, donc $\frac{17}{20}$ peut être une probabilité.
• $\frac{6}{5} > 1$, donc $\frac{6}{5}$ ne peut pas être une probabilité.
• $-\frac{1}{4} < 0$, donc $-\frac{1}{4}$ ne peut pas être une probabilité.

Réponse : ☒ $\frac{17}{20}$.

3. Réponse : ☒ impossible.

4. Si deux événements A et B sont contraires, alors $p(\mathrm{A}) + p(\mathrm{B}) = 1$, ou encore $p(\mathrm{A}) = 1 - p(\mathrm{B})$.
Réponses : ☒ $p(\mathrm{A}) + p(\mathrm{B}) = 1$ et ☒ $p(\mathrm{A}) = 1 - p(\mathrm{B})$.

5. • Obtenir le chiffre 3 est bien un résultat possible donc une issue de l'expérience.
• Obtenir pile ne peut pas être une issue (il n'y a pas de face notée pile).
• Obtenir un nombre pair n'est pas une issue. C'est un événement composé de 3 issues : 2, 4 et 6.
Réponse : ☒ obtenir le chiffre 3.

6. De l'égalité $p(\mathrm{A}) + p(\text{non A}) = 1$, on déduit :
$p(\text{non A}) = 1 - p(\mathrm{A}) = 1 - 0{,}75 = 0{,}25 = \frac{1}{4}$.
Réponses : ☒ 0,25 et ☒ $\frac{1}{4}$.

7. La somme des probabilités dans une expérience aléatoire vaut 1. Donc, dans une expérience aléatoire à deux issues, si l'une des issues a pour probabilité 3,5 % soit 0,035, l'autre a pour probabilité $1 - 0{,}035 = 0{,}965$.
Réponse : ☒ 0,965.

8. Le professeur interroge un élève « au hasard », ce qui signifie qu'il s'agit d'une situation d'équiprobabilité (chaque élève, fille ou garçon, a la même probabilité d'être interrogé). On peut donc utiliser la formule :

$$\frac{\text{nombre d'issues de l'événement}}{\text{nombre total d'issues}}$$

Il y a 12 garçons dans la classe sur un total de 30 élèves, donc la probabilité que le professeur interroge un garçon est $\frac{12}{30}$ soit $\frac{2}{5} = 0{,}4 = 40$ %.

Réponses : ☒ 0,4 et ☒ 40 %.

p. 58

1. • Le triangle ABC est isocèle en A car AB = AC.
• [BC] est un diamètre du cercle et A est un point de ce cercle. Donc le triangle ABC est rectangle en A.
Réponses : ☒ rectangle et ☒ isocèle.

2. Le triangle ABC étant rectangle en A, on peut appliquer le théorème de Pythagore :
$\mathrm{AB}^2 + \mathrm{AC}^2 = \mathrm{BC}^2$
$4^2 + 4^2 = \mathrm{BC}^2$
$\mathrm{BC}^2 = 16 + 16 = 32$, d'où $\mathrm{BC} = \sqrt{32}$.
Le rayon est $\mathrm{OA} = \mathrm{BC} : 2 = \sqrt{32} : 2 \approx 2{,}8$.
Réponse : ☒ environ 2,8.

3. • 8 étant la plus grande longueur, si le triangle est rectangle, 8 est la longueur de l'hypoténuse.
$8^2 = 64$ et $3^2 + 5^2 = 9 + 25 = 34$; $8^2 \neq 3^2 + 5^2$, donc d'après la contraposée du théorème de Pythagore, le triangle n'est pas rectangle.
• Les trois longueurs étant différentes, le triangle ne peut pas être isocèle.
Réponse : ☒ quelconque.

4. • Dans le triangle ABH rectangle en H, [AB] est l'hypoténuse.
• Dans le triangle BHC rectangle en H, [BC] est l'hypoténuse.
• Dans le triangle ABC rectangle en B, [AC] est l'hypoténuse.
Réponses : ☒ [AB] ; ☒ [BC] ; ☒ [AC].

5. • Dans le triangle ABH rectangle en H,
$\sin \widehat{\mathrm{A}} = \frac{\text{côté opposé à } \widehat{\mathrm{A}}}{\text{hypoténuse}} = \frac{\mathrm{BH}}{\mathrm{AB}}$.
• Dans le triangle ABC rectangle en B,
$\sin \widehat{\mathrm{A}} = \frac{\text{côté opposé à } \widehat{\mathrm{A}}}{\text{hypoténuse}} = \frac{\mathrm{BC}}{\mathrm{AC}}$.
Réponses : ☒ $\frac{\mathrm{BH}}{\mathrm{AB}}$ et ☒ $\frac{\mathrm{BC}}{\mathrm{AC}}$.

6. Dans le triangle ABC rectangle en B,
$\tan \widehat{\mathrm{C}} = \frac{\text{côté opposé à } \widehat{\mathrm{C}}}{\text{côté adjacent à } \widehat{\mathrm{C}}} = \frac{\mathrm{AB}}{\mathrm{BC}}$.
Réponse : ☒ $\frac{\mathrm{AB}}{\mathrm{BC}}$.

7. Dans ABC rectangle en B, [AC] est l'hypoténuse.
• Relativement à l'angle $\widehat{\mathrm{A}}$, [AB] est le côté adjacent.
$\frac{\mathrm{AB}}{\mathrm{AC}} = \frac{\text{côté adjacent à } \widehat{\mathrm{A}}}{\text{hypoténuse}}$. C'est la définition de $\cos \widehat{\mathrm{A}}$.
• Relativement à l'angle $\widehat{\mathrm{C}}$, [AB] est le côté opposé.
$\frac{\mathrm{AB}}{\mathrm{AC}} = \frac{\text{côté opposé à } \widehat{\mathrm{C}}}{\text{hypoténuse}}$. C'est la définition de $\sin \widehat{\mathrm{C}}$.
Réponses : ☒ $\cos \widehat{\mathrm{A}}$ et ☒ $\sin \widehat{\mathrm{C}}$.

8. Dans le triangle ABC rectangle en B,
$\tan \widehat{\mathrm{A}} = \frac{\text{côté opposé à } \widehat{\mathrm{A}}}{\text{côté adjacent à } \widehat{\mathrm{A}}} = \frac{\mathrm{BC}}{\mathrm{AB}}$
$\tan \widehat{\mathrm{C}} = \frac{\text{côté opposé à } \widehat{\mathrm{C}}}{\text{côté adjacent à } \widehat{\mathrm{C}}} = \frac{\mathrm{AB}}{\mathrm{BC}}$.
$\frac{\mathrm{BC}}{\mathrm{AB}}$ est l'inverse de $\frac{\mathrm{AB}}{\mathrm{BC}}$ soit $\tan \widehat{\mathrm{A}} = \frac{1}{\tan \widehat{\mathrm{C}}}$.
Réponse : ☒ $\frac{1}{\tan \widehat{\mathrm{C}}}$.

p. 63

1. • On a $\mathrm{EC} = \mathrm{AC} - \mathrm{AE} = 6 - x \neq 6 + x$.
$\mathrm{BD} = \mathrm{AB} - \mathrm{AD} = 5 - 2 = 3$.
Les droites (AB) et (AC) sont sécantes en A.
De plus, (DE) // (BC).
On peut donc utiliser le théorème de Thalès.
Réponses : ☒ BD = 3 et ☒ on peut utiliser le théorème de Thalès.

2. Les droites (AB) et (AC) sont sécantes en A.
De plus, (DE) // (BC).
On en déduit d'après le théorème de Thalès que :

$$\frac{\mathrm{AD}}{\mathrm{AB}} = \frac{\mathrm{AE}}{\mathrm{AC}} = \frac{\mathrm{DE}}{\mathrm{BC}} \quad \text{ou} \quad \frac{\mathrm{AB}}{\mathrm{AD}} = \frac{\mathrm{AC}}{\mathrm{AE}} = \frac{\mathrm{BC}}{\mathrm{DE}}.$$

Dans la première égalité de quotients, les longueurs du petit triangle sont au numérateur. Dans la seconde, elles sont au dénominateur.
Réponses : ☒ $\frac{\mathrm{AD}}{\mathrm{AB}} = \frac{\mathrm{AE}}{\mathrm{AC}}$ et ☒ $\frac{\mathrm{AC}}{\mathrm{AE}} = \frac{\mathrm{BC}}{\mathrm{DE}}$.

3. • Il s'agit d'une configuration de Thalès.
Le triangle ABC est un agrandissement du triangle ADE. On en déduit que les longueurs du triangle ADE sont proportionnelles à celles du triangle ABC.
• Dans le tableau, les longueurs du triangle ABC sont dans la première ligne et celles du triangle ABC dans la seconde. C'est donc un tableau de proportionnalité.
• D'après la première colonne du tableau de proportionnalité, on passe de la première ligne à la seconde en multipliant par 2,5 (en effet, $2 \times 2{,}5 = 5$). Donc les longueurs du triangle ABC sont deux fois et demie plus grandes que celles du triangle ADE.
Réponses : ☒ les longueurs du triangle ADE sont proportionnelles à celles du triangle ABC ;
☒ le tableau est un tableau de proportionnalité ;
☒ les longueurs du triangle ABC sont deux fois et demie plus grandes que celles du triangle ADE.

4. D'après le théorème de Thalès :
$$\frac{AD}{AB} = \frac{AE}{AC} = \frac{DE}{BC} \text{ soit } \frac{2}{5} = \frac{x}{6} = \frac{3}{y}.$$
• $\frac{2}{5} = \frac{3}{y}$, donc $2 \times y = 3 \times 5$, soit $y = \frac{15}{2} = 7{,}5$.
• $\frac{2}{5} = \frac{x}{6}$, donc $5 \times x = 2 \times 6$, soit $x = \frac{12}{5} = 2{,}4$.
• On a $xy = 7{,}5 \times 2{,}4 = 18$.
Réponses : ☒ $y = 7{,}5$; ☒ $x = 2{,}4$; ☒ $xy = 18$.

5. Les droites (FB) et (FC) sont sécantes en F.
Les points F, K, B d'une part et F, I, C d'autre part sont alignés dans le même ordre.
De plus : $\frac{FK}{FB} = \frac{5{,}2}{9{,}1} = \frac{52}{91} = \frac{13 \times 4}{13 \times 7} = \boxed{\frac{4}{7}}$
et $\frac{FI}{FC} = \frac{7{,}2}{7{,}2 + 5{,}4} = \frac{7{,}2}{12{,}6} = \frac{72}{126} = \frac{18 \times 4}{18 \times 7} = \boxed{\frac{4}{7}}$
On a donc $\frac{FK}{FB} = \frac{FI}{FC}$. D'après la réciproque du théorème de Thalès, les droites (IK) et (BC) sont parallèles.
Réponse : ☒ parallèles.

6. M et N sont de part et d'autre du point O. Donc le rapport k de l'homothétie est négatif.
De plus, OM = 4 et ON = 2. Soit $\frac{ON}{OM} = \frac{2}{4} = \frac{1}{2}$. D'où $k = -\frac{1}{2}$.
Réponse : ☒ $-\frac{1}{2}$.

p. 69

1. • [CH] est une diagonale du carré DCGH.
• [CF] est une diagonale du carré GCBF.
• [FH] est une diagonale du carré HEFG.
La longueurs des côtés des carrés DCGH, GCBF, HEFG sont égales (à l'arête du cube).
Le triangle HCF a donc ses 3 côtés de même longueur : il est équilatéral. Chacun de ses angles mesure 60°.
Réponse : ☒ 60°.

2. • CDHG est un carré. Donc $\widehat{CGH} = 90°$.
CGH est rectangle (donc pas équilatéral).
• CG = HG. Donc le triangle CGH est aussi isocèle.
Réponses : ☒ rectangle ;
☒ isocèle.

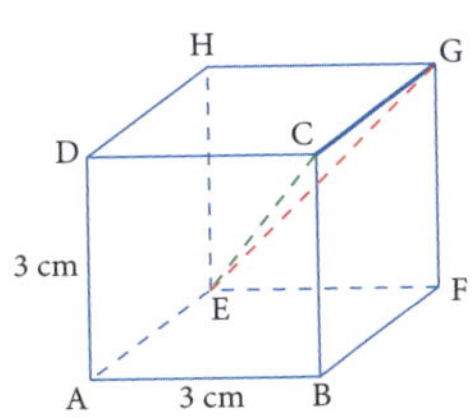

3. • Les longueurs CG, GE et CE ne sont pas égales (arête du cube, diagonale d'une face et diagonale du cube). Donc le triangle n'est ni isocèle, ni équilatéral.
• Les droites (CG) et (GE) sont perpendiculaires, donc le triangle est rectangle.
Réponse : ☒ rectangle.

4. Le triangle CHG est rectangle en G.
Donc, d'après le théorème de Pythagore :
$$CG^2 + GH^2 = CH^2$$
$$3^2 + 3^2 = CH^2$$
$$9 + 9 = CH^2$$
$$18 = CH^2$$
Donc $CH = \sqrt{18} = \sqrt{9 \times 2} = \sqrt{9} \times \sqrt{2} = 3\sqrt{2}$.
Réponse : ☒ $3\sqrt{2}$.

5. La section est le quadrilatère CHEB, dans lequel :
CH = BE ; HE = CB ; (HE) ⊥ (EB).
On en déduit que CHEB est un rectangle.
Réponse : ☒ un rectangle.

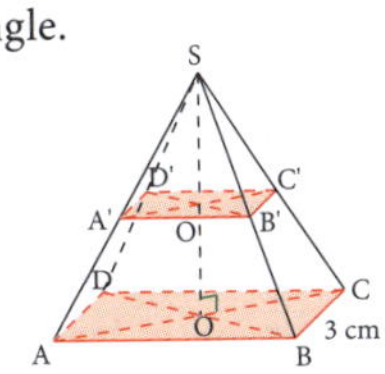

6. La hauteur d'une pyramide est orthogonale à sa base. Ce n'est le cas ni pour [SA] ni pour [SC]. La hauteur de la pyramide est [SO].
Réponse : ☒ [SO].

7. La section d'une pyramide par un plan parallèle à sa base est un polygone de même nature que le polygone de base. La base de la pyramide est un rectangle. La section est donc un rectangle. Un rectangle est un parallélogramme.
Réponses : ☒ un rectangle ; ☒ un parallélogramme

8. La section est une réduction de la base.
Le coefficient de réduction est $k = \frac{SO'}{SO} = \frac{3}{5}$.
Les longueurs sont donc multipliées par $\frac{3}{5}$.
Ainsi, $B'C' = \frac{3}{5} \times BC = \frac{3}{5} \times 3 = \frac{9}{5} = 1{,}8$ cm.
Réponse : ☒ 1,8 cm.

9. ABCD est un agrandissement de A'B'C'D' de rapport $k' = \frac{1}{k} = \frac{SO}{SO'} = \frac{5}{3}$.
$k'^2 = \left(\frac{5}{3}\right)^2 = \frac{25}{9}$.
Donc : $\text{Aire(ABCD)} = \frac{25}{9} \times \text{Aire(A'B'C'D')}$.
Réponse : ☒ $\frac{25}{9} \times \text{Aire(A'B'C'D')}$.

p. 74

1. Le son parcourt 343 mètres en une seconde.
343 m = 0,343 km ; 1 h = 60 min = 60 × 60 s = 3 600 s.
En 1 heure, le son parcourt 0,343 × 3 600 = 1 234,8 km.
Réponse : ☒ $v_S \approx 1\,234$ km/h.

2. $\text{Vitesse moyenne} = \frac{\text{distance parcourue}}{\text{durée de parcours}}$, soit $v = \frac{d}{t}$.
$v_S = 343$ m/s et $d = 3{,}2$ km $= 3\,200$ m.
On a : $343 = \frac{3\,200}{t}$. D'où : $t = \frac{3\,200}{343}$, soit $t \approx 9{,}3$ s.
Réponse : ☒ $t \approx 9$ s.

3. On utilise $v = \frac{d}{t}$ avec $v = 343$ m/s et $t = 3$ s.
L'orage se situe à une distance d telle que : $343 = \frac{d}{3}$.
On en déduit : $d = 343 \times 3$ soit $d = 1\,029$ m ≈ 1,029 km.
Réponse : ☒ entre 1 et 2 km.

4. La valeur exacte du volume $\mathcal{V}$ d'une boule de rayon $r = 3$ est : $\mathcal{V} = \frac{4}{3}\pi r^3 = \frac{4}{3} \times \pi \times 3^3 = 36\pi$.
Réponse : ☒ 36π.

CORRIGÉS DES QUIZ

5. La valeur exacte de l'aire $\mathcal{A}$ d'une boule de rayon $r = 3$ est : $\mathcal{A} = 4\pi r^2 = 4 \times \pi \times 3^2 = 36\pi$.
Réponse : ☒ 36π.

6. • Le volume d'un cône de révolution de hauteur h et de rayon de base r est : $\frac{1}{3} \times \pi r^2 \times h$.
Or πr^2 est l'aire du disque de base.
• Le volume d'une pyramide de hauteur h est :
$\frac{1}{3} \times$ aire de la base $\times h$.
• En revanche, le volume d'un prisme droit de hauteur h est : aire de la base $\times h$.
Réponses : ☒ d'un cône de révolution et ☒ d'une pyramide.

7. • Le pavé S_1 a pour volume :
$\ell \times L \times h = 2\sqrt{2} \times 2 \times \sqrt{2} = 4 \times 2 = 8$.
• Le cube S_2 a pour volume $c^3 = 2^3 = 2 \times 2 \times 2 = 8$.
• La pyramide S_3 a pour volume :
$\frac{1}{3} \times \mathcal{A}_{\text{base}} \times \text{hauteur} = \frac{1}{3} \times \frac{(2 \times 3)}{2} \times 4 = \frac{1}{3} \times 3 \times 4 = 4$.
Réponses : ☒ le parallélépipède S_1 et ☒ le cube S_2.

FRANÇAIS

p. 87

1. b. Article défini contracté mis pour *de les*. **2. b.** Épithète détachée, précédée d'une virgule. **3. a. 4. a.** *très rapide* est un superlatif absolu, sans complément. Le groupe à l'infinitif est donc complément du nom *façon*. **5. b.** La proposition subordonnée complétive est COD du verbe *attend*. **6. a.** Le pronom relatif est complément du nom *titre* ; seul le pronom *dont* peut prendre cette fonction.

p. 93

1. a. 2. a. 3. b. 4. a. La cause (*arriver en retard*) précède la conséquence (*manquer le début du spectacle*) dans le déroulement chronologique des événements. **5. b.** *pour Strasbourg* introduit ici un CC de lieu et non de but. **6. b.** Si + imparfait dans la proposition subordonnée commande le conditionnel présent dans la proposition principale.

p. 99

1. b. Elle se termine par un point. **2. a.** La réponse est *oui* ou *non*. **3. a.** La phrase à la forme neutre serait : *tu me l'apprends*. **4. b.** La proposition subordonnée relative commence avec le mot subordonnant, ici le pronom *que*.

p. 105

1. b. Le verbe s'accorde avec le sujet *toi* et *moi*, donc 1re personne du pluriel. **2. a.** Accord du verbe avec le sujet *il*. **3. b.** L'adjectif de couleur est suivi d'un autre adjectif, donc pas d'accord. **4. a.** L'adjectif *demi* est placé après le nom *baguette*, donc il s'accorde avec celui-ci. **5. b.** Le verbe est essentiellement pronominal, donc accord avec le sujet. **6. a.** Participe passé employé avec l'auxiliaire *être*, accord avec le sujet *ils*.

p. 111

1. a. Verbe être (on peut remplacer par : Tu t'*étais* trompé). **2. b.** *ses* est un déterminant possessif (on peut remplacer par : Il aime beaucoup *tes* grands-parents). **3. b.** On peut remplacer par : Elle l'*avait* battu aux cartes. **4. b.** On peut remplacer par : Soudain *nous prîmes* peur et *nous tremblâmes*, formes du passé simple, donc *-ai*. **5. b.** On peut remplacer par : *Tu travailleras* demain, forme du futur, donc *-rai*. **6. a.** On peut remplacer par : *Les personnes* qui ne sont pas d'accord…, donc *Ceux*, pronom démonstratif pluriel.

p. 118

1. a. Verbe en *-indre*, donc terminaison en *-t*. **2. b.** Un seul *-t* devant *-ons*. **3. a.** Les verbes en *-ier* gardent le *e* de l'infinitif au futur simple, même s'il ne s'entend pas. **4. b.** Les verbes en *-ger* s'écrivent avec un *e* avant *aient*, pour obtenir le son souhaité. **5. b.** Verbe du 1er groupe, terminaison en *-ai*, à la 1re personne du singulier. **6. b.** Passé simple du verbe *voir*.

p. 124

1. b. Conditionnel présent du verbe *crier*. **2. a.** Deux *r* à toutes les personnes du conditionnel présent du verbe *courir*. **3. b.** Impératif présent d'un verbe du 1er groupe ; pas de *s*. **4. a.** Impératif du verbe *avoir*. **5. b.** Verbe *réfléchir*, 2e groupe, au subjonctif présent. **6. a.** La locution conjonctive *avant que* est toujours suivie du subjonctif.

p. 130

1. a. *École* est composé uniquement d'un radical. **2. a.** Une *amourette* est un amour sans importance. Le suffixe est donc un diminutif. **3. b.** *Farouche* est dans cette expression le synonyme de *sauvage*. **4. b.** Ce ne sont pas des antonymes car *nourrisson* est un nom et *âgé* est un adjectif. **5. b.** *Innombrable* est de la famille de *nombre* ; *innommable* est de la famille de *nom*. **6. b.** L'expression est employée au sens figuré pour désigner un sommeil très profond.

p. 135

1. a. On remarque que la langue familière coupe certaines syllabes et n'emploie pas la particule de négation *ne*. **2. b.** Le verbe *ressemble* est l'outil de comparaison. **3. b.** La faucheuse est une personnification traditionnelle de la mort, qui coupe les vies. **4. b.** « Vast(**e**) océan de l'êtr(**e**) où tout va s'engloutir » **5. a.**

p. 141

1. b. C'est une lettre dite « officielle », on n'emploie donc pas de familiarités. **2. b.** Quand on ne connaît pas son destinataire, on doit signer par son nom et son prénom. **3. b.** Le texte précédent est au présent, le verbe de la phrase doit donc être au présent. **4. a.** **5. b.** Il faut donner l'avis contraire puis sa propre opinion.

p. 173

1. b. *Cet empereur* est la périphrase qui convient à Napoléon. **2. b.** *Elle* est la reprise pronominale de *la police*. **3. a.** Il n'y a pas de changement de pronom personnel. Le futur devient un conditionnel, avec un verbe introducteur de paroles au passé. **4. a.** Le passé composé devient un plus-que-parfait, avec un verbe introducteur de paroles au passé. Changement de pronom personnel : *vous* devient *ils*. **5. b.** Cette phrase n'a de sens que par rapport au présent de celui qui parle et qui peut donc ainsi savoir à quel jour correspond *demain*. **6.** L'emploi du passé simple l'indique clairement.

HISTOIRE-GÉOGRAPHIE

p. 166

1. **Faux.** **2.** 1917. **3.** **Vrai.** **4.** 11 novembre 1918.

p. 175

1. L'Allemagne, l'Italie et le Japon. **2.** En 1941. **3.** **Faux.** **4.** Le 18 juin 1940. **5.** Autoritaire et antisémite. **6.** Le CNR. **7.** La France libre et le GPRF. **8.** **Vrai.** **9.** Septembre 1945.

p. 185

1. Le rideau de fer. **2.** D'une négociation pacifique. **3.** La CECA. **4.** BRICS

p. 199

1. 1946. **2.** 1958-1969. **3.** Giscard d'Estaing. **4.** Le secteur tertiaire. **5.** Pendant les Trente Glorieuses. **6.** Un mouvement féministe. **7.** L'avortement.

p. 207

1. **Vrai.** **2.** **Vrai.** **3.** **Faux.** **4.** Montpellier. **5.** **Vrai.** **6.** **Faux.** **7.** **Vrai.**

p. 213

1. Mayotte. **2.** Polynésie française. **3.** Clipperton. **4.** Saint-Bartelemy. **5.** Kerguelen. **6.** Wallis-et-Futuna.

p. 222

1. **Faux** **2.** 28. **3.** **Vrai.** **4.** Commerciale et tertiaire **5.** Un ensemble de très grandes villes.

p. 228

1. 1792. **2.** **Faux.** **3.** Le Royaume Uni est une monarchie parlementaire. **4.** Égalitaire.

p. 236

1. le président et le Premier ministre. **2.** Les associations sont financées par des dons privés, par des subventions des États et par les actions qu'elles organisent. **3.** 1901. **4.** Lui donner de son temps. **5.** Le droit du travail.

p. 242

1. De professionnels. **2.** De sécurité routière, de sécurité civile et des missions humanitaires. **3.** 1945. **4.** De la PESD, du conseil de sécurité de l'ONU et de l'OTAN. **5.** De faire respecter le cessez-le-feu et d'acheminer du matériel humanitaire.

PHYSIQUE-CHIMIE

p. 255

1. a et c. Un corps constitué de **plusieurs espèces** chimiques est un **mélange** et non un corps pur. **2. a et b.** Ce sont les liquides et les gaz qui ne possèdent pas de formes propres. **3. b et c.** **La masse est conservée** dans les changements d'état. **4. a.** La masse volumique est le rapport d'une masse par un volume et s'exprime en unités de masse par unité de volume : **g/L.**

p. 261

1. c. Une molécule est un assemblage de plusieurs atomes. **2. b.** La masse se conserve dans une transformation chimique. **3. a et b.** Le pH de la solution étant inférieur à 7, la solution est acide. Une solution acide contient plus d'ions hydrogène H^+ que d'ions hydroxyde HO^-.

p. 261

1. c. Le nombre de nucléons est la somme du nombre de protons et du nombre de neutrons. On peut donc calculer le nombre de protons par la différence 12 – 6 = 6 ou en utilisant la neutralité électrique de l'atome : il y a autant de protons que d'électrons, soit 6 protons. **2. b.** La théorie du Big Bang ne décrit justement pas l'origine de l'Univers, **mais son évolution après cette origine**. Quant à l'origine du système solaire, elle n'est pas décrite par le Big Bang, mais par un modèle construit sur l'accrétion de matière dans les nébuleuses par effondrement gravitationnel. **3. a et c.** Les étoiles de masse assez faible en fin de vie expulsent une partie de leur matière (et se transforment en naines blanches). Ces gaz atomiques forment des nébuleuses d'où naissent de nouvelles étoiles et de nouveaux systèmes planétaires.

p. 277

1. b. Par définition, la valeur de la vitesse est le rapport de la distance parcourue par la durée correspondante. **2. c.** $P = m \times g$, la valeur du poids est bien égale au produit de la masse de l'objet par l'intensité de la pesanteur.

p. 287

1. b. Le pétrole est une source d'énergie **non renouvelable** car ses stocks sont limités à l'échelle humaine. **2. a.** L'émission de rayonnements par le Soleil et leur absorbtion par un panneau voltaïque est un transfert d'énergie car c'est la même forme d'énergie qui est émise et absorbée. **3. c.** Dans un circuit électrique, les dipôles reliés les uns à la suite des autres sont **en série** : ils forment une seule maille. Si les dipôles sont en dérivation (ou en parallèle), ils forment plusieurs mailles. **4. b.** Les deux lampes sont en dérivation, la tension aux bornes de la première lampe et la tension aux bornes de la deuxième lampe sont donc **égales** d'après la loi d'unicité des tensions dans un circuit à plusieurs mailles. L'appareil de mesure dans ce circuit électrique est un ampèremètre car il est en série avec le générateur. La valeur lue sur cet appareil correspond à l'intensité du courant électrique circulant dans la maille principale contenant le générateur. **5. c.** Si on ajoute une troisième lampe en dérivation dans ce circuit électrique, l'intensité du courant électrique mesurée dans la maille principale contenant le générateur **augmente**. En effet, d'après la loi d'additivité des intensités dans un circuit à plusieurs mailles, l'intensité du courant électrique dans la maille principale est égale à la somme des intensités des courants dans les mailles dérivées.

p. 293

1. b et c. La Lune reflète la lumière du Soleil, elle constitue ainsi un objet diffusant qui n'est pas capable d'émettre de la lumière par lui-même. **2. c.** La lumière se propage en ligne droite dans les milieux transparents et homogènes. **3. a et c.** Les sons ne se propagent que dans un milieu matériel. Ils peuvent ainsi se propager dans les liquides, mais aussi dans les gaz et donc dans l'air.

SVT

p. 303

1. c. La Terre est située à 150 **millions de km du Soleil**. Vénus est la planète plus proche et Neptune la plus lointaine. **2. b.** Ce sont essentiellement des **roches** qui constituent le manteau de la Terre même s'il contient également des métaux. Le manteau s'étend de 70 km de profondeur jusqu'à 2 900 km. **3. c.** Ce sont le manteau et le noyau de la Terre qui produisent son énergie thermique. Celle-ci est bien inférieure à celle reçue du Soleil. Cependant, la libération de cette énergie rend les roches du manteau déformables et **provoque de très lents mouvements** qui entraînent les plaques lithosphériques. **4. a.** Il n'y a pratiquement pas de roches en fusion dans les profondeurs de la Terre (moins de 1 %). La pression très élevée qui règne dans le sous-sol empêche les roches de fondre même si la température est très élevée. **5. c.** Les géologues du monde entier utilisent la même échelle des temps géologiques. La dernière version date de 2016 (elle est révisée tous les 4 ans). Le Précambrien a duré beaucoup plus longtemps que les trois autres ères réunies (presque 4 milliards d'années).

p. 312

1. b et c. L'influence de l'Homme se traduit par les gaz à effet de serre que ses activités rejettent. Il s'agit essentiellement du dioxyde de carbone provenant de combustions et du méthane provenant de la biomasse. **2. b et c.** Le noyau de la Terre produit sa propre chaleur, ce qui le porte à des températures bien supérieures à celles de la surface de la Terre. La surface de la Terre absorbe une partie des radiations solaires et aussi une partie des radiations renvoyées par les gaz à effet de serre. **3. a.** La prévention a lieu avant l'événement ; la protection empêche les dommages et les victimes ; l'atténuation les limite lorsque l'événement est en cours. Pour un séisme par exemple, la prévention consiste à informer la population des zones à risque sismique élevé ; la protection consiste à construire des bâtiments parasismiques ; l'atténuation consiste à appliquer les consignes de sécurité. **4. a.** Le renouvellement des ressources en charbon, pétrole ou gaz a lieu en réalité, mais il nécessite plusieurs millions d'années, ce qui rend ces ressources limitées et épuisables à l'échelle de temps de l'humanité. **5. a, b et c.** La qualité de l'eau influence la biodiversité. En effet, les végétaux et les animaux aquatiques sont très sensibles à la qualité de l'eau dans laquelle ils évoluent (sa teneur en dioxygène, les ions qu'elle contient, sa limpidité, etc.) pour leur respiration, leur alimentation et leur reproduction.

p. 321

1. b et c. En l'absence d'infection gastro-intestinale, toutes les bactéries présentes dans le tube digestif sont bénéfiques pour l'animal qui les héberge. Par exemple, **elles l'aident dans sa digestion**. **2. a et b.** Les feuilles sont percées de trous minuscules à ouverture réglable qui laissent passer les gaz. Elles contiennent également de la chlorophylle qui absorbe une partie de la lumière. L'eau est essentiellement absorbée par les racines. **3. a, b et c.** La photosynthèse permet la production de glucides à partir de l'eau et du CO_2. Ces glucides servent de matériaux de base pour la fabrication des protides et des lipides. **4. a et c.** Une cellule œuf est le résultat de la fusion d'un spermatozoïde et d'un ovule. Chacun de ces gamètes apporte un lot original de chromosomes. L'association de ces chromosomes paternels et maternels est donc originale. **5. b.** Un seul chromosome de chaque paire migre dans le gamète en formation, et cette migration se fait au hasard. Il n'est pas question de taille, car toutes les paires seront représentées dans le gamète.

p. 331

1. a, b et c. La biodiversité se mesure à **différentes échelles**. La plus forte biodiversité est atteinte quand un écosystème contient de nombreuses espèces différentes, composées elles-mêmes de populations différentes, elles-mêmes constituées d'un grand nombre d'individus. **2. b.** La majorité des êtres vivants pluricellulaires (dont les animaux) ont des caryotypes contenant des paires de chromosomes. Ainsi, sur chaque chromosome de la paire, il y a un exemplaire du même gène à la même position. **3. a et b.** Les gènes interviennent dans l'expression de très nombreux caractères visibles (par exemple la couleur des fleurs, du pelage des animaux) ou détectables (par exemple le groupe sanguin). Cependant, l'environnement influe aussi largement sur l'expression d'un grand nombre de caractères (par exemple le changement de la couleur des feuilles en automne ou du pelage des animaux en hiver). **4. c.** Les mutations sont des phénomènes rares et totalement aléatoires. La plupart n'ont aucun effet sur le phénotype, quelques-unes ont des conséquences négatives (par exemple la mutation qui conduit à l'albinisme), et d'autres encore ont des conséquences positives ; c'est la création de nouveaux allèles, sources de diversité génétique. **5. c.** La sélection naturelle s'exerce sur la capacité à survivre et à se reproduire des individus et elle n'a d'effet que sur plusieurs générations. **Or, les changements acquis par un individu au cours de sa vie ne se transmettent pas à la génération suivante.** Les gènes sont présents sous forme d'allèles différents dans une population ; ceux qui confèrent un avantage à leur porteur sont sélectionnés par l'environnement.

p. 339

1. a et b. Le cerveau reçoit en permanence des signaux des organes sensoriels, mais la fréquence de ces signaux augmente pendant un effort. Le cœur a une activité autonome, et son contrôle est exercé par le bulbe rachidien, et non par le cerveau. **2. c.** La réception des messages nerveux est assurée par les centres nerveux ou les organes effecteurs comme les muscles. L'intégration des messages nerveux est assurée par les centres nerveux uniquement. **3. b.** Les glucides contenus dans l'alimentation suffisent à l'approvisionnement du cerveau ; il ne faut pas enrichir son alimentation en sucres. L'alcool perturbe le fonctionnement du cerveau, même à faible dose. **4. b et c.** Le terme psychotrope désigne une substance ayant un effet sur l'activité cérébrale. Certains psychotropes sont des médicaments (par exemple, les somnifères). **5. a. et b.** Les messages nerveux échangés entre les neurones sont bio-électriques et chimiques car ce sont des messages électriques qui se propagent le long des neurones (cellules vivantes) et ce sont des messagers chimiques qui sont transférés dans les synapses.

p. 347

1. c. Les macrophages et les lymphocytes sont des **catégories de leucocytes**. **2. a et b.** Les anticorps **se fixent** en **grand nombre** sur la paroi des bactéries ou des virus, ce qui **rend difficile leur déplacement** et impossible leur multiplication. La **destruction des microbes** est réalisée par les macrophages, qui sont attirés par la fixation des anticorps. **3. a.** Les cellules sexuelles de la femme sont présentes dans les ovaires **avant sa naissance**, mais sous une forme immature. À chaque début de cycle, quelques cellules sexuelles **sont sélectionnées** et commencent leur maturation. Vers le milieu du cycle, **une seule est expulsée au cours de l'ovulation (rarement plus)**. Ce phénomène cyclique se reproduit jusqu'à la ménopause. **4. b.** Les infections sexuellement transmissibles regroupent **toutes les infections à bactéries et à virus transmises par voie sexuelle**, mais il s'agit aussi d'infections qui se transmettent par voie sanguine, ce qui explique la **contamination** de la mère au bébé **en cas de grossesse**. **5. b.** Les pilules contraceptives ou les dispositifs intra-utérin **n'empêchent pas le contact entre les sécrétions** des appareils reproducteurs lors d'un rapport sexuel. Or, les microbes sont présents dans ces sécrétions.

TECHNOLOGIE

p. 358

1. b. Les objets techniques et services sont créés pour répondre à un **besoin**. **2. c.** Le garagiste produit un **service**, il répare les voitures en panne. **3. a.** Quand le besoin est clairement défini, il faut rédiger un **cahier des charges**. **4. b.** La dernière étape du projet est la **réalisation du prototype**. Un ensemble de tests sera alors effectué pour apporter si nécessaire des modifications à l'objet. **5. a.** Un planning prévisionnel permet d'**organiser le projet** dans le temps, c'est-à-dire de vérifier l'avancement des travaux et d'anticiper d'éventuels retards. **6. b.** Pour rechercher des solutions techniques, il est nécessaire d'**effectuer une veille technologique**. Elle consiste à utiliser l'informatique pour lister et comparer les solutions déjà existantes et commercialisées.

p. 366

1. a, b et c. L'évolution des techniques permet de faire évoluer les objets dans de nombreux domaines : **matériaux**, **énergie**, **ergonomie**, **esthétique**. **2. a.** Deux objets sont de la **même famille** s'ils répondent au **même besoin** (par exemple, le vélo et la trottinette sont deux objets de la même famille). **3. c.** Deux objets sont de la **même lignée** s'ils utilisent le **même principe technique** pour répondre au besoin (par exemple, les voitures à moteur essence et les voitures à moteur Diesel font partie de la lignée des véhicules à moteur à explosion). **4. b.** La **rupture technologique** est une **nouvelle technologie** qui apporte des solutions **très différentes** et **plus performantes** à un problème technique déjà existant. **5. a.** La roue est apparue vers 3000 av. J.-C. Les premières roues étaient fabriquées en pierre, en bois ou en terre cuite. **6. a, b et c.** Il faut considérer toutes les étapes du cycle de vie dans l'analyse de l'impact environnemental d'un produit.

p. 374

1. b et c. On appelle système un objet complexe qui possède plusieurs fonctions. Il est créé par l'être humain pour répondre à un besoin. **2. a et c.** Parmi les critères de choix d'une énergie, on retrouve l'autonomie de l'objet, la puissance nécessaire, le coût de l'énergie, l'impact environnemental, la mobilité… **3. a, b et c.** La formabilité, le coût et l'esthétique peuvent faire partie des critères de choix d'un matériau pour un objet. **4. a et b.** La famille des matériaux métalliques est issue de minerais (par exemple le fer, l'aluminium, le cuivre ou le zinc). **5. b.** Dans un système, un flux est un déplacement d'énergie, de matière ou d'informations. Ce flux a une origine, une destination et suit un trajet. **6. b, c et d.** Dans la chaîne d'information, on retrouve dans l'ordre les opérations : « Acquérir », « Traiter » et « Communiquer ». L'opération « Transformer » fait partie de la chaîne d'énergie. **7. c.** Une fonction technique est un sous-ensemble qui réalise une fonction précise dans un système. Par exemple, la fonction technique « stocker des données » est assurée par le disque dur sur un ordinateur.

p. 382

1. a. Un plan est une représentation en 2 dimensions, c'est-à-dire à plat, sans perspective. **2. c.** La surface d'une pièce s'exprime généralement en mètres carrés (m^2). Le centilitre et le mètre cube sont des unités de mesure de volume. **3. a, b et c.** La simulation mécanique permet de simuler de nombreux paramètres tels que la résistance d'une structure ou d'une pièce à un choc, ou sa déformation lorsqu'elle subit un effort. Il est même possible de simuler l'usure liée aux frottements (par exemple pour les engrenages ou les pneus de voiture). **4. a et c.** La simulation électronique permet de simuler le comportement des composants électroniques, mais aussi leur implantation (position) sur une carte électronique. En revanche, elle ne permet pas de simuler l'usure des composants. **5. a.** Un gabarit de contrôle permet de vérifier rapidement la conformité d'une pièce. Il comprend souvent deux marques de « tolérance ». Une fois en position sur le gabarit, la pièce fabriquée doit se trouver entre ces deux marques. **6. c.** La précision d'un pied à coulisse est de 0,01 à 0,02 mm. Cet outil est très utilisé en mécanique pour mesurer les dimensions des pièces et les diamètres de perçage.

p. 390

1. c. Internet est le plus grand réseau informatique du monde. On estime qu'il est composé aujourd'hui de plus de 10 milliards d'appareils connectés (plus de 50 milliards d'ici 2020). **2. b. Un LAN (*Local Area Network*) est un réseau privé.** Les PC du collège sont connectés par un LAN. **3. a et b.** Il existe plusieurs moyens de connexion à un réseau. **Le câble Ethernet et la borne Wi-Fi réalisent cette fonction.** On peut aussi citer d'autres normes de communication sans fil comme la 3G ou le Bluetooth. **4. c. Un serveur fournit un service à un client.** Le client effectue une demande à travers le réseau. Le serveur envoie en réponse des informations au client en suivant un protocole de communication. **5. b. Le routage permet de sélectionner le chemin** le plus adapté à l'établissement d'une communication entre deux périphériques. Dans un réseau maillé comme Internet, lorsqu'un lien est défectueux, le protocole de routage cherche automatiquement un autre chemin disponible. **6. c. Un protocole de communication est un ensemble de règles** fixées pour communiquer. On peut le comparer au langage qui est le protocole de communication entre les hommes.

p. 399

1. c. Un capteur acquiert une grandeur physique et la transforme en une information compréhensible par un ordinateur. **2. b. Un signal logique peut prendre deux valeurs différentes.** Par exemple pour un détecteur de fumée, 0 V signifiera « absence de fumée », et 5 V « présence de fumée ». **3. a. Le processeur est la partie d'une carte**

programmable qui exécute des instructions. La fréquence à laquelle il exécute ces instructions s'exprime en mégahertz ou gigahertz. **4. a. La mémoire informatique permet de stocker des données.** L'unité de la mémoire informatique est le **bit** ou **l'octet** (8 bits = 1 octet). **5. a. Un objet connecté communique avec un réseau**, le plus souvent le réseau Internet. **6. b. Un algorigramme permet de représenter graphiquement un algorithme.** Il se lit de haut en bas, les cases en forme de losange sont des tests logiques, celles en forme de rectangle sont des instructions.

ANGLAIS

p. 407

1. *a.* **2.** Ø. **3.** *any.* **4.** *us.* **5.** *her.*

p. 411

1. ***It's his wand.*** **2.** ***It's her cat.*** **3.** ***It's Lucky Luke's gun.*** **4.** ***smaller than.*** **5.** ***more dangerous than.***

p. 416

1. *go.* **2.** *like.* **3.** *was written.* **4.** *Is... finished.* **5.** *who.* **6.** *that.*

p. 421

1. Incorrecte → C'est l'auxiliaire qui porte le *s* de la 3e personne du singulier, on ne met donc pas de *s* à *like* : *Sherry doesn't like history.* **2. Incorrecte** → C'est l'auxiliaire qui porte le *-ed* du passé sous la forme *did.* Le verbe reste à la base verbale : *They didn't go to the cinema yesterday.* **3. Correcte. 4. Correcte. 5. Incorrecte** → Après un verbe de perception comme *hear*, on utilise la forme V + *-ing* : *I heard them talking on the phone.* **6. Correcte. 7. Incorrecte** → Les adverbes de fréquence se placent toujours après l'auxiliaire *be* : *They are always late.*

p. 425

1. ***am not doing*** → Je me justifie. **2.** ***plays*** → C'est une habitude. **3.** ***Don't be.*** **4.** ***is raining*** → C'est une action en train de se dérouler. **5.** ***is*** → On utilise *be* pour tout ce qui se mesure, comme l'âge ici. **6.** ***haven't got*** → *Have* s'utilise ici comme un auxiliaire, construit avec *got.* **7.** ***are*** → On utilise *be* pour tout ce qui se mesure, comme l'âge ici.

p. 429

1. ***went*** C'est une action datée dans le passé : le prétérit est obligatoire. **2.** ***have lived*** → C'est une action commencée dans le passé qui n'est toujours pas terminée (j'y habite encore). **3.** ***were watching*** → C'est une action qui était en cours à ce moment précis du passé. **4.** ***rang.*** **5.** ***didn't buy.***

p. 434

1. ***will win.*** **2.** ***don't have to*** → C'est une absence d'obligation. **3.** ***must*** C'est une obligation. **4.** ***can't - mustn't. Can't*** et ***mustn't*** sont tous les deux possibles ici, c'est une interdiction. **5.** ***will*** → Je suis certain qu'il me licenciera si je ne finis pas cela.

p. 441

1. ***ankle.*** **2.** ***a short-legged man.*** **3.** ***cellar.*** **4.** ***cook.*** **5.** ***a foreign country.***

p. 448

1. ***a stranger country.*** **2.** ***souvenirs.*** **3.** ***an undocumented.*** **4.** ***standard of living.*** **5.** ***fundamentalism.***

PIX

p. 457

1. b, d, e. 2. Faux. **3.** Faux. **4. a, b, c, d. 5. b.**

p. 459

1. b. 2. d. 3. c. 4. a et e. 5. c.

p. 461

1. b. et d. 2. a. 3. c. 4. a. 5. a et b.

p. 463

1. Faux. **2. a. 3.** Faux. **4. a et d. 5. a, c et d.**

p. 465

1. Faux. **2. a. 3. a. 4. d. 5. c.**

Classification périodique des éléments

Numéro atomique → Z — X ← Symbole de l'élément — Nom

1	2	3	4	5	6	7	8	9	10	11	12	13	14	15	16	17	18
H 1 hydrogène																	He 2 hélium
Li 3 lithium	Be 4 béryllium											B 5 bore	C 6 carbone	N 7 azote	O 8 oxygène	F 9 fluor	Ne 10 néon
Na 11 sodium	Mg 12 magnésium											Al 13 aluminium	Si 14 silicium	P 15 phosphore	S 16 soufre	Cl 17 chlore	Ar 18 argon
K 19 potassium	Ca 20 calcium	Sc 21 scandium	Ti 22 titane	V 23 vanadium	Cr 24 chrome	Mn 25 manganèse	Fe 26 fer	Co 27 cobalt	Ni 28 nickel	Cu 29 cuivre	Zn 30 zinc	Ga 31 gallium	Ge 32 germanium	As 33 arsenic	Se 34 sélénium	Br 35 brome	Kr 36 krypton
Rb 37 rubidium	Sr 38 strontium	Y 39 yttrium	Zr 40 zirconium	Nb 41 niobium	Mo 42 molybdène	Tc 43 technétium	Ru 44 ruthénium	Rh 45 rhodium	Pd 46 palladium	Ag 47 argent	Cd 48 cadmium	In 49 indium	Sn 50 étain	Sb 51 antimoine	Te 52 tellure	I 53 iode	Xe 54 xénon
Cs 55 césium	Ba 56 baryum	L	Hf 72 hafnium	Ta 73 tantale	W 74 tungstène	Re 75 rhénium	Os 76 osmium	Ir 77 iridium	Pt 78 platine	Au 79 or	Hg 80 mercure	Tl 81 thallium	Pb 82 plomb	Bi 83 bismuth	Po 84 polonium	At 85 astate	Rn 86 radon
Fr 87 francium	Ra 88 radium	A	Rf 104 rutherfordium	Db 105 dubnium	Sg 106 seaborgium	Bh 107 bohrium	Hs 108 hassium	Mt 109 meitnerium	Ds 110 darmstadtium	Rg 111 roentgénium	Cn 112 copernicium	Nh 113 nihonium	Fl 114 flérovium	Mc 115 moscovium	Lv 116 livermorium	Ts 117 tennessine	Og 118 oganesson

L = Lanthanides : 57 à 71 **A = Actinides : 89 à 103**

D'après www.iupac.org

Crédits photographiques

p. 7 : Billion Photos/Shutterstock – **p. 8 :** eamesBot/Shutterstock – **p. 9 : (h)** Kamil Zajaczkowski/Shutterstock ; **(m)** Besjunior/Shutterstock – **p. 81 :** Lisa_A/Shutterstock – **p. 82 : (b)** RVillalon/Shutterstock – **p. 83 :** Alex Ragen/Shutterstock – **p. 98 :** lemono/Shutterstock – **p. 127 :** RVillalon/Shutterstock – **p. 129 :** bepsy/Shutterstock – **p. 154 : (h)** Everett Collection/Shutterstock ; **(m)** Baptiste BRULANT/Shutterstock ; **(m)** Alberto Loyo/Shutterstock ; **(b)** Andrey_Popov/Shutterstock – **p. 155 : (h)** Diego Barbieri/Shutterstock – **p.160 :** © Deutsches Plakat Museum, Essan, Germany/Archives Charnet/Bridgeman Giraudon – **p. 162 :** ©Akg-images/ullsyein bild – **p. 164 :** ©Paul Ferjac/Le Canard Enchaine – **p. 172 :** BIS/Ph. Jeanbor ©Archives Larbor – **p. 174 (ht g) :** BIS/Ph. J.-L. Charmet © Archives Bordas - **(mg) :** BIS/Ph. J.-L. Charmet ©Archives Bordas - **(bg) :** © AFP **(ht d)** ©BIS/Ph. Coll Archives Larbor - **(md) :** BIS/Joseph Martin ©Archives Larbor – **p. 177 :** ROGER-VIOLLET / Bilderwelt – **p. 189 :** Archives harmet/Bridgeman Images – **p. 194 (ht g) :** Gamma Rapho/Micheline Pelletier - **(ht d) :** Gamma Rapho/Laurent Maous - **(b g) :** Gamma Rapho/Keystone-France - **(bd) :** Bridgeman Images/Rue des Archives-AGIP – **p. 200 :** © Ph. Guignard/air-images.net – **p. 221 :** © Ruben L. Oppenheimer – **p. 222 :** Frederic HANOTEAU – **p. 229** © Ville-Floirac33.fr/Kamel Meziani & les habitants de Floirac/DR) – **p. 234 : (h)** Alexandros Michailidis/Shutterstock ; **(b)** Nopparat Khokthong/Shutterstock – **p. 235 :** Melinda Nagy/Shutterstock – **p. 237 :** Centre Hubertine Auclert / © MarieClaire Grafille – **p. 243 :** Ministère de la défense – **p. 247 :** cipta studio/Shutterstock – **p. 251 :** BSIP/Charles Winter – **p. 258 :** Bilanol/Shutterstock – **p. 259 :** Frederic HANOTEAU – **p. 260 :** AGE FOTOSTOCK/Ken Graham – **p. 264 :** COSMOS/SPL/David A Hardy– **p. 265 :** NASA/JPL – **p. 267 : (h)** www.lesud.com/Lsmpascal **(b)** EreborMoutain/Shutterstock – **p. 268 :** CIEL ET ESPACE/AAO/D. Malin – **p. 269 : (h)** 24K-Production/Shutterstock ; **(m)** NickJulia/Shutterstock ; **(b)** SGr/Shutterstock – **p. 270 :** NASA/JPL/Caltech - **p. 271 :** FOTOLIA/ Jaggatimages@www.jaggat.com - **p. 273 :** © Catherine Clavery/DR - **p. 276 :** Courtesy of NASA – **p. 280 :** CORBIS/Sergei Karpov – **p. 287 :** Frederic HANOTEAU – **p. 290 (ht) :** COSMOS/SPL **(b) :** Frederic HANOTEAU – **p. 292 :** BSIP/Ted Kinsman – **p. 294 :** BIOSPHOTO/Christophe Suarez – **p. 295 :** Antonio Cintra/Shutterstock – **p. 297 : (h)** Billion Photos/Shutterstock ; **(m)** Life science/Shutterstock ; **(b)** Alexey Godzenko/Shutterstock – **p. 299 :** GAMMA RAPHO/Francis Demange – **p. 306 :** Trismegist san/Shutterstock – **p. 310 :** Kenneth Bagge Jorgensen/Shutterstock – **p. 315 :** slowmotiongli/Shutterstock – **p. 317 :** COULANGES/Shutterstock – **p. 318 :** Amir Khan Zumbul/Shutterstock – **p. 323 :** SPL/Martyn F. Chilimaid – **p. 324 :** Rich Carey/Shutterstock – **p. 325 :** OREDIA : **(hg)** Reeson/Retna ; **(hd)** Bonfante ; **(b)** Antoine – **p. 327 :** FOTOLIA/danielpankoke – **p. 328 :** Pour la Science/Bibliothèque pour la Science/L'évolution/1980 – **p. 333 :** Axel_Kock/Shutterstock - **p. 335 :** GOETGHELUCK Pascal – **p. 336 :** GOETGHELUCK Pascal – **p. 337 :** fizkes/Shutterstock – **p. 338 : p. 341 :** ISM/Herve Conge – **p. 343 :** SpicyTruffel/Shutterstock – **p. 345 : (h)** New Africa/Shutterstock ; **(b)** sokolova_sv/Shutterstock – **p. 346 :** areeya_ann/Shutterstock – **p. 348 :** PHILIPPON Alain – **p. 349 :** kubais/Shutterstock - **p. 350 : (h)** Gorodenkoff/Shutterstock ; **(m)** Billion Photos/Shutterstock ; **(b)** Gorodenkoff/Shutterstock – **p. 351 : (h)** R_Boe/Shutterstock ; **(m)** Tanawat_intawong/Shutterstock - **(b)** PopTika/Shutterstock - **p. 353 :** DR – **p. 356 :** 123RF Limited/lucadp-- **p. 357 :** Photo laboratoire Ampère (CNRS 5005) – **p. 359 :** FOTOLIA/Prod. Numerik – **p. 361 (g) :** FOTOLIA/Tomasz Zajda **(m) :** FOTOLIA/Oleksandr Moroz **(d) :** lexon-design.com – **p. 362 (h) :** National Museum, Damas, Syrie/Bridgeman Images **(b) :** ISTOCK/duncan1890 – **p. 363 : (b)** myboys.me/Shutterstock – **p. 369 :** 123RF Limited/mipan – **p. 373 :** ISTOCK/Ivan Strba – **p. 376 :** MEDIA FOR MEDICAL/Alamy/Juan Pablo Franco – **p. 381 :** mokjc/Shutterstock – **p. 384 (h) :** DR **(b) :** MEDIA FOR MEDICAL/Alamy/Thorbjorn Fredh – **p. 401 :** Undrey/Shutterstock – **p. 403 : (h)** Lamai Prasitsuwan/Shutterstock ; **(b)** fullempty/Shutterstock – **p. 449 :** Calvin and Hobbes © 1992 Bill Watterson. Used by permission of Universal Uclick – **p. 451 :** SosnaRadosna/Shutterstock – **p. 469 :** Département des peintures du Musée du Louvre.